땅울림

땅울림

펴 낸 날 / 초판1쇄 2024년 9월 11일
지 은 이 / 라남근

펴 낸 곳 / 도서출판 기역
편　　 집 / 책마을해리
출판등록 / 2010년 8월 2일(제313-2010-236)
주　　 소 / 경기도 파주시 회동길 363-8 출판도시
　　　　　 전북 고창군 해리면 월봉성산길 88 책마을해리
문　　 의 / (대표전화)070-4175-0914, (전송)070-4209-1709

ⓒ 라남근, 2024
ISBN 979-11-91199-99-4 03810
※이 책은 친환경 재생용지로 만들었습니다.

땅울림

라남근

펴내는글

함께 일어나 땅의 주인이 되다

　땅 짚고 서고, 살고, 그 땅에서 씨앗을 뿌리고 부모 처 자식까지 먹고 살기 위해 대를 이어 경작해오면서도 그러나 땅의 주인이 따로 있었다. 소작농이 운명인 줄만 알고 살았던 사람들이 금평평야의 삼양사 소작농이었다. 나라를 잃었던 백성들이 나라를 되찾는 광복을 맞았다. 토지개혁이 단행되어 농사꾼이 직접 자기 땅에서 농사를 짓게 되었다. 그러나 지주는 토지개혁에서도 빠져 나갔다. 일제강점기에 조선총독부의 36만원(당시 비행기 8대 가격) 거금을 지원 받아 간척하여 소작료를 받았고, 몇백배 이익도 모자라 민주화운동의 결실인 6·29선언이 되었을 때도 끄덕없이 하늘의 뜻을 거역했다.

　김재만 선생은 초등학교 시절부터 어린 나이에 소작답에 대한 문제의식이 있었다. 중학교 입학을 못한 것도 소작료 때문에 부모가 돈이 없어서였다고 생각했다. 소작답에 대해 농림부에 진정서를 냈고, 답변서를 가지고 집으로 찾아온 삼양염업사 직원이 무서워 산으로 도망쳤다. "소작답을 짓지 않으면 소작농이 되지 않는다"는 마음으로 농사일을 포기하고 저수지에서 고기 잡이를 했다. 고창군청에도 지속적으로 소작답에 대한 문제 제기를 했고, 국회의원이 못한 일을 일개 촌부가 해결하겠다고 하니, 어디에서도 어느 누구도 주목하지 않았다. 농민들도 아예 관심을 두지 않았다. 하지만 김재만 선생은 대한민국 사회에 소작농이 존재한다는 것이 부끄러웠고, 하늘의 뜻도 아니라고 동네 이성규 친구와 소작답 해결방법을 찾기 시작했다. 소작료 거부 투쟁을 주도하며 소작농들을 설득해 나갔다.

1987년 민주화운동이 들불처럼 전국에서 일어났고, 농가에서도 소작료 거부 운동에 동참했다. 고려대학교 문과대 학생들이 해리면·심원면 마을에 농촌봉사활동을 오면서 체계적인 소작답 양도 투쟁 교육을 시켰다. 고창군농민회에서도 힘을 보탰고, 초청인사 강의와 민중궐기대회를 고창읍 거리에서 진행하며 홍보를 전개했다. 궁산마을 수문 앞 제방에서 소작농 150여 명이 1차 궐기 대회를 가졌고, 소작농 300농가와 학생 1천여 명, 총1,500여 명이 동호해수욕장에 한데 모여 농활 해단식을 성대하게 가졌다.

본격적으로 소작답 무상양도 투쟁을 시작했다. 소작료 거부 농민들이 정읍 법정에 서는 날을 서울 상경 일자로 잡고 상경 투쟁을 시작하여 온갖 고통과 시련을 이겨냈고, 쟁취했다.

고창군 해리면·심원면 농민들의 소작답 양도투쟁기를 소설로 정리했다. 600여 농가는 소작농이란 딱지를 뗐고, 그의 자식들, 부모님들까지 땅의 주인으로 살 수 있었다. 매년 소작료 내던 것을 내지 않아 자식들을 원하는 대로 공부시킬 수 있었고, 소리소문없이 부자가 되었다.

전문 작가 아닌 새내기가 소설로 소작답 양도 투쟁의 역사를 쓰게 되었다. 특히 김재만 선생 살아 생전에 공적을 소설로 쓸 수 있어 기쁘고, 역사에 참여했던 600여 소작농가와 모든 분들의 행적을 담아 낼 수 있어 영광이다. 땅의 주인이 되게 해준 은혜에 보답하는 책이다.

라남근

차례

펴내는글 …… 005

운명의 씨앗
— 엄마의 환호 …… 014
— 저수지 축조 반대 …… 024
— 서막 …… 033
— 발버둥 …… 043
— 지렁이도 꿈틀 …… 052

소작농
— 첫 사람들 …… 061
— 일본기업 주식회사 해원 …… 075
— 해리농장 …… 084
— 삼영염업사 …… 093

김재만
— 가난 대물림 …… 103
— 형제 사촌 …… 112
— 운명 출사표 …… 122
— 길동무 이성규 …… 132

양도투쟁

— 잊혀진 함성 …… 144

— 피맺힌 한 …… 154

— 가톨릭농민회 …… 164

— 삼영사 소작답 양도 추진위원회 구성 …… 173

— 고령대학교 농촌봉사활동 …… 182

— 토지 인도 소송 …… 192

— 고창군농민대회 …… 201

— 서울 상경을 위한 마지막 회의 …… 209

서울 상경

— 1일차(8월 12일), 30인의 선발대 …… 220

— 2일차(8월 13일), 지주와 1차 면담 …… 231

— 3일차(8월 14일), 서울대학교 민족통일 염원제 참가 …… 241

— 4일차(8월 15일), 서울농성장 총회 …… 250

— 5일차(8월 16일), 대학로 경찰과 충돌 …… 257

— 6~7일차(8월17~18일), 공개토론회 …… 265

— 8일차(8월 19일), 동사일보 왜곡보도 시정 농성 …… 274

죽음의 문턱

— 9일차(8월 20일), 삼영사 구사대 농민 폭행 ······ 283
— 10일차(8월 21일), 3차 협상과 박종철 군 영화 관람 ······ 291
— 11일차(8월 22일), 서울 경기지역 가족협의회 ······ 298
— 12일차(8월 23일), 허민성 집 앞 집회 ······ 307
— 13일차(8월 24일), 잔혹한 구사대 ······ 314
— 14일차(8월 25일), 철야농성 ······ 322

치열한 수 싸움

— 15~16일차(8월 26~27일), 5차 협상 그리고 단가 ······ 330
— 17일차(8월 28일), 정부가 나서 관심을 갖다 ······ 336
— 18일차(8월 29일), 장대비 농민의 한숨 ······ 342
— 19~20일차(8월30~31일), 6차 협상 물러설 수 없는 결정 ······ 350
— 21일차(9월 1일), 고령대학교 방화 살인미수 사건 규탄대회 ······ 358

분열

— 22~23일차(9월 2~3일), 고령대학교 명예총장실 점거 ······ 367
— 24일차(9월 4일), 대한적십자사 허민성 총재 사무실 점거 ······ 376
— 25일차(9월 5일), 7차 협상 문턱도 못 넘고 결렬 ······ 384
— 26일차(9월 6일), 7차 협상 ······ 392

마지막 결정

— 27일차(9월 7일), 8차 협상 그리고 약정체결 ⋯⋯ **401**

— 28일차(9월 8일), 밀실협상 ⋯⋯ **408**

— 29일차(9월 9일), 9차 협상 ⋯⋯ **415**

— 30일차(9월 10일), 눈물 젖은 합의 서명 ⋯⋯ **424**

— 31일차(9월 11일), 007서류가방 ⋯⋯**432**

— 32일차(9월 12일), 귀향 ⋯⋯ **440**

새로운 세상

— 삼영사 소작답 양도 추진위원회 한국일보에 사과문 게재 ⋯⋯ **450**

— 약정서와 합의서 무효화를 위한 소작료 불납 결의 ⋯⋯ **459**

— 50년 한을 풀어내다 ⋯⋯ **466**

— 새로운 시작 ⋯⋯ **475**

에필로그

— 명예 회복을 위한 전주곡 ⋯⋯ **485**

— 농민주권 농촌민주화 동학혁명의 완성 ⋯⋯ **493**

— 꿈이 있는 사람들 ⋯⋯ **503**

운명의 씨앗

엄마의 환호

 마을 당산나무 아래, 크게 자리 잡은 터에 탯줄을 잘라 묻고 평생의 꼬리표가 된 고향을 새겼다. 어머니는 셋째가 형들과 다르게 날카로운 눈망울을 가졌으니 그에 걸맞게 이름을 지어야 한다고 당부했다. 가운데 자는 청도 김씨의 법도에 따라 바꿀 수 없었다. 그래서 끝 자만큼은 신경 써서 붙여진 이름이 '만'이었다. 아이가 만 가지 세상을 뚫어보라고, 어머니 소원대로 부르게 되었다. 김재만, 일제강점기 고종황제가 새롭게 연 대한제국의 희망도 사라지고 있는 때, 400년 마을 수호신 팽나무의 정기를 받아 태어났다. 만이 아버지는 흥덕면 인촌에 경주 허씨, 주규라는 부자네가 바다를 간척하면서 저수지를 막을 때, 끝까지 반대하다가 일본 순사에 끌려가 많은 고초를 당했다. 그때 골병이 들어 만이가 젖도 떼기도 전에 떠나갔다.

 "원래 우리 집은, 저수지 가운데 암벌 쪽에 있었단다. 저수지 막을 때 보상 받은 돈으로 작은집과 함께 땅을 사 당산나무 아래에 우리가 살고, 위로 작은 집이 터를 잡아 살았단다. 바닷바람이 불어와도 안방처럼 따뜻한 곳이 우리 집터였고, 우물도 바로 옆에 있어 누구나 탐내는 터였다. 너희 아빠가 집을 짓고 네가 태어났단다. 네 아버지가 돌아가시고 너희 삼 형제를 키우기가 여간 힘든 것이 아니었다. 누구들처럼 간척지에 나가 품도 팔지 못했다. 너에게 젖을 물리며 베틀을 돌리고 실을 뽑아 옷감을 만들고 그렇게 키웠다. 아주 쬐께씩이라도 돈을 모았다. 내 생전 이보다 좋았던 때는 없었던 것 같다. 저수지 뚝방 밑에 논 한 방구를 샀다. 돈이 조금 부족해 작은집에서 보태주었단다.

홀로 아이를 키우면서 남자 있는 집에서도 못하는 걸 했다고 흔쾌히 도와주었다. 첫 농사를 지어 소작료 반절을 주고 나니 많지는 않았지만, 그래도 베틀로 실을 뽑아 판 것까지 보태면 너희들과 배는 곯지 않을 것 같아 작은집에 쌀 몇 가마를 가져주었다. 계속 거절했지만 그래도 받으라고 했다. 아이들이 보고 있으니, 내 노릇은 하는 걸 보이고 싶었다. 만족할 정도는 아니었지만, 보답했다. 지금도 그때 생각하면 아무것도 안 먹고 한 달은 버틸 것 같았단다.

너희 형들도 아직 어려, 등짐을 지고 나를 수 없으니 돈을 쬐께 더 주고 가까운 논을 샀다. "너희들 삼 형제에게 꼭 한 방구씩은 해주고 죽어야 할 텐데. 자고 나면 소작답도 오르고 그래서 언제가 될지는 모르나 해주마." 그렇게 말하면 형들은 좋은지 크게 웃었는데, 너는 알아듣는지 못 알아듣는지 웃지도 않고 나만 빤히 바라봤단다. 눈빛이 어찌나 날카롭던지. 그래서 너에게는 그 말을 덜 했다. 한해 한해가 다르게 영민해지는 너를 보면 좋다가도, 어떻게 저놈을 감당하나 걱정했다. 다른 때는 네 아빠가 없는 것을 모르다가도, 너만 보면 아빠가 더 오래 살아 뒷바라지했으면 좋았을 텐데, 그렇게 죽은 네 아버지를 원망했다.

네 아버지가 일본 놈 회사가 만돌에서부터 고전, 금평, 동호 앞을 막는 허가를 받아 간척했다고 했다. 우리 마을에 저수지가 들어올 계획이라고 했다. 시집올 때부터 그런 이야기가 나왔다. 말이 씨가 된단 말처럼 진짜로 그렇게 되었다. 네 아버지는 어떻게 사람 사는 마을을 저수지로 막느냐며 반대에 앞장섰고, 그럴 때마다 일본 순사에 끌려가 죽도록 매맞고 왔단다. 흥덕면 부자 경주 허씨가 일본 놈 앞잡이로 조선총독부 벼슬까지 하면서 총독부에 재물을 주고 허가권을 빼앗았다고 하는 소리를 들었다.

명성황후 친정의 먼 친척인 우리 마을 민영직네가 3·1만세운동이 일어났을 때부터 무장, 상하, 해리 고랑에서 내려오는 천 옆에 300마지기 논을 간척해서 소작료를 20년간 받아왔는데, 허주규가 총독부 벼슬자리를 팔아 빼앗아 갔다고 했다. 민영직네가 허락도 없이 간척해서 소작료를 받았다고 고발했단다. 그래서 민영직네는 작은 보상금을 받고 마을을 떠나게 되었다. 다른 데는 소작료의 3분에 2를 거둬갔는데, 민영직네는 반만 받고 경작하게 했다. 근데 경주 허씨는 동네 사람들도 아랑곳하지 않고, 일본 순사를 앞세워 빼앗아 가서, 새롭게 경작권을 얻는 것도 우리 동네는 까다롭게 했다고 들었단다.

너희 아버지는 저수지를 만드는 데 반대했다. 경작권은커녕, 품도 못 팔게 했는데도 굴하지 않았던 너희 아버지가 밉기도 했고, 원망도 했지만, 그 마음을 잘 알았기에 내가 오죽했으면 베 짜는 것을 죽기 살기로 했겠냐. 하늘나라에 어여쁜 여자라도 숨겨놓았나. 그럴 위인은 아니지만, 너희 아버지가 여간 훤칠하셨어야 말이다. 거기 가도 아낙네들이 나 갈 때까지 놔둘까 싶다만, 아직 너희들이 어린 데 따라갈 수도 없고 어쩌겠냐. 가서 홀애비로 살고 있으면 좋겠지만, 그렇다고 새 장가를 들었다고 탓은 안 할 거다. 너희 삼 형제 주고 간 것만도 고마울 따름이다.

너희 작은아버지는 아버지보다 작았지만, 힘이 장사였다. 갈대밭을 일구고, 물길을 만들고, 논두렁을 만들 때 빠지지 않고 품을 팔았어. 저수지를 막을 때도 하루도 빠짐없이 일했다. 술이라도 거나하게 취한 날이면 반은 나에게 주어야 한다고, 내 땀방울이 흠뻑 적시어 있다고 했다. 경작권도 많이 샀지만, 작은아버지는 아들 하나밖에 못 낳았다. 하늘이 다 주지는 않는가 보더라고. 작은엄마나 작은아빠가 아이를 더 가지려고 해도 안 되었다. 너희 아버지가 잘한 것이 든든한 너희들을 주고 간 거야."

오늘도 엄마는 베틀에 앉아 실을 뽑는다. 만이는 엄마 곁에 지키고 앉아 말벗도 되고, 시키는 것을 가져다주는 최연소 보조였다. 밖에서 웅성거리는 소리가 크게 들렸다. 필시 또 일본 순사가 무슨 일을 내는 것이 확실했다. 형들은 이미 나가고 없었다.

"재만아, 밖에 나가 확인 좀 하고 오겠냐?"

방문을 열고 나갔다 들어온 만이가 외쳤다.

"엄마, 엄마. 태극기를 들고서 영당 할아버지도, 안멀, 반멀 어른들도 다 나와서 태극기를 흔들고 있어요."

엄마는 베틀을 멈추고 만이의 손을 잡고 밖으로 나왔다.

"대한독립 만세. 대한독립 만세."

일본 순사도 없었다. 동네 어른들이 다 논을 산 것처럼 기뻐했다. 우리 형제들도 따라서 '대한독립 만세'를 외쳤다. 어리벙벙했다. 대한독립이 그렇게도 좋은 일이었나.

작은형은 엄마가 논을 샀을 때처럼 좋아하시니 '또 논을 샀나' 생각했다고 했다. '우리에게 논 한 방구석을 준다고 했는데…….' 작은형이 "엄마, 우리 또 논 샀어요?"라고 물었다. 엄마는 논보다 더 큰 자유로운 세상, 잃어버렸던 나라를 다시 찾게 된 날이라고 했다. 무슨 뜻인지는 정확하게 알지 못했다. 엄마가 이리도 좋아하는 것은 처음이었다.

"내가 우리 셋째를 만이라고 지어준 이름값을 하는 시대가 왔구나."

엄마는 아이들을 보듬고, 얼싸안고, 춤을 추며 토끼가 깡충깡충 뛰듯 뛰었다. 삼 형제도 엄마와 함께 뛰었다. 선바위산의 새들이 놀라고, 꿩도, 부엉이, 올빼미, 참새, 까치는 말할 것도 없이 파다닥 날갯짓하며 도망치기가 무서웠다. 고라니, 늑대, 토끼, 산짐승들도 도망치기에 여념이 없었다. 그 많던 쥐들도 어디로 숨었는지 눈 씻고 찾아볼 수 없었다. 그러나 만이는 저수지에서 뛰노는 잉어, 붕어, 가물치가 더 눈에 들어왔다.

영당의 김치성 할아버지는 이제 너희들의 세상이 되었다고 말했다. 공부 열심히 해서 대한의 나라 일꾼이 되어야 한다고 했다.

아직도 들뜬 엄마 목소리가 잠겨 있었다.

"우리가 아직은 민영직네처럼 될 수 없지만, 못 될 것 없다. 우리가 열심히 하면 왜놈들의 나라가 아닌 대한의 나라, 우리의 나라가 될 수 있다. 꿈도 크게 꾸고, 잊어서는 안 된다. 들었지? 올바르게 살아라. 만아, 재만아. 특히 셋째인 너는 크게 될 것이다. 너는 태몽부터 달랐다.

저수지가 생기기 전에는 복동마을, 궁산마을, 팔형치마을, 멀리 안산, 왕촌까지 일촌이었다. 그런데 저수지가 생기면서 일가친척들이 복동마을로, 안산으로, 왕촌으로, 팔형치로 나뉘고, 우리는 산 쪽으로 더 바짝 붙어서 올라왔다.

간척지 농사를 많이 지었는데, 해방되어서도 일본 앞잡이였던 그들의 형제들 것이었다고 한다. 변한 것이 하나 없었다고 한다. 소작료도 똑같이 거두어 가고, 일 년이면 수천 석을 가져갔다. 조금이라도 늦을라치면 한 톨이라도 더 받아가려 혈안이 되었다. 그해에 못 내면 다음 해까지 악착같이 받아갔다. 우리같이 일손이 부족한 사람들의 사정도 봐주지 않았다. 작은집이 있어 꼴찌는 아니었지만, 늘 눈치를 얼마나 봤던지, 너희 큰형이라도 빨리 컸으면 했다. 초등학교를 졸업한 큰형이 있어 좋았다만, 중학교 가는 것을 싫어해서 마음이 아팠다. 장남이니까 공부를 더 시켰어야 하는데, 네 형이 공부는 극구 싫다고 했다. 속으로 엄마가 너희 때문에 밤잠을 못 자가며 일하니까 어찌 공부를 다 하겠나 했겠냐만, 엄마는 아빠가 돌아가셨을 때보다 더 가슴이 찢어졌다."

만이가 초등학교에 입학하고 엄마는 조금 위안이 되었다. 엄마가 홀로 우는 것을 몰래 본 만이는 열심히 공부해서 엄마 소원을 들어주기로 했다. 만이는 당산나무로 향했다. 당산은 동네 사람들이 무슨 일이 생기면 치성을 드리는 장소였다. 나무 둘레가 큰 사람들이 손을 잡고 재어봐도, 한 번에 다 못 잴 정도로 두껍고, 크기는 만이의 수십 배는 되었다. 만이는 울 엄마 울지 않게 해달라고, 절을 수백 번 했다. 집에 와보니 엄마는 언제 울었냐는 듯 구셨다.

"우리 도련님은 어디를 다녀오시는가. 이렇게 어수선한 할 때는 엄마 옆에 딱 붙어 있어야 하는 줄은 아시지요?"

만이는 고개를 끄덕였다. 엄마가 우는 것을 못 본 척, "암요, 누구 아들인데요, 앞으로 큰일 할 사람인데요. 그런데 엄마 치맛자락에만 매달려 있으면 어찌 큰 사람이 되겠나이까" 의젓하게 말하다가 만이는 "엄마, 배고파요" 하며 엄마 품속으로 파고들었다.

"형들 오기 전에 엄마하고 나하고만 오붓하게 드시게요."

"어이쿠, 우리 셋째 욕심 보게. 엄마를 온전히 차지하려고? 그래, 어여 오너라. 너하고만, 우리 만이하고만. 재만아, 숟가락, 젓가락은 네가 놓거라."

엄마가 너무 좋아 껑충껑충 뛰어다녔다.

"토끼 같은 내 새끼 어쩜 이렇게도 예쁘당가."

엄마는 밥을 떠서 만이 입에 넣어주고, 먹는 것을 보면서 말했다.

"밥 먹는 것도 어찌 이리 예쁘당가. 아이고 내 새끼, 엄마가 그렇게 좋나. 이제 형들은 지들끼리 노는 것을 좋아라 하는데, 우리 만이는 막내라서 애기 티가 이렇게 나는구먼. 하지만 너만 할 때 너희 형들은 겉모습은 컸어도, 속은 너처럼 여물지 못했지. 정말로 만이 도령, 엄마가 아빠에게 너의 이름만은 크게 잘 지어 달라고 했는데, 네가 커가는 것을 보니 내가 틀리지 않았다."

밥을 먹다 말고 엄마 품속에 푹 안겼다.

"엄마 사랑해, 내가 커서 효도 잘 할게요. 속도 안 썩이고."

"아이고, 도련님. 어여 밥이나 드세요. 형님들 오기 전에 다 드셔야지요. 형들이 와서 우리 만이를 괴롭히면 어찌합니까."

만이는 헤헤 웃으며 좋다고 밥을 후다닥 먹어버렸다.

"아들, 알지? 너희 삼 형제가 내 재산이고 웃음이고 하는 것. 학교도 잘 다니는 걸 보니 너무 좋구나. 만이가 다니기에는 만만한 거리가 아닌데, 어쩜 그렇게 의젓하게 다니는지. 눈빛부터 초롱초롱 빛나는 게 만이만 보면 배가 고프다가도, 어깨가 아프다가도, 언제 배가 고팠나, 언제 어깨가 아팠나, 다 잊어버린다."

학교 선생님들도 재만이를 예뻐라 했다. 새벽부터 출발해서 오냐고, 어찌 한 번도 빼놓지 않고 일등으로 학교에 오냐고, 머리도 쓰다듬으며 참으로 귀엽구나, 책도 잘 읽고, 목소리에 힘이 있구나 하셨다.

"반장을 시켜주고 싶지만, 집이 멀어서 안 시키는 것이니 이해해주렴. 학생은 우선적으로 공부를 잘하는 것이 첫 번째인 것 알고 있지? 멀리서 다니다 보면 몸이 피곤해서 가까이에 사는 아이들보다는 더 어려울 것이다. 그래도 정신 바짝 차리고 열심히 해라."

월사금도 제일 먼저 넣어 보냈다. 학교까지는 십 리도 더 되었다. 만이는 학교에 갈 때는 큰소리로 예습을 했고, 집으로 갈 때는 배웠던 것을 복습했다. 학교에서 형들 끝날 시간까지 기다리며 숙제를 다 끝내고, 홀가분하게 오가면서 큰소리로 외우며 다녔다.

"우리 아우, 전교 일등 하겠어."

"형님도 잘하니까, 형님 얼굴에 먹칠하면 안 되니 열심히 하는 것이어요. 형님께서 많이 알려주세요."

"가르칠 것이 있어야지. 이렇게 똑똑하시니. 우리 아우 일등 할 거구만, 내가 못하는 것을 아우가 꼭 해주시게나. 아우님."

"형님, 놀리시면 엄마에게 다 일러버릴 거예요."

"엄마가 더 좋아라 하겠지. 그런 거라면 집에 가거들랑 꼭 말해야 한다."

"형아, 큰형아가 우리 공부시키려고 중학교에 가지 않았다고 하는데, 우리가 큰형아께 더 잘해야 할 것 같아요."

"아이고, 우리 막내가 이리도 기특해서 형도 좋구나. 우리는 아빠도 안 계시고, 큰형님이 아빠 역할을 하게 될 때가 많으니, 우리가 부족하지만 죄께씩이라도 덜어주자."

"아이쿠, 이놈들 얼굴이 뭐꼬. 땀을 많이 흘렸구나. 어여 씻고 밥부터 먹자구나."
"큰형아는 어디 갔어?"
"작은아빠 따라서 논에 갔단다."
"엄마, 형님이 오면 함께 먹을게요."
"아니다. 니들도 배고플 텐데."
"참을 만하니 큰형아 오면 함께 먹어요."

첫 시험이 있었다. 받아쓰기 시험이었다. 백 점이었다. 숙제도 동그라미 다섯 개를 맞았다. 만이는 엄마에게 제일 먼저 알리고 싶어 집에 오는 내내 작은형아에게도 말하지 않고 왔다. 하루종일 베를 짜는 엄마가 잠시나마 허리를 펼 수 있게 해드리고 싶어서였다.

"엄마, 오늘 처음으로 학교에서 받아쓰기 시험을 봤는데 백 점 맞았어요. 엄마에게 처음으로 보여드리려고, 작은형아에게도 말하지 않고 왔어요."
"어쩜 이렇게도 기특한지 모르겠다. 장하다. 형아에게 자랑하지 않고 오면서 용하게 잘도 참았구나. 그러나 앞으로는 형아에게 먼저 알려서 서로 기쁜 마음을 맘껏 자랑해라."
"엄마가 좋아하니 나도 너무 좋고, 큰형아께도 자랑할 거고만."
"우리 셋째 만이, 재만이가 자랑스럽구나. 이리로 온."
엄마 품에 안기고, 강아지가 엄마 개를 바라보는 것처럼 굴었다.
"어이쿠, 요놈. 예쁘기도 해라."
"엄마는 내가 백 점 맞아 올 때가 좋아? 엄마는 언제 제일 좋았어요?"
"우리 아들이 이렇게 백 점 맞아오면 엄청 좋지. 그래도 너희 아빠가 돌아가시고 어렵게 어렵게 소작답이라도 한 방구 샀을 때, 너를 낳고 좋았던 것처럼 좋았다. 그때만 생각하면 가슴이 떨리고 그러는구나. 너희 삼 형제에게 한 방구라도 해주고 싶어 열심히 베틀을 돌리고 있는데, 하루가 다르게 논값이 오르는구나."

'소작료만 내지 않는다면 형님은 중학교에 갈 수 있었을 텐데. 일은 우리가 다 하는데, 반절씩이나 거두어가면 어쩌란 말인가. 해방되었는데도 기고만장하며 소작료를 받아가는 것은 노동 착취다. 대한의 백성들에게 농사만 짓다가 죽으라고 하는 것과 뭐가 다른가. 미군은 민주주의인가 뭔가 한다면서 이렇게 해도 되는 것인가. 일본 놈 시대와는 달라야 하는데 하나 달라진 게 없다. 일제 앞잡이들이 더 잘 살고, 농토도 그대로 다 갖고 있는 게 맞는 것일까.'
만이는 자신이 세상물정을 몰라 그런 것인지, 도대체 이해할 수 없었다.

만이네 논 위에 논이 나왔다고 했다. 팔형치 신형조 네 것인데, 처분하고 고창 읍내로 이사간다고 했다. 작은아버지가 만이 엄마에게 먼저 말했다. 전부 살 돈은 못 되는데, 저번처럼 빌려주신다면 사고 싶다고 했다. 엄마는 그렇게 계약하자고 했다. 비싼 듯해도 같이 붙어있어서 말없이 샀다.

"빚은 쬐께 졌어도 너무도 좋으니, 덩실덩실 춤을 추는 거여요."

목표가 있고, 하나씩 성취하는 기쁨이 있었다. 만이 엄마는 남편 없이 혼자 재산을 늘리는 마음이 얼마나 좋겠냐며, 이제는 밭도 준비해야겠다고 했다. 큰형이 터를 잡아야 할 것 같다고 했다.

"영당 옆 우리 밭 옆으로 늘려가고 싶은데, 뜻대로 될지는 모르겠다. 그래도 뜻이 있으면 이렇게 이루어 내잖아. 너희를 마음 놓고 공부도 시키고 그래야 하는데, 지금은 부족하지. 소작료를 쬐께만이라도 내리면 많은 도움이 될 텐데."

"언젠가는 그렇게 되겠지요."

"너는 아무 걱정말고 지금처럼 공부를 열심히 해야 한다."

동네 사람들이 곧 난리가 날 것 같다고 했다. 남과 북이 이렇게 서로 쪼개져 있고, 김구 선생이 누구의 총에 맞고 돌아가셨다고 했다. 장터에 가면 이러다 전쟁이라도 나는 것 아니냐고 했다. 아무리 봐도 세상이 수상했다.

"전쟁이 나면 제일인 것이 먹을 것이다. 다른 것은 이렇게 저렇게 참고 견뎌 낼 수 있어도 배고픔은 못 이긴다. 오죽하면 선비도 삼일만 굶으면 집 담장 넘는다고 했겠냐? 우리도 아무도 모르게 구덩이 파서 독을 묻고 지금부터 조금씩 남겨서 보관하려고 하니, 먹는 것도 줄이자. 빚도 갚아야 하고, 이자는 안 받아도 가급적 빨리 갚아야 하니 우리가 뭉쳐서 힘을 합하면 뭐 그리 어렵겠느냐? 엄마는 너희 형제만 믿고 있단다. 누구에게 쬐께씩 모으는 것 말해서는 안 된다."

세상이 뒤숭숭해서 그런지 실도, 옷감도 잘 사가지 않는다고 했다. 만이는 당산나무 앞으로 가서 "우리 엄마 실 잘 팔리고, 옷감도 잘 팔아 달라"고 빌었다. 손이 닳도록 빌었다. 논 한 방구 사면서 빚도 있다고 하니, 그것도 쉽게 갚게 해달라고 빌었다. 더 열심히 예습, 복습해서 늘 백 점 맞고 엄마가 덩실덩실 어깨춤이라도 출 수 있게 할 테니, 당산 신께서 엄마도, 큰형도 지켜달라고 했다.

만이는 엄마를 따라서 논에 가봤다. 엄마가 왜 그리 춤을 추셨는지 알 것 같았다. 저 많은 논 중에 우리 것 하나 없었는데, 이제 아주 작지만 두 방구를 갖게 되었으니 얼마나 좋았겠는지, 그 심정을 알 것 같았다.

저수지 축조 반대

 동학이 조선팔도에 퍼져나갔다. 대접주가 무장현 성송에 거점을 두고 왕성하게 퍼져나갔다. 시천주* 평등한 세상을 열었다. 궁산마을은 무장관아에서 제일 큰 마을이었다. 양반들이 사는 땅이라 하여 세금 감면을 했을 정도로 위세가 등등했다. 특히나 나씨 가문, 이씨 가문, 신씨 가문, 김해 허씨 가문, 최씨 가문, 청도 김씨 가문, 정 좌랑의 가문, 명성황후 친정집 먼 친척인 민씨 가문은 무장관아인 흥덕, 고창, 영광, 고부 장성에서까지 수령이나 군수가 부임하면 꼭 들러 인사하고 갔다고 했다. 아무리 나라가 망했다고 해도, 동학혁명 때 아무리 많은 남정네가 죽었다고 해도, 마한시대 왕이 살던 왕촌 부락을 이렇게 없애서는 안 되었다.
 갈대밭을 간척해서 논과 염전을 만든다고 했다. 마을을 없애고 저수지를 만든다. 궁산리, 외궁, 내궁, 왕촌, 복동, 안산, 팔형치까지 모두 이주시키고 일가친척들을 뿔뿔이 흩어지게 하겠다는 심산이 아니고서야 말이 되지 않았다. 조선왕이 원망스럽다고 했다. 외척들이 나라를 말아먹어도, 허수아비라도 왕이 있었다면 가당키나 했겠냐고 했다. 일본 놈과 그 앞잡이들은 배만 채우는 일에 급급했다.
 마을 사람들은 크게 반발했다. 특히 민영직은 이미 수백 마지기의 농토가

---
* 동학 사상의 핵심은 '시천주(侍天主)'와 '개벽(開闢)'이다. 시천주란 신분이나 남녀노소의 어떤 차별도 없이 누구나 마음속에 '천주(天主)'를 모신 평등한 존재라는것을말한다.

있는데, 이건 아니라고 했다. 꼭 해야 한다면 염전을 하면 되고, 물 사정 맞게 간척해서 써도 되는데, 쉽게 소작료만 받겠다는 심보였다. 수천 년을 이어온 마을을 없애는 것이 맞냐고 결기했다. 결사반대 대책위원회가 결성되고, 동학혁명 때 결사항전을 벌인 경험까지 동원해 조선총독부와 일본인 회사에 대항하여 싸웠으나 보상금에 눈먼 사람들이 많았다. 간척지의 경작권을 주겠다고 마을 사람들을 설득해 안 넘어간 이가 없었다. 대책위 간부를 맡은 청도 김씨 김영호는 그래도 포기 않고서 결사반대를 해나갔다. 보이지 않게 도움을 주는 사람들도 많았다. 면장이나 군수 경찰서장까지도 속으로 마을 사람들을 도와주었다.

궁산마을 입구에서 팔형치까지, 고창에서 두 번째로 큰 저수지를 만들기 위해 터파기를 했다. 수문과 다리를 만들었다. 마을 사람들이 반대해도 공사를 해나갔다. 힘이 있는 젊은 사람들은 품을 팔러 나갔다. 반대하면서도 자신들도 살 방도를 찾아야 하지 않겠냐며 공사에 협조했다. 그러나 반대에 부딪혀 저수지 공사는 중단되기 일쑤였다.

하나둘 보상받은 금액으로 수위 조절선 위로 땅도 구입하고, 집도 새롭게 지어 빈집이 생겨났다. 공사가 중단되고 추진되는 과정에서 사람들은 복동, 왕촌, 팔형치, 안산으로 터를 잡아갔고, 집안 장손들은 선바위산 아래 외궁자리에 터를 잡아 이사해왔다. 신씨 가문의 열두 대문과 본채가 있던 곳으로 들어오게 되었다.

저수지 축조반대위원회는 위원장, 부위원장, 총무부장, 재무부장, 서기, 연락부장, 여성부장 일곱 명의 간부들과 마을별 위원들로 구성되어 어렵게 꾸렸다. 각 집안에서 한 명씩 나와 간부를 맡았다. 서로 위원장을 맡으려고 하지 않았다.

40년 전 동학혁명 때 앞에서 이끌던 지도자와 접주도 우금치전투 때 전멸하다시피 퇴각하고 살아남은 자들은 뿔뿔이 흩어졌다. 동학혁명 가담자는 물론이고, 지도나 접주, 집강의 자손들까지 관아에 끌려 가 죽을 고비를 넘겼다. 자손들이 함부로 나서지 않는 것도 이해는 갔다. 그렇지만 속으로는 마을을 지키고 싶어했다. 조상님들이 일궈낸 터전을 버린다면 죽어서 조상님들을 무슨 면목으로 만날 수 있을까. 일본인 회사가 들어와 이자도 두둑이 쳐주어 마을 사람들이 동요했다. 공사 중단으로 인한 손실부담 소송을 제기하면 재산상 피해까지 고려해서 선뜻 나서지 못했으나, 김영호가 가문별로 설득하여 끝끝내 구성을 완료했다.

팔형치 사는 신씨 가문 신중근도 있었다. 가세가 기울었고 씨족도 동학혁명 때 죽거나 뿔뿔이 흩어졌다. 남은 자들도 관아에 끌려가 죽지 않고 살아온 것이 천운이라고 할 정도였다. 신중근의 오른쪽 다리가 조금 불편한 것도 관아에 끌려가 고문을 당해 생긴 것이었다. 가세나 가문, 씨족 수가 적어도 궁산마을에 처음으로 터 잡은 만큼 자존감도 자긍심도 크다. 세종, 문종, 세조 때 신숙주가 영의정까지 지낸 최고의 가문이었다. 언젠가는 우리 가문의 영광을 되찾겠다는 야망도 있었다.

부위원장은 전주 이씨 이현종이 맡기로 했다. 왕족이라고 자랑을 늘 입에 붙이고 살고 터줏대감 행세를 했다. 무장관아 수령이나 군수가 부임해 와도 찾아오기는커녕, 인사를 가도 차 한 잔, 술 한 잔 대접도 못 받는다는 것을 마을 사람들은 다 안다. 이현종 가문은 숫자가 많고 재산도 많아 큰소리는 다 지고 산다. 이현종은 과거시험에 한 번도 붙어보지 못했고 생원시 시험에 통과해본 적이 없었다. 그러나 식자 행세는 과거시험에 합격한 나씨 가문의 승호보다 더했다. 조선이 망하지만 않았으면 장원급제는 온전히 자기 몫이라고 늘 큰소리를 쳤다. 허풍은 조선 최고였다.

재무부장은 김해 허씨에서 맡았다. 만돌 김 부자가 김해 허씨이고, 공부를 많이 한 학자 집안이었다. 마을의 씨족도 전주 이씨보다 더 많았다. 돈을 거출해야 할 때 몫도 제일 많아, 재산 관리 문제가 발생하면 만돌 김 부자에게 도움받을 수 있었다. 가문의 명예를 중시하기 때문에 적임자였다. 김치성의 동생으로 김치량이 있었다. 공부는 형처럼 못했으나 재산을 관리하고 돈을 아끼는 데는 그만한 인물도 없었다. 책임감 하나는 타의 추종을 불허할 정도로 뚝심이 있었다.

서기는 나씨 가문의 승호였다. 과거시험과 생원시에 통과해서 성균관에서 수학했다. 조선이 망하지 않았으면 장원급제는 하고도 남을 정도로 수재였다. 증조부 때 자손이 끊길 정도로 간당간당하면서 씨족과 가문이 급격하게 쇠락했다. 할아버지가 심원면 동학 집강을 맡은 죄를 물어 관아에서 많지도 않은 씨족들을 잡아가 문초했다. 하지도 않은 일까지 자백하고서 양반 지위를 내려놓겠다고 말해 풀려났다고 했다. 그러나 조상 대대로 양반가문의 자존심이 있었고, 양반 행세가 몸에 배어 있었다. 만돌 김 부자 누이와 결혼해 자손도 번창했다. 자손이 벼슬과 재산보다 더 중요하다고, 묫자리도 자손이 번창하는 자리면 된다고 했다.

연락부장은 최씨 가문 최낙도였다. 무과시험에서 합격한 선달이었다. 한일병합 때 의병으로 활동하다가 고향에 돌아와서 마을 안전을 지키는 행동대장으로 있었다. 고창군수, 경찰서장도 각별히 예우했다고 한다. 날렵한 행동은 호랑이 같고, 빠르고 용맹하다고 했다. 일본 순사가 군민을 납치해가도 감쪽같이 빼 오는 능력이 있어 각시탈처럼 행동했다.

민씨 가문에서는 여성부장을 맡기로 했다. 부녀자 동원을 위해 꼭 필요했다. 민영직의 당숙 민치호의 딸인 경애였다. 뭐하나 부족한 게 없었지만, 시집을 안 가고 간호사가 되어 병원에서 잘 근무하다가 독립운동에 투신했다. 조선총독부에 폭탄을 투하하려다 잡혔다. 서대문형무소로 잡혀가 온갖 고문을 당해 죽거나 나와도 병신이 될 판이었다. 시집도 안 간 딸을 그렇게 만들 수 없어 민치호는 당질인 영직에게 가서 구명을 청했다. "자네와는 6촌 동생이네. 가까운 혈육도 자네와 나뿐이고, 그러고 보면 자네 입장에서도 동생은 경애밖에 없네, 꼭 살려주게." 그 덕인지 주소지가 있는 전주검찰청에서 조사를 받고 재판에 옮겨져 전주감옥에서 2년 3개월의 옥고를 치르고 나왔다.

　민경애가 자청해서 대책위원회가 구성되었고, 그동안 고창군에 민원을 냈다. 전북도청 지사에게도 청원서를 냈다. 하지만 묵묵부답이었다. 일본인 회사 사장이 고창군수를 꼭 잡고 있었고, 지사는 아예 일본 앞잡이였다. 그래도 마을 사람들이 하나둘 동원되면서 다리공사가 멈춰 섰다. 품을 팔던 마을 사람들도 눈치를 보고 따르지 않았다. 대책위원회도 처음에는 김영호만 요리조리 팔방으로 뛰었지, 위원장, 부위원장, 재무부장, 서기, 연락부장, 여성부장까지 적극적이지 않았다. 각 씨족에서 온전한 협조가 없었고 대표성도 약했다. 그러나 신중근을 끝까지 설득했고 서기인 나승호를 설득했다. 군수와 지사는 승호와 성균관에서 동문수학한 사이로, 나승호가 나서면 그들도 함부로 못했다. 최낙도 역시 경찰서장과 군수도 함부로 할 수 없는 관계로 역점을 두고 설득했다. 신중근 위원장이 찾아가 각 가문 대표를 만났다. 민경애는 부모님 모르게 적극적으로 도왔다. 먼저 마을 사람들이 궐기대회를 열자고 했다. 나승호 서기는 궐기대회의 당위성을 글로 적어 군수와 경찰서장에게 보냈고, 회사에는 등기 우편으로 보냈다. 경찰서에 가서는 집회 신고를 냈다.

　김치량은 깃발이며 그날 들어갈 경비까지 자체조달했다. 최낙도는 복동, 안산, 왕촌, 팔형치 마을의 지도자들과 위원들에게 궐기대회 일시와 장소를 알리고 궐기대회의 당위성을 설명하고 다녔다. 김영호 총무부장은 궐기대회 시나리오를 작성했다. 위원장 의전과 혹시 모를 경찰들과의 대치에 대비하여 마을 사람들의 안전한 귀가에 대한 계획을 착실히 준비했다. 마을 사람들에게 궐기대회 행사장에서의 행동요령을 말해주었다. 나승호 서기는 위원장 연설문을 작성했다. 민경애가 결의문을 작성해 사전에 보냈다. 만반의 준비가 되었다.

　회사에서는 콧방귀도 뀌지 않을 정도로 무시했다. 군수와 서장도 크게 신경 쓰지 않는 눈치였다.

나승호는 자신이 있었다. 저수지 축조반대 결의문과 반대 청원서를 쓰면서 울음을 참을 수 없었다. 대책위에서 민경애 여성부장이 결의문을 낭독할 때 신중근 위원장까지 눈시울을 적셨다. 최낙도는 펑펑 울었고, 마을 지도자 위원들에게 유인물을 돌리면서 수도 없이 눈시울을 붉혔다. 신중근 위원장 손녀가 네 살인데, 글을 잘 읽고 목소리가 커서 할아버지보다 더 연설문을 잘 읽었다. 위원장 손녀가 단상에 올라가 나를 대신해서 연설하면 어떻겠냐고 하여 한바탕 웃음바다가 되었다. 민경애는 결의문을 아이에 맞게 다시 하나 작성해서 신 위원장 손녀가 단상에 올라 읽게 하면 좋을 듯하다고 의견을 냈다. 승호와 경애는 신중근 위원장의 허락을 받고 영호에게 손녀딸의 순서를 넣게 했다.

궐기대회 일시는 1933년 4월 10일이었다. 장소는 팔형치 수문과 다리를 만드는 현장이었다. 집회 인원은 500명을 예상하며 마을별로 대표자와 위원들에게 각 마을의 위치를 알려주었다. 궐기대회 시간은 11시였다. 9시부터 사람들이 모여들기 시작했다. 김영호 총무부장은 마을 사람들에게 행동요령을 계속 설명했다. 10시가 되자 인파가 몰려들었다. 군청에서도 경찰서에서도 깜짝 놀라지 않을 수 없었다. 회사에서도 어떻게 해야 하나 발을 동동 굴렀다. 처음부터 대회를 원천봉쇄했으면 모를까, 지금에 와서 막을 수 없었다. 처음부터 경고했으나, 회사 측에서는 오히려 자기들 편이 많을 것이니 염려 말라고 했던 때가 아침이었다. 군수와 서장은 지금은 안전사고를 예방하는 것이 더 중요하다고 했다. 10시 30분이 되고 천 명은 되는 숫자가 나왔다. 어린아이들까지 모두 나온 듯했다. 행사 시간에는 천이백 명도 넘었다. 금평, 목동, 죽곡, 예동, 진주뫼 사람들도 왔다. 저수지 축조 반대뿐만 아니라 간척답 개간에 대한 불만도 섞여 있었다. 11시가 되자 결의대회가 시작되고, 30분 만에 끝내려고 한 계획이 많은 인파가 밀려오는 바람에 12시가 다 되어 끝났다. 마지막 연사로 신중근 위원장의 손녀가 올라왔다. 그 많은 사람이 있는데 흔들림 없이 연설했다. 궐기대회장이 떠내려가는 것 같았다. 경찰서에서는 3·1 만세운동 때보다 더 모였다고 보고했다.

조선총독부에서는 지지부진한 공사를 탐탁지 않게 여기고 있었고, 허가 기간도 2년밖에 남지 않아 전북도지사에게 대책을 내놓으라고 했다. 기간 안에 끝내지 않으면 허가권을 전주 사는 박영철에게 넘기겠다고 했다. 총독부에서도 새로운 대책을 검토하고 있었다.

일본인 회사인 (주)해원 사장이 직접 대책위원회를 찾아왔다. 지금 와서 물러설 수가 없다고 설득했고, 간척답 면적을 봤을 때 저수지 건설을 그만둘 수도 없다고 했다. 보상금을 배로 주고, 이주비용도 대고, 새롭게 살고자 하는 집을 짓게 될 때 자재부터 인력까지 우선 지원하겠다고 약속했다. 공사현장에 일 나온 마을 사람들에게 품삯도 배로 주겠다고 했다. 위원회에서 당장이라도 지금 말한 내용을 받아준다면 여기서 계약서를 쓰고 고창군수, 고창서장이 보증을 서게 하겠다고 했다. 간곡히 말하는 사장의 말에 신중근 위원장은 다소간 말미를 달라고 했다. 대책위원회 총회를 열어 회사에서 제시한 내용을 회의에 붙여보겠다며 돌려보냈다.

총무와 서기는 회사에서 보내온 내용을 정리해서 대책위원회 간부회의에 자료로 올렸다. 대책위원회가 구성될 때부터 공사가 멈출 수 없을 것이라고 한 사람들과 그래도 막는 데까지는 막아야 한다는 사람들로 나뉘었다. 신중근 위원장은 공사를 막을 수 없다고, 타협해야 한다고 했다. 민경애와 김영호는 반대해야 한다고 했다. 최낙도, 나승호, 김치량은 마을 사람들의 의견을 모으자고 했다. 이현종 부위원장은 궐기대회 때부터 꽁무니를 살짝 빼고 있었다. 전주 이씨 문중에서도 이현종 부위원장을 끝까지 인정하지 않았다. 처음에는 타협하자는 쪽이었지만, 궐기대회의 많은 인파에 놀라 마을 사람들의 의견을 듣는 쪽에 서겠다고 했다.

신중근은 "우리가 각자의 안만 고집하면 회사에게 도움이 되는 경우가 될 수 있어 승호 부장의 말에 동의한다. 영호 총무나 경애 부장의 말도 더 듣고, 결국 우리끼리 타협되지 않으면, 다수결로 결정하겠다"고 했다. "경애 부장부터 말을 해보시오."

"절대로 반대하지만 위원장님께서 무기명 투표를 한다면 반대만은 할 수 없으니 나는 기권하겠다. 그러나 투표 결과가 어떻게 나오든 찬성하고, 비록 나와 다르게 나와도 따르겠다."

"영호 총무도 말을 해보시오."

"경애 부장 말에 전적으로 동의한다. 하지만 우리가 돈을 바라고 대규모 궐기대회를 한 것은 아니다. 여기에 계시는 부장님, 위원장님, 부원장님도 돈을 목적으로 하고 있지는 않다고 생각한다. 받아들여야 하는 것도, 받아들이지 말아야 하는 것도 있다. 승호 서기가 공평하게 중간 입장에서 설명서를 만들었으면 한다. 또 회사, 군청, 경찰서 어떠한 개입도 없어야 한다. 그럼 나는 위원장님의 말씀에 동의한다. 애초부터 받아들이지 않으면 좋겠지만, 우리 대책위원회가 출발하면서 제일 큰 난제였던 것도 사실이었다. 우리가 조금씩 양보해서 대책위원회를 꾸렸던 정신에 입각해 투표가 이루어지면 결과에 승복하겠다. 서기는 투표용지를 나누어 주기 바란다."

투표 결과는 기권 1표, 결사반대 1표, 회사안에 찬성 1표, '마을 사람들 의견을 들어 결정한다'가 4표가 나왔다. 대책위원회 간부들은 저수지 축조 반대 대책위원회 총회를 열어 마을 사람들의 의견을 들어서 결정하기로 했다. 10일의 기한으로 찬성반대 의견을 모으고, 한 표라도 더 나온 안을 따르겠다는 것이다. 간부들도 그때 다시 투표에 참석해서 결정하기로 했다. 회사 측 안과 '축조는 절대로 반대한다'로 안을 작성해서 마을 사람들에게 보냈다.

열흘이 지나 투표함을 열었다. 복동마을 1표, 안산마을 1표, 왕촌마을 1표, 팔형치마을 1표, 궁산마을 1표, 대책위원회 간부 7표 총 12표이다. 대책위원회나 마을의 이의제기가 없었다. 투표 결과를 수용하겠다고 마을 사람들과 대책위원회 간부들도 각서를 제출했다. 투표 참여는 12표였다. 개표는 전 위원이 참석해서 한 표 한 표 확인했다. 찬성 9표, 반대 3표로 회사 측의 의견을 받아들이기로 했다.

선거 결과를 마을 사람들께도 알리고 회사, 고창군수, 고창경찰서장에게도 알렸다. 대책위원회는 누구의 도움 없이 자체적으로 운영했다. 회사와 군청에서도 위원회의 운영자금을 주려고 했다. 그러나 김치량은 누구의 도움도 거절했다. 회사와 협상하면서 이주 보상 건부터 시작해서 이사할 집을 건축하는 것에 대해 보상과 지원을 완료했다. 공사현장에 나간 마을 사람들에게도 곱절의 품삯을 주기로 했다. 그러나 허가 기간에 비해 간척답의 매립이나 저수지 축조 공사 기간이 턱없이 부족했다. 공사비 조달에도 한계를 드러내고 있었다.

일본인 회사와 군청도 깨끗하게 협상했다. 수차례 협상 과정을 투명하게 밝혔다. 마을 사람들의 일에 신속히 하지 않을 수 없었다. 특히 나승호 서기는 회의나 협상할 때 하나도 빠짐없이 기록했다. 회사 간부나 사장이 고개를 절레절레 흔들었다. 전북노지사는 회사에서 공사대금 대출을 신청해도 요리조리 빼고 도와주지 않았다. 사장은 대책위원회 간부들을 존경한다고 입에 달고 살았다. 공사 기간과 허가 기간, 공사대금에 대한 압박을 심하게 받고 있었지만, 다리와 수문공사의 기초 뼈대가 완성되었고, 이제 본격적으로 공사가 탄력을 받고 있었다.

서막

  망연자실한 눈빛으로 하늘을 바라고 있었다. 대책위원회 김영호와 회사 간부 이동경은 그동안 수차례 대책회의를 하면서 고운 정 미운 정이 다 들었다. 이동경 생일이 조금 빨라 형이라고 늘 말하지만, 사회 벗은 어떻게 만나는지에 따라 친구 관계가 설정되었다. 이동경은 목포가 고향이었다. 토목기사로 회사에 들어와서 공사를 총괄하는 자리에 올랐다. 보상은 회사의 다른 직원이 맡았지만 실제로는 이동경의 말이 절대적으로 영향을 미쳤다. 이주할 마을의 터 정리와 도로 정비는 군청과 긴밀하게 이야기하며 회사와 군청이 해야 할 일을 정확히 나누었다. 집을 짓는 일도 대목과 소목의 배치까지 신경 썼다. 기술자들의 부족에서 오는 인건비 상승을 적절하게 통제했다. 그러나 허가 기간이 반년 있으면 끝나는데도, 재허가나 기간 연장 협의가 중단되었다. 기간 안에 서둘러 공사를 진행해야 하는 문제가 발생했다. 더 이상 회사를 믿을 수 없어 새로운 사업자를 물색하고 있다며 사업 중단을 통보했다. 이에 이동경은 간척답은 멈추어도 큰 피해는 없지만, 다리나 수문 공사는 막대한 피해 발생이 예상된다며, 계속 추진해야 한다고 보고를 올렸다. 함평 손불에서 간척답을 간척하고 있는 허주규는 총독부에 해리, 심원, 금평평야의 간척을 잘할 적임자로 알려졌다. 전북도지사는 전주에 사는 박영철이 허가권 인수와 공사를 조기에 마무리할 수 있다고 총독부에 건의했다.

  이동경은 김영호, 나승호, 최낙도를 만나 현재 돌아가는 상황에 대해 자세히 설명했다.
　이동경이 처음 일본 회사에 취직할 때 주위에서 말렸다. 토목을 공부한 입장에서 금평평야 매립간척 만한 경험을 쌓을 곳도 없었다. 일본의 선진기술을 배우고 싶고, 유학 갈 형편도 못 되어 직접 현장에서 부딪쳐 일을 배우려고 입사했다. 일본인 사장에게 사업적인 것과 이해관계 충돌 처리 방법까지 많이 배웠다. 일본인 사장은 기업의 이익도 중요하지만, 사람들의 이용이 주 목적인 다리는 특히나 안전해야 한다고 늘 당부했다. 나, 내 가족, 일가친척, 우리 이웃이 제일 먼저 피해입게 될 수도 있기 때문이다. 보상 문제도 내 가족 일이다, 생각했다. 건설 이후 발생하는 문제도 생각해봐야 한다고 이야기했다. 그게 마을 사람들의 마음을 얻는 계기가 된 듯했다. 보상을 곱절로 주었는데, 추후 발생되는 문제까지 생각해서 제시했다. 회사 직원들의 반대가 심했다. 그러나 사장은 달랐다. 결국 사장이 옳았다.
　이동경은 사장이 이곳 사업을 마무리하지 못하고 간 뒤, 현장에 대한 이해가 없는 사람들이 와서 공사하고 간척답을 관리할 때 소작료를 어떻게 결정하게 될지 심히 걱정된다고 했다. 이동경의 말을 듣고 대책위원회에서 이제 소작답을 어떻게 분배할 것인가, 소작료를 어떻게 정할 것인가 의논했다.
　총독부에서는 (주)해원의 재허가를 허락하지 않았고, 전북도지사는 이미 박영철과 허가권에 대해 협의하고 있는 듯했다. 이제 사장도 포기하는 것 같았다. 이동경이 김영호에게 말했다. "영호 부장님, 우리도 이제 헤어져야 할 것 같소. 나도 나만의 사업을 할까 하는데 서로의 인연을 소중히 했으면 해요."

　승호는 반멀의 가장 중심이 되는 터를 잡아 세 칸 집을 지었다. 마을 사람들도 찾아와 집 구경을 많이 했다. 경찰서에서 '일본 순사'라고 불리는 유순성도 찾아와 하룻밤 자겠다고 방을 내놓으라고 했다.
　"세상에 일본 순사에게 방을 내주는 법이 또 어디에 있당가."

"이 사람, 유 순사 알기를 개떡으로 알아."

궐기대회를 준비하고 개최하면서 알게 되었다. 농담도 주고받는 관계였다. 오늘은 씨암탉을 꼭 잡아 놓으라고 했다. 꼴불견도 이런 꼴불견이 없다.

'하느님은 뭐하나. 저 순사 나리를 잡아가지 않고……. 일 년이면 한두 번 마을에 올까말까한 자동차가 하루에 한 번은 오는 것을 보니 우리 동네가 유명세 타는 것은 확실한가 보다. 저런 순사도 차를 타고 오는 것으로 보아 무슨 일이 있을랑가 모르겠다.'

그렇게 한 집, 두 집이 집을 짓고 이사까지 해왔다. 복동마을, 팔형치마을, 안산과 왕촌에도 새 집들이 하나둘 늘어났다. 이제는 구 마을이 된 본 마을이 텅텅 비어가고 있었다. 다른 데로 이사가는 사람도 많았다. 그동안 잘 못하던 처가에 잘하고, 혼자 사는 장모께도 잘하겠다는, 김유수도 있었다.

이곳 사업 재허가는 박영철 말고 홍덕면 강촌마을 허주규에게 넘어갔다고 했다. (주)해원이 공사비 지원을 요청해도 듣는 시늉도 않던 총독부에서 허주규에게 융자 대출도 아닌 보조금으로 36만 원을 지원했다. (주)해원과는 어떻게 정리했나 모르겠으나, 손쉽게 허가권이 넘어갔다. 이동경을 스카우트해서 공사를 마무리했다. 다리와 저수지도 완성되어 물을 채우기 시작했다. 간척답의 물 관리를 위해 큰 천을 만들었다. 금평천이라고 부르다가 해리천이라고 부르게 되었다. 해리천은 동호바다까지 연결했고 제방 끝 지점에 수문까지 연결된 주천이었다. 궁산 외궁 쪽에서 구미, 예동, 만돌까지 가는 간선천을 만들어 나갔다. 이동경이 제일 신경 써가며 개설했던 천이었다. 만돌, 고전 물을 다시 받아 해리천 주천으로 연결해 물을 바다로 빼는 간천을 만든 것도 물을 아끼려 한 것이다. 염전의 운영에도 유용한 하류천으로 이용했다. 큰 줄기는 끝났고, 간척답도 한 방구, 두 방구 그렇게 완성해갔다.

허주규는 삼영염업사를 만들었다. 소작할 사람들의 모집 방법에 대해 주변 사람들로부터 의견을 듣고 있었다. 그러나 대책위원회에는 아무런 연락도 없었다. 김영호는 신중근 위원장에게 삼영염업사에서 소작에 대한 이야기를 들은 적 있냐고 물었다. 위원장에게 기별도 없는 것으로 보아 대책위원회를 무시하고 있는 게 틀림없었다. 마을까지 수몰시키면서 간척지 농사를 짓기 위해 양보했는데, 저수지의 물 사용을 방해해도 괜찮다는 것일까. 저수지 축조 반대 궐기대회를 할 때 (주)해원에서 약속한 사항도 지키지 않겠다는 것이나 다를 바 없었다. 고향 사람이 더 무서운 것인가. 일본 앞잡이가 되어 무서운 것이 없는 것인가.

김영호 총무가 대책위원회 회의를 위원장에게 보고했다. 위원들까지 부르고 전체 회의를 했다. 복동마을 김수남이 출타 중이어서 못 오고, 전체가 참석했다. 이동경은 공사가 90퍼센트 이상 끝났다고 했고, 허주규는 삼영염업사를 통해 주변 마을 간척지 소작에 대해 의견을 수렴하고 있다고 했다.

"우리에게는 일언반구도 없이, 비밀리에 소작을 결정하는 것이냐. 회사가 바뀌었다고 해도 엄연히 약속했고, 군수님과 경찰서장님도 보증을 섰는데 말이 되냐?" 김영호가 흥분하여 말했다. 최낙도는 군수와 경찰서장 면담이라도 해야 하는 것 아니냐고 했다. "동학혁명 때 혁명군이 무서워 줄포로 이사갔다고 하더구먼. 우리가 동학혁명군의 후예라는 것을 잊고 있으니 똑똑히 보여주고 말거고만."

민경애가 자리에서 일어나 이럴 때일수록 더 침착하게 생각을 모으고 치밀하게 움직여야 한다고 했다. 신중근 위원장이 여성부장 말이 백번 맞다고 했다. 무턱대고 큰소리치고 먼저 흥분하면 필시 백전백패할 것이고, 우리가 휘말리게 되는 것만으로도 그들이 원하는 일이 될 수 있다고 말했다.

회의에 나와서 늘 한마디도 않던 이현종 부원장이 위원장 말이 옳다고 맞장구쳤다. 고창읍에 가면 경주 허씨가 백씨 집으로 시집와서 살고 있는데, 가까운 친척이라서 고창에서는 유일하게 사적으로 연락하고 산다고 했다. 군수와 경찰서장 만나러 갈 때 그 집을 찾아가 우리 상황을 이야기하자고 했다.

승호 서기는 기록하기 위해서 말을 아꼈다. 부위원장이 이토록 똑똑한데, 어떻게 회의 때마다 입을 그렇게 꾹 다물고 있었는지, 참으로 연구대상이 아닐 수 없었다. 과거시험과 생원시에서 번번이 떨어져 머리통에 똥만 가득하나 했는데, 오늘에서야 부위원장의 진가를 알 수 있었다.

부위원장은 대책위원회 차원에서 회사를 방문하자고 했다. 경찰서장과 군수를 만날 때 (주)해원이 약속한 사항을 삼영염업사에서 어떻게 승계받아 이행할 계획을 갖고 있는지 태연하게 묻자고도 했다. 회사가 바뀌었다고 해도 한 번 약속된 사항은 지켜지는 것이 도리라고, 위원장이 점잖게 말했으면 한다고 이야기했다.

나승호가 부위원장 말에 덧붙였다. "서장님과 군수님 덕분에 이주도 잘했다고 감사를 표했으면 좋겠어요. 마을에서 잔치를 열어 군수님, 서장님께 감사한 마음을 전하고 싶다고 말해주세요."

"그래. 과거시험 합격을 한 사람이라 다르구먼. 그 말이 맞네. 성균관에서 동문수학한 사람이 전북도지사님이라고 했지?" 영호 총무가 그동안 주고받은 내용을 재차 설명하고 서기 승호의 말대로 추진하기로 하고 회의를 끝마쳤다.

영호 총무는 건강이 썩 좋지 못했다. 총무가 너무 열심히 해서 건강을 해칠까 염려된다는 위원장 말에 영호 총무가 희미하게 웃으며 말했다. "사람들이 다들 새 집에서 사니까 얼굴들이 뻔득뻔득하고만. 나만 옛날 집에 사니까 내 얼굴이 이 모양인가. 그래도 이렇게 든든한 자네들이 있고, 여성부장처럼 젊은 사람들과 일하는 것도 나에게는 큰 복이야. 모두들 밤길 조심해야 하네. 제방 둑을 한발 한발 뛰고 오는 것도 참 좋네, 승호야, 낙도야, 경애야, 함께 건강하게 오래 살면서 아이들에게는 대한에서 발 편히 뻗고 잘 수 있는 세상을 우리가 만들어나 보세."

낙도는 피식 웃으며 "제일 걱정되는 게 누구인데, 그래. 총무가 걱정이당께, 서로 지금처럼 위하면서 잘살아 보세"라고 말했다.

회사에서 연락이 왔다. 군수나 서장이 어떤 이야기를 건넸는지, 위원장과 몇몇이 만나자고 했다. 쉽게 대답을 못하고 알았다고 했다. 김영호, 나승호와 위원장은 신동호 소리개에 있는 회사에 찾아갔다. 일본식 신식건물이 두 채가 있었다. 앞에 있는 동이 사무실인 듯 그쪽으로 안내했다. 사장은 없고 전무라고 소개한 김영근이 있었다. 황해도 말을 쓰고 있었다. 김영근은 아주 정중한 말투로 군수와 서장의 부탁도 있었고, 사장 역시 대책위를 특별히 배려하라고 했다고 말했다. 회사 직영으로 소리개에서 명고까지의 들을 농사짓고, 마을의 거리를 고려해서 소작답을 나누려고 한다고 했다. 이 두 가지 기준은 변함이 없다고 했다.

신중근 위원장이 말했다. "내가 대책위원회 위원장을 맡고 있소만, 이렇게 단도직입적으로 말을 하니 시원하기도 하지만, 첫 대면에 이렇게 막 말을 하시는 것으로 보아 성질이 어지간하게 급하신 것 같소. 통성명도 없이 이렇게 자초지종을 말하시는 것 보니 준비가 많아 보이오. 여기는 우리 총무이시고, 서기요."

"김영호입니다. 청도 김씨요."

"나는 나승호요. 금성 나씨요. 이렇게라도 불러주시고 반갑게 맞아주니 고맙소."

승호는 나누는 얘기를 깨알처럼 적고 있었다. 늘 이렇게 적어서 대책위원회와 마을 사람들에게 그대로 전한다.

"오늘 여기서 이야기 하나 빠짐없이 적어서 마을 사람들과 소통하고 의견을 수렴할 것이오. 너무 부담 갖지 마시고 설명 더 할 것이 있으면 말해주시오. 그래야 소상히 전해져 서로 오해가 없을 것 같으니 말이오."

아까만 해도 거침없던 전무의 태도가 달라졌다. 말을 조심조심하고 말도 줄였다. 직영답에 대한 이야기와 거리를 따져 소작답을 결정하겠다고 했다. 간척지 개답을 만들 때 참여한 사람들이 될 것이라고 했다. 간척되어 논을 나누어 준다 해도 천차만별일 것이라고 했다. 몇 해 간은 짠물이 올라와 농사를 망치게 될지도 모른다고 했다.

"여기에 오신 대책위원회가 간척답의 사정은 더 잘 알 것이오. 이 기준이 꼭 해롭지만은 않을 것이오. 한 사람에게 세 방구까지만 나누겠지만, 그것도 숫자가 많으면 총량에서 숫자로 나눌 것이오. 마을별로 지구가 선정되면 또 그런 방식으로 나눌 생각이오. 그래서 어느 한쪽이 일방적으로 더 가지고 가는 경우는 없을 것이오. 위원장님께서 혹시 들으셨는지 모르겠으나, 우리가 이 마을 저 마을 의견도 듣고 조사도 나름대로 했소. 그것은 대책위원회를 무시해서가 아니라 이미 (주)해원에서 쓴 약속사항을 봤기 때문이오. 조심히 살펴 가십시오."

대책위원회 회의가 또 열렸다. 궐기대회처럼 회사의 제안을 받느냐의 문제가 아니었다.

"그들의 말이나 기준이 우리를 능가하고 있었다. 다른 사람들도 대책위 안보다 회사 안을 더 좋다고 여길 것이다. 사람들의 욕심도 아주 배제할 수 없을 것이고, 이미 우리는 지고 만 것이다. 그 이상 소작을 주지 않고서는 농사를 못 한다는 것은 이미 간파했다. 함평 손불에서 이미 시험했는지도 모르겠다. 우리는 이미 정곡을 찔렸다. 우리는 결국 서로를 찌르게 될지도 모른다. 총량은 대략적으로 정해져 있다. 그들은 계산을 다 해놓고 우리를 시험하고 있을지도 모른다. 명분은 이미 우리 것이 아니며, 시간도 그들의 편에 서 있다."

결국은 머리 좋은 나승호 서기가 우리만의 계산법과 나누는 방법을 그들에게 설명했다.

양반가의 자손이 소작답을 짓고, 소작료를 내는 소작농이 되고 말 것이다. 이것이 우리의 운명이었던 것인가. 반대해도 방법이 있어야 하고, 승낙해도 이유가 있어야 한다. 김해 허씨도 총량에 대한 나눔을 허락했다. 전주 이씨도 허락했다. 최씨와 민씨는 원래 우리 것을 찾아야 하건만, 죽어도 수락 못 한다고 했다. 하지만 총량에 대해서는 협조하겠다고 했다. 나씨 가문도 승낙했다. 하지만 승호는 죽어도 나눔에는 참여하지 않겠다고 했다.

소작농이 시작되었다. 수세도 걷는다고 했다. 소작답이 아니어도, 육답을 버는 사람이 물을 쓰면 수세는 내야 한다고 했다. 저수지 관리인도 두어야 하고, 관리해야 한다고 했다. 작은 한 톨이 쌓이면 큰 산이 된다고 했다. 두 해만 가면 저수지를 메꾸고도 남을 것이었다. 소작료를 정하는 직원이 회사에 생겼는지, 배가 미국산 기름통만 하고 황소 엉덩이만 한 사람이 책임자가 되었고, 그 밑에 두 사람이 더 있었다. 첫해 수확을 제대로 한 사람은 한 명도 없었다. 내년에 잘 되어도 올해 것은 감해주어야 한다고, 손해가 이만저만이 아니라고 언성이 하늘을 찌르고 있었다.

김영호 총무와 나승호 서기는 소작농을 포기했다.
"적게 먹고 적게 싸겠다."
김영호 총무는 이순신 장군을 도와 임란 때 승장의 자존심이 있는 장군의 자손이라고 했다. 지금은 싸움도 못 하고 늘 이 성씨 저 성씨에 치여 살지만, 양반 행세로 바르게 사는 것은 타성 씨들도 다 알아 대접은 해준다. 그래서 못난 남편 덕에 아내가 두 몫, 세 몫 해야 하니, 그것도 양반이 할 도리는 아니나 허세를 놓지 못했다.

회사에도 천재가 있는 모양이었다. 나승호가 계산한 면적과 소수점 하나까지도 같았다. 공자, 맹자만 공부했지, 산수는 하지 않았는데도 자존심이 발동했다. 회사에 지고 싶지는 않았다. 영호 총무는 거북선 만든 집안답게 한 치의 오차가 없었다. 시험대에 오른 그 기분이 새로웠다. 일본 앞잡이 기업에 지고 싶지 않았다. 회사에서도 올해 농사를 망친 보상책을 세웠으나, 수가 많아 내년까지 보자고 하면서 미루고 말았다. 농민들은 반타작이라도 희망을 품었는데, 많은 아쉬움과 한숨을 삼켜야 했다. '내가 언제 죽을지 모르는데, 수확 한 번이라도 제대로 하고 죽을 수 있을까.' 내년도 이러면 포기해야 할지도 모른다고 했다.

염전에서 첫 소금이 생산되었다고 다들 좋아라, 했다. 아예 소작답을 포기하고 매월 주는 월급을 타면서 다니는 염전이 더 좋다고 옮겨가는 사람들도 있었다. 염전과 동네를 바꿔치기하고 싶지 않던 사람들은 묵묵히 이겨냈다. 한 톨이라도 건진 사람들이 그들이었다. 많이는 아니어도 집안 사람들과 밥 한 끼니 나눌 정도였다. 소작료를 낼 정도는 아니었지만, 한 기마 이상 나왔으니 떡도 하고, 보리쌀이나 조, 옥수수 하나 섞지 않고서 순전히 흰쌀로 밥을 지어 동네 사람들까지 나누어 먹었다. 제를 지내는 심정이었다. 어린아이들까지 떡을 들고 다니면서 먹었다.

민경애는 해리초등학교 선생님이 되었다. 남자 선생만 있는 학교에서 여자 선생님은 처음이라고 했다. 대학에서 부전공으로 교육학을 했던 것이 선생님이 되는 시발점이 되었다. 인생 2막이 그렇게 시작되었고 장가 못 간 노총각 선생님들의 인기를 독차지했다. 양조장집 셋째가 중학교 선생인데, 어찌나 따라 다니는지 뿌리칠 수가 없었다고 했다. 민경애가 세 살이나 연상이어서 극구 사절했는데, 남녀 사이가 사절만 한다고 되는 것은 아니었다. 그 사람은 일본에서 유학했고, 잠시 고향에 내려와 임시로 중학교 영어 선생이 되어 일본식 영어를 가르치고 있었다. 오히려 민경애가 영어를 더 잘했다. 일본말은 유학한 덕에 너무 잘했다. 겨울방학과 동시에 결혼식을 올리고, 떡방앗간 뒤 초가삼간에서 신접살림을 차렸다. 친정집이 방이 많은 기와집이어서 신접살림 집보다 좋았는데, 끝까지 고집불통으로 분가했다. 신식 선생들이 신식 가정을 꾸렸다. 노처녀, 노총각으로만 늙어 죽나 했는데 천생연분이 따로 없었다. "우리 선생님 시집갔다, 오늘도 얼굴 빨갛게 하고서 왔당께." 아이들까지 깨소금 솔솔 뿌려 교실에서 고소한 맛이 진하게 난다고 선생님을 놀리며 따라다녔다.

대책위원회 회의에 신랑과 함께 나와서 여성부장 자리를 내놓았다. 민경애 같은 여성부장을 찾는 것은 불가능했다. 신학문 한 사람과 시집 안 간 처자도 없었고 독립운동을 한 사람답게 강단 있는 사람도 없었다. 방학이 끝나기도 전에 아기를 가져 조심스럽게 학교에 나왔다. 양가에서 학교를 그만두라고 해도 출산하기 전까지 다니겠다고 우겨서 그렇게 했다. 장차 아빠 될 사람은 광주 조선대에 교수로 나가게 되었다. 출산하면 신랑 따라가야 해서 학교에도 오래 못 있게 되었다.

발버둥

아버지 성함은 김 '영'자 '호'자, 김영호이다. 아버지는 마을 일만 본다고 여기저기 쫓아다니다 병을 얻었다. 셋째 재만이를 낳고 1년도 다 채우지도 못하고 그렇게 저세상 양반이 되었다. 어머니는 늦은 나이에 나를 낳았다. 엄마는 아빠보다 여섯 살이나 적었다. 소작료 때문에 회사와 싸움도 잦았다. 회사도 회사였는데, 대동아전쟁이 시작되면서 왜놈들의 수탈이 날로 심해지고 있었다.

김재만, 해리초등학교 3학년 2반 17번 학생이다. 총 소리와 대포 소리를 가까이에서 듣기는 처음이었다. 탱크 지나가는 소리가 들렸다. 그 무시무시한 탱크도 처음 봤다. 팔형치를 향해 동호로 전진하고 있었다. 동네 아이들이 무슨 굿이라도 난 듯 쫓아가서 부모들이 못 가게 했다. 홀린 듯 나온 재만이도 친구들과 함께 모퉁이에 숨어 북한군이 신기하여 '저게 뭐야' 서로 물어보며 집으로 돌아왔다. 엄마는 재만이를 보자마자 손을 꼭 잡고서 엉덩이를 마구 때렸다. 잘못했다는 재만이의 말을 듣는 척도 하지 않았다. 어디 가지도 말고, 밖에 나오지 말라고 했는데, 요것들이 어찌 엄마 말을 듣는 시늉도 않고 나가서 총이라도 맞으면 어떻게 할 거냐고 쏟아내고도 아직 화가 안 풀린 듯했다. 방에 들어가 손들고 있으라고 했다.

이제까지 재만이는 말도 잘 듣고, 뭐 하나 나무랄 것이 없었다. 공부도 잘했다. 북한군보다 더 강력한 울 엄마의 융단폭격에 죽기 일보 직전까지 갔다

왔다. 엄마도 재만이도 처음 있는 일이었다. 맞으면서도 재만이는 내가 뭘 그렇게 잘못했나, 집 밖으로 나가 탱크를 처음 본 것 말고 허튼짓하지도 않았는데, 억울해했다. 엄마는 왜 그랬는지 묻지도 않고 변명할 틈도 주지 않았다. 엄마가 그렇게 화난 것을 처음 봤다.

선생님이 전쟁이 났으니 학교에 오라고 할 때까지는 등교하지 말라고 했다. 김일성 북한군이 우리 대한민국을 침공해서 무고한 사람들을 파리 죽이는 것처럼 쉽게 죽여 버린다고 했다. 각별히 조심들 하고 부모님 말씀을 잘 들으라고 열 번 더 약속했다. 북한군은 머리에 뿔이 나서 감추려고 모자를 쓰고 다닌다고까지 말했다. 어린이도 봐주는 것 없이 총을 쏴 죽인다고 했다.

재만이는 성규를 만나 우리도 마을을 지켜야 한다고 했다. "어른들이 우리에게 총을 줄 리 없으니 새총으로 대항하면 어떨까?" 새총 부대를 만들어 마을을 지키자고 했다.

북한군이 삼영염업사를 점거하고, 자신들의 사무실로 쓰고 있다고 했다. 북한군이 삼영염업사를 점거한 것은 수확기를 맞아 수확한 벼와 소금 창고에 가득 쌓인 소금을 빼앗기 위해서였다. 소작을 짓고 있는 마을 대표들을 불러들여 소작료를 예전과 똑같이 5:5로 거둬들인다고 통보하고, 협조하지 않는 사람들은 반동분자로 몰아서 처단하겠다고 했다. 수확도 가급적 빨리 하라고 독려했다. 사기 소유 육답을 가지고 있는 사람들에게도 똑같이 5:5로 내라고 했다. 주민들은 아무리 북한군이 이 나라를 점령했다 한들, 깡패도 아니고 일본놈들보다도 더 도둑놈들이라고 했다. 고전마을에 사는 이칠성이 북한군 대장에게 차등을 주든지 해야지 이건 말도 안 된다고 따졌다.

그날 밤 이칠성 집에 북한군이 나타나 이칠성을 당산나무 아래로 끌고 가 차등을 두고 가져가야 한다고 말한 것이 맞냐고 물었다. 이칠성은 굴하지 않고, 우리는 우리 땅에서 농사를 짓기 때문에 소작을 하는 소작답과 차이가 있어야 한다고 말했다. "간나, 이런 반동분자가 있나. 김일성 장군님의 공산주의는 너나 할 것 없이 공평하게 똑같이 나누어 먹는 것인데, 자본주의 사상이 찌든 이 간나를 처단해서 본을 보여야 한다. 마지막으로 네 목숨을 걸고도 그렇게 말할 수 있나 보자"며 "다시 한번 묻겠다. 정말 그렇게 생각하느냐"고 물었다. 이칠성은 "여기서 내가 죽더라도 지켜져야 할 것은 지켜져야 한다"고 말했다. 그리고 5분도 안 되어 총소리가 들렸다. 몰래 숨어 숨도 제대로 쉬지 못하고 보고 있던 마을 사람들은 그냥 그 자리에서 주저앉고 말았다. 이칠성이 즉사했다. 그 소문이 금세 이 마을 저 마을로 퍼져 갔다.

삼영염업사 간부들이나 소리개에 있는 지서장은 도망쳤다. 지서장은 삼영염업사 말단 급사였던 궁산마을 김홍식에게 재산과 식솔까지 맡기고 혼자 급하게 빠져나갔다. 자본주의에 찌든 반동 자본가들이 어떻게 그렇게 빨리 알고 도망쳤는지, 멀리는 못 갔을 거라며 샅샅이 뒤져 나오면 사무실로 끌고 오라고 했다. 김홍식도 이칠성의 소문을 듣고 개꾀기 넓적바위가 있는 곳으로 숨어버렸다. 한두 번 찾아가서는 알고도 못 찾는 곳으로 꽁꽁 숨어버렸다고 한다. 누군가 북한군 대장에게 김홍식이 지서장의 재산을 숨긴 것을 밀고했고, 삼영염업사 급사로 근무했다고 말했다. 뿔난 군인이 김홍식 집에 찾아와 김홍식을 내놓지 않으면 고전마을 이칠성처럼 처단하겠다고 엄포를 놓고 김홍식의 아버지를 끌고 가서 사무실 앞 향나무에 묶어두었다. 형수에게 모래까지 자수하지 않으면 가족들 모두 무사하지 못할 거라고 했다. 김홍식의 아버지는 우리가 다 죽는 한이 있어도 절대로 알려주면 안 된다고 했다.

형수는 시아버지가 끌려가 고초를 겪고 있는 것도 무섭고 떨려 한숨도 못 자고 김홍식에게 찾아가 자초지종을 설명했다. 김홍식은 나 혼자 살자고 여기에 숨어 생명을 연장하는 것이 무슨 소용인가 했다. 가족 모두 다 죽고 나 혼자만 산다 한들 내가 정신 똑바로 박혀 살 수 있냐며 자수하겠다고 했다.

김홍식이 자수하자 북한군들은 구타했고, 김홍식은 몇 번이고 정신줄을 놓아 버렸다. 물을 뿌려 깨어나면 어디에 지서장 재산을 숨겼냐고 추궁해서 끝끝내 실토하게 만들었다. 김홍식은 궁산마을 영당이 우리 집인데, 헛간에 갈퀴나무로 덮어 놓은 곳에 지서장의 재산이 있다고 말해버렸다. 짐차를 몰고 와서 다 싣고 가버렸다. 북한군은 김홍식이 기업가 밑에서 일하며 노동자의 노동력을 착취한 반동분자라며 계속 때렸다. 얼마나 맞았는지 왼쪽 귀가 멀어버렸다. 아들의 자수로 풀려난 김홍식의 아버지는 아들을 구해서 집으로 데리고 왔다. 일어서지도 못하고 앉기도 힘든 김홍식을 겨우겨우 살려놓았다. 정신을 차린 김홍식은 아버지가 어떻게 자신을 구했는지 물었다. 김홍식의 아버지는 죽곡에 사는 일가가 빨치산 대장이란 소문을 듣고, 그 집 아버지를 찾아가 큰 소리를 쳐서 내 아들 김홍식을 구해 내놓으라고 했다. 함께 간 어르신이 말해서 구출했다고 한다.

왕촌에 사는 김신식도 빨치산과 수확한 벼를 가지고 아옹다옹했다. 빨치산은 수확량을 더 내놓으라고 하고, 김신식은 숨겨놓은 것 없이 눈에 보이는 것이 전부라고 했다. 이런 반동분자들 때문에 다른 선량한 사람들이 피해를 입는다며 김신식을 끌고 가 명고마을 입구에서 추수하는 사람들 앞에서 총을 쏘아버렸다. 추수하던 사람들이 놀라 바라보자 너희 중에도 반동분자가 있으면 색출해서 처단하겠다고 했다.

재만이는 동네 친구들과 새총을 만들어 열심히 연습했다. 명중률이 좋은 친구들 넷이 아주 조용하게 빨치산이 지나가는 자리에 숨어 있다가 새총으로 북한군 몇 발을 쏴 명중시키고, 특히나 눈을 집중적으로 쏴서 쫓아 오지도 못하게 했다. 세 번이나 기습공격을 했다. 북한군과 빨치산들도 누가 공격했나 찾다가 동학혁명 후손들이 살고 있는 것을 알게 되었다. 그래서 넙벌에 사는 염부 몇 명을 끌고 가서 자수하라고 했는데 끝까지 말을 하지 않자, 계명산으로 끌고

가 총살해버렸다. 재만이는 자기들 때문에 어른들이 죽었다고 자책했다. 그 이후로 마을을 지키는 것을 포기했다. 아이들의 새총은 재만이가 하나도 빠짐없이 거둬서 태워버렸다. 그리고 죽을 때까지 말하지 않기로 약속했다. 우리가 한 일이 알려지면 우리는 물론 부모님도 형제들도 다 죽는다고 했다.

재만이 엄마는 부쩍 밖에 많이 나가는 재만이가 걱정되어 '단도리'했다. 믿음도 있었지만, 영특한 아이였기 때문에 더 걱정되었다. 학교에 가지 않아도 게으름 피우지 않고 밤늦게까지 공부했다. 둘째 형의 책까지 꺼내 읽고, 궁금한 것은 큰형과 둘째 형에게 물어 깨우쳐 갔다.

삼영염업사의 논 소작농은 북한군이 쳐들어와 점거해도 별반 다를 바 없었다. 느림보 같던 최낙도는 죽고 싶지 않아 제일 먼저 소작료를 바쳤다. 정확하게 딱 반을 내서 빨치산도 의심 않고 받아갔다. 사실 한 가마는 몰래 빼 감추었는데, 귀신도 속을 만큼 은밀했다. 몸은 잘 썼으나 머리는 쓰는 것은 조금 떨어지는 그가 북한군을 속일 수 있었던 것은 승호 서기의 도움이었다. 가마에 쌀을 똑같이 담지 않고, 저울도 속였다. 빨치산이 가고 나서 쌀가마니를 세어보니 하나가 더 남았고 조그만한 봉지까지 있었다. 저울을 달면서 덜어내고 보태고 하면서 남긴 것이었다. 승호 서기가 하라는 대로 했다.

이현종 부위원장도 최낙도가 했던 것처럼 하여 똑같이 남겼다. 시키는 대로 하면서도 불안했다. 혹시 들키지 않을까, 더듬거리다가 실수해서 반동분자로 몰려 총살이라도 당하지 않을까 걱정했다. 낙도는 큰 걱정말고 승호 서기가 하라는 대로 하면 된다고 했다. 재만이네 큰형도 똑같이 했다. 재만이는 가마니에 넣는 것처럼 작은 봉지에 담아 실험해봤다. 신기하게도 똑같은 결과가 나왔다. 가마니 헤아리는 방식과 숫자 세는 방식이 착각을 만들었다. '승호 어르신은 그것을 어떻게 알아냈을까?'

염전의 염부들과 북한군 사이에 빗발치는 싸움도 있다고 한다. 절대적으로 무기가 부족한 염부들은 만돌의 수호신인 계명산으로 끌려가 총살되었다. 그때부터 계명산을 빨간 산이라고 부른다고 했다.

저녁만 되면 일찍 잠들었다. 북한군이 물러가면서 다 못 가져간 것을 놓고 방첩대와 경찰이 서로 입맛을 다셨다. 국군까지 덤벼들었다. 잡탕 싸움에 등 터지는 것은 애꿎은 소작농과 염부들뿐이었다. 삼영염업사 간부들과 사장이 들어오면서 더 복잡해졌다. 북한군에게 협조하여 부역했다는 명분으로 협박했다. 그들도 소작료를 가져가는 것에 혈안이 되었다. 빨갱이라고 오명을 씌우고, 거역하면 북한군이나 빨치산처럼 무고한 사람들의 목숨 줄을 끊어버렸다. 가문과 가문의 싸움으로까지 확대되어 온전했던 마을 하나가 사라지기까지 했다.

재만이가 학교에 나갔을 때는 처음의 반도 안 되는 수의 친구들이 나왔다. 죽은 사람들도 많았고, 도망가서 돌아오지 않은 친구들도 많았다. 선생님 중에서도 죽은 사람이 많았다. 6학년 선생님은 장교로 군대에 입대해서 훈장도 몇 개 탔다고 했다. 아직도 삼팔선 위아래로 하루도 빠지지 않고 전투가 있었다. 아랫녘은 전쟁이 끝난 것처럼 학교에 나가고, 소금도 거두고, 농사도 지었다. 완전한 평화는 아니었지만 그래도 전쟁의 공포를 지워갔다.

재만이는 6학년 졸업반이 되었다. 이제 중학교에 가야 했다. 전쟁이 없었어도 집 형편상 상급 학교에 진학하는 것이 쉽지 않았을 텐데, 전쟁까지 겪었다. 학교 대표로 웅변대회에 나가 고창군 대표로 뽑혀 전주까지 가서 상을 받았다. 아무리 공부를 잘하고 웅변을 잘해도 집에 돈이 없으니 학교에 갈 수 없었다. 엄마도 어찌할 도리가 없는 듯했다. 재만이 엄마 성격으로는 어떻게 해서라도 중학교 공부를 시켰을 것인데, 목구멍이 포도청이어서 그렇게 할 수밖에 없었다. 소작료만 없었어도 중학교에 다닐 수 있었을 텐데, 재만이는 분했다. 혼자서 다 먹지도 못할 나락을 쌓아놓은 것도 모자라 더 거둬가기에 혈안이 된 삼영염업사의 횡포에 어떤 방법으로도 맞서고 싶었다.

큰형이 다 가져도 모자랄 소작답을 삼 형제가 나누어야 했다. 빚을 지고 산 한 방구와 영당 옆의 밭을 산 것도 다 못 갚았다. 큰형과 작은형이 군대에 가면서 재만이는 가장이 되었다. 형들이 제대한 후에는 재만이 역시 군대를 가야 했다. 아등바등 죽지도 않고 잘 살아냈다. 그간의 일이 주마등처럼 스쳐갔다. 동네 많은 어른이 돌아가셨고, 승호 어르신도 돌아가셨다. 최낙도 어르신만 남아 아버지에 대한 얘기와 승호 서기의 얘기, 저수지 축조반대 대책위원회의 얘기를 했지만, 한가롭게 들어주는 사람이 없었다. 저수지에서 고기를 잡아 팔던 재만이만 최낙도 어르신의 얘기를 끝까지 들어주었다.

소작료가 내렸지만, 여전히 높았다. 거기에다 수세도 거둬갔다. 삼영사는 우리나라를 대표하는 기업으로 대학교도 더 넓혀갔고 신문사도 키워갔다. 일제 때도 잘 나갔고 대한민국 정부가 들어서서는 더 잘 나갔다. 하지만 소작농은 겨우 입에 풀칠할 정도였다. 가난은 대물림되었다.

재만은 농산부에 소작료 폐지 청원서를 냈다. 그러나 재만이가 쓴 청원서가 삼영염업사로 송달되었다. 송달된 편지를 가지고 집에 찾아온 회사 사람들을 피해 당산으로 숨어버렸다. 중학교에 못 간 것에 대한 분풀이였다. 피하지 말았어야 했으나, 혹시 잡아가면 어쩌나 싶어서 피해버렸다.

재만이는 어머니께 쌀 한 가마 값을 받아 광주 충장로에 갔다. 거기 있는 7층 건물이 다 나라서점이었다. 육법전서를 사 와서 삼영염업사 직원이 주고 간 청원서 답변 내용의 법을 하나하나 찾아갔다. 농지법에 대한 것을 얼마나 봤는지 법전이 너덜너덜했다. 그러면서 예전에 모르던 사실들을 하나둘 들춰보았다. 비도덕인 행동을 한 허주규 형제의 집착, 그리고 횡령, 업무방해 등 삼영염업사 농지의 소유부터 염전의 소유까지 범죄의 민낯을 밝히기 위해 애를 썼지만 여물지가 못했다. 독하지도 못했다. 함께할 줄도 몰랐다. 외롭기까지 했다. 공부가 되면 될수록 더 그랬다. 재만이는 엄마가 잠 못 자며 해낸 것이 고작 소작농이라는 사실을 견딜 수 없었다. '소작료만 아니었다면 지금 나는 물고기나 잡고 있지 않을 텐데……' 날로 쇠약해져 가는 엄마가 재만이를 바라보는 눈빛은 애처로움을 감추고 있었다. 큰소리로 어서 가서 농사지으라고, 소작답이라도 지으라고 소리쳤다. 소작농에서 벗어나고자 물고기를 잡는 것인데, 엄마는 저수지 아래 소작답이라도 많이 가졌으면 하고 바라는 눈치였다. 그러나 재만은 자기 생애 소작농은 되지 않겠다고 다짐했다. 열네 살 겨울 초등학교 졸업과 동시에 자신과 약속했다.

최낙도 어르신이 돌아가시기 전 유언처럼 했던 말이 기억난다. 나승호가 살아있으면 소작료 내는 것을 아예 없애버렸을지도 모른다고 했다. "세월에는 장사가 없다. 나 역시 그 뒤를 따를 뿐"이라고 아무런 힘도 없이 그들 곁으로 간다고 했다. 최낙도 어르신은 민경애가 아직 살아있다고 했다. 해리 방앗간과 양조장을 했던 집 막내와 결혼해서 광주에서 살고 있다고, 혹시 찾아갈 일이 있거나 우연이라도 만나거든, 그 사람에게 나승호가 알려준 것이 있는지 물어보라 했다.

끝없는 공부에 지친 재만은 답답한 마음의 탈출구로 준비도 부족한 결혼을 택했다. 아들이 생겼다. 재만의 친구 성규네도 아이가 생겼다. 곁눈질할 틈도 없었다. 재만의 마음은 육법전서에서 멀어졌고, 사람들은 소작답 하나라도 더 장만하려고 애를 태웠다. 성규도 예외는 아니었다. 소작료를 내지 않고 농사를 짓는다는 것을 상상도 못 했다.

재만이는 계속 물고기를 잡았고, 큰형과 작은형은 대를 이어 소작농이 되었다. 작은형이 재만이가 싫다고 떠난 자리를 채웠다. 작은형은 어머니의 소원을 대물림하는 것을 기쁨으로 생각했다. 재만은 이것만은 막아 내겠다, 이번만큼은 기필코 해내겠다, 소작료에 대한 이야기를 계속 꺼내 들었다.

그때 재만의 꿈에 나승호 서기가 나타났다. 무언가 잔뜩 기록된 노트를 받았다. 소상하게 적혀 있었다. 애지중지 안고 깨어났다. 그렇게 시작했다. 돕는 사람들도 나왔다. 그러는 사이 재만의 어머니도 아버지가 계시는 세상으로 가셨다. 재만은 홀가분했다. 눈치를 보고 멈출 일이 없었다. 이제 나만 잘하면 못할 것도 없다고 생각했다.

꼬끼오, 꼬끼오, 새벽이 오는 신호였다. 암탉이어도 좋다. 수탉이어도 좋다. 닭이 우는 것은 귀신도 쫓고 새날을 밝히는 신호이기 때문이다. 재만이는 아내와 아이가 아직 깨지 않은 새벽에 혼자 마당을 돌고 동네를 돌고 저수지를 돌고 금평평야를 돌아서 왔다. 어린 시절 자신의 새총 때문에 돌아가신 영령들에게 술을 따랐다. 그때 새총부대 대장이었던 것처럼, 새로운 새총부대 대장이 되어 삼영사를 '눈탱이 밤탱이'로 만들어 보이는 게 첫 번째 일이었다. 그때도 든든하게 지켜준 성규와 손을 잡았다. 둘은 뜻을 모았다. 소작료 없는 세상, 그 끝이 서울이 될지라도, 서울까지라도 찾아가서 그 심장부를 열어보겠다, 새총부대가 했던 승리의 전투를 작금의 시대에서도 꼭 이루자고 다짐했다. 조력자를 찾는 것부터 시작이었다.

지렁이도 꿈틀

여흥 민씨이자 민영환, 민영익과 사촌인 민영직이 고종 황제가 돌아가시는 해에 궁산리 앞 갯등갈대밭에 300마지기를 간척해 농사짓기 시작했다. 그렇게 20년은 족히 농사를 지으면서, 처음에는 총독부에서도 격려했다. 한 해 한 해 소출량이 늘어나자 눈독을 들였다. 명성황후가 비록 그들의 손에 무참하게 돌아가셨지만 여흥 민씨의 세도가 아주 없어지지는 않았다.

민영직 간척지 개간에 앞장선 이들이 전호성의 아버지 전하민과 오만수의 아버지 오청각이었다. 전하민 가문은 고려시대 귀족으로, 전하민은 고려가 망하자 공음면 신대로 숨어들어왔다. 조선과 담을 쌓고 살았다. 오만수는 아산면 목동에서 조상 대대로 살아왔다. 동학농민군이 무장현 관아를 점령할 때 최선봉장이 되어 앞장선 오청각 장군의 아들이었다. 동학전쟁이 끝난 뒤 손화중포가 완전히 산산조각나고, 어디 발붙이고 마음 둘 곳이 없어 장성 황룡강 줄기 방장산과 입암산성 사이에서 살다가 손병희 교주를 만나 새 출발했다. 끝끝내 고향으로 돌아오지 못하고 장성 땅에서 숨을 거두었다.

전호성은 아버지 시신을 모시고 조상들의 땅 공음에 찾아왔지만, 환대받지 못했다. 궁산마을 앞 갯등, 바닷물이 대사리가 아니면 닿지 않은 갈대밭을 간척하는 데 사람을 모집한다는 소문을 듣고 궁산마을로 왔다. 그곳에서 오만수와 만났다. 나이가 세 살 더 많은 전호성이 형님이 되고 오만수가 동생이 되어 친지나 가족 이상으로 지냈다. 죽음도 함께하겠다고 결의한 사이로 관우,

장비, 유비의 도원결의를 능가했다.

둘은 민영직의 간척지 매립과 개간에 우두머리가 되었다. 품삯도 넉넉하게 받았다. 물길을 트는 작업조와 흙을 가져오는 작업조, 갈대밭을 개간하는 조로 나누었다. 물길을 트는 작업조는 길 만드는 일을 했고, 흙을 가져오는 작업조는 그들이 살 임시 숙소를 지었고, 갈대밭을 개간하는 조는 식사와 먹는 일을 도맡아 했다. 오만수는 갈대밭 개간의 조장이 되고, 물길을 내는 조의 조장은 예동마을 이천수였다. 물길을 열고 길을 트는 작업조 조장은 죽곡마을 김순성이었다. 모두 동학혁명 때 전봉준 대장군의 선봉에 섰던 자들의 후손들이었다. 전호성이 총대장이 되었다. 하루가 다르게 물길이 열리고, 갈대밭이 논이 되었다. 그들은 환호성을 질렀다. 심장이 뛰는 것은 민영직도 마찬가지였다. 온전히 전호성에게 맡겼다.

농사지을 사람들을 어떻게 해야 하나, 전호성과 오만수는 머리를 싸매고 고민했다. 민영직과도 처음으로 의견이 갈렸다. 민영직의 욕심이 드러나기 시작했다. 전호성이 있어야 하는 이유를 누구보다 잘 아는 민영직도 머리가 아픈 것은 마찬가지였다.

궁산마을에서도 영당 김치성의 아들이 간척지 매립에 적극적으로 참여하고 있었다. 그러나 함께 일하던 사람들은 민영직과 위아래 산다고 멀리했다. 소작료를 어떻게 정하냐가 문제였다. 고려가 망한 이유도 소출량을 나누는 것 때문이었다. 조선이 망한 것도 삼정의 문란에서 독점한 세도가 문제였다. 돈 들어간 것에 비해 경작 면적이 적었다. 면적이 적다고 소작료를 적게 받을 수 있는 것은 아니었다. 한 방구, 두 방구씩 나누어 준다 해도 공사에 참여한 사람들에게도 다 못 나누어 주는 상황이었다. 오히려 품을 파는 것보다 못하게 될 것이라고 했다.

전호성이 설득하기 시작했다. "매년 소출량이 어느 정도일지 서로 알 수 있을 것입니다. 사실 사장님과 일하면서 사장님에 대해 많이 알게 되었습니다.

사장님도 우리를 잘 알 것 아닌가요? 저와 같은 사람이 중간에 있어야 사장님께도 좋을 것입니다. 소출량을 나누는 것에 의견 차이가 분명 있을 것입니다. 그 과정에서 그동안 쌓아 온 사장님의 은덕이 무너질까 걱정됩니다. 우리도 다른 지역에서 어떻게 소작료를 받고 있는지 알고 있고, 그것 때문에 염려하시는 것도 잘 알고 있습니다. 조금씩 양보하고, 우리가 할 수 있는 일을 더해서 사장님께 도움이 되도록 최선을 다 하겠습니다."

압해도에서는 소작농들이 꿈틀대기 시작했다. 지렁이도 밟히면 꿈틀한다더니, 이제 더 이상 참을 수 없다고 했다. 봄에 죽순이 올라오는 것처럼 여기저기서 들고 일어났다. 일본 순사가 개입해도 막기 어려워졌다. 총독부에서는 호시탐탐 소작답을 빼앗아 일본인 기업가들에게 줄 생각을 했다. 민영직은 전호성과 오만수를 불러 생각하는 바를 이야기하라고 했다.

오만수가 입을 열었다. "사장님이 6, 4를 저희들 몫으로 한다면 지금 당장은 다른 곳에 비해 적게 느껴지실 것입니다. 하지만 소작농사를 짓는 우리가 열심히 수확량을 늘린다면, 총량으로는 그들보다 더 많은 소작료를 받을 수 있습니다. 사장님께서 큰돈이 들어가 당장은 조금 아쉽겠지만, 장래를 보아서 이익이 될 것입니다. 소작료를 높이 받아 농사짓는 사람들이 문제를 일으키면 그것을 수습하기 위해 일본 순사나 총독부 관리에게 더 큰 돈을 주고 막을 수밖에 없습니다. 결국은 악순환이 반복될 뿐입니다. 소작농사를 짓는 사람들에게 존경받고, 일본 순사나 총독부 관리에게 조아리지 않아도 되는 방법입니다."

민영직이 말했다. "우리 여흥 민씨는 나라가 망해 순국한 분도 계시고, 군대를 해산하니 의병장이 되기도 했다. 권력을 좇아 변절한 자도 많다. 재력과 권력을 잃으면 선비도 유림도 지켜지지 못한다고 했다. 겉으로는 양반이네, 거들먹대지만 속으로 일신을 지키기에 급급한 사람들뿐이다. 우리 집 가문이라고 예외이겠나. 나도 별반 다를 게 있겠는가. 평등한 세상을 열겠다고 일으킨 동학혁명의 주역인 선대 어르신들이 더 가치 있는 삶을 살다 가신 것이다. 그래도 자네들이 나를 이렇게 인정해주고 존경한다고 말하니 좋네. 앞으로 남고 뒤로 밑지는 장사 많이 봤네. 자네들이 맞다. 자네들만 믿네."

그렇게 53개 농가가 민영직 간척지 논을 경작하게 되었다. 소작료도 지주가 6, 농가가 4 그렇게 사이좋게 농사를 지었다. 그러나 가난의 대물림으로 늘 불안했던 소작농들은 지금까지 잘 해오고 있던 소작답마저 빼앗기지 않을까 걱정했다. 일본인 회사가 민영직 간척지 앞으로 수십만 평을 간척해오고 있었다. 만돌에서 고전리, 신동호 앞까지 공사가 쉽게 끝나지 못했다. 태풍이 오고 거친 파도가 밀려와 덮친 공사현장이 차마 눈뜨고 볼 수 없을 정도였다. 허가 기간이 다 되어 품삯도 배로 주면서 독려해도 공사는 쉽사리 진척되지 않았다. 군수, 전북도지사, 총독부에서도 독촉했다. 기간이 되자 기다리고 있었다는 듯 허가 기간 연장을 거절하고 허주규에게 넘겼다. 그리고 많은 돈을 투입해서 저수지와 수문, 다리와 논, 염전도 완성했다.

50명 넘던 소작농이 우르르 쏟아져 나왔다. 숙명인가. 누구를 위한 것일까. 노동의 대가를 제대로 못 받으며 결국 종속되어갈 판이었다. 군수가 처음에 나섰고 국회의원이 나섰다. 그러나 모두 손을 들었다.

이때 재만이 나섰다. "지렁이도 밟으면 꿈틀댄다고 했는데, 거역하지 못하면 영원히 종속된다. 세상은 변하는데 왜, 왜, 지주와 소작농은 아직도 기울어진 운동장에 서야 하는가. 70년 전 우리 선조들은 외쳤다. 내가 곧 하늘이다. 하늘이 곧 나이다. 양반·쌍놈은 없어졌는데, 소작농은 왜 그대로인가."

초등학교 5학년 김재만의 연설에 학생들보다 교장선생님이 더 크게 놀랐고, 선생님도 '어떡해, 어떡해' 걱정을 하면서도 끝까지 들었다. 한참 침묵의 시간이 지나고 교장선생님이 먼저 기립 박수를 쳤다. 선생님들과 교감선생님도 일어나 박수를 쳤다. 전교생이 바라보는 자리에서 거역할 수 없었던 숙명을 과감하게 차버렸다. 그러나 사회적인 압박을 이기지 못하고 다른 아이가 학교 대표로 고창군 웅변대회에 나갔다. 재만이는 마지막 순번으로 추가되어 올라갔다.

"해리초등학교 5학년 김재만입니다." 연단에 올라 손에 든 원고를 허공에 던져 버리고 외쳤다. 또 뽑혔다. 전라북도웅변대회 초등학생 최고를 뽑는 자리에 올라갔다. 상을 받았다. 다가올 일은 모르고 졸업장까지 받았다.

소작료를 내며 가난은 깊어져 갔다. 반항심이 꿈틀꿈틀 봄날에 새싹 돋는 것처럼 솟구쳤다. 민영직이 간척지를 소리소문없이 빼앗기고, (주)해원도 가지고 있던 땅을 빼앗겼다. 그들은 떠나갔다. 하지만 소작농은 남아 땅을 지켰다. 소작의 굴레에서 벗어나지 못한 어린 꼬마의 눈에는 이해할 수 없는 것투성이였다. '누가 저렇게 많은 것을 가져가는 것일까. 변명이라도 하고 가져가야 하는 것 아닌가.'

민영직의 부고를 받은 전호성은 오만수와 함께 정읍역에서 열차를 타고 올라갔다. 사모님이 특별히 불러 봉투를 꺼내주었다. 유언이냐고 물었다. 모른다고 했다. 오래전부터 귀하게 보관해왔다고 했다. 한 달 전에 민영직이 죽음을 알고 있었는지 전호성을 불러 꼭 넘겨주라고 했단다. 오만수는 아무도 모르게 가슴에 꽁꽁 숨겨와 나승호 서기를 만났다. "우리가 가지고 있는 것보다 서기님이 꺼내 보시는 것이 좋겠다"고 했다. 지금 당장이라도 뭘 해야 한다면 말씀해주시고, 그렇지 않으면 보관해뒀다가 나중에 민 사장의 염원을 들어주라고 했다.

전쟁이 일어났다. 염전은 늘 화약고였다. 들판에는 벼가 눈에 보였기 때문에 북한군도 크게 집착하지 않았으나 염전은 달랐다. 염부들도 낮과 밤에 다르게 활동했다. 영광 불갑사 조선인민공화국 남조선 총사령부에서 군대가 급파되기 전까지는 군대보다 염부들이 나았다. 그들은 지형지물을 이용해서 싸움을 잘했다. 북한군의 약점을 낮에 파악해 놓았다가 치고 빠지는 작전으로 연승했다. 동틀 무렵이면 도깨비라도 된 듯 쥐도 새도 모르게 흔적 하나 남김없이 사라져버렸다. 지피지기면 백전백승이라고 했다. 전호성은 별동부대를 창설해서 북한군을 괴롭혔다. 북한군 숫자가 많아지고, 추수철이 다가옴에 따라 전호성은 작전을 멈추고 벼를 수확하는 논으로 염부들을 보내 추수하는 농부들을 돕게 했다. 북한군은 경계를 강화했으나 별들마저도 밝아 도깨비불을 구경조차 못 했다.

한 달 반이 지났다. 칠흑 같은 어두운 밤에 별동대는 전면전을 폈다. 혼비백산이 된 북한군들은 도망치면서 마구 총질을 했다. 날이 밝자 별동대의 흔적조차 발견하지 못했다. 북한군과 빨치산의 시체가 여기저기 널브러져 있었다. 망연자실한 북한군 대장은 눈이 뒤집혀 마을을 샅샅이 뒤지고 다녔다. 예전엔 애꿎은 양민 몇몇이 죽거나 고초를 당했지만, 이번에는 사람들이 대응을 잘해서 별 사고 없이 끝났다. 북한군 부상 6명, 사망 13명, 그중 빨치산 4명, 김일성 장군 부대원 9명. 별동대와의 교전에서 죽은 게 아니라 북한군인들이 서로가 총구를 겨눈 사건으로 둔갑했다. 칠흑 같은 어둠 속에 빨치산이 김일성 장군 부대원을 못 알아보고 총격을 가했다고 했다. 성공적인 게릴라전으로 별동대는 북한군과 빨치산에게 공포감을 심어주었다.

전선에서도 밝은 소식이 전해왔다. 유엔 연합군 맥아더 장군이 인천상륙작전을 감행해 서울로 진격하고 있다고 했다. 북한군이 수확한 벼를 가져가려고 혈안이 되었을 것이니, 무작정 덤벼들지 말고 벼를 내놓으라고 하면 잘 들으라고 했다. 사람 목숨을 파리 목숨만큼도 생각하지 않는 북한군들이 마구잡이로 총질할 것이라고 했다. 수송 트럭을 습격하거나, 차량을 고장내면 급한 쪽은 북한군이 될 것이었다. 철수하는 길목에 군데군데 파놓고 못도 박아놓으라고 했다. 염부들도 전호성과 함께 염전 시설을 지켰다. 모두가 하나되어 직접 생산하고, 똑같이 나누었다. 처음으로 새로운 세상을 봤다. 농부들이 빼앗긴 벼를 함께 나누었다.

　방첩대가 들어오고 북한군에 협조했거나 부역한 사람들을 색출했다. 북한군보다 더 씩씩거리며 빨간 눈빛을 한 것이 꼭 여우 같았다고 한다. 소금도 염부의 허락 없이 빼앗아 갔다. 전호성을 중심으로 별동내가 염부들을 지키고 염전의 소금을 지켜냈다. "북한군에게도 빼앗기지 않던 소금을 경찰과 방첩대가 아무런 말도 없이 가져가니, 도적이나 깡패도 아니고 이게 뭐냐"고 전호성이 따져 물었다. 다음날 국군과 경찰들이 염전을 포위하고 밀고 들어왔다. 염부들도 끝까지 버티다가 밀려 계명산까지 쫓겨갔다. 전호성과 염부들이 외쳤다. "이것은 대한민국이 아니다. 일본 순사보다 못한 역적 놈들아, 하늘이 무섭지도 않느냐." 총소리가 탕탕 울리고 비명소리가 났다.

　전호성이 말했다. "총 쏠 힘이 있다고 해도 모든 것은 원칙이 있다. 남의 것을 가져갈 때는 주인에게 소상하게 말하고 가져가는 것이 예의 아닌가. 이제껏 소금을 생산하고 소작답을 지으면서도 비율을 두고 나누어 왔다. 화적떼가 물건을 훔쳐갈 때도 주인이 먹을 만큼은 남겨두었다고 한다. 지금 죽어도 여한은 없다. 그렇지만 이게 사람들이 할 짓이냐, 너희도 머지않아 천벌을 받게 될 것이다."

　탕탕탕탕, 소리가 나고 흙먼지 갯바람만 무심하게 불어오고 있었다.

　나승호와 염부들이 모여들었다. 조그만한 김재만도 계명산까지 나승호 서기를 따라왔다. "뭘 나누는 것이 얼마나 어려운 것인지 똑똑히 봐두어라." 나승호 서기가 숨 가쁜 목소리로 말을 이었다. "오늘 돌아가신 전호성 선생님께서 우리에게 남긴 것이다. 나 역시도 오래 살 것 같지 않다. 이제 너희가 해야 할 것 같다. 나는 알고 있었다. 너희들의 용기를, 그리고 전호성 선생이 이끌던 별동부대를 똑똑히 기억하고 있다. 새총부대, 별동대 정말 잘했다. 모든 것은 지략이 있어야 하고 담대한 용기도 있어야 한다. 지렁이가 그 거대한 눌림을 버텨 이겨내고 꿈틀거린다고 생각해봐라. 본능적으로 그런 걸까. 아니다. 치밀한 계획 속에서 아주 계산된 지략이 있어야 한다. 끝까지 아끼며 얻어내는 담대한 행동이 비록 너를 힘들게 할지라도 꿈틀거려라. 사람들을 모으고 협력해서 나아가라. 비굴하지도 거칠지도 말고 늘 계산된 지략을 허점 없이 쏟아라. 봉투에 담겨진 이야기를 보는 것은 내가 첫 번째이고, 이제 우리 재만이가 두 번째가 될 것이다. 그때는 경천동지할 일들이 벌어질 것이다. 성규가 네 옆에서 잘 지켜줄 것이다. 그날 그때처럼, 너희들이 잘 해줄 것이라 생각한다." 그리고 한 달이 못 되어 나승호 서기도 세상을 떠났다.

재만의 머릿속은 늘 한가지 생각뿐이었다.
'언제 우리는 소작농사에서 벗어날 것인가. 나는 갯벌의 갯지렁이가 되어도 좋다. 푹푹 빠지는 갯벌 속에서 밟히고 꿈틀거린다. 대물림은 또 시작되었고, 내 친구 성규도 대물림했다. 어머니가 장만한 두 방구 중 하나는 내 몫이었지만, 나는 받지 않았다. 물고기 잡는 것이 소작농 되는 것을 이겨낸 것이다. 결코 나에게 대물림은 없다.'
1919년 민영직으로부터 생겨난 소작농, 소작료. 일말의 양심이 있었던 민영직은 활화산처럼 타오르는 희망을 주고 갔다. 민영직이 남긴 봉투를 재만이 두 번째로 보고, 술상을 봐서 떡을 놓고 생선도 올리고 쇠고기와 돼지고기를 올렸다. 정중하게 절을 두 번 올렸다. 재만을 따라 '소작농이 뭔데' 외치며, 그들도 두 번 절했다. 그 속에 있는 희망을 똑똑히 봤다.
갯지렁이가 된 것을 좋아했다. 운명을 거역했다. 숙명을 거절했다. 선택은 내가 했다. 그렇게 많고 많은 씨앗이 바람에 날려 홀씨가 되었고, 거친 겨울바람에 저항했다. 봄이 왔다.

소작농

첫 사람들

강현만

코가 약간 삐뚤어지고, 콧구멍은 크지만 짝짝이다. 성질머리는 온순하지만 화가 나면 팔형치 털보네 가게 염치순 아줌마만 그 성질을 잠재울 수 있다. 품 삯을 벌어 와도 염치순에게 맡겨놓았다. 목수 일을 잘하고 일할 때는 밤낮을 가리지 않고 죽을 둥 살 둥 일한다. 책임감이 매우 강해서 현장 이동경 감독관이 무척 좋아했다. 고집불통으로도 유명하다.

강현철

코가 네모난 메주코이다. 키가 작아 완두콩이라고 부르고, 몸이 빨라 날쌘 제비라고도 부른다. 하룻밤에 수백 리를 다녀올 정도로 빨랐다고 했다. 심부름을 도맡아 했다. 눈치가 빠르고, 코만 아니었으면 뭐라도 한자리 단단히 해 먹었을 것이라고 했다. 강현만의 동생이란 것을 코만 봐도 알 수 있다.

김준식

강현철 처남이다. 코가 우뚝 솟고 이마가 갸름한 전형적인 훈남이다. 그러나 말이 늦고 생각이 깊다고, 반가부좌상 같다 해서 불상거사라고 부른다. 말을 빨리하는 것은 죽음을 빨리 부르는 것이라고 했다. 이념이 어떻고, 사상이 어떻고 떠들었다. 조카들에게 사르트르를 아냐고 물었다. 마음속을 들여다보는 것이 철학이라고, 점쟁이들과는 차원이 다르다고 했다. 책을 많이 봤다. 모르는 사람이 보면 동경 가서 유학이라도 다녀온 줄 안다고 했다. 일본 순사들도 저 사람은 참으로 알다가도 모르는 사람이라 범접하기가 어렵다고 했다.

김준호

김준식의 형이다. 저수지 축조 당시에 수문과 다리 공사현장에서 일한 몇 안 되는 토목기술자였다. 특별히 교육받은 것은 아닌데 눈썰미가 좋아서 한 번 보면 그대로 따라 한다고 '복사왕'이라고 불렀다. 이동경 현장감독이 수제자라고 했다. 김준호가 감독하거나 시공하면 누구 하나 이유를 달지 않았다. 일본에서 온 기술감독관도 참으로 별스러운 기술을 가졌다고 했다. 설계에서 빠진 부분을 세심하게 찾아냈다. 설계도를 보완하고 그 이유를 정확하게 기록했다. 다리 이름을 준호다리라고 부르자고 할 정도였다. 이동경이 품삯을 더 주어도 절대로 안 된다고 거절했다. 동학 접주의 아들다웠다.

김소자

김준호의 사촌이다. 소자의 아버지가 조카인 준호와 준식 형제를 거두었다. 두 형제의 아버지가 동학혁명 때 일찍 돌아가셨고, 엄마도 그 충격으로 오래 살지 못했다. 소자 아버지의 손을 꼭 잡고 두 아들을 부탁한다고 했다. 내 아들처럼 키우겠다는 말을 듣고 임종했다. 준호와 준식 형제는 소자네 집으로 와서 소자와 함께 아들이 되었다. 소자의 아버지는 두 형제를 자신의 아들과 차별 없이 똑같이 대했다. 소자도 마음의 크기가 남달랐다. 넉넉했다. 가끔은 푼수 소리까지 들었다.

김계련

김소자의 동생이다. 기생오라비 같이 생겼다. 강현철은 내가 우리 계련이처럼 생겼으면 이곳에 살지 않았다고, 작은 처남만 보면 기가 죽는다고 했다. 계련은 옷도 꼭 다려서 입고 다녔다. 금평천 공사를 할 때도 옷에 먼지 하나, 흙 하나 튀어 배기지 않게 단정했다고 한다. 이동경은 저런 놈이 어떻게 현장 일을 한다고 하냐며 고개를 절레절레 흔들었다. 그러나 계련은 현장에 제일 일찍 나왔고 제일 늦게까지 남아 장비를 확인하고 고장난 것, 부서진 것 하나하나 잘 챙겨 정리했다. 계련이 있는 곳은 모든 것이 잘 정리정돈되어 있었다.

김연호

친척 없이 홀로 어디서 왔는지도 알 수 없었으나, 황해도 사투리를 많이 썼다. 그래서 혼자 활동했다. 묵묵히 맡은 바 일을 아주 잘했다. 김준호는 성씨가 같다고 늘 옆에서 챙겼지만, 쉽게 가까워지지 못했다. 결혼도 안 하고 혼자 임시 숙소에 살았다. 동학혁명 때 아버지가 고부에서 터전을 잡고 살았는데, 그때 부모를 잃고 홀로 남아 이집 저집 떠돌아 다니며 근근이 살다가 전호성 대장을 따라 이곳 현장에 들어왔다고 했다.

나순수

동학혁명 때 아버지가 심원면에서 집강을 했다. 최시형 교주와 연계가 있었다. 이론적으로 밝았다. 전호성이 도와달라고 해서 일을 하게 되었다. 산술적 능력이 뛰어나 간척하는 논의 경계를 나누고 방구를 나눌 때, 구획을 정리해 놓은 듯 오차 없이 마무리지었다. 이순신 장군이 전라좌수사로 부임할 때 거북선 설계를 완성시킨 선대의 영향이 큰 듯했다. 이순신 장군이 철갑선으로 거북선을 검토하게 했다. 철의 무게를 버티면서 최고 속력을 내고, 배끼리 부딪쳤을 때 부서지지 않고 튼튼해야 한다는 명제를 완벽하게 성공한 선대의 산술능력을 빼다 닮았다고 했다. 이동경은 나순수의 계산능력은 일본산 측량기계를 능가한다고 자랑을 많이 했다. 함께 근무하자고 권유했으나 일본 회사에 근무하는 것은 아버지와 선대 조상님들께 예의가 아니라고 했다. 일본이 강점한 나라에 사는 것도 수치라 생각하여 망명을 계획했지만, 전호성이 여기 남아 해야 할 일이 많이 있다고 설득하여 일을 같이하고 있었다.

나승철
순수의 아들. 아버지가 나이가 있어 곁을 지켜야 했다. 효자로도 소문이 자자했다. 아버지가 입으로 산술적인 것을 말하면 승철이 기록으로 표현했다.

마승채
흙을 파오고 옮겨오는 일을 맡아 했고, 돌을 걸러내고, 걸러낸 돌을 도로에 집어넣었다. 일머리를 정확하게 알았다. 선행을 미리 알아 완급조절이 정확해 일하는 사람들이 피로가 누적되지 않아 능률이 매우 좋았다. 작업 공기를 바꾸는 데 일등공신이었다. 가끔씩은 술을 많이 먹어, 공사현장에 늦게 나와 일하는 사람들이 우왕좌왕하는 경우가 있었다. 술을 들고 가지는 못해도 먹고 갈 수 있다고 했다. 술꾼 중에도 상 술꾼이었다. 그래서 '배통쟁이'라고 했다. 사람들은 줄여서 '배통'이라고 부른다.

문채수
도정공장을 운영했나. 민영직의 쌀과 보리를 도정해서 보관했다.

문경채
문채수의 형님이다. 운수업을 했다.

문수부
문경채 아들이다. 천주님을 믿는 예수쟁이라고 조상도 몰라보는 쌍놈이라고, 욕을 많이 먹고 있었다. 궁산마을에 들어와 사람들에게 예수님과 하느님을 믿고 구원받으라고 하루도 빼놓지 않고 전도하러 다녔다. 천국에서 고통도 없이 행복하게 살 수 있다고 하느님을 영접하라고 했다. 사람들이 '하느님이 뭔데, 이리도 지독하게 찾아오는 거야, 한번 들어보자' 하면 점심시간이면 어김없이 나타나 기도해주고, 주기도문을 가르쳐 주고, 찬송가도 가르쳤다. '무슨 노래가 이렇게 생겼당가' 하면서도 따라 부르는 사람들이 많아졌다. '예수쟁이 또 왔네'가 문수부의 이름이 되었다.

박현철

마승채의 고모부이다. 마승채 아버지는 동굴을 뚫는 전문가였다. 처남·매부지간인 마승채 아버지와 함경도에서 금광을 채굴할 때 함께 가서 일하고 온 적도 있다. 그래서 마승채나 박현철네는 주변 동네에 부자로 소문이 나 있다. 품을 팔기 위해 나온 것이 아니라 기술자가 필요해서 나왔다. 나이가 있어 하루 온종일 일하지는 않는다. 수산업을 크게 하고, 어업조합 상무로 일을 했다. 박현철은 부인 덕을 톡톡히 본다. 음식 솜씨가 근방에서 따라올 수 없었다. 군수와 서장이 동호나 해리에 오면 박현철네로 와서 밥을 먹고 갔다고 했다.

박현술

박현철의 동생이다. 선단의 왕초선장이다. 형의 어업조합 상무 자리를 맡아보고 있다. 총독부에서 배를 이용해야 할 때를 대비해서 박현술에게 돕게 했다. 수심을 측량하고 물때를 관리하는 일을 했다. 바다를 간척할 때, 박현술은 필수적인 인원이었다. 일기나 물의 상태를 정확히 알리는 일을 했고, 품삯도 다른 사람보다 곱절을 더 받았다. 그래도 누구 하나 토달지 않았다. 이동경 현장감독관보다 더 많이 받았다. 늘 겸손했고, 일하는 사람들이 잘 먹어야 한다고, 품삯의 반은 돼지를 잡아 나누었다. 박현술이 돼지를 잡는 날은 간조가 있는 날이었다.

박현갑

박현술의 당숙이다. 나이는 박현술과 같으나 항렬자가 아버지와 같았다. 그래서 늘 현철에게도 '조카님'하고 인사했다. 조카들도 당숙을 존중했다. 갈대밭의 갈대를 제거하는 기술자였다. 갈대를 버리지 않고 지붕이나 울타리를 만들거나 땔감으로 많이 썼다. 갈대를 벨 때면 이 동네 저 동네 사람들이 모여들었다. 이동경에게 줄을 서는 것보다 박현갑에게 줄을 서는 게 훨씬 더 큰 도움을 받았다. 갈대를 나누어 줄 때가 제일 행복하다고 했다. 태어나서 제일 뜻 있는 일을 하고 있다고, 사람들에게 늘 고맙다고 했다. 누가 와도 빈손으로 그냥 가게 하지 않았다. 눈썹이 아주 진해서 요괴라고 했다. '착한 요괴'라고 불렀다.

박래칠

의병활동을 했다. 머리가 많이 빠지고 수염이 길었다. 3·1만세운동의 주동자로 감옥에 잠시 갇혀 있기도 했다. 박래무의 형이다. 불의를 보고 참는 경우가 없었다. 사람들은 의병장이라고 부른다.

박래무

소달구지를 전문적으로 끌고 다닌다. 큰 나무를 주로 운반했다. 수문을 만드는 현장에서 사람들과 자동차가 오가기 힘든 곳에 공사 장비나 큰 돌을 운반했다. 황소처럼 천하장사였다. 늘 형 박래칠과 한 조가 되어 일했고 일본인 부인을 두었다. 그래서 사람들이 '쪽바리'라고 불렀다. 그 때문에 싸움도 잦았다.

박균수

이동경 현장감독의 조수였다. 목포에서부터 따라왔고, 성호겸의 누이와 결혼해서 처가살이를 하고 있었다. 이동경도 성호겸 집에서 숙식했다. 목포에서는 알아주는 가문이라고, 어쩌다가 이동경을 따라와 처가살이까지 하게 되었다고, 술만 들어가면 궁시렁대었다. 지금이라도 누이를 물리고 돌아가라고 해도, 천사보다 더 예쁜 색시를 누구 맘대로 물리냐며, 한번 시집가면 출가외인이라고 했다. 성호겸, 성호제 형제들을 무조건 귀엽게 봐주고 한 편이 되었다.

서진호

무장면 소재지에 있는 무병장수 병원 의사였다. 왕진도 많았다. 주사기로 엉덩이를 꾹 찌르고 '앗' 소리와 함께 진료를 완료했다. 한약방 한의사보다 훨씬 빠르게 치료해주었다. 한방이면 끝이었다. '한 방 선생님'이라고 했다.

서진주

서진호의 누이동생이다. 간호사였다. 사람들은 '어떻게 저렇게 예쁘게 생긴 여자가 무섭지도 않은지 주사기 놓는당가' 그랬다. 남자 엉덩이에다 주사를 놓으니, '남녀칠세부동석이라고 했는데, 말세라고, 이 나라가 어찌 되나 모르겠다'며 주사를 안 맞고 버티는 사람도 많았다. 그러나 주사를 맞은 사람들은 한결같이 빠르게 병이 나아 주사 맞기 위해 줄을 섰다. '이미 망한 나라가 또 어떻게 망한다고, 나부터 놓아주시오' 그랬다. 다 큰 처자 앞에서 엉덩이를 불쑥불쑥 꺼내는 것이 민망했지만, 별 수 없었다. 천사 선생, 그렇게 불렀다.

서진성

서진주의 동생이다. 약품을 조달하는 일을 했다. 아버지의 뒤를 이어 임금을 치료하는 어의가 되고 싶었으나 나라가 망하여 꿈을 포기했다.

서호진

진호, 진주, 진성의 아버지다. 구한말 고종황제의 어의였다. 고종황제가 폐위되고 고향으로 낙향했다. 아들과 딸이 일본 가서 의학공부를 하고 돌아와 아버지 고향에서 병원을 열었다. 서호진은 자식들에게 나 죽거든 너희들이 원하는 데서 병원을 개원해도 된다만, 나 살아있는 동안은 고향에서 병원을 열어주길 바란다고 했다. 아버지 소원을 들어주기 위해 진호가 무장에서 병원을 열었다.

성호겸

공사현장에 들어갈 인원을 수배하고 작업장별로 배치하는 일을 했다. 전호성과 함께 공사현장에 투입된 인력을 관리했다. 전호성은 공사현장 중심이었고, 성호겸과 성호제는 인력 동원을 도맡아 했다. 특히나 매제인 박균수가 작업장에서 필요한 인력을 말하면 공급했다. 해리 송산 송양정 성씨 가문으로, 무장현 일대에 모르는 사람이 없었다. 마당발이라고 불렀다.

성호제

성호겸 아래서 인력 동원을 도왔고, 여자 인부를 도맡아 관리했다. 서글서글한 성품과 유머스러운 말투로 여자들에게 인기가 아주 많았다. 부인과 가끔씩 싸우는 이유가 늘 여자 문제 때문이었다. 하지만 성호제를 제일 잘 아는 사람이 성호제의 어머니였을 것이고, 그다음이 한 이불 속에서 자는 각시였다. 성호제 각시는 남편의 말을 믿으면서도 어떻게 행동하고 다니기에 내 귀까지 들어 오냐고 화를 냈다. "여보, 각시. 당신 귀에 들어온 소문이 진짜라면 지금 이 시간도 당신 곁에 있겠는가. 남편 말을 못 믿고 소문을 믿다가 누구 좋은 일 시킬 것인가. 이렇게 예쁜 각시 간수하는 것도 벅찬 나에게 여자들이 웬말이당가. 헌데 형님을 도와 하고 있는 일이 여자 인부를 맡는 것이라 별의별 말 다 듣게 하네만, 조심하리다. 목구멍이 포도청인지라 자네가 조금만 이해 바라네." 늘 싱글벙글 웃는 낯이라 싱글벙글 아저씨라고 부른다.

오성수

누구도 오성수는 못 속인다고 했다. 눈치 백단이다. 땅을 고르는 일과 수평 잡는 일을 도맡아 했다. 수평만큼은 눈대중으로 안 된다고, 수평 잡는 것은 속여서도 속아서도 안 된다고 철두철미했다. 같이 일하는 사람들도 눈치 보며 조심했다. 물을 담으면 그대로 나타나기 때문이었다. 사람들은 눈이 머리 뒤에도 있다고 외계인이라고 했다.

오만수

전하성과 저수지 축조부터 개답을 만드는 일까지 총괄했다. 전봉준 대장군의 후예였다.

오정수

오만수 사촌 동생이다. 사촌형 오만수의 말이면 죽는시늉도 한다. 별동대원이다.

유생기

유림 대표다. 무장향교 전교를 역임했다. 민영직 지주의 제각을 지어주었고, 민영직 지주의 조상님을 모시는 일과 경성 민씨 가문의 가교역할을 했다.

유갑수

정읍 출신으로 염전 공사장에 왔다가 이동경 현장감독의 눈에 들어 개답 공사장으로 이동해왔다. 경찰서, 군청 직원을 관리했고 일본 순사를 특별 관리를 했다. 낮에는 현장 일 보는 사람이고, 밤에는 순사의 손발이 돼서 온갖 일 다 해주고 다녔다. 이동경 현장감독관의 비밀병기였다. 모든 정보를 알아오고 일까지 도맡아 했다. 하루 24시간도 부족했다. 현장에 나오는 일보다 바깥일이 더 많아 전호성, 성호겸의 통제를 받았다. 오직 이동경의 말만 듣고 행동했다.

유환성

간척으로 생겨난 논을 대장에 기록하고, 소작을 어떻게 줄 것인가부터 준비하는 일 전반까지 민영직의 재산 관리를 도맡아 하는 집사였다. 민영직의 고모 아들이다. 고종 간으로 민영직의 서울 살림까지 도맡아 했다. 집사 나리라고 부르는 것을 제일 좋아했다.

유달성

유환성의 동생이다. 민영직의 말을 전호성, 이동경에게 전하는 비서였다.

장춘수

쌀 창고와 집을 짓는 대목수였다. 임금이 살 궁궐을 지을 때 조수 역할을 했고, 민영직 제각 짓는 일을 했다. 유생기와 친분이 있다. 사찰을 보수하고 양반들의 집도 수백 채 지었다. 자긍심이 대단했다. 집은 살기 좋은 것이 첫 번째이지만, 멋도 있어야 한다, 돈을 조금 더 들여서라도 집에 사는 사람의 품격을 보여주는 데 신경 써야 한다고 했다. 멋을 창조하는 예술가 장 선생이라고 불러주라고 했다.

장계남

뱃노래를 잘 부른다. 힘들게 일하면서도 장계남의 뱃노래를 들으면 힘든 것도 잊어버린다고, 장계남에게 계속 소리를 하라고 했다. 장계남 옆에는 많은 사람이 모여들었다. 사람들이 오면 힘이 나서 더 열창했다. 뱃노래를 많이 부르게 했다. 기러기 소리, 파도 소리, 바람 소리, 천둥번개 소리까지 우렁차게 부르면 너도나도 따라서 함께 어울려 울고 웃었다. 덩실덩실 춤 바다가 되어 넘실대었다. 술은 늘 공짜로 얻어먹었다. 사람들은 장계남 덕분에 노동의 힘든 것을 잊었다고 한다. 소리꾼 대장이라고 불렀다.

전호성

전봉준 대장군의 후예이고, 사람들의 리더이다. 오만수가 보좌하고 있다. 손병희 교주와 교류하고 있다.

전경호

전호성 사촌이다. 어릴 때부터 전호성과 함께 자랐다. 부모님들이 동학혁명 선봉장에 섰다. 전봉준 대장군이 공음면 신대리로 숨어들었을 때, 무장현, 홍덕현, 고창현, 영광현의 대접주이자 조선 제일의 손화중포 손화중 대접주와 전봉준 대장군을 만나게 했다. 구수네에서 포고문을 선포하고 무장현 관아로 진격해서 사회변혁의 시발점을 만드는 데 혁혁한 공을 세웠다. 부모님들의 영향을 받았고 천안 전씨 전봉준의 후예라는 자긍심이 있었다. 늘 바늘과 실처럼 전호성 곁에 그림자가 되어 움직였다. 달그림자 전 선생이라고 불렀다. 전호성과 전경호는 누가 형 동생인지 알 수 없었다.

전춘삼

신대마을 촌장이었다. 전호성이 앞장서서 일할 수 있도록 도와준 든든한 후원자였다.

전춘제

전춘삼의 동생으로 고창군청 주임이었다. 유갑수와는 호형호제하면서 군청 돌아가는 상황을 전했고, 경찰서 정보까지도 유갑수를 통해 알렸다. 읍면에서 일어나는 일부터 민영직 가문의 얘기, 총독부에서 지시가 내려오는 사항까지 모조리 모아서 보내는 역할을 했다.

전홍채

전춘삼의 아들이다. 신학문을 했고 화가였다. 민영직의 부름을 받고 저수지 축조로 소멸되기 전 궁산마을을 그렸다.

정진술

순사였다. 악질 순사, 짐승보다 못한, 사람의 탈을 쓴 악마라고 했다.

정호주

탐관오리보다 더한 군청 주임이라고 했다. 도둑질을 낯 내놓고 한다. 군수도, 서장도 못 말리는 도적놈이었다.

최진호

대장간 대장장이었다. 쇳물을 녹여 못 만드는 것이 없었다.

최진성

진호의 아들이다. 대장간을 대물림했다. 7대째 내려오는 가업으로 진성이가 여섯째 아들이다. 조선팔도에서 가장 오래된 대장간이라고 했다. 예전엔 총과 대포도 만들었다고 했다. 철판으로 된 수문을 만드는 것이 제일 큰일이라고 했다. 교회의 종을 만드는 것도 일이 많다고 했다.

최준우

배를 만드는 조선소를 했다. 최진호 대장간과는 먼 선대에서 일가친척이었다. 병자호란이 끝나고부터 배를 만드는 일을 했다. 돈을 많이 못 벌고 겨우겨우 버티고 견뎌 왔는데 지금은 대장간보다 더 소득이 좋다고 했다. 서로 기술을 교류하면서 대한에서 제일 잘 되는 조선소가 되었다고 자랑했다.

최훈성

최준우 아들이다. 목포에 고리포 조선소를 차렸다. 거북선보다 더 큰 배를 만들고 더 튼튼한 배를 만들겠다고 말한 것을 아는 사람들은 다 안다.

하진철

중국에서 온 화교다. 중국음식점을 한다. 돈이 있거나 없거나, 식당에서 밥을 먹고 돈을 내지 않고 가도 뭐라 말하지 않았다. 타국에 와서 이렇게라도 잘 사는 것이 은혜에 보답하는 것이라는 아버지의 말씀을 받들었다.

하마수

하진철의 아버지다. 은퇴하고 뒤에서 조용히 아들을 지켜주고 있었다.

한종수

점쟁이였다. 귀신도 속이는 점쟁이로 심약한 사람들을 미혹시켜 부처님, 예수님은 가짜이며, 성황신만이 진짜라고 점괘를 주고서 믿게 했다. 속은 사람들이 찾아가 집안 모든 일을 까발려 그의 볼모가 되었다. 한종채, 함덕제, 함덕술, 함덕호는 재산까지 탕진하면서도 미신에 푹 빠져 살았다.

허진수 엿장수였다. 조선말을 가르치는 선생이기도 했다. 세종대왕이 만든

글자를 가르치기 위해서 엿통을 메고 다녔다.

허진경

한글학당을 개설해서 대한의 말을 뿌리고 있었다. 자기 이름을 쓰고 읽으며, 부모님 이름도 쓰고 자식 이름도 쓰고 읽어야 한다고, 일본 순사들 모르게 은밀하게 운영했다. 학당에 다니는 사람들의 숫자가 늘어났다. 아버지, 어머니, 할아버지, 할머니, 동생, 형 그리고 본인의 이름을 써오면 엿장수인 진호가 큰 엿 하나를 주었다. 진수와 진경은 남매였다. 주시경 선생을 만나 말의 독립은 나라를 찾는 것보다 더 중요하고, 우리말은 우리 한글이어야 한다는 것을 깨달았다. 두 남매도 독립운동을 그들의 방식으로 했다.

일본기업 해원주식회사

'누구를 믿고, 여기를 왔을까.'

일본인 야마구치는 인천에서부터 목포까지 해안선을 다 돌아다녔다. 1914년 새롭게 제작된 조선지도를 따라 직원 두 명과 함께 해안가를 누볐다. 회사 차원에서 쌀을 생산할 전진기지를 찾아 지도가 닳을 정도로 돌아다녔다. 투입 비용 대비 생산성을 고려했고 짧은 기간에 생산할 수 있느냐도 관건이었다. 이사회의 최종 승인을 받아야 했기 때문에, 설명 자료가 충분해야 했다. 서산, 군산, 고창, 함평 등 후보지 네 곳에 대해 이사회에 설명했다. 야마구치는 고창군 심원면과 해리면 사이 만돌리, 고전리, 금평리, 동호리에 있는 갈대밭, 모래등, 갯등, 갯을 추천했다. 이미 김학배가 넙벌마을 앞에 70여 마지기, 민영직이 예동과 구미 사이 300여 마지기를 농사짓고 있었다. 계명산에서 신동호 삼영정까지 거리도 가까웠고 모래가 있고 부등도 뜬섬 형태여서 바닷물을 막는 데 이보다 더 좋을 수 없었다. 경지면적도 400만 평은 될 것으로, 흡족했다. 그런데 문제는 농사를 지을 수 있는 물이었다.

(주)해원 이사회에서도 야마구치 사장의 계획에 전적으로 동의하고 적극적으로 협조했다. 하지만 다케시다 이사는 왜 조선까지 진출해야 하는지 이해하지 못했다. 만주로 가는 것이 더 좋지 않냐고 반대했다. 그러나 다케시다 이사를 제외하고 모두 찬성해서 조선총독부로부터 간척지 개발 계획에 대한 승인을 얻어냈다. 신속하게 일을 처리하기 위해 모두 노력하자고 했다. 경작지

와 맞닿아 있는 궁산마을에 저수지를 축조하면 시설비도 적게 들고 많은 물을 가둘 수 있을 것이며, 이주비나 보상비도 훨씬 경제적이라고 했다.

3·1만세운동 이후에 총독부에서도 조선 사람들에 대해 조금 신경을 썼다. 총독부에서 사람 사는 지역에 저수지를 막는 것이 옳냐고 할 것에 대비해 하시모토 총독과 친분이 있는 다케시다 이시가 나섰다. 비록 반대했지만, 전체가 동의한 건이어서 적극적으로 도왔다. 1929년 사업계획서가 제출된 후 총독부는 1년 내내 검토를 통해 1930년부터 1935년까지 허가권을 내주었다. 민영직도 몰랐고 김학배도 몰랐다.

(주)해원에서는 일본 본토에서 토목기술자를 데리고 오고, 조선의 기술자를 채용하여 신속하게 매립 간척을 추진했다. 목포에서 토목을 공부한 이동경이 채용되어 구체적으로 실행계획을 완성했다. 바다 제방 공사는 쉽게 추진되었으나, 수문공사와 갯벌과 바닷물을 막는 공사가 수월하지 않았다. 기초부터 가물막이하는데, 금평천 물이 만만치 않게 많았다. 사리 때 바닷물을 막는 것도 한계가 많았다. 마을을 이주시키고 보상하는 것이 처음 계획과는 달리 더디게 추진되었다. 큰 사업이라서 군수와 경찰서장까지 앞세워 추진하고, 전북도지사까지 나서서 협조했으나 마을 사람들이 호락호락하지 않았다. 마한시대 때부터 내려오는 전통 깊은 마을이어서 주민 이주가 쉽지 않았.

야마구치 사장이 직접 내려와 공사 감독과 보상 문제를 직접 챙겼다. 마을에서는 대대적으로 축조 반대 궐기대회를 열었다. 대책위원회까지 활동했다. 양반 가문을 자처하는 가문별로 더 나서서 반대해서 쉽게 해결하기 어려웠다. 마을 사람들의 민원이 적고 회사가 구입한 땅에서는 공사가 시작되었다. 마을 사람들에게 품삯을 많이 주어 일하는 사람들도 많았다. 보상금을 많이 수령한 사람도 나타났다. 회사에서는 마을의 새로운 터전을 조성하는 데 적극적으로 임했다. 일본 순사들도 상주하면서까지 공사를 돕고 군청 주임까지 나서 마을 사람들을 설득했다. 그러나 공사기간이 길어지면서 총독부에서는 전북도지사를 통해 허가기간 내 공사를 끝내지 못하면 허가권을 취소하겠다고 야마구치 사장을 압박했다. 어느 때부터인가 야마구치 사장은 허가권 문제 해결을 위해 경성에만 머물렀다. 만료기간은 점점 다가왔다. 보상은 완료했다. 비로소 속도가 날 참이었다. 야마구치는 다케시다 이사를 통해 총독을 움직이려 했지만, 이번에는 다케시다 이사가 움직이지 않았다. 다케시다 이사는 이번 참에 야마구치 대신 사장이 되고 싶어 했다.

야마구치 사장은 시간이 점점 다가오고 총독부 관리들이 예전 같지 않음을 알고서 사업 포기도 생각했지만, 이렇게 좋은 여건을 놓고 빠져나가는 것은 아니라고 이사회에 설명했다. 다른 이사들은 야마구치 사장을 신뢰했지만, 다케시다 이사만 이렇게 된 상황을 질타하고 책임지라고 엄포를 놓았다. 사장 자리에서 물러나라고 했다. 야마구치 사장은 다케시다 이사의 언행이 마음에 걸렸지만, 처한 상황이 급박하게 돌아가 대응하지 않고 조선으로 돌아왔다. 이동경 현장감독관은 공사가 중단되더라도 피해를 최소화할 수 있는 방법을 연구했다. 공사를 재기했을 때 빠르게 시작할 수 있도록 공사장을 정리했다. 야마구치 사장은 이동경을 불러 이제 더 이상은 어려울 것 같다고, 그동안 고마웠다고 했다. 마을 사람들한테도 고맙다는 인사를 대신 전해달라고 부탁했다.

야마구치 사장이 공사현장을 떠난 이후 얼마 되지 않아 허가권이 취소되었다. 전북도지사는 전주 사는 박영철을 통해 허가권을 빼앗으려 했다. 박영철은 총독부와도 연이 있어 굳게 믿고 있었다. 박영철과 전북도지사는 허가권을 취득이나 한 것처럼 공사장을 찾아 이동경에게 이것저것 묻고 갔다. 박영철을 따라 일본 순사 여럿이 따라왔고 군청 주임도 따라왔다.

일본으로 돌아간 야마구치는 어떠한 처분도 달게 받겠다고 했다. 이사회에서는 조선에서의 일 말고는 다 잘되고 있다고 야마구치를 위로했다. 혹시 모두 피해입는다 해도 야마구치가 벌어놓은 충당금으로 충분하다고 했다. 걱정말고 잠시 온천이라도 다녀오라며, 이사회는 어떠한 일이 있어도 야마구치 사장을 지키고 함께하겠다고 했다. 야마구치는 너덜너덜해진 지도를 보며 그동안 흘렸던 땀방울과 함께 일했던 사람들을 떠올리며 눈물을 흘렸다.

다케시다가, 투자한 돈을 회수해오겠다고 이사회에 큰소리치고 경성으로 건너왔다. 그러나 허가권이 취소되어 어렵게 되었다. 이미 박영철이 전주에서 힘 좀 쓰는 사람을 보내 공사현장을 지키게 하고 있다는 사실을 알게 되었다. 박영철은 이동경 현장감독관의 말도 듣지 않았다.

이사회가 다시 열리고, 다케시다 이사는 고개를 푹 숙인 채 아무 말도 없이 앉아 있었다. 가토 이사장이 다케시다에게 자금을 얼마나 회수했는지 보고하라고 했다. 다케시다는 아직 회수하지 못했다며, 다음 이사회까지 말미를 달라고 했다.

"다음 이사회 일정은 다케시다 이사가 잡아 보시오. 언제 열었으면 좋겠다고 생각하시오?"

다케시다는 머뭇거리며 자신이 속았다며, 야마구치 사장이 어떻게 마무리할 계획이었는지 모르고, 분수에 맞지 않게 행동했다고 실토했다.

"당신이 정말로 주식회사 해원의 이사가 맞긴 한 거요? 총독부 관리에게 허점을 보이고 말았으니 총독부가 어찌 생각하겠소? 우리가 알아본 바로는 전북도지사가 박영철을 시켜 우리의 사업을 교묘하게 방해하고 있었소. 그 사실을 감지한 총독부에서는 어느 것이 좋은지 따져보고 있었소. 그런데 그때 당신이 나서 그렇게 행동을 하니 회사 내 분란이 있는 것으로 판단하고, 총독부에서 허가권을 서둘러서 취소했다고 하오. 돈을 못 받아와도 탓하지 않겠으나 회사에 끼친 피해에 대해서는 응당 책임을 져야 할 것이요. 어떻게 책임질 것인지 다음 이사회까지 답을 주시오."

다케시다는 "애초부터 나는 반대했고, 야마구치 사장이 무리하게 사업을 확장하려다가 생긴 일이니 먼저 책임을 묻는 게 도리라고 생각한다"고 했다. 야마구치는 본인의 주식을 담보로 내놓았다. 이사장은 다음 이사회에서 야마구치 사장의 주식 문제부터 다케시다 이사의 답까지 처리할 계획이라고 했다.

"야마구치 사장은 지금까지 총독과 만나 별의별 대책을 강구하고 있는 것으로 알고 있소. 당신에게 한 달의 말미를 줄 것이니 그동안 대책을 마련해오든지, 조선에 가서 총독을 만나든지 그동안 얘기했던 관리를 만나서라도 자구계획안을 만들어 오시오."

이사회는 다케시다가 한 달 안에 답이 없을 때는 이사의 자리는 물론이고 주식을 회수할 것이라고 했다. 야마구치 사장은 경영상 문제여서 사장직을 박탈하는 것은 가능한데, 주식은 자진 반납을 제외하고는 회수하는 것은 어렵다고 했다. 하지만 다케시다 이사의 경우는 달랐다. 회사 변호사를 통해 기업에 입힌 피해에 대한 변상책을 검토하겠다고 했다.

한 달 후 다시 열린 이사회에서 야마구치 사장은 그동안 들어간 것 이상으로 총독부에서 보상받았다고 보고했다. 오사카에 위치한 좋은 터를 경쟁입찰 없이 기초 단가만 내면 주겠다고 했다는 사실을 알렸다. 전화위복이었다. 이사회도 동의했다. 회사 입장에서는 비싸게라도 응찰해서 구입해야 했는데 아주 저렴하게 구입할 수 있으니, 숙원이 해결된 셈이었다. 야마구치는 비록 결과는 좋았지만, 회사에 심려를 끼치고 경영자로 무능했다고 사장 자리에서 물러났다.

다음 안건은 다케시다 이사가 회사에 끼친 피해에 대한 처리 건이었다. 변호사에게 법률자문을 받으니, 주식 이외에도 이사회에서 책임을 물을 수 있다고 했다. 다케시다는 별 내용이 없는 자구안을 내놓고 선처를 부탁한다고 했다. 큰소리치며 기고만장하던 모습은 온데간데 없었다. 회의만 있으면 반대하고 야마구치를 못 끌어내어 안달이던 모습도 없었다. 측은하기까지 했다. 이사회에서 다케시다에게 마지막으로 할 말이 있으면 말을 하라고 했다.

"부모님께서 물려준 이 자리를 보전하지 못하고 내 대에서 끝나게 되니 무섭다. 잘못했다. 어떠한 벌이라도 달게 받겠다."

이사회에서는 이사직을 박탈하고 주식은 선대 사장을 봐서 지켜주겠다고 전했다. 다케시다는 마케팅부 부장으로 강등되었다. 이사회는 야마구치 사장의 사표를 반려하고 재신임을 의결했다.

야마구치는 이동경을 찾아왔고, 궁산마을에도 찾아가 자신만 아니었다면 이렇게 뿔뿔이 흩어지지 않고 사셨을 텐데 미안하다고 사죄했다. "우리도 사장님의 배려에 많이 감사드립니다. 이사 비용도 넉넉하게 주시고, 토지나 주택에 대한 보상금도 충분히 주신 것 잘 알고 있습니다. 비록 마을은 수장되었어도 사장님의 마음은 우리에게 이렇게 남아있습니다. 주식회사 해원은 사라졌으나 그 흔적 아주 쬐께지만 남아있습니다."

박영철은 닭 쫓던 개 신세가 되어버렸다. 허주규는 해리농원을 설립해서 주식회사 해원이 못다 한 공사를 조선총독부의 보조금까지 받아가며 완료했다. 애초 목표했듯이 논의 사용을 줄이고 염전을 만들었다. 논으로 176만 평을 정읍세무소에 신고했다. 총독부 허가 없이 간척했다고 김학배에게 보상금을 한 푼 주지 않고 그냥 빼앗아 갔다. 민영직 간척지도 허가 없이 간척했다고 헐값으로 빼앗아 갔다. 두 가문은 소리소문없이 사라져버렸다. 김학배는 어디로 갔는지 알 수 없었고, 민영직은 경성에 있는 집으로 돌아갔다고 했다.

허주규는 나머지 면적을 염전으로 만들었다. 염전은 시간이 더 걸렸다. 이동경은 신설 부분 책임사로 있으면서 간척답도 염전도 원활하게 해놓고 고향인 목포로 갔다. 목포에서 토목회사를 만들어 운영했다. 김학배의 소작농은 그 자리를 다시 받았다. 그러나 민영직의 소작답을 벌어먹던 사람들은 일부만 남고 뿔뿔이 흩어졌다. 그동안 농사짓던 땅이라서 새롭게 개답한 땅과는 비교도 되지 않았다. "횡포가 뭐랑가, 가졌으면 다랑가." 불만이 많았다. 소작료 차이도 있었지만 그래도 아는 땅과 모르는 땅에 차별을 두었다. 특히 전호성과 함께하던 소작농들은 더 쪼개놓았다.

전호성이 말했다. "어찌 보면 이 땅의 주인은 우리다. 17년 전부터 민영직이 부탁하여 죽을힘을 다해 땀으로 일궈낸 땅이다. 비록 돈은 지주들이 내놓아 간척했을지라도 우리가 아니었으면 누가 바닷바람과 맞서고 태풍을 뚫고 나아갔겠는가. 주식회사 해원을 돕고, 해리농원 허주규를 결정적으로 도운 게 누구랑까. 이건 합당하지도 최소한의 신의도 없는 짓이다."

전호성, 오만수는 농사짓는 것을 포기하고 아직 덜 끝난 염전으로 옮겨 갔다. 금평평야에서 600명이 농사를 짓게 되었다. 해리농원은 주식회사 해원에서 약속한 것도 헌신짝처럼 버렸고, 군수, 서장도 지주 편에 서서 한 발짝도 움직이지 않았다. 새롭게 만든 삼영염업사 직원으로 황해도 북쪽에서 내려온 사람들을 채용하고, 궁산마을 김홍식이 최말단 급사가 되었다. 성호겸과 성호제를 직원으로 채용했다.

나순수의 둘째 아들 승호는 아버지보다 산술능력이 더 뛰어났다. 전봉준 대장군의 후예답게 소작료를 책정할 때 소작인들이 피해 입지 않도록 앞장서 삼영염업사 직원들과 싸웠다. 해원에서 일하던 나승호의 실력은 익히 알고 있었다. 나승호는 소작인들의 입장을 해원에 정확하게 이야기하는 역할이었다. 공사현장에서 품삯 받던 사람들에게도 머리가 되어주었다.

전호성은 일꾼들의 황제 같았다. 솔선수범하고 희생하며 책임감이 강했다. 바다의 파도와 싸우면서도 물러서지 않았고 선두에서 거센 바람을 무릅썼다. 민영직과 김학배에게도 맞섰고, 천둥번개가 쳐도 "동지야, 친구야" 외치면서 동학혁명 정신 가득한 평등 세상으로 나아갔다. 소작농사를 짓고 있지만, 동학혁명 전사의 후예들이었다. 비굴하지 않았다. 늘 당당했다.

삼영염업사는 소작 짓는 그들처럼 떳떳하지도, 당당하지도 못했다. 심지어는 일본인 기업가 야마구치 사장보다 더 못했다. 뭐가 두려워서 북쪽에서 온 사람들을 앞장세웠을까. 주식회사 해원을 빼앗을 때 비겁한 방법을 써서 그렇게 두려워하고 당당하지 못한 것이라고밖에 볼 수가 없었다. 더러는 해원이 더 좋았고 해원에서 농사를 짓는 것이 더 괜찮았을 것 같다고 했다.

그러나 나승호는 '비록 저렇게 비굴하게 굴고 있는 양심 없는 회사일지언정, 대한의 사람 아닌가, 홍덕면 강촌이 태생인데 훗날에는 일본인 기업가보다는 낫겠지'라고 말했다. 전호성은 "우리는 동학혁명의 후예라 외세 일본과 싸웠지만, 탐관오리들과도 싸웠다. 그들의 횡포도 일본놈 못지않았다. 허주규가 그런 탐관오리가 아니라고 장담할 수 없다"고 했다. 오히려 선량한 야마구치 사장과 같은 사람이 탐관오리보다 열배 백배 더 좋은 사람이었고 동학혁명의 정신인 평등을 아는 사람이었다. 주식회사 해원은 아주 흔적조차 없어졌지만, 지금 농사짓는 사람들의 마음에 남아있다. 야마구치의 식견은 옳았다. 서산, 군산, 고창, 함평 간척지 가운데 소출량이 제일 많았고 염전까지 완료됨에 따라서 수익성도 제일 많았다. 유지비용이 가장 적게 들어가는 간척지였다. 그러나 소작을 짓는 사람들에게 그 이득의 일부는 나누어야 하는데 그렇게 하지 않았다.

심원면, 해리면에는 일본에서 사회주의나 공산주의 사상을 공부하고 돌아온 사람이 많았다. 동학이 퍼져 갔던 것처럼은 아니어도 아주 조금 사회주의 사상을 받아들이는 사람들도 생겨났다.

전호성은 시천주, 곧 하늘이 나이고 내가 하늘인 평등한 세상을 꿈꿨다. 꿈을 이루기 위해 나가고 농지를 아꼈다. 사회주의 공평한 세상에는 관심이 없었다. 공평도 평등이 있고서 있는 것이라고, 차별이 있고 상하계급이 있는 것은 옳지 않다고 했다. 그러한 전호성의 뜨거운 마음에 오만수가 따랐고 나승호가 보탬이 되어주었다. 민영직도 비록 지주였지만 나승호와 전호성의 마음을 헤아려 늘 협조적이었다. 그래서 일본인 기업가가 이곳에 와서 공사를 하면서도 비겁하지 않게 바른 마음을 썼던 것이었다. 동학혁명 정신을 잊어 본 적 없는 후예이기에, 비록 소작농사를 짓고 있어 큰 부자는 될 수 없어도 금평평야의 농사꾼으로 떳떳하게 살아가고 있었다.

전호성이 나승호에게 말했다. "얼마 전에 일본에서 전보가 하나 왔는데, 주식회사 해원의 야마구치 사장이었소. 이동경 현장감독관에게 보낸 것인데, 지금 이동경이 없으니 내가 아직도 총무 일을 보는 줄 알고 내게 가져다주었소. 얼마 있으면 조선에 들어올 것 같다고 합니다. 시간 나면 보고 싶다는 내용이었는데, 그 아랫줄에 우리의 안부를 묻고 있었소. 나는 이동경 연락처를 모르네만 자네와 친분이 두터웠던 것으로 아니, 자네가 가서 우리의 소식을 전해주겠나? 야마구치 사장이 대책위원회와 회의도 많이 하고 그랬는데, 그래도 그때가 좋았고 일을 하는 보람도 있지 않았는가. 야마구치 사장도 그런 게 떠오르겠지."

나승호와 이동경은 기차 안에서 만났다. 이동경은 목포에서부터 올라왔고 승호는 정읍에서 승차했다. 이동경은 삼영염업사에서 자신을 불러올 생각이라고 했다.

"그때는 아주 자네 집에 죽치고 살아야겠네."

"허허, 요 사람 돈은 혼자 다 벌면서……."

"허허."

두 사람은 큰소리로 웃다가 주위 사람들의 눈치를 보며 조용하게 말을 나눴다. 야마구치 사장이 먼저 나와서 기다리고 있었다.

해리농장

 허주규는 함평에 간척허가권을 받았다. 조선총독부에서 간척허가권을 한 꺼번에 여러 개 주지는 않았다. 그래서 함평 손불에 간척지 허가권을 받았다. 그렇지만 고창이 고향이고 심원면, 해리면 간척지 허가권이 일본인 회사에 넘어간 것이 무척 아쉬웠다. 허주규는 총독부에서 벼슬을 받았고 총독부 총독까지도 허주규 손아귀에 있었다. (주)해원이 허가 기간 내에 공사를 끝마치지 못하면 허가권을 취소해야 한다고 총독부 농림국장을 계속 흔들었다. 본국에서도 쌀을 확보하라는 지시가 내려와 총독부 역시 (주)해원이 일본인 회사여도 봐주지 않았다. 특히 해원은 주식회사였기에 총독부에 뇌물을 주거나 총독의 시중을 들어주는 것이 어려웠다. 그래서 총독마저도 허주규의 말을 더 들어주었다. 총독 역시 농림국장에게 (주)해원이 허가기간 안에 공사를 못 끝내면 허가권을 취소해야 한다고 압박했다. 고창군수나 경찰서장을 만나서도 총독부에서 공사상황을 보고하라고 하면 허가기간 내 끝마치는 것은 불가능하다고 보고하라고 했다. 공사현장에 가서도 끊임없이 지적해서 공사를 지연시켰다. 또한 전북도지사에게 특별 관리를 지시했다.
 전북도지사는 박영철을 시켜 지금까지의 공사상황을 직접 보고하게 했다. 지사는 전임 총독이 임명한 사람이었다. 현 총독과는 크게 교류가 없었으나, 추석 때 총독이 들지도 못할 만큼의 돈 가방을 전해주었다. 그때 이후 총독이 자주 전화해서 지사를 챙겨주었다. 지사는 이제 자기가 총독의 사람이 된 것처럼 의기양양하게 행세했다. 총독에게 전해준 돈도 전주에서 사업하는 사람들한테서 거둬들인 것이었다. 총독에게 다 보낸다고 해놓고선 반만 보냈다. 자신 옆에 총독의 비밀요원이 있는 것도 모르고 장난을 쳤다. 총독은 지사를 적당히 이용해서 쓰고 일이 끝나면 버릴 요량으로, (주)해원의 허가권을 지사에게 넘겨주는 것처럼 허주규와 짜고 지사가 적당히 들뜨게 만들었다. 전북도지사는 행정명령 등으로 표나지 않게 공사를 방해하기도 했다. 군수도, 서장도, 지사를 아주 잘 돕는 것처럼 했기 때문에 더더욱 의심하지 않았다. 지난해 할아버지를 모악산에 모신 후로부터 모든 게 잘 풀린다고 엄청 좋아라 했다.

  (주)해원의 야마구치 사장이 저수지 축조의 어려움을 힘겹게 해결하고 있었다. 지사는 저수지 축조는 자기가 허가권을 취득해도 꼭 해야 하는 사항이라, 조금씩 방해하며 시간만 지연시켰다. 허가 기간 2년 안에 공사가 끝나는 것은 불가능했다. 허주규는 다른 때보다 더 농림국장을 흔들었다. 농림국장도 허가 기간 내 공사를 끝마치지 못하면 문책을 받거나 파면될까 봐 안절부절못했다. 어렵게 조선으로 건너와서 총독부 농림국장까지 올라왔는데 이게 될 말이냐고, 오히려 허주규에게 총독을 만나면 꼭 자리를 보전하게 해주라고 부탁했다. 농림국장은 총독의 사소한 일까지 허주규에게 보고했다. 처음 허가권을 취득할 때와는 정반대로 입장이 바뀌어 있었다. 허주규가 농림국장 사무실에 방문하면 직원들까지도 깍듯이 모셨다.

  허가기간이 1년밖에 남아있지 않은데, 공사는 절반도 안 되었다. (주)해원 야마구치 사장이 총독을 만났다. 총독은 본국 입장도 있고 해서 노골적으로 말은 못 하고 아리송하게 대답을 주었지만, 농림국장은 허가권 처음 내줄 때와는 판이하게 달리 야마구치 사장을 대했다. 기간 내 끝내지 못하면 절대로 허가권 연장은 안 된다고, 시간이 없으니 인부를 더 들여서라도 빨리 끝내라고 했다. 총독 만날 시간이면 어서 가서 공사를 독려하는 것이 좋을 것이라고 했다.

야마구치 사장은 알 만한 사람이 더 그런다고 고개를 절레절레 흔들었다. 농림국장은 선물도 마다했다. 이런 모습을 처음 본 야마구치 사장은 분명 무슨 이유가 있다고 생각했다. 처음에는 본국에서 쌀 생산에 신경 써서 그런 줄 알고 가급적 빨리하기 위해 품삯도 곱절로 주고 이주비용도 넉넉하게 주었다. 무리해서라도 본국에 도움이 되고 싶어 최선을 다했다.

농림국장이 뇌물을 안 받는 것은 본국에서 온 지시와는 다른 이유가 분명히 있다는 것을 알았다. 총독부 사무실에서 허주규 사장을 만날 때도 자기와 같은 입장에 있는 것으로 알고 격려를 아끼지 않았다. 지사를 더 의심했다. 지사가 이런저런 이유로 한 번도 오지 않던 현장에 여러 번 오는 것을 보고 더 그랬다. 지사가 허가기간이 끝나면 박영철을 통해 허가권을 가져갈 것이라는 소문까지 들어 더 그렇게 오인했다. 전주에 있는 일본 사업가들의 얘기가 하나도 빠짐없이 전해져왔다. 자기들에게 돈을 거두어 총독에게 바쳤다는 이야기도 들었다. 이제 허가기간이 반년밖에 남지 않은 상황에서 수차례 총독을 만났지만, 본국의 지시를 핑계대고 확답을 피했다.

허가기간이 끝나자 총독부는 (주)해원의 허가권을 여지없이 취소를 해버렸다. 절차상 문제를 지적해도 끄덕하지 않았다. 박영철은 이미 주인이라도 된 것처럼 공사현장에 와서 주인 행세를 했다. 기술지도 철수하지 않았는데, 야마구치 사장에게 빨리 빠져나가라고 엄포를 놓았다. 야마구치 사장은 이동경만 남겨두고 떠났다.

(주)해원의 허가권이 취소되고 달포가 지났는데도, 허가권에 대한 일언방구도 없자 박영철과 전북도지사는 불안해졌다. 지사는 그때 거둬들인 돈에다가 더 보태서 총독에게 가져다주었다. 총독은 내려가서 조금만 기다리라고 했다. 지사는 박영철이 공사현장을 지키고 있어 큰 문제 없이 인수받을 수 있다

고 생각하고, 가급적 빨리 허가를 내주라고 하고 내려왔다.

그러나 총독부는 허주규와 계약을 체결하고 허가권을 발급했다. 총독은 지사를 불러 추석 때 당신이 준 돈을 본국 총무대신에게 넘겼다고 이야기했다. 저번에 가져다 준 것도 빼지 않고 그대로 보냈단다.

"총무대신이 지사님 모르게 비밀요원을 배치해놨나 봅니다. 나는 그런 줄도 모르고 당신이 듣지도 못할 만큼 돈을 주어서 좋았는데, 당신이 돈 준 사실이 소문나서 내 자리도 위태로워졌소. 어떻게 책임질 것이오? 지금 당장 책임지고 지사 자리에서 물러나시오. 후임이 곧 내려갈 것입니다."

허주규에게 준 허가권도 총무대신이 직접 지시했다고 했다.

"천황폐하와 황국시민이 입은 피해가 고스란히 보고되었소. 나는 (주)해원으로부터도 원망을 받을 것이고, 본국으로 돌아가면 천황폐하와 황국시민에 피해 입힌 자로 오명을 써 관직도 박탈당할 것이 뻔하오. 이 모든 것이 당신의 탐욕에서 비롯된 것입니다. 당신도 전주에 내려가면 당신이 했던 행동이 낱낱이 밝혀져 도청 정문에 발을 들여 놓을 수 있을지 의문이오. 이미 총무대신이 조치해놓았을 것이오."

총무대신은 자신을 배신하는 사람은 절대로 용서를 하지 않는다고 했다. 목숨만이라도 연명하게 해준 것을 고맙게 생각하고 어디에 나서지도 말고 쥐 죽은 듯이 살라고 했다. 지사는 넋이 나간 채로 총독부를 빠져나왔다. 지사를 모시고 왔던 기사도 이미 지사 해임통보를 받아 관공서 차량으로 모실 수 없다고 하며 내려갔다.

허주규는 허가권을 취득하자마자 해리농원을 설립했다. (주)해원에서 공사했던 것을 이어 실시하고, 민영직이 총독부를 동원해 허가도 받지 않고 간척했다고 간척답도 빼앗아버렸다. 김학배는 어떠한 보상 이야기도 하지 않았다. 그냥 순순히 물러나는 것이 좋을 것이라고 했다. 허주규는 곧바로 해리농장 삼영염업사로 회사명을 바꾸고 총독부로부터 보조금과 허가권을 받고 2년 조금 넘겨 공사를 완료했다. 이동경 현장감독관의 힘이 컸다. 이동경은 전호성의 도움이 아니었으면 힘들었을 것이다. 나승호 서기와 김영호 총무의 공도 컸다. 하지만 허주규는 전호성과 나승호를 오히려 핍박했다.

 야마구치 사장이 정말 사업가였다. 회사가 허가권을 빼앗기는 상황에서도 나중에 누가 들어와도 공사는 이어가야 하니, 꼭 다음 사람이 들어와서 공사를 쉽게 하도록 조치하라고 이동성에게 말했다. 억울하게 쫓겨 가는 마당에 회삿돈을 퍼부어가며 이렇게까지 해야 하냐고 따져 물었고, 이사회에서 온갖 수모를 다 당했다. 하지만 이사들도 회사에 여러모로 피해가 있지만, 기업이 하루만 하는 것이 아니기 때문에 토목공사나 건축공사는 신뢰가 바탕이 되어야 한다고 했다. 야마구치 사장은 전임 다케시다 사장님이 계셨더라도 자신과 같이 했을 것이라고 했다. 허주규도 야마구치 사장을 보며 깨달음을 얻었지만, 천성적으로 장사꾼이라 쉽게 바뀌지 않았다.
 허주규는 목포에서부터 평양까지 자기 땅만 딛고 갈 수 있을 정도로 대한 제일의 땅 부자였다. 심원 해리 간적답은 600여 명이 경작하게 되었다. 김영호는 해리농장과 소작료 때문에 한참 다투던 중 점점 몸이 쇠약해졌다. 아직은 개답들이 바닷물이 올라와서 제대로 수확하지 못하는데, 회사에서 일방적으로 소작료를 설정해서 소작료는커녕 먹고 쑥을 소출도 없었다. 마구잡이로 소작료를 정해서 불합리하다고 회사와 싸우다가 너무 무리했는지 몸져누웠고, 그후 한 달도 못 되어 세상을 떠났다. 아직 셋째는 젖먹이로, 아빠를 기억조차 할 수 없는 나이였다.
 김영호가 떠나는 날 눈이 엄청나게 내렸다. 몇 년만에 처음이라고 했다. 그러나 김영호의 상여를 뒤를 따르는 행렬은 3·1만세운동 때보다 더 많았다고 했다. 김영호는 가족이나 본인의 일은 작파하고 오로지 소작농사짓는 사람들을 위해 살았다. 장사 치를 돈도 없었다. 쌀, 계란, 땔감까지 모두 십시일반 장례물품을 가지고 많은 사람이 모였다. 소작하는 사람이면 한 명도 빠짐없이 조문했다고 한다. 많은 눈이 조문객의 행렬에 밟혀 다 녹아버렸다. 노제는 아낙들까지 와서 지내어 발 디딜 틈이 없었다. 사람들이 든 자리는 몰라도 난 자리는 안다고 했는데, 김영호 총무가 떠난 자리가 눈에 보이게 컸다.

나승호는 애도사에서 "내가 할 수 없는 일을 형은 하고 가셨소. 시원섭섭하겠소. 어떻게 저런 젖먹이를 두고 눈 밟혀서 가셨소. 하지만 걱정은 내려놓고 편안하게 가시오. 그곳에 가서 맘껏 주무시고, 맘껏 드시면서 일도 조금 줄이고, 특히나 일을 하려거든 본인 일이나 잘하시오. 오직 바람은 그곳에서 건강 꼭 챙기시오. 형님, 동생과도 협력해서 아이들이 잘 커나가도록 힘껏 도우리다. 여기는 잊고서 좋은 데로, 부모님과 선대들이 있는 곳으로 가서 편히 잘사시오" 하며 흐느꼈다.

재만이 배가 고픈지 계속해서 울었다. 사람들은 지애비가 떠나가서 슬피 우는 것 아니겠냐고 했다. 영호 처는 바깥일밖에 모르는 사람이 야속했지만, 더 야속한 것은 과부를 만들어 놓고 떠나버린 것이라고 했다. 뭐 크게 해오라고 하지도 안 했구만, 모르는 사람은 내가 바가지 긁어 일찍 떠나버린 것으로 알겠다고 했다. "애들은 나 혼자서 어떻게 하란 말이오. 어쩌겠소, 이미 저세상에 가버렸는데. 말은 허공에서 흩어지고, 나만 더 속상하고, 아이들이라도 들으면 어찌할까 싶어 이것도 오늘까지입니다."

이동경이 늦게 와서 누런 봉투를 내밀고 그냥 받아두었다가 꼭 필요할 때 보태 쓰라고 했다. 해리농장을 대표해서 성호겸, 성호제가 다녀갔다. 재만 어머니는 조문은 받았으나 봉투는 안 받겠다고 했다. 그래서 조문만 받고 보냈으나 나승호가 대신 받아 가져다주었다. 무슨 일 있을지 모르고, 홀로 아이 셋 키우기가 만만하지 않을 것이라고 했다. 지금보다 더 독하게 사셔야 한다고 했다.

해리농장은 총독부와 계약을 위해 존재했다가 사라졌다. 심원면과 해리면에 술집이 생기고 여인숙이 들어서고 사람 사는 것 같았으나 뜨내기들까지 몰려들어 허구한 날 사건, 사고가 끊이지 않았다. 삼영염업사 본점 뒤로 파출소가 생겼다. 지서장도 면소재지에 있는 서장보다 한 직급이 높았다. 직원들 숫자가 두 배나 많았다. 농사도 조금의 차이는 있었으나 크게 피해 없이 다 골고루 농사를 잘 지었다. 그러나 소작료를 놓고 회사와 농사짓는 사람들이 첨예하게 싸웠다. 나승호가 조금씩 도움을 주었지만, 전호성이나 김영호 두 사람처럼 몸을 바쳐 할 상황이 못 되었다. 그래서 회사가 제 맘대로 하는 경우가 더 많아졌다. 복동 김주설은 우리같이 먼 데서 농사짓는 사람들은 더 신경 써주어야 한다고 했다. 저수지가 생기면서 우리가 복동으로 이사하게 되었는데 가까이에 사는 사람들과 멀리서 농사짓는 사람을 똑같이 하면 어떡하냐고 했다. 회사에서 아주 모른 척하지는 않았지만, 어찌할 도리가 없다고 했다. 이렇다 보니 소작료를 책정하는 사람의 권한이 문제였다. 술도 많이 얻어먹으며 술과 밥을 산 사람에게는 깎아주고, 그렇지 않은 사람들에게 그보다 높게 산정하다 보니 사람들은 늘 불만이었다. 그러나 회사는 올해 받아야 할 양만 받으면, 크게 신경 쓰지 않았다.

회사 간부 중 많은 이들이 황해도와 평안도 북쪽에서 내려온 터라 지역 사정에 밝지 않았다. 소작료 정하는 직원이 무소불위로 행패를 부렸다. 산술 능력은 나승호를 따를 자가 없었다. 600여 명의 논으로 소작료를 산정한 것부터, 술밥 얻어먹고 깎아준 것 때문에 더 내야 했던 것까지 하나도 빠짐없이 기록해서 경찰서에 신고해버렸다. 경찰은 회사 일이니 크게 신경 쓰지 않고 있었으나, 이와 관련한 고발장이 빗발쳤다. 이익을 보는 사람이 생기고 피해 보는 사람도 생겼다. 상부에서 경찰이 방치했다고 알게 되면 문제였다. 경찰은 그제야 삼영염업사 사장을 불렀으나 경성에 가 있다고 했다. 전무에게 오라고 해서 무슨 조치가 없으면 사장을 직접 불러 사건 처리를 하겠다고 했다. 회사에서는 소작 짓는 사람들이 집단으로 소작료 납부 반대운동이라도 하게 되면 피해가 막중할 것이라고 했다. 나승호는 전호성이나 김영호 총무처럼은 못해도 지략으로 대응했다. 최소한의 사람을 동원해 문제를 해결했다. 회사에서 나서서 직접 확인했는데, 미리 산정해놓은 것보다 더 정확해서 깜짝 놀랐다. 대충 정리해 놓았던 것도 정확하게 알게 되었다. 전무는 나승호에게 싹싹 빌었다. 그동안 피해 본 사람들에게 보상하겠다고 하고 마무리되었다.

　미군정은 소작료를 지주와 소작농 3:7로 공포했으나, 삼영업염사는 5:5로 받아갔다. 삼영염업사 소작료 때문에 울화통을 터뜨리다 화병으로 죽은 사람도 있었다. 죽곡마을 이선호는 늦가을 폭우 때문에 선바위산 물이 밭으로 쏟아져 농사를 망쳤다. 어디서 어떻게 물길이 바뀌어서 그랬는지 몰랐다. 두 방구의 벼를 아예 수확할 수 없었다. 뚝방 관리를 제대로 못했으므로 소작료를 감면해줄 수 없다고 했다. 이선호는 비 때문에 벼 한 톨도 건질 수 없는데 빌려서 내란 말이냐고, 내년에 농사지으려면 걱정이 태산인데, 비용 들어간 것을 하나도 회수할 수도 없는데 계속해서 소작료를 내라고 하면 어쩌냐고 울분을 토하다 화병을 이기지 못하고 죽고 말았다. 이선호뿐이 아니었다. 작년에는 목동 살던 김춘수가 키우던 소의 고삐가 풀려 도망가 다른 집 농사를 망쳐놓았다. 삼영염업사에서는 김춘수의 밭을 포함해 망친 밭의 소작료를 전부 김춘수에게 물렸다. 법원에서 통보까지 왔다. 김춘수는 법원 통지에 놀라 그 충격으로 몸져누웠고 헛소리를 하다 한 달도 안 되어 죽었다. 아들 김종호가 회사로 상여를 가지고 가서 아버지 살려내지 않으면 너희들도 죽고 나도 죽겠다고 대성통곡했다. 지서에서 순사가 나오고 면에서 면장이 나와 장례만은 온전히 치르고 그 이후 상의하자고 했다. 큰아버지가 설득해서 장례식을 마쳤다. 장례 후 김춘수의 아들은 삼영염업사 정문 앞에서 대표자가 내일까지 나오지 않으면 다 불 질러 버리고 나도 그 속에 타 죽어버리겠다고 했다.

　회사 측에서 전무가 나왔고, 지서에서도 서장이 나오고 면장도 나와 그를 달랬으나 모두 뾰족한 해결방안은 가지고 오지 않았다. 법원에서 통지한 소작료는 자기들과 무관한 듯 굴었다. 다음날이 밝았는데 회사는 일언반구하지 않았다. '해볼 테면 해봐라' 식이었다. 김춘수 아들도 독종이었다. 일본 순사들도 혀를 내두를 정도였다. 지서나 면에서는 김종호의 성미를 잘 알아 경찰서장과 군수에게 보고했으나, 회사가 알아서 해결하라는 눈치였다. 회사 앞에 상여를 놓고 시위할 때는 법원에 소작료 통지 해지에 대한 것을 같이 따져줄 것처럼 했다가 태도를 바꿨다. 김종호에게 사과하고, 법원 통지에 대해 의논하는 시늉만 하고, 조의금 조금 내면서 해결해주는 척했다. 이미 장례절차가 다 끝났고 이제 달라지는 것은 없었다. 김종호는 이렇게 사느니 차라리 아버지 따라가겠다며, 도정공장에 불 지르고 불길 속으로 들어갔다.

삼영염업사

불이 활활 타오르고, 옆 창고로까지 번지기 시작했다. 불을 끄려고 했으나 불길이 공장에서 쌀창고까지 걷잡을 수 없게 번져 갔다. 김종호는 사람들이 다 보는 가운데 활활 타오르고 있는 도정공장을 향해 들어갔다. 말릴 틈도 없었다. 경찰들도, 면에서 나온 주사들도 어떻게 해보지 못했다. 쌀이 가득 찬 창고 두 동이 잿더미로 변해버렸다. 회사 직원들은 반대편 창고 사택 사무실까지 번지지 않나 전전긍긍했다. 다행히 바다가 썰물이라서 사무실이나 사택 다른 창고의 반대편으로 바람이 불어 다행이었다. 점심 무렵 불길은 잦아들었지만, 도정공장과 쌀창고는 뼈대 하나 남김없이 전소되었다. 피해액을 따지면 엄청난 금액이었다. 새롭게 공장을 지은 지 얼마 되지도 않았다. 경찰서에서는 이것이 비단 김종호만의 문제는 아니라고 했다. 처음부터 회사가 적극적으로 나서서 대처하면 될 일을 늘 주먹구구식으로 대처하여 일을 키웠다고 타박했다. 경찰서장은 사고를 키운 직원들까지 모두 조사하라고 말했다.

"김종호가 그렇게 만나자고 해도 한 번 만나주지 않다가 이게 뭐란 말인가. 당신들은 두 사람을 죽였다. 국민들은 식량이 부족해서 더 난리일 것이고, 일본에서 가져갈 물건이 부족하면 다른 곳에서라도 더 가져가게 되고 그러면 결국 애꿎은 국민들만 피해를 입게 된다. 허주규 사장의 기업문화에도 문제가 있다. 문제를 방치하거나 알면서 모른 척하는 것이라고 생각한다. 삼영염업사 사장부터 간부까지, 특히 이번 일을 담당한 직원과 보고받고 묵사발시킨 사람들까지 발본색원하겠다. 이번에 어물쩍 넘어가면 국가적으로도 큰 위기이고, 지역사회도 문제다. 국민들이 들고 일어날 것이다. 이번 피해는 국가 차원에서 도와주지 않을 것이다. 당신들이 모두 책임져라."

삼영염업사 사장이 모든 책임을 지겠다고 했다. "김종호 시신을 수습하고 고인의 가족과 협의해서 처리하겠다. 어떠한 보상요구에도 성실하게 받아들이겠다. 또한, 사장인 나부터 경찰 조사를 받고, 직원들도 책임 유무에 따라 조사를 받고 응당한 처분을 받겠다. 회사 차원에서도 직원들을 조사하고, 다시는 이러한 사고가 우리 삼영염업사에서 나오지 않도록 재발방지책을 세워 지키겠다. 김종호의 죽음이 헛되지 않게 꼭 지켜나가겠다. 소작농사짓는 사람들과 협의회를 만들어 정기적으로 모이고, 문제가 있으면 협의회에서 논의 후 대책을 세워 문제를 해결하도록 하겠다. 소작료 산정도 주먹구구식으로 하지 않겠다. 목표량을 미리 정해서 거기에 맞게 산정하던 것을 바꾸어, 현장의 상황에 따라 유동적으로 운영하면 모든 것이 해결될 것이다. 협의회가 회사에서 약속한 사항을 잘 지키는지 감시하게 될 것이다."

경찰 조사가 시작됐다.

"유준상 씨, 김춘수에게 법원을 통해 해결하라고 전달하라는 지시가 있었나요? 누구의 지시였나요? 사장인가요? 전무인가, 부장인가요? 유준상 씨 혼자서 했을 리가 없습니다. 피해 준 쪽에서 소작료 내지 않겠다고 말하지 않은 것으로 아는데, 뭐가 그리 바빠서 그쪽 말을 들어주지 않았던 건가요? 다른 이유가 있었나요? 바르게 말하지 않으면 유준상 씨도 처벌받게 됩니다."

"제가 혼자 결정해서 한 일입니다. 법원에 힘을 빌린 것도 인정에 치우치게 되면 안 될 것 같아, 그렇게 했습니다. 그러나 이렇게 될 줄은 전혀 몰랐습니다."

"그건 그렇다 치더라도 보고는 했을 것인데, 어느 선까지 보고했나요? 계속 이렇게 혼자 다 했다고 하면 혼자서 다 책임지는 것 아닙니까. 우리가 유준상 씨 회사 서류를 이미 확보했습니다. 사실대로 말을 안 하면 가중처벌됩니다."

"혼자 결정해서 그렇게 했습니다. 부장님도, 전무님도 몰랐습니다. 사장님은 경성에 계셔서 더더욱 알지 못했습니다."

"계속 이러면 사장을 부를 수밖에 없습니다."

"정말 제가 알아서 했습니다."

"김영근 전무님, 맞지요? 김종호가 삼영염업사 회사 정문 앞에 상여를 놓고, 장례를 치르지도 않고 계속해서 사과를 요구했는데 왜, 만나주지도 않고 내버려 두었나요? 무서운 것이라도 있었나요? 사장의 지시가 있었나요?"

"아닙니다. 우린 법적으로 대응했기 때문에, 그것이 해결되지 않는 상황에서 선뜻 나서기가 좀 그랬습니다."

"언제까지 그렇게 방치하려고 했나요? 김영근 씨는 부모님도 안 계십니까. 직원들에게 수시로 보고받은 것으로 아는데……."

"정문 앞에서 통곡하고 있다고만 보고받았습니다. 유준상 직원과 위수홍 부장께도 받았습니다. 누가 어떻게 설득했는지 모르겠으나, 5일 차에 철수하여 장례식을 치른 것으로 압니다."

"위수홍 씨, 유준상 씨가 위수홍 씨에게 법적으로 대응해야 한다고 보고했다고 했는데, 처음 보고는 언제 받으셨나요?"

"언제 보고했는지 정확히 기억나지 않습니다."

"그럼 유준상 혼자서 그렇게 했단 말인가요?"

"아니 보고는 했을 수 있겠지만, 전혀 기억나지 않아 보고를 안 했다고 생각했습니다."

"나중에 사실이 드러나면 위수홍 씨가 가중처벌될 수 있는데, 무조건 직원에게 떠넘기면 곤란합니다. 우리도 위수홍 씨를 지켜줄 수 없습니다. 그러니 사실대로 말해야 합니다. 상여를 정문에서 놓고 사과를 요구했는데 어찌 그렇게 방치했나요? 최소한 한 번이라도 만나 줄 수는 없었나요? 전무가 그렇게 시키던가요? 아니면 사장의 지시가 있었나요? 그렇게 말을 얼버무리면 위수홍 씨가 다 책임을 져야 하는데, 괜찮습니까?"

"앞에서도 말한 것처럼, 법원의 지시에 따라 업무를 수행했기 때문에 어떻게 해야 할지 몰랐습니다. 김종호가 큰아버지의 설득으로 장례를 치른 것으로 압니다."

"다 같이 입을 맞추고 오셨나 본데, 우리가 밝히라고 할 때 바르게 말하지 않으면 우리도 어떻게 나올지 모릅니다. 무조건 모르쇠로 일관하면 안 됩니다. 누가 그렇게 지시를 내렸단 말인가요? 김영근 전무님, 김종호가 사건 전날도 찾아와서 면담을 요청했고 요구사항을 말했는데, 왜 그때 한 발짝도 움직이지 않은 건가요? 다음날 사고 치겠다고 했는데도 아무런 준비조차 하지 않았던 이유가 특별히 있나요?"

"말로만 그런 줄 알았습니다. 실제로 그럴 거라는 상상조차 못 했습니다. 형사님도 그렇게 생각이나 했겠습니까?"

"그래도 살피기는 했어야 하는 것 아닌가요? 김영근 씨, 어떻게 책임을 지겠습니까?"

"불가항력이었습니다. 유가족도 마찬가지이겠지만, 우리도 여간 힘든 게 아닙니다. 우리도 피해를 봤습니다. 국가에서나 회사에서 처벌한다면 어떠한 처벌도 감수하겠습니다. 그저 죄송할 따름입니다. 우리 셋이 무슨 더 할 말이 있겠습니까. 사장님께서 밝힌 대로 처벌을 충실하게 이행하고 유가족에게 모든 것을 성실하게 보상하겠습니다."

모두 벌금형으로 처벌되고, 유가족과도 원만하게 마무리되었다. 다른 지역과 비교해서 소작료도 절대로 더 높게 받지 않겠다고, 또 같은 규모와 비교해서 제일 낮게 받겠다고 삼영사 허주규 사장이 직접 약속했다.

저수지의 물이 부족해서, 주산리의 일부 토지는 염전으로 돌리겠다고 했다.

꼭 물 양이 부족한 것은 아니었다. 물을 거기까지 보내는 수리시설이 평상시에는 괜찮았으나 가뭄이 들거나 비가 계속해서 오지 않는 경우에는 만돌까지 물이 가지 않고 멈추어버렸다. 결국은 염전을 옆으로 늘리는 것이 좋다고 판단해 주산리 쪽에 염전을 더 늘렸다. 가뭄 때 물이 만돌리까지 가긴 했으나 넉넉하지 않았다.

만돌리에서 농사짓는 사람들은 비가 오지 않으면 궁산저수지에서 내려오는 물만을 기대할 수 없어 기우제를 지냈다. 제를 지낸 후 사람들은 물때에 맞추어 돼지 다리를 꽁꽁 묶고, 긴 나무를 다리에 끼워 앞뒤로 메고 대죽도에 가서 산채로 던져버렸다. 그로부터 3일이 지나 비가 내렸다. 소작을 짓는 사람들은 누구도 빠짐없이 목욕재계하고 경건하게 기우제를 지냈다고 한다. 그리고 그 전날만큼은 아무리 금실이 좋은 부부들이라 할지라도 금욕을 지켰다. 그 규칙을 어긴 부부가 있었는데, 누구나 말하면 아는 집이었다. 비가 내리던 날, 천둥번개가 내리치더니 그 사람 집의 나무가 부러지면서 남편 다리로 떨어져 지금도 다리를 절고 다닌다고 했다.

소작농사를 지으면서 사돈 관계를 맺는 집안도 있었다. 집안의 대소사가 있는 날에는 필요할 때 다른 동네 사람들이 함께 가서 일을 돕기도 했다. 동학혁명을 겪으면서 함께 생사의 고비를 넘긴 선대들 덕분에 유대 관계가 좋았다. 특히나 전호성을 따르는 사람들은 늘 한배를 탄 것처럼 서로를 위했다. 간척답을 만들면서도 끈끈한 정이 생겼다. 저수지 축조 반대를 할 때도 모두 참석해서 서로를 도왔다. 소작농사짓는 사람들을 하대하지 않았다. 다른 데는 회사가 어느 한 사람 배제하고 따돌림시키는 방법으로 통제했다고 한다. 그것이 가장 효과적인 방법이었다고 한다. 그러나 삼영염업사에서 소작농사를 짓고 있는 600여 명은 서로 위해주었다고 했다. 일본 순사와도 맞서 이겨냈다고 한다.

여름에는 기우제를 성대하게 열었고 봄 농사짓기 위해서 대보름날 이 동네 저 동네 깡통 빼기를 하는 것이 마을 간에 소통을 알리는 시작이었다. 추운 겨울 동안 어디 나가는 것을 싫어했던 사람들은 봄부터 농사짓기 위해서 몸을 풀었다. 농악을 치고 용을 만들어 온 동네를 돌아다니거나 당산나무에 천을 칭칭 감고서 마을의 안녕을 빌었다. 추석명절에도 햇과일이 나고 햅쌀이 일찍 나는 논에서 농산물을 수확하여 이 마을 저 마을로 나누었다. 올해는 이 마을에서 도맡아 하고 그렇게 마을별로 돌아가며 떡도 돌리고 햅쌀밥도 돌렸다. 그 논의 소작료는 각 마을에서 한 줌씩만 보태도 해결하고 남았다. 같은 마음으로 대동단결한 것이 밑바탕이 되었다. 삼영염업사에서 그때만큼은 회사와 소작인 관계에서 벗어나 화합하였다. 마을 행사는 회사와 소통하는 통로였다.

소금 한 가마나 쌀 한 가마 값이 같았다. 그래서 염전으로 옮겨가는 소작인들도 많았다. 전호성은 염부장이 되었다. 염부장은 다섯 개 염판을 총괄하고 소금 생산을 책임지는 최고 책임자였다. 염부장 밑으로 50명이 직원으로 근무했다. 전호성의 염전보다 많이 생산하는 염전은 없었다. 오만수는 부염부장이 되었다. 전호성 염부장은 평등한 리더십을 통해 사람들을 이끌었다. 간척지 개답할 때 사람이 부족한 경우에는 염전에 최소인원만 남기고, 다른 인원은 간척지로 가서 도왔다. 염부장은 고창군 내 직장인 중 최고 자리였다. 공무원 월급 다섯 배까지 받았다. 선망의 직업이 되었다. 소작료로 따져서 일곱 배 가까운 월급을 받았다.

전호성은 수확기와 모내기 철이면 2~3일, 많게는 일주일까지도 소작인들을 도왔다. 그렇게 도와주면서 직원들의 식사는 직접 챙겼다. 소작인들에게 어떠한 품삯이나 보상도 받지 않았다. 우리는 한배 탄 사람들이니, 서로 돕지 않으면 안 된다고 했다. 비가 예보 없이 엄청 내린 적이 있었다. 비 때문에 그동안 염판에서 만들어 놓은 소금이 녹아버릴 판이었는데, 소작농사를 짓는 사람들이 나타나서 90퍼센트 이상 창고로 옮겼다. 누구 하나 부르지도 않았는데, 모두가 도우러 왔다. 피해가 거의 없는 것처럼 지나갔다.

　염부장만 열 명이었다. 전호성은 그중에서도 제일 많이 소금을 생산했고 질도 좋았다. 간척 공사 때 만난 일본인 기술자 하시모토가 소금 내는 기술을 가지고 있었다. 염전공사를 많이 해본 기술자였는데, 물 관리부터 거둬들이는 방법까지 소상하게 적어 주었다. 그 방법을 따라 하다가 실정에 맞게 보완을 거듭했다. 오만수와 그 밑에서 일하는 중간 간부들에게 요령을 알려주었다. 그래서 다른 염판보다 질이 월등히 좋았고 생산량도 많았다. 전호성 염전의 모든 직원이 다른 염판 직원들에 비해 두서너 배 더 받았다.

　염전을 만들 때, 선배, 친구, 후배들이 품삯을 받는 둥 마는 둥하면서 그냥 도와주었다. 이렇게 서로가 돕고 상부상조해서 일손을 나누었다. 결국에는 모두를 위하는 일이었고, 배가 불러야 평등도 이야기하는 것 아니겠냐고 했다. 동학혁명 정신도 결국 평등을 위한 발걸음이었으니, 우리도 조상님을 본받아 모두 평등하게 살 수 있도록 도와야 하지 않겠냐고 했다.

　삼영염업사에서 전호성이 자발적으로 하는 일에 크게 뭐라고 하지 않았다. 전호성이 지원하는 소작농사짓는 사람들에게 농사를 잘 짓네, 못 짓네 타박하지 않고 그저 지켜만 봤다. 더러는 소작료를 내지 않는 자기 소유의 육답을 사는 사람들도 나왔다. 머슴까지 두고 농사짓는 사람들도 하나둘씩 생겨났다. 특히 만돌의 김 부자는 천석지기가 되었다. 들판 하나가 김 부자네 것일 정도였다. 김 부자도 소작료를 내는 논이 제법 있었다. 바다 일도 하고 머슴이 열 명 정도였다. 제 땅 가지고 농사짓는 것이 소작농보다 훨씬 낫다고 했다. 김 부자는 심원 해리면 일대에서 삼영염업사 다음으로 가진 들판이 많았다. 허주규는 얼마나 부자인지 가늠이 안 된다고 했다. 우리나라 전역을 다녀도 자기 땅만 밟고 다닌다고, 두 발 딛고 서 있는 곳이 모두 허주규 땅이라고 했다. 경기도에도, 인천에도, 평양에도 땅이 많다고 했다.

　김종호 사건으로 입은 피해를 회사가 온전히 떠안게 되었다. 회사에서는 불가항력을 인정해서 직원들을 자르지는 않았고, 감봉 처분하여 마무리하였다. 그리고 삼영염업사에 소작료를 내는 사람들을 모아 협의체를 만들어 운영했다. 하지만 협의체는 회사에 불만이 있는 사람들이 아니라, 그동안 협조를 많이 했던 사람들이 주축이 되었다. 그래도 없는 것보다는 있는 것이 나았다.

소작료를 선정하는 방식도 산정해놓고 문제가 생기면 융통성 있게 대처하는 방식으로 바뀌었다. 김종호 사건 이후 회사도 깨달은 바가 있어 그 방식에 동의했다. 창고도, 창고 속에 있던 쌀도, 도정공장도 허주규 사장이 책임지고 마무리했다. 김종호 유족들이 보상을 받아들였고, 김종호는 아버지 옆에 잠들었다. 회사와 주민들 모두 조금씩 변화를 겪었다. 김종호의 결기가 소작농사를 짓는 사람들에게는 회사의 횡포를 막는 하나의 계기가 되었다. 김종호가 귀중한 목숨을 던지며 거대한 난공불락의 성을 넘어트렸다. 나승호는 그 사건도 빠짐없이 기사화했지만, 신문 맨 뒷장에 아주 작게 나와 있었다. 삼영사가 소유한 언론사 때문에 다른 신문사 역시도 고만고만하게 나왔다. 그렇게라도 나온 것을 위안 삼았다. 사람들은 한 줌의 쌀을 쥐고서 종호네 앞 항아리에 채웠다. 그렇게 항아리 하나가 꽉 찼다.

재만이 아버지가 죽고 시작된 운동이 소작농사짓는 사람들의 정신으로 자리를 잡고 있었다. 사람들은 먼훗날 전호성과 김종호, 그리고 김영호 같은 백마 탄 귀인이 나타나 빛이 될 것이라 믿었다. 동학혁명의 완성을 위해 분명히 올 것이라고 여겼다. 소작농사를 짓는 사람들은 가슴에 가난을 물리치는 희망을 쓰고 있었다. 그들의 깊은 삶이 나승호의 기록부에 적혀 한줄기 꽃이 되었.

염전을 막은 뚝방 언덕길에 해당화가 곱게 피어났다. 작은 땅에서도 꿋꿋이 피어나는 꽃처럼 소작인들의 마음에도 굳은 결심이 새겨졌다. 일본 순사들도 모르게 결집했고, 귀인들의 정신을 이어 적극적으로 행동했다.

삼영염업사는 자본주의의 상징이다. 소작료를 걷고 지주를 지켰다. 다른 회사보다는 소작인을 배려해주었으나, 그 자체로 불평등의 근본이었으므로 사라져야 마땅했다. 삼영염업사로부터 소작답 되찾는 일이 시작되었다. 틈이 생기고, 균열이 생기고, 그렇게 균형의 추가 서서히 움직이고 있었다. 나승호는 직감했다.

재만은 그의 아버지가 했던 것부터, 그가 가야 하는 길까지 아주 가까이에서 바라보고 있었다. 그리고 비바람도 막고 섰다. 산짐승도 손 타지 않게 지켜섰다. 가슴에 강인한 의지가 샘솟았다. 재만의 머리는 나승호가 채우고, 가슴은 김영호에게 물려받았다. 소작인들 간에 불굴의 의지가 무럭무럭 자라나는 것을 삼영염업사는 알고 있을까.

삼영염업사는 김종호 사건이 불가항력이라고 했지만, 사실 소작료를 융통성 있게 다루었다면 예방할 수 있는 일이었다. 소작인들이 꾹 참아왔던 부분이 터졌다. 처음은 전주에서 시작했다. 나승호의 지략은 이미 비밀병기로 담금질되고 있었다. 구미마을 이칠도가 나승호를 찾아왔다. 집안 형님이 유학하고 돌아왔는데, 대동아전쟁이 확대되면서 여러 곳에서 패전소식이 끊임없이 들어오고 있다고 했다. 태평양을 사이에 두고 치르는 전쟁에 일본의 운명이 걸렸다고 한다. 일본 청년들의 죽음이 연일 미화되고 있다며 머지않아 무슨 변고가 있을 것 같다고 했다.

김재만

가난 대물림

6·25전쟁이 끝나고, 재만이도 초등학교 졸업반이 되었다. 엄마가 '너는 갓을 쓰고 살 사람'이라고 했다. 아주 큰일을 할 사람이라고 어려서부터 귀에 딱지가 붙을 만큼 많이 듣고 자랐다. "비가 억수로 내리는 날, 동쪽 하늘이 열리고 주변은 어두컴컴하게 있는데 하늘길이 맑은 파란색으로 변하며 열리기 시작했다. 커다란 황룡이 자유롭게 날갯짓하며 입에 연분홍색 여의주를 물고 내려왔다. 깜짝 놀라 뒷방아치려는 순간 가슴으로 들어왔다. 그날 이후 며칠 동안 물 한 모금 제대로 넘기지 못했다. 얼마나 지나지 않아 너를 임신하게 되었다. 그게 우리 셋째 재만이다."

"엄마 나 공부 더 해야겠어요. 중학교 보내주세요."
재만이는 시험에 합격할 자신이 있었다. 엄마는 늘 내 아들 장하다, 장차 큰일 할 것이야, 말했다. 재만이는 공부를 해야 큰일을 할 것이라고 의젓하게 말했다. 그러나 6·25전쟁이 끝난 지가 어제 일이고, 재만이는 가난한 소작농의 아들이다. 그것도 아비는 젖먹이였을 때 저세상 사람이 되었다. 재만이 엄마는 아들 셋 굶기지 않은 것만으로도 할 일 다했다고 생각했다.
"내 처지에 어떻게 중학교를 보낸단 말이냐."
어머니도 어찌할 도리가 없는 것을 잘 알았다. 어머니는 소작료만이라도 덜 거둬가도 학교를 보낼 수 있었을 것이라 했다.

"형들은 공부를 싫어해서도 못 보냈지만, 너만큼은 하고 싶은 공부를 더 못하게 하는 것이 가슴이 찢어진다. 내가 내 아들을 막나 싶다."

재만의 괴로움만큼이나 엄마도 괴로워했다. 전쟁만 아니었다면 베를 짜서 충분히 보내고도 남았을 텐데, 가난이 원수다.

재만은 시간 날 때마다 숨통을 트고자 선바위산 정상에 올랐다. 금평평야를 보며 꽉 막힌 가슴을 뚫었다. 소작이 가난을 만들었고, 내가 중학교에 못 가는 것도 소작료 때문이었다. 나승호 선생을 만나 언제부터 우리 마을 사람들이 소작농사를 짓게 되었는지, 그때 어르신들의 활약이 얼마나 눈부셨는지 소상히 들었다. 아버지에 대해 많이 들었다. 엄마가 가난할 수밖에 없는 이유가 아버지에게도 있었다. 엄마가 소작논을 장만한 후 좋아서 우리를 안고 울면서 환호했던 기억도 뚜렷했다. 아버지는 자존심 때문에 소작논을 가질 기회마저도 포기하셨고, 엄마는 우리를 굶기지 않으려고 소작농을 자처했다. 엄마의 소원은 세 방구였다. 자식이 셋이라서 한 명에 하나씩은 주어야 한다는 사명감 같은 것이었다. 그러나 엄마는 재만에게만은 '우리 재만이가 장차 큰일 할 거야' 그렇게 말했다. 밑천으로 태몽만 열심히 주었다.

재만이 해야 할 것 중 하나는 전호성 선생의 꿈, 전봉준 대장군의 뜻을 이어 큰일을 해내는 것이었다. 전호성은 평등은 배가 불러야 비로소 시작된다는 것을 알고 있었을까. 전호성이 그렇게 꿋꿋하게 버틴 것도, 실천한 것도 배고픔을 해결하기 위해서였다. 민영직보다, 김학배보다, (주)해원의 사장 야마구치보다, 허주규 해리농장보다 밥이 있는 곳을 더 자주 찾았던 까닭은 가난한 소작인들의 배고픔을 해결하기 위해서였다.

열다섯 재만에게 중요한 것은 당장의 배고픔보다 중학교에 가는 것이었다.

허주규가 전호성의 행보를 막아서고, 부귀영화를 쌓으면서 내 소중한 것을

앗아가는 과정을 두 눈으로 똑똑히 지켜보았다. 나승호 선생도 떠나갔다. 영당의 김치성 선생도 떠나갔다. 조선이 망하고 민족이 두 동강나고 피비린내 나는 6·25전쟁 속에서 용케도 살아남은 선생님들께서 내게 무거운 짐을 주고 가셨다. 전봉준을 잇게 한 전호성 선생님, 배고픔을 해결하려다가 미완성으로 가신 나의 아버지 김영호, 그것을 다 기록하고 남기신 나의 스승 나승호 선생님을 봐서라도 내 첫 번째 목표는 소작농사의 고리를 끊는 것이다. 소작농사만 아니었다면 나도, 내 친구도 중학교에 갈 수 있었다.

선바위산을 오르는 목적이 변했다. 처음에는 터져버릴 것 같은 가슴을 확 트이고 싶어서 갔다. 정처 없이 방황했다. 원망했다. 기억에도 없는 아버지를 원망했고, 늘 자식들 때문도 밥 한번 제때 못 드시는 엄마를 원망했다. 삼영염업사 소작농사를 짓는 사람들을 원망하기도 했다. 삼영염업사 직원들을 원망했고, 삼영사 사장 허주규를 원망했다. 그러나 전호성 선생님이 주고 간 나승호 어른의 흔적을 결코 헛되게 할 수 없었다. 나를 다지는 시간이었다. 선바위산 올라 금평평야를 보면서, 서해바다 용왕님께 선생님들의 뜻을 잇고 싶다고 고백했다. 나도 소작농을 반대한 아버지와 나승호 선생님처럼 소작인은 절대 되지 않겠다고 다짐했지만, 삼형제 때문에 홀로 애쓰시는 어머니에게 불효는 할 수 없었다. 저수지에서 물고기를 잡는 한이 있어도 소작농은 되지 않고 두 분의 정신을 잇겠다고 했다. 어머니께도 이제 나의 방황은 끝났다고 선언했다.

"논 한 방구 사주시겠다고 한 약속은 꼭 지켜주세요. 논 대신 뭘 사달라고 하면 따지지 마시고 '그래, 그러마' 하고 흔쾌히 들어 주셨으면 합니다. 논 한 방구 이상은 요구하지 않겠습니다."

"학교도 다 못 보낸 부모가 무슨 할 말이 더 있겠냐. 그렇게 할게. 너는 젖먹이 아기였을 때부터 눈빛, 눈매가 예사롭지 않았지. 젖은 물리면서 가슴이 덜컥 내려앉은 적이 한두 번이 아니었어."

법을 알아야 했다. 나승호 선생이 하신 말씀이 가슴에 남았다. 법을 빌려 소작농사를 짓는 사람들을 보호했다는 얘기와 김종호의 죽음도 결국 법의 잣대로밖에 할 수 없었다고 한 말을 그냥 흘려보낼 수 없었다. 그래서 농지개혁법을 '중학교 과정이다' 생각하고 공부하기로 마음먹었다. 어머니께 쌀 한 가마 값을 받아 광주 충장로 나라서점에서 육법전서를 사 왔다. 그렇게 꼬박 1년 공부하니 농지개혁법 부분이 너덜너덜해졌다. 그러나 다른 사람들, 아니 소작농사를 짓는 사람들은 법이 별수 있냐고 했다. 사람들은 법 위에 있는 친일파 앞잡이가 농지개혁법도 피해가며 소작료를 계속 받고, 더 큰 부귀영화를 누리는 상황에 익숙해져 있었다. 친일파 앞잡이들은 조선총독부 시절 엄청난 헌금을 주고 허가권을 빼앗은 것도 모자라 36만 원의 거금을 보조금으로 받았다. 사람들은 얼마나 많은 돈을 헌금으로 내놓으면 그렇게 많은 혜택이 돌아왔겠냐며, 상식적으로 이해가 안 된다고 했다. 대한이 독립되고 자유민주주의 세상이 열렸는데 그들은 교묘하게 빠져나가고 국가로부터 20만 원의 보상금을 받았다. 농지개혁법으로 다른 지주들이 땅을 다 내놓았는데, 허주규는 땅을 내놓기는커녕 오히려 보조금을 더 받았다.

재만은 자신이 나라님이 아닌 게 너무도 고마웠다. 나라님이었다면 꿈도 꿀 수 없는 일을 꿈꿀 수 있었다. 나라님은 가난을 해결할 수 없다. 중학교에 가지 않아 농지개혁법을 공부할 수 있었으니 이 얼마나 행운인가 싶었다. 법전을 보고 공부해서 소작료를 내지 않는 논으로 만들 수 있다면, 자신이 꿈꾸던 세상이 올 것이라 생각했다.

여러모로 의심을 품었던 것이 사실로 다가왔다. 재만은 자신이 공부한 것을 이성규에게 조금씩 얘기했다. 소작농이 되어 있는 친구의 눈에서도 빛이 나는 것을 봤다. 또 나승호 선생이 주고 간 봉투에 대해서도 말했다. 혼자 할 수 있는 일은 없다는 것을 알았다. 옆집에 사는 정기종 선배에게도 농지개혁법과 소작료에 대해 얘기했다. 정기종은 고등학교까지 졸업했고, 친구들이 군청 경찰서 요직에 있었다. 나승호 선생이 돌아가신 후, 재만은 정기종 선배와 얘기를 많이 했다. 가끔은 이성규도 데려갔다. 이성규는 일머리가 좋아 동네 일을 도맡아 했다. 정기종 선배는 소작료를 낮추는 방법에 더 관심이 있었고, 재만은 아예 소작료를 내지 않는 방법을 찾고 있었다. 종국에는 생각 차이를 좁히지 못하고 서로가 문제라는 듯 말하고서 헤어졌다. 정기종은 소작농사를 짓고 있지 않았다. 나승호 선생이나 재만의 아버지처럼 그도 소작농이 되기는 싫었다고 했다. 소작농사를 짓지 않고도 더 잘 살았다. 구멍가게부터 벼를 사고파는 장사까지 했다. 정기종 선배는 키가 크고 도시형 선비처럼 생겼다. 어딘지 모르게 연약했지만, 김재만이 나아가는 데 든든한 후견인이 되어주었다.

"어머니 제가 작은 배 한 척을 만들고자 합니다. 저번보다는 돈을 쬐께 더 주시면 감사히 받겠습니다."

배를 만드는 데는 쌀 한 가마 값도 안 들어갔다. 물고기를 잡을 그물이 필요했다. 어머니는 저수지에서 배를 타고 물고기를 잡겠다고 하니까 걱정을 많이 했지만 그래도 믿고 주었다. 두 번째 돈을 받았다. 이제 딱 한 번만 남았다. 재만은 물고기를 잡아 해리장날, 고창장날, 상하장날, 무장장날에 물고기 파는 아주머니들께 넘겼다. 소작료를 짓는 것보다 소득이 더 좋았다. 어머니에게서 처음으로 독립했다. 아직은 큰형과 어머니에게 얹혀살고 있지만, 경제적으로는 완전한 독립을 위해 첫발을 디뎠다. 어릴 때 어머니 따라 시장에 갔던 것이 많은 도움이 되었다. 어머니는 베틀을 돌려 실이나 옷감을 만들어 직접 팔기도 했고, 포목점에 넘기도 했다. 직접 파는 것이 더 이익이었으나, 다 팔지는 못해서 양이 많으면 적은 값을 받고 포목점에 넘겼다. 어머니나 형님 벌이만으로는 생활비로 쓰기에 부족했다. 부자가 되는 것은 꿈도 못 꿨다. 형님과 어머니를 위해서라도 소작료를 내지 않고 농사짓는 방법을 찾아야 했다.

정기종은 소작료를 10퍼센트만 줄여도 전체 소작농 600여 명을 합쳐 적용했을 때, 엄청난 것이라고 했다. 선배는 힘도 '빽'도 없는 네가 애쓴다고 뭐가 달라지겠냐고 했다.

"너도 들어서 알겠지만, 김종호가 왜 그렇게 극단적인 선택을 했겠냐. 그 방법밖에 없었기 때문이었어. 그래도 재만이는 그렇게 무모하지 않고 체계적으로 접근하는 것 좋다만, 계란으로 바위 치는 것보다 힘든 일일 거다. 구십구 섬 가진 자가 한 섬 가진 자의 것을 빼앗으려 한다고 하잖냐. 나라님도 기득권은 못 이긴다. 그러나 너와 같은 청년이 있기에 희망도 있는 것 아니겠니. 성규가 못 들은 척해도 속으로는 너 못지않게 갈망하고 있을 것이다. 그런 사람이 성규만 있겠냐? 소작인들 모두 바라고 있을 거야. 우리는 그들의 가슴에 희망의 불씨를 심는 거다. 600여 명이 희망을 품지 않는다면 가난이 대물림되고 그렇게 희망을 포기하는 것도 지옥에 사는 거나 마찬가지다. 생지옥은 따로 있는 것이 아니다. 살아는 있는데 희망이 사라진 것이다. 독일의 대철학자이자 시인이고 정치가였던 단테가 〈신곡〉을 썼다. 지옥 문턱에서 살 수 있다는 희망을 완전히 지우고 가면 지옥행이라고 했다. 내 나름대로 이렇게라도 돕는 것이 희망을 잇게 하고, 너와 같은 청년들이 포기하지 않게 다독이는 것이야. 나와 생각이 다르다고 해서 포기하지 말고 끝까지 열심히 해 보거라. 뒤에서 열심히 돕겠다."

재만은 성규에게 정기종 선배가 너희 둘이서 꿈을 갖고 앞장선다면 뒤에서 열심히 도와준다고 했다고 전했다. 사실 선배가 성규 얘기를 자세히 하지는 않았으나, 성규가 이 일에 동참해주었으면 해서 그리 말했다. '기종 선배가 너희 둘이서 나서면 될 수 있다고, 우리를 믿고 계신다'고 전했다. 그 이후로 성규도 정기종 선배를 만나면 아주 정중히 인사를 했다. 재만에게는 성규가 꼭 필요했다. 동지를 만난 기분이었다. 전호성 선생이 늘상 '동지'라고 말해서 좀 이상하게 생각했는데, 성규를 동지로 맞이하니 이제야 이해할 것 같았다. 전호성 선생이 많은 사람에게 동지라고 불렸던 것도 이제 조금 알 것 같았다. 자신에게 '꼬마 동지'라고 했던 것이 무슨 뜻인지도 이제야 풀렸다.

　좋은 것은 어떻게 해서라도 물려받고 후대에 물려주어야 한다. 그러나 가난만큼은 절대로 그래서는 안 된다. 우리 가난의 원인이 명확한데 눈 뜨고 모른 척할 수는 없다. 문제는 환경에 순응하고 숙명으로 여기며 포기해야 하느냐다. 포기는 나의 사전에 없다. 부들부들 떨리며 사지가 오그라지는 것을 느낀다. 물 한 모금도 넘기기 힘들다. 이렇게 무기력하게 있는 내가 수치스럽다. 양반마을 사람이라고 가지고 있던 자긍심은 어디에 두고서, 수백 년 수천 년을 이어온 좋은 전통과 정신은 어디 가고 소작농사를 짓는 사람으로 낙인 찍혀 있단 말인가. 다른 곳들은 다 농지개혁법으로 땅을 되찾고 해방되었는데, 우리만 지금껏 이렇게 꽁꽁 묶인 채 살아간단 말인가. 이건 아니다. 허주규 가문의 횡포도 더 이상 견디기 힘들었다. 조선총독부에 헌금하고 얻어낸 그 권력이 이제는 해방된 나라로 옮겨졌다. 대한민국이 태어났는데, 자유민주주의를 표방한 나라에서 허주규의 형은 당을 만들어 허씨 가문의 재산을 지키는 데 쓰고, 해방하고도 일제강점기 그 시절에 묶어 놓았다.

　소작료의 굴레를 끊는 것도 중요하지만 우리에게 진정 필요한 것은 완전한 끝맺음이었다. 내가 마지막 남은 동학혁명군이라고 해도 좋다. 마지막 남은 독립군이라고 해도 좋다. 아직 우리는 끝나지 않았다. 나와 같은 사람이 더 이상 나와서도 안 된다. 허씨 가문처럼 희망을 갉아 먹는 사람도 생겨서는 안 된다. 평등한 세상을 꿈꾸다 많은 사람이 죽었다. 권력자들은 세도정치의 단맛에 빠져 나라를 망쳤다. 내 배만 부르면 된다는 심보였다. 그래서 동학혁명군은 횃불을 들었다. 결국 해냈다.

　대한민국 정부가 들어서도 세도가는 여전히 건재했다. 부대통령 자리를 샀다. 친일파들은 친일하여 얻은 재산을 독립 국가에서 한 자리 차지하는 데 썼다. 새로운 국가에서도 부정한 결탁은 이어졌다. 허씨 가문은 학교를 만들고, 신문사도 만들어 언론을 장악하며 새로운 세상에서도 세도를 이어갔다. 그런데 누구도 한마디 제대로 못 하는 것이 작금의 현실이다.

"너에게 600여 소작농을 두고서 가는구나. 우리나라는 해방을 이루었는데 우리는 아직 해방을 못 봤구나, 그 무거운 짐을 너에게 두고 가는구나. 사유민주주의 대한민국에서 끝을 못 맺고 대물림하고 가는구나. 그렇지만 재만이 네가 있어 눈을 감는다. 원망하지 말고, 그럴 시간에 공부해서 네 대에서 대물림을 끊어야 한다. 백마 타고 오는 귀인이 우리 재만이가 되었으면 한다. 나는 이렇게 이세상을 떠나 저세상으로 이사를 하지만 네가 있어 홀홀 훨훨 털어버리고 간다."

나승호 선생이 재만에게 간곡히 바라던 것이었다. 내가 비록 하찮은 사람일지언정 물러설 수가 없다. 정기종 선배와 나 사이에는 늘 간격이 있었지만, 오늘만큼은 숙연하게 내 말을 들어주고 아무 말 없이 고개만 끄덕였다.

정기종 선배가 재만의 말에 토달지 않고 받아준 것이 처음이었다. 재만은 법전을 가슴에 꼭 안고서, "소작의 대물림을 내 대에서 끝내고 말 것이다. 소작농의 아픔은 빗물에 완전히 씻겨 내리고 말 것"이라고 말했다. 이성규에게 "허씨 가문의 세도는 내 손으로 어찌할 방법이 없겠지만, 소작농사를 없애는 것만으로 한정해서 한다면 가능할 것 같다"고 했다. 이성규의 눈빛이 흔들렸다. 이내 고개를 끄덕였나. 의기투합했다.

"네가 가는 길에 길동무가 되겠다. 피는 못 속인다고 하던데, 김영호 아버지 피는 못 속이는구나. 이제껏 너의 말만 듣고 있었다. 이제부턴 내가 해야 할 것도 찾아보고 구체적으로 고민하겠다. 친구가 이렇게까지 말하는데 내가 벽창호겠냐. 말은 안했지만, 나는 내 나름의 방법이 무엇인가 있겠지 막연히 생각만 했다."

정기종 선배를 찾아가 이제 이성규 친구도 함께한다고 말했다.

"그래, 둘이 하면 말벗도 있고, 짐을 나누어 지면 한결 가벼울 수 있다. 잘했다. 정말이지, 나승호 선생님의 말을 한 귀로 듣고 한 귀로 흘려보내기에는 한이 맺히는구나. 네 말에 완전히 따를 수는 없지만, 나승호 선생님의 말이 기준이 되니, 너희 발목은 잡지 않겠다. 지금보다 더 신중히 방법을 찾아보자. 말만이 아닌 구체적인 방법을 해보자."

"선배님, 그래서 생각하고 있었는데요, 농산부에 소작답의 문제점을 청원서로 낼까 합니다."

미리 쓴 청원서를 보여드렸다.

"좋다. 그럼 그렇게 시작해보자."

대물림을 끊어낼 첫걸음이었다. 소작농사를 짓고 있는 사람들의 애환부터 그동안 삼영염업사에서 부당하게 소작답을 소유하고 있었던 사실까지 자세히 적어 보냈다. 한참이 지났는데 소식이 없었다.

어찌 된 일인지 재만이 보낸 청원서 답변이 삼영염업사로 송달되었다. 삼영염업사 직원 세 명이 재만의 집으로 왔다. 도둑놈이 제 발 저린다고, 재만은 무서워서 당산나무 뒤로 숨어버렸다. 직원이 가고 나니 어머니가 다가왔다. 형님들은 이 사실을 모르니, 재만은 통지문을 들고서 정기종 선배 집에 갔다. 성규까지 만나 답변서를 읽어 봤는데, 소작료를 받는 건 농지개혁법 몇 조 몇 항에 의해 정당하다고 답변이 왔다. 너무도 허탈했다. 아주 예상 못 한 것은 아니지만 그래도 힘이 쭉 빠져버렸다. 정기종은 답장마저도 없을 것으로 여겼다며, 나라에서 이렇게라도 반응한 것만으로도 크나큰 소득이라고 했다. 삼영염업사에서 별것도 아닌 양 넘겨버리지 않은 것이 어디냐고 했다.

형제 사촌

작은아버지가 집안의 어른이었다. 엄마가 있었으나 엄마는 늘 우리 집안의 제일 어른은 작은아버지라고 말했다.

"너희 아버지가 몸이 연약했고, 바깥일만 하니 집안일은 작은아빠가 대신했다. 너희들이 이렇게라도 배곯지 않고 사는 것도 작은아버지 덕분이다. 아버지가 돌아가시고 논밭이라도 장만하게 된 것도 어찌 나 혼자만의 노력이었겠냐, 작은아버지가 조카들을 생각했기 때문이 아니겠냐. 늘 고마움 잊지 말고 아버지처럼 잘 모셔라."

형의 혼사가 오갔다. 전주 이씨 집안과의 결합이다. 같은 동네였다. 우리 집은 앞멀, 형수 집은 반멀이었다. 큰형은 아빠를 닮아 키도 크고 잘 생겼다. 작은형은 엄마와 아빠를 반반씩 닮았는데 그래도 아빠 쪽에 더 가까웠다. 나는 엄마를 닮았다. 그러나 속은 아버지를 더 닮았다고 했다. 큰형과 작은형은 엄마의 성격을 닮았다.

작은아버지는 힘이 장사였다. 아버지처럼 키가 크지는 않았지만, 아주 단단한 차돌 같았다. 누구와 씨름해도 진 적이 거의 없었다. 혈연은 눈물이 날 정도로 챙겼다. 할아버지가 청도 김씨로는 첫 터를 잡은 곳이라서 형님께도 잘했고 외가에도 잘했다. 아들, 딸은 물론이고 조카들까지 친자식처럼 돌보고 형수인 재만의 엄마에게도 더 없이 잘했다.

작은형은 논일보다 밭일이 좋다고 해서 엄마가 밭을 사주셨다. 엄마는 삼

형제에게 논 한 방구라도 사주는 것이 소원이었는데, 그 소원을 이루셨다. 밭은 집 위쪽, 영당과 전주 이씨 제각 사이에 있는 자리였다. 햇볕이 잘 들었다. 훗날 작은형이 그 밭 입구에 집을 지어 분가했다. 작은형수는 광주에 사는 하동 정씨 집안의 딸이었다. 큰형은 전주양반, 큰형수는 전주댁이었다. 작은형은 광주양반, 작은형수는 광주댁이었다.

작은집은 아들 하나에 딸만 셋이었다. 작은집 아들이 재만에게는 형이었고, 재만의 큰형보다 두 살 아래, 작은형보다는 한 살 위였다. 누나는 둘이었고, 여동생도 하나 있었다. 재만의 집은 아들만 삼형제라서, 엄마는 작은집 누나들과 여동생을 친딸처럼 대했다. 아버지 제사나 할아버지, 할머니 제사가 있는 날에 재만의 집은 전쟁터였다. 그날만큼은 큰집, 작은집이 한데 모여 싸움질도 하고, 웃고, 울었다.

엄마가 언제까지 논값을 지불해야 하는데, 아직 반도 못 냈다고 이야기했다. 큰형부터 작은형까지 살림을 차려주고, 특히나 작은형은 따로 집도 지었으니 어머니의 주머니가 가벼웠을 것은 분명했다. 내가 혹시나 돈을 달라고 할까 봐 말한 듯했다.

"엄마, 걱정말아요. 엄마 주머니가 가득 찰 때까지 기다릴게요."

엄마는 마음을 들킨 것처럼 웃었다.

"요놈은 못 속여."

"엄마한테 한 방구 값 다 줄 거야. 엄마 소원이잖아요."

"엄마는 이미 소원을 이루었다. 큰형에게 두 방구 주었다만, 너는 논을 안 가지고 네 마음껏 한다니까 처음에는 걱정도 했다. 너를 내가 못 믿었겠냐. 나는 지금도 네가 뭐 하나 제대로 할 것이라 믿고 있다."

"엄마가 내 밑천으로 준 태몽, 아주 잘 가지고 있어요. 엄마 소원, 나도 꼭 들어줄게요. 나도 돈 좀 모았어요."

"큰형님, 짊어진 짐이 참으로 무거웠겠어요. 나는 아빠를 기억도 못 하는데, 사람들은 형님이 아빠를 많이 닮았다고 판박이라고 하니까. 나는 형을 보면서 아빠 생각을 많이 했어요. 작은아버지가 계셨어도, 형님한테 의지를 더 많이 했어요."

"내 동생 입에서 이런 말까지 다 듣는구나. 내가 뭘, 얼마나 잘했다고. 내가 어떻게 해서라도 너를 중학교에 보냈어야 했는데, 나도 그때는 어렸고 전쟁이 끝난 직후라 생각할 겨를이 없었다."

"뭘, 그런 생각을 하세요. 우리 넷이 굶주리지 않고 산 것도 형님께서 고생하신 덕인 걸 압니다. 형님, 이제는 내 걱정말아요. 형수도 계시고 곧 태어날 조카도 있는데, 내가 잘할게요."

"아무렴, 너야 어려서부터 남달랐으니까. 걱정은 무슨 걱정, 늘 내가 고맙지. 못난 형을 이해해주고 공손하게 대해주고, 형수께도 사돈 댁에도 잘하고 있는 줄 안다. 장인어른께서 어린 사돈이 존경스럽기까지 한다고 하더라. 처음에는 무슨 말일까, 그렇게 생각했다가 오히려 대견스럽더라. 내가 고맙다."

"작은형, 복숭아 참으로 맛있어요. 형님께서 밭농사를 짓겠다 하셔서 걱정했는데, 과일 농사를 지을 계획을 빨리도 하셨군요. 형님께서 아주 잘한 선택이었어요. 그리고 보면 과일농사 짓게 되면서 형수님과 만나게 되었으니, 참으로 대단해요. 그런데 형수는 어떻게 만났어요?"

"광주시장에 가야 과일값 제값을 받는다고 해서, 새벽부터 가서는 점심이 다 될 무렵에 도착했다. 배도 고프고, 자리도 봐야 하고, 그런데 식당 아주머니가 밥도 주고 자리까지 내주어 일찍 다 팔고 막차를 타고 올 수 있었다. 차만 세 시간 더 타고 왔지. 그래도 고창장날 파는 것보다 곱절은 더 받아서 차비를 주고 이문을 많이 남겼다. 어느 날인가, 아주머니께서 조카딸이라고 너희 형수를 소개해주지 않겠니. 나는 아직은 장가갈 나이는 아니다, 생각했지. 살림도 넉넉하지 못했고. 언감생심 내가 그런 걸 꿈꿀 수 있었겠냐. 그런데 아주머니가 갈 때마다 밥도 공짜로 주고, 과일 파는 것도 도와주었어. 한번은 막차가 떨어졌는데, 식당 아주머니께서 자기 집에서 자라고 했어. 망설이다 고맙다고 했지. 너무도 피곤해서 일찍 잠들었는데, 눈을 떠보니까 너희 형수가 있었다. 어찌나 예쁘던지. 그날 그렇게 우리는 부부가 되기로 마음먹고, 더 열심히 살았다. 그래서 빚도 일찍 갚았지."

작은형의 장인은 산을 소유하고 있었다. 작은아버지는 산 주인이 장인이 되셨다고 해서 산주양반, 그렇게 불렀다. 작은형에게 산을 반절이라도 받았냐 물었는데, 반은커녕 병아리 눈물만큼도 받지 않았다고 했다. 그러나 땔감이 부족할 때 누구 눈치도 보지 않고 쉽게 구하는 것만으로도 족하다고 했다. 전주양반도 광주양반도 눈치를 안 보기는 마찬가지였다. 작은형은 '내가 장가를 잘 든 덕분'이라고 했다.

"작은아버지도 하루하루가 다르시구나. 큰엄마는 괜찮으시고? 작은아버지 젊어서부터 천하장사라고 치켜세워 주니 우쭐하셨나. 지게에 남들보다 곱절은 지고 다니셨는데, 무쇠다리도 아니고, 어깨며 다리며 어찌 고장이 나지 않겠냐. 지금 늘 골골거리신다. 너도 젊다고 무작정 몸 쓰지 말고, 꼭 조금씩 남겨놓아라. 그러고 보니 그건 큰엄마의 장기가 아니냐."

"흐흐흥, 작은어머니는 어떠시고요? 누나들은 자주 안 오던데 매형들이 시집살이시키나 봐요."

"출가외인이라고 하지 않더냐. 관심 꺼라. 동생한테나 신경 써라. 동생한테 '내 말을 들어야지' 해도 도무지 말을 듣질 않는다. 하긴 '예쁘다, 잘한다' 해야 하는데, 너는 네가 아버지도 아니고 미주알고주알 훈육이나 시키니, 나부터도 너를 좋아하지 않겠구만."

"진짜예요, 형님? 어쩜 형님도. 다 큰 여동생에게 이것저것 조심하라고 하는 것이 잔소리지 뭐예요?"

"형님이 안 하니까, 내가 대신하는 것 아니에요."

"어허, 네가 다하니까. 나까지 그럼 안 되니 참는 것이지."
작은형이 흐흐 웃으며 말했다.
"이제 너도 살림을 차려야 하지 않나 생각해 보라."
"꼭 형님도 큰형님 같네요. 나도 고기 잡고 바빠요. 내가 하는 일은 일도 아닌 것처럼 생각하지만, 실제 소득은 형님들보다 짭짤해요. 나는 아버지를 모르고 컸는데, 작은아버지라 병원 모시고 다니니 아버지께 못한 것을 하게 되어 참으로 좋았어요. 병원에서 올 때는 해리 시장통에 가서 국수도 사드리고, 흰 고무신도 사드리고, 좋아라 하시는 작은아버지를 보면 내 기분도 절로 좋았어요."

남자 조카가 생겼다. 형보다 어머니가 더 좋아하셨다. 우리 가족은 늘 웃음꽃이 활짝 피어 동네 사람들로부터 부러움을 많이 샀다. 검정고시 공부도 병행했다. 수학은 할 수 있었는데 영어공부가 어려웠다. 여동생 불러서 영어공부를 함께하는데, 조그마한 것이 선생님이라고 큰소리치고 따라 읽으라고 하고……. 여동생은 잔소리꾼 오빠에게 복수할 기회라고 벼르고 있는 것 같았다. 시험 날짜가 다가왔다. 영어만 아니면 별 걱정되는 것이 없었는데, 그놈의 영어를 꼭 공부해야 하나 생각했지만, 제도가 그러니 어쩔 수 없었다. 졸업장을 따려고 마음을 먹었으니 따라야 했다. 여동생이 잘 가르쳤는지 2등으로 당당히 합격했다. 여동생 덕이었다. 그래도 잔소리를 멈추지는 않았다.
나도 이제 중학교 졸업장이 생겼다. 언제든 마음만 먹으면 고등학교도 갈 수 있었다. 그런데 포기했다. 고등학교에 가면 영어가 중학교 영어보다 두세 배 더 어렵다고 했는데, 도저히 자신 없었고 물고기를 안 잡고 공부만 할 수는 없었다. 명주 보자기로 졸업장을 싸가지고 집에 와서 엄마가 풀게 했다. 엄마에게 엄마의 한도 나의 한도 풀었다고 그 징표가 이것이라고 했다. 어머니가 그렇게 많이 우는 것을 처음 봤다. 나보다 엄마가 더 기뻐했다. 고창고등학교를 나와 면사무소 서기로 있는 친구가 이제 부럽지 않았다. 나승호 선생의 둘째 아들이 내 친구였다. 중학교 교복을 입고 다닐 때 멋져 보였다. 고등학교에 다니기 시작하고, 방학 때만 집에 와서 집 일 돕고, 과제를 한다고 공부하는데, 친구 것을 슬쩍 보면 모르는 것투성이였다. 여동생 말처럼 고등학교 영어책은 두꺼웠고, 글자 수도 많았고, 빼곡했다.

"우리 아들 장하다. 그때 못 가르친 것이 한이었는데 이제 쬐끔 덜었구나, 이제 죽어도 여한이 없다."

"나 아직 장가도 안 들었는데 무슨 소리여요. 졸업장을 도로 물려야 울 엄니가 오래 살 것구먼."

"요놈의 자식이……."

"아이구, 엄니. 다 큰 자식 엉덩이 때리는 것은 아니지라."

나도 속으로 날아갈 듯 좋았다. 어머니가 이렇게 좋아하시는 걸 보니까. 힘은 들었어도 공부한 보람이 있었다. 이제 제법 무식한 놈, 소리는 듣지 않겠다, 자부심도 있었다. 형님들이 다 모여 막걸리를 한 사발씩 마셨다. 졸업장을 딴 사람보다 형님들이 더 기분을 내었다. 내 핑계 삼아 술잔치를 벌였다. 작은아버지도 엄마도 모른 척 넘겨주었다. 이런 때가 아니면 언제 이렇게 좋은 술을 먹겠냐며 마음껏 기분 좋게 먹으라고 했다. 형수들이 술상을 계속해서 봐주느라고 바빴다. 매형들까지 다 모여 우리 작은 처남 큰일 했다고 칭찬했다. 술자리가 길어질수록 누나, 형수들의 잔소리가 늘어갔다. 엄마는 가만히 나만 바라보고, 가끔씩 웃고 계셨다. 여동생이 내 덕인 줄 알라고 우쭐했다.

"알고말고. 내 동생이 선생님이 아니었다면 어찌 내가 이렇게 졸업장을 받았겠어. 우리 집 가보로 남기고 말 것이고, 우리 조카들은 내가라도 꼭 중학교, 고등학교까지라도 보내고 말 거야."

그렇게 누나, 형수 잔소리에 못 이겨 파장이 되었을 때, 엄마가 오셔서 마지막으로 한잔하자고 했다. 처음 따라놓은 술잔에 조금 더 채워서 엄마와 함께

한 번에 꿀꺽꿀꺽 들이켰다. 술 한 잔을 한 모금에 꿀꺽 마신 것은 처음이었다. 엄마하고 술을 마신 것도 처음이었다. 큰 형수가 뒷정리를 했다. 검정고시 졸업장을 가슴에 새겼다. 조카가 내 얼굴 보고 웃었다. 눈망울이 너무나 맑아 조카에게서 눈을 뗄 수 없었다. 밥을 같이 먹는 것부터 식구라고 하는데, 조카를 보면서 그 범위를 뛰어넘어 사랑할 수 있다는 것을 깨달았다. 작은아버지가 우리에게 마음을 베풀었던 것이나, 내가 작은집 누나, 여동생, 매형들에게 갖는 마음이 다른 말로는 설명되지 않았다. 가족이란 울타리를 생각하니 설명이 되었다. 해맑게 티끌 하나 없이 웃고 있는 조카가 천사 같았다. 나 역시 해맑은 웃음을 지으려고 최선을 다했는데, 내가 과했는지 조카가 그만 울어버렸다. 어머니가 깜짝 놀라 "누가 우리 큰 손주를 울리나, 삼촌이란 놈이 조카를 웃게는 못할망정 울리기나 한다"고 떨어지라고 나무랐다. 억울했다. 조카가 우는 모습도 너무 예뻐서 나가기 싫다고, 엄마만 조카를 보겠다는 거냐고, 나도 볼 거라고 고집을 부렸다.

작은집 누나가 조카를 낳을 때도 그렇게까지 예쁜 것을 몰랐는데, 친조카가 생기고 나서야 바로 알았다. 처음에는 작은집 누나와 떨어져 살아서 그런 줄로만 알았다. 다 같이 모여서 밥을 먹으면서도 모두 조카에 눈이 가 있는 것을 본다. 웃기라도 하면 다들 자기 보고 웃었다고, 조카가 나를 더 좋아한다고 했다. 작은집 형수도 임신했다고 기쁜 소식이 들려왔다.

할아버지가 청도 김씨로는 처음 궁산마을에 터를 잡아 살면서 아버지와 작은아버지를 낳아 기르셨다. 아버지는 삼형제를 두셨고, 작은아버지는 아들 하나, 딸 셋을 두셨다. 그리고 이제 4세손이 태어났다. 그렇게 궁산마을에 청도 김씨가 번손하고 있었다. 할아버지의 탯줄이 묻혀있는 곳은 상하였다. 상하 막정고개를 넘고, 왕촌을 지나 궁산마을로 옮겨와 궁산마을 청김이 문을 열었다. 엄마는 생계를 위해 베를 짰다. 이제 남 좋은 것 그만하고 제일 좋은 것은 손주에게 입히겠다고 했다. 어머니의 변화는 새로운 인생 2막을 여는 것이기도 했고, 우리를 짊어진 온 세월에서 한 가닥 실줄을 내려놓는 것이기도 했다. 삼형제가 밥벌이는 하게 됐다. 이제 엄마 입장에서 내가 제일 불안하겠구나 싶었다.

어머니의 걱정을 덜어주기 위해서는 나도 장가를 가야겠다고 생각했다. 여태 장가를 가야겠다는 마음이 든 적이 없었는데, 조카를 보는 엄마를 볼 때마다 가정을 꾸려야겠다는 생각이 들었다. 같은 동네에서 시집온 큰형수와는 다르게, 작은형수는 시골에 대해 아는 것도 없었고 과일 농사를 지어 마을 사람들과 왕래도 적었다. 농사짓는 것도 서툴러 형수들 간에도 조금 간격이 있었다. 어머니가 그 중간에서 표나지 않게 애쓰는 것을 봤다. 나는 앞으로도 과수 농수나 논농사를 짓지 않을 건데, 어떤 사람을 만나야 하나 고민되었다. 엄마 마음에 쏙 드는 색시를 골라야 할 텐데. 예전에는 아무 생각 없이 만나던 사람들도 이제는 신중하게 생각했다. 엄마를 따라다니면서 봐두었던 사람도 있긴 하지만, 어떻게 해볼 생각은 하지 않았다. 엄마에게 넌지시 말했지만, 그때는 한 귀로 듣고 한 귀로 흘려보냈다.

그러다 만난 아가씨는 키가 크지도 않고 작지도 않았다. 늘씬하지도 않았고 그렇다고 뚱뚱하지도 않았다. 눈은 크고, 눈썹도 진하고, 이마도 넓고, 입술은 도톰하고 코는 뾰족하지는 않았지만 그렇다고 낮지도 않았다. 성격은 좋은 듯하나, 꼬라지가 나면 성깔을 부렸다. 그게 뭐라고 마음에 들었다. 아가씨도 나를 싫어하지 않는 눈치였다.

"누가 중매를 하고 선을 보라고 하면 무조건 나갈 텐데, 엄마가 해리시장 포목점 아줌마에게 선을 넣어서 얘기하면 안 될까요. 중학교 졸업장 땄다고 말도 하고, 물고기 잡는 것이 소작농사 짓는 것보다 돈도 더 많이 벌고, 거래처도 많이 잡아놓는다고 말해주세요. 울 엄니 막내며느리 보기 이렇게 힘드나, 그래야 울 엄마가 다리 쭉 뻗고 주무실 텐데⋯⋯. 나만 좋다고 하는 것 아니고, 그 아가씨 도시 처녀도 아니고 시골 처녀도 아닌 중간 처녀로, 울 색시 될 사람으로 딱이에요. 엄마 거시기 있잖아."

"왜, 무슨 하고 싶은 말이 있냐?"

"아니 거시기, 해리시장 포목점 가게 있잖아요."

"응, 있지. 그런데 거기 말은 왜 꺼내는 거여. 거시기, 거시기 말고 말은 바로 해야 알아듣지 않겠냐?"

"거기 아가씨 있잖아. 엄마도 괜찮게 생긴 아가씨라고 했잖아. 긍게 마음에 든다고. 포목점 아줌마에게 선을 주선하라고 했으면 좋겠어. 중매 턱도 확실하게 준다고 하고, 나를 위해서가 아니고 순전히 울 엄니 위해서랑께."

"그래, 누구 말씀이라고. 막내아들 말은 내가 잘 듣지. 아닌가, 거시기 씨? 흐흐흥."

엄마도 나도 웃고 말았다. 내가 먼저 말을 하지 않아도 될 뻔했다. 그 집에서도 나를 신랑감으로 점찍어 놓고, 오늘내일 물어볼까 하고 있었다. 인연이 있었나 보다. 색시 쪽에서 답이 왔다. 그래, 날 잡아서 얼굴은 봐야 할 것 아니냐, 다음 장날에 물건도 가지고 나가야 하니 그때 만나면 좋겠다고, 중앙다방에서 11시에 보고 점심도 함께하자고 했다. 떨렸다. 나와 엄마는 일이 일찍 끝나 10시 30분도 안 되어 먼저 도착했다. 포목점 아줌마와 아가씨 그리고 그쪽 어머니도 왔다. 화장을 곱게 하고 머리를 단정히 한 아가씨가 나왔다. 얼굴을 제대로 보지도 못 했다. 쌍화탕을 시켰다. 계란이 둥둥 떠 있고 잣씨도 여러 개 있고 무엇보다 냄새가 엄청 좋았다. 포목점 아주머니가 먼저 말을 꺼냈다. 미리 준 사주팔자를 맞춰봤는데 너무 좋고, 궁합도 맞춰봤는데 그 이상은 없을 정도로 좋았다고 했다. 그렇게 결혼식 날짜가 잡혔다.

옛날식과 현대식이 적당히 가미된 결혼식을 올렸다. 작은형수가 제일 좋아하는 것 같았다. 신혼살림은 칠암양반네 아랫집에 작은 방을 하나 얻어서 차렸다. 어머니가 아들을 가까이에 두고 싶으셨는지 큰집 가려면 백 보, 작은형

집 가려면 삼백 보, 작은아버지네 댁도 가려면 사백 보, 그렇게 그린 원 안에 가족이 옹기종기 모여 살았다. 가족은 눈을 뜨면 바로 보이는 데 살아야 한다고, 밥을 같이 먹지 않으면 우물물이라도 함께 퍼다 먹어야 가족이라고 했다.

우리는 이웃사촌이었다. 밥 같이 먹는 식구가 되고, 우물물을 나눠 마시는 존재가 이웃이자 사촌이었다. 저녁은 모두가 큰집에서 먹었다. 밥 당번은 광주형수 차지였는데, 이제는 막내인 울 색시 차지가 되었다. 물을 길어오는 것도 당연히 내 몫이 되었다. 내가 무거운 것을 들고 집에 오면 형들이 먼저 와 들어주고, 나부터 맛있는 밥 먹게 해주었다. 엄마는 김치를 짭짤하게 드시고, 광주형수는 싱겁게 먹었다. 가끔은 시집온 지가 언제인데 입맛대로 먹냐며, 엄마가 가족들 모아 놓고 큰소리를 쳤다.

운명 출사표

가을이 오고, 금평평야의 들이 누렇게 물들어 갔다. 뚱뚱한 삼영염업사 직원이 논밭을 요리조리 다니며 소작료를 책정했다. 따라다니며 받아 적는 직원들도 숨이 찰 지경이었다. 여름 마파람 맞는 것 같다고 했다. 삼영사 직원들은 여름이 다 지났는데 웃통을 홀딱 벗고서, 누구네 것 몇 개, 그렇게 소작료를 정했다. 논에 한 번도 가본 적 없던 김재만이 말했다.

"어찌 논주도 아니고 농사를 짓지도 않는 자들이 주인도 없는 논에 와서 멋대로 소작료를 결정하나요. 이건 뭐가 잘못되어도 한참이나 잘못되었소. 농사짓고 있는 주인 오라고 해서 상의해야 하는 것 아니요?"

"당신이 뭔데? 나는 수년째 소작료를 결정하는 전문가다. 당신이 뭘 안다고 이렇게 방해를 부리는지는 몰라도 그냥 가게나. 좋은 말로 할 때 가게. 우리도 바쁘네."

"무슨 근거로 정하는 것이요? 이해가게 설명해야 하는 것 아니요. 내 이름은 궁산마을 김재만이요. 당신은 어디서 온 뉘시오?"

"삼영염업사 소작료를 책정하고 거둬들이는 이갑용이고 저 두 사람은 성기재, 원유철이다. 이제 되었나, 일 좀 방해하지 말고 그만 가시오."

이번엔 이갑용이 말했다. "나는 당신이 도무지 이해가 가지 않으나, 당신이 이해할 수 있도록 설명할 수 있소. 내가 수년간 소작료를 책정했고, 그동안 크게 다툼이 없었다. 5:5에서 4:6으로 바뀌었어도, 김종호의 일이 있고 나부터도 많이 바뀌었다. 공평하게 수확 후, 사람마다 차이가 많이 나면 소작료에 대한 이의 제기가 가능해졌소."

원유철이 거들었다. "젊은 선생, 묻는 것은 충분히 이해하나, 우리도 최선을 다하고 있소. 오히려 농사짓는 주인과 함께 책정하다 보면 이러쿵저러쿵하다가, 감정의 골이 깊어지고 더 공평하지 못할 수도 있소. 그리고 마구잡이로 하는 것 같아 보여도 이갑용 부장님은 전문성이 있어 나 역시 아주 많이 배우고 있소. 이렇게 책정하여 통보하면 99프로 정확하니, 동네에 가서 한 번 물어보시오."

"그래요. 여러분도 여러분의 자리에서 최선을 다하겠지요. 오늘은 이렇게 헤어지지만, 동네 사람들이나 다른 사람들이 문제가 있다고 하면 사무실에 찾아갈 것입니다."

나승호 선생이 계실 때, 삼영사에서 이갑용이 장난친 것을 잡아냈다. 그런 것을 보면 삼영사는 크게 문제가 없어 보였다. 그래도 형님께 확인했다.

"형님, 우리 논 소작료는 어떻게 정해지고, 다른 집과는 어떤 차이가 있는 것이고, 정해지면 진짜 4:6으로 정확하게 구분하기는 합니까."

"나도 잘은 모르지만, 순도 100프로는 아니어도 99.9프로 정확한 것 같더라. 우리 것만 보고 쭉정이까지 계산한다면 우리에게 유리하지만, 쭉정이를 먹게 하려면 노동력이 배가 더 들어가니 대부분 그냥 버린다. 옛날에는 먹을 것이 부족해서 그것마저 먹었는데, 지금은 그런 사람들도 없어졌다. 마을별로 걸으러 오고, 무슨 일이 있어 늦게 되면 혼자서 가져다준다든지, 회사에 나와서 따로 가져가기도 한다."

'아버지가 못 이루고 가셨던 꿈을 내가 이루고 싶다. 그리고 조카들이 태어나고 있다. 우리 대에서 끊어야 하지 않을까 싶다. 조카들에게 대물림하는 것은 아닌 것 같다.' 생각이 깊어질수록 몸도 쇠약해지고, 어디서 어떻게 풀어야 할지가 막막했다. 정기종 선배를 만나 얘기하면 선배는 소작료를 낮추는 방법에 대해서만 얘기하지, 소작료를 내지 않을 방법에 대해서는 우리 힘으로 하지 못할 것 같다고 했다. 해방되고, 이듬해 고창군수가 소작농사를 짓는 사람들의 편의를 봐주려고 무한히 신경 쓴 것으로 안다. 그러나 아무런 성과도 없이 끝났다. 조선총독부에 있었던 직원들이 대거 농산부로 들어와 있었다. 모두가 삼영사 허주규 형제의 힘을 익히 알았다. 이 상태에서 심원·해리면 간척지의 소작농 독립은 미꾸라지처럼 잘도 빠져나간다고, 고창군수는 한탄했다. 처음에는 국회의원도 팔방으로 힘쓰면서 노력했지만, 자신의 힘으로 도저히 불가능하다며 미안해했다. 군수도 국회의원도 못한 것을 네가 어찌하려고 하냐며, 형님은 걱정도 많았다.

"건강해야 그런 일도 잘할 것 아니냐. 아버지도 그 일을 하다 건강을 잃었다. 너만큼은 그런 과오를 범하지 않았으면 한다. 제수씨가 아기를 가진 것으로 아는데, 아버지처럼 되어서는 안 되니까. 건강에 유념했으면 한다. 내가 어찌 너를 막을 수 있겠냐만, 이제 중학교 졸업장도 받았으니, 한이 반 푼은 풀렸지 않겠냐."

"형님, 제 한은 이미 오래전에 없어졌어요. 하지만 우리 조카들에게까지 대물림하고 싶지 않고, 아버지가 건강을 해치면서까지 그렇게 이루고자 했던 꿈을 꼭 이루어주고 싶어요. 600여 소작농사를 짓는 분을 위해서도 더 그렇게 생각합니다."

그러지 못하면 내가 미칠 것 같았다. 아무것도 이루지 못하고 미칠까봐 걱정스러웠다. 정기종 선배에게 정신이 혼미해진다고 말씀드렸다. 그러자 정기종 선배가 한 가지를 제안했다.

"당분간은 그것을 잊고 라용균 이장을 도와 마을 일을 하면 어떻겠냐. 그래야 나중에 자네가 일하러 나섰을 때 동네 사람들도, 이웃 동네 사람들도 함께 나서지 않겠는가. 마을 지도자가 되어 해보게나. 지금까지는 지도자 일은 내가 맡아서 해왔다. 지금부터는 자네가 하고 이장과 면사무소에도 그렇게 보고를 하고서 천천히 하나씩 밑바탕을 만들어 가보는 것도 좋을 듯 싶네."

 딸을 낳았다.
 "엄마, 딸이 예뻐요? 손녀딸이 예뻐요?"
 "육시랄놈 같으니라고. 말해서 뭐하니."
 "큰 손자만큼이나 예쁜가요?"
 "애들을 비교하는 것은 나쁜 거야."
 "아이고, 내가 잘못했다. 울 엄마는 정말 최고로 멋진 분이야. 내가 익히 잘 알지. 나만큼 울 엄마를 잘 아는 사람도 없는 것 알지요."
 그러면 흐흥, 흐흐 웃으셨다. 마을 일은 이장을 도우면서 시작했다. 재미도 있었다. 젊은 사람이 하니까, 마을 일이 잘 돌아간다고 했다. 엄마가 딸 이름도 지어주었다. 우리 말로 '승희'였다.

 삼영염업사 직원들과 만날 수 있었다. 그때 논에서 만난 직원들을 사무실에서 만났고, 동네에서도 만났다. 만나면 만날수록 소작농사를 짓는 사람들에 대한 마음이 더 커져만 갔다. 할아버지 한 분이 사무실에 오셨다. 더 이상 농사를 못 지을 형편이었다. 소작권을 팔고 사는 데도 회사의 허락이 필요했다. 할아버지가 소작권을 팔고자 하는데, 허락이 쉽지 않은 듯했다. 왜 그러는지 물었다. 예전에 소작료를 낼 때 몇 번 늦었는데 그걸 빌미로 그런다고 했다. 동네에서 삼영염업사 직원으로 근무하는 김홍식 선배를 만났다. 권리가 분명 소작자에게 있는데 이런저런 이유를 들어 회사측에서 까탈스럽게 군다고 했다. 소작료를 안 낼 작정으로 그런 게 아닌 것을 알면서도 이러는 것은 힘없는 노인네를 무시하는 처사라고 항의하듯 따졌다. 힘센 사람이 말하면 잘 들어주고 약한 사람이 말하면 무시하는 건 옳지 않다, 분명 소작권에 대한 권리가 소작자에게 있다, 정말 토지주가 문제를 삼을 만한 일을 했다 해도 최소한 소작인과 함께 논의해가면서 조율해야 한다고 말했더니, 김홍식 선배가 알아서 하겠다고 했다. 그리고 며칠 후 기별이 왔다.

"모두 잘 들었다. 소작권을 매수하는 입장에서 어르신의 의견을 들으려고 적극적으로 노력했다. 자네가 나에게 많은 것을 일깨워 주었네. 나는 소작료를 책정하고 기둬들이는 일과는 무관한 일을 해서 그동안 어떠한 피해가 있었는지도 몰랐다. 이제부터는 관심을 가지고 지켜보겠다. 아니, 노력하겠다. 내가 도울 일이 있으면 돕도록 하겠다."

어르신이 어떻게 알고서 집까지 찾아왔다.
"어떻게 저희 집을 알고 오셨습니까?"
"알다마다, 자네 아버지 돌아가셨을 때 내가 지금의 자네만 했을 거구만. 나도 그때 자네 아버지 조문을 했었는데, 자네가 이렇게 커서 나를 도왔어."
"제가 뭘 했다고요."
"자네 참 겸손하기도 하네. 아버지도 참 좋은 일 많이 하시다가 가셨는데, 그 피가 어디로 갔겠는가. 자네 같은 젊은이들이 있어 세상이 좋아질 거구만. 고맙네. 인사는 꼭 해야 할 같아 왔구먼. 이렇게 고마움을 얘기하니 마음이 홀가분하네."
달포 조금 지나 어르신 돌아가셨다는 소식을 늦게 들었다.

승희 외할아버지이자 장인어른이 찾아와 말했다.
"자네는 허구한 날 밖일에만 관심을 두고, 더 잘먹고 잘 살려고 노력하지 않는 건가."
"장인어른, 저 때문에 승희 엄마가 힘들게 하지 않겠습니다. 배를 곯지도 않게 하겠습니다. 좋은 옷 맘껏은 아니어도 남들처럼 입히겠습니다. 큰 부자는 아니어도 먹고 살만큼은 꼭 이루어 낼 자신이 있습니다. 꼭 농사짓는 일만이 잘 사는 것만도 아닙니다."
 장인이 할 말이 없는지, 그래도 건강은 꼭 챙기라고 다독였다.

 운명처럼 소작료를 내지 않을 방법을 찾았다. 정기종 선배에게 열네 살부터 소작료를 내지 않고서 농사지을 수 있는 방법을 말했다. 십년 전에 쌀 한 가마를 주고서 산 법전을 보며 공부했고, 농산부에 청원서를 내고 공무원으로부터 내 의견을 인정하는 답변을 받기도 했다. 많지는 않지만, 소작농사를 짓는 사람들의 애로도 들어주었고 도움도 주었다. 목동 어르신의 일을 보고, 내가 그동안 꿈으로만 생각하고 있던 것을 현실로 옮겨야 했다.
 고창군에 농민회가 구성되었다. 그들에게 소작농사를 짓는 사람들이 소작료 없이 농사를 지을 수 있도록 하겠다고 하니까 돕겠다고 했다. 나에게는 운명이다. 행동해야 하는 상황은 바로 지금이다. 아내와 엄마에게 출사표를 바쳤다. 제갈량이 어린 황제에게 전장에 나가면서 바친 출사표를 따라 했다. 사실 나도 속으로는 겁도 났다. 그리고 나를 온전히 믿지도 못했다. 하지만 지금이 아니면 안 된다.
 곧 둘째의 산달이다. 이것이 운명이라면 세상도 시간도 나를 따뜻하게 포용할 것이다. 세상이 거역하면, 시간이 거꾸로 막아서면 못하겠지만 이제는 주사위를 던져야 한다. 늘 도와주던 정기종 선배, 이성규 친구, 농민회 간부들이 내 어깨를 받쳐주었다. 어머니는 장가들면 논 한 방구 사주겠다고 약속했었다. 나는 속으로 딱 세 번만 손벌리려 했다. 일전에 두 번을 벌렸고, 이번이 마지막이다. 엄마에게도 이번이 마지막이라고 했다. 미리 스피커 가격을 알아봤다. 작은 형수가 많은 도움이 되었다. 쌀 두 짝이면 된다고 어머니께 말했더니, 엄마는 어안이 벙벙한 눈치였다.
 "엄마가 더 잘 아시잖아요. 내 꿈, 이제 내 운명을 믿어보려고 합니다. 6·25 전쟁 때 새총부대를 만들어 북한군을 세 번씩이나 쳐서 승리했어요."

"야 이놈아, 너 때문에 우리 식구 다 죽는 줄 알았다. 그래서 말리지도 못했다. 혹시 말리다가 목소리가 담장을 넘어 북한군이 들을까 봐. 너희들이 새총을 만들다 남겨놓은 흔적을 내가 다 없애버렸다. 그 많던 돌도 당산나무 아래에 도로 가져다 놓았다. 지금에 와서 너를 말린다고 해도 듣지 않을 거 뻔히 알다. 나도 이제 늙어서 너를 도울 수도 없구나. 하지만 시어머니 말은 잘 듣는 네 색시에게 말을 잘해주마."

엄마는 승희 엄마에게 말했다. 네 남편이 6·25 때 새총부대 대장이었다고, 그리고 훌륭하게 싸워서 이겼다고 우리가 한번 믿어보자고 했다. "밖일을 해도 너희 시아버지처럼 집안일에 나 몰라라 하지 않을 것이다." 어머니가 사돈 양반께도 말했다. "아범은 자기 말에 책임은 꼭 집니다." 나는 어머니의 설득에 힘입어 말했다.

"고창군수님도 못한 일입니다. 신용욱 국회의원님도 못한 일입니다. 비록 두 분에 비해 보잘 것은 없다는 것도 잘 압니다. 그러나 열네 살부터 꿈을 키워왔고, 제 시간과 공력은 두 분보다 못하지는 않습니다. 누가 더 간절한지 보여드리겠습니다. 저는 중학교 진학을 못 하고, 친구가 교복 입고 학교 가는 것을 하염없이 보았습니다. 저는 앞서 두 분과는 다릅니다. 600여 소작농사를 짓는 사람들을 옆에서 직접 봤고 지금도 보고 있습니다. 누구의 부탁이 있어 제도적으로 부당한 것에 대항해서 건의하고 청원하는 것이 아닙니다. 나 스스로 움직이는 것입니다."

꿈이 있는 자와 그 꿈을 이루는 것이 운명이라고 생각하는 사람은 다르다. 자신을 믿고, 그 믿음으로 나선다. 이제 두려움도 적어졌다. 오히려 할 수 있다는 자신감이 충만하다. 십년을 넘게 꿈꾸던 세상이 보이기 시작했다. 하느님, 부처님, 공자님, 천주님도 나를 도울 것이라 믿었다. 특히나 전봉준 대장군님도, 전호성 선생님도, 내 아버지도, 나승호 선생님도 나를 지켜주지 않겠는가. 이제는 든든하다. 친구 이성규가 있고, 정기종 선배도 계신다. 우리 두 형님, 사촌 형님, 누나, 매형들까지 나의 후원자다. 우리 엄마라는 최고의 '빽'도 있다. 이만하면 허주규고 뭐고, 세상 무서울 것이 없다.

둘째를 낳았다. 아들이었다. 정말 더 확고해졌다. 내가 지금 이 길을 가지 않으면 아들이 소작인이 될지도 몰랐다. 대물림은 여기서 끝내야 했다. 시간도, 시대도 많이 지났고 살림도 많이 바뀌었다. 그러나 허주규의 해리농장에서 출발한 삼영염업사는 아직도 버젓이 살아 주인 행세를 놓지 않고 있다. 누구의 잘못인가. 누구의 탓만 하지 말고, 당장 나부터, 600여 명의 소작농사를 짓는 우리라도 나서야 한다. 동학혁명군이 평등한 세상을 열기 위해 탐관오리와 외세에 대항해 피를 흘렸고, 전호성 선생이 평등을 실현하려다 북한군에 죽어갔고, 마을 사람들이 국군들에게 몰살당했다. 갖지 못한 자가 갖게 해달라고 요청한 것이 죄목이었다.

봄이 왔는데 새싹은 땅밖으로 나오지도 못하고, 컴컴한 땅속에 숨도 못 쉬고 그대로 고사되어 갔다. 봄은 그렇게 계속 왔건만 새싹은 또 멍들어 죽어갔다. 자연의 순리는 거역할 수 없다. 봄은 부지런히 움직이는데, 우리는 움트지도 못했다. 이제 내 운명을 거역할 수 없다. 아무리 태산보다 높은 허주규일지언정 그도 봄을 영원히 막을 수는 없다. 새싹이 태어났다. 우리네 조카, 아들딸들을 어두컴컴한 땅속에서 새싹도 되어보지 못하고 사라지게 할 수는 없다. 600여 명이 희망의 횃불을 들고 일어서서 동학혁명 정신을 되새겨야 했다. 동학혁명을 했던 조상들의 영들과 전호성 선생의 영 앞에서 술 한 잔 제대로 따를 수 있도록 떳떳해져야 한다.

삼영염업사 직원들에게 내 움직임이 포착되었는지, 부쩍 우리 동네에 찾아오는 부장, 과장, 직원들이 많아졌다. 수문통은 고장이 없고, 저수지는 물이 가득 차 있는데, 뭐가 문제여서 불쑥불쑥 찾아오는지 알 수 없었다. 소작료 책정을 하려면 아직 멀었다. 다들 수상하다고 했다. 무슨 일이 생기나, 아니면 소작료 가지고 장난을 치러나 싶기도 했다 그렇게 지각변동이 시작되었다.

방귀가 잦으면 똥을 싸게 된다고 했다. 차포를 떼고도 장기판에 선 제갈량, 관우는 장비 없이 마상졸로 전쟁터가 있는 세상으로 나갔다. 우리 땅을 당당히 지키고자 했다. 허주규도 농사를 지으면서 7:3, 6:4, 5:5, 4:6으로 소작료를 낸다면 가난해질 것이다. 600여 명을 가난하게 하는 것이 그에게도 복 받는 일은 아닐 것이다. 우리 600여 명의 가난 해결도 이제 시작이었다. 허주규가 다른 사람에게 가난을 대물림시켜 죄짓는 일을 없애고자 했다. 그래도 우리 고향 사람 아닌가. 그들의 조상님이 이곳에 묻혀있고, 그래도 고창의 인물이라고 자처하지 않는가. 오점 없이 떳떳해지는 것이 그들을 위해서도 좋은 일일 것이라는 확신이 섰기 때문에, 어렵지 않게 일이 해결될 것이라는 기대가 있었다.

그러나 늘 하던 대로 하는 것이 편하기 때문에, 쉽게 바꾸기는 어려울 것이다. 다만 분명 시간이 지나면 좋은 결과를 얻어낼 자신도 있다. 하늘은 스스로 돕는 자를 돕는다고 했다. 저세상으로 갈 때 아쉬움이 있어 눈을 못 감을 수도 있다. 600여 명의 가난을 해결할 수 있었는데 못하고 간다면, 하늘로부터 받는 죄는 결코 가볍지만은 않을 것이다. 살면서 좋은 일을 했을 수도 있다. 하지만 몇 대 걸쳐 가난을 대물림을 시킨다면, 그것만으로도 좋은 일의 의미가 상실되고 말 것이다.

정기종 선배가 말했다. "어디서 그렇게 기묘한 생각이 떠오른 것인지 참으로 대견하고 한편으로는 존경스럽네. 아랫사람에게 배우는 것도 가히 싫지는 않다고 했네. 지금까지 부정적으로 생각했네. 그러나 자네의 말을 자꾸 듣다 보니까, 뭐 하면 되겠구만, 오히려 하지 않는 것이 더 죄짓는 일이겠구나, 생각하게 되니 참으로 기분이 묘하단 말일세. 결국 이긴다, 희망차네. 꼭 그렇게 될성도 싶네. 하지만 쉽지는 않을 것이야. 깨달음이 쉽게 얻어지는 것은 아니겠는가. 부처님 제자들이 그렇게 고행을 하고 수행에 정진해도 해탈하지 못하는 것이 무엇이겠는가. 그러나 포기하지 않고 정진한다면, 부처도 될 수 있는 것 아닌가. 너도나도 살고, 함께 사는 그러한 길을 찾는다면 될 것 아닌가. 절대로 후퇴는 없네. 우리의 정당성을 위해, 지금의 가치보다 더 큰 희생을 감내하면서 이겨내자. 그것이 스스로를 지키는 길이라고 생각하네. 재만이 자네, 대장의 길에 섰네. 이점 꼭 명심하고 정진했으면 하네. 자네만은 기준이 확고하게 있어야 하네. 갈지자로 가다가도 바로 갈 수 있고, 그래야 갈 지(之)자를 요구하는 사람들이 많아도 샛길로 빠지지 않을 것이야. 자네가 늘 말했네, 소작료를 내지 않고 농사를 짓는 것 말일세. 그 기준에 도달하는 방법은 하나만 있지 않고 여러 갈래가 있을 것이야. 우리에게 필요한 것은 협상도, 협의도 아니고 지시야. 지시마저도 1안, 2안 또 다른 안이 존재하기 마련일세. 자네가 준 좋은 가르침은 가슴에 새겨서 늘상 꺼내보고 쓰겠네. 진정 머리 숙여 감사를 표하네. 정말 힘들고 외로울 때는 울지 말고 웃어. 자네가 형님네, 조카, 자네 딸을 보고 좋았던 것을 가슴에, 눈에, 머리에 담고 나머지 것들은 내려놓아. 시간을 갖고 심호흡 여러 번 하면서 자신을 돌아보고, 나 자신을 해치는 일은 절대로 삼가야 한다. 특히 절대 혼자서 다니지 말고, 언제나 둘 아니면 한 명이라도 꼭 곁에 둬야 하네."

재만은 마지막으로 선바위산에 올랐다.

길동무 이성규

나보다 나를 더 잘 안다고 떠벌리는 데는 선수다. 출사표를 던진 그 시간에도 나를 지켜주고, 내 옆에 서 있었다. 덩치가 커서 그렇지, 사실은 동생인데 이성규가 우겨서 친구가 되었다. 사람들은 바늘과 실이라고 했다. 체구만 봐도 바늘이 나인데, 뚱뚱한 자기가 바늘이라고 우긴다. 사십년을 그렇게 붙어 다녔다. 새총부대 부대장도 이성규의 몫이었다. 초등학교 웅변대회 나갈 때 성규 앞에서 제일 먼저 원고지를 읽었고, 나중에 토씨 하나 틀리지 않고 외웠다. 깜빡 잊고 어느 구절을 빼먹으면 '어찌 또' 그랬다. 다시 바로 잡고 나아갔다. 내가 큰 상을 받을 때도 '어찌 또' 그 말이 힘이 되었다. 실속은 늘 나보다 성규 몫이었다. 자기는 전주 이씨 왕족이고, 조선을 세운 이성계의 형, 이원계가 조상이라고, 목소리를 굵게 하고 간죽대며 '이 촌놈아, 다음부터는 나를 보거든 큰절을 하라'고 놀렸다.

"하늘은 동무를 내렸건만, 어찌 친구는 내게 '촌놈' 그러며 인사를 강요하는가."
"우리네 집안 아주 양반인 줄 알았지? 무늬만 왕족보다 힘 있는 권문세족이 얼마나 좋은 줄 아나?"

그러면서 부둥켜안고 웃어버렸다.

지금 와서 생각해보면 우린 정말 대단한 일을 했고, 사고뭉치가 될 뻔도 했다. 동네 전체가 없어질 수 있는 아주 무책임한 행동이었는지도 모른다. 살아 있는 게 천만다행인지도 모른다. 결과에 따라서 우린 어떠했을지, 동네 사람들은 어떠했을지 생각만 해도 아찔하다. 해리 소재지 학교에서 동네로 올 때 십 리가 조금 넘었다. 복동을 지나 개메기 골랑 사이 산속으로 들어가 일본군 때려잡는 놀이를 한 게 영감이 되기도 했다. 행동대장은 이성규다. 이성규는 머리 굴리는 일을 좋아했다. 성규가 나를 만나지 않았다면 행동할 일도 없었을 것이다. 머리만 있고, 손도 발도 없다면 무슨 일 해내겠냐. 나와 같은 행동대장이 진짜 일하는 것이다. 학교에서도 나 때문에 다른 친구들은 물론이고, 선배들마저도 이성규에게 함부로 못 했다. 내가 지켜준 덕에 공부에 집중할 수 있던 것이다. 6·25 새총부대 부대장은 이성규였지만, 새총으로 북한군을 제대로 맞춘 것은 나뿐이었다. 눈을 맞추어서 북한군이 우리를 못 쫓아 온 것도 내 사격술 덕분이었다. 내가 세 사람 모두 '눈탱이 밤탱이'로 만든 것이다. 북한군 때문에 겁먹었을 때도 내가 더 삼세 번 타격해야 한다고 억지로 우겨 또 박살낸 것이었다.

삼영염업사 직원들도 내 눈치는 봤다. 우리가 비록 소작농사를 짓고 있어도 아닌 것은, 아니다 말할 수 있지 않느냐고 맞불을 놨다. 회사 직원들도 이성규 앞에서 헛된 짓을 못했다. 소작료를 받으러 와서 일고여덟 번 퇴짜를 놓는 것도 대수롭지 않았다. 그러나 삼영사가 정당하게 했던 것에 대해서는, 우리가 너무 억지를 쓰면 낱낱이 따져 들었다. 삼영사와 우리 사이에 차이가 아주 없었다고는 할 수 없었지만, 정도를 지키며 소통했다. 소작농사를 지어준 것도 고마워해야지, 무조건 우리가 약자일 수만은 없다고 결기도 대단했다. 이성규는 한번 아니라고 생각한 것은 목에 칼이 들어와도 그냥 어물쩍 지나가지 않았다. 한 번 내뱉은 말은 죽어도 지켰다. 그래서 손해를 입은 적이 한두 번이 아니었다.

회사에서 악명 높은 위 부장이 왔다. 북한 출신이었다. 위아래 없이 굴면서도, 자기보다 나이가 적겠다고 판단하면 안하무인, 그런 안하무인이 없었다.

"당신이 부장이라고 사람들을 그렇게 막 대해도 되고? 당신보다 훨씬 더 드신 어른들께 이게 뭐시란 말인가. 당신은 부모도 형제도 없는 개호로 새끼가 아니고 뭐시여."

"어어, 여 쬐께만 한 새끼 말하는 것 봐라."

"뭐가 기분 나쁘기는 허나. 이 족보도 없는 쌍놈 같으니라고. 네 기분 나쁜 것은 안 괜찮고, 저 어르신들에게 못하는 것은 괜찮다고? 당장 회사에 가서 너희 사장 놈을 데리고 오든지, 아니면 너희 부모님 데리고 와서 어르신들께 사과하지 않으면 내가 이번에는 절대로 용서 못 한다."

"저 개새끼를 내가 죽여 버리겠다. 돌멩이 쪼개서 머리를 쪼개버리고 말 것이다!"

위 부장은 기가 차서 펄쩍펄쩍 뛰었다.

"위 부장, 당신이 오늘 나를 못 죽이고 내가 숨이 쬐께라도 붙어있으면 그때는 네가 죽는 날이다. 돌멩이가 어디가 있나, 내가 가져다주지. 진짜 나를 죽여야 네가 살지. 너 같은 놈들이 우리와 함께 하늘을 받치고 있는 것이 심히 부끄럽다."

동네 어른들이 성규를 잘 알아서 무슨 사단이 나도 단단히 날 것 같다며 우르르 달려들었다. 위 부장도 기가 펄펄 끓었지만 사람을 제대로 보지 못했다. 자기가 그렇게 기를 내면 대부분의 사람들은 물러서거나 피하는 것이 상책인 듯 조용히 없어졌다. 그렇게 되어도 끝까지 남아 온갖 욕을 다하면서 꼬장을 부렸다. 오늘은 임자를 제대로 만났다. 속으로는 어르신들이 이성규를 데리고 갔으면 했다. 왕족 자손이고 예의가 바르기는 한데, 한번 시작하면 끝장을 보는 성격이라 어르신들도 한계가 있었다.

한 어르신이 위 부장에게 말했다. "위 부장이 여기서 성규를 죽이든지, 아니면 진심으로 사과하든지 둘 중 하나를 택하소. 우리가 할 수 있는 것이라고는 이것밖에 없네, 위 부장도 이성규를 쉽게 봤네."

위 부장은 한 번도 져본 적 없고, 사과해본 적도 없었다. 하물며 경찰관들까지도 '똥이 무서워서 피하나 더러워서 피하지' 생각하고 조용히 끝냈다. 위 부장이 어르신 말씀에 따르겠다고 했다. 이성규는 여전히 펄쩍 뛰었다. 네 부모님을 모시고 오든지, 사장을 데리고 오든지 해야지, 어찌 저런 개망나니에게 사과를 받을 수 있냐고 열을 냈다. 어르신들이 우리가 지켜보는 가운데 사과하는 것이니 받아주라고 했다.

"미안하네. 그리고 동네 어르신들에게 무례했네. 조금 어리다고 생각했던 사람들에게 막대했던 것도 미안했네. 앞으로는 조심하겠네. 다시는 이와 같은 실수는 하지 않겠네. 그동안 어르신들께 못한 것, 진심으로 사과드립니다. 앞으로 지켜봐주시고, 그래도 내가 개버릇 남 못 주고 또 행동을 개만치도 못하면 어떠한 벌도 달게 받겠습니다."

이성규도 화를 누그러트리고 말했다. "그래도 나이도 많고 선배인데, 막말한 것 미안하게 생각하고 조심하겠습니다."

그 이후로 위 부장은 사람이 참 많이 변했다. 다른 동네에서도 크게 말이 나오지 않는다고 했다. 특히나 회사 밑에 직원들이 더 좋아라 했다고 한다.

성규는 재만이가 가자고 하면 비가 오거나 눈이 와도 따라나섰다. 욕심도 많은 사람이 친구인 재만이 일이라면 끝까지 도왔다. 형제간에도 그렇게는 안 한다. 소작농사를 짓는 사람들의 얘기를 들을 수 있었던 것도 성규 덕이었다. 재만이가 해리시장 통에서 봉변을 당하고 있을 때도 성규는 잘잘못을 따지지 않고 무조건 재만이 편이 되었다. 자초지종을 묻지도 않았다. 손님이 재만이에게서 가물치를 사서 집에다 가져다 놓았는데, 없어졌다면서, 아까 한 마리밖에 없었던 가물치가 어찌 여기에 있냐고 따졌다. 제대로 확인하지 않고 찾아와서 이렇게 행패를 부리고 있다고 했다. 모르는 사람들이 듣기에는 그 사람 말이 맞는 듯해서 이러지도 저러지도 못하면서 쩔쩔매고 있는데, 성규가 나타나서 정리했다. 가물치를 사 간 집으로 가서 가물치 놓아두었다는 부엌으로 들어가서 보니, 밥을 짓는 큰솥 아래 있었다. 가물치가 펄쩍 뛰어서 물 밖으로 나가는 경우가 많았다. 제대로 찾아보지 않고서 그렇게 몰아붙였던 것이었다. 이성규는 재만이의 수호신이 된 것처럼 잘 지켜주었다.

"자네가 아니었더라면 어찌했겠나, 생각만 해도 아찔하네. 내 수호신은 성규가 맞지요. 나는 행동대장이고, 자네는 머리를 쓰는 사람이니 무슨 일이 있으면 내 친구가 이성규라고 말하겠네. 알았지, 친구야."

보리를 탈곡하는 기계가 나왔다. 벼를 타작하는 기계도 나왔다.

"이제 우리 마을에도 기계가 들어와야 할 것 같은데, 자네가 생각하기에는 어떠한가. 너나 나는 돈이 없고, 기계값은 비싸고, 그러나 꼭 사기는 해야겠다. 도둑질해서 가져올 수도 없고, 이것 때문에 잠이 안 온다. 저번에 경운기 산 것은 어찌나 능력도 쓸모도 좋던지, 탈곡기도, 타작하는 기계도 쓸모가 좋을 것 같다."

"자네가 생각하는 것이면 맞지. 친구의 능력은 익히 잘 알지. 생각하고 있으면 다 될 거야. 한 번 생각을 모아보자. 조합장을 찾아가자."

"답이 있을까."

"대출이라도 부탁을 해보자."

"그놈들 칼만 안 들었지, 다 도둑놈이야."

이성규는 고창에 나가 대리점 사장을 만나서 탈곡기와 타작기의 가격, 성능 등을 꼼꼼하게 따져봤다. 더 사고 싶어졌다. 가격이 만만치가 않았고 돈을 채울만한 뾰족한 답도 없었다. 그래도 포기하지 않고 여러 궁리를 했다. 농기계가 동네 사람들에게 더없이 좋을 것 같았다. 무거운 것을 여러 번 옮길 수고도 줄일 수 있었다. 삼영염업사에서 소작료를 거둬들이는 것도 쉬워질 듯했다. 수확을 빨리하면 벼의 품질을 잘 보존하여 빨리 가져갈 수 있었다. 회사도 좋고, 소작농사를 짓는 사람들도 좋고, 품앗이하는 사람들도 좋았다. 1석 3조였다. 그렇다면 회사에 가서 기계가 들어오면 좋은 점에 대해 자세히 설명할 필요가 있었다. 회사가 농기계를 사주면 이자와 원금을 소작료 낼 때 갚아나가면 되는 것 아닌가. 담보로 경작권을 잡아놓으면 뜯길 것도 없고, 서로가 좋은 방법이라고 했다.

김홍식 선배가 퇴근하기만 기다렸다. 융통성이 조금 부족하지만 그래도 벽창호는 아니었다. 목구멍이 포도청이라 선배가 회사 입장에 많이 섰어도, 진짜 마음으로는 늘 마을 사람들을 생각했다. 김홍식 선배는 성규의 말을 듣고 농기계가 회사에 도움이 될 것 같다며, 좋은 아이디어라고 말했다. 사무실에 가서 부장님이나 전무님, 사장님께도 보고해보고 회사 차원에서도 적극적으로 검토해보겠다고 했다.

김홍식 선배가 이성규를 찾아왔다. "자네가 나에게 한 설명을 부장님과 전무님께도 한 번 해주었으면 하네. 회사 입장에서도 소작료를 내는 사람들이 많다 보니까, 품질이 균일하지 못하다고 생각하네."

이성규는 회사에 가서 경운기를 처음 구입해서 좋았던 점을 말하고, 탈곡기, 타작기의 장점을 말했다. 기계가 노동력에 도움이 되고, 보리 탈곡이 빨리 이루어짐으로써 이모작인 벼농사가 빨라져 소출이 늘어나고 품질도 더 좋아지는 점을 부각시켰다. 회사 사장부터 전무까지도 이미 장점을 파악해 놓았다. 경작권을 담보하면 돈을 뜯길 염려도 없다고 했다. 이성규는 융자만이라도 해주면 한 번 구해보겠다고 했다. 전무가 30프로는 회사에서 시범적으로 무상지원하고, 나머지 60프로는 융자로 받고, 10프로는 본인이 부담하면 어떻겠냐고 다시 되물었다. 이것저것 따지지도 않고 그러겠다고 대답했다.

이성규는 심원면, 해리면 일대에서 경운기, 보리탈곡기, 벼 타작기를 한꺼번에 가지고 농사를 짓는 농부가 되었다. 보리 탈곡이 장마 이전에 모두 끝났다.

6월 중순 이전까지 모내기가 끝났다. 나이가 많이 든 노인이 있는 집에서 부족한 노동력을 채우고 훨씬 수월하게 농사를 짓게 되었다. 주변에서 모두 이성규를 말렸다. 재만이도 극구 말렸으나, 성규는 내가 농민들에게 조금이라도 도움이 될 수만 있다면 조금의 손해를 감수하면서라도 해야 하지 않겠냐고 했다. 기계를 잘 쓰면 아주 손해도 아닐 것 같다며 제대로 해보겠다고, 회사에서 지원까지 해주었으니 성공하고 말 것이라고 했다. 노동력이 절감되는 만큼, 소득이 늘어나는 만큼의 적정한 사용료를 받아야 하는데 얼마나 산정해야 할지 생각나지 않는다고 했다. 이자, 원금상환금, 자부담, 인건비, 기계 감가상각비, 수리비 등 계산해야 할 것이 한두 가지가 아니었다.

농민들이 좋아했다. 크게 이유는 없었지만 손해는 보지 않았다. 기계를 부리는 것이 숙련되면 조금은 더 좋아질 것도 같았다. 재만이는 성규가 삼영염업사에서 보조금을 지원받은 것 때문에 마음이 조금 쓰였다. 그러나 성규는 재만과는 생각이 달랐다. 재만이가 소작료를 내지 않고 농사짓는 일을 위해 출사표를 던질 때, 성규는 어떠한 어려움이 닥쳐와도 끝까지 친구를 지키겠다고 다짐했다. 오히려 내가 해야 할 일을 친구가 앞장서는 것인데, 내가 친구를 지키지 않으면 누가 지키겠냐고 했다.

그동안 동네 사람들과도 이런저런 방법으로 얘기해봤다. 자기들도 나서겠다고 했다. 이 문제가 한 사람의 문제가 아니고 우리 600여 명의 문제라고 했나. 이웃 마을 친구들, 어르신들도 대부분 찬성했다. 그러나 국회의원도 못한 것을 김재만이 동네 친구와 하겠다고 하니까 다들 반신반의하는 눈치였다. 이성규가 뚝심 있는 친구라는 것도 잘 알고 있었다. 무슨 방법이 있으니까 말하겠지 싶었다. 예전에 신용욱 국회의원을 알고 지냈고, 지금은 심원면 연화에 사는 유종기 선생이 그때 추진했던 것을 알려주었다. 필요한 문서와 삼영염업사에 특별히 물어야 하는 것까지 세세하게 말해주었다.

"자네가 제일 협조적이구나. 우리 세대에서 마무리지었다면 좋았을 텐데,

많이 아쉽다네. 그런데 이렇게 나서주는 자네 친구도, 자네도 잘 해낼 것이라 생각하네만. 이제는 생각이 중간 중간 끊기고 말도 어눌하고 듣는 것도 제대로 안 된다네. 몸이 이렇게 굽어서 이제 오늘이 될지, 내일이 될지는 몰라 힘껏 돕지 못해 미안하네. 꼭 하나 부탁하겠네. 내가 신용욱 국회의원님과 나름 최선을 다했던 것도 내 옆에 친구들이 있기에 가능했네. 자네 동네도 내 친구 아들인 정기종 아버지가 힘껏 도왔네. 팔형치 신형문이도 있었네. 그뿐 아니고 여럿 있었네. 자네도 이 점을 꼭 기억했으면 하네. 무슨 일을 해도 다 힘들겠지만, 공룡보다 더 큰 것들과 싸울 때는 무섭기도 외롭기도 할 거야. 적당히 뒤로 물러서서 내가 가지고 힘이 미치는 범위까지만 다가서고. 붙잡히면 허리가 끊기고 목이 부러질 수 있다. 성경에 다윗이 골리앗이라는 장수를 무찌르는 이야기가 있네. 골리앗은 키가 일반 사람보다 몇 척이나 더 되는 거인이었네. 다윗은 아직 어린 목동인데 어찌 그런 거인과 대적했겠는가. 다윗은 돌멩이가 최대 무기였네. 양을 지키면서 이리떼가 나타나면 돌로 정확하게 정수리에 명중시켜 죽이거나 쫓아버렸네. 돌팔매질할 거리는 다윗이 정했지. 그 거리에서 다윗은 천하무적이었네. 다시 말하면 삼영염업사, 아니 삼영사 허주규는 골리앗보다 더 무서운 거인이네. 자네들이 다윗이나 될까. 결국 다윗은 다윗의 거리에서 싸웠기 때문에 이겼네. 자네들도 자네들이 가진 무기가 뭐인가를 정확히 알고서 나아가게. 내가 못한 것이 그것이었어. 친구도 자네도 꼭 명심해야 하고. 진짜 혼자라는 외로움이 제일 무서운 적이야. 행운을 비네, 살아 있는 동안 열심히 기도함세."

성규에게 유종기 선생이 하신 말씀을 토시 하나 틀리지 않게 전했다.

"우리는 둘에서 시작하는데."

"그니까. 마을별 협조자를 세우는 것도 지금부터 정해야 해. 누가 좋을까?"

"우선 친구들부터 생각해보고, 우리보다 조금 위 선배님들도 좋잖아. 성규 친구가 그런 부분에 대해 나보다 열 배 백 배 더 많이 알고 있지 않은가?"

"그래. 우선 친구들부터 선배님 중에 같이 할 사람들을 찾아보세."

"이렇게 희망이 넘치는 세상을 꿈꾸고 새롭게 그리며 시간을 즐기는 것도 자네 덕이야. 자네와 함께 하는 일이 재미있고 사는 재미가 쏠쏠하네."

"우리가 이렇게 꿈을 그리고 마음을 합해 나아가는 것만으로 이미 반은 이루었어. 시작이 반이라고 하지 않던가. 반은 이루었으니까. 나머지 반을 새롭게 이루어 보세."

"흐흐, 흥흥, 웃음이 절로 나오네. 기억나는가? 우리 초등학교 3학년 때였던가, 비가 억수로 왔잖아. 냇가를 건너다 신발 한 짝씩 잃어버린 것 기억나는가?"

"나지, 그때 자네는 발이 작고 나는 커서 내 것을 친구에게 주었던 것, 알다마다. 나는 집에 가서 엄청 혼났지. 자네는 들키지 않았다고 해서 내가 자네한테 물어보니까, 엄마가 몰랐다고 한 기억이 나네만. 그런데 나는 그때 신발 산 지 얼마 되지 않았다고 혼쭐 난 기억이 지금도 생각나."

"우리도 나이가 들었지. 옛일들이 가끔은 떠오르고. 신용욱 국회의원님이 소작답 무상양도를 책임지겠다고 했을 때, 헬리콥터 타고 왔잖아. 탱크가 지나가는 것보다 더 멋있었어. 지금도 기억이 새록새록 하다니까. 나는 그때부터였나 싶기도 하고, 아무튼 기억이 새로워."

"그때 광경을 우리가 정말 열어 보일 수 있을까. 많이 설레기도 하고 약간의 두려움도 있네."

"재만이 자네는 더 그렇겠지만 나만 믿고 해보고 싶은 대로 맘껏 해보고, 원이나 남지 않게 해보세. 올해는 농사도 잘되었고 기계 일도 잘되어 융자금도 대부분 다 갚을 것 같네. 이제 홀가분하고 크게 걱정도 없으니, 돈 걱정은 하지 말게. 우리가 손을 잡고 가는데 뭐가 겁나는가."

"우리도 늙을까? 유종기 선생님을 보면서 느낀 게 많아. 자네와 내가 정말 늙을까? 그런데 지금 같아서는 평생 늙지 않을 것만 같네. 불로초라도 캐와야 하나. 그래야 성규가 늙지 않을 것 아닌가."

"재만 친구, 나는 진짜 늙기나 할까, 그런 생각은 아직 들지 않아. 아직도 세상맛을 덜 봤나. 일제강점기에 태어나고 6·25전쟁을 만나 난리는 다 겪었으면서도 세상의 쓴맛을 아주 못 본 듯 참으로 신기하기까지 하단 말이야."

"그래, 좋을 때지."

"뭐가 무서운가. 내 등 아주 넓으니 무슨 일 있으면 숨어도 될 것이네."

"아이고, 그래야지, 넘어지면 업고 가소. 지금도 내가 발이 더 작네. 그래도 이번에는 내가 성규 친구에게 신발을 줌세. 한 번씩은 갚아야지. 또 뭘 줄까. 말만 해보게나. 저 하늘에 별이라도 따다 줌세."

"허풍만 늘고."

"아닐세. 친구가 나에게 해준 것에 비하면 아무것도 아니지. 그렇지 않은가."

"내가 재만 친구에게 또 뭘 해주었다고. 자네가 더 잘했지."

"그래. 죽을 때까지 이렇게 아옹다옹 살아보세."

"마음 단단히 먹고, 뒤도 돌아보지 말고, 앞만 보세. 우리가 여기까지 오지 않았는가. 철옹성 같은 성곽도 계속해서 두드리면 무너지지. 오늘은 친구가, 내일은 나 이성규가, 또 다음날은 김재만 친구가, 그다음은 내가, 그렇게 번갈아 가면 끝이 있지 않겠는가. 잠 푹 자고, 재만이 친구는 일장 연설을 하고 선전포고해버려. 끝장내버려."

"못 먹는 술맛도 참 좋네. 어디로 갈까? 동네 한복판에서 먼저 할까, 삼영염업사 사무실 앞이 좋을까?"

"말만 하소. 뒷감당은 내 몫이 아닌가. 삼십년 넘게 내가 그렇게 했잖은가. 나만 믿고 쭉 가버려. 누가 감히 앞을 가린단 말인가. 그 삼영염업사 부장도 나한테 혼자서 함부로 못할 것이고만. 자네나 내가 지키고 서 있잖은가. 그니까 걱정말고 과감하게 쭉 나가는 거야. 친구 좋은 것이 뭔가. 이럴 때 써먹으라고 있는 것이 친구 아닌가. 나 전주 이씨, 조선 왕조 왕족이야. 나라는 망했어도 뿌리가 있어. 우리 마을에서 나라를 세운 왕의 형님이 조상인 사람 나와

보라고 해보세요. 재만 친구, 나 이런 사람이야. 6·25전쟁 때 새총부대 부대장을 역임한 행동대장 이성규야, 자네는 인정하지? 새총 부대 대장이었으니까."

"총 솜씨는 나를 따를 자가 없었던 것도 기억은 하지요?"

"그니까. 내 등 넓으니까, 알겠지. 나만 믿어요. 김재만 친구."

출사표를 나누어 손에 들고 어머니가 사준 스피커 소리 키우고, 행장을 지나고 수문통을 지났다. 또 목동길을 지나고 명고마을 앞 구멍가게와 방앗간을 지나고 삼영동 삼영염업사 앞에 설 때, 연설을 한 방에 끝내야 한다. 그 옛날 동학혁명군이 탐관오리들의 횡포를 막기 위해서 횃불을 들고 갈 때, 목동에서도 따르고 명고에서도 조 씨가 뒤를 따라 관아로 갔던 것처럼 우리가 나섰다.

양도투쟁

잊혀진 함성

　헬리콥터 소리가 궁산저수지 물을 가르고 그 사이로 신용욱 국회의원이 나왔다. 하늘에서 하느님이라도 내려오나 생각했다. 너무나 눈이 부셔 헛것이 보이나 싶었다. 이성규는 허벅지를 두 번이나 꼬집었다. 꿈이 아니고 생시였다. 김재만이 조금 늦게 도착했다. 아주 큰 스피커를 켜고 동네 사람들이 바라보고 선 자리에서 외쳤다.
　"지금 여러분이 짓고 있는 삼영염업사 소작답, 어떠한 일이 있어도 무상양도로 꼭 돌려 줄 수 있도록 하겠습니다!"
　궁산마을 정만수 어르신과 팔형치마을 신형문 어르신, 연화마을 유종기 전 심원면장, 주산마을 박형식 어르신이 신용욱 국회의원 옆에 서 있었다. 유종기 전 심원면장이 적극적으로 신용욱 국회의원을 보좌했다. 재만이 늦게 도착해서는 저렇게 큰 헬리콥터는 본 적이 없다고 말했다. 성규가 헬리콥터 조종사 두 분이 타고 온 것이라고 말해주었다. 성규가 재만이를 위해 앞에서 있었던 일을 설명해주었다. 유종기 전 심원면장은 신용욱 국회의원이 삼영염업사 소작답 무상양도를 이뤄주실 것이니, 박수 힘껏 쳐 주라고 했다. 우레와 같은 박수가 끊이지 않았다. 이성규와 김재만은 손바닥이 불이 날 정도로 박수쳤다. 김재만이가 '신용욱', 외치니까. 동네 사람들도 '신용욱, 신용욱, 신용욱' 계속해서 외쳤다. 신용욱 국회의원이 떠나고 유종기 전 심원면장 중심으로 신형문, 정만수, 박형식이 함께 모였다. 동네 사람들이 빙 둘러서 유종기 전 심원면장 말에 귀를 쫑긋 세우고 한참을 들었다. 우선적으로 소작료를 거부하자고 했다. 이성규가 옳소, 하자. 박수를 쳤다. 신형문 어르신이 궁산마을도 마을이지만 소작농사를 짓는 600여 명에게도 알리자고 했다. 신형문 어르신은 신용욱 국회의원과는 5촌 당숙관계였다. 신형문 어르신이 발언했다.

"저수지 축조만 아니었으면 우리는 한동네 사람들이다. 우리 신 씨들은 팔형치마을로 대부분 이주를 해왔다. 그러나 궁산마을에 터를 제일 먼저 잡은 집안이 우리네들이었다. 양반고을 사람들을 소작농으로 만든 장본인들이 누구인가. 농지개혁법에 따라 다른 간척지 소작답들은 다 유상, 무상으로 양도되었는데, 허주규 형제들이 묘사를 쳐서 우리가 소작농사를 계속 짓게 된 것 아니냐. 이승만 대통령께 바로 알려서 찾아야 한다. 그들의 함평 농장은 다 양도해놓고 우리 것은 안 해주고, 간척지를 염전으로 바꾸면서 돈까지 더 받아갔다. 우리의 소작료까지 계속해서 챙기는 것은 헌법정신에 맞지 않다."

여기저기서 '옳소, 옳소'를 외쳤다. 박형식 어르신도, 정만수 어르신도 이후 대책에 대해 구체적으로 논의해야 한다고 했다. 신용욱 국회의원이 "6·25전쟁의 상처가 아직 끝나지 않은 상태에서 이승만 대통령님도 바빠서 아직 못 챙기고 있다"며, "머지않아 곧 좋은 일이 생길 것"이라고 했다.

19개 마을에서 소작농사를 짓는 600여 명도 소작료 납부를 거부했다. 회사에서도 심각성을 인식하고 소작료를 낮추는 방법을 대안으로 제시했다. 지주와 소작인 5:5인 소작료를 4:6으로 하자고 제안했다. 일부에서는 회사의 제안을 받아들였다. 궁산, 팔형치, 복동 마을 사람들은 끝까지 버티며 국회의원의 소식을 기다렸다. 그러나 소식이 들려오지 않자 일부 사람들이 소작료를 납부하기 시작했다. 이제 회사에서는 법적으로 대응하겠다고 협박해왔다. 그러나 이성규는 끝까지 버티며, 희망을 포기하지 않았다. 열한 명만 남았다. 그중 네 명은 회사의 경고 엄포에 못 이겨 소작료를 냈다. 일곱 명 중 한 명이 이성규였다. 궁산마을에서는 이성규뿐이었다.

이성규는 신용욱 국회의원의 말 하나, 토씨 하나, 몸짓 하나, 잊을 수 없었다. 성규는 재만과 모든 것을 상의했다.

"법원에서 통보가 올 때까지, 최후까지 버티고 말 것이다. 경작권까지 빼앗기는 한이 있어도 버티겠다. 국회의원님께서 꼭 해결해주실 것으로 믿거든. 우리가 믿어주니 의원님께서 끝까지 힘내서 해줄 거야."

유종기 전 심원면장께서 찾아왔다. "자네하고 이제 두 명만 남았네. 죽곡 이병기네하고. 이제부터 회사가 더 심하게 굴 것이야." 의원님한테도 연락해 놓았으니, 곧 연락이 올 것이라고 했다. 고창군수가 신 의원과 절친하여 우리를 많이 돕고 있다. 신 의원이 성실한 청년의 눈빛이 참으로 좋았고, 군수께 특별히 성규를 지켜주라고 부탁했다고 한다. 회사에서는 같은 마을 김홍식에게 이성규를 설득하게 했다. 끊임없는 회유였다. 기계 구입했을 때 도와준 적도 있고, 동네 선배님이라서 거역할 수 없었다. 그러나 타작하지 않고 짚벼늘만 해놓은 상태에서 소작료를 줄 수도 없었다. 김홍식은 자기네 벼로 먼저 대신 내겠다고, 계속해서 설득했다.

첫눈이 예년보다 3일이나 먼저 내렸다. 서울에서는 아무런 소식이 없었다. 죽곡마을 이병기도 결국 포기하고 회사에 굴복했다. 마지막 남은 이성규를 김홍식이 회유했다. "올해도 얼마 남지 않았네. 재만 친구가 할 만큼 했고, 회사에서도 자네에 대해 익히 잘 아니 이제 선배 체면을 세워주게나."

심원시서에 안병기가 찾아왔다. 윗신에서 첩보로 내려왔다고 한다. 이성규가 빨갱이가 아니냐고 조사해서 올리라고 했다고 한다. 안병기와 성규는 이종 간이다. 안병기 엄마가 이성규 엄마의 큰언니였다. 이성규 엄마는 진주뫼 마을로 심씨 가문에서 시집을 왔다. 성규는 어느 누구보다 성실하고, 책임도 있고, 농사에 대한 열정이 있었다. 뭐 하나 크게 빠지는 것이 없었다. 회사에서도 이성규를 성가신 짓 하는 사람 정도로 생각했다면 고발했거나 법원을 통해 통보했을 것인데, 그러지 않았다. 오늘날 회사에서 거둬들이는 벼의 품질을 좋아지게 만든 주인공이었다. 농기계를 구매하기 위해 회사에서 보조금을 주었고, 융자금도 알선해주었다. 융자금도 몇 해 가지 않아 다 갚았다. 이보다 성실한 사람은 없었다.

유종기 전 심원면장은 지금도 이성규의 의견을 빠짐없이 듣고 국회의원들에게 이곳 상황을 전했다. 신 의원도 안 된다고, 포기할 지경에 이르렀다고, 도저히 나 혼자 힘으로 안될 것 같다고 했다. 의원들과 농산부 관리들도 차츰 비협조적으로 변해 갔다. 대통령보다 더 큰 무엇이 있다고 했다. 이번 소작료 납부 거부운동을 통해 소작료 비율 5:5이던 것이, 첫 번째 회유책으로 4:6이 되었고, 신용욱 국회의원의 체면을 생각해서였는지 3:7로 낮아졌다. 농산부에서 회사에 압박을 준 듯했다. 군수도, 경찰서장도 협조적이었다. 신용욱 국회의원을 봐서 도와주었다.
정말 아쉽게 생각한 사람은 유종기 전 심원면장, 정만수 어르신, 신형문 어르신, 박형식 어르신들이었다. 이번이 절호의 기회였다고, 다 되는 줄 알았는데 삼영사 회사에서 어떻게 묘사를 쳤는지, 난공불락, 국회의원 힘으로도 안 된단 말인가 한탄했다. 그러나 아예 소득이 없었던 것도 아니었다. 이성규의 뚝심과 김재만의 치밀한 계획으로 이루어낸 것들이었다. 이미 한 번 사람들을 모아봤으니 또 할 수 있을 것 같았다.

박형식의 큰아들은 김복동 경찰서장의 큰딸과 혼인했다. 궁산마을 김복동 경찰서장은 해방 전후로 마을의 최고 가문을 이루고 있었다. 매제는 고창군수를 했다. 그러나 아들이 말을 더듬는 장애를 갖게 되었고, 6·25전쟁을 거치면서 재산도 탕진했다. 군수를 한 매제는 황해도 출신으로 해방되기 십여 년 전에 서울과 고창에 터를 잡았다. 박형식의 아들도 면사무소에 소사로 들어가 정식 직원으로 있었다. 일도 잘하고 초고속 승진을 했다고 한다. 아버지

박형식의 영향력이 없었다고 하기는 힘들지만 똑똑했다고 한다. 정만수의 아들도 고창고를 다녔다. 정만수가 적은 나이는 아니었지만, 친구들보다 먼저 세상을 떠나면서 아들 정기종은 일찍 장가들었다. 정기종은 키도 크고 호남이었다. 그러나 강한 체질은 못되었다. 선·후배들이 고창군청과 경찰서에 근무하면서 마을 사람들에 대한 영향력이 아주 컸다. 신형문의 아들이 고창읍내 농협에 다녔다. 유종기 전 심원면장 아들들은 서울에서 학교에 다니고, 서울에서 터를 잡았는데 그 중 셋째 아들이 할아버지가 계시는 두어마을에서 농사를 지었다.

김재만은 헬리콥터 타고 떠나는 신용욱 국회의원을 향해 박수치고 열광했던 사람들의 얼굴을 하나도 빼놓지 않고 기억한다. 비록 시간이 많이 지났어도 그날 마을 사람들의 함성은 잊히지가 않는다고 했다. 성규의 얼굴도, 말 잘하고 진주이씨 왕족을 자처하는 이만규 선배의 얼굴도 똑바로 봤다. 이만규는 이성규와는 많이 달랐다. 이만규와 이성규는 육촌간이다. 이만규의 말솜씨는 고창을 넘어 전주, 서울까지 소문이 났다. 함께 만나서 귀를 쫑긋하는 날에는 십중팔구 안 넘어가는 사람이 없었다고 한다. 삼영염업사 사장도 문제가 있으면 이만규에게 해결책을 찾아놓으라고 했다. 동네 사람들 다 회사에 협조하지 않는데도 이만규는 찰떡처럼 회사에 딱 달라붙어 회사 직원보다 더 직원 행세를 했다. 김홍식과는 처남 매부지간이었다. 사장이 심부름시킬 때도 이만규를 찾았다. 사업수완도 있었고, 생김새도 서울 사람 못지않았다. 사장과 도청에 함께 회의를 간 적이 있었는데, 도청 직원들이 이만규가 사장인 줄 알고 깍듯이 하고, 사장이 수행하고 온 줄 알고 하대했다. 그래서 멀리 가거나 특히 도청에 갈 때는 이만규를 데리고 가지 않았다. 6촌간이었지만 너무도 달랐다.

김재만은 김홍식을 통해 회사 돌아가는 사정을 소상히 파악하고 있었다. 잊힌 함성을 되찾을 수 있는 방법과 법을 뚫고 갈 틈을 찾기 위해서 다시 법전도 공부했고, 면사무소 직원들과 지서의 순경들과도 유대관계를 높여갔다. 그렇게 발버둥만 치고 이렇다 할 내용도 없이 30대를 다 보냈다. 이성규도 소작료를 내지 않고 농사짓는 일을 잊어버린 것 같았다.

신형문 어르신, 박형식 어르신 모두들 돌아가시고, 유종기 선생만 남았다. 신용욱 국회의원도 돌아가셨다. 유종기 선생도 건강이 좋지 못했다. 재만도 조급해졌다. 박형식 어르신의 아들이 심원면 면장이 되어 있었고 재만의 친구는 부면장이었다. 재만은 중학교에도 못 갔는데, 친구들은 고등학교까지 졸업하고 면주사가 되었다가 부면장으로 승진해 암암리에 이런저런 정보를 많이 가져다주었다. 정기종 선배에게 재만은 유종기 선생이 돌아가시기 전에 그 날의 함성을 꼭 들려드리고 싶다고 했다. 정기종 선배는 유종기 선생을 아버지처럼 모시고 있었다. 그래서 재만의 뜻을 매우 기특하게 생각했다. 서로의 방법론이나 추구하는 목표는 확연히 달랐으나 목표만은 같았다. 선대들이 못 이룬 그날의 함성을 다시 찾고, 그때의 함성을 다시 잇는 것에는 아무런 이견이 없었다.

정기종과 이성규는 사이가 썩 좋지 못했다. 정기종 선배는 동생과 둘뿐이고, 이성규는 4촌, 6촌도 있었고 전주 이씨 씨족이 너무도 많았다. 사돈들까지 합치면 동네의 반이 일가친척일 정도로 많았다. 호랑이 굴에 대장은 하나만 있어야 하는 것처럼, 이성규는 쪽수를 믿고 정기종 선배께 조금씩 선을 넘었다. 자신과 게임이 되지 않는다고 생각한 것이다.

대장은 그냥 대장이 아니었다. 이성규가 가족이 많다고 해도 아직은 적수가 되지 못했다. 오직 젊다는 것 말고는 큰 무기도 없었다. 대장도, 이성규도 서로 맞서서 으르렁거렸다. 그러나 김재만은 정기종 선배의 넓은 인맥이 필요했다. 큰일을 해야 할 때는 세력이 뒷받침되지 않고서는 아무것도 못 하고 끝난다는 것을 잘 알았다. 그래서 김재만이 중간에서 완충 지역이 되어 사전에 충돌을 막았다. 정기종 선배의 후배인 김인주가 양쪽에서 균형추 역할을 보탰다. 김재만의 힘으로 역부족이라고 생각할 때 도움이 되어주었다. 특히나 김인주는 사촌동생이 뒤에서 안전하게 지켜주고 있었다.

저수지 축조 때 할아버지가 복동으로 이주했다. 큰집은 복동에 있었으나, 큰집에서 분가할 때 원터가 있던 궁산마을로 왔다. 전주 이씨 중에서 제일 부자였던 이근규 선배가 고창읍으로 이사 갈 때 그 터를 마련했다. 사촌 동생도 전주 이씨 이성규의 사촌이 이사한 집으로 이사해 왔다. 그렇게 하나둘 빠지면서 힘의 균형이 한쪽으로만 쏠리지 않았다. 정기종의 세력은 더욱 튼튼해져 갔다. 전주 이씨가 고창읍에 가고, 동네의 권력이 문씨로 이동하면서 오히려 허씨 연합체가 힘을 키워갔다. 정기종은 김재만을 후계자로 낙점했다. 그러나 김재만은 성규와는 40년 지기로 서로가 끌어주고 안아주며 힘을 보태갔다. 힘에 있어서는 정기종 선배가 절대 우위였지만, 김재만의 활동량이 서서히 드러나면서 하나 둘 이양해주었다.

재만은 아버지가 이루고자 했던 꿈을 대신하여 이룰 수 있는 것만으로도 너무도 좋았다. 부족한 것은 전투력이었다. 비록 왜소해도 머리와 지략을 가지고 있었고, 담력까지 정기종 선배를 이미 뛰어넘었다. 그리고 많은 사람이 하나둘씩 넘어오고 있었다. 특히나 김인주처럼 학식이나 인품을 두루 갖춘 신진들이 힘을 보태면서, 그날의 함성을 되찾을 주인공으로 우뚝 설 날을 기다리고 있었다.

머리가 좋은 정기종 선배는 동생도 아닌 김재만을 택했다. 처음에는 동생에게 힘을 보태기도 했다. 동생이 2인자 행세를 했다. 그러나 사람들은 김재만에게 힘을 보탰다. 결정적인 것은 이성규가 김재만에게 완전히 힘을 보탠 것이다. 그날의 함성을 실현시킬 깃발의 주체가 신용욱 국회의원에서 김재만으로 옮겨오고 있었다. 신용욱 국회의원이 헬리콥터를 타고 혈혈단신으로 왔지만, 김재만은 많은 사람이 따라왔다. 김재만 어머니가 사준 스피커를 이성규가 짚어지고 뚜벅뚜벅 저수지 뚝방으로 나갔다. 신용욱 국회의원이 올 때는 저수지 물이 말라 저수지 아래로 내려왔지만, 김재만은 팔형치가 보이고 목동, 명고, 죽곡까지 보이는 저수지 뚝방으로 나아갔다.

유종기 선생이 오셨다. "그래, 자네가 김영호 아들이라 했지. 이제 자네가 대장이야." 이제 새로운 깃발이 날리고 있다. 힘껏 함성을 쳐도 좋다. 회사에서도 왔다. 지서에도 왔다. 면사무소에서도 왔다. 바닷바람이 세차게 불어왔다. 펄럭이는 깃발은 힘이 넘쳤다. 유종기 선생을 제일 앞자리에 모셨다. 그리고 신형문 어르신의 아들이 옆에 앉았다. 박형식 어르신의 아들 심원면 면장을 그 옆자리에 앉히고, 정만수 어르신의 아들 정기종 선배를 모셨다. 사람들은 그분들께 우레와 같은 박수와 함성을 보냈다. 마지막 순서에 유종기 선생께 큰절을 올리며 깃발을 쳐들었다. 하늘이 찢어지는 함성이 울렸다. 회사 직원들이 따라서 소리를 질렀고, 순경들도 따라서 소리 질렀다. 그렇게 잊힌 함성을 되찾았다. 되찾은 함성을 깃발에 매달고서 삼영염업사 본점으로 전진했다. 처음에는 5백여 명이 모였다. 한 걸음 한 걸음 앞으로 나아갈 때마다 19개 마을 사람들이 모여들어 힘차게 회사 앞으로 나아갔다.

"이제 그냥 돌려달라. 너희의 운명도 끝났다. 처음에는 소작료를 낮추는 것으로 시작했지만 소작논밭은 더 이상 당신네 것이 아니다."

오늘의 함성은 어제와는 사뭇 다를 것이다. 소작농사를 짓는 600여 명이 모였다. 모두가 그날의 함성이 오늘날 되살아났음을 깨달았다. 회사 직원들은 놀라서 한 발짝도 움직이지 못하고 그 자리에서 빤히 바라볼 뿐이었다. 경찰들이 몰려오고, 군청 식산과에서도 왔다. 그제야 회사직원들도 나와서 더 이상은 안 된다, 소리칠 뿐, 실상은 겁을 듬뿍 먹은 생쥐 꼴이었다. 평소에는 쥐 잡듯 몰아붙이던 위 부장도 쥐구멍을 찾는 것처럼 맨 뒤에서 엉거주춤 서 있었다. 염전 사람들도 하나둘씩 왔으나, 중간에서 이 눈치 저 눈치 볼 뿐, 누구도 회사 옆에 서지 않았다. 사장은 뒤로 도망쳤고 전무도 동호 방향으로 달아나 숨어버렸다. 그 옛날 선배들이 했던 것처럼, 삼영염업사 소작답 무상양도 위원회를 조속히 구성하는 것으로 얘기되어 해산했다.

궁산마을의 대장 김재만이 19개 마을의 대장이 되었다. 저수지 축조반대 운동 총무였던 김영호의 아들이 선봉장이 되었다. 전봉준 대장군의 함성을 잇고, 전호성 선생의 함성을 잇고, 신용욱 국회의원의 함성을 이어 농민들의 열정은 활화산처럼 폭발하고 있다. 농민들의 함성은 불기둥이 하늘로 뻗쳐가듯 삼영사를 향해 타오르고 있다. 김재만은 혼자 걷던 길을 함께 걸을 수 있는 것이 하늘의 뜻이 아니고 무엇이겠냐고 했다. 법전과 스피커를 사주고, 온전한 버팀목이 되어준 어머께 큰절을 올렸다. 재만은 "아버지가 못 이룬 꿈을 내 손으로 이루었다. 아버지 제삿날 술을 따르며 김영호 세 글자를 거룩하게 불러드리겠다"고 했다.

재만은 이성규와 김인주를 불렀다. "앞으로 나아가는 동안 오늘의 함성을 기억하자. 동학혁명군의 정신과 우리가 불렀던 함성을 뚜렷하게 기억하고 지치지 말 것이며, 뒤도 돌아보지 말 것이며, 누구의 눈치도 보지 말 것이며, 우리를 믿고, 오늘 들은 이 함성을 가슴 깊이 새겨 거룩한 승리를 이루자"고 맹세했다.
"인주는 재무를 맡아 살림해라. 성규는 행동대장이다. 오늘부로 새총부대 대장 자리를 자네에게 내주니, 죽어도 함께, 살아도 함께 살자고 한 3전3승의 전승부대의 명성을 다시 한번 꽃 피워보자."
이성규는 본모습을 찾았다. 성규는 항상 재만의 등 뒤에서 한 발 이내에 있어야 한다.
"관우, 유비, 장비가 모여 도원결의했던 것처럼 관우는 인주가 맡고, 장비는 나 이성규이고, 유비는 재만이가 해라."

"소작료 해방을 위해 발버둥치던 우리가 우리들의 함성을 만들어가고 있었다. 대물림은 이제 여기까지다. 그 주인공은 우리로부터 시작해서 600여 소작농사를 짓는 사람들과 그 가족 3천 명이다. 우렁찬 함성이 끝을 볼 것이다. 하늘, 전호성 선생, 전봉준 대장군, 신용욱 국회의원도 놀랐을 것이다."

이성규는 허벅지를 꼬집으면서 꿈이 아님을 실감했다. 나설 수 있다는 것에 감사할 뿐이었다. 삼영염업사 직원인 김홍식 선배가 좌불안석이었다.

"왜, 우리 동네에서부터냐?"

"선배님, 정말로 선배님께서는 대물림되어도 좋단 말인가요. 영당 김치성 학자님의 유훈을 잊으셨나요. 그래도 궁산마을에 학당은 영당 김치성 어르신 뿐인데, 그 손자 대에서 끝을 맞고 싶은지 궁금합니다. 가난의 대물림을 모르는 것은 둘째 치고, 그렇게 훌륭한 김치성 어르신의 명예를 지키지 못하는 선배가 너무 불쌍합니다. 이래도 우리를 회유하고 싶은지 궁금합니다. 회사를 배신하라고 않겠어요. 하지만 우리의 길을 방해하는 것은 말았으면 합니다."

"사실은 후배님들이 자랑스럽네. 도움은 못줄 망정, 내가 앞서서 방해가 되는 일은 절대로 없을 것이니 염려 말고 지금처럼 마음 변치 말고 심지 굳게 승리하기 바라네. 꼭 한번 나에게 도움을 청해야 하는 상황이 오면 그때는 말을 하게. 영당 김치성 할아버지의 훈육이 헛되지만은 않을 것이네."

재만도 김홍식 선배의 마음을 익히 알기에 받아들였다. 그런데 그의 처남인 이만규가 조금은 걸렸다. 해코지할까 걱정되는 것이 아니었다. 앞에서는 좋은 말로 위로하면서도 뒤에서는 삼영염업사 사장의 말을 들어줄 것 같았다. '우리를 위한다고, 사돈과 6촌 동생을 위한다고 감언이설했을 때 믿지 말아야 한다. 우리의 함성은 더 크게 빛나야 한다.'

피맺힌 한

해방 직후 토지 개혁이 있었다. 북한은 1946년에 무상몰수, 무상분배의 원칙에 따라 토지 개혁을 전면 실시했다. 남한은 지주 측의 비호 아래 미군정이 유상 몰수, 유상 분배되는 방식으로 결정했다. 허주규 형제의 간교한 술책이 있었다. 소작료를 받던 소작답을 미완성 간척지라고 속여 염전으로 지목을 변경했다. 6·25전쟁 이후 소금 부족을 알고서 염전 조성의 경비 전액을 무상으로 보조받아 삼중으로 이익을 챙겼다. 600여 명의 소작농사를 짓는 사람들은 피눈물을 흘려야 했다. 일본인 회사가 간척지 사업을 마무리했다면, 토지 개혁 대상은 소작인들이었을 것이다. 삼영염업사는 일제강점기 당국으로부터 36만 원이라는 거금을 보조받아 간척했다.

김재만은 울분을 토할 수밖에 없었다.

피맺힌 한을 어떻게 갚아주리오, 이를 악물었다. 몇 대에 걸치는 대물림이 나에게까지 와 있다고 한탄했다. 내 딸 아들까지 미치게 될까 걱정되어 뜬눈으로 밤을 꼬박 지새웠다. 이미 40년 전에 우리에게 주어졌어야 할 땅이었다. 지금도 소작료를 받아 수백억 원의 이익을 편취하는 것이 맞단 말인가. 우금치전투에서 패한 동학혁명군들의 흔적이 이곳에도 있다. 6·25전쟁 속에서 북한군과 국군들의 피비린내가 진동하던 이유도 소작농사를 짓는 소작답과 염전이 있기 때문이었다. 승자는 어느 누구도 아니었으나 패자는 염부와 소작농사를 짓던 농부였다.

계명산이 빨간산이 되고, 고전마을 당산이 살생장이 되고, 좌치나루터에 빠져 갯벌에서 허우적대던 양민들을 죽였다. 소작답과 염전이 버젓이 버티고 있었기 때문이었다. 그러나 그들은 피해 하나 없이 소작료를 다시 받으며, 그렇게 40년을 더 살찌우고 있을 때 나는 중학교에도 못 갔다. 나 혼자였으면 상관없었다. 그러나 600여 명이 내 등 뒤에 있다. 나보다 더 큰 아픔을 가진 사람들이 있다. 내가 눈을 감으면 그대로 잊히는 것인가. 아무것도 없었던 것처럼 매몰차게 나도 숨어 버려야 하는가. 아니다. 행동하고 나서야 했다. 어린 김재만이 운명처럼 양도 투쟁을 시작했다. 불법, 탈법, 폭리, 부정적으로 이익을 취한 농지를 우리에게 돌려주는 것이 맞다. 그래서 펜을 들었다. 신용욱 국회의원이 계셨던 국회와 농림수산부에 청원서를 냈다.

'50년 소작답을 무상양도하라.'

국회에서 내 목소리는 메아리만 쳤다. '그러나 지금 시점에는 어찌할 도리가 없다'는 공허한 말뿐이었다. 배고프지 않고서 배고픈 자의 마음을 알까. 일제강점기 일본인이 했던 행동과 다르지 않았다. 오늘날 정의로운 민주사회를 구현한다고 했던 정치인들은 배고프지 않았다. 일제강점기에는 일제와 손잡고, 지금은 군부 독재자와 손잡고 우리의 피를 빨아먹는 흡혈귀가 허주규 아들들이었다. 장관과 국회의원들도 흡혈귀 족속이거나 사촌이거나 동족인 것은 확실하다. 청원서에 대답이 있든 없든 좋다. 당신네 아버지와 큰아버지는 지금 어디에 있을까. 600여 소작농민에게 배고픔을 주었는데, 이보다 더 큰 죄목이 어디에 있겠나.

사람들이 궁산저수지 뚝방에 모였다. 군수에게 수도 없이 면담을 요청했다. 군수도 흡혈귀 동족이 아니고서야 어찌 보살펴야 할 군민은 나 몰라라 하는가. 흡혈귀 귀족의 앞잡이가 되었단 말인가. 혹여 삼영염업사 사무실 뒤편에 마련된 밀실에서 마작을 하며 붉은 피를 마신 것인가. 그렇지 않고서 어찌 그렇게 매몰차단 말인가.

500명이 모였다. 김재만, 이성규, 김인주, 나동렬, 나기황, 나기옥, 김주원, 이택규, 이삼규, 정기종, 정세종, 문형수, 민완기, 문을수, 최난기, 최영만, 한종국, 이대성, 박장근, 남궁대길, 김한석, 나사원, 김용섭, 이현호, 김진국, 한사교, 이주석, 이은규, 민병호, 이현배, 이현국, 이만규, 김대진, 칠성구, 나순자, 나남근, 김영남, 김택수, 김자현, 김바현, 강용구, 강훈철, 나강채, 노기표, 김복순, 김홍식, 이성숙, 평촌댁, 김강희, 이식규, 최명학, 광주댁, 이영규, 이영애, 이승호, 한 대교, 이정규, 이근규, 김광식, 이발관, 김명호, 김정숙, 김대환, 대양댁, 군율댁, 이장규, 이재곤, 김공기, 문윤호, 이동환, 김복순네 아랫집 무명씨, 민경기, 문형수 뒷집 문무명씨, 이양규, 나기석, 나기철, 나석규, 전도사, 박장근 이사, 강훈종, 신정숙, 박종훈, 이승하……

개메기, 떼집에 살고 간 흔적이 우리의 뇌리를 감싸고 있었다. 고창 읍내에 사는 친구 김인주가 간판 사업을 했다. 플래카드를 다섯 장 써왔다. '삼영사 도적떼는 물러가라!', '50년 소작답 무상양도하라!', '소작료 납부 결사반대' 등이 적힌 플래카드를 수문통에 걸고, 시위대가 들었다. 만장은 나기옥이 들었다. 빨강, 파랑, 노랑, 흰색, 검정색 두 개씩 썼다. 19개 마을 사람들이 모였다. 김재만이 고창군수를 면담했다. 600여 명이 50년 동안 소작농사를 짓고 있다고 부당함을 알렸다. 삼영염업사에서 불법을 자행하고 있다고 말했다. 군수와 식산과장은 김재만의 말을 들은 척만 할 뿐 대꾸조차 하지 않았다. 면담한 것만으로 위안 삼았다. 군수는 무상양도는 공산주의 사회에서나 있을 법한 얘기라고 했다. 농림부에 건의는 하지만 큰 기대는 말라고 했다. 그러나 김재만은 끊임없이 군수 면담을 요청했다. 군수가 정기종 선배의 말은 들어주었다. 2차 면담을 했다.

"군수님 생각을 해보셔요. 우리가 막무가내로 하는 것이 아닌데, 군수님께서는 우리를 민주화만 이루어지 않았더라도 진즉 깜방으로 가야 할 사람으로 취급합니까. 노력은 못 해줄망정 그릇은 깨지 말아주서요. 우리의 부모나 다를 바 없는 군수님이 군민을 위하는 것이 아니라 큰 회사인 삼영사 지주들의 눈치나 보고 계시지 않습니까. 내가 준 내용을 조금 살펴봐도 이런 대접은 못합니다. 소작농사를 짓는 사람들의 절규가 들리지 않습니까? 50년 동안 폭리를 취한 그 사람들이 나빴으면 나빴지, 조금 살려달라고 하는 게 무슨 큰 죄라도 진 것처럼 마을 사람들을 나쁜 사람 취급하십니까. 우리에게 조금이라도 선의를 베풀어주세요." 재만은 마을 사람들을 일일이 거명하며 "군수님의 아들딸이거나, 이모, 고모이거나 형제자매인 사람들입니다. 조금만 귀를 기울여 주었으면 한다"고 말했다.

 2차 면담을 가졌으나 군에서도 삼영사에서도 답변이 없었다. 오히려 면담을 회피만 하고 만나 주지도 않으려고 했다. 경찰서장을 만나면 조금 위로가 되었다. 젊은 서장이 어떻게 처리는 해주지 않았지만, 말에 귀 기울여 주어 감사를 표했다. 그런데 군수는 군민들을 빨갱이 취급하고 있었다. 3차 면담이 있었다. 군수는 시간이 없다고 자리를 떠나버리고, 식산과장도 군수 따라 나가버렸다. 계장과 주임이 앉아 이야기했지만 이미 다 아는 내용이라며 이야기를 더 듣는 것이 무의미한 것처럼 말했다. 집에서 키우는 강아지보다 못한 대접이었다. 4차 면담도 흐지부지 끝나고, 식산과에서는 이제 그만 오라는 눈치였다. 우리 힘으로 할 수 없는 것을 가지고 와서 횡포를 부린다며 오히려 역정 냈다. 정기종 씨만 아니었으면 진즉 다 감옥에 처넣을 것이라고 했다. 공무방해죄에 해당된다며 막무가내로 헌신짝 취급했다. 모멸감이 들었다. 그러나 물러설 수 없었다. 5차 면담은 정기종 선배도 동행했다. 군수실에 이번이 마지막이라며, 농림부에 한 번이라도 다시 청원서에 대한 질의나 건의를 부탁드린다고 말했다. 정기종 선배도 군수에게 이번까지만 부탁하니, 모쪼록 잘 부탁드린다고 했다. "김재만 씨 개인의 이익을 위한 일도 아니고, 더 이상 소작료 대물림은 안 된다고, 청원서 내용처럼 어느 구석 하나 틀린 말이 없지 않느냐, 진짜 마지막이니 부탁한다"고 설명했다. 군수가 알겠다고 해서 돌아왔다. 그러나 일주일 지나 달포가 지났는데, 함흥차사였다.

재만은 이성규와 김인주를 불러 군수나 행정절차만 믿고서는 그 어떤 것도 이룰 수가 없다고 말했다. "우리가 집단행동으로 의사를 표현했다. 내가 마을별로 찾아 상황을 알렸지만, 군수는 콧방귀도 뀌지 않았다. 지금까지의 모멸감을 잊을 수 없다. 우리가 움직이지 않으면 우리는 대 이어 삼영사의 개, 돼지가 될 것이었다. 선대들의 피맺힌 한을 우리 대에 끊어야 한다. 여러분들이 돕지 않아도 혼자서라도 꼭 집회하고, 만약 안 될 때는 일인 시위를 하겠다"고 밝혔다. "궁산 저수지 수문통 앞에서 모일 것이다. 우리가 함께 나설 때 삼영염업사에서 귀 기울여 주지 않으면 우리에게는 영영 기회가 없을 것이다."

재만의 진정성을 본 사람들이 열심히 협조했다. 사람들이 구름떼처럼 밀려들었다. 반신반의했다. 그런데 600여 명의 소작농사를 짓는 사람 중 출타 중인 사람들을 제외하고 다 모였다. 회사에서도 난리가 났다. 협상 대표들과 만남을 주선했다. 아직 구체적으로 모임을 꾸리지는 않았다. 소작료를 3:7에서 2:8로 하자는 협상이 들어 왔다. 그리고 이만규 선배를 통해 낯선 제안을 받았다. 이만규 선배가 돈을 가지고 왔다. 사장님이 준 것이라고 했다. 말도 못 꺼내게 하고 돌려보냈다. 저수지에 모인 인파 때문이었나, 경찰서에서도, 지서에서도 지서장이 매일 찾아오다시피 했다. 공음면 출신으로, 아주 촉망받는 젊은 사람이 지서장으로 왔다고 했다. 융통성이 있는 인물이었다. 겉으로는 감찰하고 조사하는 듯하면서도, 몰래 협조했고 법적인 자문까지 했다. 이번만큼은 꼭 마무리지어야 오래 버티고 싸울 수 있다고 조목조목 알려주었다. 지서장 덕에 큰 탈 없이 계속 의사표명을 할 수 있었다.

재만과 같이 근근이 살아가는 사람들이 많았다. 식구 많은 집은 한 방구 벌어도 식량으로 먹으면 끝이었다. 정기종 선배가 "재만이 자네가 정말로 큰일 했네. 자네를 믿기에 내가 군수께도 부탁한 것"이라고 했다.

"2:8도 회사에서 어렵게 내린 결정이다. 쌀 4천 개는 소작농사를 짓는 사람들에게 돌려준 것이 아니냐. 여기서 멈추고 끝냈으면 하네. 자네가 붕어 잡는 것 말고 다른 일을 한다면 내가 적극적으로 돕겠네."

"붕어 잡아 파는 것이 불쌍한 일입니까. 50년 동안 이런저런 소리도 제대로 못 내고 소작답을 하는 것이 불쌍한 일입니까."

이만규 선배가 비겁하게 재만을 설득하려 했으나 재만은 비굴해지지 않았다. 재만은 "사람을 잘못 봤어도 상당히 잘 못 봤다. 팔자 고치려면 지금 이렇게 내가 살았겠냐"며 반박했다.

성규도 정기종 선배에게 빚이 있었다. 재만 역시 정기종 선배에게 빚이 조금 있다. 무상양도 투쟁을 하면서 고기를 잡지 못한 것도 있었고, 벌이 없이 투쟁을 벌이다 보니, 활동비를 정기종 선배에게 빌려 쓰기도 했다.

정기종 선배가 말했다.

"투쟁도 좋은데, 이제 아이도 크는 중에 이렇게만 살 수 없는 것 아닌가."

"여기서 멈추면 언제 또 이러한 기회가 올까요. 신용욱 국회의원님께서 멈추고 30년 세월이 훌쩍 지나버렸습니다. 선배님께서는 진정 이러한 세월이 다시 가기를 바란다는 것입니까. 유갑종 국회의원님도 만났고, 전종천 국회의원님도 찾아뵈었습니다. 다들 도와주겠다고 하는데, 왜 우리들 가까이에 있는 사람들은 회사 편에서만 생각하는지 도무지 이해가 가지 않습니다. 선배 아버님께서 600여 명의 소작농사를 짓는 사람들을 위해 노력해주셨습니다. 우리의 기억 속에는 아직도 생생합니다. 많이 고마운 줄도 압니다. 군수도 만나게 해주고, 2:8로 소작료를 낮추는 데 노력해주신 것도 감사드립니다. 우리가 엄청난 성과를 거둔 것도 아닙니다. 회사 쪽에서 배려를 많이 한 것도 아닙니다. 하지만 전두환 군사정부의 눈치를 보는 것은 아닌가 싶습니다. 허주규 형제들 조부 때도 우리 군 부안면 인촌에 터를 잡아 소금 장수부터 시작해서 큰 부자가 된 것으로 압니다. 큰 나무 밑에서는 덕을 볼 수 없고, 큰 사람 밑에서는 덕을 볼 수 있다고 했습니다. 오히려 이렇게 피해를 주고, 그것도 50년 동안이나 600여 명에게 가난의 굴레를 씌우는 것이 사람이 할 짓입니까. 내가 안기부에 끌려가 병신이 되어서 나오든가, 전두환 대통령을 만나서 우리의 억울함을 말하면 5·18광주학살을 반성하는 차원에서라도 우리의 억울함을 들어주지 않겠습니까. 사생결단을 내고 말 것입니다."

김인주, 이성규가 옆에서 지키고 있었다.

김인주는 "마을 사람 한 명 한 명 부르면서 울부짖던 재만 형님, 형님께서 가고자 하는 길에 더 이상 누구의 방해도 받지 않도록 하겠다"고 다짐했다. "소리 없이 투쟁해야 하는 우리의 결의를 동네 사람들이 지속적으로 들어주어야 한다"고 했다. "형님께서 가고자 하는 무상양도의 길을 이웃 사람들에게 쉽게 설명해 동참할 수 있도록 하자"고 했다. 김인주의 실천전략이 많은 사람을 모이게 했다. 김인주가 착안한 전략은 품격이 달랐다. 이성규나 김재만이 배짱을 내는 것과 김인주의 깊이 있는 추진력은 균형을 맞춰가며 안정감을 찾았다. 정리정돈 잘 된 느낌의 품격은 남달랐다. 김인주는 부모님 때부터 조금 윤택한 살림이어서 김재만과 이성규보다 막힘이 없었다. 많은 사람이 모였을 때는 절제된 행동이 필요했는데, 김인주가 작년부터 조용히 준비한 덕분에 모든 일이 질서 있게 추진되었다. 군청 식산과에서 나온 직원들도 김인주와 이야기를 하는 것을 좋아했다. 그러나 김인주는 더 배웠다고 우쭐하지 않고 모두에게 겸손했다. 이만규 같은 선배도 김인주 앞에서 말조심을 했다. 김인주는 말도 조용하게 했다. 바른말을 쓰고, 남들이 어려워하는 것에도 적극적으로 도왔다. 농사를 지을 때 농약에 노출되면 안 좋다고 최신 장비를 구입했다.

나기황 장호양반이 몸이 좋지 않아 장호댁이 억척스럽게 농사를 지었다. 김인주는 장호댁이 농약을 해야 할 때도 늘 함께해주었다. 아이들이 아직 어린 탓도 있었다. 농약은 어른들이 가급적 빨리 끝내는 것이 좋았다. 이것이 김인주가 마을 사람들을 돕는 방식이었다. 젊은 사람들도 김인주를 따라서 최신식 기계를 구입하면서, 근동마을은 19여 개 마을 중에서 농사를 제일 잘 짓는 마을로 유명했다. 수리시설이 완벽하게 되어있기도 했지만, 학식 있는 사람이 들어와서 함께 농사를 지어 유명해졌다. 같은 소작농사를 짓고 있었지만, 차이가 있었다. 정기종 선배도 김인주에게 크게 무어라 하지 않았다.

북한식 무상몰수 무상분배는 아니어도 된다. 50년 동안 뼈골을 빼먹었으니 이제 내려놓아야 했다. 그것이 순리다. 아첨꾼들, 흡혈귀 동족마냥 딱 달라붙어 먹을 것을 찾는 자들이 아우성이었다. 1차 목표는 흡혈귀 족속들의 고리 끊는 것이다. 2차는 큰 회사로 전진이다. 피맺힌 자들의 절규를 누구든 막을 수 없다. 칼을 뽑아 맺힌 줄기를 끊어내고 새로운 줄기를 불어 넣을 것이다.

저수지 둑방에 모인 사람들이 들고 나갈 만장에 글씨나 문구는 순전히 나기옥의 몫이었다. 나기옥은 한학에 능했다. 한글로 글을 쓰기는 처음이라고 했다. 하늘을 떨쳐낼 만큼 힘이 넘쳤다. 추사 선생처럼 글씨가 곱지는 못했지만, 글이 마치 하늘로 올라가는 영혼처럼 바람에 실려 펄럭였다. 겨울철이면 서당을 열어 후학들의 교육에 최선을 다했다. 공부를 시키는 것이야말로 가난에서 벗어나는 길이라고 생각했다. 공자님의 가르침도, 한석봉 선생님의 글씨도 배워야 했다. 50년 동안 맺히고 쌓여있는 우리들의 절규를 해결하는 방법은 교육으로 능력을 키워 이겨내는 것뿐이었다. 나기옥은 김인주와 이웃이다. 그래서 둘은 마음이 통했다. 정규교육을 제대로 받은 김인주와 한학으로 공부한 나기옥은 배움의 결이 달랐으나, 교육을 통해 대물림을 끊어 낼 수 있다는 생각은 같았다. 소작료를 내어 돈이 부족하면 허리띠를 졸라매서라도 아이들을 가르쳐야 한다고, 동네 사람들만 만나면 얘기했다.

김재만은 조용하면서도 동네 사람들로부터 신망이 두터운 선배에게 소작답 무상양도에 대해 구체적으로 설명하고 협조를 받았다. 군청 식산과에서 더 놀랐다. 그렇게 많은 사람이 모일 수 있냐고 했다. 김재만이 군수와 면담을 요구했을 때도 혼자서 뭘 하겠냐며 무시했다. 플래카드가 내걸릴 때만 해도 백 명이나 모일까 싶었다. 만장이 휘날리고, 사람들이 우렁차게 외치는 소리를 그저 무시할 수는 없었다.

　최영만과 군청 직원의 몸싸움 일보 직전에 김인주가 와서 말렸다. 최영만은 김인주의 후배였다. 최영만은 직원의 멱살을 잡고 눈을 크게 뜨고서, 우리들의 세금으로 봉급을 받는 공무원들이 되어 우리를 지켜주지는 못할망정 뒤에서 험담이나 하냐고 따졌다. 우리가 잘못한 게 뭐냐고 분노했다. 직원은 6·25 때 빨갱이들보다 더 빨갱이같이 요구한다고 맞섰다. 그것을 들은 최영만은 "다시 한번 말해봐. 그럼 일제강점기에 조선총독부 앞잡이가 되어 얻어낸 것을 지켜주는 것이 진정 고창군 공무원이 할 짓이냐? 입이 있으면 대답해봐. 떳떳하면 스피커 들고서 말해봐!" 라고 소리쳤다. 군청 직원을 사람들이 모인 자리로 끌고 가려고 하다가 옥신각신 멱살잡이가 일어났다.

　"한 번이라도 우리가 외치는 소리에 귀를 기울여 들으면 너처럼 말할 수 있을까? 너희 부모님은 어디에 살길래, 이렇게 막되게 가르쳤냐. 너 같은 사람이 공무원 되어 군민을 깔보니까 삼영사 허주규의 자식들도 기고만장한 것이 아닌가. 두 눈 부릅뜨고 지켜보겠다. 김인주 선배가 말리지만 않았으면 절대로 가만두지 않으려고 했는데, 김인주 선배님께 고마움 인사라도 해라. 군청으로 쳐들어가 군수 나오라고 할 것이다. 직원 관리를 어떻게 했으면 이 모양 이 꼴이냐. 다섯 차례나 면담했어도 끄덕없이 묵묵부답이더니만, 다 군수가 시켜서 그런 것 아니냐? 국회의원 두 분께 가서 당신들이 했던 것을 하나도 빠짐없이 말해서 군수도 당신도 파멸을 시키든지 하겠다."

　직원이 무릎을 꿇고서 빌었다.

　"내가 경솔했네. 앞으로 다시 이러한 막말을 하거나 막말에 동조하면 그때 가서는 벌을 달게 받겠네."

최영만이 직원에게 손 내밀어 일으켜 세웠다.

"당신도 그럴 수 있네. 형씨 말처럼 또 막말을 하면 내가 무슨 일을 저질러도 내 잘못은 없다. 꼭 명심하게. 여러분 같은 공무원들이 우리를 지켜주면 좋지 않겠냐. 화가 너무도 나서 막말을 한 것도, 멱살잡이한 것도 미안하네. 한 다리만 건너면 우리가 아는 사이일 수도 있네. 서로가 돕고 지켜주었으면 하네. 서울경찰청에 집안 형님이 계시네. 집안 형님이 전북경찰청장으로 온다고 들었네. 서로 흠을 찾기로 나서면, 우리같이 농사짓는 사람보다 당신네 같은 사람들이 더 곤란하지 않겠냐. 당신을 공갈 협박하는 게 아니네. 우리를 계속 빨갱이라고 하면 빨갱이를 보고 안 잡아가는 경찰을 신고해야 하나. 당신들도 마찬가지일세. 군수를 고발하겠네. 그렇지 않는다면 나를 잡아가야 할 걸세."

가톨릭농민회

김수병 농협 조합장을 만났다. 점잖고, 작은 체구에 정장을 차려 입었지만 아주 단호했다. 검정 뿔테 안경을 쓰고, 머리에 기름을 바르고, 얼굴이 약간 거무스레했다. 가톨릭농민회를 만나면 농민운동에 길이 생기고 방향도 잡힐 것이라고 했다. 광주 충장로 사무실로 가서 사무국장 김치래를 찾으라고 했다. 김수병 조합장이 소개해서 왔다고 하면 된다고 했다.

"고창에서 왔어라우."

"어떻게 왔어라?"

"김수병 농협장님 소개로 왔습니다."

"그 어르신은 잘 계시나요? 어떻게 먼 길을 오셨나우?"

김치래는 반갑게 맞아 주었다.

"김수병 선배님을 만난 지도 몇 년이 지났네. 심원면 기산마을에 갔다 온 적이 있네. 오전에 광주에서 출발해 오후가 다 되어 고창에 도착해서 조합장님 댁에서 자고 온 적이 있는데, 지금도 그렇게 시간이 많이 걸리는가?"

"저희 동네에서 저수지 둑방 따라 1.5키로는 걸어서 팔형치에서 나오는 차를 타야 빠르게 움직일 수 있습니다. 또 고창읍까지 바로 오는 차가 없어 해리면 소재지 터미널에서 고창읍 가는 차로 갈아타야 하고, 고창터미널에서 시외버스 직행, 광주 가는 차를 타야 합니다. 그러면 장성터미널 도착하기 전에 신흥에서 한 번 정차해서 사람들을 태우고, 장성터미널에서 한참을 정차하고 있다가 광주터미널에 도착합니다. 시간에 맞춰 바로 연결되면 빠르게 올 수 있습니다. 오늘은 운이 좋았는지 막히는 곳이 없어 이 시간에 뵙게 되었습니다."

가톨릭농민회 사무실은 2층 한구석에 있었는데, 통로를 들어가면서 발걸음이 떨어지지 않았다. 벽보를 보고 위압감을 느꼈다. 빨간색 종이 플래카드에 '전두환은 즉각 물러가', '살인마 전두환, 이제 네 차례다', '독재정권 타도' 등 무수히 많은 내용으로 따닥따닥 붙어있었다. 5·18의 상흔이 아직도 남아있었다. 출입문에도 '독재정권 타도'라고 쓰인 벽보가 붙어있었다. 그래도 여기 오려고 새벽밥을 먹고 왔는데, 용기를 내고 들어갔다. 사무실 안은 더 심했다. 피로 글을 쓴 것처럼 온통 붉은색 천지였다. 한창 이야기하다 뱃속에서 꼬르륵, 꼬르륵 소리가 나고, 김치래 사무국장이 말했다.

"김 선생님, 점심시간이 지났네요. 저도 아직인데 내려가서 밥을 먹으면서 이야기합시다. 금강산도 식후경입니다. 여기가 낯설지요? 다른 사람들은 처음에 오면 떨린다고 그래요. 김 선생님도 떨리셨어요?"

김재만은 그냥 웃고 말았다.

"여기 콩나물국이 맛있습니다. 많이 드세요. 밥을 함께 먹으면 쉽게 가까워지죠. 식구는 밥을 함께 먹는 것입니다. 우리 성씨도 같고, 이렇게 식사까지 하게 되었으니 식구들처럼 지냈으면 합니다."

"저는 청도 김씨입니다. 국장님은 본관이 어디신가요?"

"저도 청도 김문으로, 상하면이 할아버지의 고향이고 아버지 때 광주로 이주했습니다. 시제나 명절 때는 아버지 따라 상하에 다녀간 것이 기억납니다. 아버지가 돌아가신 후에는 한 번도 가보지 못했지만요. 50년 동안 소작료를 내고 있다고요? 해방되고 50년대 중간까지 농지개혁이 시행되면서 다 없어진 줄 알았는데, 지금까지 남아있다는 게 말이 안 됩니다. 삼영사 지주 가족분들, 참으로 대단하네요. 군사정부가 대단한 것인지는 모르겠으나, 잘 오셨습니다. 선생님이 해주시는 좋은 얘기 잘 들었습니다. 피를 토하는 노력이셨겠군요. 전주에 가면 박정일 신부님이 계십니다. 전북도에서도 우리처럼 일을 하고 있으니, 그쪽으로 찾아가시면 잘 도와주실 겁니다. 신부님께서 사회문제, 농민문제에 대해서도 깊은 관심을 갖고 계십니다. 우리도 연락해놓죠."

김치래 사무국장이 전주지역에서 민주화운동을 주도하고 있는 박정일 신부님을 소개해주었다.

"자료도 중요하지만, 소작농사를 짓는 사람들의 참여가 첫 번째가 될 것입니다. 결속력과 단합인데, 꼭 신경 써야 할 것은 끝까지 물러서지 않는 태도입니다. 그리고 대학생들이 함께 참여하는 것도 필요합니다. 대학들의 참여방법도 알아보세요. 대학생들이 사회문제를 크게 알리는 데 재주가 있습니다. 방송이나 언론에 표 내지 마세요. 절대로 힘없는 쪽에 서지 않을 것입니다. 힘이 있는 쪽에 붙어서 그쪽을 대변하는 경우가 많습니다. 일일이 대응하면 속상할 수 있으니, 너무 신경 쓰지 말고 꿋꿋하게 나아가세요."

'많은 것을 배웠다. 터미널까지 버스를 타고 와서 막차를 탔다. 차창에 비춰지는 내 모습을 보고 하염없이 눈물을 흘렸다. 고창에서는 흘릴 수 없을 것 같았다. 앞으로 나아갈 때 걱정이 있어서가 아니라, 50년 동안 흘려야 했던 핏방울이 가슴에 깊이 박히는 것 같아 울었다. 만감이 교차했다. 눈물을 흘리니 속이 트이는 듯했다. 가톨릭농민회 사무국장을 만나고 농민조직에 대한 생각이 커졌고, 농민운동에 대한 것도 많이 배웠다. 김치래 국장이 내게는 절박함도 있고, 애절함이 많다고 했다. 그것이 내 무기였다. 조직도 잘 모르고, 투쟁력도 부족하다. 하지만 내게는 이성규나 김인주가 있다.'

김재만은 겨우겨우 해리로 가는 막차를 탈 수 있었다. 앉을 자리가 없어 콩나물처럼 빼곡한 사람들 사이에 선 채 타고 왔다. 아산면 소재지에 도착하니 조금은 숨을 쉴 만했다. 무장터미널에 도착하니 자리가 하나 나서, 자리에 앉아 해리터미널에 도착했다. 동호나 심원으로 차가 다 끊겼다. 십오 리 정도 되는 길을 걸어서 집에 도착했을 때는 밤 10시 50분이 다 되었다. 집에 오는 길은 마치 순례길 같았다. 순례자가 고해성사하는 것처럼 고개를 숙이고 걷다가도 문득 하늘을 올려다보았다. 걸은 지 한 시간이 넘어 집 앞에 도착했을 때, 종교도 없던 내가 '하느님 감사합니다' 외쳤다. 아이들도 아이 엄마도 자지 않고 기다리고 있었다. 너무도 배가 고팠다. 부인에게는 미안했지만, 밥 먹을 시간도 없이 왔다고 했다. 아무 말 없이 밥상을 차려다 주었다. 잠을 자려고 누웠는데 잠이 오질 않았다.

다음날 날이 밝자, 전주로 갔다. 정동성당에서 박정일 신부를 만났다. 삼영염업사 소작답에 대한 유인물을 보며, 이런 만행이 일어나고 있다는 것이 개탄스럽다고 하셨다. 가톨릭농민회 전북연합회 이수금 회장과 변이재 사무국장을 불러서 이모저모 물었다.

1차 군수 면담은 고창 관내 유지들의 도움을 받았다. 노인회장 김영수, 오성탁 씨였다. 오성탁 회장은 심원면에서 뱀장어 양만장으로 시작했다. 오성탁 회장과 친분이 있어, 양만장에서 새끼 장어를 수거해 팔았다. 사회정화위원회 정기수도 있었다. 축협장 김상백은 청도 김씨로 같은 집안이었다. 군수 면담에서 네 분과 함께 소작농사를 짓는 사람들의 애환을 설명했다. 삼영사 허주규 형제의 소작료 징수에 대해 자세히 설명하고, 부당성을 알렸다. 그러나 아무런 대답이 없었다. 2차 면담은 군수, 경찰서장과 나 셋이서 고창군청 군수실에서 만났다. 처음 만났을 때 건의했던 내용을 듣고 싶었으나, 군수는 오히려 우리를 빨갱이로 몰아세웠다. 3차 면담은 시간이 없다고 해서 자리에 앉아보지도 못하고 끝났다. 삼영염업사 지점장하고 면담하라고 했다. 김재만은 해리 소재지 허장규 씨 댁에서 지점장, 이규순, 김태만, 김동술, 이재현, 심원면장, 지서장, 정보형사 김범중을 만나 삼영사 회장 면담 요구와 회장이 직접 참석한 지역간담회를 요청했다. 소작답 양도를 수차례 요구했다. 동문서답으로 회사가 하고 싶은 말만 하고서 다른 말은 대꾸조차 없었다. 4차 면담도 군수와 서장이 서울에 상경하여 회장을 만난다고 했으나, 회장이 독감에 걸려서 부사장과 김윤도 씨가 내려오기로 약속했다고만 했다. 함흥차사였다. 5차 면담은 아예 오지 않으면 하는 눈치였다고 했다.

박정일 신부, 이수금 회장, 변이재 사무국장에게 50년 동안 피맺힌 한과 마을 저수지 뚝방에 모여 무상양도 투쟁을 벌인 일을 설명했다. 박정일 신부는 오늘 코아백화점 앞 도로에서 2천 명이 모인 민주화투쟁 집회가 있다며, 거기서 삼영사 소작답에 대해 설명해주라고 했다. 자리를 옮겨왔다. 육교 아래로 많은 사람이 많이 모여 있었고, 젊은 대학생들도 많이 있는 듯했다. 노래도 부르고 춤도 추었다. 우리들의 규탄장과는 완전히 달랐다. 연설이 끝나고 신부님이 육교에 올라가 재만을 소개했다. 고창군에서 벌어진 삼영사 소작답의 피맺힌 한에 대해서 설명이 있을 거라고 했다. 삼영사 소작답 양도 추진위원회 김재만 선생이라고 소개할 때 박수 소리가 하늘을 뚫을 것만 같았다. 어리둥절했다. 사람들이 눈에 들어오지도 않았다. 14세부터 소작답에 대해 관심을 갖게 된 것부터 최근 군수 면담이 있었던 것까지 40분 정도 얘기했다. 중간중간 박수가 크게 들렸다. 무슨 말을 했는지, 아무런 생각도 없었다. 난생처음 많은 사람 앞에서 연설하고서 내려온 후로 가톨릭농민회 전북연합회에서 적극적으로 지원을 했다.

김수병 조합장과 김치래 광주 가톨릭농민회 사무국장을 만나고, 박정일 신부를 만났다. 그동안 혼자서만 하던 일들이 체계적인 조직이 되었다. 무상양도 운동도 활화산처럼 번져 갔다. 이수금 회장이 삼영사 허민성 회장에게 편지를 보내 선처를 부탁했다. 박정일 신부님이 고령대학교 학생들과 연계를 추진했다. 고령대는 삼영사 회장이자 대한민국 부대통령이었던 사람이 설립한 학교여서 연결에 더욱 힘썼다. 고창군농민회에서도 적극적으로 도왔다.

가톨릭농민회 사람들이 19개 마을에 다 들어가서 소작농사 짓는 사람들에게 배고프다고 울지 않으면 배고프지 않은 줄 알고 아예 밥을 주지 않는다고, 소작료 징수 문제를 해결하기 위해서 뭉쳐야 한다고 설명했다. 김재만이 혼자 할 때와는 완전히 달랐다. 소작답 무상양도 추진위원회 구성에도 박차를 가했다. 명고마을 가톨릭농민회 소속인 이상철 선생이 열정적으로 도왔다. 소작농사를 짓던 사람들도 그렇게 하나둘씩 모였다. 고창군농민회 황승수 사무국장은 하루도 거르지 않고 찾아왔다. 가톨릭농민회 회원들은 자체적으로 움직이기 시작했다. 600여 소작농사를 짓는 사람들에게서 동학혁명 정신이 다시 일어나기 시작했다.

목동 사는 박제구가 가톨릭농민회원이었다. 궁산마을에 사는 후배 나남근을 찾아왔다. 소작답과 소작료 문제를 어떻게 해결해야 할 것인가에 대해 한참 설명했다. 박제구는 자기가 담당하는 마을이 복동과 궁산마을이라고 했다. 복동에서는 중학교 친구 김용섭을 만났다. 김용섭은 박제구에게 "왜 삼영사 소작답 무상양도를 위해 투쟁하는지 모르겠다고 말하며 가톨릭농민회가 무엇을 하는 곳이냐고, 자네 일이나 잘 하라"고 했다. 중학교 친구에게 그런 말을 듣고 왔으나, 그래도 나남근 후배는 말도 잘 들어주고 얘기도 잘 통하니 가톨릭농민회에 들어와 함께 활동하자고 했다.

궁산마을이나 팔형치, 복동마을에는 가톨릭농민회원이 하나도 없었다. 목동 명고에는 회원들이 많았다. 가톨릭농민회원들은 농촌 문제 해결책을 찾는 데 적극적이었다. 김재만은 이성규와 김인주에게 박정일 신부를 만난 후 적극적으로 활동하게 되었다고 설명했다. 그렇지만 가톨릭농민회와 소작농이 처한 입장은 조금 달랐다. 가톨릭농민회는 삼영사와 농촌의 사회적 문제에 대해 관심이 더 많았다. 궁극적 목표는 같을지라도, 추진하는 과정과 처한 입장이 달랐다. 600여 명의 피맺힌 절규는 없었다. 소작농사를 짓는 사람들은 소작답과 소작료가 사회적 문제로 인식되는 것보다, 실질적으로 소작농사를 짓는 것에서 해방되는 것이 중요했다. 일본으로부터 해방되었는데, 정작 농민들은 삼영사로부터 해방되지 못했다. 가난의 대물림이 지금까지 이어지고 있다. 고창군농민회 역시 600여 소작농사를 짓는 사람들과 달랐다. 그들은 직접적인 이해 당사자가 아니었다. 농민회는 대물림에 대해 이해조차 못했다. 소작농사짓는 사람들의 첫번째 염원은 대물림을 끊어내는 것이다.

마을별로 소모임이 생기고, 마을별 예비추진위원회 위원들을 선정해서 체계적으로 움직였다. 김재만은 전북가톨릭연합회 이수금 회장과 변이재 사무국장에게 마을별로 예비 위원회가 구성되고 회원들이 활동하는 상황을 알렸다. 이렇게 구성되다 보면 19개 마을 전체가 참여할 것 같다고 했다. 또 현재까지 100명 넘게 추진위원회가 이루어지고 있다고 전했다. 가톨릭농민회의 도움과 회장님, 사무국장님이 아니었다면 이 모든 것은 꿈도 못 꾸었을 것이라고 감사를 표했다.

박정일 신부 덕분에 여름방학 기간에 고령대학교 농촌봉사활동대가 19개 마을에 온다. 600여 명의 삼영사 소작답 문제가 고창군농민회의 문제가 되기도 했고, 전북도 차원의 문제로 확산되어 전라북도 민주화의 새로운 의제 중 하나가 되었다. 고령대학교 학생들이 대학 설립자와 연계된 지역에 와서 농촌봉사활동을 해주는 것만으로도 이슈가 될 만했다. 김수병 농협장을 만나기 전까지는 생각조차 할 수 없었던 것이 실현되고 있었다. 김치래 사무국장이 대학생들의 참석 여부가 문제해결의 시작이라고 했는데, 그것이 정말이었다. 박정일 신부님이 베풀어주신 은혜와 고마움을 잊을 수가 없었다. 하느님을 믿지 않는 김재만도 하늘을 보고 '하느님, 감사합니다' 외치며 박정일 신부님에게 감사를 전하는 습관이 생겼다.

이성규와 김인주가 만나 구체적인 모임에 대해 이야기했다. 박제구를 만난 나남근도 김재만 어르신을 만나 가톨릭농민회원들의 조직 방식에 대해 설명했다. 조직도 조직이지만, 가톨릭농민회가 가지고 있는 가치를 알아야 했다. 소작농사를 짓는 사람들도 분명한 가치가 정립되어야 한다는 것이었다. 그래야 어떠한 어려움이 닥친다 해도 지치지 않고 꺾이지 않는다고 했다. 가치를 바로 세우는 것도 병행되어야 했다. 김재만은 김인주에게 "장호댁네 큰아들 남근이가 친구의 말을 듣고 대학을 다니면서 데모를 하는 것 같다"며 "우리보다는 보고 듣고 주워들은 것이 많을 것이니, 자주 이야기해보라"고 말했다.

이수금 회장이 명고마을에 도착하여 이상철 집에 왔다. 김재만은 이 회장에게 이성규를 소개했다. 덩치가 좋고 손도 큰 이성규지만, 이수금 회장과 악수를 하면서 아파 죽는 줄 알았다. 이수금 회장이 어찌나 손을 꽉 쥐었던지……. 이성규는 소리도 못 지르고 찡찡대면서도 웃었다. 상견례를 마치고 김재만은 이수금 회장에게 그동안 있었던 일을 구체적으로 이야기했다. 고창군농민회에서 도움 주고 있는 내용부터, 가농에서 19개 마을에 한명씩 배치하여 소작답에 대한 문제의식을 일깨워 주고 있는 일까지 이야기했다. 삼영사 소작답 무상양도 추진위원회가 결성 단계에 이르게 된 것까지 소상하게 보고했다. 이수금 회장은 아쉬운 부분이 있다고 했지만, 칭찬을 아끼지 않았다. 앞으로 더 적극적으로 돕겠다고 했다. 용기를 내서 더 열심히 하여 끝장을 내자고 했다.

이수금 회장이 돌아간 후 김재만이 말했다.

"이제는 가톨릭농민회나 우리에 대해서도 우리 스스로가 알아 나아가야 해. 우리 운명을 남의 손에만 맡겨둘 수는 없는 것 아닌가. 지금은 우리가 아는 것이 부족해서 가톨릭농민회의 도움이 절실하네만, 언젠가는 결국 우리가 에베레스트 정상에 올라서서 깃발을 꽂아야 하네. 둘이서 정답게 손잡고서 나란히 꽂아보세. 나는 이제 꼭 성공할 수 있다는 희망을 갖게 되었네. 열네 살 때 운명처럼 갖게 된 꿈을 이제는 혼자가 아닌 여럿이 품게 되었네. 자네도, 인주도, 동네 사람들도, 600여 명도 있고. 보소, 우리를 돕겠다고 나선 고창군농민회 회원도 몇 명인가. 가톨릭농민회원은 전국으로 따지면 수천 명이 될 것이고, 고령대학교 학생들까지 돕고자 나섰네. 우리를 수천수만 명이 돕지 않는가. 이렇게 나서는데도 허민성 지주가 끝까지 가겠나. 나는 장담하네만 결코 우리가 지는 일은 없을 것이야. 지금의 기회를 놓치면 우리는 영원히 그 굴레를 벗어나지 못할 것이야. 나는 가톨릭농민회도, 농민회도 믿네만, 성규 자네가 없으면 절대 성공할 수 없네. 이제 한걸음 뛰어 보세. 우리는 할 수 있어. 삼영사 소작답 양도 추진위원회 구성을 마무리했으면 하네. 19개 마을 예비위원회의 위원들에게 우리의 뜻을 말했네."

죽곡마을 이재현이 찾아와 김수병 농협 조합장님의 말을 전했다.

"조합장님이 김재만 자네가 그동안 해왔던 것부터 지금 가톨릭농민회가 적극적으로 나선 것까지, 농민회에서 자네 이야기를 많이 한다는 얘기를 들었다고 하네. 위원장은 만장일치로 김재만 자네를 확정해놓고 구성하고 싶다고 하네. 전주에서 자네의 연설을 열심히 들은 우리 동네 출신도 몇 있는데, 칭찬이 자자했네. 그렇게 많은 사람이 모였는데 단호하게 연설하는 것을 보고 정말 대단했다고 말했네. 자네처럼 준비된 사람도 없을뿐더러, 끝까지 성취할 사람도 김재만이라고 생각하네."

이성규도 이재현의 말에 전적으로 동의했다. 김재만은 "내가 꼭 위원장을 맡아서 해야 하나, 생각을 굳힌 적 없지만, 많이 생각해보겠네. 뭐가 최선의 방법이고, 이제는 뭘 해야 할지 곰곰이 생각해봐야겠네."

김재만은 이재현과 헤어지고 몇 날 며칠을 고민하다가 이성규와 김인주를 불렀다.

삼영사 소작답 양도 추진위원회 구성

궁산저수지 수문통 제방 둑에 500여 명이 모였다. 회사에서 소작료를 2:8로 내려주고 마무리되었다. 600여 명의 소작농사를 짓는 사람들이 50년 동안 소작농사를 지은 것에 대한 부당성을 각계 기관과 지역 출신 국회의원들 청원서를 제출했으나, 어디서도 받아주지 않았다. 2차 결의대회는 삼영염업사 사무실 앞에서 열렸다. 회사에서도 무대응으로 임했다. 소작인들은 소작료 납부 거부를 결의했다. 소작료 납부 거부 운동으로 전개되어 600여 명이 참여했다. 회사의 온갖 공갈 협박을 못 이기고 300여 명 중 절반이 납부해버렸다. 150여 명은 똘똘 뭉쳐서 버텼다. 경찰들과, 군청에서도 나서 회사와 함께 협공을 해왔다. 회사에서는 2:8로 내려준 지 얼마나 되었다고, 이건 아니라고 했다. 회사 측 주장이 설득력을 얻으면서 법적인 대응까지 밀어붙일 태세였다.

2차 결의대회는 가농 회원들이 더 적극적으로 맞대응했다. 가톨릭농민회원들의 노력으로 많은 사람이 삼영염업사 사무실 앞으로 모여들었다. 소작농사를 짓는 사람들도 예전보다는 희망을 본 듯 매섭게 달라붙어 싸웠다. 남은 150명 중에서도 회사 측 협박에 못 이겨 소작료를 납부한 사람들이 있었다. 그러나 가톨릭농민회원 몇 명은 끝내 내지 않고 버티고 있었다. 법원에서 통보가 와도 납부를 거부했다. 재산이 될 만한 것에는 차압 빨간 딱지가 붙여졌다.

삼삼오오 모여 삼영사 소작답 양도 추진위원회 구성에 대한 이야기를 구체화시키기로 했다. 임시 마을 대표가 될 만한 사람들이 김재만 주도 아래 모였다. 죽곡마을 이재현도 적극적으로 나섰고 명고마을 가톨릭농민회원 이상철도 적극적으로 참여했다. 이재현이 임시 추진위원회 위원장을 맡고, 이성규가 부위원장을 맡았다. 김인주가 총무와 재무를 동시에 맡았다.

이재현의 요구에 따라 17개 마을 대표들이 모였다. 2개 마을은 대표를 내지 못했다. 참석하지 못한 마을은 소작답 양도 추진위원회가 정식으로 출범하면 참석하겠다며, 임시위원회에서 결의한 어떠한 내용도 따르겠다고 했다. 임시위원회 회의가 열리고, 임시 추진위원회 위원장을 맡은 이재현이 우선 두 가지만 의결하겠다고 했다.

"첫 번째가 여기에 계시는 분들을 마을 대표로 인정하는 건이고, 두 번째가 추진위원회 위원장을 선임하는 건입니다. 여기에 계시는 이상철 대표는 지금 집에 차압이 들어와 밥도 제대로 못해먹고 있다고 합니다. 꼭 이상철 씨만의 문제는 아닙니다. 우리 모두의 문제인 것입니다. 여기에 참석한 선생님들을 각 마을 대표로 인정할 것인데, 이의가 있거나, 더 할 말이 있으면 말씀해주시기 바랍니다."

방축마을에 문선호가 손을 들고서 말했다. "지금 위원장께서 말씀하신 내용에 동의합니다. 그런데 여기에 나오지 않아도 마을별로 대표를 할 사람이 있을 수도 있습니다. 그러니 대표를 한 명으로만 단정하지 말고, 추천이 있으면 한 명 더 선정하는 것이 어떤지 건의하고 싶습니다."

"좋은 의견이오. 다른 마을 대표님께서도 다른 의견이 있으면 말씀을 해주시오. 문선호 대표님께서 건의한 안건도 하나의 안으로 받아들이려고 하는데 동의합니까?"

모든 참석자가 마을별 실정에 맞게 두 명까지 마을 대표를 둘 수 있는 것으로 동의했다.

"두 번째 안건은 삼영사 소작답 양도 추진위원회 위원장을 선임하는 건으로, 임시위원장 맡고 있는 제가 설명드려도 될까요? 여기에 계시는 분들께서 김재만 선생을 잘 알 것입니다. 모르는 사람도 있을 수 있겠지만, 지금까지 우리가 여기까지 오는데 100프로, 아니 1000프로 기여한 사람이 김재만 선생입니다. 사실 김재만 선생은 우리처럼 소작농사를 짓지도 않으면서 농사짓는 우리보다 더 일찍 이 운동을 시작했습니다. 열네 살 때부터라고 하니까. 그때부터 여기저기 청원서도 내고 오늘날까지 왔다고 합니다. 이제는 끝내야 할 시점입니다. 그동안 혼자 하다시피 해왔는데, 지금은 함께해야 할 때라서 고창군농민회가 돕게 되었습니다. 이상철 씨가 여기에 계시지만, 가톨릭농민회도 전북연합회 차원에서 돕고, 박정일 신부님께서 도우면서 여기까지 왔습니다. 1차 집회 때도 군수 면담이 흐지부지 끝나서 몇 명이 모일지도 모르는 상황에서, 우리를 모아 소작료 낮추는 것을 수도 없이 해왔습니다. 이성규 씨가 친구인데, 이성규의 말을 들어보면 열네 살 때부터 지금까지 온 과정이 생생합니다. 그래서 김재만 선생을 우리의 위원장으로 추천합니다. 혹시 다른 분께서 위원장을 해보겠다고 하면 의견을 들어보겠습니다."

만장일치로 김재만을 위원장으로 선출했다.

"그럼 저는 여기까지만 임무를 다 하고 김재만 위원장님의 말씀을 듣겠습니다." 이재현이 김재만에게 마이크를 넘겼다.

"감사합니다. 부덕한 저에게 이렇게 큰 소임을 주셔서 진심으로 어깨가 무겁습니다. 지금 우리에게는 삼영염업사와의 관계가 새로운 문제로 대두되고 있습니다. 이전까지 늘 약자였던 우리가 힘을 하나로 모으면서 회사도 우리를 대하는 방식이 달라졌습니다. 보십시오. 예전에는 회사 직원들의 횡포에 대항해야 했습니다. 그런데 지금은 회사가 직접 나서 법적으로 대응하고 있습니다. 따라서 우리의 대처 방법도 달라져야 합니다. 제가 잘 해낼 수 있을지 모르겠습니다. 심히 마음이 무겁습니다. 그러나 저는 봤습니다. 여기에 계시는 많은 분들이 이상철 대표님처럼 법원에서 차압이 들어와 회사와 법적으로 싸우고 있습니다. 여기서 물러나면 안 됩니다. 다음 차례가 내가 아니라고 누가 장담하겠습니까. 그뿐만 아니라, 회사 측에서 소작료를 낸 사람 중에 11명에게 토지 인도 소송을 제기하려고 한다는 것을 들었습니다. 이미 30년 전에 우리가 주인이 됐어야 하는데, 자기들 맘대로 토지 인도 소송을 낸다는 게 말이 된다고 생각하십니까. 삼영사 소작답 양도 추진위원회 구성이 절실합니다. 가톨릭농민회전북연합회에서 도와주고, 고령대학교 농활대가 도와준 덕분에 우리도 할 수 있다는 자신감이 생겼습니다. 삼영사에서 방해공작을 해도 2백여 회원들이 예비모임을 갖고 있는 것으로 압니다. 이제는 조직적으로 정비해서 만천하에 알리고, 우리가 50년 전에 찾아야 할 권리를 되찾는 데 하나가 되어야 합니다. 회사에서는 우리를 와해시키기 위해 더 악랄하게 대항해 올 것입니다. 만에 하나 저 혼자 남더라도 물러서지 않겠습니다. 여러 대표님도 저와 함께 죽을 각오로 임해 줄 것으로 믿고, 부족하지만 열심히 싸워 나겠습니다. 그리고 꼭 이기고 말겠습니다. 감사합니다."

박수 소리가 한참 동안 건물이 들썩거리도록 울렸다. 김재만 위원장은 위원회를 부위원장 5명과 감사 2명, 재무 1명, 총무 1명, 서기 1명으로 구성하겠다고 했다. 부위원장과 위원장은 총회를 제외한 모든 의결을 하는 기구로 운영하겠다고 했다. 그리고 600여 명의 소작농사를 짓는 사람들이 회원이 다 되어야 하기 때문에 앞으로 회원 모집에 최선을 다하자고 당부했다. 총회는 마을 대표들이 대의원이 되어 책임을 맡고, 부위원장은 이재현, 이상철, 이성규, 문선호, 김복수가 맡기로 했다. 부위원장과 위원장은 일주일에 한 번은 무조건 만나는 것으로 하여, 편의상 화요일에 보는 것으로 결정했다. 총무는 김인주, 재무에 최영만, 서기는 예동마을 이석규, 감사는 부위원장이 없는 마을, 팔형치마을 신동수와 목동마을 박재천이 감사를 맡기로 했다. 마을별로 대표를 더 추천해야 할 곳이 있으면 이번 주말까지 결론을 내리기로 하고, 삼영사 소작답 양도 추진위원회 회의를 마무리했다.

고령대학교에서 농활대가 온다고 했다. 마을별로 어떻게 나눌 것인지 정해야 했다. 김인주 총무는 이백에서 삼백 명이 온다고 하니, 마을별로 필요한 인원을 말해달라고 했다. 삼영염업사에서 토지 인도 소송을 건 것에 대한 유인물 배포까지, 총무의 일이 많아졌다. 김인주는 그날 있었던 내용을 이석규 서기에게 알려주었다. 김재만 위원장도 추진위원회와 관계된 일은 하나도 빼놓지 않고 서기에게 알렸다. 부위원장들도 예외는 없었다. 서기가 직접 참여하지 않아도 자세한 기록을 남기도록 힘썼다. 토지 인도 소송을 당한 11명의 변호사 선임도 추진위원회가 함께했다. 차압이 들어온 7명의 회원도 위원회에서 대응을 준비했다.

이재현, 문선호, 김복수, 이상철, 이성규 부위원장도 마을 돌아다니며, 200명 정도의 회원들을 배로 늘렸다. 가톨릭농민회원들이 소작료 납부를 거부한 것도 한몫했다. 그 후 김재만 위원장의 헌신적인 노력이 많은 회원에게 알려졌다. 심원지서에서도 지서장이 매일 함께했다.

추진위원회 위원장과 토지 인도 소송을 하고 있는 회원들이 고령대에 가서 학생들에게 유인물을 뿌렸다. 허주규 형제가 해리면 심원면 일대를 간척하고 염전과 소작답을 운영하며 벌인 만행에 대한 내용이었다. 대학교 학생회관에서 젊은 학생들이 반갑게 맞아주고 적극적으로 도와주었다. 이인영 회장이 간부 학생에게 올해 농촌봉사활동대가 어디로 가는지 알아보라고 했다. 소작농사를 짓는 지역에 내려가 실태를 파악하고 농촌의 부족한 일손도 돕게 했다. 농촌 사회문제에 대해서도 해결 방법을 함께 찾고 학생들의 의식 함양을 위하여 적극적으로 참여하겠다고 약속했다.

삼영사 소작답 양도 추진위원회에 마을별 대표 6명이 더 추가되면서 완성되었다. 마을별로 일부 기금을 만들어 대표들이 돈을 반드시 써야 하는 경우에만 썼다. 김재만 위원장도 자기 돈을 써가며 활동했다. 최근 몇 년간 활동하면서 진 빚이 벼 50석 값이었다. 추진위원회가 구성되고 활동량이 늘어나 써야 할 돈이 많아졌으나, 특별히 회비 거출도 없었다. 최영만 재무가 크게 할 일이 없다고 했다. 마을 자체로 활동했을 때, 김인주 총무가 원래 가지고 있던 돈 일부와 마을 사람들이 십시일반한 회비가 조금 있었으나 활동비에 보태 쓸 정도는 아니었다. 최영만 재무도 자신이 활동하면서 쓰는 것을 자비로 채우고 있었다. 감사들도 우리가 뭘 해야 할지 모르겠다고, 오히려 감사가 감사를 받아야겠다고 우스갯소리를 했다. 지서장이 밥값을 먼저 내고, 정보 형사도 자신들의 밥값은 스스로 내겠다면서 밥을 사주는 경우가 많았다. 다른 사람과 합석할 때가 많았는데, 추진위원회 홍보의 장이 되기도 했다. 이 일을 잘 모르는 사람들은 삼영사의 주장처럼 사유재산을 어떻게 그냥 빼앗아 갈 수 있냐고 반문했다. 그러나 식사를 하면서 설명하면 오히려 더 분노했다. 지서장이 소작답 투쟁의 홍보대사가 되었다고 하면 상부의 문책을 받지 않을까 해서, 정보 형사가 경찰에서 나오는 직원들을 더 위로하기도 했다.

김재만 위원장이 늘 회원들이나 부위원장들에게 당부했다. "서로 숨기고 기만하는 것보다 신뢰하는 것이 중요하다. 우리가 먼저 투명하게 우리의 행동을 알리고 믿어주고 그러면 그들도 사람이니 돌아봐 줄 것이다. 내 경험은 늘 그랬다. 이번에 우리가 삼영사 소작답 양도 추진위원회를 구성하고, 내가 위원장이 된 것이 어디서 어떻게 알려졌는지 모르지만, 축하와 격려를 많이 받았다. 격려해주신 분 중에 전에 고창에서 근무하고 지금은 타지역으로 가서 근무하고 계시는 서장님도 있다. 변상들도 소리소문없이 돕는다. 표가 나지 않아서 그렇지, 이제 부위원장들도 관계 기관의 직원들과 정보를 주고받기도 한다. 부위원장들에게 직원들과 사사롭게라도 만나거든 더 친절하게 친분을 유지했으면 좋겠다"고 부탁했다.

김인주 총무는 자기 일을 못 할 정도로 추진위원회 일이 많다고, 1, 2, 3총무까지 두어야 할 것 같다고 했다. 위원장이 혼자서 얼마나 많은 노력을 했는지, 지금 보니 더 크게 느낀다고 말했다. 마을 재무만 볼 때는 시키는 것 외에 별 것이 없었는데, 이제는 앞에서 끌고 가야 할 것도 많고, 마을별 대표들에게 알려야 할 것도 너무 많아 혼자서는 도저히 불가능하다고 이야기했다. 이러다가 아내와 늘 싸우게 생겼다고 했다. 결혼해서 여태까지 아내가 큰 소리를 집 밖으로 내본 적이 없는데, 총무를 맡고부터 부부싸움이 시작되었다. 아내 혼자 육아도, 집안일도, 농사일도 한꺼번에 다 해내기가 어렵다고 했다.

삼영사 소작답 양도 추진위원회 구성에 대한 내용을 경찰서와 군청, 삼영염업사에 보내주었다. 면과 지서에서 자기네 일이 더 늘어났다며 볼멘소리를 달고 살았다. 지서장이나 정보 형사들은 서로를 이해해주고 챙겨주었다. 고령대학교 농촌봉사활동대의 일정이 잡히고, 정읍법원에서 재판 날도 잡히고, 위원장과 총무는 눈코 뜰 새가 없었다. 회원으로 가입하지 않았지만 협조하는 사람들이 많아졌다. 몰래 봉투만 놓고 간 사람들도 있었다. 손편지를 써놓고 간 사람들까지, 마음만은 600여 명의 소작농사를 짓는 사람들과 하나가 되고 있었다. 위원장과 추진위원회에 대한 신뢰가 매우 높아만 갔다.

고령대학교 농촌봉사활동대가 정읍역에 집결했다. 실제로 내려온 학생들은 200명이 조금 넘었다. 마을별로 차를 가지고 정읍역으로 가서 김인주 총무가 배정한 대로 적게는 3명, 많게는 7명씩 태워 마을로 돌아왔다. 저런 풋내기 학생들이 무슨 일이나 할까, 생각했지만, 그래도 자식 같은 학생들이 돕겠다고 와 준 것만으로도 너무 좋았다. 이석규 서기도 오늘은 함께 와서 일일이 학생들을 나누고 기록했다. 최영만 재무와 부위원장, 위원장은 음료수와 빵을 사서 마을에 온 학생들 한 명도 빠짐없이 다 나누어 주었다. 어느덧 저녁 해가 빨갛게 동호 바다를 물들이고 있었다. 이재현 부위원장이 위원장 모르게 회의를 소집했다. 위원장은 토지 인도 소송을 준비하기 위해 변호사를 만나러 갔다. 그 회의는 마을 대표들과 부위원장들이 새롭게 구성되고 처음 만나는 자리이기도 했다.

이재현이 수석부위원장이었다. "근래 추진위원회 활동량이 많아지면서 비용도 꽤나 많이 들어가는 것으로 아는데, 전체 회원들까지 회비를 걷는 것은 그렇고 우리라도 성심성의껏 내면 어떨까요?"

이상철 부위원장이 자신이 10만 원을 내겠다고 했다. "우리 가톨릭농민회원들의 차압문제를 해결하는 데 위원장님의 노력이 매우 컸습니다. 큰 해 없이 잘 마무리되었으니 참으로 다행입니다. 그런 의미에서 돈을 내고 싶은 것이니 신경쓰지 마시고, 성심성의를 표하는 것이라 생각해주십시오."

이재현이 말했다. "위원장은 우리끼리 모금하는 것도 못하게 할 것입니다. 무기명으로 모금하는 건 어떻습니까?"

이상철 부위원장이 경솔했다고 말했다. 김인주 총무가 농촌봉사활동대의 활동 사항이나 마을별로 어떻게 일을 하고 있는지 보고해주라고 말을 보탰다. 회의는 만장일치로 끝났다. 이번 주말까지 돈이 다 걷히면 최영만 재무가 위원장께 말하는 것으로 했다. 걷힌 모금액에 대해서는 두 감사가 통보하는 것으로 결의하고 회의를 끝마쳤다.

김재만이 삼영사 소작답 양도 대책 마련을 위해 고창군농민회 황승수 사무국장과 만났다. 농민회 차원에서도 삼영사 소작답 문제를 사회적 이슈로 만들어야 한다고 했다. 황승수 사무국장은 지금까지 소작농사를 짓는 농민들이 있다는 것만으로도 국가적 문제라고 했다. 농민들의 권리를 찾는 것이 첫 번째 일거리라고 강조했다.

김재만은 고창군농민회와 삼영사 소작답 양도 추진위원회가 공동으로 행사를 개최했으면 하여 부위원장들과 논의했다. 부위원장들도 정말 좋은 생각이라고 좋아했다. 대학생들부터 민주화운동에 앞장서는 분들까지 우리 문제를 먼저 생각해주어 고마울 따름이라고 했다. 그러나 주객이 전도되면 안 되기 때문에, 준비를 철저히 해야 했다. 600명의 소작농사를 짓는 사람들과 400

여 명의 회원이 모두 참여하여 온전한 우리의 것을 쟁취해야 했다.

장호양반 생일이 돌아왔다. 생일밥 주는 자리가 마련되었다. 이성규 부위원장은 동네 사람들에게 추진위원회가 구성된 것부터 마을에 농촌봉사활동대가 온 것까지 알렸다.

"우리 동네에는 다행히 없지만, 회사 측에서 다른 마을에 사는 11명에게 논을 내놓으라고 재판을 걸었습니다. 다음은 우리가 될 수도 있으니, 김재만 위원장이 여기저기 우리의 억울함을 알리고 있습니다. 중간중간 들어서 알겠지만, 가톨릭농민회원들이 나서고부터는 우리 생각도 쬐께 바뀌었고, 언제까지 당하고만 살 수 없다는 것을 우리 스스로 보여주는 것이 맞다고 생각합니다. 삼영사 소작답 양도 추진위원회가 구성되었습니다. 많은 협조 덕분에 매주 1회 이상 대표자회의를 열었습니다. 재판 문제부터 우리의 직접적인 문제들을 하나하나 해결하고 있습니다. 앞으로 중간중간 활동사항을 알리겠습니다. 이렇게 매년 한 번도 빼놓지 않고 생일밥을 주시는 장호양반에게 올해도 더 건강하라고, 밥값 대신 박수를 보냅니다. 장호양반, 오래오래 사시요."

"생일밥을 수년간 돌렸지만, 삼영사 소작답 양도 추진위원회가 있고부터 이렇게 박수까지 받는 것 보니, 희망이 보이오. 이제 멀지 않은 것 같소. 잊지 않고 찾아와 준 것만으로도 고맙소. 밥 맛있게 드시오."

고령대학교 농촌봉사활동

박정일 신부님이 고령대학교 학생들과 연결시켜주어 고령대학교 정문에서 교수와 학생 대표를 만났다. 윤 교수가 "저 앞 동에 가면 학생회관이 있다. 2층에 가면 학생회 사무실이 있으니, 거기서 이인영 학생회장을 찾으라"고 했다. 학생회 사무실은 교수실과 차원이 달랐다. 김재만은 지금 우리가 대한민국에 있는 것인가 의심들 정도였다. 광주가톨릭농민회 사무실에 들어갈 때도 '혹시 내가 북한에 와 있나' 싶어 눈을 의심했지만, 학생회는 '전두환 정권 물러가라', '군사정권 폭망', '쟁취' 같은 평범하지 않은 말을 하고 있었다.

이인영 학생회장을 만났다. 사무실 분위기나 벽에 붙어진 글을 본 것과는 완전히 다르게 아주 점잖아 보였다. 김재만도 눈빛만큼은 어디 가도 지지 않을 정도였지만, 젊은 학생을 범접할 수가 없었다. 보자기를 풀어 내려놓았다. 이인영 학생회장은 음료수를 따라 주면서 김재만 위원장의 말에 진지하게 귀 기울였다. "우리 학생회에서 선생님들께 도움이 될 수 있을지 검토하고, 돕는 데 최선을 다하겠다"며 "편히 내려가시라"고 했다. 그리고 며칠 후 고령대학교 학생 다섯 명이 찾아왔다. 서울에서 이렇게 먼 곳을 온 적이 처음이라고 했다.

"우리는 문과대 학생회 소속이며, 독문과 학생들입니다. 저는 충북 제천에 사는 김유경이라고 합니다. 우리 부모님도 농사를 짓고 계십니다. 혹시 의림지라고 아시는가요? 삼한시대 때부터 농사를 짓기 위해 막은 저수지라고 하는데, 위원장님 마을에 있는 저수지도 참으로 큽니다."

"유경 학생, 우리 조상들은 원래 저수지가 큰 마을을 이루고 살았다네. 오늘 학생들이 찾아온 것은 삼영사 소작답 문제 때문인 것으로 아네. 오면서 봤겠지만, 저수지 아래가 옛날에는 갈대가 무성하게 자라는 갯등 갯골의 바닷가였네. 멀리 보이는 곳이 염전이고, 가깝게 보이는 들판이 삼영사 허주규 형제들이 조선총독부 시절 간척해서 50년 동안 지금까지 소작료를 받고 있는 곳이네. 나도 어려서는 학생들처럼 공부를 열심히 해서 중학교 가고, 고등학교도 가고, 대학교까지 가는 게 꿈이었네. 그러나 소작료를 주고 나면 돈이 없어 진학은 꿈도 못 꿀 정도로 가난을 대물림했네. 지금은 쬐께 나아졌지만, 넉넉하지 못한 것은 사실이네. 19개 마을 600여 명이 농사를 짓고 살고 있네. 우리나라에서 소작답과 소작료가 이곳만 이렇게 남아있어. 허주규는 해방 직후부터 1950년 초 농지개혁 당시까지, 이 나라 부대통령으로 있으면서 농지를 염전으로 바꾸었네. 그 당시 돈으로 1정당 20만 원의 보조금도 받았다네. 조선총독부 시절에도 조선총독부로부터 38만의 거금을 받아 간척을 완료하고, 십수 년 동안 소작료를 받아 갔네. 일제강점기 지주들이 만든 한독당 총수가 허주규이네. 소작료를 그렇게 받아먹던 토지를 미간척지라고 규정해서 농지개혁법에서 빼버리고, 이렇게 50년 동안 농민들의 피를 빨아들이는 자들이 악귀가 아니고 뭐겠는가. 학생들이 다니는 학교 중앙에 허주규 동상이 있는 것을 봤네. 우리나라에서 최고 공부 잘하는 학생들이 허주규 동상을 보고 무엇을 생각했을까. 단 한 번이라도 우리들의 고통을 알았다면 저렇게 버젓이 서 있을 수 있을까. 많이 아쉽고, 심장이 뛰고 헉헉거려 죽는 줄 알았네. 이인영 학생회장을 보고 내려왔는데, 오늘 이렇게 학생들을 보게 될지는 생각도 못했네."

김인주 총무가 학생들과 함께 복동과 죽곡, 구미, 명동마을 함께 돌고서 정읍역으로 데려다주고 열차표를 끊어 보냈다. 그리고 한 달이 못 되어 정읍역에 고령대학교 문리대 학생 200여 명이 도착했다. 김유경 학생도 왔다. 김인주 총무와 김유경 학생이 계속해서 연락을 주고받으면서 준비해왔다.

궁산마을 이성규 부위원장, 죽곡마을 이재현 부위원장, 명고마을 이상철 부위원장, 방축마을 문선호 부위원장, 복동마을 김복수 부위원장들이 마을 대표를 맡고 있다. 팔형치마을 신동수 감사, 목동마을 박재천 감사가 마을 대표이다. 예동마을 이석규 서기가 대표이다. 명동마을 오찬수, 구미마을 이칠성, 진주뫼마을 이범수, 기산마을 김유진, 고전마을 이점동, 정동마을 현재영, 화산마을 한준수, 왕촌마을 나승평, 금평마을 조문호, 소리개마을 최양호가 마을 대표들이다. 고령대학교 농촌봉사활동 학생 15명씩 들어가는 마을은 죽곡, 궁산, 명고, 방축, 복동, 고전, 정동, 왕촌, 금평, 목동까지 10개 마을이다. 5명이 들어가는 마을은 소리개, 신동호, 화산, 명동, 구미, 팔형치, 기산, 예동이며, 10명 들어가는 마을은 진주뫼마을이다. 마을 대표들이 마을별 표지판 앞에 있는 학생들을 데리고 마을로 들어갔다. 대학생들은 첫날과 둘째 날은 콩밭에서 풀도 뽑고, 논에 가서 피도 뽑았다. 동네 어르신들과 논밭을 다녔다. 일은 어설펐지만, 이렇게라도 도와주니 다들 좋아했다. 엄마 아빠들의 이야기를 들어주고, 효자 아들딸이 되어 주었다.

"늘 부모님 말 잘 들었고 공부도 열심히 했어요. 고령대학교에 입학해서 부모님께서 많이 좋아하셨어요. 그런데 대학교에 와보니 부모님께서 해준 말처럼 세상이 돌아가지 않았어요. 여기에 계신 엄마처럼 피해 보고서 어디에 호소도 못 하고 있었고, 오히려 우리 대학교 설립자의 회사에서 이제껏 누구도 하지 않는 소작료를 받고 있는 것도 봤어요. 이렇게 부조리한 세상을 보면서 책상에 앉아 공부만 할 수 있겠어요? 그래서 데모에 참여하였고, 농촌봉사활동대에 참여하게 되었어요. 이런 저를 보고 있는 부모님은 얼마나 걱정이 크겠어요. 부모님 마음을 알지만, 우리나라가 이대로는 안 된다는 것도 알아요. 시골 엄마, 내가 어떻게 하면 좋겠는지 좀 알려주세요."

"시골 아낙이 뭘 알까만, 나는 네 엄마도 이해 가고, 지금 내 앞에서 엄마라고 불러주는 아들 마음도 알겠네. 부모들은 자식이 잘 못 되는 것을 원하지 않는다는 것만 기억해라. 그리고 자식에 대한 사랑이 자신을 사랑하는 것보다 더하다는 것만은 꼭 알았으면 하네."

방축마을에서 뱀에 물린 학생이 있었다. 독사였다. 다리가 땡땡 부어오르고 정신이 혼미하기까지 했다. 그러나 마을 사람들이 응급조치를 잘했고, 고창병원 응급실에서 독을 제거했다. 큰 문제없이 방축마을로 돌아와 안정을 취했다. 김재만 위원장도 부위원장들 몇 명과 함께 천만다행이라고 위로했다.

농촌봉사활동 6일 차 동호해수욕장에서 소작인 단합대회가 열렸다. 소작 농사짓는 가족 1천 명이 모였고, 학생들도 200여 명이 모였다. 박정일 신부가 오셨다. 전주 가톨릭농민회 회장과 함께 일행이 왔고, 고창군농민회에서도 참석했다. 돼지를 열 마리를 잡았다. 돼지를 내지 않은 마을에서는 김치를 담고, 반찬을 만들고, 밥을 준비했다. 삼영사 소작답 양도 추진위원회에서 술과 음료, 과일까지 성대하게 준비했다. 김인주 총무가 진행했다. 김재만 위원장이 그동안 농촌봉사활동을 한 대학생들에게 고마움을 전했고, 박정일 신부가 좋은 말을 해주셨다. 이상진 고창군농민회 회장은 삼영사 측을 강력하게 꾸짖었다. 전북가톨릭농민회연합 회장이 대한민국 정부를 규탄하고 삼영사 측에 매서운 경고를 보냈다. 각 마을에서 봉사활동을 했던 학생 대표들이 연단에 차례로 올라와서 삼영사 측에 성토했다. 학생들이 나와 노래하고 춤도 추면서 장기자랑을 했다. 함께했던 소작인들도 나와서 춤추고, 노래 불렀다. 술에 취한 어르신도 연단에 올라와 횡설수설했지만 한마디 한마디가 뼈 있는 말이었다. 학생 대표로 김유경 학생이 연단에 섰다. 그동안 신나게 놀던 분위기가 조용히 정리되고 엄숙한 시간이었다. 먼저 여기에 계시는 어르신들께 진심으로 감사드린다며 큰절을 올렸다.

"50년 넘게 우리를 속이고, 우리 대학교 한가운데 그분의 동상이 있습니다.

김재만 위원장님이 우리 학교에 오셔서 몸이 움찔거렸던 때가 허주규 고령대학교 설립자 동상 앞을 지나갈 때였다고 합니다. 저는 이곳에 두 번째로 왔습니다. 저도 촌에서 자란 촌놈이어서 처음에는 아주 낯설지 않았습니다. 그러나 몸도 맘도 편치 못했습니다. 6일 동안 어르신들과 많은 대화를 나누었습니다. 지금 이 순간까지도 착잡합니다. 여기 있는 동안 조금이나마 공부했습니다. 삼영사 소작답에 대해 알아가고 있는데, 가슴이 꽉 막혔습니다. 제가 이럴 정도인데 우리 엄마 아빠들은 어찌했을까, 생각만으로는 안 되겠다, 우리가 도울 방법이 뭐가 있을까, 고민했습니다. 학교로 돌아가서 방법을 찾는 데 최선을 다하겠다고 이 자리를 빌어 말씀드립니다. 또 이렇게 환대해주셔서 감사합니다. 우리 학생들도 여기에 계시는 어르신들이 부모님처럼 좋았고, 너무도 감사했다고 이구동성으로 말했습니다. 그리고 아주 많이 알고 갑니다. 김인주 총무님, 마을 대표님들 정말 감사드립니다. 우리의 손발이 되어 주시고 아무 탈 없이 무사히 마치게 도와주셔서 감사드립니다. 이렇게 많은 사람이 모여 이 좋은 자리를 마련해주셔서 감사합니다. 어르신들의 마음 잘 받았습니다. 저희는 삼영사 소작답 문제에 대해 조금의 힘이라도 보태겠습니다. 특히나 위원장님이 저희 세대에는 대물림을 끊어내겠다고 했던 말씀이 지워지지 않습니다. 이 나라 사람들이 한 사람 한 사람 지켜지는 나라를 위해, 600여 명의 소작농사를 짓는 농민들이 참 권리를 되찾는 데 앞장서겠습니다."

우레와 같은 큰 박수를 받았다. 김인주 총무가 고령대학교 농촌봉사활동대 활동사항을 정리해서 보고했다.

"월요일, 정읍역에 고령대학교 문리대 200여 명이 도착하여, 19개 마을의 여건과 마을 대표님들께서 요구한 사항을 검토하여 15명부터 10명, 5명까지 나누어 봉사활동을 하였습니다. 방축마을에 나온 학생이 논에서 풀베기를 하다가 독사에 물렸습니다. 천만다행으로 큰 문제가 발생하지 않았습니다. 오늘 함께 자리하고 있습니다. 자리에서 일어나 인사를 해주었으면 합니다."

"고령대학교 문리대 학생 김경준입니다. 시골 어르신께 염려를 끼쳐 죄송합니다. 제가 조금만 조심했으면 아무런 일이 없었을 텐데, 심려를 끼쳐드리게 되었습니다."

김인주 총무가 박수를 부탁했다. 동호 앞바다 바닷물이 출렁거릴 정도로 크게 쳐주었다. 오늘밤은 학생들이 야영하며 자체 행사를 하기로 했다. 학생들과 짧은 만남이었지만 정이 들었나, 삼삼오오 모여 헤어지는 것을 아쉬워하며 하나둘 떠나갔다. 학생들과 김재만 위원장, 부위원장들이 함께 모여 토론회를 가졌다. 김재만 위원장이 앞으로 추진방향과 대책을 듣고 질문과 답이 오갔다. 집단결의 대회 등은 학생들이 더 잘했기 때문에 학생들의 이야기도 들었다. 학생들은 경찰들이 시위를 해산시킬 때 다치지 않고 도망가는 방법부터 어머니들이 나서게 될 때의 장점까지 자세히 설명해주었다.

"특히나 위원장님의 경우 절대로 혼자 움직여서는 안 됩니다. 꼭 함께 다니셔야 합니다. 서로를 분열시키는 경우도 종종 있을 수 있습니다. 그러니 어떠한 일이 발생해도 서로에 대한 믿음을 저버리시면 안 됩니다. 그러지 않으면 지는 싸움이 됩니다."

김재만 위원장이 정말 많은 도움이 되었다고 말했다. 김재만 위원장은 대학생들의 농촌봉사활동 기간에 동네 저 동네 다니면서 회원들을 만나는 계기가 되었고, 학생들을 만나서 좋은 얘기를 많이 나누었다. 소작답 문제도 문제지만 우리나라 대학생들이 무엇을 생각하고 있는지 알 수 있었다.

"학생들이 생각하는 것이 20년, 30년 후 대한민국의 미래가 될 것인데, 이런 좋은 시간을 내준 이인영 학생회장을 비롯해 윤 교수님, 그리고 오늘 이 자리에 함께해준 학생들이 너무 고맙고 감사하다네. 사실은 위원장을 맡았지만 조금 답답했네. 그러나 이제는 다르네. 그리고 여러분이 있는데 뭐가 두렵겠나. 부위원장님들과 마을 대표들이 만나서 우리의 방향을 확실히 잡아갈 것이네."

김인주 총무와 김재만 위원장이 정읍역에 먼저 도착했다. 궁산마을에서 이성규 대표와 최영만 재무가 함께 왔다. 경찰서에서 교통안내를 했다. 그 행렬이 성내까지 밀릴 정도로 길었고, 마지막 도착시간은 10시 20분이었다. 11시 열차로, 먼저 도착한 학생들은 이미 역사 안으로 들어갔다. 마지막 도착한 학생들을 환송했다. 김인주는 위원장에게 말했다.

"참으로 고생 많으셨습니다. 어제 해수욕장에 그렇게 많은 사람이 모이게 될 줄은 몰랐습니다. 학생들이 한몫했습니다. 가톨릭농민회원들의 문제는 잘 풀렸지만, 아직 토지 인도 소송이 마무리되지 않았습니다. 첩첩산중으로 끝이 보이지 않았습니다. 그런데 희망을 갖게 되었습니다. 어제 그렇게 많은 사람이 모여 동네별로 즐겁게 노는 것을 봤을 때 아무 걱정이 없었습니다. 이제 우리 회원들을 믿고 나아가는 것이 우리가 해야 할 일 같습니다."

고령대학교 농촌봉사활동대가 왔다 간 것을 경찰서나 군청에서도 가볍게만 생각하지 않았다. 전두환 대통령의 임기가 끝나가고, 88올림픽이 서울에서 개최되면서 민주화가 앞당겨지고 있었다. 대학생들은 평화적인 정권교체를 위해 시민들의 민주 역량이 강화되어야 한다고 말했다. 회원들도 예전과는 많이 달라졌다. 주눅 들어있던 과거와 비교했을 때, 회원들의 의식이 높아졌다는 것을 알 수 있었다.

"김인주 총무님, 내가 자네에게 처음 이야기할 때 기억나나? 동네 재무를 맡을 때보다 일도 많아졌고, 책임감도 엄청 커진 것 같은데, 자네는 어떤가?"

"내 성격이 적극적이지 않은데, 형님 말을 듣고 따라다니면서 이 일에 깊숙이 빠졌습니다. 어디 가서 말 한 번 않는 각시가 조금 싫어하는 눈치입니다. 시집와서 짜증 한 번 내는 것을 못 봤는데, 소밥을 주는 것도 똥을 치우는 것도 자기 몫이 되었다고 짜증내는 것을 요사이 많이 보게 됩니다. 이것이 다 위원장님 덕이겠지요. 그래도 재미도 있고 보람도 많습니다. 가톨릭농민회원들 소작료의 거부부터 각 집안에 차압 붙인 것까지 되돌아봐도 시간이 어떻게 갔나 싶습니다. 그리고 이번 농촌봉사활동대, 이렇게 많은 사람을 데리고 활동하는 것까지 해놓고 보니 이제는 이보다 더한 것도 해낼 수 있을 것 같습니다. 이번 주는 잠은 어찌 잤는지, 소밥은 잘 주었는지 생각도 기억도 없습니다."

"참으로 고생 많았네. 자네가 총무가 아니었으면 어찌했을까 싶어. 회원들도, 주민들에게도 너무도 고맙고 감사한데, 이 마음을 어떻게 전할까. 대표님들도 자기 일처럼 도운 덕에 큰 사고 없이 잘 마친 것 같네. 재판 날짜가 계속 다가오는데, 회사 측에서도 증인을 세운다고 들었네. 누가 증인으로 채택되었는지, 그 사람들이 어떻게 말을 할지도 궁금하네. 첫 재판이 매우 중요한데, 이번 학생들이 준 아이디어 중에 여자분들을 활용하는 대책도 강구해야겠어, 이번 재판 때도 많은 여성이 와주었으면 좋겠네. 혹시 소란이 일어났을 때 앞장서게 하세. 여자들은 밥도 해야 하고 가정을 돌봐야 하는 입장이라 경찰도 검찰도 판사도 함부로 하지 않는다고 했네. 부위원장님들도 마을을 중심으로 해서 함께 갔으면 하네."

학생들이 잘 도착했다는 소식이 왔다. 위원장도, 총무도 이제 두 발 쭉 펴고서 편히 잠을 자겠다고 했다. 50년 동안 한 맺힌 우리 염원이 이루어지는 소리가 들리는 것 같다며, 그 시간을 앞당기는 계획을 치밀하게 꾸려나가야 할 것이라고 했다.

"총무님도 많은 생각을 해보고, 재무님에게 조속히 정산해서 마을 대표들에게 알려주어야 하네. 지출이 투명해야 하네. 추진위원회 자체적으로 비용이 쓰였지만, 마을별로 쓰였기 때문에 우리가 먼저 정산을 공개해야 마을에서 우리 것과 합계해서 정산이 이루어질 것이네. 영만이에게는 총무님이 말해서 최대한 빨리 정산해서 공개하라고 하게. 워낙 꼼꼼한 사람이어서 이미 어느 정도는 마무리했을 것이네. 두 감사님께도 꼭 오라고 해서 사전에 감사받도록 했네. 서류를 만드는 과정에서부터 참여하게 해서 철저하게 확인받도록 했네."
 말이 끝나기가 무섭게 재무에게서 전화가 왔다, 혹시 나 모르게 쓴 것이 있으면 알려주라는 전화였다.
 "그러면 그렇지, 최영만 아닌가. 내가 찍께씩 쓴 것은 청구 말고, 추진위원회 활동 기록이 아니면 청구하지 말게. 시금까지도 내가 내 돈을 쓰고 해왔으니 걱정말게. 그러나 자네는 꼭 요구해."
 "위원장님, 내가 형님보다 부자입니다. 위원장님 말처럼 꼭 활동을 기록해야 할 것이 아니면 나도 형님처럼 해야 할 것입니다. 형님은 형수도 모르게 정기종 선배께 빚이 많이 있는 것으로 아는데 어떻게 하려 그래요?"
 "내 걱정은 말아. 잉어, 가물치 큰 것 많이 잡으면 되지 않겠는가. 성규가 이번에도 고생이 많았어. 사실은 회장, 총무, 재무가 우리 동네에 있는데, 다른 동네에서 많은 사람이 왔는데도 우리 동네만 적게 오면 어떻게 하나 걱정했네. 자네나 나나 밖으로 돌아서 마을에 제대로 신경을 못 썼잖아. 우리 동네 사람들도 다 나올 정도로 많이 나왔어, 성규나 영만이가 고생 많았어. 고맙다는 인사는 해야지. 그리고 명고마을 이상철 부위원장님도 후원을 많이 했다고 들었네. 항상 후원을 아끼지 않는 부위원장님을 직접 찾아뵙고 인사를 해야겠네."
 재무는 정산서를 아주 깔끔하게 정리해서 두 감사의 도장이 들어있는 정산보고서를 제출했다. 부위원장 회의가 열리고 정산보고서를 승인했다. 최영만 재무와 총무에 대한 칭찬도 끊이지 않았다. 위원장이 부위원장을 비롯한 대표들께 진심으로 감사를 드렸다. 이제는 무서울 것이 없다고 했다. 뱀에 물렸던 학생도 방축 문선호 대표에게 전화가 왔다고 했다. 큰 병원 가서 확인했는데, 독에 대한 흔적이 없다고 했다. 붓기도 없어졌다고, 위원장께도 마을 어르신께도 안부를 전해 달라며, 서울에 오면 꼭 뵙자고 했다.
 위원들 재판이 다가오고 있어 변호사를 만나 만반의 준비를 했다. 회원들에게 상황을 신속하게 공유했다. 고령대학교 문리대 학생들의 농촌봉사활동에 대한 마무리가 다 되었다. 재미있었던 한주가 끝났다.
 "늘 이렇게 재미나는 일이 계속되었으면 합니다. 위원장님, 기분이 어떠세요? 나는 구름 위에 떠 있는 것처럼 새로운 세상사는 기분이 듭니다. 이렇게 일사천리로 소작답 양도 문제도 잘 해결되었으면 합니다."

토지 인도 소송

 삼영사 측에서 마을별로 말 많고 힘이 없는 사람들을 11명을 골라 토지 인도 소송을 냈다. 위원장이나 부위원장 등 회사 측에 따지는 동네는 소송을 걸지 않고, 조용한 동네, 그중에서도 약자를 골라 소작답 양도 추진위원회를 와해시킬 목적으로 엄포성 소송을 낸 것이었다. 비열하기 짝이 없는 처사였다. 구미마을 심순례는 심장병을 앓고 있었다. 그런데 소송까지 들어오 바람에 병원에 입원해 있다. 위독하다는 소식이 있었다가 지금은 좋아졌다. 앞으로도 한동안은 병원 생활을 해야 한다. 아들딸들이 외부에서 생활하는 상태에서 농사를 짓고 있었다. 남편이 죽고 십여 년을 혼자 농사짓고 있었는데, 날벼락도 이런 날벼락이 없었다.
 "무슨 근거로 우리 것을 그렇게 했는지 이유를 말해. 소작료를 한 번도 늦게 낸 적 없는데, 이유가 합당하면 내가 그냥 주겠어. 그리고 할아버지 때부터 지어온 땅이었어. 원래 김학배라는 사람 것이었다고 해. 삼영사 것도 아니고, 조선총독부를 앞세워 빼앗은 땅이야. 그런데, 이제 우리에게서까지 빼앗아 가겠다고? 허주규 아들딸들이 직접 내려와서 농사를 짓게 되면 내가 두말없이 주겠어. 소송을 안 해도 돼. 힘 있는 자들 편에 서는 게 맞는 것이냐. 내가 법원에 가서 죽더라도 이 한 가지는 꼭 말해야겠다. 허주규 아들딸도 꼭 농사를 짓게 해야 한다고. 판사님께서 못하면 내가 법원에서 죽고 말 것이라고 변호사를 통해 꼭 전해줘."

민형욱 변호사가 병원에 있는 심순례 씨를 만나 이야기를 듣고는 꼭 그렇게 하겠다고 했다.

소송을 당한 소리개마을 김병채는 아들이 장애를 가지고 있고, 부모님과 함께 겨우겨우 농사일을 하며 살아가고 있었다. 회사 뒤편 마을로 금평까지 가서 농사를 짓고 있었다. 회사 사람들도 안쓰럽게 여겼는데, 어떻게 이런 사람에게 토지 인도 소송을 낸 것인지, 누가 명단을 뽑아 법원에 제출했는지 도무지 이해할 수 없다고 했다. 삼영염업사에 김병채의 아들이 찾아갔다. 김윤호는 다리도 절고, 왼손도 쓰지 못한다.

"나이 드신 부모님을 모시고 동네에서 2키로 정도 떨어진 곳에 농사를 지어 애로사항이 많았네. 그러면서도 병신 소리 들을까 봐, 아침저녁으로까지 최선을 다해 흠이 안 되려고 죽을 둥 살 둥 일했는데, 내가 나쁜 짓을 했다 치더라도, 하느님이 계셔서 나를 책망한다 해도 이렇게까지 하지는 않았을 것이네. 누구든지 나와서 납득할 만한 이유를 밝히소. 그렇지 않으면 너희 죽고 나 죽고 해야 하네. 너희들 몇 해 전 목동마을 김종호의 맛을 제대로 못 봤지? 너희가 이러면 나 같은 사람은 죽어야지. 김종호 사건을 변호사님께 말할 거고, 판사님께도 말할 것이네. 너희 회사 놈들이 마음대로 하니까, 내가 할 수 있는 방법이 이것밖에 없지 않겠는가. 병신이 더 바라는 게 있을까. 너희도 부모가 있을 것이고 자식들도 있을 것이다. 천추의 한을 만들어 놓고 너희들은 편히 발 뻗고 잠을 자냐. 내가 무슨 짓을 해도 원망하지 마라."

전무와 부장이 나왔다. 뭔가 착오가 있었던 것이라며, 집에 돌아가 계시면 좋은 일이 있을 것이라고 달랬다.

김윤호가 말했다. "두고 보겠지만 병신이라고 무시하다가 무슨 봉변을 당해도 내 책임이 아니다. 그것만은 알고, 내가 죽으면 병신하고 싸운 당신네가 쪽팔리지 누가 쪽팔리겠냐. 무서운 게 없다. 민 변호사님, 병신이 이래 죽으나 저래 죽으나 매한가지라고 판사님께 그렇게 전해주세요. 회사 직원들에게 말씀 꼭 해주세요. 병신이 할 수 있는 것이 뭐 있겠습니까. 너 죽고 나 죽는 것밖에 없습니다. 목동마을 김종호는 혼자 죽었는데, 저는 혼자서는 못 죽겠습니다. 각별히 조심하고 본인들의 몸은 본인들이 알아서 보호하세요. 나중에 이러쿵저러쿵 말하지 말고 잘들 생각하세요."

민 변호사는 정읍지원 판사에게 심순례 어르신과 김윤호의 말을 하나도 빠짐없이 전했다. 젊은 판사도 고개를 절레절레 흔들었다. 지금도 이런 회사가 있는지 몰랐다고 했다. 아무리 군사정권이라고 할지라도 대통령이 사실을 안다면, 무조건 회사 편만 들겠느냐, 광주야 탱크도 몰고 왔지만 우리네 같은 못난 사람 몇을 잡기 위해 탱크까지 몰고 오겠냐고, 판사님이 대통령님께 말을 잘해야 하지 않겠냐고 큰소리쳤다. 고령대학교 학생들이 농촌봉사활동을 하면서 가르쳐준 것 덕분에 농민들이 많이 배웠다. 젊은 판사의 고민도 이만저만이 아니었다.

지주 측의 증인이 재판장에 나왔다. 이기배라고, 1955년대 신용욱 국회의원이 소작답 무상양도를 추진했을 때 지주의 매수로 논 20여 마지기를 받고 서울로 이주한 인물이었다. 재판장에 나와 삼영염업사 소작답이 간척해서 경작한 지가 20여 년밖에 안 되었다고 증언하자 방청하던 소작인들이 흥분하였다.

"이 신성한 재판장에서 저런 도둑놈 좀 보소. 판사님, 30년 전에도 우리를 속이고 회사 측에서 논을 받고 도망친 놈입니다. 이렇게 거짓말만 하는데 서류를 보면 알 것 아닌가요. 판사님은 젊으시니까 눈도 좋을 것 아닙니까."

방청석에 앉아 있던 소작민들을 밖으로 내보냈다. 삼영염업사 지점장이 타고 온 코란도 지프차를 막고 서서 "이기배는 어서 나와 사과하고 판사님께 말을 똑바로 하라"고 했다. 그러나 지점장과 이기배는 차에서 내리지 않고 가로막고 있는 사람들 쪽으로 차를 밀고 들어왔다. 화가 난 소작민들이 차량을 밀었다. 하마터면 사고가 날 뻔했다. 차를 쉽게 엎어버렸다. 삼영염업사 지점장과 이기배가 기어 나와서 도망치듯 사라져버렸다.

화산마을 사는 한철영 어르신이 법정에서 쓰러졌다. 청경들이 나와 한철영 어르신에게 응급조치를 하고 정읍아산병원으로 긴급히 후송했다. 생명에는 큰 지장이 없었으나 말이 어눌해지고 걸음걸이도 똑바르지 못했다. 재판이 끝나고 법원에서 청경이 한철영 어르신을 집까지 데려다주었으나 상황이 썩 좋지 않았다. 청경이 떠나면서 "어디가 더 아프면 이장이나 소작답 양도 추진위원회 대표님께 말해서 병원에 꼭 가서야 한다"고 말했다.

회사 측에서 처음에 생각한 것보다 문제가 여러 가지로 발생하고 있었다. 김윤호가 언제 어떻게 사고를 저지르게 될지 전전긍긍했다. 매일 김윤호를 찾아가 동정도 살피고, 김윤호네 논은 아무런 문제가 없을 것이라고 달래고 있었다. 그러나 김윤호는 '화산마을 한철영 씨가 법정에서 쓰러져 병원으로 실려 갔다는 소문이 있어 당신네들을 못 믿겠다'고 했다. 전무가 손을 꼭 잡으며 조금만 기다려주라고, 미안하다고 달랬다.

김재만 위원장과 부위원장들은 한철영 어르신 병문안을 갔다. 절대로 지지 않을 테니까 걱정마시고 몸조리 잘하라고 위로했다. 정보 형사도 다녀갔다. 한철영 어르신의 건강 문제가 관심사가 되었다. 아마도 판사도 내용을 알고자 한 것 같았다. 법원과 경찰서에서도 늘 찾아와 근황을 살폈다.

"판사님, 민형욱 변호사입니다. 이 건의 전말을 알기 위해서는 삼영사가 소작답을 소유하게 된 것부터 자세히 봐야 합니다. 일제강점기에 일본인 회사인 (주)해원이 조선총독부에 1930년에서 5년간 허가를 받아 간척했으나, 5년 안에 막지 못해 삼영사 허주규 씨가 해리농장을 설립하여 1년도 안 걸려 완공했다고 합니다. 그것도 조선총독부에 돈을 받아 가면서요. 그뿐만이 아니라, 이미 민 선생님이란 분께서 300여 마지기를 간척해서 20년 이상 소작농사를 짓고 있었고, 김 선생님이란 분도 70여 마지기를 간척하여 농사를 짓고 있었는데, 조선총독부에서 허가권을 받지 않고 농지를 간척하여 소작료를 받아먹었다고 빼앗았습니다. 그 후 해리농장이 1939년도에 정읍세무소에 신고했습니다. 지금 이 자리에 계시는 분 중에는 일제강점기부터 지금까지 농사를 짓는 사람도 있습니다. 해방 직후부터 1955년까지 농지개혁법이 시행되면서 소작료를 내고 농사짓는 땅들은 유상 분배를 했는데, 오히려 토지를 염전으로 바꾸면서 1정당 20만 원까지 정부로부터 보조금을 받았고, 농사를 짓지 못하게 된 사람들을 염전으로 취직시켜주었습니다. 그러한 증인이 수백 명입니다. 그런데 이기배 지주 측 증인이 20년밖에 안 되었다고 했습니다. 자료들이 충분히 있는데, 어떻게 엉터리 증인이 진술했는지 너무도 궁금하고 어이가 없습니다. 판사님, 지주 측에서 소작농사짓는 사람들을 희롱하면 재판의 결과와 다른 사회적 소요사태가 일어나게 될 건데, 판사님께서 잘 살펴 봐주셨으면 합니다."

"존경하는 재판장님, 재판 중인 11명은 그 누구보다 어려운 상황에 있습니다. 김윤호 씨 같은 경우는 예전에 죽은 김종호 얘기를 많이 하는데, 두 분이 사촌 간으로 알고 있습니다. 정말 끔찍한 사고였습니다. 또다시 그와 유사한 일이 발생된다면 저도, 재판장님도 평생의 업을 갖고 살게 될 것입니다. 정말 잘 살펴서 문제가 발생되지 않게 해주셨으면 합니다."

삼영염업사 지점장이 사장에게 말했다.

"지금 재판을 하는 게 회사 측에 얼마나 유리하게 작용할지 모르겠습니다. 우리가 약하다고 생각한 사람들이 오히려 더 강력하게 대응하고 있습니다. 이기배를 증인으로 세운 것도 결정적으로 실수였습니다. 소작농사를 짓는 사람들이 예전보다 더욱 화가 나 있어 쉽게 막을 수 없을 정도입니다. 이제 11명의 문제가 아닌 600여 명의 문제로 번져버렸습니다."

예동마을 이철수 씨 부인은 남편이 둘이었다. 첫 남편은 일제강점기에 징병을 가서 돌아오지 못했다. 해방 직후부터 6·25전쟁까지 지내 오면서, 아이가 배곯지 않게 하기 위해 이철수와 살림을 합쳐 살았다고 한다. 전쟁이 끝나고 5년이 지나 원래 남편이 돌아왔다. 부상을 당해 병원에 있다가 나왔다고 했다. 부인은 이미 재혼한 상태였는데, 그래도 어떻게 할 수 없어 이철수가 원래 남편을 받아주었다. 그의 건강이 좋지 못해 이철수가 형님처럼 모시고 30년 이상을 살고 있다. 원래 남편의 아들도 이철수를 친아버지처럼 따르고, 이철수는 아들이 없었기 때문에 양아들 삼아 지내고 있다. 아이는 친아버지가 두 살 때 징병으로 끌려가 아무런 기억도 없었다. 이철수가 아이를 중학교에 보냈다. 이철수는 소작답을 다른 사람들보다 많이 지었다. 일곱 방구나 되었다. 농사를 포기하는 사람들 것을 하나둘 사들여 원래 남편과 아들, 이철수 셋이서 짓고 있는데, 염전 옆에 있는 한 방구에 토지 인도 소송을 걸어왔다. 이철수는 다른 논이 많이 있어 겉으로는 크게 협조하지 않았으나 속으로는 물심양면으로 도왔다. 변호사 비용을 마련할 때도 제일 먼저 앞장서서 자기 몫 이상으로 냈다.

김재만 위원장은 그동안 진행했던 재판 상황과 정읍지원 앞에서 삼영염업사 지점장 차를 엎어버린 일을 마을별로 보고했다. 또한, 고창군농민회에서 개최 예정인 농민대회도 설명했다. 고창읍 번화가 목화예식장에 모여 주요 인사들이 나와 농민들의 참 권리를 되찾는 것이었다. 삼영사 소작답 양도 문제에 대한 것이 주 행사였기에, 많이 참석해야 한다고 전했다. 재판과정에도 도움이 될 수 있다고 했다.

농민회에서 주관한다고 해서 참석을 꺼려하는 사람들이 많았다. 가톨릭농민회 사무실이나 대학교 학생회관에 가보면 주민들은 까무러치고 말 것이었다. 고창군농민회 사무실은 그것에 비하면 아무것도 아니었는데, 주민들은 처음 보는 광경이라서 많이 꺼려하는 것 같았다. 주민들은 빨간 깃발을 보고, 과격한 글씨나 말을 하면 그때처럼 끌려가 고초를 당하지 않나 벌벌 떨었다. 주민들은 행동으로 나서는 것 자체가 싫었다. 그러니 농민회들의 활동 자체가 좋아 보이지 않을 것이다.

고전마을 이준동이 고창군농민회 회원이었다. 이준동의 염진 옆에 있는 논도 토지 인도 소송에 걸렸다. 이준동은 농민회에서 삼영사 소작답 문제를 가지고 행사를 할 수 있게 한 주인공이었다. 이준동은 이성규 부위원장과 친분이 두터웠다. 농기계를 같이 운영했다. 이성규 부위원장은 이재현 부위원장과 사람들을 동원하는 데 애썼다. 특히 젊은 사람들을 모으는 데 힘을 보탰다.

"우리는 우리의 권리를 찾는 것에 익숙하지 못했다. 일제강점기에는 일본 순사 놈들에게 억눌렸고, 더 멀리는 동학혁명의 선조들께서 탐관오리들에게 짓밟혔고, 해방되고 미군정에서는 친일파 사람들이 요직을 차지했다. 우리의 권리를 주장하면 빨갱이로 몰아붙이고, 박정희 군사정권에서도 인권은 엄두조차 못 내고, 5·18광주사태를 일으켜 시민들을 무고하게 죽이면서 군사정권을 연장시킨 전두환 정권까지 억압은 이어져 왔다."

처음에는 관심이 별로 없던 사람들도 하나둘 설명을 듣고 나오겠다고 했다.

민형욱 변호사가 김재만 위원장과 부위원장들을 찾아왔다. 회사 측에서 조금 뒤로 물러서는 것 같다고 했다. 상대 쪽 변호사가 자주 접촉해왔다. 처음에는 보자고 해도 만나 주기는커녕 말도 안 붙여주었다. 돈과 권력으로 밀어붙이면 다 될 것이라고 생각했을 것이다. 600여 명의 소작농사를 짓는 사람들도 많이 변했고, 민주화도 많이 이루어지고 있는데, 지금도 일제강점기처럼 돈과 권력으로 다 할 수 있다고 착각하고 있는 듯했다.

김윤호는 매일같이 삼영염업사 동호지점에 가서 재판이 언제 끝나냐고 따져 물었다. 지점장은 김종호 때처럼 불상사가 발생할까 봐 김윤호만 나타나면 골머리를 앓았다. 회사 측에서는 김윤호와 점심을 함께 먹고 집까지 데려다주는 것도 잊지 않았다. 사장이나 전무가 특별한 지시를 내린 모양이었다. 재판장에서도 많이 유해졌다고 했다. 이준동이 최종 일정과 삼영사 소작답 양도 추진위원회에 대해 발표할 시간을 준비하고 있다고 말했다. 황승수 사무국장이 자주 찾아와 발언했다.

"이 일은 농민들의 참 권리를 되찾는 일입니다. 현재 삼영사 소작답 문제보다 더 큰 문제는 없습니다. 이 문제는 고창군에만 국한된 것이 아니고, 대한민국 농민들의 문제입니다. 참 권리가 유린된 것입니다. 11명에게 아무런 말도 않고 토지 인도 소송을 낸 것을 보고도 아무것도 느끼지 못한다면, 우리처럼 농민들의 권익을 보호하는 단체가 무슨 의미가 있겠습니까. 이제 우리와 똘똘 뭉쳐 지켜냅시다. 11명 한 명, 한 명을 보세요. 이 얼마나 비열한 처사입니까. 위원장님도 세상이 바뀌고 있는 것을 보게 될 것입니다. 서울이나 대도시에서는 민주화 시위가 커지고 있습니다. 직장인들까지 참여하고 있었어요. 경찰들도 처음에는 단속 위주로 했으나, 이제는 안전관리를 중심으로 사고만 방지하도록 관리하고 있습니다다. 군사독재도 끝나게 될 것입니다."

김재만 위원장이 말했다.

"지금 삼영사 소작답 양도 추진위원회에 대해 질문해 봅니다. 위원장 직책은 잘하고 있나, 하늘에 질문해보았습니다. 세상이 변화하는 것도 계속 공부를 안 할 수가 없습니다. 혹시 내가 몰라서, 나의 게으름으로 인해 사람들에게 피해가 발생하면 어떻게 하나, 여러모로 많은 생각에 잠기게 됩니다. 그래서 고창군농민회 회원들과도 만나고, 법원에 대한 일도 변호사께 묻기도 했습니다. 박정일 신부님께도 연락해서 새로운 시대를 묻고 스스로를 돌아봅니다. 초심이 어떠했는지 생각해 봅니다. 양도 추진을 어떻게 해야 하나, 법적으로는 문제가 없나 변호사님을 통해 이것저것 묻고서 공부를 해나가고 있습니다. 처음에는 변호사님의 변론도 못 알아듣는 게 많았습니다. 그런데 지금은 반 박사가 되었다고 해도 될 정도입니다. 집시법에 대해 공부했습니다. 한때는 농지법만 박사라고 생각했는데, 지금은 이것저것 쬐께씩은 알 것 같습니다. 여러 가지 법을 알게 되면서 겁먹는 것도, 어지럼증도 조금씩 사라지고 있습니다. 지도자가 이렇게 많은 것을 알아야 한다는 것에 저도 가끔은 놀랍니다. 경험과 지식을 쌓는 것이 곧 힘이 됩니다. 이제 우리는 군졸 수준을 넘어서고 있지 않나 생각합니다. 조금만 더하면 장군도 되지 않을까 싶습니다. 장군이 되려면 이순신 장군처럼 전승하는 장군이 되고 싶습니다. 7명에게 차압을 붙인 것을 큰 무리 없이 해결할 수 있었던 것도 김홍식 선배님의 노력이 있어서입니다. 동네 선배님이 계셔서 쉽게 해결되는 것도 많습니다. 누구에게도 말하지 않고 있으나, 회사 측 재판내용을 조금이나마 알 수 있는 것도 김홍식 선배님 덕분입니다. 변호사님이 중간중간 새로운 이야기를 할 때, 이미 김홍식 선배님의 이야기를 들어서 쉽게 이해할 수 있었습니다. 동학혁명 전봉준 대장군님께서는 얼마나 더 힘들었겠습니까. 평등을 말하고 양반 쌍놈이 있는 사회에서 과감한 사회개혁을 꿈꾸었던 전봉준 대장군에게 마음이 쓰입니다. 그때부터 이미 일본군의 조선 침략이 시작되었습니다. 동학 뿌리를 뽑기 위해서 그렇게 무참하게 동학혁명군을 무너뜨렸던 것입니다. 일본 놈들이 했던 것처럼 11명을 무너트리려 하는 단체가 삼영사 지주들입니다. 그 야욕을 이기는 힘이 우리에게 넘치고 있습니다. 그러나 그때처럼 무참히 무너지지도, 패배하지도 않을 자신이 생겼습니다. 변호사님도 우리 회원들이 대단하다고 했습니다. 처음에는 계란으로 바위 치기 정도로 생각했습니다. 하지만 이제 자신도 있고, 싸우는 방법도 생겼습니다. 승률이 50프로면 좋겠다고 생각했는데, 아직 조심스럽지만 60프로 선은 넘지 않았나 생각해봅니다."

고창군농민대회

　고령대학교 학생들과 소작농사를 짓는 사람들이 동호해수욕장에서 단합대회를 열었다. 단합대회는 성황리에 진행되었다. 다음날 고창읍에서 시작된 고창농민대회에 농민 300여 명이 참여하여 강연회와 가두행진을 했다. 1부 행사는 목화예식장에서 '농민과 민주화'를 주제로, 민주헌법쟁취 국민운동본부 중앙상임위원 전남 무안 농민 배종열 씨가 주제 발표자로 나섰다. 농민들이 힘을 모아 농민생존권을 주장하고, 그것이 이루어지는 것이 바로 진정한 민주화라는 내용으로 강연을 했다.

　"여러분, 저는 이제껏 보잘것없는 삶을 산 사람입니다. 그러나 농민인 우리가 뭉치고 뭉치는 데 빠지지 않고 앞장서 오다 보니, 이렇게 여러분 앞에 설 수 있었습니다. 어제 동호해수욕장에서 1,500여 명이 뭉쳤다고 들었습니다. 그 자리가 삼영사 소작답 양도 성토장이 되었고, 고령대학교 학생들 300여 명이 함께하면서 꼭 무상양도하자고 결의했다고 들었습니다. 우리도 농민들의 권리를 찾는 것이 곧 대한민국 민주화의 시작이라고 외쳤습니다. 농민들의 권리가 뭡니까. 여기에 어제도 오늘도 함께 하는 사람들이 많다고 들었습니다. 50년 동안 맺힌 한을 풀어야겠다고 주장하는 사람들이 여기에 있습니다. 김재만 위원장님, 잠깐 일어나 보시겠습니까?"

　인파가 가득한 가운데, 삼영사 소작답 양도 추진위원회 김재만 위원장이 일어나서 인사했다. 박수갈채가 끊이지 않았다.

"여러분 진정한 대한민국의 민주화는 소작료를 내지 않는 것입니다."

뒷자리에서 옳소, 맞장구를 쳤다. 다들 큰 박수를 쳤고, 여기저기서 '맞습니다' 하는 소리가 들렸다.

"소파동이 일어났습니다. 그러나 정부에서는 그 어떠한 대책도 내놓지 않았습니다. 그때 자살한 농민들만 수십 명이었습니다. 언론은 입을 다물었습니다. 낙동강에 오리 새끼가 죽은 것은 보도해도 소파동으로 죽어 나간 우리 농민 동지에 대해서는 한 줄의 기사도, 방송 한 자막도 나오지 않았습니다. 그래서 우리는 일어났습니다. 그리고 모였습니다. 뭉쳤습니다. 그랬더니 우리를 바라보기 시작했습니다. 어제 이후, 고창경찰서에서 여러분을 다르게 볼 겁니다. 대기업에는 수십 조를 지원하면서 농업정책을 잘못해서 지게 된 빚에 대해서는 일언반구도 없습니다. 그러니까 농민들이 일어나 거리로 나가야 합니다. 농민 민주화 구호를 지나칠 수 없습니다. 오늘처럼 이렇게 뭉치고 일어나면 삼영사 소작답 문제도 해결되고, 농가 부채 탕감도 이루어 낼 수 있습니다. 나는 여러분을 믿습니다. 제가 바라는 것은 여러분과 함께 거리로 나가는 것입니다. 지금부터 나아갑시다. 우리의 목표를 이루는 그날까지 행진합시다. 감사합니다."

큰 박수가 끝나고, 인파는 군청 앞에서 다시 모였다. 플래카드 수십 개를 들고 섰다. 김재만 위원장이 50년 동안 피맺힌 한을 풀기 위해 여러분 앞에 섰다고 외쳤다. 고창 장날이었다. 경찰서 앞에서부터 걷기 시작해서 고창터미널에 도착하는 동선이었다. 주민들이 자발적으로 가두행진에 참여하며 1천 명이 넘는 인파가 따라왔다. 삼영사 소작답 양도 추진위원회 회원들은 멀리서 구경하는 군민들에게 소작답 문제에 대한 유인물을 배포했다. 소작농사를 짓는 600여 사람들의 피맺힌 한을 이야기하니 그들도 따라왔다. '고창농민 단결하여 농민 세상 앞당기자' 선창하면 농민과 학생, 주민들이 따라서 외쳤다. '농민 수탈 자행하는 삼영사는 도둑놈' 외치면 함께 따라서 외쳤다. '빚 때문에 못 살겠다, 농가 부채 탕감하라'고 함께 외쳤다. '농민가'를 부르고, '우리 소원은 통일' 노래를 부르며, 우체국을 지나서 새마을공원에 도착했을 때는 행인과 상인까지 늘어서 1,500여 명이 따라왔다. 경찰들도 처음에는 행인들의 참여를 저지했으나, 끝내는 막지 못하고 구경만 했다. 군청 앞에 모였을 때 군청 벽에 삼영사 도둑놈 낙서를 빨간 글씨로 쓰고, 50년 동안 부당이익을 편취한 돈도 환수해야 한다고 외쳤다. 고창경찰서 직원들의 무식함을 성토하고 물러가라고 외쳤다. 군청 담벼락에 여기저기 벽서가 어지럽게 널브러졌다. 삼영염업사 직원들도 먼발치에서 함께 서 있었다. 농민 회원들도 삼영사 소작답 양도 추진위원회 회원들과 억울함을 호소하고 투쟁하지 않으면 안 되는 이유를 설명했다. 인파가 새마을공원을 꽉 채웠다. 새마을 탑을 오르는 계단 중간에 서서 김재만 위원장이 발언했다.

"여러분, 감사합니다. 배종열 선생님께서 말씀했습니다. 거리로 나서라고. 출발한 지 두 시간도 안 되어 역사가 새롭게 쓰이고 있습니다. 여기에 모이신 여러분이 대한민국 민주화 열사들입니다. 저도 자신이 생겼습니다. 50년 동안 피맺힌 한을 풀어낼 시간이 우리에게 와 있음을 느끼고 있습니다. 오늘 위대한 고창군민들의 승리에 자신감을 얻게 되었습니다. 거리에 나서면 군민들이 뭉치고, 군민들이 뭉치면 새로운 세상이 열린다고 하신 배종열 선생님 말씀이 이 자리에서 이루어지고 있습니다."

김재만 위원장이 연설하는 동안 박수가 끊이지 않았다. 김인주가 빨간 락카로 공원에 있는 허주규 동상에 '민족의 반역자'라고 썼다. 이상진 고창군농민회 회장이 계단 중간에 올라왔다.

"존경하는 군민 여러분, 감사합니다. 오늘은 제1차 고창농민강연회가 있었습니다. 여러분의 협조 속에 성공적으로 강연회를 마쳤습니다. 고창군은 농민이 절반이나 되는 전형적인 농군입니다. 그러나 노태우 민정당 대표가 6·29 선언을 하면서도 농민에 대한 이야기는 하나도 없었습니다. 그래서 우리가 거리로 나서야 합니다. 고창 농민들이 단결했습니다. 이제 삼영사는 각오해야 할 것입니다. 우리는 600여 농민들과 함께 소작답 무상양도를 꼭 받아 내겠습니다."

고령대학교 학생 대표들이 남아서 강연회에 참석했고, 가두행진도 함께 참여했다. 학생 내표 유준재가 계단에 올랐다. 우레와 같은 박수가 이어졌다.

"내 엄마, 아빠와 같은 어르신들 앞에서 고창군 농촌의 미래를 봤습니다. 대한민국의 농민 민주화를 봤습니다. 이제는 멈춰 설 수 없는 시대에 직면했다는 것을 똑똑히 봤습니다. 존경합니다. 어르신들이 열고 있는 민주 대한민국이 우리 세대를 위한 밑거름이라고 생각합니다. 귀하게 받들겠습니다. 어떠한 어려움이 있다 해도 우리 고령대학교 학생들은 어르신들을 외면하지 않을 것입니다. 삼영사 소작답 문제는 우리에게도 일말의 책임이 있습니다. 꼭 바로 돌려놓겠습니다."

대한민국 국민들은 거리로 나섰다. 군사정권이 무너지는 시작이었다. 민주화를 위한 시작이었다. 민주헌법쟁취 국민운동본부도 있다. 헌법쟁취 국민운동본부는 전두환의 4·13호헌을 비롯해 영구 집권 음모를 노골적으로 드러낸 군부 독재에 철퇴를 가했다. 시민, 학생, 노동자, 농민, 종교계, 문화예술인 등이 함께했다. 이 땅의 대다수 노동자, 농민, 도시 빈민의 생존권을 확보하고 진정한 민주 정부를 수립하는 목표를 가지고 있다. 국민운동본부는 독재 정치의 청산, 노동자, 농민, 도시 빈민의 생존 기본권 확립을 위해 나섰다.

계속되는 재판 속에서 마을별로 토론회를 열었다. 마을 대표들과 소작농사를 짓는 회원들이 한자리에 모였다. 죽곡마을에서 시작했다. 주산초등학교 운동장으로 모였다. 지주들이 토지 인도 소송을 냈다. 지주 측에서 하루에 열두 번은 오락가락하며 변덕스러운 짓을 했다. 추진위원회에서 소송에 휘말린 회원들도 우리 측 변호사도 어디에 맞춰 춤을 추어야 할지 모르겠다고 이야기했다. 민주헌법쟁취 국민운동본부 중앙상임위원 배종열 선생의 강의에서처럼 우리가 나서야 할 때가 되었다고 했다. 고창에서만 하는 운동은 한계가 있었다. 김재만 위원장은 "우리의 결기가 무엇인지 확실하게 보여주어야 한다. 올해 안에 어떠한 일이 있어도 마무리 짓지 못하면 안 된다. 이 시기를 놓치면 지금의 열기나 염원을 끌어올리기 쉽지 않을 것"이라고 설명했다.

명고마을 이상철 부위원장 집에 사람들이 모였다.

김재만 위원장이 발언했다. "이상철 부위원장은 가톨릭농민회원으로, 의식 자체가 우리 회원들보다 더 강렬합니다. 처음에는 이상하게 생각했으나 자리 잡는 데 결정적인 역할을 했습니다. 삼영사 소작답 양도 추진위원회의 활동비도 자비로 많이 내주시고, 이 자리를 빌어 회원들과 함께 고맙다는 박수를 보냈으면 합니다. 삼영염업사가 바로 옆에 있어서 압력도 회유도 있을 건데, 협조적으로 똘똘 뭉쳐주셔서 너무도 고맙습니다. 명고마을 회원님들 덕분에 힘을 받아서 나아가고 있습니다. 우리가 일을 하다 보면 늘 한 가지 방법만 있는 것은 아닙니다. 서로가 이해하고, 최선의 방법에 도달하는 것으로 마무리를 이루는 것도 좋습니다. 전체가 만족하면 좋겠는데, 그러지 못하는 경우가 있을 수도 있습니다. 그때가 오더라도 우리 스스로를 믿어야 합니다. 저는 열네 살 때부터 꿈꾸던 일입니다. 우리 회원들을 배신하는 경우는 절대로 없을 것입니다. 삼영사에서 어떠한 회유를 한다 해도 내가 죽었으면 죽었지, 회유에 넘어가서 우리 회원들의 피해가 발생하는 일은 없을 것입니다. 이상철 부위원장님께서 사전에 말씀을 많이 했을 것입니다. 서울로 올라가서 지금 진행 중인 재판을 마무리시키고, 소작료를 납부 문제는 어떠한 일이 있어도 올해 안에 해결하겠습니다. 부위원장님이 서울 상경 계획을 치밀하게 세우고 있습니다. 그날이 오면 우리들의 행동을 보여주어야 합니다. 우리는 거리로 나아갈 것입니다. 소작료를 영원히 내지 않는 길로 갈 것입니다. 이상철 부위원장님이 앞으로 계속 상세하게 말씀드리게 될 것입니다. 19개 마을 중에서 10개 마을은 설명을 마무리했고, 나머지 9개 마을도 이삼일 안에 마무리할 계획입니다."

부위원장들과 마을 대표들이 모였다. 서울 상경 일정이 구체적으로 나왔다. 8월 12일, 정읍법원에서 토지 인도 소송이 있는 날이다. 그날, 재판에 참석하는 척하면서 몇 명만 재판에 참석하고 관광버스 세 대로 선발대가 먼저 올라가고, 교대할 사람들을 2개 조로 나누어 서울로 상경할 계획이었다. 먼저 고령대학교에서 학생들과 만나기로 했다. 일이 성사되기 전까지 비밀을 지켜달라고 부탁했다. 비밀을 지키기가 어려워지면 이 마을, 저 마을 다른 날짜를 흘려서 어느 날이 정확한 날짜인지 모르게 하자고 했다. 회원들이 희망에 차 있었다. 각 마을 대표들은 따로 세부 계획을 세웠다. 마을별로 세워진 계획은 김인주 총무에게 보고하기로 했다.

고창군농민회 황승수 사무국장이 찾아와서 새로운 정보를 전해주었다. 배종열 선생이 삼영사 소작답 양도 추진위원회를 방문하겠다고 소식을 전했다. 민주헌법쟁취 국민운동본부의 집행부에서 오겠다며, 서울 상경 계획을 구체적으로 듣고 싶다고 했다. 김인주 총무가 민주헌법쟁취 국민운동본부와 지속적으로 연락을 취해왔다. 위원장의 크고 작은 역할이 많아지면서 혼자서 다 맡아 할 수 없었다. 그래서 김인주 총무가 역할을 맡아 처리했다. 민주헌법쟁취 국민운동본부에 삼영사 소작답 문제와 관련된 자료도 보냈다. 배종열 상임위원도 고창군농민대회 후부터 지속적으로 진행사항을 챙겨주었다.

고창농민대회가 있고 나서부터는 경찰서에서 예전처럼 회유하거나 협박하지 않았다. 오히려 정보를 정확히 주기를 원했다. 밥을 사주는 것도 예전에는 삼영사 소작답 양도 추진위원회 몫이었으나 이제는 서로 반반씩 돈을 내고 있다. 심원지서장은 아주 협조적인데, 흥덕에 사는 노 형사는 아직도 정신을 못 차리고 군림하고 있었다. 그래서 총무나 부위원장 마을 대표들이 노 형사에게 정확한 정보를 주지 않았다. 무장 사는 정보 형사인 김 경장에게 모든 일을 소상하게 알려주고 협조까지 구했다. 심원지서장은 공음 출신으로, 주민들의 애로사항을 하나하나 해결해주어 마을 사람들이 엄청 좋아했다. 다른 사람의 말은 듣지 않아도, 지서장 말이라면 웬만하면 다 들어 주었다.

황승수 사무국장과 군청 산업과 직원, 경찰서 직원 간에 언쟁이 일어났다. 몸싸움이 발생하여 공무방해죄가 적용되었다. 황승수 사무국장은 고창경찰서 구치소에 구금되었다. 고창군농민회 회원들이 경찰서 앞에 집회 신청을 냈다. 농민들의 집회가 시작되었다. 경찰서장이 나와서 이상진 회장을 만났다. 황승수 사무국장이 했던 것을 정확하게 들었다. 황승수 사무국장은 묵비권을 행사하고 있었다.

"경찰 그리고 군청 직원들과 3자 대면을 해보면 알 것입니다. 아무리 공권력을 집행하는 기관이지만 자초지종을 정확히 들어봐야 합니다. 민간인이 경찰과 언쟁과 몸싸움이 있을 때, 무조건 행패를 부리겠습니까. 민간인들은 경찰들을 어렵게 생각합니다. 직원 이야기만 듣고서 무작정 잡아다가 구치소에 가둬두면 어쩌자는 겁니까. 재판과정에서 낱낱이 밝히겠습니다. 서장님께서도 직원 이야기를 정확하게 들어보세요. 나중에 재판장에서 정확히 밝혀져서 서로 낯 뜨거운 일이 있으면 저희도 서장님께 미안할 것 아닌가요. 고창농민대회 때 경찰서에서 처음에는 방해했습니다. 방해의 주범이 우리 사무국장과 몸싸움이 일어난 직원이라고 합니다. 경찰서 직원들에게 우리 사무국장에 대해 물어보세요. 그리 막무가내가 아닙니다. 합리적인 사람입니다. 사무국장은 오히려 1차 고창농민대회 때 경찰이 군민들의 안전을 지켜준 것에 고마움을 가지고 있었습니다. 삼영사 소작답 양도 문제 때문에 이런 일이 일어났습니다. 그 형사님은 계속 농민들은 빨갱이보다 더한 사람들이라고 주장했습니다. 어찌 형사님께서는 지주 측에서만 이야기하는지, 이해가 가지 않습니다. 그만하라고 해도 계속해서 하니까 언쟁이 시작되었다고 합니다. 형사가 '당신이 농민회면 농민회였지, 사무국장이 무슨 벼슬이라고' 해서, 황승수가 멱살을 잡았다고 합니다. 형사가 뿌리치면서 우리 사무국장 얼굴을 쳤다고 합니다. 군청 직원이 똑똑히 봤습니다. 군청 직원이 말리기까지 했다고 합니다. 우리 사무국장은 본인의 죄가 있으면 벌을 달게 받겠다고 했습니다. 재판장에서 판사님께서 판단하게 될 것 아닙니까. 공권력의 횡포를 도저히 받아들일 수 없습니다. 이번 기회에 서로가 잘못된 일 있으면 서로 처벌을 받고, 농민들의 인권을 유린해도 되는 것이냐 꼭 따져보겠습니다. 형사님 말대로 농민회 사무국장은 벼슬이 아닙니다. 경찰들이 나와 같이 의식이 있는 사람도 이렇게 대하는데, 나보다 순진한 사람들은 어떻게 대했겠습니까. 민주헌법쟁취 국민운동본부에도 낱낱이 알리겠습니다."

서장이 황승수 사무국장에게 면담을 요청했으나, 황승수는 거절했다.

"이상진 회장님이 나서서 이번 일을 마무리했으면 합니다. 제가 사건을 충분히 파악할 것이고, 사과해야 할 일이 있으면 서장인 제가 사과하고, 그 직원도 사과할 수 있게 하겠습니다. 저 역시 직원이 소중합니다. 그러나 경찰의 명예에 조금이라도 문제가 된다면 그냥 넘어가지는 않겠습니다. 온전히 사무국장의 잘못만은 아닙니다."

서울 상경을 위한 마지막 회의

　김재만 위원장이 전체 총회를 개최했다. 한 명도 빠짐없이 참석했다. 팔형치 수문통 물냉이 아래 아주 넓은 공터였다. 사람들 눈을 피하기도 좋았다. 궁산마을과 팔형치마을 사람들이 여름철 열대야를 피하러 많이 모이는 곳이었다. 그래서 많은 사람이 모여도 여름 나는 풍경으로 보일 법했다. 8월 12일 정읍법원에서 재판하는 날이 서울로 상경하는 날이라고 했다. 법원 옆에 관광버스 3대를 준비하고 그 차로 서울로 향할 것이라고 했다. 일주일은 자고 와야 하니, 먼저 서울로 올라갈 사람들은 채비하라고 했다. 가는 사람들은 마을별로 열 명씩으로, 우선 200명이 올라가려고 한다 했다. 김재만은 김인주 총무에게 올라갈 사람을 정확히 파악해서 보내라고 했다. 200명이 넘으면 조정할 것이고 두 개 조로 나누어 올라갈 것이며, 한 조가 마을로 내려오면 다른 한 조가 서울로 올라갈 예정이라고 했다. 각 마을 사람들의 통솔은 마을 대표들이 맡고, 부위원장들은 4개 마을을 나눠 맡아 달라고 했다.
　팔형치마을 신동수 감사가 말했다. "우리가 준비를 치밀하게 잘했으나, 경찰보다 더 무서운 삼영염업사 직원들이 방해하고 경찰들과 삼영염업사가 짝짜꿍하여 막아서면 그에 대한 대책이 미흡합니다. 만에 하나 이런 일이 발생하면 어떡합니까? 현재는 그 이후 대책은 크게 없어서 드리는 말씀입니다."
　김인주 총무가 대답했다. "맞습니다. 우리 계획에서 경찰이나 삼영사 측에서 우리를 방해할 때의 계획은 고민이 적었습니다. 어떻게 나설 것입니까? 어떻게 올라갈 것인가에만 초점이 맞추어 있다 보니 잘못될 때에 대비해 지금부터라도 다듬고 보태서 이 계획을 성공시킬 것입니다. 서울에 처음 상경하면 많이 낯설 것입니다. 하지만 우리 최대 무기는 50년 동안 피맺힌 한이 있다는 것입니다. 절박함이 곧 성공할 수 있는 원동력이라고 생각합니다. 우리 모두는 소작료 없이 내 것으로 농사짓는 것을 간절히 바라고 있습니다. 서울에 상경하면 수십 가지 문제가 야기될 것입니다. 그때그때 최선을 다해서 풀어나가야 합니다."

방축에서 문선호 부위원장과 함께 마을 대표를 맡고 있는 김준식 대표가 말했다. "만약 준비된 버스로 서울에 올라가지 못하게 되면 어떻게 해야 하나요?"

김재만 위원장이 나섰다.

"사실 경찰들이나 삼영염업사 직원들이 우리를 손바닥 안에 놓고 보고 있을지도 모른다는 생각이 듭니다. 그래서 날짜를 여러 개 말해왔습니다. 우리 대표님들을 못 믿어서가 아니었습니다. 한두 명도 아니고 해서, 비밀유지를 하기 위해 신경 쓰는 것보다는 헷갈리게 하는 것을 더 좋은 대책으로 생각했습니다. 비밀유지를 강하게 하다 보면 서로 의심하게 될 것이고, 그래서 지금처럼 해왔습니다. 그들도 분명히 철저한 준비가 되어있을 것입니다. 운 좋게 잘되면 좋겠지만, 그리 못 되어도 우리는 개별적으로라도 상경해야 합니다. 그날 다 못 올라가도 다음날이라도 어떠한 방법을 써서라도 꼭 올라와야 합니다. 간곡히 당부드립니다. 대표님들의 노력이 절대적입니다. 건강한 회원들이 선발조가 되어서 자리를 잡고 후발조가 올라올 수 있게 해야 합니다."

한 시간이 훌쩍 지나고 열기가 더 후끈후끈해졌다.

김인주 총무가 말했다. "우리가 서울에 상경하면 여러 기관이나 삼영사 측에서 많은 접촉이 있을 것입니다. 절대로 개별적으로 움직여서는 안 되고, 특히나 위원장 옆에는 부위원장 중에 한 명과 회원 중에 활동력이 좋은 사람들이 곁에 있어야 합니다. 위원장님과 어릴 적부터 친구이고 서로를 제일 잘 아는 이성규 부위원장님이 책임지고 함께 계셔야 합니다. 그러다 보면 위원장님과 서울에 계속 있어야 할지도 모릅니다. 그래도 이성규 부위원장이 맡아주었으면 하는데, 어찌 생각하시나요?"

다른 대표님들이나 부위원장들이 그렇게 해야 할 것 같다고 찬성했다. 김재만 위원장도 이성규 부위원장이 함께했으면 한다고 말을 보탰다. 이성규 부위원장이 그렇게 하겠다고 했다.

"농사일이 많은데, 농사짓는 것은 하늘에 맡겨야겠네."

웃음바다가 되었다. 궁산저수지 물이 출렁거렸다. 웃음소리가 너무 커서 저수지 물이 놀랄 정도였다.

재판장에는 후발조로 올라올 사람들이 들어가고, 선발조는 먼저 서울로 올라가기로 했다. 선발대로 가는 사람들은 일반 고속버스를 타고 먼저 서울로 가서 후발조가 탄 관광버스가 도착하면 안내하는 것으로 결정했다. 위원장과 총무, 재무는 미리 가 있어 농활 왔던 학생들과 만나 서울에서 해야 할 일들을 조율해놓겠다고 했다. 여자들이 많이 올라와야 하는데, 동원할 방법도 연구해야 한다고 했다. 시위할 때도 여자의 역할이 중요했다. 경찰이나 회사 측에서도 여성을 함부로 대하지 못한다. 그리고 오랜 농성에 대비해야 했다. 먹는 것도 신경 써야 했다. 많은 사람이 상경하여 머물러야 해서 여성의 손이 많이 필요할 것이다.

질마재댁이 회의장으로 왔다. 남편을 일찍 여의고 혼자서 딸만 둘 키운 여성이었다. 지금은 두 딸 모두 시집가고, 혼자서 논 세 방구를 농사짓고 있었다. 반찬도 잘했다. 동네 대소사가 있을 때 주방을 맡아 많은 사람이 와도 차질 없이 음식을 준비했다. 최영만 재무가 질마재댁을 데리고 왔다.

김재만이 이재현 부위원장에게 물었다. "범인 같으면서도 뚝심 있는 사람이 우리 회원 중에 누가 있나요?"

"죽곡마을 김병수 씨가 있습니다. 소도둑보다 더 소도둑처럼 생겼습니다.

그리고 한번 한다고 하면 꼭 하고 마는 성격입니다. 김병수 씨는 무슨 역할을 하면 좋을까요?"

"우리와 전혀 무관한 척, 우리 뒤만 빙빙 도는 척하면 좋겠습니다. 그리고 어느 때는 회사 직원인 척, 어느 때는 경찰인 척하면 됩니다. 죽곡마을 사람들께 교육시켜 모른 척하라고 했습니다. 아니면 다른 기관이나 누가 고용이라 해놓은 것처럼 끝까지 자기를 속이면서까지 속임수를 쓰자고 이야기가 됐습니다. 그렇게 하다 보면 우리와 반대쪽에 있는 사람들도 김병수와 이야기도 주고받을 수 있고, 우리가 그들의 말을 들을 수 있습니다."

"그러려면 서울 사람이거나, 도회적인 사람이거나, 사무적인 사람이어야 하지 않습니까?"

"그런 사람은 오래 가지 못하지만, 김병수 씨와 같은 사람이 더 효과적일 수 있습니다. 광주 가톨릭농민회 사무국장인 김치래 씨가 알려준 비법인데, 그쪽에서 지금까지 이어온 과정을 돌아보면 틀린 것 하나 없습니다."

"김병수 씨는 공부를 많이 한 사람입니다. 초급대학까지 나왔습니다. 인상만 아니었다면 지금쯤이면 교감은 하고 있을 것입니다. 초등학교 1학년 담임을 맡았는데, 아이들이 김병수 씨만 보면 울어서 학교를 그만두었다고 합니다. 선생님을 그만두고는 잠깐이지만 기자를 해본 경험도 있다고, 자신 있다고 합니다. 위원장과도 해리초등학교 선·후배 사이고, 잘할 것으로 믿습니다."

"나기옥 선배님도 선발조에 올라오셔서 글씨를 써야 할 일이 많을 것입니다. 김인주 총무는 최영만 재무와 함께 고령대학교에서 농활 왔던 학생들을 만나서, 혹시 길거리에서 활동비 모금을 어떻게 하는지 알아보세요. 고창 출신 대학생들도 찾아보세요. 특히 해리·심원면 출신 대학생들을 파악해야 합니다. 고령대학교 학생들이 움직이기가 어려울 때나 다른 대학가에서 활동해야 할 때를 대비해서 명단과 연락처를 알아 놓아야 합니다. 나기옥 씨 사촌 동생이 이화여자대학교에 다니는데 운동권으로 유명하다는 소문이 있습니다. 농촌봉사활동대 학생들이 아주 잘 안다고 합니다. 고령대학교 학생이 알 정도면 기세가 대단한 모양입니다. 나기옥 씨나 나기황 씨에게 꼭 미리 연락처를 알아오세요. 부위원장님들 짐이 무거울 것입니다. 서울에서도 회의가 자주 있겠지만, 부위원장님들께서는 어디를 가더라도 꼭 연락처를 남기고 가셔야 합니다. 대표님들도 한명 한명이 빠지면 안 됩니다. 회원들께서 부위원장이나 대표님들을 의지하게 될 것이기 때문입니다. 회원 중에서 자녀들 집에 갈 때도 꼭 연락처를 남겨야 합니다. 질마재댁도 오셨는데, 특별히 하실 말씀이 있거든 말씀해주세요."

"여름 한가운데일 때 우리가 서울로 올라가게 됐어요. 음식도 쉽게 쉴 것입니다. 사람도 적지도 않으니, 냉장고가 꼭 준비되어야 해요. 식재료는 시골에서 올라오는 사람들이 조금씩 가져오고, 쉽게 먹어야 하는 것들은 서울에서 시장을 봐야죠. 남자들도 식사 당번을 정합시다. 여자분들도 여럿 있어야 합니다. 식기도 미리 준비해야죠. 그런 것들은 미리 가져다 놓으면 좋겠습니다. 1호 차는 어느 마을인지 모르겠으나 책임자도 미리 정하고, 2호 차, 3호 차도 그렇게 준비해야 합니다."

질마재댁은 선발조로 미리 올라가기로 했다. 시위 현장에서는 남자들 못지않게 여자분들이 중요하니 여자들의 참석이 아주 중요하다고 재차 강조했다. 한 200여 명 중에서 삼, 사십 프로는 여자분들이 올라와야 한다고 부탁했다. 마을 대표님들도 특별히 신경 써주셔야 한다고 여러 번 말했다.

회의가 끝났다. 8월 12일이 상경 날짜였다. 모두가 철저히 준비해서 이번에 올라가면 끝을 보고 와야 한다고 했다. 질매재댁이 놀란 눈치였다. 다른 때처럼 하루이틀 시위하고 오는 줄 알았다고 했다. 한 달도 좋고 그 이상도 좋을 것이며, 성공하지 않으면 내려오지 않는다고 말하니, 그럼 나도 거기에 맞게 준비해야 하는 것이냐고 물었다. 김인주 총무가 그렇다고 대답했다.

"그럼 논 이삭거름은 누가 주고, 물은 누가 관리해야 하죠?"

"그건 걱정말아요. 논 이웃들이 공동으로 물 관리합시다."

"어떻게 해서라도 수확철 이전에 끝내야겠네요. 질질 끌다가는 농성장에 와 있는 사람들도 내려오게 될 것이 아니겠습니까."

"맞습니다. 우리가 어떤 모습을 보이느냐가 성패를 가를 것입니다. 우리는 아무것도 모르지만 자신 있습니다. 다른 때 같으면 지금 우리가 서울에 올라간다고 하면 협조는커녕, 정신 나간 사람을 취급했을 것 아닙니까. 질마재댁도 그렇게 생각하지 않겠어요? 그런데 질마재댁도 이렇게 적극적으로 돕고, 누구 한 사람 돕지 않는 사람들이 없잖아요. 절박함이 우리에게 용기를 북돋워 주는 겁니다. 김재만 위원장이 어떤 사람인가요. 위원장님은 아예 못할 것 같으면 나서지 않을 사람입니다. 부위원장님도, 감사님도, 마을별 대표님들도 쉽게 나서기 어려울 것입니다. 서울에서는 저번에 농촌봉사활동을 나온 고령대학교 학생들이 기다리고 있습니다. 전주에 정동성당 박정일 신부님이 직접 나서주고, 전북가톨릭농민회연합에서도 도와주고, 사실은 표나지 않게 경찰서에서도 서장님부터 정보 형사까지 모두 도와주고 있습니다."

김재만 위원장이 말했다.

"6·29선언이 있었기 때문에, 전두환 대통령도 우리를 잡아넣지 못할 것입니다. 또 내년에는 서울올림픽이 있지 않습니까? 우리를 함부로 하지는 못할 것입니다. 그리고 우리가 나서지 않는다면 누가 우리를 돕겠습니까? 우리가 이 문제를 손 놓고 보고만 있다면 50년의 한, 피맺힌 우리 선조들부터 선배님들까지 내려온 가난의 대물림을 후손들에게까지도 물려주어야 합니다. 우리나라에서 50년 동안 소작농사를 짓고 있는 농민들은 우리 말고는 없습니다. 우리는 이제 삼영사와도 싸울 정도로 커졌습니다. 지금처럼 하지 않으면 토지인도 소송을 낸 사람들의 토지도 빼앗아 갈 것입니다. 그다음이 내가 아니라고 장담할 수 있겠습니까? 대기업을 상대로 소송하려면 변호사비도 많이 들어가고, 복잡하게 어쩌고저쩌고하느니, 포기하길 바란 것이 회사 측 지주들의 수법입니다. 삼영사도 용케 잘 걸렸습니다. 그들이 재판을 건 8월 12일은 우리의 역사가 새롭게 쓰이는 날이 될 것입니다. 이제는 회사에서 우리를 함부로 못 하게 될 것입니다. 한번 보세요! 우리가 뭉쳤습니다. 600여 명의 소작농사를 짓는 사람들이 하나가 되었습니다. 결코 지주들 뜻대로 되지 않을 것입니다."

최영만 재무가 임시로 돈을 융통하여 가지고 가겠다고 했다. 김수병 농협장을 찾아가 이야기하여 신용대출을 받았다고 했다. 농협에서 자그마치 오백만 원이나 빌려주었다. 큰 문제가 발생하여 돈이 긴급하게 필요한 경우에만 농협에서 24시간을 가리지 않고 인출해주기로 했다. 김수병 농협장은 젊은 사람이었지만 한번 약속한 사항은 목숨처럼 알고 지켜왔다. 농협장도 김재만이 비용을 개인 용도로 허투루 쓰지 않는다는 것을 알았고 있었다. 마을 대표들이나 부위원장들도 모르는 일이었다. 김재만 위원장과 김인주 총무, 두 감사만은 이 사실을 알고 있었다. 최영만 재무는 혹시 무슨 일이 생기면 삼영사 소작답 양도 추진위원회와는 무관하게 본인이 책임을 지겠다고 했다.

마을별로 조심씩 거출했다. 이번이 세 번째다. 변호사비를 마련할 때와 궁산저수지에서 처음 시위를 했을 때 걷었던 것과는 사뭇 달랐다. 그래도 누구 하나 왜 돈을 걷냐고 따지는 사람이 없었다. 모두가 자발적이었다. 금액도 정해주지 않았다. 성심성의껏 내주면 고맙겠다는 내용뿐, 구차한 말 하나 쓰지도 않았다. 그래도 많은 액수가 모금되었다. 두 감사들이 모금함을 열었다. 서기도 함께 있었다. 투명하지 못하면 탈이 난다고 했다. 최영만 재무는 맡겨준 돈 외에는 보지도, 가까이 가지도 않았다고 한다. 그러나 한번 맡겨준 돈에 대해서는 이가 기어가는 것까지 기록했다. 지나치게 자세히 기록해서 오히려 피해가 될 때도 있었다. 원래 습관이 그런 사람이었다. 사람들은 최영만 재무에 대해 어떻게 천성이 한 번에 바뀌겠냐고, 아무튼 재무 하나는 똑소리 난다고 말했다. 최영만 재무는 두 감사의 이야기만 잘 듣는다고 입버릇처럼 하고 다녔다. 한번 한 것은 절대로 잊지 않았다. 장호양반 닮았다고 했다.

"장호양반 반도 못 따라가요. 장호양반은 어찌나 잘도 기억하는지, 몇 년이 지난 것도 척척 기억해요. 장호양반 덕분에 많은 것을 배웠지요. 지금도 모르는 것이 있으면 다 장호양반에게 물어봐요. 내가 모르는 것도 장호양반에게 말해놓으면 나중에 다 알 수 있으니까. 정말 궁금한 것은 노트에 적어놓아요. 그런데 장호양반에게 물어보고 답 듣는 것을 까먹은 거예요. 나는 정말 잊어버리고, 2년이 지난 어느 날 그때 생각이 문득 떠올라 장호양반에게 물어보니 하나도 빠짐없이 기억하고 있더라고요. 그래서 나는 잊을만한 것은 나기황씨에게 전화해서 그날그날 얘기해놓으려고 해요."

최영만이 사람들에게 김수병 농협장이 오백만 원 대출해준 과정을 소상하게 말했다. 두 감사에게 보고했던 내용까지 말해놓았다. "만약 내가 무슨 문제가 생겼을 때를 대비해서 통장에 이런저런 비밀장치까지 해놓아 장호양반이나 내가 아니면 안 열리게 해두었습니다."

김재만 위원장이 칭찬했다. "자네는 정말 빈틈이 없네. 사람들이 왜, 자네가 그렇게 꼼꼼하다고 하는지 알게 되었네."

김인주도 맞장구쳤다. "자네만 한 재무가 없어. 내가 마을 재무를 볼 때도 최영만 재무와 함께했는데, 영만이 아니었으면 이미 논 한 방구는 다른 사람에게 넘어갔을 것 같아. 영만이 아니었으면 재산 말아먹고, 신용까지 떨어지고, 나를 믿는 사람들의 신뢰까지도 잃게 되었을 거야. 영만 재무가 이러쿵저러쿵해준 덕에 오늘날 총무도 보는 것이지."

최영만이 말했다. "서울에 상경하면 부인이 쬐깐한 아이들 데리고 두 몫, 세 몫을 해야 하는데, 아버지가 도와주겠다고 해서 재무를 수락했습니다."

김재만 위원장이 이야기했다.

"잠이 오지 않네. 이제 이틀 밤만 지나면 내 집에서 편하게 자는 것은 틀렸고, 남은 이틀이라도 편안하게 자야 하는데 이런저런 생각 때문에 뜬눈으로 밤을 지새우고 있어. 아들딸도 한동안은 못 보게 될 텐데, 엄마만 졸졸 따라다니는 아이들을 볼 때마다 마음이 아파. 누가 돈을 주는 것도 아니고, 나 좋다고 시작한 일인데, 아이들이 알 리는 없을 테고, 그렇다고 빚까지 지고서 미친 듯이 밖으로 나돌기만 하면 어떻게 남편을 좋아하겠어. 이제는 한 달이 될지, 두 달이 될지도 몰라. 올해 안으로 돌아올 수 있을지도 모르는 길을 나서야 하는데, 아이들에게도 부인에게도 참으로 미안하네. 나도 나지만 나를 따르는 사람들까지 생각하니까 잠을 아예 잘 수가 없네. 혹시 내일 경찰이 찾아와서 이런저런 것으로 협박해도 시치미 떼고 말 것이니. 지서장이 와서 물어보는 게 가장 문제야. 오히려 정보 형사가 오면 거짓말하기도 수월한데, 지서장이 우리에게 잘해주니까 거짓말이 잘 안 돼."

김재만은 오늘 회의를 되돌아봤다.
정읍지원에서 재판이 10시에 열린다. 재판장으로 들어갈 사람들은 후발조였다. 부위원장들이 후발조를 책임지고 방청석에 앉아 있다가 선발조가 서울에 도착했다고 하면 해산하는 계획이었다. 회사 측에서 토지 인도 소송으로 빼앗은 땅을 이미 누구누구에게 주겠다고 한다는 소문이 자자했다. 소작농사 짓는 사람들은 회사 측 직원들을 예전처럼 마냥 무서워하지는 않았다. 이제 경찰들이 더 무섭다고 했다. 서울 상경도 얼마나 무섭게 막을지 걱정이었다.
부위원장들과 위원장이 만나 회의했다. 마지막 점검이었다. 준비는 틀림없이 잘 되었다. 김재만 위원장도 만족했다. 총무에게 선발대 계획을 차질 없이 챙기라고 명했다. 김재만이 최영만 재무에게 말했다. 질매재댁을 꼭 잘 모시고 가서 선발대가 올라오면 해결해야 하는 식사문제, 숙식문제 등을 학생들과 사전에 의논하여 마무리해놓으라고 했다. 전북가톨릭농민회연합에서 농성장을 어떻게 해야 할지 아직 정확하게 결정이 나지 않았다고 전했다. 가톨릭회관부터 시작해서 여러 곳을 농성장 물망에 올려놓고 있으나 쉽게 해결되지 않았다. 김재만 위원장은 삼영사 본관 건물이나 동사일보 건물을 고집하고 있었다. 아직도 결론이 나지 않았다. 최영만 재무에게 서울에 올라가면 장기 농성 장소부터 빨리 정하라고 했다. 1순위가 삼영사 본관이고, 2순위가 동사일보이고, 3순위가 가톨릭회관이었다. 무슨 일이 있어도 삼영사 본관이어야 한다. 제일 효과가 크고, 회사 측에서도 적극적으로 나설 수 있기 때문이었다. 삼영사 본관 주변의 시장이나 시설에 대해서 자세히 보라고 했다. 죽곡마을 김병수 씨도 함께 올라가서 여러 부분을 사전에 숙지하여 우리에게 알려달라고 했다.

서울 상경

1일차(8월 12일), 30인의 선발대

아침이 밝았다. 뜬눈으로 햇빛을 맞았다. 동쪽 위로 떠오른 해가 여느 날과는 많이 달랐다. 동네 사람들도 많이 분주했다. 1호 버스는 방축에서 시작하여 동호 쪽으로 향해서 서울 상경할 인원을 태워 올라가기로 했다. 2호 버스는 복동에서 출발하여 왕촌 쪽으로 향해서 궁산마을 사람들과 함께 출발하기로 했다. 3호 버스는 죽곡을 출발해서 구미 쪽으로 가서 고전 방향으로 출발했다. 정읍지원 재판장에 가야 할 사람들은 9시에 출발하기로 했다. 첫 마을에서 7시에 출발했다. 2호 버스가 제일 먼저 출발했다. 복동마을, 화산마을, 왕촌마을, 팔형치, 궁산마을 사람들을 싣고서 심원을 지나, 부안면 지나, 흥덕을 넘어서 정읍IC 고속도로로 막 진입하고 있었다. 사이렌이 삐용삐용 울렸다. 경찰차가 고속도로에서 버스를 멈춰 세웠다. 사람들을 버스에서 내리게 한 후 돌려보냈다. 궁산마을에서 탄 이승하, 문유호, 김병기, 이재근, 일촌댁, 반게댁, 익산댁, 수락댁, 광이댁, 평촌댁 10명과 복동마을에서는 김수홍, 임한수, 김복수, 김병준, 김해룡, 황만철, 김복현, 김두선 8명이 쫓겨났다. 왕촌에서 6명, 화산에서 7명, 팔형치마을에서 6명 총 37명이 한 차에 탔었다. 경찰들은 사람들을 고속도로에 내버려두고 갔다. 1호 차, 3호 차는 흥덕검문소에서 걸려 경찰들이 사람들을 차에 내리게 한 후에 차는 돌려보냈다. 80여 명이 여기저기로 흩어졌다. 기산마을 홍재근이 경찰들과 싸움이 났다. 경찰은 홍재근을 경찰차에 태우고서 사람들이 없는 장소에 내려놓고 가버렸다. 정읍IC를 빠져나온 사람들은 정읍터미널까지 1시간 이상을 걸어 버스를 타고 집으로 돌아왔다. 개별적으로 출발한 김재만 위원장이나 김인주 총무는 별 탈 없이 서울 가는 고속버스를 타고 올라가고 있었다. 어제 먼저 서울로 올라간 김병수나 최영만, 질마재댁은 눈 빠져라 기다렸다. 전북가톨릭농민회연합 이수금 회장과 일행들은 어제부터 서울에 올라와 있었다.

마을별로 임시회가 열렸다. 오늘 당장 못 올라가도 내일까지는 무슨 일이 있어도 올라가야 한다고 이야기했다. 광주나 장성, 영광, 정읍, 부안군에 친척 집이나 아들딸 집이 있으면 오늘 친척 집에 가서 묵고, 여기저기 따로 고속버스를 타고 상경해야 했다. 그렇지 않으면 검문을 또 당해 못 올라가고 말 것이다. 점심을 먹는 둥 마는 둥 하고 다들 친척이 있는 집으로 갔다. 부위원장들도 개별적으로 출발했다. 아들딸이 있는 사람들은 어제 따로 출발해서 서울에 올라가 있었다. 고령대학교 학생회관에 열두 명이 이미 도착해서 기다리고 있었다. 농활대로 왔던 학생들이 주민들을 부모님들처럼 생각하고 깍듯이 대접해주었다. 주민들이 입을 모아 경찰을 비판했다.

"세상에 이게 무슨 일이냐. 6·29선언이 있었고, 김대중 선생께서 군사정권을 잡을 수 있어도 민주주의를 지켜내는 것은 쉽지 않다고 하시더만, 우리에게 행한 경찰들의 작태를 보소. 내가 지금껏 김재만 위원장과 함께 물고기를 잡아 팔면서 살아왔지만, 이런 꼴은 처음 봤네. 고속도로에 사람들을 내려놓고 버스를 돌려보내다니. 국민의 안전을 제일 중시해야 할 민중의 지팡이 경찰들이 테러보다 더한 짓을 해놓고도 무사할 줄 아느냐."

이승하는 부인을 따라 아산면에 자리를 잡았다. 정기종이 집터를 내주어 그곳에 터를 잡고 살았다. 아들만 넷을 두었다. 궁산저수지에서 물고기를 잡아 돈을 모으고 삼영사 소작답 네 방구를 마련했다. 네 방구를 사면서 내가 드디어 궁산마을 사람이 되었다고 뿌듯해했다. 이승하는 지금껏 살아오면서 첫 번째로 좋았던 일이 첫아들을 낳은 것이고, 두 번째로 좋았던 일이 논을 네 방구 샀을 때였다.

"내가 서울에 올라가는 게, 무슨 큰 죄라도 된단 말인가. 대한민국 국가를 정복하러 가는 것도 아니고, 전두환 군사정권을 타도하러 가는 것도 아니다. 50년 동안 피맺힌 선대들의 한을 우리 대에서 끊어 아이들에게는 대물림하지 않기 위해서 올라가는 것이다. 나는 네 아들 중에 누가 경찰이 되고 싶다고 하면 지지하려 했다. 우리처럼 힘없는 촌부를 지켜주고, 나처럼 세상에 치이지 않았으면 해서 경찰이 되길 바랐다. 정철이 형이나 동생, 부모님과 동네 사람들까지 지켜주길 바랐다. 기업의 앞잡이가 되어버린 경찰들의 행태를 보고서 내가 그동안 바라던 소원을 포기했다."

고령대학교에 김재만 위원장이 먼저 도착했다. 부위원장 중에서도 몇 명이 도착해 있었다. 선발대로 모이기로 한 사람 중에서 2명만 빼고 다 모였다. 전북가톨릭농민회연합 이수금 회장이 함께 자리했다. 박정일 신부가 농성장소를 잡는 것을 도와주었다.

박정일 신부가 말했다. "소작답 양도 추진위원회가 온전히 자리를 잡으면 전주로 오라고 하려 했네. 내가 미리 학생대표인 이인영 학생회장을 만나려고 했는데, 미처 만나지 못했네. 농촌봉사활동에 참여한 문리대 유수철 학생회장이 안내를 잘해주었고, 앞으로 계획에 대해 구체적으로 설명도 했네."

이수금 회장이 농성 장소로 가톨릭회관을 추천했다. 가톨릭회관은 어떠한 공권력도 함부로 들어와서 피해를 입히지 못한다고 했다. 김재만 위원장은 우리의 안전도 중요하지만, 삼영사 소작답 양도가 목적이기 때문에 어떠한 어려움이 닥친다 해도 지주들과 연관이 있는 사무실이어야 한다고 주장했다.

이수금 회장이 말했다. "여러분들께서 공권력의 무서움을 경험해보지 않아서 그렇지, 고창에서 벌인 몇 번의 시위나 결의대회와는 차원이 다릅니다. 박정일 신부님께서 여러분의 안전을 제일로 중시하고 있습니다. 혹시 다른 불상사가 생겨 여러분 중 누구라도 피해를 입게 되면 또 다른 차원의 시위가 되고, 결국에는 우리가 목적으로 하는 삼영사 소작답 양도가 뒷전이 될 수도 있습니다."

김재만이 발언했다. "그동안 우리는 수도 없이 당했습니다. 그쪽에서도 우리 입장을 충분히 이해했을 테지만, 직접 압력이 가해지지 않으면 우리가 농성집회를 해도 쳐다보지도 않을 것입니다. 삼영사 본사 본관에 자리를 잡아야 임원들과 직원들이 관심을 갖지, 그렇지 않으면 우리의 존재를 아주 무시할 것입니다. 동사일보 신문이 그들 것이니 다른 방송사, 언론사까지 틀어막고서 한 줄의 방송도 되지 않을 것입니다. 그러면 시간만 끌고 갈 뿐, 특별한 대책을 만들어내지도 못할 것입니다."

이수금 회장이 그 말을 듣고 잠시 생각하더니, 이내 답했다. "우리가 도와주어야 할 방향도 이해했습니다. 그럼 삼영사 본사 본관을 점거하는 것으로 결정합시다."

팔형치 신동수 감사와 같은 마을 사람 둘은 고창읍에서 경찰들이 못 올라가게 해서 겨우겨우 고령대학교에 왔다고 한다. 터미널에서 서울로 올라가는 표를 샀는데, 회사 직원들이 막고 시비를 걸어왔다. 집회에 참석하지 않는다고 거짓말을 해도 막무가내로 막았다. 이미 끊은 차표 시간에 맞춰 타지 못했다. 신동수 감사가 이게 무슨 짓이냐며 따졌고, 서로 싸움이 일어났다. 어디서 나타났는지 경찰관들도 일행을 막았다. 신동수가 방송국에 있는 친구에게 전화했다. 서울에 올라가려고 했는데 삼영염업사 지점장과 경찰들까지 나와서 막고 있다고 했다. 경찰에게 친구 전화를 바꿔주었다. 친구는 어떤 이유인지 정확하게 설명을 듣고 싶다고 했다. 경찰이 아침에 있었던 일부터 자세히 설명하다가 이야기가 잘 되었는지 그냥 가버렸다. 세 사람이 지점장을 신고하겠다고 말하자, 지점장이 미안하다고 차표를 다시 끊어주었다. 차를 두 번 놓치고 세 번째 간신히 타게 되어 늦었다고 했다. 소작답 위원회가 서울로 올라가는 일정을 회사나 경찰에서 이미 파악하고 있었다. 이수금 회장과 학생 대표들이 참석한 가운데 부위원장들이 아침부터 있었던 일을 김재만 위원장에게 설명했다.

김재만이 말했다. "저녁을 일찍 먹고 7시부터 삼영사 본사 본관의 현관을 우선 점거하고, 사장실로 올라가면 그들이 어느 공간을 마련해 줄 것입니다. 우리는 무조건 사장실을 고집해야 합니다. 사장에게는 오늘 있었던 일들이 이미 보고되었을 겁니다."

학생들이 앞장서 고령대학교 정문을 나섰다. 유수철 학생을 포함해 농촌봉사활동 나온 학생들이 길을 안내했다. 큰 도로를 건너고 작은 대로 정면에 삼영사 본사가 버젓이 자리를 잡고 있었다. 학생들은 약간 뒤로 처지고, 김병수가 어슬렁대며 화장실이 어디냐고 물었다. 경비 둘이서 김병수를 경계했다.

"어제도 오셨다 가셨죠?"

"나는 전주 중앙정보부 직원인데, 오늘 저녁에 이곳에서 회의가 있다고 들었습니다. 그래서 아무도 모르게 미리 왔습니다. 고창군 해리면 동호에 있는 삼영염업사 사람들과 소작농사를 짓고 있는 사람들이 모인다고 들었습니다. 혹시 사장님께서 무슨 지시가 없었습니까?"

말이 끝나기 무섭게 김재만 위원장과 부위원장들이 점잖게 차려입은 채 뒤에서 걸어 나왔다. "오늘 여기서 회의가 있다고 해서 왔는데, 회의 장소가 어딥니까?"

경비들이 아무런 소식도 듣지 못했다며, 잠깐 기다리라고 했다. 그때 나머지 일행은 김인주 총무를 따라 현관을 점거했다. 학생들까지 100명이 더 넘었다. 직원들이 우르르 걸어오는 모습을 보고 직원에게 사장실이 어디냐고 묻자, 2층에 있다고 답했다. 학생들이 우당탕탕 2층으로 올라갔다.

"여기가 사장실이네."

"문이 잠겨있어."

"발로 차서라도 문 열어!"

직원들이 뒤늦게 몰려와 사장실 앞을 가렸다. 총무부장인 듯한 관리가 나와서 이게 뭐 하는 것이냐, 경찰 부르기 전에 어서 나가라고 으름장을 놓았다.

"사장에게 전화해라. 지금 당장 나와서 우리의 말을 들어라. 지금 우리는 밥도 먹지 않았으니, 밥이라도 내오라고 해라. 같은 고향에서 왔는데 문전박대하는 것이 맞냐. 어서 사장 나오라고 해라."

"4층에 대회의실이 있으니까, 잠시 그쪽에 가서 기다리세요."

"무슨, 사장실에서 있을 것이다. 우리는 사장을 만나러 왔지. 어여 사장실 문을 열어라. 열지 않으면 문을 발로 차서라도 열어 버리겠다."

총무부장이 만류하며 말했다.

"4층 대회의실은 넓으니까. 거기서 기다리세요."

학생들과 선발대로 온 회원들이 4층 회의실로 갔다. 김재만 위원장과 남은 회원들은 그래도 꼼짝 않고 문 앞을 지켰다. 사장실 앞에서 외쳤다.

"사장을 만나러 왔다. 기다린다고 해놓고 도망을 갔나, 왜 우리와의 약속을 헌신짝처럼 잊어버리고 나타나지도 않는지 모르겠다. 빨리 가서 사장을 데리고 와라."

총무과 직원이 답했다.

"사장님께 보고했는데, 오늘 약속이 없었다고 하십니다."

"무슨 소리. 우리가 차량까지 빌려서 서울로 올라오는데, 삼영염업사 직원들과 경찰들이 고속도로에서 차량을 세우고, 사람들을 고속도로 길거리에 내려놓고 그냥 가버렸단다. 이게 누구의 짓이냐. 내일은 당장 대통령을 만나 오늘 있었던 것을 하나 첨언하지 않고 말할 것이다."

"제가 사장님께 다시 한번 전화해서 여러분과의 약속사항을 확인해 보겠으니, 4층에 가서 잠시만 기다려주세요."

"서울 인심이 야박하다고 하더니, 멀리 사장 고향에서 왔는데 밥도 주지 않고 이럴 수가 있느냐?"

최영만 재무가 직원들과 옥신각신하고 있을 때 다른 회원들은 이부자리를 준비해서 4층으로 올라갔다. 4층 회의실은 아주 넓었고, 화장실도 크게 있었다. 탕비실로 쓸 만한 장소도 있었고, 작은 대기실처럼 쓰던 곳도 있어 여자 회원들이 잠을 자기에도 충분했다. 여기가 아니면 길거리에서 자야 했는데, 삼영사 본사 본관 4층 대회의실까지 확보했으니 크게 걱정이 없는 듯했다. 소기의 목적은 달성했다. 질마재댁과 최영만 재무, 신동수 감사는 탕비실 정비부터 했다. 밥을 지어 먹었다. 질마재댁은 수백 명이 와도 크게 불편 없이 음식을 차려 낼 수 있을 것 같다고 했다. 남자들은 대회의실에서 돌아가면서 잠 자기로 했다. 나머지 일행이 올라왔다. 대학 정문을 출발할 때가 6시였는데, 현재 10시 반이 지났다. 학생들과 김병수가 없었다면 쉽지 않았을 뿐더러, 편안하게 잠을 잘 수 있을지도 미지수였다. 김인주 총무가 오늘 참석한 사람들의 명단을 적어놓고 출석을 불렀다. 이수금 회장이 11시쯤 되어 자리를 떴다.

"고생들 많았어. 선발조들이 또 올라온다고 들었네. 위원장님이 올라오면 보고 가겠네. 나는 가톨릭회관에 가서 자고 다시 오겠어."

이수금 회장은 한 사람 한 사람 빼놓지 않고 인사를 나누었다. 학생들도 절반은 가고, 나머지 사십여 명이 4층에서 함께했다. 회원들과 학생들은 보초를 서는 것처럼 잠도 자지 않고 밤새 이야기했다.

교회를 다니지 않는 김재만 위원장이 무릎을 꿇고서 기도했다. 예수님은 부르지 않았으나 가끔씩 하느님, 하느님 부르면서 우리를 도와 달라고 기도했다. 모르는 사람이 보면 신실한 장로님이나 집사님처럼 생각할 정도였다. 김인주 총무는 매일 일지를 썼다. 작은 노트에 상세히 적어 내렸다. 이성규 부위원장은 오늘 내내 김재만 위원장과 붙어 다녔다.

"내가 김재만 위원장 보디가드가 되었네. 서양 영화를 많이 봤어야 했는데,

못 봐서 잘했는지 몰라도 오늘 위원장님이 화장실을 참 많이 갔어. 밥은 어찌나 많이 먹던지, 귀찮아 죽겠네."

김재만은 듣는 척도 하지 않았다. 학생들이 두 분은 어떤 사이길래 이렇게 붙어 다니냐고 물었다.

김재만이 말했다. "부위원장은 공수부대 출신이야. 6·25전쟁 때 새총부대 행동대장이었고, 군대 가서는 북한 김일성을 잡으러 평양에도 여러 번 다녀올 정도로 특급 특공대였지. 이 말은 누구에게도 해서 안 되는 국가 기밀이야. 잘못했다가는 6·25전쟁은 저리 가라 할 정도로 큰 전쟁이 날 수 있어."

이성규가 말했다. "앞으로는 위원장을 더 열심히 보필할 것이네."

학생들이 이성규 부위원장을 보고 많이 배웠다고 했다.

잠깐 대책회의를 했다. 후발대는 고창에서 버스가 못 올라오고 내일 개별적으로 온다고 했다. 미리 회원들을 맞을 준비부터 하자고 했다. 가두 홍보 문구를 만들었다.

'삼영간척 농부님네, 이 내 말 좀 들어보소. 1930년대 고위직함 등에 업고, 무상지원 얼싸 안아, 1939년 9월 4일 준공하여, 1949년 6월 21일 농개법에 미완성이 웬 말인가. 미완성의 간척답에 고을의 소작료에 배부른 자 누구이며, 배고픈 자 누구인가. 어불성설도 유분수요, 파렴치도 유분수지, 지킬 자는 안 지키고 소작농은 짓밟히니, 우리 모두 죽임 된들, 영혼인들 잊을 소냐.'

내일부터 직원들이 듣도록 확성기를 들고서 외치기로 했다. '독도는 우리 땅'을 개사한 노래도 부르자고 했다.

'소작답은 우리 땅.'

1절 전라북도 고창군 해리면 심원면 285만 평 우리들의 땅, 삼영사가 아무리 자기네 땅이라 우겨도 소작답은 우리 땅. (우리 땅!)

2절 고창농민 단결했다. 삼영사는 각오해. 피 흘린 50년 정말 억울해, 이제는 우리 땅 우리가 찾겠다, 삼영사는 떠나라. (떠나라!)

　3절 친일파 앞잡이 허주규 아무리 아니라고 변명하지만, 친일행적 뚜렷한 형제는 친일파 민족의 반역자. (반역자!)

　4절 미완답이 웬 말이냐 염전 변경 웬 말이냐 농지개혁 대상에서 빼돌렸지만 농민땅 뺏어간 삼영사는 도둑놈 삼영사는 도둑놈. (도둑놈!)'

　김인주는 구호와 노래를 만들며 각고의 노력을 했다.

　"처음 해보는 일이라서 노래는 되는지 안 되는지 몰라도, 내 목구멍에서 잘도 나오네. 내일부터 다른 사람들도 단합을 위해서 노래를 부르고, 구호도 외쳐야 하니 이렇게라도 급하게 준비했습니다."

　김재만 위원장은 지주 측과 면담을 요청했다. 삼영사 측에서는 총무부장이 나서겠다고 했다. 회사 직원들은 어리둥절했다. 함부로 나설 수도 없었고, 그렇다고 아주 모른 체하기도 어려운 상황이었다. 직원들은 이러지도 저러지도 못하는 것을 잘 알고 있었다. 회사 직원들은 대상이 아니었다. 지주와 사장이 나와야 했다. 허주규와 허주규 아들들이었다. 소작료를 받아 배를 채웠으면 이제 그만 내놓고 변상해야 한다고 말했다.

　"조선총독부에서 이러쿵저러쿵해서 돈을 받아 처먹고, 염전 만든다고 또 처먹고, 우리에게서만 200억 원 넘게 받아가놓고 얼마나 더 먹어야 배가 채워지겠냐. 이런 말도 안 되는 소리 작작하고 어서 토해내라. 부모 잘 만나 호의호식했으면 됐지, 언제까지 우리 골수 빼먹으려고 하느냐. 우리처럼 너희들 손으로 보리도 심고 벼도 심어봐라. 그렇지 못하겠으면 내놓아야 맞지 않는가. 길거리 가서 물어보자. 너희 회사 신문기자들에게 물어보자. 우리가 틀렸느냐? 자신이 있으면 따져보자. 너희 편인 전두환 대통령 앞으로 가볼 거냐. 뒤로 숨지 말고 어여 나오거라. 겁쟁이냐. 전화도 못 받느냐. 자신 있으면 나와

봐라. 6·29선언을 한 노태우 민정당 대표도 나오지 않았더냐."

회사 직원들은 그 상황에서 함부로 나서지 못했다.

"허삼돈아 나오거라. 허삼돈아 나오거라. 뭐가 그리도 무섭더냐. 학생들이 내일 각 언론사에 알릴 내용을 계획하고 있다. 4천만 국민께 드리는 호소문을 이미 만들어서 보냈다. 매국 기업 물건 쓰지 말자. 동사일보 사장은 나와라. 허삼만은 나와라. 우리가 무섭더냐. 꼬리 감춘다고 안 보이는지 아느냐. 어여어여 나오거라. 적십자 총재, 고령대학교 총장 허민성은 나오거라. 너희 학교 학생들도 와 있다. 학생들께 변명이라도 해라. 지주들에게 말해도 메아리가 되고 말았다. 오죽했으면 서울로 상경해야 했을까."

질마재댁과 최영만 재무가 다음날 아침은 빵과 우유로 준비하겠다고 했다.

"혹시 우유가 맞지 않아서 다른 것을 드시는 분이 계시면 말씀해주세요. 빵도 가벼운 것으로 준비하겠습니다."

김재만 위원장이 말했다.

"빵과 우유를 준비해주는 것만으로도 너무 고맙지요. 집 떠나면 고생이라고 하는데, 이 정도 고생이야 버틸 만합니다. 지금 우리가 찬밥, 따스한 밥 따지는 것이 더 우습지요. 이슬을 피할 수 있는 것만으로도 고맙습니다. 내 생전에 이렇게 큰 건물, 큰방에서 머무는 것은 처음이에요. 새 이불도 너무 좋고, 이렇게 많은 우리 회원들과 함께 잘 수 있어 기쁩니다. 여기까지 오는 데 50년이 걸렸습니다. 어이, 친구. 자네는 어떤가?"

이성규가 대답했다.

"말 시키지 말게. 내일부터는 전쟁이 시작될 것 아닌가? 어제도 제대로 잠을 못 이루었다며. 이제는 충분히 잠을 자두어야 하네. 건강해야 이길 수 있어."

"내일 회원님들 올라올 때 안전하게 오셔야 할 텐데."

"걱정이 많기도 하네. 어여 눈을 붙이게나. 우리가 건강해야 다른 회원들 마음이 편안해지는 거야."

"자네 말이 맞아. 잠들기 전에 하나만 얘기하지. 내일 지주 측에서 나와 줄까? 허삼만 사장이 나올까? 조리 있게 말하려면 어떻게 해야 할까. 먼저 흥분하는 놈이 지는 것이라고 했는데, 어떻게 끝까지 차분하게 대처해야 할지 걱정도 많네."

"그만 자게. 대학생들은 문 쪽에 자리 잡았어. 시골에서 올라온 우리가 안쪽에서 잠자게 배려해주고, 우리를 지켜주기 위해 노력하는 아이들이 참으로 자랑스럽네. 우리 기성세대들이 지켜주어야 하는데, 어린 학생들이 우리를 지키겠다고 잠도 제대로 못 자고 있어. 저들을 봐서라도 거사를 꼭 성사시켜야지. 허삼만이 그래도 한 번은 만나줄 텐데, 소작답 무상양도를 철저하게 말할 거야. 내일부터 많은 회원이 올라오게 될 텐데 회원들의 안전 문제도 요구해야지."

이수금 회장 말이 가슴에 걸려 넘어가지 않았다. 회원들도, 학생들도, 우리를 도와줄 사람들도 안전하게 지켜달라고 기도했다. 이수금 회장이 왜, 그리도 간절하게 말했는지 알 것 같았다. 우리 생각만 할 때는 우리가 올라온 목적만 생각하고 눈에 뵈는 게 없었는데, 막상 닥치니 회원들이 다칠까 봐 걱정스러웠다. 이수금 회장이 하고 싶었던 말은 최악의 경우 우리 중에서 누군가 크게 다칠 수도 있다는 것이었다. 전북연합회 동지 중에는 시위하다 다쳐 평생을 불구로 살아야 하는 사람이 있었다. 이수금 회장은 같은 일이 발생할까 봐 미리 염려해준 것이었다.

2일차(8월 13일), 지주와 1차 면담

기자회견이 잡혀 있었다. 9시가 되자 언론사에서 오고, MBC, SBS 같은 방송사에서도 와서 촬영해갔다. 김재만 위원장은 기자들에게 삼영사 소작답 양도 추진위원회가 상경한 이유와 4천만 국민들께 드리는 호소문을 나누어주고, 50년 동안 소작농사를 짓는 농민들의 피맺힌 한을 설명했다. 언론사나 기자들이 이렇게 많이 와줄지 몰랐다. 고령대학교 학생회나 박정일 신부님의 노력이 한눈에 보였다. 한 시간 정도 촬영했다. 기자들에게 호소문을 자세히 설명했고, 질문에 하나도 빠짐없이 답변했다. 기자회견이 끝나고, 10시 30분에 삼영염업사 회장인 허삼돈 씨와 부사장인 허선휘 씨가 나와 면담이 성사되었다. 허삼돈 회장과 김재만 위원장, 이재현, 이성규, 이상철 부위원장, 김인주 총무가 대표로 만났다. 허삼돈 회장이 먼저 말했다.

"고향 사람들이 왔다고 우리도 많은 노력을 했잖습니까. 소작료도 2:8로 내리고, 소작료 납부 거부자에 대한 압류해지도 해주었습니다. 우리도 사회적 통념에 비해 노력을 다하고 있습니다. 삼영염업사만 소작료를 받고 있다고 오도하는 것을 봤습니다. 이것은 명백한 허위사실로, 명예훼손을 해도 지금까지는 참고 있었습니다. 자본주의 사회에서는 사유재산이 인정됩니다. 대한민국은 자유민주주의 사회로 사유재산에 대해 부정한다면 국시가 무너지는 것이나 진배없는 것입니다. 우리가 무상양도를 한다면 국가 질서가 무너지는 것입니다. 유상양도는 몰라도 무상양도는 생각도 할 수 없는 문제입니다. 여기에 있는 허선휘 부사장하고 협의해보세요. 저는 국가 사절들과 11시 20분에 만남이 있어 나가 봐야 합니다. 허선휘 부사장, 고향에서 올라온 분들이니까 잘 협의해보세요."

사람들이 회장실에서 나오고, 오후 2시에 면담을 다시 하자고 했다. 후발대 사람들은 새벽에 출발하여 먼저 도착했다. 김종현이 대전에 있는 딸집에 세 사람을 데리고 가서 하루 머무르고 왔다. 문영순, 김성진, 표석종과 함께 넷이서 도착했다. 김종현 씨 딸이 김밥 40인분을 사주었다. 김종현이 말했다.

"허삼돈 회장을 만났다면서요. 정말 다행입니다. 오후에도 진짜 협상을 하는 거잖아요. 눈물이 나려고 하네요."

오영순은 질마재댁이 있는 곳으로 가서 점심으로 김밥을 먹을 수 있게 준비했다. 라면도 끓이고, 김치도 내놓고, 대형 냉장고를 설치해놓았다. 최영만 재무는 아침부터 서둘러 냉장고를 구입하기 위해 나갔다 왔다. 학생들은 회원들의 건강을 챙겼다. 여름철이니 음식이 상하지 않게 신경써야 했다. 오영순이 질마재댁보다 손위였다. 질마재댁도 언니, 언니 하면서 잘 따랐다. 언니가 와줘서 너무 좋다고 했다. 학생들과 최영만 재무도 조금이나마 거들었다. 질마재댁이 말했다.

"우리도 우리지만 대학생들이 무슨 죄가 있냐. 밥이라도 잘 먹여야지. 대학생들이 아침 일찍 일어나 지금까지 우리를 지켜주고 있어요."

김재만 위원장이 부위원장들과 함께 지주 측과 협상에 들어갔을 때, 우리의 요구사항을 정리했다. 아침에 허삼돈 회장을 만났던 사람들이 참석하겠다고 했다. 김재만 위원장은 우리가 말을 많이 하고 흥분하면 절대 안 된다고 당부했다. 늘 침착하게 대응하고, 누가 말을 하면 내 생각과 다르더라도 끝까지 듣고 말하라고 했다.

진주마을에서 김주성, 김주헌, 김태남, 심남영, 이재옥이 도착했다. 김주성이 책임자였다. 홍덕검문소에서 검문을 받고 내려와 전주의 처형네 집으로 갔다고 했다. 전주에서 출발해서 빨리 도착했지만, 가는 길은 아득히 멀게 느껴졌다.

이 마을, 저 마을에서 사람들이 도착하기 시작했다. 마을별로 참석자 명단을 정확히 적고서 시간대별로 확인했다. 신동수 감사가 참여 회원들의 인적사항을 꼭 확인하라고 했다. 최영만 재무가 확인된 인원을 보고받았다.

"나기옥 선배님, 오셨나요?"

"오셨습니다."

"벽보나 플래카드를 써야 할지도 모르니, 붓이나 먹, 페인트까지 미리 준비해놓으세요. 흰 천도 몇 마 떠와서 미리미리 준비합시다."

점심으로 라면과 김밥을 먹었다. 면담을 실패할 확률이 99프로였다. 그래서 더 준비를 철저히 해야 했다. 허선휘 부사장과 총무부장이 함께 참석했다. 2층 소회의실에서 만났다. 회사 측에서 3명이 나왔고, 삼영사 소작답 양도 추진위원회 측에서는 오전에 허삼돈 회장과 만났던 집행부가 참석했다. 허선휘 부사장이 말했다.

"우선 농성을 풀어주시죠."

김재만 위원장이 대답했다.

"소작 문제가 해결되면 자연히 농성을 풀게 될 것 아니겠습니까? 3년째 양도 투쟁을 하고 있습니다. 일일이 이야기하지 않더라도 잘 알고 있을 것입니다. 대답을 듣고 싶습니다."

"무상양도는 국시 위반이기 때문에 하고 싶어도 할 수 없습니다."

"그렇다면 국시 위반에 얼마나 저촉되는지도 알아봐야 하는 것 아닙니까? 무상양도가 가능하다면 양도하겠다는 이야기입니까? 국시 위반이 무엇이고,

어떤 부분이 저촉되는 것이죠?"

허선휘 부사장이 한참 동안 이야기를 못 하다가 입을 뗐다.

"국시도 국시지만 무상양도 선례를 남기면 타 기업도 영향을 미칠까 봐 조심스러운 부분이 있습니다."

"그렇다면 현재 소작답을 짓고 있지 않은 인근 지역 주민과 우리 쌍방이 함께 공청회를 열어서 확인해 보면 될 것 아닙니까. 확인해 봅시다."

허선휘는 끝내 대답을 못 했다. 김재만 위원장이 이어서 말했다.

"1939년 9월 4일자 논이었습니다. 구토지장부 14등급 논임을 증명합니다. 1939년 간척지는 외곽제방만 막았다고 하는데, 같은 시기에 간척한 전남 함평 땅도 600평씩 지적도가 해리 땅과 같이 등기되어 있습니다. 확인해보면 뻔히 알 것을 알면서도 왜 거짓말을 하는 것입니까?"

"무상으로 양도하면 국시 위반이니 저렴한 가격으로 인도하는 게 어떻겠습니까."

허선휘가 회유조로 이야기했다.

"무상은 무슨 놈의 무상입니까. 40년간 낸 소작료가 얼마인데, 이미 땅값을 몇 배는 더 치렀으므로 농민들에게 유상으로 돈을 더 얹어서 돌려주는 것이 마땅합니다."

"도적놈도 이렇게는 말을 않겠습니다. 더 이상의 협상은 무의미하네요."

허선휘 부사장이 벌떡 일어나 나가버렸다. 김재만 위원장도 일어나 나오며, 우리는 정당하게 우리 땅을 찾으러 온 것이라고 했다.

"문제가 해결될 때까지 죽음을 각오하고 싸워나갈 것입니다. 그러나 언제든 대화의 문은 열려 있습니다."

그렇게 회의는 결렬되었고, 마을 대표들과 대책회의를 가졌다. 지금까지 지주 측 허선휘 부사장과 있었던 얘기를 회원들에게 말해주었다. 고령대학교에 우리가 바라는 사항을 대자보로 써서 붙이고, 삼영사 본관 현관부터 시작해서 사방에 벽보를 붙이자고 이야기가 나왔다. 스피커를 이용한 방송하자는 말도 나왔다. 어젯밤 김인주가 사람들과 의논하며 말했다.

"만들어 놓은 문구를 누가 읽으면 좋겠습니까? 진주뫼 김주성 씨가 목소리가 좋고 톤도 좋으니 한번 해보면 어떻겠습니까. 노래도 잘 한다고 들었습니다."

김주성이 스피커를 잡고 방송 문구를 읽는데 MBC 아나운서 같았다. 노래도 너무 잘해서 목소리가 귀에 쏙쏙 들어왔다. 노래와 방송 문구를 녹음했다. 학생들이 직접 녹음기를 가지고 와서 녹음해주고, 대자보 쓰고, 벽에 붙일 벽보에 대한 내용도 선명하게 만들어주었다. 나기옥 선배가 학생들이 써준 문구를 보고 벽보와 플래카드를 써 내려갔다. 학생들이 모두 감탄하며, 어르신 글씨가 너무도 힘차고 살아있는 듯하다고 칭찬했다.

서울대학교에서 통일 염원제 행사가 있다고 초청장이 왔다. 박정일 신부가 삼영사 소작답 문제를 우리나라 최고 지성 대학까지 전파하고 있었다. 김재만 위원장은 약간 떨렸지만 가겠다고 했다. 찬밥 더운밥 따질 형편이 아니었다. 4천만 국민께 드리는 호소문을 가지고 가서 뿌리며 호소하자고 했다. 지주 측에서 어떻게 나올지가 걱정이었다. 지금까지는 우리가 막 들이닥쳐 삼영사에서 제대로 손도 못 쓰고 당했지만, 이제는 지주 측에서 반격해올 것이다. 우리는 공격만 할 줄 알았지, 방어하는 방법은 아는 바가 없다. 내 동네여도 어려울 텐데 이곳은 서울이었다. 학생들에게 방어를 어떻게 해야 하는지 자세히 묻기로 했다.

"이재현, 문선호 부위원장님께서는 삼영사의 반격을 어떻게 이겨낼지 알아서 대비해주시기 바랍니다. 이상철, 이성규 부위원장님은 나를 따라 서울대학교에 가고, 김병수 씨도 지주 측에서 반격해왔을 때 대비책을 아무도 모르게 준비해주었으면 합니다. 김병수 씨는 외부 세력들이 우리를 지켜줄 방안을 강구해주세요. 이수금 회장이 운영하는 가톨릭 단체와의 관계를 최대한 신경써주세요.

그쪽에 대학생 단체도 있다고 들었습니다. 은밀하게 손을 써놓으세요."

복동마을 김복수는 중학교 다닐 때 한 번 서울에 온 적이 있고, 그 후 몇십 년 만에 올라왔다. 오면서 보니 고속도로가 잘 되어 있고, 큰 건물이 많이 있을 줄은 생각도 못 했다. 텔레비전에서 나올 때 '참 많이 좋아졌구나' 생각했지만 이렇게 좋을 줄은 몰랐다. 중학교 시절 서울에 왔을 때는 광주나 서울이나 별 차이가 없었다. 이제 광주는 명함도 못 내밀게 생겼다. 김복수는 서울에 딸 시집이라도 보내야겠다고 말했다. 김복수는 김인주의 사촌 형이었다. 소작답보다는 왕촌 쪽에 자경답으로 농사를 더 많이 짓고 있다. 소작답도 세 방구나 있었다. 사촌 형제들은 다 키가 컸으나 본인만 작았다. 사업에 대한 추진력도 좋았고, 마을 사업과 사회적 문제에도 관심이 많았다. 농촌 문제에 관심 있는 사람들이 김복수에게 많이 찾아와서 이야기하고 가고는 했다. 김인주 총무는 원래 워낙 조용했고, 사회 활동에 적극적이지 않았다. 사촌형인 김복수가 적극적으로 참여하라고 해서 그다음부터 열심히 하게 되었다. 김복수는 이참에 서울 구경 제대로 하고, 동네에 가면 자랑을 많이 해야겠다고 했다.

삼영사 본관에 벽보를 붙이면 청경들이 떼는 것을 반복했다. 길거리에 벽보를 계속 붙이러 나갔다. 청경들이 4층 한정이라고 했다. 위원회에서는 1층에서 올라오는 계단까지 허락해달라고 요구했다. 그러면 현관과 층별 복도에는 안 붙이겠다고 했다. 총무부장이 직접 나와서 계단까지만 한정해서 붙이라고 허락해주었다. 회원들이 계단을 통해서 다니고 있었다. 다른 사람이 방문할 때도 계단을 이용해야만 했다. 농성장 전문 통로였다. 회사 직원들과 부딪히지 않고 다녀야 해서 서로 암묵적으로 합의된 상태였다.

유수철 학생 대표가 찾아와 김재만 위원장과 만났다. 유수철 학생 대표는 학교 게시판에 '삼영사 소작답 양도 문제에 대해 4천만 국민께 드리는 글'이라는 내용으로 대자보를 붙여 놓았다고 말했다. 학교 총장 이야기까지 들어가 있어 학생들도 관심 있게 보고 있다고 한다. 김재만 위원장은 협상이 결렬되면 회사 측에서 여러 가지로 농성을 못 하게 할 것 같다고 말했다. 유수철 대표도 혹시 있을 여러 가지 사태를 대비하여 대비책을 준비하겠다고 했다. 건물을 점거한 농성자들을 쫓아내는 전문 인력들이 많이 있다고 한다. 그놈들은 경찰보다 더 요란스럽고 인정사정도 없다고 들었다.

상경한 회원은 190여 명으로, 남자가 130여 명이고 여자가 55명이다. 나머지 5명은 엄마를 따라온 아이들이었다. 마을별 대표들이 인원을 계속 시간대별로 파악했다. 서울에 사는 친척이나 자녀 중에서 농성장에 찾아오는 사람들도 있었다. 엄마, 아빠와 함께 도착한 사람들도 많았다. 올라오기로 한 명단에 맞게 모두 도착했다. 예외라면 아이들이 더 있었다.

오늘 저녁은 제대로 된 밥을 먹게 되었다. 가스통 배달을 막아선 경비들과 회원들 간에 실랑이가 벌어졌다. 이틀째 매 끼니 빵과 우유를 먹었다. 허삼돈 회장에게 밥을 달라고 요구했지만 주지 않았다. "고향에서 왔다고 하면 밥을 줘야지, 밥도 안 주는 게 말이 되냐. 우리가 밥을 해먹겠다는데, 못 해먹게 하려면 밥이라도 주어야 할 것이 아닌가", 한참을 따졌다. 가스통이 배달되고 밥을 짓고 국도 끓이면서 온전히 밥을 해 먹을 수 있게 되었다. 회원들이 엄청 좋아라 했다. 질마재댁과 이 마을, 저 마을의 부녀자들이 합심하여 밥상을 차렸다. 쌀은 해리 금평 출신 독지가가 40키로 포대 4개를 가져다 주었다. 김치와 밑반찬도 여기저기서 들어왔다. 국거리 돼지고기도 서울에 사는 친인척들이 가져다주었다.

김재만 위원장은 내일 서울대에 가서 삼영사 소작답 양도 문제에 대한 이야기를 어떻게 할까 고민했다. 50년 동안 피맺힌 한을 풀어낼 방법이 무엇인지,

어떻게 이야기를 만들어가야 할지 걱정되었다. 허삼돈 회장, 허선휘 부사장과 1차 협상한 일, 어제 경찰들이 서울로 상경하는 버스를 고속도로에 멈춰 세우고 사람들을 고속도로에 내려놓고 버스를 돌려보낸 일, 사람들이 그 위험한 고속도로 아래에서 1시간 걸어 정읍터미널에 도착한 일까지 떠올리면 누구 하나 다쳤으면 어쩔 뻔했냐고, 지금도 가슴이 떨린다고 했다. 대한민국 경찰들이 국민을 보호해야지, 사지에 밀어 놓고 오는 경우가 말이 되는지 꼭 따져봐야 한다, 어떠한 일이 있어도 그 책임자를 문책해야 한다고 주장했다. 엄마들이 더 막무가내로 언성을 높였다.

허선휘 부사장은 총무부장을 시켜 내일까지는 농성을 풀고 고창으로 내려가라고 전했다. 아무런 결과도 없이 내려가라는 말이냐고, 누가 시켰냐고, 당신네들이 일하는 사무실도 회장실도 다시 점거해야겠다고 엄포를 놓았다. 총무부장은 아무런 말도 못 하고 어물쩍거리다가 내려가버렸다. 회원들은 이참에 허삼돈 회장과 허선휘 부사장도 고발해야 한다고 했다. 저들이 시켜서 경찰들이 그렇게 하지 않았겠냐며, 저들도 함께 꼭 검찰에 신고해야 한다고 했다. 절대로 그냥 넘겨서는 안 된다고 했다. 김재만 위원장과 부위원장들이 어제 우리가 겪은 일도 협상안에 넣어서 재발을 방지해야 한다고 했다.

밥상이 차려졌다. 우선 대학생들부터 배식하고, 나이가 많은 어른들부터 식사하게 했다. 남자들이 다 먹고 난 후에야 여자들이 밥을 먹었다. 전북가톨릭농민회연합 이수금 회장과 일행들이 밥이 맛있다고, 누가 이렇게 솜씨가 좋은지 모르겠다고 했다. 두 그릇을 비웠다며, 배가 남산만 하다고 했다. 무슨 젓갈인지 너무 맛있어서 마파람에 눈썹 날리듯 먹어버렸다고 했다. 황새기젓갈이었다. 동호해수욕장 앞에서 나온 것이 최고의 명품이었다. 고창군을 대표하는 특산품이다. 밥맛없을 때 이만한 것도 없다. 아무리 배가 불러도 금세 소화가 된다. 이수금 회장에게 일이 잘되어 내려가게 되면 전주로 보내주겠다고 했다. 단체 급식을 해야 해서 아이들 먹을 것이 충분하지 못했다. 엄마들이 잘 챙겼다. 남자들은 설거지도 해주고 쓰레기도 버리면서 여자들의 일을 많이 덜어주었다. 질마재댁은 아침 먹을 것을 미리 준비해놓았다.

저녁을 먹고 학생들은 학교로 돌아갔다. 밤시간에도 방송 멘트를 녹음하고 농민가를 불렀다. 학생들이 말해주었던 거리 행진을 할 때의 요령, 여자들이 앞줄에 서야 하는 이유를 떠올리며 하나도 틀림없이 연습했다. 여자들의 잠자리는 분장실과 대기실을 사용하면 크게 불편하지 않을 것이라고 했다. 아이들이 노래를 더 잘 따라 했다. 주산초등학교 4학년 지은이는 노래를 잘하고, 춤도 잘 추고, 어른이 있어도 기죽지 않고 스피커를 잡았다. 어른들보다 더 용감했다. 책으로 공부하는 것도 중요하지만 사회적 문제를 직접 경험하는 것도 좋을 것 같다고 담임선생님과 교장 선생님을 설득해서 엄마와 함께 올라왔다고 한다. 처음에는 허락하지 않았으나, 담임선생님 먼저 설득하고 교장선생님에게 이야기했더니 끝내 허락해주었다고 한다. 엄마도 선생님들께 말했다. 지은이가 그 시간을 헛되게 보내지 않도록 하고 오겠다고, 틈틈이 책도 읽게 하고, 일기도 매일매일 쓰게 하겠다고 이야기했다. 지은이의 동생도 따라 왔다. 동생을 보살펴 주는 것도 지은이 몫이었다.

지은 아빠는 염전에 다녔다. 지은이는 아버지를 대신하여 참석했다고 한다. 아버지의 건강이 좋지 않은데다 혼자 계시는 장인의 식사까지 챙겨야 했다. 지은 엄마는 남편이 순하고 착해서 처가살이하면서도 얼굴을 찡그리는 것을 한 번도 못 봤다고 했다. 지은이 외할아버지는 자신이 오래 살지 못할 것 같으니, 논도, 밭도, 산도 딸 앞으로 하라고 했다. 지은 엄마는 자기 아빠가 그렇게 말하면 구박하며 말을 못 하게 했다. 지은이 외할아버지는 지은이 효심도 좋으니 제사를 잘 지내줄 것 같다며, 걱정없다고 했다. 지은 엄마는 그럴 때마다 노인네가 별의별 것을 다 말한다고 구박했다. 어련히 알아서 잘 할거고만, 지은이까지 들먹이는 것을 보면 죽어서도 따뜻한 밥은 얻어 드시고 싶은 모양이라고 했다. 지은이는 공부를 잘했다. 3학년 때는 반장도 했다. 키가 크고 운동을 잘하니, 팔방미인이 따로 없었다. 엄마가 지은에게 서울에 가는 이유를 설명하니, 따라가겠다고 했다. 1주일 내내 결석해야 한다고 하니, 그럼 나는 졸업식 때 개근상도 정근상도 못 타겠다고 하면서도, 서울에 따라가서 큰 세상을 보고 오겠다고 했다. 지은이 동생은 이제 여섯 살이었다. 누나를 엄청 좋아했다. 엄마 말보다 누나 말을 더 잘 들었다. 지은이는 매일 밤 동생에게 어여 일기 쓰고 빨리 자라고 잔소리했다. 내일은 거리에 나서서 홍보하고, 행인들에게 유인물을 나눠주기로 했다. 엄마가 동생을 못 보게 될 때는 누나인 지은이 엄마 대신 동생을 보살펴야 한다고 했다. 동생 순철이는 외할아버지도 아버지도 보고 싶다고 했다. 지은 엄마는 순철이와 지은이의 잠자리를 보고 함께 자리에 누웠다. 아침부터 차를 타고 와서 엄청 피곤하다고 했다. 혼자 이동하는 것도 힘이 드는데, 아이들 둘까지 데리고 와서 엄청 피곤하다고 했다. "어여 자자, 내일 아침도 일찍 일어나야 하니까." 불편해도 눈을 꼭 감고 있으면 잠이 잘 오게 될 것이라고 했다. 무서우면 엄마 품속으로 들어오라고 했다. 순철이와 지은이는 엄마 품속으로 파고들었다. "어이쿠 요놈의 자식들이 언제 크려고 이러는지, 지은이는 어여 네 자리로 가라." 지은은 머리를 긁으며 못 이기는 척 자리로 돌아갔다. 순철이는 아직도 품속에서 엄마 쭈쭈도 만지고, 뽀뽀도 하며 엄마를 놓아주지 않았다. "이 남자가 뭐시랑가", 집에 가서 아빠에게 다 일러버릴 것이라고 했다. 순철이는 엄마 품에 얼굴을 비비며 어리광 피우고, 엄마 손을 꼭 잡고서 놓아주지 않았다.

3일차(8월 14일), 서울대학교 민족통일 염원제 참가

우당탕탕 소리가 들려왔다. 잠을 자고 있었던 사람들이 일어나 밖으로 나갔다. 김인주 총무가 제일 먼저 밖으로 나갔다. 경비가 걸려있던 플래카드를 떼어내고 있었다. 경비도 놀란 듯 멈칫했다. 이성규 부위원장이 "이게 뭡니까. 누구 마음대로 이런 짓을 합니까. 지금이 몇 시입니까" 따져 물었다. 새벽 2시 30분이었다. 많은 사람이 일어나 웅성웅성거렸다. 다시 빼앗아 놓고 잠자리에 들었다. 무슨 일이 있는지 아무것도 모르고 잠에서 깨어나지 않고 쿨쿨 자는 사람들도 많았다. 시끄럽게 하면 깰 사람들이 많을까 봐 조용히 아무 일 없는 듯 마무리하고 다시 잠자리에 들었다.

아침을 먹고 김재만 위원장과 부위원장들은 함께 서울대로 출발했다. 김인주 총무는 남아있는 회원들을 둘로 나누어 남자들은 농성장을 지키게 하고, 여자들을 중심으로 해서 거리 홍보를 계획했다. 지은 엄마도 순철이랑 함께 따라나섰다. 사람들이 오가는 종로5가에 멈췄다. 지은이가 마이크를 잡고 싶다고 했다. 김인주 총무가 그냥 한번 주라고 했다. 지은이 마이크를 잡고서 노래와 춤을 추었다. 그리고 외쳤다.

"나는 엄마 따라서 전라북도 고창군 심원면 주산리 죽곡마을에서 왔습니다. 어르신들께서 보시기에 쬐깐한 학생까지 데리고 왔나 싶겠지요. 우리 엄마가 교장 선생님과 담임선생님께 정말 어렵게 말씀하셔서 나를 우리나라에서 제일인 이 서울 한복판에 데리고 왔습니다. 주산초등학교 4학년 김지은입니다. 공부도 1등 아니면 2등으로 그 이하로 떨어진 적이 없습니다. 서울에 올라온 지 3일째입니다. 우리 시골에서는 손님들이 오시면 밥을 대접하고, 먹을 것을 이것저것 다 내놓는데 삼영사 아저씨들은 우리에게 물 한 모금 주지 않아 우리는 우유와 빵으로 아침, 점심, 저녁을 먹었습니다. 외할아버지는 건강이 좋지 못해 어머니가 대신해서 이렇게 올라왔습니다. 할아버지가 서울에 올라가면 코를 베어 가는 사람들이 많이 있으니 각별히 몸조심하라고 했는데, 누가 코를 베어 가도 좋으니 밥이나 주었으면 합니다. 가난한 우리 할아버지는 손님이 오시면 닭도 잡아주고 그러는데, 서울에 부자 할아버지는 소작료를 받아 배부르고 할 텐데 어떻게 요구르트 한 병도 안 주신당가요. 참으로 이상해요. 할아버지가 교육을 잘못시켰나 봅니다. 우리 할아버지가 땅을 되찾고, 나도 엄마 아빠 따라 남산도 구경하면서 엄마, 아빠, 할아버지, 순철과 행복하게 살고 싶습니다. 서울 시민 여러분, 어르신, 저희 좀 도와주세요. 우리 엄마 아빠가 너무도 불쌍합니다. 여기에 계시는 분들께서라도 우리 엄마 아빠의 불쌍함을 아시고 도와주시면 감사하겠습니다. 우리 좀 봐 주세요. 어제는 기자분들도 방송국에서도 촬영해갔는데, 어느 방송국에서도 신문에서도 크게 나오지 않았습니다. 동사일보 신문이 삼영사 사장님네 것이라서 언론을 막아서 그런다고, 시골에서 올라온 어르신들이 말했습니다."

순간 수백 명이 걸음을 멈추었다. 어린이가 불쌍하다고 주머니에서 돈을 꺼내어 지은이의 엄마에게 주고 가는 사람들도 많았다. 4천만 군민께 드리는 호소문이 다 떨어져버렸다.

서울대학교에 도착했다. 박정일 신부도 계셨다. 김대중 총재와 김수환 추기경도 와 계셨다. 4천만 국민께 드리는 호소문을 나누어 주면서 행사장으로 들어갔다. 민족통일 염원제가 시작되고, 이름만 밝혀도 대한민국 국민들이 다 아는 사람들이 다 모여 있었다. 고령대학교 이인영 학생회장도 와 있었다. 반갑게 인사를 나누었다. 어찌나 반갑게 맞아주던지, 촌놈이라서 엄청 떨고 있었으나 마음이 조금 놓였다. 박정일 신부 옆으로 가서 앉았다. 참석한 사람들을 소개하는 시간이 있었다. 박정일 신부를 소개하고 나서 삼영사 소작답 양도 추진위원회 김재만 위원장이 전라북도 고창군에서 올라왔다고 거창하게 소개해주었다. 박정일 신부가 연단에 올라가는 것으로 되어 있는데, 사회자에게 본인 대신 김재만 위원장을 연단에 세워주라고 했다. 박정일 신부는 김재만위원장에게 그때 전주 코아백화점 육교 위에서처럼만 하면 된다고 했다. 김재만 위원장은 숨이 멈춰버릴 것 같았다. 일개 시골 촌놈이 대한민국의 최고의 지성 대학에 올라온 것만 해도 죽어도 좋을 정도인데, 소개까지 거창하게 받고, 이제는 연단에 올라가 말해야 한다고 생각하니 앞이 캄캄했다. 머릿속은 하얗고 가슴은 터질 듯 벅차올랐다.

"저와 같이 부족한 사람이 이런 자리에 온 것만으로도 너무나 벅차고, 사실은 뭐라고 얘기해야 할지 앞이 캄캄합니다. 하지만 50년 동안 600여 소작농사를 짓는 사람들의 한 맺힌 사연이 있기에 이 자리에 올 수 있었다고 생각하고, 진심으로 감사드립니다. 오늘 죽어도 좋지만, 대한민국의 4천만 국민의 염원인 통일을 빨리 봤으면 좋겠습니다. 또 하나, 50년 동안 소작농사를 짓는 우리의 대물림을 이번에 꼭 끊어내고 싶습니다. 여기 계시는 선생님들께서 도와주신다면 못할 것도 없다고 생각합니다. 우리의 소원은 소작료를 내지 않고 농사를 짓는 것입니다. 1930년에 조선총독부로부터 일본 회사가 간척지 개간을 허가받아 간척했으나, 그들은 허가 기간 안에 공사를 마무리하지 못했습니다. 삼영사 허주규 씨가 조선총독부에 헌금을 하고 나서 보조금 36만 원까지 받았습니다. 1936년 일제강점기 여러 벼슬까지 얻어가며 허가권을 받아서 완료하고, 1939년 정읍세무서에 사업자등록을 하여 소작농사를 짓게 되었습니다. 그전에 명성황후의 먼 친척이 300여 마지기를 간척해서 20여 년간 농사 짓고 있었고, 김학배 씨가 70여 마지기를 농사짓고 있었습니다. 그러나 허가를 받지 않고 간척해서 농사지었다며 조선총독부에서 빼앗아 갔다고 들었습니다. 대한민국이 해방되고 농지개혁법에 의한 유상양도를 시행했는데, 허주규 씨의 형이 당과 패거리를 만들어 간척지를 미완성 토지라고 해서 빼버렸습니다. 또 소금을 생산하는 염전으로 만들겠다고 정부로부터 1정당 20만 원씩 보조금을 받아 염전으로까지 바꾸었습니다. 다른 지역은 땅을 다 농민들께 돌려주었는데, 삼영사 소작농사를 짓는 우리는 지금까지 그들이 바라는 돈을 수십 배나 더 주었습니다. 우리에게 안 돌려주어도 괜찮습니다. 농사는 농민들이 지어야 합니다. 허삼돈 씨나 적십자 총재이자 고령대학교 총장 허민성 씨가 직접 내려와서 농사를 지으라는 것입니다. 6·29선언 후에 희망을 봤습니다. 보십시오. 영원할 것 같던 그 무지막지한 군사정권도 물러나고 있는데, 50년 동안 피맺힌 한이 지금 이 시대에도 자행되는 것이 정말 맞는지, 여기에 계시는 선생님들께서 말씀해주십시오. 선생님들께서 맞다고 하면 그냥 내려가겠습니다. 김대중 총재님, 김수환 추기경님 말씀 좀 해 주십시오."

박수가 우렁차서 행사장이 떠내려갈 정도였다. 행사가 끝나고 김대중 총재와 김수환 추기경이 자신들을 찾아오라고 했다. 이인영 학생회장도 더 열심히 돕겠다고 했다. 이성규 친구가 감격에 차 말했다.

"나는 걱정도 했네만, 자네 연설을 듣고 눈물을 멈출 수가 없네. 자네의 연설을 듣고 계시는 선생님들을 보니까 울컥해. 고개를 끄덕이며 자네 말에 집중하는 것을 봤고, 행사장에 모인 그 많은 학생의 박수를 듣고 오늘 행사의 주인공이 꼭 우리 같았어. 김재만 위원장, 내 친구 자네가 진짜 주인공이었네. 진심으로 고맙네. 우리도 할 수 있어."

행사가 끝나고 농성장에 도착했다. 농성장에서 지은이가 스타가 되었다. 오늘 성금으로 모금된 금액도 수십만 원이었다. 모금한 것도 아니었다. 한 푼, 한 푼 주고 간 돈이 백만 원에서 조금 안 되는 돈이었다. 서울 시민들이 울컥하는 것을 봤다. 함께 따라 나갔던 어르신들도 똑같이 울컥했다고 했다.

내일은 서울에 올라온 회원 모두 참석하는 총회를 연다. 소작료를 내는 문제를 끝내지 않고는 내려가지 않겠다고 했으나, 회원들과 정확하게 협의하고 결의도 해야 했다. 후발조가 올라오고, 인원이 한꺼번에 교체되는 것도 문제였다. 다양한 방법에 대해 토론하고, 어떤 방법이 있는지, 최선책을 찾아야 했다. 앞으로 지주 측에서 쉽사리 양보하지 않을 것이 뻔했다. 경찰과 여러 가지 방법을 동원해서 조직을 와해시킬 것이다. 서울대학교 통일염원제에서 김대중 총재를 만나 뵀었다. 김수환 추기경도 뵀다. 종로5가에서는 지은이가 스타였고, 서울대학교에서는 김재만 위원장이 스타였다고 부위원장이 말했다. 김재만은 6·25전쟁 때 새총부대를 만들어 북한군을 세 번이나 무찔렀다. 아무도 모르게 승리할 수 있는 전략을 짜는 것은 위원장 몫이었다. 그때보다 더 값진 승리가 오늘인 것 같았다.

　고인이 된 나용균 전 이장 셋째인 동채가 서울대학교에서 공부했다. 동채가 대한민국 최고의 지성소에서 공부했구나 생각하니, 마을의 자랑이었다. 김병수가 아직 회사 측에서 협상에 대한 낌새가 없다고 했다. 비밀요원처럼 철저하게 잘하고 있었다. 오늘 지은이가 노래하고 춤도 추고 연설을 했을 때도 김병수가 뒤에서 회원들을 지키고 있었다. 이수금 회장도 멀리서 길거리 홍보 사항을 지켜보고 있었다. 지은이가 한 연설은 정말 멋졌다. 원고를 주고 그렇게 하라고 해도 못 할 것을, 누가 시키지도 않았는데 그렇게 잘 할 줄은 몰랐다. 하지만 어린이가 나서는 것을 나쁘게 보는 사람 입장에서는 볼멘소리할 수도 있었다. 지은이와 지은이 엄마에게도 상처가 될 일이 생길지도 몰랐다. 이수금 회장은 그런 빌미는 사전에 차단하라고 말했다. 박정일 신부가 농성장에 도착했다. 박정일 신부는 우리의 안전부터 서울에서 유명한 인사를 접촉한 것까지도 모두 챙기고 있었다. 김재만 위원장이 두 분께 언제까지 곁에 계실 수는 없겠지만, 너무도 감사드린다고 했다. 박정일 신부와 이수금 회장은 모두들 건강하라고, 본인들의 건강은 꼭 본인들이 각별히 신경 쓰고 어디에 갈 일이 있거든 꼭 보고하고 가라고 했다. 박 신부와 이 회장은 나가면서 허선휘 부사장을 잠시 만나, 어떠한 일이 있어도 인명사고가 발생되지 않도록 각별히 조심해달라고 하고 갔다.

  새벽에 대형 플래카드를 떼어내려다가 들킨 경비가 김재만 위원장에게 사과했다. 미안하다고, 도움이 필요한 일이 있으면 돕겠다고 말했다. 경비는 회사에서 시켜서 하지 않았다고, 스스로 한 일이라고 말했지만 믿지 않았다. 본인이 했다면 더 당당하게 굴 텐데, 안절부절못하며 굽히는 모습이 회사 눈치를 보는 듯했다. 누군가 시킨 것이 확실했다. 새벽에 은밀하게 하려 한 것을 보면 허선휘 부사장 짓이 분명했다. 윗사람 눈치를 보며 혼자 덤터기를 쓰려던 것이다. 그래도 진심으로 마음을 담은 사과라는 것을 느꼈다. 김재만 위원장도 사과를 받아들였다. 지주 측에서는 빨리 농성을 풀고 돌아갔으면 하는 눈치였다. 유상양도를 검토하겠다는 것이 진심인지 알 수는 없어도, 어느 정도는 생각하고 있는 것 같았다. 전략을 명확히 해야 했다.

  지주 측에서 국시까지 내놓으며 배수진을 쳐놓은 상황이었다. 해결책에 관한 의견 차이 때문에 서로 간의 줄다리기가 더욱 팽팽해질 것이다. 지금까지 해왔던 과정을 돌아보고, 앞으로의 대책을 마련해야 했다. 오랜 서울 생활에 지칠 수밖에 없었지만 중국 공산당처럼 만만하게 전략을 짜면 안 되었다. 우리는 벼도 수확해야 했다. 지주 측보다 불리한 상황이었다. 내일은 이수금 회장에게도 참석을 부탁드렸다. 학생 대표도 불렀다. 앞으로 대책을 세우는 데 이수금 회장의 도움이 필요했다. 전문가들로부터 많은 이야기를 먼저 들어볼 생각이었다. 이상철 부위원장은 어떠한 일이 있어도 무상양도를 받아야 한다고 주장했다. 보상금까지 받아야 한다며 주장을 굽히지 않았다. 김재만 위원장은 하나의 방법만으로는 안 된다고 말했다. 이후에 변화될 양상이 추진위 측에 더 좋을 수도 있고, 나쁠 수도 있었다. 다양한 가능성을 열어두어야 했다. 이상철 부위원장 말이 맞으니, 모두 최선을 다하자고 격려했다. 집행부가 서로 '너는 옳지 않고, 나는 옳고'라는 식으로 회의가 진행되면 회원들은 불안해할 것이다. 말을 잇지 못할 정도의 문제가 있을 때는 휴회한 뒤 논리를 정리하고 다음 회의를 속개하기로 했다. 집행부를 믿고 따르는 회원들의 사기가 걸린 문제였다.

"지은 학생이 스타가 되었다고 하더니, 누가 그렇게 많이 알려주셨나요?"
"할아버지가 서울에 가면 엄마 말씀 잘 듣고, 특히 어르신들 말씀을 잘 들으라고 했습니다. 엄마가 혹시 우리를 놓고서 다른 데 갈 때 제가 동생을 지키라고 했습니다. 서울에 올라와 빵과 우유만 먹은 이야기를 서울 사람들께 이야기했더니, 서울 사시는 어르신들이 어린이라서 더 좋게 봐 주신 모양인지, 어르신들께서 여기저기에 삼영사 소작답 얘기를 많이 해주셨습니다. 제 할아버지 이야기도 해드렸습니다."
"잘 했는데, 다음부터는 어른들이 말을 걸어도 개인적인 이야기는 하지 말아야 한다. 알았지요, 예쁜 꼬마 아가씨."
"예, 알겠습니다."
지은이는 똘망똘망 눈망울이 살아있었다.

김병수는 김재만 위원장, 김인주 총무와 독대했다. 김병수는 우리가 김수환 추기경을 만나는 것 자체로 지주 측에서 관심갖게 될 것이라고 했다. 가급적 빨리 만났으면 한다고 전했다. 김인주 총무가 내일은 제외하고는 언제든지 가능하다고 했다. 총회가 끝나고 다음 날로 했으면 좋겠다며, 그렇게 준비하겠다고 했다. 김인주가 "오늘처럼 위원장은 김수환 추기경님과 김대중 총재님을 뵙고, 우리는 대학로 등지에서 모금 활동을 하는 것도 좋을 것 같다"고 말했다. 김병수는 "그럼 박정일 신부님께 부탁해서 최종 확정되면 연락하겠다"고 했다.

김재만 위원장은 서울대학교 학생들의 박수 소리가 지금도 우렁차게 들렸다. 가슴에 꽂힌 박수 소리가 너무도 깊게 새겨져 평생 잊지 못할 것 같았다. 애지중지 가슴에 담고 싶었다. 모든 것이 생생하다. 김수환 추기경님이 손을 꼭 잡아주셨다. 김대중 총재님이 웃어 주셨다. 이인영 학생회장은 눈망울이 맑았다. 모든 사람과 상황을 새록새록 새겼다. 통일이 빨리 왔으면 좋겠다. 우리 민족의 통일도, 우리 민족의 한도 일제강점기 일본 놈들로부터 시작되었다. 조선총독부 보조금까지 받아가며 일궈낸 선물이 우리가 짓고 있는 소작답이다. 대물림이 이렇게 길어지게 될지 누가 알았을까. 두 대가 흐르고, 삼대까지 이어지게 될 것으로 누가 알았을까. 통일도 중요하지만, 우리에게 가장 중요한 것은 소작농사를 짓지 않는 것이다.

김재만이 말했다. "인주 동생, 나는 진짜 마음 쓰이는 것이 있어. 국시가 뭘까? 헌법에는 어떻게 되어 있을까? 사유재산 인정은 무엇이고, 자본주의 사회에서 우리의 처지는 뭘까? 헌법에서는 우리를 어떻게 볼까? 아무리 생각해도 저들이 말하는 국시가 무엇일지 답이 나오지 않아. 협상장에서 왜, 국시를 꺼낸 것일까? 결국에 유상양도는 우리에게 주어진 운명이야. 우리는 우리에게 유리한 국면을 어떻게 만들 것인지 생각해야 해. 전략을 구체적으로 생각해야 해. 인주 동생, 앞으로는 우리 둘이 많이 외롭고 힘들 거야. 회원들에게까지 의심받는 날도 있을 것이고, 부위원장들까지도 나를 의심하게 될지도 몰라. 국시가 결국 그렇게 만들고 말 것이니까. 그래도 인주 자네는 나를 믿어야 하네. 나는 열네 살 때부터 가난의 대물림을 끝내야 한다고 했어. 하루아침에 신념이 바뀌는 경우는 없지. 목숨보다 더 소중한 신념이 된 것이야. 국시 문제 때문에 원치 않는 선택해야 하는 순간이 올 수도 있어. 통일염원제 행사에서 느낀 것이 국시는 민주주의 공화국이야. 평화통일도 국시 안에서 이루어질 것이야. 그래, 결국 무상양도는 없어. 우리가 유리한 조건을 만드는 것이 최선이야. 자네에게 무거운 짐을 나누게 할 생각은 전혀 없지만, 자네는 나를 바로 알아야 하기 때문에 이렇게 말한 것이야. 자네가 눈 똑똑히 뜨고 나를 봐야, 나중에라도 제대로 말해줄 것 아닌가. 성규 친구가 나를 대변해 주겠지. 서로를 믿어주지 않으면 어찌하겠나. 자네가 아주 은밀하게, 나도 모르게 나를 감시했으면 하네. 그런 이유에서 김병수를 둔 것이기도 해. 무신론자인 내가, 잠들기 전에 하느님을 찾고 있네. 너무 많은 것들을 고민하나 보니 잠도 제대로 못 자고, 진짜 기독교인은 아니지만, 하느님께 기도하면 잠이 잘 오고 머리도 맑아져. 김수환 추기경님을 만나면 이 말은 꼭 고백할까 하네. 박정일 신부님을 만난 덕일까 싶기도 하네만, 어찌 되었든 지금 내가 그렇다네. 내 말 꼭 명심하고. 이상철 부위원장님 말도 맞는데, 그것만 고집하다가 결국 아무것도 제대로 못 하게 되면 어쩌나 걱정돼. 위원장 자리가 이렇게 무거운지 몰랐어. 위원장 하지 말고 다른 사람들 뒷바라지나 해줄 걸 그랬나 생각이 들 때도 있고, 나보다 더 잘할 사람도 있었을 텐데, 기회를 뺏은 것 아닌가 싶어."

"형님, 다른 것은 몰라도 형님처럼 이렇게 해줄 사람도 없습니다. 나 역시도 형님이 아니었다면 여기까지 못 왔을 것입니다. 형님이 제 성격을 더 잘 알고 계시지 않습니까. 형님이 앞에서 끌고 계시기에 저도 이렇게 열심히 돕는 것입니다."

"고맙네, 내일 총회도 잘 마무리되었으면 좋겠네. 오늘 부위원장들과 사전에 말했으니까 별 불상사는 없겠지만, 각 마을 대표님들께서 혹시나 딴말하면 어쩌나 노심초사하게 되는 것은 어쩔 수 없네. 내가 졸장부 같네. 다른 사람들에게 비밀로 붙여 놓았으니, 다른 사람들 입에서 내가 했던 말이 나오면 자네가 입을 연 것으로 알겠네."

서로 웃었다.

"형님처럼 담대한 사람도 이렇게 약한 모습을 보이다니, 위원장 자리가 무겁긴 한가 봅니다. 나 같으면 못할 일들을 너무도 잘해서 형님께서 아무런 걱정이 없는 줄 알았습니다. 형님 힘내요. 제가 옆에 있잖아요."

4일차(8월 15일), 서울농성장 총회

　1차 협상이 결렬되었다. 지주 측에서는 예상한 대로 무상양도는 국시 문제라며, 절대 있을 수 없다고 했다. 회사에서는 적당한 가격으로 매매하자고 제안했다. 추진위는 우리의 생명이 결부된 문제라고 무상양도를 주장했다. 땅을 찾기 전까지는 끝까지 투쟁하겠다고 통보했다.
　동사일보 신문에 지주들의 주장을 정당화하는 내용과 삼영사 소작답 양도 추진위원회의 활동을 왜곡하는 보도가 나왔다. 50년 동안 피맺힌 한을 풀기 위해 최근 3년 동안 계속 투쟁했고, 그 내용을 4천만 국민께 드리는 호소문에 담았다. 하지만 동사일보가 지주의 편이기 때문에, 추진위의 진실된 호소는 기사화되지 않았다. 삼영사 소작답 양도 문제에 대한 기자회견을 가졌을 때 여러 신문사 기자들이 취재했다. 방송사에서도 촬영했다. 그러나 신문에 기사가 실리지도 못했고, 나왔다 한들 아주 뒤쪽에 몇 줄 실렸다. 동사일보가 중간에 끼어들어 있기 때문이다. 동사일보는 지주를 대변하는 신문사였다. 일제강점기 창간된 민족신문을 말하면서, 정녕 민족신문사인지 의심스러웠다. 허주규가 조선총독부에서 한 벼슬이 한두 가지가 아니었다. 동사일보가 지주 편을 드는 것은 친일인사를 지키는 것과 진배없다. 민족신문이라고 자처하는 것이 부끄럽지 않는가. 추진위는 동사일보를 절대 좌시할 수 없다. 회원들은 총회가 열리기 전에 동사일보 기사를 보고 이대로 물러설 수 없다며 결의를 다지고 있었다.

김인주 총무는 각 마을 대표들의 명단을 통해서 출석을 확인했다. 처음 올라왔을 때 명단을 확인했으나, 두 명이 내려가고 세 명이 새롭게 올라왔다. 진주마을 김태남의 지병인 당뇨가 심해졌고, 이재옥이 김태남을 데리고 내려갔다. 복동마을에서 세 명이 올라왔다. 191명으로 확인하고 총회가 시작되었다. 김인주 총무가 성원보고를 하고서, 김재만 위원장에게 정식총회의 시작한다고 보고했다. 김재만 위원장이 먼저 이수금 회장의 인사말을 듣겠다고 했다. 이수금 회장이 우리에게 해줄 말이 많고, 앞으로 투쟁을 이어갈 방법에 대해 많은 이야기가 있을 것이라고 했다.

　"안녕하십니까, 저는 전북가톨릭농민회연합 회장 이수금입니다. 김재만 위원장을 만난 지도 1년이 다 되어가나 봅니다. 박정일 신부님에게 삼영사 소작답 양도 문제에 대한 이야기를 듣고 지금껏 열심히 돕고 있습니다. 그중에서도 제가 신부님을 대신해서 앞장서 왔습니다. 신부님께서는 여러분들의 안전을 제일 신경쓰고 계십니다. 농성을 하고, 거리 홍보도 하고, 어떨 때는 시위도 해야 할 것입니다. 우리는 수도 없이 많은 시위에 참여했습니다. 우리 동지 중에는 크고 작은 장애를 가진 사람들이 많고, 혼자서는 제대로 생활하지 못하는 사람이 수십 명입니다. 시위의 목적은 없어지고 싸움으로 변질되는 경우가 많았습니다. 승자가 없이 결국 우리의 동지만 잃고 마는 경우가 많았습니다. 그래서 여러분을 안전하게 지키기 위해 더 신경 쓰는 것입니다. 진정 걱정하는 부분이 안전사고 발생입니다. 여러분께서는 집행부 위원장님이나 총무님, 마을 대표님들의 말을 따라야 하고, 감정에 치우쳐 너무 앞서 나가는 것도 절대 안 됩니다. 특히 시위 현장에서 홀로 움직이는 것은 절대로 안 됩니다. 아이들도 몇 명 있던데 시위 현장에 아이들을 데리고 오는 것은 절대로 안 됩니다."

　중간중간 큰 박수가 나왔다. 다음으로 고령대학교 문리대 유수철 학생회장이 말했다.

　"내일은 우리 학교 학생들이 안내하여 대학로에 나가서 모금 활동과 홍보

활동을 동시에 할 것입니다. 여자분들, 엄마들도 함께 나아갑시다. 남녀 합쳐 40여 명이 나갔으면 합니다."

유수철 회장이 앞으로의 활동을 자세히 설명했다. 외부에서 온 손님들이 다 나가고 회원들만 남아 회의를 시작했다.

"금세 4일째가 되었습니다. 여러분들께서는 3일째가 되었습니다. 이렇게 많은 사람이 열악한 회의실에서 합숙하면서 지내고 있습니다. 참으로 대단합니다. 지주 측과 협상도 시작되었고, 오늘 자 동사일보 신문에서 본 바와 같이 우리들의 농성이 유의미한 일만은 아니라는 것을 경험하고 있을 것입니다. 참으로 많은 것을 저 역시도 경험하고 있습니다. 여러분들이 올라오면서 생각했을 법한 내용들이 쉽게 이루어지지 않고 있다는 것을 알고 계실 겁니다. 이 일이 쉽게 끝나지 않을 것 같고, 어쩌면 올해 내내 농성을 해야 할지도 몰라서 여러분들을 한 자리에 모았습니다. 특히 아직 서울로 오지 않은 다음 조가 올라오는 문제도 있고, 후발조에게 장기간 농성이 필요하다는 사실을 밝히고 이해를 구해야 하는 상황으로 전개되고 있습니다. 우리 집행부에서는 앞서 말한 바와 같이, 현재 191명이 참여하고 있는데, 한꺼번에 후발조로 교체되는 것은 여러 가지로 문제가 있을 것 같아 한 번에 50여 명씩 교체하는 것으로 결정했습니다. 마을 대표님들과 상의하여 먼저 내려가야 하는 먼저 정하고, 올라올 사람들도 마을별로 선정해야 하니 정확하게 밝혀주세요. 혹시 이 문제에 대해 말해야 할 사람이 있으면 말해주세요."

복동마을 김복수가 말했다.

"다른 안이 있으면 먼저 말하고 하나하나 마무리하는 것이 좋을 듯합니다. 하나의 문제가 길어지고, 또 결론을 내지 못하면 다른 것까지 지연되어 회의 성과도 내지 못하고 끝날 수 있습니다."

"협상이 쉽게 끝나면 상관없지만, 지주 측과 우리의 입장이 많이 다릅니다. 그래서 농성이 오래가는 겁니다. 이 두 가지 문제에 대해 이야기해 줄 사람이 있으면 말해주세요."

"위원장님께서 말씀하신 상황을 정리하려면 처음 말한 후발조들과 먼저 내려가야 하는 사람들의 기준을 마련해야 합니다. 우리가 올라오기 전에는 선발조, 후발조로만 회의하고 왔기 때문에, 그때의 상황과 지금의 상황은 맞지 않습니다."

김복수가 먼저 말을 꺼냈다.

"50명으로 결정하게 된 이유가 특별히 있나요?"

김인주 총무가 설명하겠다고 했다.

"여러분들께서 여기 올라와서 생활해보니, 새로운 사람들이 한꺼번에 올라오면 새판잡이가 되고, 일의 효율이 떨어집니다. 꾸준히 이어갈 수 있는 연속성이 중요합니다."

여기저기서 그건 맞는 말이라고 했다. 김복수도 옳은 의견이라고 했다. 여러 활동을 하기 위해서는 지리적으로 익숙해야 하고, 그동안 해온 일들을 알고 행동해야 연속성도 유지할 수 있었다. 이수금 회장이 말한 안전사고를 예방하는 데도 도움이 될 수 있었다. 이구동성으로 좋다고 했고, 50명 정도면 절반이니 연속성 면에서 충분했다. 하지만 어느 사람들은 여기서 몇 주 동안 있어야 할지도 몰랐다. 김재만은 그런 점을 고려해서 새롭게 올라온 사람들이 적응을 잘하면 숫자를 늘려갈 계획이라고 했다. 3회 정도 교체하고 마무리할 계획이다. 지금 말한 대로 하면 4주까지 소요될 수 있어 상황에 따라 탄력적으로 하려고 한다며, 오늘부터 내려갈 회원들은 마을 대표들에게 말해달라고 했다. 만장일치로 찬성했다. 농성이 오랫동안 이어질 것도 생각해야 했다. 그러다 보면 돈이 많이 필요해지고, 전략적으로 활동해야 하기 때문에, 급하지 않게 하나하나 차분하게 대처해야 한다. 어느 경우에는 활동비도 모금해야 한다. 김복수가 "여기 계시는 분들께서 다 알고 있다. 우리가 먹고 자고 하는 비용 이외에는 크게 쓰지도 않으나 사람들이 많으니 비용 드는 것은 어쩔 수 없는 일이다. 십시일반으로 하되, 기본은 정하고서 능력껏 계획을 변경하면 어떻겠냐"고 했다. 회원들이 찬성했다. 김재만 위원장이 정말 고맙다고 했다.

"여러분, 우리의 투쟁이 우리만의 싸움만은 아닙니다. 우리와 함께하는 사람들이 늘어나고 있습니다. 우리를 격려하기 위해 후원금을 보내주는 사람들도 많습니다. 많은 단체, 개인들까지 우리의 투쟁을 어떻게 알고서 도와주는지, 너무도 고맙고 힘이 납니다. 가톨릭농민회, 기독교농민회, 여성농민회, 고창군농민회, 재경전북민주동지회, 한국여성단체연합, 재경죽곡청년회, 그 외도 화성어민, 강원도, 충청도 농민들도 줄을 서고 있습니다. 우리는 단체, 개인들과 연대하여 투쟁해 갈 것입니다. 학생들이 무슨 돈이 있다고 돈을 보태고, 너무도 고마울 따름입니다. 힘냅시다. 이렇게 우리를 돕는 사람들이 많습니다."

지은이 엄마는 더 남아서 계속 농성장을 지키고 모금 행사장도 나가고 싶다고 했다. 그런데 아이들이 문제였다. 다음주 월요일부터는 지은이를 학교에 보내야 했고, 그래서 어쩔 수 없이 내려가는 명단에 이름을 올렸다. 그러나 내일 대학로 모금 행사에는 꼭 나가겠다고 했다. 아이들은 농성장에 맡겨놓고 다녀오겠다고 했다. 지은이 엄마는 여자들 중에서도 제일 젊은 사람이었다. 이야기도 조리 있게 잘했다. 지은이가 똑똑한 것도 다 엄마를 닮은 것이라고 했다. 어른들이 지은이를 불러 놓고 어디 한 번 노래를 부르고, 춤도 추고, 할아버지가 알려준 이야기도 해보라고 했다. 처음에는 쑥스러운 듯 안 한다고 하더니 남행열차를 부르고, 춤도 토끼처럼 잘 췄다. 지은이는 연설장에서 했던 이야기를 재현했다. 지은이 엄마가 그만하라고 해서 멈추었다. 지은이는 엄마 뒤로 숨어버렸다. 김재만 위원장이 그걸 듣고 사람들이 왜 지은이의 말에 귀 기울이고 들었는지 알 것 같았다. 호소력이 있었고, 말을 전개하는 솜씨가 있었다. 조리 있게 말을 잘했다. 짠하게 하지 않았어도 이렇게 공감이 가는데, 진짜 짠하게 말한다면 울컥하는 사람들 많겠구나 싶었다. 그래도 지은이는 어쩔 수 없이 돌아가야 했다.

    김병수가 다녀갔다. 내일 김수환 추기경도 뵙고, 김대중 총재도 만날 수 있다고 통보가 왔다. 이상철, 이성규 부위원장이 함께 가기로 했다. 김인주는 대학생들과 함께 대학로 모금 활동을 하기로 했다. 우리가 행동으로 보이지 않고 있다가는 아침에 동사일보에 기사가 뜬 것처럼 당하고 말 것이라고 했다. 꼭 항의하고 또다시 이런 짓을 못 하게 막아야 한다고 했다. 이성규, 이재현 부위원장이 차질 없이 계획을 세우라고 했다. 김대중 총재께 국회의 법을 개정시켜서라도 우리의 권리를 지켜달라고 건의하겠다고 했다. 유갑종 국회의원께 부탁했던 내용을 김대중 총재께 똑같이 이야기하자고 했다. 신용욱 국회의원이 추진했던 것부터 풀게 되면 이야기가 한 보따리 될 것인데, 어떻게 줄여서 말해야 할 것인가. 김재만 위원장은 지은이에게 배워야겠다고 했다. 이성규는 동사일보가 기사를 왜곡하여 낸 일을 김대중 총재께 말하자고 했다. 그리고 천만 농민들이 하나가 되어 동사일보를 거절하고, 또 삼영사에서 생산되는 제품들을 거부하는 운동을 하자고 제안했다. 이수금 회장께 천만 농민운동으로 전개할 방법을 말씀드려 꼭 이루어내자고 했다. 총회가 끝나고 회원들은 더 결속력 있게 대응해 나갈 것이라고 결의했다.

    마을별로 꾸준히 특별 대책회의를 가졌다. 팔형치마을 신동수 감사가 마을 대표 주관으로 회의한 뒤, 신동수 감사까지 5명이 서울로 올라왔다. 5명은 농성이 끝나는 날까지 지키겠다고 했다. 꼭 집에 다녀와야 할 때는 돌아가면서 다녀오고, 하루 이틀 안으로 돌아오겠다고 했다. 마을에 남아있는 사람들이 공동으로 농사를 짓기로 결정했다. 신동수 마을 대표가 다른 사람 내려갈 때 함께 내려가서 마을회의를 하고 올라오겠다고 했다. 이성규 부위원장은 신동수 감사의 부모님 때부터 삼영사 소작답 문제를 공유해왔다. 신용욱 국회의원이 소작농사짓는 사람들에게 희망을 주었을 때, 어린 이성규는 늘 제일 앞자리에 있었다. 신동수 감사의 춘부장을 존경해왔다. 동사일보에서 초창기 소작답 무상양도를 위해 애쓰던 선대들까지 공격한 것은 절대로 용서할 수 없는 일이었다. 천만 농민들이 뭉쳐 불매운동을 해서라도 꼭 굴복시키고 말겠다고 했다. 이성규는 신동수 감사에게 우리가 함께 손을 잡으면 못할 것도 없을 것이라고 했다.

"이번에 내려가면 아버지 묘소에 가서 지금까지 있었던 일을 보고하고 오소. 그러면 우리를 더 돕게 될 것이네."

김재만 위원장은 무릎을 꿇고 기도했다. 우리를 지킬 힘을 달라고 하늘에 빌었다. 늘 하던 대로 회원 모두의 안전을 지켜달라고 기도했다. 기도의 시간이 길어지고 해야 할 일은 더 뚜렷해졌다. '성규가 말했듯이 동사일보를 어떻게 혼쭐낼까. 우리에 대한 두려움을 어떻게 심어줄 수 있을까. 우리 방식으로 똥을 먹여주는 거야. 그래, 그것이었어. 내일 성규에게 좋은 방법을 알아냈다고 알려주어야겠다. 우리는 새총부대 부대원들이 아닌가. 그때 전승한 기록이 있다. 이번에도 전승의 기록을 써갈 것이다. 하느님도 무심하지 않구나. 이런 때 이런 전략을 세울 수 있다. 친일파가 세운 신문이 민족신문이라고 떠들고 다닌다며 언론사에 소문낼 것이다. 우리가 꼭 똥칠하고 말 것이다. 언론이 똑바로 서야 한다는 것을 꼭 보여주고 말 것이다. 내 친구 성규가 잘 해낼 것이다. 빨리 자야 내일이 올 것 아닌가 싶다.'

최영만 재무가 옆에서 코를 골며 자고 있었다. 돈도 넉넉하지 못한데 이렇게 저렇게 맞추어가며 살림하느라 고생이 이만저만이 아니었다. 이런저런 생각에 김재만 위원장은 쉬이 잠들지 못했다.

5일차(8월 16일), 대학로 경찰과 충돌

대학생들의 안내를 받아 대학로에 가기 위해서 농성장을 나섰다. 위원장 일행은 동교동과 명동성당에 가기 위해 출발했다. 이수금 회장과 함께 김대중 총재를 만났다. 아주 반갑게 맞아주었다.

김대중 총재가 말했다,

"이 회장님께서도 오셨네요, 서울대학교 통일염원제에서 만났는데……. 대한민국 정부가 탄생하고, 민주 정부가 자리잡지 못한 상태에서 군사독재가 시작되었습니다. 얼마나 많은 사람이 억압과 탄압을 받아왔나요. 지금 여기에 오신 삼영사 소작답 양도 추진위원회분들도 그중에 하나가 아니고 뭐랍니까. 친일한 부자들이 대한민국 정부의 부대통령까지 되어 자기들의 치부와 재산을 지키기 위해 온갖 만행을 다하고 있습니다. 민중들을 소중히 여기지도 않습니다. 이유가 뭘까요? 일제강점기에 일본인들에게 빌붙어서 눈치나 보며 살아온 그들이 지금인들 책임지려고 하겠습니까? 특히 그들은 언론사인 동사일보와 고령대학교까지 소유한 사람들입니다. 여러분이나 나와 같은 사람들이 하나가 되지 않고서 국민이 주인이 되는 진정한 민주화를 이룰 수 없습니다. 6·29선언이 있기까지 얼마나 많은 사람이 길거리로 나왔는지 아십니까?"

김대중 총재가 계속해서 말했다.

"고창에서 서울로 상경했다고 들었습니다. 나서고 외치면 이룰 수 있다고 생각합니다. 나는 여러분을 믿습니다."

이성규, 이상철 부위원장들은 김대중 총재 입에서 눈을 뗄 수 없었다. 말씀을 잘 하시고 박학다식해서 저절로 고개가 숙여졌다.

대학생들을 따라 남자 12명과 여자 회원들 8명, 총 20명이 대학로에 도착했다. 남자들은 김인주 총무, 김익선, 이석규 서기, 오창수 명동마을 대표, 구미 이철성, 왕촌 나승평, 김양수 신동호 마을 대표들을 비롯해 다섯 명이 더 왔다. 죽곡마을에서 지은 엄마가 아이들을 떼어놓고 왔다. 여자들은 지은 엄마를 포함해 궁산마을 일천댁 김선희 씨 등 여섯 명이 더 왔다. 대학로에서 삼영사 소작답 양도 문제에 대한 4천만 국민께 드리는 호소문을 나누어주고, 모금함을 들고 다녔다. 한 명, 두 명 성금을 넣어주었다. 도착한 지 10분이 조금 지나 경찰들이 들이닥쳤다. 길을 막아섰다. 학생들과 김인주 총무 일행은 인도에 올라와 앉아 농민가와 삼영사 소작답 노래를 부르며 경찰들과 맞섰다. 경찰들이 숫자도 적은 회원들을 곧장 끌어내고, 연행하겠다고 엄포를 놓았다. 깡패가 따로 없었다. 먼저 남자들을 잡아갔다. 김익선 씨까지 다섯 명을 끌고 갔다. 남자들을 태워 떠나려는 차 앞에서 지은이 엄마와 궁산마을 일촌댁이 길거리에 누워서 막았다. 경찰들이 쌍욕을 하면서 지은이 엄마와 일촌댁을 끌어냈다. 옷을 찢고 가슴을 때리고 차량에 태워 끌고 갔다. 지은 엄마는 엄마들에게 끝까지 포기하지 말고 버티고 싸우라고 했다. 남자들은 힘없이 대열이 무너지고, 여자들이 끝까지 버텼다. 지은이 엄마와 일촌댁을 끌고 가며 쌍욕하는 경찰들을 시민들이 에워쌌다. 순식간에 백 명이 모이고, 어느새 천 명 정도가 모여들어 경찰들이 도망치기 바빴다.

"삼영사 앞잽이 경찰들은 물러가라. 폭력경찰은 물러가라."

시민들은 구호를 외치며 경찰을 쫓아갔다. 김익선 씨가 실신했다. 경찰들은 차에서 내리자마자 끌고 오던 남자들을 풀어주었다. 김인주는 "폭력 경찰아, 김익선을 살려내라"고 소리를 질렀다. 경찰들이 김익선 씨를 빨리 데리고 가라고 했다. 지은이 엄마와 일촌댁을 싣고 가던 경찰들도 끌고 온 여자들을 김익선 씨 옆에 내려놓고 들어갔다.

대학로에서 학생들과 농민들이 울분에 차서 또박또박 소작답 문제를 이야기했다. 모여든 시민들이 격려해주고, 성금도 적극적으로 모았다. 김익선 씨가 한참 지나 깨어났다. 물 한 모금 먹이고 일으켜 세워 대학로 쪽으로 이동했는데, 걸음이 좋지 못했다. 지은이 엄마는 남자들이 앞장서서 경찰들과 맞서고 해야지, 어떻게 여자들보다 더 억척스럽지 못하냐고 소리쳤다. 여자들은 숫자가 적었는데도 끝까지 지키고 맞섰다. 회원들 5명이나 잡아가는데도 꼼짝도 못 하고 속수무책 당하면 어떡하냐고, 우리는 옷이 찢기고 파란 멍이 들었다고 말했다. 학생들이 여자분들을 많이 데리고 가야 한다고 했던 이유가 뭔지 알 것 같았다.

김재만 위원장 일행은 동교동을 나와서 명동성당으로 갔다. 김대중 총재의 말씀이 길어져 30분 늦게 도착했다. 박정일 신부가 기다리고 있었다. 다른 사람들이 먼저 찾아와 김수환 추기경을 만나고 있었다. 김재만 위원장은 무신론자이다. 그러나 삼영사 소작답 양도 추진위원회 위원장을 맡고 나서부터는 하루도 편히 잠들어 본 적이 없다고 했다. 그래서 자기 전에 교회 다니는 성도들처럼 기도했다고 한다. 김재만 위원장은 지금 우리가 하는 일이 하느님과 어떤 연관이 있는지, 추기경님을 만나면 꼭 물어보고 싶었다고 했다. 고창군 가톨릭농민회 회장인 이상철 부위원장은 김재만 위원장은 신도인 자기보다 더 믿는 사람 같다고, 정성을 다해 기도하는 것을 여러 번 봤다고 했다.

성당의 규모가 눈이 휘둥그레질 정도였다. 아름다운 건축물을 보고 고개가 절로 숙여졌다. 이상철 부위원장도 명동성당에 오기는 처음이었다. 특히 추기경을 만나는 것은 기적도 아니고 불가능한 일이라고 했다. 김수환 추기경이 손수 밖으로 나와 사무실처럼 생긴 곳으로 안내했다. 말 한마디 하지 않았는데 좌중이 압도되어 있었다. 서울대학교에서 손을 잡아주었을 때보다 더 큰 위엄을 가지고 있었다. 얼굴도 들 수가 없었다. 가끔씩 눈이 마주쳤을 때 인상은 천사가 따로 없을 정도로 편안했고 믿음이 절로 생겨났다. 머릿속이 까맣게 되고, 백치가 된 것 같았다. 김수환 추기경은 어떠한 어려움이 닥쳐와도 평온한 마음이 있어야 한다고 했다.

"우리가 사는 세상은 꼭 하나로만 연결되어 있지 않습니다. 나는 옳고 너는 그릇된 것이 아닙니다. 생각이 다 다르죠. 지금 여기에 계시는 삼영사 소작답 양도 추진위원회 김재만 위원장이나 이성규, 이상철 부위원장님과 나 역시 많이 다르게 생각할 것입니다. 처한 위치가 다르기 때문입니다. 내가 여러분들처럼 생각하지 않는다면 어찌하겠어요. 혹시 지주 측으로부터 도움을 받나, 그렇게 의심할 수 있지요. 우리는 이런 것을 경계해야 합니다. 하느님이 정말 계시냐고 묻는 사람들이 많습니다. 나는 있다고 합니다. 그러면 어떤 이는 믿기도 하고, 믿지 않는 사람들도 있습니다. 내가 믿는데, 당신은 믿지 않으니까 하고서 배척한다면 어떻게 되겠습니까. 세상은 더불어서 사는 것입니다. 내가 당신을 인정하고, 당신이 나를 인정하면서 시작하는 것이죠. 맺힌 한을 한순간에 풀어낼 수는 없습니다. 모든 것은 앞이 있으면 뒷면도 있습니다. 그렇게 믿고 행동하면 하느님께서 살아 계신다는 것을 알게 될 것입니다. 하느님께서 여러분을 확실하게 지켜주실 것입니다. 나는 믿습니다. 삼영사 소작답 양도 추진위원회 회원님들도 믿으시기 바랍니다. 믿음이 곧 완성될 것입니다."

김대중 총재는 다른 사람을 통해 봉투를 주셨다. 김수환 추기경도 다른 사람을 통해 봉투를 주셨다. 귀하게 쓰라고 했다. 김재만 위원장은 늘 간직하고 있던 궁금한 점이 풀렸다고 했다. 그분들이 자신의 속을 들여다보는 듯 훤하게 보고 있었다 했다. 봉투를 받아들고 마음 속으로 귀하게 쓰겠다고 말하고, 몸으로 구십도 고개를 숙여 인사를 나누고 헤어졌다. 대학로에 합류했다.

아직도 열기가 뜨거웠다. 회원들은 시민들이 아니었다면 이미 우리는 경찰서 유치장에 갇혀 있을 것이라고 했다.

농성장으로 돌아왔다. 삼영사 본사 직원들이 어딘지 모르게 냉랭했다. 지주들 측에서 분명 무슨 지시가 있는 듯했다. 삼영사에서는 체계적으로 움직이는 추진위원회 활동을 겁내는 듯했다.

이상철 부위원장이 김수환 추기경을 만나고 오면서, 믿는 대로 될 것이라는 말이 마음에 남는다고 했다. 어떠한 일이 있어도 반드시 무상양도를 해내고 말 것이라고 했다. 추기경님이 믿음이 있으면 못할 것도 없다고 했다. 하느님을 믿어 오면서 오늘처럼 확신에 찬 적도 없었다.

"성규, 잘 들었지? 나는 하느님을 잘 모르네만, 김수환 추기경님의 말씀에 마음이 멈추었네. 꼭 하느님을 믿지 않더라도 '내가 무엇을 어떻게 믿느냐'도 엄청 중요하겠다고 생각했어. 우리는 무상양도를 꿈꿔야 해."

"그렇지요. 하지만 꼭 하나의 방법만을 고집하라고 하지는 않는 것으로 들었습니다. 부위원장님은 꼭 하나로만 말씀하시네요. 나 역시도 무상뿐만 아니라 보상금까지 받아야 한다고 생각합니다. 그렇지만 꼭 그렇게 해야겠다고는 말을 못 하겠어요. 부위원장님은 혹시 다른 방법으로 소작답 문제가 해결되는 것을 허락하지 않겠다고 하는 건지, 궁금하네요."

추기경 말씀을 듣고 해석이 다 달랐다. 이성규가 말했다.

"부위원장님, 우리는 서로 믿어야 해요. 추기경님께서 말씀하신 내용도 우리가 서로 믿음을 가지고 나가라는 것이라고 생각했습니다. 우리를 믿습니다. 믿는 것과 믿지 않는 것은 차이가 있을 것입니다. 우리 셋은 추기경님을 만난 사람들입니다. 김재만 위원장도, 나도, 부위원장님도 의견 차이는 있을 것입니다. 다름으로 인해 서로를 곡해하는 것만은 하지 말았으면 합니다."

김인주 총무의 보고가 있었다. 김익선 씨가 실신하여 한참 동안 의식이 없었다고 하니, 남아있었던 사람들이 경찰서에 찾아가 항의해야 한다고 했다. 지금 당장이라도 쳐들어가자고 목소리가 점점 높아졌다. 김재만 위원장은 오늘 김대중 총재를 만났다고 말했다. 성금을 주셨고, 우리를 지켜보고 힘을 보태겠다고 했다고 전했다. 김수환 추기경도 금일봉을 주셨다고 했다. 우리가 뜻하는 바를 믿고, 서로를 믿으라고 했다고 전했다. 대학로에서 경찰과 충돌한 회원들을 많은 시민들이 도왔다는 이야기를 듣고 김재만 위원장은 자신들을 돕는 사람들이 늘어나는 것에 감사했다.

저녁시간이 되었다. 질마재댁과 최영만 재무는 오늘 많은 사람이 애쓰고 있다고 밥을 신경써서 준비했다. 고등어조림이 나오고, 돼지 찌개도 나오고, 반찬부터 밥까지 가짓수가 많았다. 사람 수가 많아 음식을 잘해서 차려 내는 것도 쉬운 일이 아니었다. 김재만 위원장은 여름 한복판에서 아무 탈 없이 식사를 제공하는 질마재댁과 여성 회원들에게 큰 박수를 부탁했다. 여기서는 물을 먹는 것부터 자는 것까지, 뭐 하나 쉽게 할 수 없었다. 그러나 무탈하게 먹고 자는 것만으로도 감지덕지였다. 질마재댁은 아침 먹고 설거지하고 반찬 하나 하면 점심시간이 되고, 점심이 지나면 저녁 시간이 빨리 온다고 했다. 청소할 틈도 부족했다. 식순이가 이렇게 힘든지 몰랐다고 했다. 최영만 재무도 시장 보고, 물건 나르고, 빠듯한 살림살이에 지칠 법했다. 워낙 과묵하고 책임감이 강해서 아직까지는 큰 구멍 내지 않고 버텼다. 잘 먹어주고, 음식 탓하지 않는 회원님들께 늘 미안하고 감사할 뿐이라고 쑥스러워했다.

김재만 위원장이 말했다.

"내일은 회사 측에 공개토론회를 제안하려고 합니다. 이미 우리 집행부에서는 결의하고 회사 측에 통보했습니다. 그런데 지금 이 시간까지도 아무런 답이 없습니다. 기자회견을 한다 해도 이제는 동사일보가 무서워 기자들이 나타나지 않을 것이기 때문에, 공개토론회를 통해 시시비비를 가리고 정당한 주장을 해야 합니다. 그렇게 조금씩 서로에 대해 알아가야 하는 것 아닌가요? 삼영사 측에서 나서지 않으면 우리는 더 밖으로 나갈 수밖에 없습니다. 삼영사 설탕 등 많은 제품을 불매하는 운동까지 가는 것은 원하지 않습니다. 그러나 본인들 힘만 믿고 방치하다 보면 결국 삼영사 기업도, 동사일보도 피해를 입을 것입니다. 공개토론장에 나오고 소작답 문제에 대한 해결책을 제시하지 않는다면 앞으로 어떤 일이 벌어질지 모르니, 우리 탓하지 말라고 전했습니다."

성금함을 열었다. 서기와 감사, 최영만 재무가 한장 한장 정리하고 백 장씩 묶었다. 만 원짜리도 제법 있었다. 동전도 많았다. 천 원짜리는 묶음 여러 개였다. 백만 원은 넘었다. 신동수 감사가 서울시민들께 진심으로 감사드린다고 대표로 인사했다. 이석규 서기는 돈에서 묻어나는 사람들 손때와 냄새까지도 기록했다. 마음을 어떻게 적을까, 연구하다가 하트를 수십 개를 그려놓았다고 했다. 옆에서 보고 있던 신동수 감사가 "서기님은 아이디어가 참 좋다"고 칭찬까지 해주니, 열심히 하는 맛 난다고 했다. 낱낱이 이것저것 다 써나갔다. 김병수의 존재를 몰라 김병수의 기록만 없었다. 김병수 기록이 한 번 나온 적이 있다. 정보경찰인가, 누구인지 잘 모르는 사람이 얼씬거렸다고 적혔는데, 인상착의나 정황으로 봐서 김병수의 흔적이었다. 지금까지는 아주 잘하고 있었다. 김병수의 존재를 아는 사람들은 별로 없었다. 오늘도 그는 회원들 눈 밖에서 시민들에게 "경찰들이 무고한 국민을 잡아가고 있다, 도와달라"고 외쳤다. 그래서 순식간에 모였던 것이었다. 그렇게 보이지 않는 수호천사의 역할을 하고 있었다.

구미마을 이칠성 대표가 지은이와 지은이 동생을 데리고 다니며 남산 구경을 시켜주었다. 전철로 인천의 연안 부두까지 가서 놀이 시설도 태웠다. 지은이 동생은 피곤해서 일찍 자고, 지은이가 엄마에게 오늘 일을 이야기하며 너무 재미있었다고 했다.

"그렇게 멀리까지 가서 좋은 일을 많이 해주셨구나. 엄마가 고맙다고 인사해야겠다. 우리는 내일이면 내려가야 하는데, 지은이 그동안 예습 복습 틈틈이 많이 했지? 선생님께서 숙제 내준 것도 다 했고?"

"엄마 걱정하지 마요. 쬐깐한 마을에 있다가 서울에 와보니까, 생각하는 것도 많이 달라졌어요. 공부 더 열심히 할 거예요. 엄마, 아빠, 할아버지, 할머니들이 피해 입지 않게 법을 공부해볼 생각이에요. 사법시험에 꼭 합격해서 변호사가 되어 우리 어른들이 법적으로 억울함 없게 하고 싶어요."

"아이고, 우리 딸이 서울에 와서 느낀 바가 많구나. 고맙다. 장하다. 엄마는 할아버지와 아빠가 밥 잘 먹고 있는지만 궁금하고, 오히려 우리 딸은 걱정 않고 있어. 똑순이잖아. 이제 학교 가면 전교 1등이 문제가 아니라, 고창군 전체 1등도 하겠는걸. 그나저나 우리 아들이 많이 피곤했나 보네, 잠도 일찍 자고. 누가 업어가도 모르겠다."

1차 선발조로 내려갈 사람들이 먼저 내려가기 위해서 준비했다. 이번에 내려가는 사람들은 53명이라고 했다. 지은이 엄마는 대학로에 나가고 싶어 했다. 시간이 되면 꼭 다시 올라오겠다고 했다. 아버지나 남편이 마음에 조금 걸려도 더 있다 갈 수 있었으나, 아이들이 어려서 내려가게 되었다고 미안해했다. 김재만 위원장은 내일 내려가는 사람들을 하나하나 만나 고마움을 전했다.

6~7일차(8월17~18일), 공개토론회

삼영사 본관에서 공개토론회가 진행되었다. 삼영사 직원들도 오고, 서울 시민들도 왔다. 지주 측에서 나오지 않았다. 시작시간은 10시였다. 옛말인 '코리안 타임'을 적용해서 30분을 더 기다렸는데 나오지 않았다. 지주 측 세 자리, 삼영사 소작답 양도 추진위원회에서 세 자리를 만들어 김재만 위원장, 이상철 부위원장, 김인주 총무가 앉았다. 지주 측이 계속 오지 않자, 그래도 여기 오신 분도 계시고, 일반 서울 시민들도 보고 계시니 진행하겠다고 했다. 박정일 신부가 공개토론회 사회를 봐 주셨다.

"전북 고창군 해리면 심원면, 금평리, 동호리, 고전리, 주산리 일대 삼영염업사 지주 허민성 등의 땅에서 소작농사를 짓는 600여 명의 농민들이 서울로 상경하여 삼영사 본사 4층을 점거하며 농성하고 있습니다. 1차 협상이 이루어지고, 지주 측에서 꼼짝도 하지 않고, 고개도 내밀지 않고 있어서 3일 전에 공개토론회를 갖자고 통보했습니다. 어제는 대학로에 나가서 4천만 국민께 드리는 호소문을 배포하고, 모금 활동을 시작했습니다. 시작한 지 10분도 안 돼서 경찰 100명이 에워싸고 무차별 폭행하고 폭행에 대항하는 농민들을 연행해갔습니다. 한 분은 연행 중에 실신했습니다. 경찰들이 여자들의 상의를 찢고 폭력까지 서슴지 않았습니다. 두 명을 또 연행해갔습니다. 경찰 공권력이 이미 누구와 내통하고 있다는 증거가 아니고 무엇입니까. 그러나 서울 시민들께서 지켜주어서 연행되었다가 무사히 빠져나왔습니다. 여기에 계시는 서울 시민들과 어제도 소리 없이 도와주신 시민들이 계셨기에 안녕히 이 자리를 만들 수 있었습니다. 이 자리를 빌어 진심으로 감사한 마음을 전합니다. 누구에게 치우침 없이 공개토론회를 가지려고 했지만, 뭐가 두려워서 나오지 못하는지 모르겠습니다. 여러분이 승자입니다. 앞으로도 굴하지 말고 담대하게 싸워나가기 바랍니다. 공개토론회는 이만 마무리하고, 모처럼 모였으니 김재만 위원장의 말을 한번 들어봅시다."

"안녕하십니까. 저는 초등학교만 나오고 학식도 부족합니다. 중학교에 가고 싶었는데, 제 선친께서 저를 낳고 10개월 만에 돌아가셔서 어머니가 세 아들을 키우기 위해 물레를 돌렸습니다. 밥 굶지 않고 입에 풀칠할 수 있는 것만으로 충분했습니다. 그래도 중학교는 꼭 가고 싶었습니다. 그러나 삼영사 소작답을 짓는 600여 농민들에게 더 좋은 교육이 웬 말이었겠습니까. 열네 살 무렵 그때부터 소작농사만 짓지 않고 살았더라면 형님들이나 나 역시도 학교에 갈 수 있지 않았을까 싶습니다. 나이 먹고서 여한이었던 중학교 공부를 했고, 검정고시로 졸업장을 땄습니다. 나보다 어머니가 더 좋아하셨습니다. 나는 절대로 가난을 대물림하지 않겠다고 소작농사를 짓는 것을 포기했습니다. 저희 마을 저수지에서 그때부터 물고기를 잡기 시작했습니다. 지금도 물고기를 잡으며 살아가고 있습니다. 어머니의 평생 소원은 소작답이라도 삼형제에게 물려주는 것이었습니다. 어머니는 우리에게 가난을 대물림하는 줄도 모르고, 논 두 방구를 사 아들들한테 물려주고 싶어하셨습니다. 큰 형님께서 두 방구를 지으며 어머니를 모시고 사십니다. 어려서 농림부에 탄원서 낸 적이 있었습니다. 그때 답장이 삼영염업사로 와서 우리 집으로 가져왔는데, 회사 직원이 다가오니 내가 한 짓이 있어서 무슨 죄라도 진 것처럼 도망쳤습니다. 1985년부터는 본격적으로 삼영사 소작답 양도를 추진했습니다. 600여 명 소작농사를 짓는 사람들의 여망으로 이렇게 서울에 와 있는 것입니다."

김재만 위원장의 말이 길었다. 회사 직원들도 삼삼오오 다녀가고, 끝까지 듣는 직원도 있었다. 김인주 총무가 나섰다.

"어제 경찰들의 폭력을 절대로 묵과할 수 없습니다. 무슨 대책을 세워서라도 대응해야 합니다. 그러지 않으면 경찰에서도, 지주 측에서도 우리를 무시하게 될 것입니다. 오늘도 지주측에서는 최소한의 예의를 표시해야 했습니다. 참가를 못 하면 못 한다고 통보를 해오는 것이 최소한의 예의일 것입니다. 정말 있을 수 없는 일입니다. 박정일 신부님을 뵙기 민망할 따름입니다."

박정일 신부가 언제부터 이들이 예의를 갖추고 여러분을 대접했냐며, 내일은 경찰을 관리하는 내무부에 찾아가 항의하고, 무슨 수를 써서라도 관련자 처벌을 하자고 했다.

지은이가 내려가고, 내일도 많은 사람이 내려간다. 나기옥 선생도 내려간다. 나기옥 선생은 젊은 시절에 술을 많이 먹은 탓에 몸이 좋지 않았다. 가장 역할을 포기했을 정도다. 그러나 지금은 술 끊고 정상적인 생활을 하고 있다. 나기옥 선생은 서울에 올라와서 대학교 학내에 붙일 대자보를 쓰고, 그날그날 거리 홍보에 나갈 홍보문을 썼다. 최근 몇 년간 쓴 분량만큼이나 많은 글을 썼다고, 힘은 들었으나 참으로 좋았다고 했다. 건강만 허락했더라면 끝까지 남아 더 많이 써주고 갔어야 했는데 미안하다고 했다. 서울 사는 딸집에 왔을 때는 하룻밤만 자고 내려갔는데, 이번에는 서울에서 몇 날 며칠을 자고 구경도 틈틈이 하면서 하루하루가 이렇게 변하고 있다는 것을 느꼈다고 했다. "시골에 있으면 시간 가는지 몰랐다. 내년이면 서울에서 올림픽이 열린다고 하는데 준비는 잘하고 있나 궁금하다. 올림픽을 개최한 나라들은 선진국이 된다고 하던데, 서울에 와보고 새삼스럽게 느꼈다. 많은 국민이 거리로 나와서 데모하면 올림픽은 어떻게 하나. 준비는 잘되는 것일까. 지방 서생의 걱정이다. 이제 텔레비전을 마음 편하게 볼 수 있을 것 같다. 동네 가서 보지 않은 것까지 봤다고 자랑할 것"이라고 했다.

김재만은 지주 측을 만나려고 사장실에서 기다렸다. 출장 가 안 계시다고, 그냥 돌아가라고 해도 꼭 만나겠다고 기다렸다. 그러나 한 시간, 두 시간이 지나도 돌아오지 않았다. 사장실에서 기다린다고 이미 기별이 가 있어 아예 들어오지 않을 게 뻔했다. 허탕만 치고 돌아왔다. 김인주 총무가 보고할 것이 있다고 했다. 이수금 회장이 내일 내무부 일정이 있다고 연락 왔다고 했다. 이성규가 내일 내무부는 누구누구 가느냐고 물었다. 현장에 있었던 김인주 총무와 김익선 씨, 이수금 회장과 박정일 신부가 함께 가기로 했다. 일촌댁도 갈 수 있으면 가려고 한다고 했다. 이성규는 숫자가 적은 것 같다고 염려했다. 김재만은 걱정하지 말라고, 내일은 인주랑 다녀오겠다고 말했다.

"처음 서울에 올라올 때와 다르게 일이 진행되네만, 우리끼리 외롭게 지내야 하나 걱정했다. 이수금 회장을 비롯해서 박정일 신부, 여러 계층에서 우리를 돕고 있어서 이렇게라도 해내는 것 아닌가. 일등 공신은 박정일 신부님과 이수금 회장님이야. 또 고령대학교 학생들이 아니었으면 우리는 하루도 못 넘겼을 것이야. 자네는 내일 모레에 있을 동사일보 편집국 항의에 대해 철두철미하게 준비해야 할 것이야. 우리 서울 상경 역사의 한 페이지를 장식할 사건을 만들지 않을까. 기대를 많이 하고 있네만, 우리는 늘 상상을 초월하여 성공을 거두었네."

김익선 씨가 말했다.

"나는 죽을 고비를 넘긴 사람입니다. 모자를 써서 정확하게는 모르겠으나, 경찰들의 눈빛은 정확하게 보았어요. 옛날에는 지서에서 온 순경이 동네 순찰만 돌면 죄짓지 않고도 떨었지만, 이제 무서울 게 없습니다. 경찰들은 내 목을 누르고, 가슴을 쳤어요. 그때 나는 이미 극한의 공포를 다 느꼈습니다. '죽으면 죽지' 하고서 버텼죠. 그리고 기억이 없습니다. 실신한거죠. 할아버지는 동학혁명군이었다고 자랑스럽게 생각하고 살았습니다. 아버지도 동학혁명군의 후손이라고 자부심이 엄청 강했습니다. 언제인지 그 모든 것을 잊고 살았습니다. 그러나 이제는 손화중포 대접주님 아래, 최고의 장수였던 할아버지의 정신을 되찾고 말 것입니다."

이수금 회장과 함께 김재만 위원장 몇몇이 내무부에 갔다. 김익선 씨도 함께 갔다. 내무부에서는 정중하게 맞아주었다. 내무부에 들어가기 전에 박정일 신부의 전화를 받았다. 김인주 총무는 4천만 국민께 드리는 호소문을 직원들에게 먼저 나누어 줬다. 그제 대학로에서 있었던 이야기를 하나도 빠짐없이 말을 했다. 일천댁이 나서서 발언했다. "경찰들이 젖통을 때리고 옷을 찢었다. 지금 시뻘건 멍이 나 있다. 이게 증거다. 그것도 모자라 우리를 경찰차로 데리고 갔다. 귀에 담을 수도 없는 욕을 했다. 도저히 용납할 수가 없는 일이다. 폭력 경찰을 색출해서 처벌해야 한다. 책임자를 처벌해야 한다. 경찰은 지주 측 앞잡이다. 사회적 문제로 확대해야 한다. 해방 후 일제강점기에 있었던 경찰들이 그대로 들어오고, 오늘날에도 친일파 선대의 재산을 지켜주기 위해 우리에게 폭력을 행사했다. 우리는 아직도 일제강점기에 살고 있다. 국회에 가서 알리고, 청와대까지 알리겠다."

내무부 직원이 사과했다. "우선 우리가 조사를 해보겠다. 지시한 책임자나 폭력을 행사한 경찰을 색출해서 문책하겠다"고 했다. 이수금 회장이 "이런 일이 다시 일어나는 것은 절대로 용서할 수 없다. 좌시하지 않겠다"고 했다. 김재만 위원장이 "힘없는 우리를 대상으로 삼는 것도 죄"라고 했다. 학생들이 더 강력하게 폭력 경찰에게 대항할 것을 요구했다. "우리의 목적은 삼영사 소작답 양도 문제를 해결하는 것이다. 정치적 문제로 가는 것을 원하지 않고 있다. 그러나 지금처럼 죄 없는 사람들을 무고하게 때리고, 잡아가는 것이 일제강점기 일본 순사들과 뭐가 다른가. 이번은 참고 넘어가겠지만, 이후에 철두철미한 조사나 이에 상응하는 조치가 없을 때는 가만있지 않을 것"이라고 말했다.

김재만 위원장은 김수병 농협장을 만나고, 광주가톨릭농민회 사무실을 찾아가서 처음 이수금 회장을 뵐 때가 생각났다.

"회장님 덕분에 이 자리까지 왔습니다. 여태 고맙다는 인사도 못 했습니다. 정말 감사합니다. 이 은혜 절대로 잊지 않겠습니다. 꼭 성공해서 비석에 이수금, 이름 석 자 써드리겠습니다."

서로 웃었다. 일촌댁은 이수금 회장에게 싸움도 못 하게 생기셨는데, 어떻게 회장 자리까지 올라가셨는지 궁금하다고 했다. 이수금 회장이 대답했다. "싸움은 몸으로만 하는 것이 아닙니다. 지략도 있어야 하고, 담력도 있어야 하 합니다. 허나 나는 모두 부족합니다. 우리 위원장도 그렇잖아요?" 김재만이 말했다. "회장님이나 나나 비슷비슷합니다. 누가 보면 회장은 몸이 가늘고 힘이 없어 보이는 사람들을 뽑는 줄 알겠습니다." 이수금 회장은 "정답입니다. 회장이나 위원장이 앞장서서 싸우기만 하면 어떻겠어요. 그래서 저기 총무님처럼 힘세고, 키 큰 사람을 뽑는 것 아니냐"고 했다. 일촌댁이 "회장님, 사람 한참 잘못 보셨다, 총무님은 허우대만 멀쩡하지, 싸움을 못 한다"고 했다. 지금 용감해진 것이 저 모양이라고 했다.

김재만 위원장이 내일 동사일보 편집국 방문 준비는 잘하고 있는지 물었다. 고령대학교 기독교학생회에서 돕기로 했다. 전북가톨릭농민회에서도 돕기로 했다며, 이상철 부위원장과 이성규 부위원장이 열심히 준비하고 있었다. 체력좋고 활동력이 있는 남자들 중심으로 동사일보에 가서 항의하기로 했다. 삼영사에서 생산되는 물건들을 사지도 말고 쓰지도 말자고 범국민운동을 준비하고 있었다. 김병수가 낮에 새가 되었다가 밤에 쥐가 된 것처럼 정보를 아주 조금씩 물어다가 회사 측 직원들에게 주었다. 움직임이 없는 지주 측을 움직이게 하는 전략이었다.

이성규는 동사일보에 똥을 먹이고 말 것이라고 했다. 진짜 똥을 가져다 어떻게 하려는 것 아닌가 싶을 정도였다. 이성규는 최영만 재무에게 돈을 주고서 하루만 입어도 되는 옷을 몇 벌 사오라고 했다. 열 벌 이상은 사 오라고 했다. 돈이 부족하면 더 주겠다고, 자비로 옷을 구입하게 했다. 미리 사이즈를 알아보게 했다. 비닐장갑도 준비하라고, 위원장이나 다른 사람들에게는 말하지 말라고 했다. 최영만 재무만큼 입이 무거운 사람도 없었다. 이성규는 손주와 함께 올라온 윤인석 할아버지에게 손주가 똥을 누면 버리지 말고 잘 받아 보관해놓으라고 했다. 그리고 내일 동사일보 갈 때 함께 가자고 했다.

윤인석 할아버지도 손주를 질마재댁에게 맡겨놓으려고 올라올 때부터 손주와 질마재댁이 친해지도록 했다. '나는 내 손주 똥이라서 구수한데, 너희 놈들은 똥 냄새가 어지간할까' 궁금했다. 원래는 윤인석 할아버지도 내려가려고 했는데, 이성규의 부탁으로 일주일간 더 머물기로 했다. 손주도 서울 생활이 좋은지 내려가기 싫어했다. 첫날만 잠자리가 바뀌어서 잠을 설쳤으나, 이제 잘 잤다. 엄마도 찾지 않고 혼자서 질마재댁을 따라다니면서 말동무가 되었다. "할머니"라고 부르며 따라 다녔다. 질마재댁이 "이놈이 맛있는 계란찜 해서 바치는데도 할머니라고 한다"며, '아줌마'라 하라고 해도 끝까지 할머니라고 불렀다. 그래도 서울 올라와서 사귄 친구라고 서로 좋아했다. 손주가 어지간한 심부름은 다 했다. 밥값은 했다. 현장에 나가서 유인물 배포나 홍보는 못 해도, 농성장에서 수저를 놓거나 걷는 것은 아주 잘했다. 함께 시장도 나갔다. 쬐깐한 놈이 시장에 오가면서 예쁜 사람만 있으면 "엄마"라고 불렀다. 아줌마들이 용돈을 주고 먹을 것도 사주었다. 돈을 받으면 꼭 할머니에게 주었다.

김재만 위원장은 앞으로 경찰 폭행사건 같은 일이 자주 일어날 수 있다고 했다. 처음 이수금 회장이 안전을 강조했을 때가 생각났다. 운동을 하면서 원래 목적은 없어지고, 새로운 것으로 옮겨가는 경우가 종종 있었다. 더 자중해야 한다는 것을 잘 알고 있었다. 그게 오늘도 요란 떨지 않은 이유였다. 김익선 씨 일 때문에 다들 얼마나 놀랐을지 안다. 위원장으로서 적극적으로 대처하지 못한 것이 못내 미안했다. 그래서 내무부 방문에서 김인주 총무가 적극적으로 나서는 것을 막지 않았다. 누군가는 열심히 하는 것을 보여주어야 했기 때문이다. 역할을 분담해가면서 이끌고 가야 하기 때문에 매사에 조심스러웠다. 김재만 위원장이 이성규와 이상철 부위원장을 불렀다. 감정을 자제해야 하는 이유를 충분히 설명했다. "우리가 거꾸로 그들을 폭행하면 아주 잘 되었다는 듯 모든 책임을 우리에게 지게 할 것입니다. 내일은 물리적인 충돌이 일어날 수 있어요. 각별히 유념해야 합니다." 이상철, 이성규 부위원장에게도 감정을 앞세우는 것은 특별히 자제해야 한다고 했다. 부위원장들은 걱정하지 말라고, 우리는 우리가 해야 할 일만 하겠다고 했다. 위원장은 위원장 일만 잘하라고 했다. 인주 총무에게도 당부해놓았다. 6·25전쟁 때 새총 부대를 만든 것과 같은 심정이었다.

이성규가 말했다. "40년이 다 되어 가는데도 그때나 지금이나 눈빛이 변함없구만. 친구는 이럴 때가 제일 무섭단 말일세." 김재만과 이성규는 서로 웃었다. 50년을 함께 해온 벗의 웃음이다. 서로 얼굴만 봐도 마음을 알았다.

김재만 위원장은 어제오늘 일을 되새겼다.

'많은 일이 있었다. 학생들과 박정일 신부, 이수금 회장, 우리까지 모두 정신없는 날이었다. 그런데도 지주 측에서 아무런 행동을 취하지 않고 있다. 우리 회원들에게도 특별히 당부해야 할 상황이었다. 새롭게 오는 회원들도 있었다. 올라와서 지금까지 있었던 일을 뒤돌아봤을 때, 우리가 지주 측과 연관이 생기면 경찰들이 미리 알고서 과잉 진압을 했다. 지주 측보다 우리의 피해가 더 컸다. 지주 측을 건드리지 않으면 그들은 꼼짝 않고 있었다. 이러한 상황에서 어떻게 대처해야 할까. 회원들을 안전하게 지키는 일도, 소작답의 양도 문제를 적극적으로 추진하는 일도 중요하다. 동사일보 편집국을 점거하고 왜곡보도 시정을 요구하는 일이 새로운 계기가 될 것이다. 무엇보다 회원들의 안전이 중요하다. 허민성 회장이 나서야 한다. 허민성이 나서지 않으면 다른 지주들은 나서지 않는다. 허민성 회장을 협상장으로 나오게 해야 한다. 허선휘 부사장을 몇 차례 만났지만 아무런 힘이 없었다. 선대들의 땅 문제이기 때문에 눈치를 보는 듯했다. 누가 나설 수도 없는 문제다. 삼영사 경영과도 무관한 듯 회장님들의 눈치만 봤다.'

김재만 위원장은 정신이 맑아졌다. 지주 측이 보이고, 회사 측도 보이고, 동사일보도 보였다. 농민들도 보이고, 이수금 회장과 박정일 신부도 보였다. 고령대학교 총학생회도 보이고, 단과대학 학생회도 기독교 단체 학생회도 보였다. 많은 후원단체도 보였다. 정작 자신을 제대로 보지 못하고 있지는 않은지 생각했다. 늘 마음의 짐처럼 남았던 안전 문제도 잘 지키겠다는 일념을 가졌다. 중압감을 이겨내려 했다. 중용의 가운데, 중의 중심을 잊고 있지는 않았으나 안전만 고려할 수 없었고, 그렇다고 경시할 수도 없었다. 안전을 뒤로하고 한 발짝 나서야 한다는 판단이 섰다.

"인주, 내일부터가 우리의 새로운 시작이 될 걸세. 우리가 한 발짝 나아가고 있다는 것을 스스로 생각하는 계기가 될 걸세. 김수환 추기경님이 말씀한 믿음을 모두에게 전달할 것이네. 이제 마음들 단단히 먹어야 하네. 지금까지가 1단계였다면 내일부터가 2단계로 진입하는 것이네. 내 친구 성규를 믿네. 우리가 계획하고 행동으로 실천했을 때는 꼭 성과가 뒤따른다네. 3단계가 지나야 4단계에서 끝을 볼 수 있네. 1단계를 이뤘다는 것은 한 단계 나아갔다는 것이고, 그 기반은 최영만 재무가 마련해 주었네. 우리는 절대 혼자가 아니네. 자네가 대학로 나갔을 때도 서울 시민들이 돕지 않았나. 많은 사람이 우리에게 힘을 보태면서 자신감이 생겼네. 하느님께서 우리를 돕는다고 생각했네. 가톨릭농민회도 그렇고, 박정일 신부님도 그렇지, 김수환 추기경님도 그렇지 않은가. 기독교 학생들도 돕고 있다. 하느님도 우리 편이 확실하네."

8일차(8월 19일), 동사일보 왜곡보도 시정 농성

8월 15일자 동사일보 신문에 삼영사 소작답 양도 문제 이야기가 지주들 입장에서만 대서특필되었다. 민주 자본주의 사회에서 소작답의 정당성을 낱낱이 기록하면서, 서울까지 상경한 소작인들이 시대착오적이라고 비판했다. 고령대학교 기독교모임 학생들과 농민 24명이 동사일보 4층 편집국실로 밀고 들어갔다. 기자들이 꼼짝할 틈도 없이 밀어닥쳤다.

"농민 속이는 놈들아! 똥이나 처먹어라!"

"이 똥사일보 놈들아! 너희들이 민족 언론이냐!"

편집국 구석구석을 돌아다니며 고함을 지르고, 책상을 뒤엎고 서류를 찢었다. 대드는 편집부 국장과 기자 20여 명의 입과 얼굴을 똥으로 막아버렸다. 윤인석 할아버지는 거동이 불편하면서도 손주의 똥을 책상과 벽에 바르고 말리는 기자 얼굴에도 칠해버렸다. 기자가 "할아버지, 왜 똥칠을 하십니까?" 물었다. 윤인석 할아버지는 "이놈아! 동사일보가 똥사일보니까 그렇지!"라고 했다. "권력 시녀들이 똥사일보다. 똥사일보는 지주의 시녀들이다. 우리같이 힘없는 사람들만 못 살게 하는 것이 무슨 놈의 신문이냐." 이성규 부위원장은 고령대학교 기독교연합회 학생들, 전주에서 올라온 가톨릭농민회 사무국장과 한 조가 되어 편집국장이 있는 방으로 달려 올라갔다. 사무국장은 편집국장실의 방향만 알려주고 빠졌다. 학생 세 명과 함께 편집국장실 문을 열었다.

"농민 속이는 놈들아! 똥이나 처먹어라!"

"이 똥사일보 놈들아! 너희들이 민족언론이냐!"

구호를 외치며 똥을 뿌리고 아수라장이 되었다. 똥 봉지를 든 사람이 네 명이었다. 특히 이성규 부위원장의 똥 봉지가 제일 컸다. 동사일보 기자가 경찰에 신고했다. 사복 경찰 200여 명이 몰려왔다. "폭력경찰은 물러가라. 힘 있는 사람들만 보호하는 게 무슨 경찰이라고, 잡아가려면 저들부터 잡아가라." 책상도 편집국 사무실도 똥 냄새로 덮여 경찰들이 다가오지 못했다. 사복 경찰들이 농민들을 연행해갔다. 경찰들이 잡아 끌어내리는 동안 경찰들 옷에도 똥을 뿌려서 냄새가 진동했다. 농민들을 경찰서로 연행하는 것을 학생들이 막아서고 "공권력이 누구의 편이란 말인가. 폭력 경찰은 반성하고 농민들을 풀어주라"고 구호를 외쳤다. 경찰을 따라가며 "석방하라, 석방하라", 외쳤다. 윤인석 할아버지가 외쳤다. "경찰들도 무섭지 않다. 한 번 잡아가 봐라. 우리에게 똥 봉지가 아직 많다. 폭력 경찰들도 똥이나 먹어라. 오죽 할 일이 없으면 친일을 한 허주규, 허주규 형제의 신문을 비호하냐. 부자만 신경 쓰는 경찰도 똥사일보와 뭐가 다르단 말인가." 이성규 부위원장도 외치기 시작했다. "600여 명의 소작농사를 짓는 농민들 피를 빨아 먹는 것이 너희 같은 앞잡이다. 편집국장, 당신 같은 사람들 때문에 지주들이 더 기세등등해지는 것이다." 학생들도 똥을 뿌렸다.

경찰들이 편집국을 점거한 농민들을 풀어주었다. 경찰에서 풀려난 농민들이 재차 동사일보 편집국을 점거한 후 농성을 이어갔다. 편집국장은 나와서 우리의 요구사항을 들어주라며 말했다.

1. 15일자 동사일보 왜곡 보도를 정정하라! 정정하라!
2. 소작양도 농성의 공정한 보도를 보장하라! 보장하라!
3. 16일 동대문 경찰서 폭행 사건의 보도를 신속히 하라!
4. 편집국장은 공개 사과하라!

윤인석 할아버지는 "경찰놈들도 신문사에 난입하고, 똥을 뿌리고, 책상을 엎어버리고 문서를 찢어버리는 것은 처음일 것"이라고 했다. 똥을 뿌리는 계획은 이성규 부위원장이 준비한 것이었다. "동사일보가 무슨 동사일보야, 똥사일보지", 그래서 똥을 가지고 갔다. 나이가 지긋한 노인네들을 동원한 것도 이성규 부위원장의 계획이었다. 단연 주인공은 윤인석 할아버지였다. 윤인석 할아버지 한마디 한마디가 정곡을 찔렀다. 한 기자가 말했다. "어르신, 제가 기자가 된 지 10년 조금 안 되었지만, 우리 신문사가 생기고 이런 치욕은 처음일 것입니다." 다른 신문사도 이런 일이 있었을까. 자존심 상하고, 나는 어떤 기자였는지 반성해야겠다고 했다. 정신 차리게 해주셔서 감사드린다며, 그동안 나는 뭐였는지 잊고 살았다고 고백했다.

"똥사일보야. 똥이나 먹어라. 지주 측 앞잡이가 무슨 편집국장이라고, 제일 나쁜 놈이 네 놈이다. 우리가 뭘 잘못했나. 50년 동안 소작농사를 짓는 것이 죄라면 죄겠다. 농지개혁법이 통과됐지만 우리는 지금도 너희 회장 아버지 때문에 3대간 소작농사를 물려받아 오고 있다. 우리네 피와 땀을 가져다 당신네들 월급 주는 것이냐. 감히 우리가 시대착오적이라고 폄하해? 친일을 한 사람이 누구인데, 왜 그런 기사는 한 줄 못 쓰는 거야? 밥줄이 달려 있나? 기사는 양쪽 말을 똑같이 써 주어야 하는 것으로 안다. 우리 쪽에 나쁘게 쓴 만큼 너희네 회장네도 그만큼 써 주어야 하지 않나. 50년 동안 한 맺힌 사연은 써주지 못할망정, 아닌 내용까지 뒤집어씌우고 이게 기자나 신문사가 할만한 일인가. 그래서 다른 기자들에게 물어보니, 기자는 절대로 그럴 수 없다고 했다. 편집국장이나 그렇게 하면 모를까. 기자는 그렇지 않는다고 하는데, 그러면 누가 그렇게 했겠어? 당신 편집국장이 그런 것 아니면 누구란 말인가. 똥을 먹어도 싸다."

경찰들도 윤인석 할아버지의 얘기를 듣고 충분히 이해했다고 말하면서도, 위에서 지시가 있어서 명령에 따를 수밖에 없다고 했다.

"오죽했으면 어르신들이 이렇게까지 했겠나. 힘없는 사람들을 이렇게 농락

해도 되는 것이냐. 젊은 경찰관님, 자네들도 부모님이 계실 것 아닌가. 부모님들이 막무가내로 하겠는가. 잡혀갈 때 가더라도 우리의 의사전달도 해야 하는 거 아닌가. 우리는 내내 벽창호에 대고 말하는 기분이었다. 똥 뿌리고 먹였는데 겁날 게 뭐가 있어, 죽어도 신문사에서 죽을 것이다. 경찰들도 우리가 했던 내용 세세하게 정리해서 검찰에 넘기고, 법원에도 넘겨주어야 한다. 그래야 재판장에서 모든 게 까발려져서 국민들도 알 것이고, 똥사일보가 똥 먹은 것도부터 소문낼 것 아니냐. 경찰들도 똥사일보 기자처럼 하면 경찰서에도 똥을 가지고 가서 뿌릴 것이고, 똥을 먹이고 말 것이다. 자네들도 명심해야 한다. 우리는 끝까지 편집국장의 사과도 받을 것이고, 폭력 경찰을 색출해서 엄벌에 처하도록 하겠다."

이성규는 똥을 만지고 뿌리고 먹인 사람들은 목욕해야 하니까, 빨리 갈아입을 옷을 가지고 나오라고 했다.

김재만 위원장은 편집국장과 면담했다. 15일 자로 보도한 내용에 반박 기사를 내겠다고 약속했다. 앞으로는 삼영사 소작답 농사짓는 사람들과 무관한 사실을 쓰지 않겠다고 약속했다. 이상철 부위원장이 "어떻게 당신의 말을 담보할 수 있냐"고 물었다. 편집국장이 "우리를 믿어주기 바란다. 지주 측과 소작농사짓는 사람들을 동등하게 보도하겠다"고 해명했다. 16일에 있었던 동대문경찰서 폭력 경찰 이야기도 꼭 기사로 써야 한다고 했다. 편집국장이 정중히 사과했다. 편집국장이 사과하고 재발 방지를 약속했다.

김재만 위원장도 못 말리는 사람은 이성규라고 했다. 특별한 대책이 있다고 했는데, 이렇게 일을 낼 줄은 꿈에도 생각 못 했다. 한 차원 다른 생각으로 문제를 해결하는 능력은 늘 타의 추종을 불허했다. '똥'은 동사일보를 부정적으로 비유하는 것인 줄 알았다. 정말 똥을 준비할 줄은 생각도 못 했다.

김익선 씨가 몸이 좋지 못해서 병원에 입원했다. 내무부와 회사 측에도 알렸다. 경찰들이 연행하는 과정에서 목을 눌렀는데, 그때 이후 말하는 것이 좋지 못했다. 병원에서 큰 문제는 아니라고 했다. 하지만 김익선 씨가 말할 때 계속 불편해하고, 저녁에 열이 심하게 나서 응급실에 실려 갔다. 병원에서 퇴원하면 집으로 가야 하는데 끝까지 남겠다고 해서 금평마을 대표도 걱정을 많이 했다.

김재만 위원장은 생각했다. '지금부터가 중요하다. 이제 2단계로 진입했다. 똥사일보 전략 이후 분명 지주 측에서도 태도가 달라질 것이다. 2단계 행동요령에 대해서 누구에게도 물을 수 없고, 이제 나와 우리 600여 명의 몫이다.' 한방의 통쾌함도 좋았으나 끝까지 이기는 싸움을 어떻게 할까 고민이었다.

마을 대표들까지 모이는 회의를 열었다. 새롭게 올라오는 회원들을 어떻게 교육시킬 것인지, 아프거나 다친 부상자들을 어떻게 관리해야 하는지, 우리를 만만하게 보는 지주측에 어떻게 맞설 것인지 지금보다 더 적극적인 대책을 마련해야 했다. 학생들과 적극적으로 연대하고, 수도권에 있는 출향 인사들을 모아갈 계획을 세웠다. 박정일 신부도 추기경을 동원해서라도 안전을 지켜달라고 부탁했다. 이제 마을 대표들도 단단히 마음먹어야 했다. 본격적인 싸움이었다.

이성규 부위원장이 말했다.

"우리는 우리가 해야 할 일을 다 했다. 나는 지금도 후회가 없다. 목욕탕에서 씻으면서 많은 얘기를 나누었다. 윤인석 할아버지의 활약이 정말 돋보였다. 기자와 직원들, 경찰들도 윤인석 할아버지의 말에 토를 달지 못했다. 힘없고 보잘것없는 우리를 속이는 너희들이 어찌 참된 기자란 말이냐, 똥을 퍼먹어도 누가 편 되어주지 않을 것이라고 말하니 수긍하는 눈치였다. 경찰들도 창피한 마음에 연행하다 말고 바로 풀어주었다. 다시 점거해도 그냥 못 본 척 놓아두었다."

김재만 위원장은 이번처럼 위원장이 모르는 계획은 어느 누구도 안 된다고 했다. 특히 이성규 부위원장도 안 된다고 했다. 마을 대표들에게 인원사항을 시간대별로 확인하는 것도 중요하다고 말했다. 건강이나 신변에 이상이 있나, 자세히 살피라고 했다. 땅을 찾는 것도 중요하지만, 우리 중에 누구도 다치는 것은 안 된다고 했다. 어떠한 일이 있어도 여기서 소작답 문제를 마무리 짓고 내려갈 것이라고 했다. 인명사고 없이 모두 안전하게 내려가는 것이 소원이라고 했다. 서로 존중해주고, 이해해주고, 감쌌으면 한다고 말했다. "우리는 할 수 있다. 꼭 성공할 것이라고 믿자. 누구도 다치지 않고 내려간다고 믿자. 하느님을 믿지는 않지만, 김수환 추기경님의 말씀을 믿고 있다. 이상철 부위원장님처럼 하느님을 믿는 사람들을 위해서라도 믿어보자. 추기경님께서도 기도해주시고 계시는데, 하느님께서 우리를 모른 척하겠냐. 우리도 진심으로 믿자. 우리는 잘하고 돌아갈 것이라고 믿었으면 한다." 이상철 부위원장이 이번 기회에 하느님을 믿는 사람들도 많아졌으면 좋겠다고 말했다. 누구라도 믿고 쉽게 해결해주기를 바라는 마음은 똑같을 것이다.

김인주 총무는 편집국장이 약속한 내용이 지켜지는지 꼭 확인하라고 했다. 최영만 재무는 나기황 장호양반에게 그동안 있었던 내용을 이것저것 소상하게 설명했다. 인간 녹음기였다. 최영만은 장호양반의 능력을 잘 알아서 십분 활용했다. 편집국장이 약속한 사항을 하나도 빠짐없이 알려주었다. 어떻게 저 많은 이야기를 적지도 않으면서 기억해내는지 무척 궁금해했다. 먼저 올라와 연락이 없었던 사람들의 이야기를 듣고 와서 한 명 한 명에게 말해주었다. 농사는 어떻고, 부인이나 남편이 전하라고 한 말까지 집집마다 소식을 전해주었다. 김익선 씨가 퇴원해서 농성장으로 왔다. 얼굴색이 좋았다. 말도 잘 나온다고 했다. 김익선 씨는 광주에 있는 아들이 올라온다고 했는데 끝까지 반대했다. 다음 차례가 되면 생각해보겠다고 했다. 오히려 나 같은 사람이 있으면 회사 측에서 더 조심하게 될 것이라고 했다.

　마을 대표자 회의는 다 끝나고 마을별 소회의가 계속되었다. 15일자 동사일보 왜곡 보도 정정 농성에 대해 소상히 알리고, 내일부터는 지금보다 한 차원 높게 투쟁해나갈 것이라고 했다. 새롭게 온 사람들에게 농민가와 구호를 알려서 단합된 힘을 잘 보여야 했다.
　질마재댁은 오늘 저녁은 조기 머리도 나온다고 기대해도 좋다고 했다. 특별히 과일도 후식으로 나올 것이라고 했다. 특별 후원금이 들어와서 과일까지 준비되었다. 고창 수박이 준비되었다고 했다. 부모들을 찾아온 자식들이 부모를 잘 챙겼다. 김인주 총무는 가족들이 오갈 때 혹시라도 회사 측과 불상사가 발생할 수도 있으니 주의하라고 했다. 날이 덥고 습도가 높아 이럴 때 생각지 않은 돌발 상황이 일어날 수 있으니, 각별히 조심하라고 했다. 아이들을 데리고 온 사람들을 더 신경써주라고 했다. 선풍기도 더 준비해서 아이들이 조금이라도 편하게 해주라고 했다. 질마재댁에게도 말해서 아이들 간식도 챙겨주었다.
　김재만 위원장은 김인주 총무에게 여러모로 바쁘겠지만, 신문에 약속한 내용이 나오는지 꼭 확인하라고 했다. 마음에 완벽히 들 수는 없겠지만 시늉이라도 하는지 지켜보자고 했다. 박정일 신부에게 우리 활동을 보고하고, 고령대학교 학생들도 더 가깝게 거리를 유지하도록 했다. 혼자서 안 되면 신동수 감사에게 일정 부분을 맡겨 차질이 없도록 했다. 신동수 감사는 처음부터 내용을 제일 잘 알기 때문에 적임자였다. 김인주 총무는 할 일이 한둘이 아니었다. 서로를 절대적으로 의지할 사람들을 많이 만들어 놓으라고 했다. 김병수에게도 더 긴밀히 연락하고, 이수금 회장의 가톨릭농민회나 기독교 학생들의 활동까지도 챙기라고 했다. 신동수 감사에게는 김병수의 정체를 밝히고 협조하도록 했다. 김병수의 신변은 꼭 지키라고 했다. 신변이 노출될수록 효과가 반감되고, 진짜 중요한 정보를 얻을 수가 없었다. 위원장이 밝히기 전까지는 누구도 알아서는 안 된다고 했다. 활동비는 부족함이 없도록 하라고 했다. 활동 범위가 넓어서 비용이 많이 들어가게 됐다. 꼭 잊지 말고 챙겨 주라고 했다.

   동사일보는 청소 인력을 쓰지 못하고 기자들과 직원들이 직접 청소했다고 한다. 물청소를 해도 똥 냄새가 쉽게 다 빠지지 않았다고 했다. 특히나 편집국장 방은 더 그랬다. 편집국장이 직원이나 기자들에게 어떻게 두 번이나 속수무책으로 당했냐며, 애사심이 없다고 질타했다. 기자들은 편집국장이 대응을 못 해 일어난 일인데, 오히려 자기들한테 책임을 전가한다고 아우성이었다. 어찌 되었든 밖으로 말이 새어나가지 않게 하기 위해 노력했다. 똥사일보 오명을 쓰지 않으려고 다 같이 노력한 덕에 말이 퍼져 나가지 않았다. 김재만 위원장은 편집국장이 약속한 내용을 지키지 않으면 다 말하고 다닐 것이라고 했다. 편집국장은 이러지도 저러지도 못했다. 경찰 눈치도 봐야 하고, 사주 측 눈치도 봐야 했다. 자기들의 잘못을 꺼내는 것이 쉬운 일은 아니었다. 그러나 약속한 상태에서 지키지 않을 수 없는 처지였다. 말미를 주라고 했지만, 언제까지 뺄 수는 없었다. 편집국장은 부국장을 닦달하고 기자들에게 묘수를 찾아오라고 했다. 우선 폭력 경찰에 대해서는 변죽만 내자고, 물량을 적당히 채우고 실질적인 내용은 경찰을 옹호하는 쪽으로 몰고 가자고 했다. 사주 측에는 농지개혁법에 허점이 있다는 것을 부각시키고, 민주 자본주의 국시를 무너뜨리는 것은 절대로 안 된다고 하면서, 600여 소작농사를 짓는 사람들을 지켜 주는 척 지주 측의 생각을 보이자고 했다. 15일 자 왜곡 보도는 삼영사 소작답 양도 추진위원회가 상경해서 그동안 있었던 소식을 전하는 형태로 정정하자고 했다.

죽음의 문턱

9일차(8월 20일), 삼영사 구사대 농민 폭행

　진주마을 이성혜가 아침밥을 먹고 집으로 돌아가기 위해 농성장을 빠져나와 대로에 들어서는 순간, 삼영사 직원이라고 하는 사람들이 나타나 에워쌌다. "여기에 뭐 하러 왔냐"며 시비 걸었다. 이성혜의 어머니는 대꾸하지 말고 그냥 피하라고 했다. 이성혜는 어젯밤 농성장에 방문하여 엄마와 농성장에서 밤을 꼬박 새우다시피 하고, 새벽에 눈을 조금 붙이고 일어나 동네 사람들과 아침을 먹고 집으로 돌아가던 참이었다. 삼영사 직원이라고 하는 사람들이 "너희들의 얘기는 빨갱이나 하는 짓이다. 너희들은 공산당"이라고 소리쳤다. 이에 항의하자 사정없이 주먹을 휘둘렀다. 이성혜와 어머니가 직원들이 휘두르는 주먹에 맞고 쓰러졌다. 옆에 있던 진주마을 김종남이 "왜 폭력을 쓰느냐" 따졌더니, "네까짓 것은 뭔데 까불어" 하며 직원 10여 명이 멱살을 잡고 때려 실신하고 말았다. 이 소식을 듣고 전북가톨릭농민회연합 강기종 사무국장이 현관으로 내려가는데 삼영사 직원이 옆에서 주먹으로 치는 바람에 안경이 깨져버렸다. 강기종은 즉시 동대문경찰서에 신고했다. 경찰은 사건 발생 1시간이 넘어 나타나 별다른 행동 없이 현장에 있던 이성혜와 그의 어머니, 두 명만 데리고 갔다. 폭행 당시 있던 동대문서 정보과 형사는 사라져버렸다.
　강기종 사무국장은 어제 동사일보 편집국 점거에서 제일 앞장섰다. "민주경찰들은 폭행한 직원들은 그냥 놓아주고 농민들만 경찰서로 데리고 가면 되는 것인가, 동대문경찰서는 삼영사만을 지키는 경찰서인가. 삼영사와 어떤 유착 관계가 있는지 모르겠으나, 도무지 이해할 수가 없었다. 대한민국에서 어떻게 이런 일이 자행되고 있는지 모르겠다. 박정일 신부님께도 이상한 일이 반복되고 있다"고 했다.

서울시민들이 물심양면으로 지원을 아끼지 않았다. 민주화운동 단체들의 지지 성명이 계속 이어졌다. 경찰들과 싸워야 하고, 삼영사 지주 측과도 싸워야 하고, 동사일보와도 싸워야 했다. 사람들이 농성장에 방문해주고, 모금 운동도 적극적으로 동참해주었다. 농민들의 50년 한을 외면하지 않았다. 오늘 아침 삼영사 구사대의 만행을 전북의 민주단체와 인천의 노동단체에도 알렸다. 강기종 사무국장은 경찰과 삼영사 구사대가 힘없는 농민들을 괴롭혀도 되는지 알려야 한다고 생각했다. 노동운동계 힘 있는 단체의 개입이 필요하다고 생각한 그는 인천 노동단체에 도움을 요청했다. 인천 노동단체는 민주화운동보다 문제 해결 능력이 강해 보였다. 삼영사도 인천 노동단체 개입을 쳐다만 볼 수 없었다. 강기종 사무국장은 김재만 위원장과 협의 없이 인천 노동단체의 협력을 구했다. 김재만 위원장은 삼영사 소작답 추진위원회에서 결정한 의사결정이 제대로 작동되지 않고, 밖의 세력들이 더 막강해졌을 때 어떻게 해야 하나 걱정스러웠다.

이성혜는 삼영사 회장실로 가서 회장이 직접 나오라고 했다.
"내가 무슨 잘못을 해서 직원들이 폭행했단 말인가. 우리가 어떻게 빨갱이인지 정확하게 설명해야 한다. 친일한 허주규의 아들들은 대한민국 국민이고, 소작농사를 짓는 농민들은 빨갱이이고 공산당이냐. 그 부모님을 둔 자식들도 빨갱이이고 공산당이면 이런 우리를 보고도 고발하지 않는 당신들은 어떤 처벌을 받아야 하는가. 할 말이 있고 하지 말아야 할 말이 있다. 여러 사람이 에워싸고 폭력을 가하는 것은 살인미수다. 회장을 고발할 것이다. 김종남 씨는 병원으로 실려 갔다. 경찰들이 나와서도 폭력을 행사한 직원들은 연행하지 않고, 나와 우리 엄마만 경찰서로 끌고 갔다. 이게 민주주의가 맞는가. 회장이 어떻게 했으면 이런 일이 발생한단 말인가. 대답을 좀 해봐라. 여자라서 무시하고 그렇게 막 대했나. 나도 힘센 사람들을 불러다가 똑같이 해야겠다. 회장은 빨리 나오라."

김인주 총무가 내려왔다. 회사에 사과를 요구하고 책임지게 할 것이라고 했다. 이성혜는 분이 풀리지 않았는지, 김인주 총무에게 추진위원회가 무기력하게 대응하니까 직원들과 경찰이 우리를 무시하고 폭력을 행사하는 거라고 꾸짖었다. 삼영사 소작답 없이는 살아도 이렇게 무시당하고는 못 산다고 했다. "총무님이 꼭 회사 직원을 끌고 와서 제 앞에서 사과하라고 하세요. 그렇지 않으면 집에 가지 않고 회장을 직접 만나 사과받을 것이고, 우리를 때린 직원을 처벌하고 경찰에 넘길 것입니다."

김인주 총무는 구사대 직원을 데리고 농성장으로 왔다. 직원은 이성혜에게 사과하고 경찰에 가서 자수하겠다고 했다. 김종남 씨의 치료비는 회사에 감당하겠다고 했다. 허선휘 부사장은 모든 잘못은 회사에 있다고 사과했다. 김재만 위원장은 사과를 받고 재발 방지를 약속하라고 했다. 허선휘 부사장은 다시는 이러한 문제가 발생하지 않도록 하겠다고 약속했다. 김재만 위원장은 이성혜 씨에게 사과를 받아들 수 있냐 물었고, 다시는 이런 일이 재발하지 않는다는 말을 받아들여 용서해주었다. 김종남 씨는 아직은 병원에 있다. 이성혜 어머니가 간호했고, 김종남도 안정을 찾았다고 했다.

허선휘 부사장은 내일 3차 협상에 나서겠다고 했다. 공개토론회에서 나오지 않던 지주 측에서 3차 협상에 나오는 것은 구사대 폭력에 상응한 협상 결과였다. 김재만 위원장은 아무런 조건 없이 용서하기로 하고, 추진위원회와 소작답 양도 문제에 대한 의견을 나누자고 했다. 추진위원회에서는 1·2차 협상 대표가 참석한다고 했다. 회사 측에서는 허선휘 부사장을 대표로 3명이 참석하겠다고 했다. 김재만 위원장은 3차 협상은 우리 회원들이 몸으로 벌어들인 협상이라며, 아주 귀하게 써야 한다고 했다. 누가 들어도 충분히 통할 수 있는 이야기를 해서 지주 측에서도 그냥 떠나는 일이 없도록 하는 것이 관건이었다. 다른 대표들은 말을 아끼고, 3차 협상 때는 김재만 위원장 혼자 이야기하겠다고 했다. 꼭 이야기해야 할 때는 허락받고 하라고 했다. 이 시간을 헛되이 보내면 안 되었다. 이제는 삼영사 소작답 양도 추진위원회도 성숙한 모습으로 접근해야 한다.

김인주 총무는 지금 일어나고 있는 경찰들의 과도한 폭력행사를 이대로 넘겨서는 안 된다고 했다. 영장도 없이 연행하는 것은 우리를 얕잡아 보기 때문이라고 했다. 우리가 법에 무지하다고 생각하고 그렇게 하는 것이라고 했다. 체계적인 교육을 다시 한번 실시하고 정신 무장도 해야 했다. 이수금 회장은 민주화운동을 하는 열사들의 이야기를 듣고, 영상을 보면 더 쉽게 체득될 것이라고 했다.

김재만 위원장이 말했다. "김인주 총무님은 회원들의 안전 문제에 대한 것부터 정신 교육까지 더 신경 썼으면 합니다." 김병수가 전해온 이야기인즉, 촌사람들은 겁을 주어야 하기 때문에 처음부터 폭력이 오가는 것이라고 했다. 이제 경찰보다 회사의 구사대를 더 신경써야 하는 단계라고 했다. 그 말을 듣고 하루도 안 되어 구사대가 나섰다. 구사대와 경찰의 차이는 분명 있다. 구사대는 돈을 받고 움직이는 조직이기 때문에, 훨씬 가혹하게 싸움이 벌어질 수 있었다. 그래서 더 조심해야 한다고 했다. 김재만 위원장은 회원들의 행동을 각별하게 신경 썼다. 절대로 혼자 다니지 말고, 여러 명이 짝지어 다니게 했다. 혹시 구사대나 삼영사 직원이 거칠게 말해와도 받아주지 말라고 했다.

김익선 씨가 나서서 말했다. "이제 나는 무서운 것도 없다. 목소리는 잘 나오고 잠도 잘 잔다고 했다. 위원장이나 우리 마을 대표는 다음에 내려가라고 하는데, 오히려 나 같은 사람이 있는 것이 더 좋지 않겠나. 더 있겠으니 나는 신경 쓰지 않아도 된다. 사고 이전처럼 대해주면 된다. 진주마을 김종남 씨도 퇴원해서 오면 나와 같을 것이다."

어찌 되었든 경험해보면 열사가 된 것처럼 마음가짐이 달라진다.

김재만 위원장은 앞으로는 김익선 씨나 김종남 씨처럼 다치는 경우가 없어야 하니 조심들 하라고 했다. 학생들도 경각심을 갖게 되었다. 인천노동연맹에서 재벌과 군부독재에 맞서 투쟁해야 한다고 했다. 재벌들의 횡포가 얼마나 무서운지 정확히 모르는 국민은 우리에게 과격하다고 하는데, 여러분들께서는 직접 경험했으니 우리 심정을 알 것이라고 했다. 방송이나 신문에서 보도할 때 악의적으로 편집하여 내보냈다. 노동자나 농민들이 분노를 표출하는 장면을 편집해서 왜곡 보도함으로써 기득권을 지켰다. 경찰이나 대주주의 편에서만 보도하며 피해자를 가해자로 둔갑시켰다. 오늘 있었던 일도 방송이나 신문 보도는 기대하기 힘들었다. 언론과 경찰은 힘없는 자에게 가혹했다. 이성혜는 서울에 살고 있는 출향 인사들이 참여할 방법을 찾아보겠다고 했다. 김재만 위원장이 진심으로 감사드린다며, 고초를 겪었으면서도 이해해주고 도울 방법까지 말해주니 힘이 나고 잘될 것만 같다고 했다. 강기종 사무국장에게 진심으로 감사드린다며 말을 꺼냈다. "지금 우리가 삼영사와 맞서 싸울 수 있는 것은 경험이 많은 강기종 사무국장의 노력 덕분이라고 생각합니다. 며칠 새 경찰들과 삼영사 구사대처럼 폭력이 자주 일어났습니다. 학생들이 더 적극적으로 우리를 돕고 있고, 각종 사회단체와 서울시민들까지 모든 분께 감사한 마음입니다. 하지만 우리 문제가 정치적으로 변질되는 것은 절대로 원하지는 않습니다. 우리는 삼영사 소작답 양도 문제에 대한 것을 마무리해야 합니다." 크고 작은 폭력으로 인해서 인권 문제가 대두되었지만, 인권 문제로 추진위원회를 끌고 갈 수는 없다고 했다. 폭력 피해가 괜찮다는 것은 아니지만, 주객전도되는 것은 안 된다는 것이었다. "지주 측의 구사대나 경찰들의 폭력을 겪으면서 우리의 한계를 뼈저리게 느끼고 있습니다. 그렇지만 소작답 무상양도의 초심을 뒤로할 수 없습니다. 농민의 권리, 국민의 권리, 인권이 존중받아야 합니다. 정당하게 존중받는 것은 헌법적 가치이고, 그것이 매우 중요하다는 사실을 확실하게 알아야 합니다. 우리는 50년 동안 피맺힌 한을 풀어야 합니다. 이보다 더 큰 가치는 없습니다." 지주 측에서 이제야 나서겠다고 하는 것은 구사대 폭행을 피하기 위해 쓰는 술수일지도 몰랐다. 지주 측에서 약속을 헌신짝처럼 생각하는 경우가 한두 번이 아니었다.

최영만 재무가 위원장에게 통장을 확인시켜주었다. 지금까지 늘 하루하루가 적자였는데, 오늘부터는 흑자라고, 그동안 들어간 돈도 채워질 수 있겠다고 했다. 얼마나 고마운 일인지, 눈물 날 정도라고 했다. 이렇게 많은 사람에게 도움을 받을 줄은 생각도 못 했다. 최영만 재무의 어깨가 펴졌다. 빵과 우유로만 식사해야 했던 때에 비하면 기쁜 일이다. 병원으로 실려 가는 회원들만 없었다면 더 바랄 것이 없을 텐데, 가끔씩 실신하는 회원들이 나와 마음이 편하지만은 않았다. 김익선 씨는 추진위원회 돈으로 치료를 받았다. 김종남 씨는 삼영사에서 치료를 해주니 다행이었다. 몸이 많이 좋아져 내일이면 퇴원이 가능할 것 같은데, 몸 상태를 좀 더 확인하고서 퇴원하라고 했다. 이성혜 어머니도 병원에 가서 함께 치료받도록 했다.

이재현 부위원장이 지은이가 자기에게 편지를 보내왔다고 했다. 모두들 건강은 어떤지 궁금하다고 했다. 계란말이를 해준 아줌마도 잘 계시는지, 늘 할아버지 따라서 기도한다고 했다. 할아버지가 서울에 계시는 사람들을 위해 기도를 하자고 한다며, 우리는 편안하게 잠도 자고 잘 먹는데 먹지도 못하고 잠도 제대로 못 자는 사람들이 마음 쓰인다고 했다. 빨리 일이 마무리되기를 기도드린다고 했다. 이재현 어르신께서 우리 마을과 옆 마을까지 대표하면서 애를 많이 써주고 계셔서 진심으로 감사드린다고 했다. 엄마는 또 올라가고 싶어하지만, 우리 때문에 못 가지만 마음은 늘 함께하고 있다고 했다. 공부 더 열심히 해서 변호사가 되어 아저씨, 아줌마들 지켜드리겠다고 했다. 이재현 부위원장은 지은이 편지를 받고 우리의 행동이 헛되지 않기 위해서 최선을 다하겠다고 더 굳게 다짐했다.

경찰들이 행한 폭행을 국회의원에게 민원으로 넣었다. 내무부에 방문하여 경찰 폭력을 항의하고, 폭력 경찰 색출을 요구했으나 아무런 반응도 없이 시간만 끌고 있다며, 국회의원에게 내용을 자세히 설명하고 청원서를 제출했다. 김재만 위원장은 폭력 경찰을 절대 그냥 넘길 수 없다고 했다. 국회에서도 안 되면 청와대에 청원서를 제출하겠다고 했다. 내무부나 경찰에서 폭력 경찰을 밝히고 처벌하라고 했다 요구사항을 묵살할 때는 우리를 돕고 있는 단체들과 함께 경찰총장 퇴진 운동을 전개하겠다고 했다. 내무부 장관의 퇴진 운동도 전개하겠다고 통보했다. 3일 더 참고, 그 이상 아무런 대응이 없을 때는 범국민 운동으로 번져도 우리 책임이 아니라고 했다.

인천노동자연맹이 3일 이상 못 기다린다고 했다. 국민을 지켜야 할 경찰들이 아무런 힘도 없는 농민을 폭행하고도 사과 한 번 제대로 하지 않고 있다고 했다. 한 번도 아니고 연거푸 발생했다. 이것은 삼영사 소작답 양도 문제뿐만이 아니라 국민의 인권 문제라고 했다. 전국농민회도 함께하겠다는 의사를 보내왔다.

김재만 위원장을 찾아온 국회의원은 삼영사 소작답 양도의 법적인 문제를 농림부에 지속적으로 질문하고, 법적인 부분을 개정하기 위해 애쓰고 있었다며, 서울에 상경했다는 것은 알았으나 농성장에는 이제야 찾아왔다고 사과했다. 동료 의원들이 하나둘 관심을 갖고 국회에서 제도적으로 싸우고 있다며,

우리가 하나가 되어 싸운다면 못할 것도 없다고 했다. 서로 열심히 싸워 보자고 했다. 농성장에서 박수가 끊이지 않았다.

이성혜가 통닭 수십 마리를 튀겨 왔다. 저녁거리와 함께 먹었다. 이성혜는 어머니와 함께 고초를 치르면서, 농성장에 계시는 엄마 아빠들이 진정한 승리자들이라고 부족하지만 이렇게라도 함께 할 수 있어 기쁘다고 했다. 이성혜 씨의 엄마는 지금 병원에서 김종남 씨를 간호하고 있다고 했다. 엄마도 병원에 계시면서 여러 가지 진찰을 받았고, 건강하다고 했다. "우리 어머니는 6형제를 대학까지 가르쳤다. 여자인 나도 대학에 보내준 덕에 시집도 잘 갔다. 삼영사 소작답 지으며 우리 형제들을 가르쳤다. 우리 형제들에게 나와 엄마가 경찰들에게 윽박질을 당하고 폭력까지 당했다"고 말하며 회장에게 꼭 물어 대답을 받아내고 말 것이라고 했다.

김재만 위원장과 최영만 재무는 식량이 절약되었고 회원들이 맛있고 영양가 있는 음식을 먹을 수 있는 것만으로도 감사하다고 했다. 재무는 입버릇처럼 잘 먹고, 잘 싸고, 잘 자고, 크게 아픈 사람도 없으니 좋다고 했다. 이제 집에 있는 소도 잊어버렸다. 질마재댁은 밥순이가 되었다. 늘 어떤 밥을 드려야 하나 고민한다고 했다. 최영만 재무는 구사대도 경찰도 무섭지가 않은데, 오직 한 사람, 질마재댁이 제일 무섭다고 했다. 질마재댁은 웃기만 한다. 최영만도 따라 웃었다.

10일차(8월 21일), 3차 협상과 박종철 군 영화 관람

삼영사 소작답 양도 추진위원회에서는 김재만 위원장, 이상철, 이재현, 이성규 부위원장, 김인주 총무가 협상 대표로 참석했다. 지주 측에서는 허삼돈 회장, 허선휘 부사장, 총무부장이 참석했다. 참으로 오랜만이라며 서로 악수를 나누었다. 허삼돈 회장이 웃으며 반갑게 맞아 주었다. 회장은 전권을 허선휘 부사장에게 일임해 놓았는데, 회사 측 구사대로 인해 부상자가 나오고 실신까지 하게 된 것을 아주 미안하게 생각한다고 말했다. "위원장님을 뵙고 사과드리려고 왔다"며, "앞으로 이러한 일이 발생하지 않도록 하겠다"고 했다. 열심히 협상해서 생각이 좁혀졌으면 한다고 덧붙였다. 허선휘 부사장도 구사대가 선량한 농민에게 피해 입혀 미안하다고 했다. 김재만 위원장은 "회장님과 부사장님이 사과해주시고, 재발 방지까지 약속을 해주신 데 진심으로 감사드린다"고 말했다.

회사 측이 입장을 밝히기 시작했다. 대한민국은 민주 자본주의 국가이기 때문에 법률을 무시하거나 어기고 협상할 수가 없다고 했다. 그러나 법이 허락하는 범위에서 검토하고 있다고 했다. 이상철 부위원장이 말했다. "우리는 무상양도와 보상금을 받아야 한다. 우리가 자료로 드렸지 않느냐, 충분히 검토했을 텐데 아무런 대꾸 없이, 우리에게만 아무런 대책 없이 나왔냐는 식으로 대하는 것 같다." 회사 측에서는 많은 것을 검토했다고 하면서 오히려 위원회 측에서 아무런 내용 없이 온 것 아닌가 싶다고 대꾸했다. 김재만 위원장이 그럼 회사 측의 입장을 다시 한번 말해줄 수 있냐고 물었다. 회사 측에서는 "국가 법률에 따를 수밖에 없다. 국가 법률에서 허락한 범위 내에서는 최선을 다할 생각"이라고 했다. 이상철 부위원장은 김재만 위원장의 눈치도 보지 않고서 무상양도 없이는 절대로 안 된다고 딱 잘라 말했다. 허선휘 부사장은 아무 말도 없이 김재만 위원장만 바라봤다. 침묵의 시간만 한참 지나갔다. 김재만 위원장은 오늘도 서로 의견만 팽팽하게 평행선을 유지한 채 끝났다며, 다음에 만나서는 다른 얘기를 했으면 좋겠다고 했다. 협상이 그렇게 끝났다.

농성장에는 서울 교회에서 온 청년들이 '피 흘린 50년' 마당극 위문 공연 과 잔치를 열어주었다. 또 박종철 군에 대한 영화를 보여주었다. 지금 회원들은 우리가 하는 것도 삼영사 소작답 양도 문제만을 위한 것은 아니라는 것을 알게 되었다. 그래서 많은 사람이 도와주는 것이란 조금이나마 알 수 있었다. 교회에서 온 젊은 학생들이 귀여웠다. 학생들이 마당극으로 보여준 내용과 어제 일이 비슷했다. 경찰이 거리 행진을 하며 인권을 외치는 여성들에게 방망이를 내리치고, 피가 눈으로 흘러 눈도 못 뜨는데 발로 차고 방망이로 쳤다. '꺼져라. 빨갱이!' 하면서 인정사정 봐주지도 않고 폭력을 행사했다. 무법천지가 따로 없었다. 학생들은 어떻게 저렇게 표현을 잘할까. 옆에서 눈물을 글썽이던 방축마을 유추순은 "그러게 말이여, 고두심도 김혜자도 저렇게 연기를 잘했었나" 했다.

"박종철 학생 봐. 종철 학생 엄마가 저 광경을 보면 어떻게 생각할까. 썩을 놈들, 저게 사람이여, 짐승이여? 사람을 저렇게 하면 어떻게 하라고. 저렇게 했으니까 죽은 것 아니여. 내 가슴이 이렇게 쩡하고 눈물이 나는데 학생 엄마는 어떨까. 우리도 저렇게 되지말라는 법이 있을까. 대한민국 국민이 이 영화를 봐야 쓰겠네."

청년들과 농민가를 함께 부르고 점심도 먹으면서 아들딸처럼 잘 챙겨주었다. 김재만 위원장은 청년들과 함께 삼영사 소작답 양도 문제를 이야기했다.

"50년 동안 한 맺힌 이야기가 얼마나 많을까요. 나 역시도 나만의 이야기가 있습니다. 여기 있는 사람들의 이야기도 가지가지로 있을 건데, 이렇게 와서 우리의 이야기를 들어주고, 또 우리가 알지 못한 세상에 대해 알려줘서 너무도 감사할 뿐입니다. 여러분처럼 큰 교회에서 다녀가면 우리의 이야기가 더 많은 사람에게 쉽게 퍼져 갈 것 아닌가요. 너무 감사합니다."

서울에 상경하기 전과 후가 완전히 달랐다. 소작농사짓는 사람들은 대학생들이 민주화를 앞당기는 데 얼마나 많은 노력을 하고 있는지 알게 되었다.

"우리는 그동안 농사만 지었다. 그러나 경찰들이 우리를 함부로 대하는 것을 보고서, 여러분의 노력이 우리를 지키고 있다는 것을 새롭게 더 느끼고 있다. 서울에 사니 시골 사정은 잘 모를 수도 있다. 우리네 같은 농부들이 1년 농사를 지어도 아이들을 서울로 공부시키러 보내는 것은 정말 어렵다. 먹을 것 제대로 먹고, 입을 것 제대로 입는 것은 언감생심 꿈속에서도 생각 못 할 일이다. 그래도 악착같이 아이들을 교육시킨다. 그렇게 내 대에서 가난의 대물림을 끊고 싶은 것이다. 허주규, 허주규 형제들은 우리의 이런 마음을 알까. 당연히 처음부터 자신들과 우리는 차원이 다른 족속이라고 생각하는 것 같다. 일제강점기에 시작된 우리의 계급이 50년이 지난 지금까지 이어져 온다는 것이 정말 눈물 난다. 경찰은 일제강점기에도 순사 노릇을 톡톡히 했다. 지금도 돈 많은 사람의 주구인가. 우리 청년들이 사는 나라는 언제나 국민이 주인이고, 경찰들도 국민을 주인으로 섬길 것이다. 오늘 여러분들을 보고 그런 날이 쉬이 올 것이라 기대해본다."

옆에 있던 유추순은 가슴이 찢어질 듯 아프다고 했다. 자기네들은 아들 키우지 않는지 묻고 싶다고 했다. 청년들에게 조심해야 한다고 말하면서 손을 꼭 잡았다. "우리 아들도 청년들만 하다. 지금은 군대에 가 있다. 꼭 아들을 보는 것만 같다"고 했다. "박종철 군, 불쌍해서 어떻게 한당가. 부모님들은 어떤

당가. 예나 지금이나 경찰들이 하는 짓은 변한 게 하나 없으니, 얼마나 더 데모해야 하고 얼마나 더 많은 청년이 죽어나가야 한당가." 위원장이 왜 그토록 안전을 이야기했는지 알 것 같다고 했다.

김재만 위원장은 부위원장들과 마을 대표자 회의를 소집했다. 지금까지 활동사항을 정리하고, 앞으로의 협상 일정을 계획했다. 부위원장들에게 먼저 할 말이 있으면 하라고 했다. 이성규 부위원장이 오늘 협상에서 우리는 1차 협상에서 어느 것 하나 바꾼 것 없이 똑같았다고 했다. 위원장은 "협상은 일방적인 것은 없다. 지주 측에서는 1차 협상 당시에 국시를 꺼내 들었다. 우리는 국시가 뭔지 알아보려고도 하지 않았다. 우리가 준비가 안 된 꼴만 보이게 된 것"이라고 말했다. "지주 측에서는 법이 허락한 범위에서 최선을 다하겠다고 하지 않았느냐. 그래서 아무런 말을 못했던 것이고, 오히려 우리가 그쪽으로 휘말려 들어갈까 봐 더 조심했다. 우리도 지주 측에서 주장하는 바를 법리적으로 따져봐야 했다. 혹시 추천할 사람이 있으면 말해주라"고 했다. 김병수를 찾아 오늘 협상장에서 있었던 일을 자세하게 설명했다. 김병수는 지주 측에서 제시한 내용에 대해 법리적으로 알아봐야 할 것 같다고 했다. 김재만 위원장은 김병수를 통해 우리도 법적으로 대응해야 한다는 당위성을 교감했다. 마을 대표들이 법리적인 것을 먼저 알아보고, 우리도 어떻게 대응해야 할지 따져보기로 하고서 회의를 마쳤다.

이성혜에게서 전화가 왔다. 빠르면 내일 서울 지역 출신 모임이 결성될 것 같다고 했다. 이미 여러 사람에게 전화하고 있고, 가급적 모임을 빨리 갖도록 해야 한다고 했다. 저번에 대학로 나가서 했던 것처럼 홍보하고, 모금 운동도 열심히 하자고 했다. 경기도 출향인들도 하나둘씩 모이고 있다고 했다. 이제는 조직적인 움직임이 시작되었다. 경찰들이 마음대로 할 때는 지났다.

김인주 총무는 4차 협상 준비를 철저히 하겠다고 했다. 국시가 무엇인지 알았다. 처음부터 조금만 깊게 생각했다면 충분히 생각해볼 수 있는 문제였다. 너무 어렵게 생각한 것도 있었다. 법률을 어기면서 할 수 없는 일이었다. 내분이 일어나면 지주 측에서 계속 우리를 갈라놓으려고만 할 것이다. 이상철 부위원장은 가톨릭농민회 출신이기도 하고 누구보다 강한 간절함을 갖고 있기도 했다. 타협 없이 소신을 굽히지 않고 저돌적으로 나아가는 성향 때문에 협상이 결렬될 소지도 충분했다. 협상 대표에서는 빠졌으나 앞으로 있을 회의에서 지금보다 더 강력하게 따져들게 될 것이라고 했다. 위원장은 김인주 총무도 각별히 조심하고, 이성규, 이재현 부위원장도 직선적이니 각별히 조심해야 한다고, 부딪치는 것만은 피해야 한다는 것을 꼭 명심했으면 한다고 부탁했다. 김인주는 우리 회원들의 의식이 많이 높아졌다고 말했다. 그러니 수시로 정확하게 보고해주고, 오해가 있으면 바로바로 풀어주라고 했다. 신동수 감사를 감사로만 대하지 말고, 부총무로 상의해 가며 가급적 신속하게 전파하라고 했다.

김종남 씨가 퇴원했다. 질마재댁은 특별히 음식을 준비해야 하느냐고 물었다. 김종남 씨는 "이제 괜찮아요. 고맙습니다"라고 인사했다. 김익선 씨를 비롯한 모두가 와서 가족처럼 위로하고, 병문안 못 간 것을 미안해했다. 김종남은 다들 내가 죽을병에 걸린 듯이 챙겨준다고 말했다. 김익선 씨가 단단히 말했다. "아직도 멍이 들어 있구만. 그놈의 구사대놈들, 이제는 우리도 순순히 당하고만 있지 않을 거고만, 한번 두고 봐라. 우리를 돕겠다는 사람들도 제법 많은데, 이제 두고 봐라. 함부로 까불다 큰코다치고 말제."

김병수가 김재만 위원장을 만나고 갔다. 박정일 신부가 이제 지주 측에서 계속 협상에 나올 것 같다고 했다. 천주교 신자 중에 변호사들이 많으니 그들을 불러 검토해보도록 하겠다고 했다. 우리가 협상장에 나가서 해야 할 방향이나 방법을 보여주고, 변호사가 찾아가서 자세히 설명해줄 수 있게 하겠다고 했다.

유추순이 김재만과 김병수가 만나는 것을 봤다. 김재만 위원장은 유추순을 불러 김병수가 자신의 먼 친척이라고 밝혔다. 하지만 "우리 위원장님이 무슨 일을 낼 사람도 아니고, 나로 인해서 부정 타서 뭐가 잘못되면 어떻게 하냐"며, 자신은 아무것도 못 봤다고 했다. 유추순은 "위원장님, 아이들 따라서 교회를 갔다 왔는데 교회가 얼마나 크던지, 나는 그렇게 큰 건물에 처음 들어갔어라. 사람들 숫자가 얼마나 많던지, 서울시민 다 모였나 싶을 정도로 가득했다. 대학로 갔을 때는 대학로 사람들이 다 모였나 했는데, 교회를 가니 또 그렇더라. 서울로 대한민국 사람들이 다 모였나, 많기도 해요." 김재만이 말했다. "유추순 회원님께서 서울 상경 후에 제일 많이 출세하셨어요. 서울에 와서 한꺼번에 그 많은 사람을 사귀고, 특히나 젊은 청년들이 유추순 씨의 친구가 되었으니, 이보다 더 출세한 사람이 우리 중에 있을까요. 그래도 잊지는 말아요. 우리가 여기에 목적은 소작농사를 마무리하는 것입니다. 잊지 않고 있지요?"

김재만은 협상 대표로 누구를 세워야 하나, 부위원장 중에서 세워야 하나, 아니면 마을 대표 중에서 세워야 하나, 심사숙고했다. 논리적인 사람으로 세우자고 했다. 전투력은 다른 대표들이 위원장 못지않으니 비장한 사람이 필요하다고 했다. 지주 측에서 한 이야기를 체계적으로 정리해서 되물을 수 있는 회원님들도 좋고, 마을 대표 중에서도 좋으니 찾아보자고 했다.

이수금 회장이 왔다. 전주에 내려갔다가 왔다고 했다. 내일 대학로에 홍보 활동 및 모금을 간다는 말을 듣고 왔다고 했다. 오늘 협상장에서 임원들이 우리에게 법적인 이야기를 하니 크게 어떻게 해보지도 못했다고 전했다. 지난 대학로 때 겪었던 일도 있어서 내일은 대학생들과 가톨릭 민주화운동 동지들도 함께하겠다고 했다. 서울에 사는 출향인들도 모이기로 했다. 예비 모임으로, 체계적인 지원 대책을 세우기 위한 것이라고 했다. 이수금 회장이 처음 안전을 이야기했을 때, 염려만 했지 이렇다 할 대책을 세우지 못했다. 이수금 회장이 온 이유도 두 번 다시 경찰들에게 폭행당하는 일이 없어야 하기 때문이었다. 폭력으로 대하는 경찰들을 무력화시키는 방법을 모색하겠다고 했다. 사실 박정일 신부가 미리 보내어 준비하라고 했다고 한다. 이수금 회장에게 협상 대표 중 이상철 부위원장이 자의 반 타의 반으로 협상 대표에서 빠지게 되었다고 전했다. "가톨릭농민회 활동하시는 분 아닌가요. 조금 거칠고 저돌적이기는 했지요. 그런 부분도 필요하기는 한데, 아무데서나 혈기로 대응하는 것은 적절하지 않아서 조금은 조마조마했는데 결국은 일을 낸 모양이네요." 일을 크게 그르치지는 않았다. 그러나 결정적일 때 격분을 못 이겨 협상을 뒤엎는 일이 일어날 수도 있었기 때문에, 조심하자고 이야기가 되었다. 이상철 부위원장도 본인의 성향을 잘 알았기 때문에 대승적 차원에서 자리를 양보했다. 협상 대표들도 흔쾌히 허락했다.

"회장님, 우리가 협상에 매몰되다 보면 상대측 이야기를 못 들을 때가 있었습니다. 어떤 의도인지 파악하지 못했습니다. 그래서 논리적이고 분석력이 뛰어난 회원을 한 명 뽑기로 했습니다. 우리는 우리 주장에 취해 있을지라도, 상대측 이야기를 잘 들을 수 있는 협상 대표가 필요하다는 것을 여러 번 느꼈습니다."

이수금 회장이 참으로 좋은 생각이라고 화답했다.

"본격적인 협상이 이루어질 순간입니다. 차분하게 법을 검토하고, 협상도 체계적으로 대응해야 합니다. 뭐든 신중하게 임해야 합니다. 김재만 위원장은 협상에 전념했으면 한다고 합니다."

이회장은 지은이와 같은 스타가 또 나와야 할 텐데, 그럴만한 사람을 잘 찾아보라고 했다. 지금은 모르지만 그런 끼가 있는 사람이 발견될 수도 있다고 했다.

11일차(8월 22일), 서울 경기지역 가족협의회

"삼영설탕, 삼영소금, 삼영폴리에스텔, 동사일보 보지도 쓰지도 맙시다."

허주규는 1942년 매일신보를 통해 '나 허주규는 울먹이는 심정으로 남 총독과의 석별을 안타까워합니다'라고 말했다. 그것도 모자라 112만 원(쌀 70만 가마)을 총독부에 헌납, 일본 왕에게 군용비행기를 주고 독립군 공격에 사용토록 했다고 한다. 이 공로로 만주 총영사 경기도 관선도의원 등 매국직을 역임했다. 또한, 허주규는 일제 말 국민총동원연맹 기획위원으로 전국 방방곡곡을 돌면서 강연회를 개최하여 '조선의 청년 처녀들이여! 천황을 위해 기쁘게 피를 뿌리라'고 열변을 토하며 친일매국 행각을 뻔뻔스럽게 자행했다. 농민들은 "허주규는 민족반역자이다. 허주규는 민족기업가가 아니다. 허주규 형제가 민족의 반역자"라고 가두방송을 했다. 삼영사에서 생산되는 물품의 불매운동을 전개해 나갈 계획도 밝혔다.

이성혜가 서울 지역과 경기 지역에 사는 가족들의 모임을 만들기 위해 예비모임을 갖는다고 했다. 집으로 들어오는 동사일보 신문 사절부터 삼영설탕 등 불매운동을 전개하겠다고 하니, 출향인들도 좋아하며 적극적으로 동참하겠다고 했다. 가족협의회의 구성이 시작되었다. 이성혜가 중심이 되어 19개 마을 대표들에게 연락을 취했다. 고창군 출신 출향인들이 모두 참석했다. 이성혜는 김인주 총무와 이재현 부위원장과도 연락을 자주했다고 한다. 가족협의회를 구성하기 전에 사전 모임을 3시에 대학로에서 갖기로 했다. 가족협의회는 매국노 기업인 삼영사의 진실을 바로 알리고 삼영사에서 생산되는 제품을 불매 운동하는 것이 목표였다. 동사일보 신문의 사절부터 시작하고 점차적으로 추진하겠다고 했다. 우리같이 힘없는 사람들이 할 수 있는 방법이지만, 이 방법보다 더 효과적인 방법도 없을 것이라고 했다.

예비모임 전 대학로에 가서 학생들과 농민들은 4천만 국민께 드리는 호소문을 나누어주고, 길 지나는 시민 한명 한명에게 삼영사 소작답 양도 문제를 이야기했다. 허주규 형제들이 일제강점기에 했던 만행을 이야기하고, 아들인 허삼만 동사일보 사장, 삼영염업사 허삼돈 회장, 적십자사 허민성 총재를 언급했다. "악덕 지주들 배 불리기 위해 우리는 몇 대에 걸쳐 가난을 대물림해야 한다. 우리가 저들의 종이 아니고 뭔가. 세상이 몇 번이나 바뀌었는데, 우리의 운명은 저들의 소작농사를 짓는 사람들이다. 어찌 우리가 나서지 않겠는가. 서울시민 여러분! 우리가 대기업 소수 몇 명의 종이 되어야 하나요. 언제까지 이렇게 살아야 합니까. 우리에게 힘을 보태어 주십시오. 여러분들이 도와주셔야 우리는 악덕 지주로부터 벗어날 수 있습니다."

경찰들이 몰려왔다. 학생들과 농민들이 남녀로 나누어 격자로 행렬을 꾸렸다. 경찰들도 함부로 들어서지 못했다. 지난 1차 모임 때는 우왕좌왕하다 경찰들이 폭력을 휘둘러 농민들이 많은 피해를 입었다. 이번에는 격자로 행진이 이루어지다 보니, 경찰이 함부로 때리지도, 연행하지도 못했다. 1차 때와 다르게 행동하는 농민들 앞에 우두커니 서 있을 뿐, 이러지도 저러지도 못하고 기웃거렸다. 거리를 두고 한참을 서 있다가 경찰들은 물러갔다.

학생들과 함께 노래를 부르고, 연극도 하고, 시민들도 참여해서 한바탕 잔치가 열렸다. 이성혜의 엄마와 김종남, 김익선 씨가 경찰들에게 폭행당해 병원에 실려 가 있었을 때의 심정을 설명했다. 김익선 씨는 "나는 지옥까지 다녀왔다. 이제 경찰도 무섭지가 않고, 두려울 게 없다"고 했다. "시민 여러분 감사합니다. 여러분 덕분에 우리가 용기를 내서 소작농사 짓는 일을 마무리짓고자 합니다. 오늘도 어제도 이렇게 열심히 하고 있습니다. 얼마 전 박종철 군 영화를 관람했습니다. 우리 처지가 똑같다는 생각이 들었습니다. 이제는 물러서지 않고 버티고 이겨내겠습니다. 시민 여러분, 제가 여러분 앞에 서서 이렇게 말하는 것만으로도 희망이 있다는 증거가 아니고 뭐겠습니까. 여러분께 진심으로 감사드립니다. 다 여러분 덕분입니다. 우리에게 힘을 보태주시면 감사하겠습니다." 큰 박수가 오가고, 김익선 씨는 큰절하며 답례했다.

김종남도 앞으로 나섰다. "삼영사 회사 측 구사대가 폭행하기 시작했다. 왜, 우리 주민에게 폭행을 가하냐고 말리는데, '네가 뭔데' 하면서 밀치고 넘어진 저를 발로 밟고, 차고, 손으로 때리고, 언제 정신을 잃었는지 기억도 없다"고 했다. 눈을 떠보니, 전북가톨릭농민회 사무국장이 마사지를 해주고 있었고, 머리도 아프고 어지럽고 다리나 허리도 제대로 펴지 못했다고 했다. 응급차로 병원에 가서 응급 치료를 받고 이틀 동안 병원에 입원했다가 퇴원했는데, 아직도 멍이 들어있다고 옷을 벗어 보여주었다.

모금해 주는 사람들의 줄이 끝이 안 보일 정도로 길었다. 눈물을 글썽이던 사람들도 많았다. "나쁜 놈들, 지들도 사람인데, 지들은 형제자매도 부모도 없나, 정말 나쁜 놈들"이라고 했다.

김재만 위원장이 마이크를 잡았다. "서울시민 그리고 우리에게 희망을 주시는 여러분! 우리는 여러분 덕에 삼영사와 힘 있게 싸울 수 있습니다. 여러분이 제3의 삼영사 소작답 농사를 짓는 사람들입니다. 동사일보는 사주가 허민성, 허삼돈, 허삼만입니다. 왜곡 보도를 일삼아 우리가 똥을 들고 가서 편집국에 똥을 뿌리며 강력하게 대항했습니다. 구사대가 엄마 찾아온 딸을 때리고, 말리는 무고한 농민들에게 폭행을 가했습니다. 우리는 내무부에 찾아가 폭행 경찰들을 처벌해달라고 했는데, 오늘까지도 아무런 반응이 없습니다. 우리가 얼마나 하찮게 보이면 이렇게 하겠습니까. 우리는 어떤 일이 있어도 꼭 폭력 경찰이 처벌받도록 하겠습니다."

박수소리가 끝나지 않았다. 농민문화제가 질서정연하게 열리는 듯했다. 50년 동안 피맺힌 한이 이렇게 깊은 줄 몰랐다고, 참으로 애 많이 썼다며 시민들이 손을 꼭 잡아 주었다.

예비모임 시간이 되어 서울, 경기에 사는 많은 가족이 모여들었다. 나순자가 이성혜를 따라왔다. 나순자는 이화여자대학교 간호학과를 다녔는데, 이화여대 최고 운동권으로, 예쁘기도 했고, 얼마나 용감한지 남자들 저리 가라고 할 정도였다. 여린 몸으로 데모에 나와 선봉대장을 어찌나 잘하는지, 경찰들도 혀를 찰 정도였다고 했다. 나순자는 의료 봉사단을 구성해서 수시로 회원들의 건강을 체크해주고, 영양 상태를 점검하겠다고 했다. 이성혜의 외사촌 동생인 나순자는 나기황 씨의 사촌이기도 했다. 사촌 중에서 제일 막내였다. 작은어머니의 막내딸로, 순자 동생이 나기황의 아들딸보다 나이가 어렸다. 전교 1등을 거의 놓치지 않았다고 한다. 나기황은 그런 동생이 와서 의료 봉사하겠다고 했다고 속으로 뿌듯한 듯 자랑했다. 원래 자랑을 좋아하는 성격이었다. 서울에 올라와서부터는 자랑거리가 없었으나 딸 같은 동생이 와서 의료 봉사를 하겠다고 하니, 말이 많아졌다. 나기황이 자랑거리가 없어 적적할 때, 깨소금 고소한 맛을 짜내듯 열심히 자랑을 만들었다는 것은 회원들이 잘 알았다. 궁산마을뿐 아니라 18개 마을 사람들은 나기황 장호 양반의 이야기 듣는 것을 재미있어했다. 같은 이야기를 반복해서 듣는 궁산마을 사람들도 또 들어도 좋다고 하니, 나기황은 재미를 붙이고 더 말했다.

예비모임에서 12명이 모였다. 김인주 총무는 예비모임도 이렇게나 많이 모였는데, 내일은 더 많이 모일 것 같아 기대가 크다고 했다. 이성혜가 내일은 100여 명 이상이 모일 것 같다고 했다. 이성혜는 출향인사들과 관계가 좋았다. 백 명이 천명이 되고, 수십 배로 성장해 갈 수 있다고 했다. 서울·경기 지역 가족협의회는 매국노 기업의 물건을 팔아주지 않고 불매운동을 전개하는 것이 주된 활동이 되었다. 또한 성금 모금 활동에 적극적으로 동참하기로 했다. 김인주 총무와 서울·경기지역 출향인들은 가족협의회 지원 방안에 대해 자세히 설명하고, 내일 본회의 때 발족하겠다고 했다.

김병수는 가족협의회가 발족되는 것을 회사 측에 살며시 흘렸다. 친일기업의 이미지와 일제강점기 삼영사 지주들의 선대 이야기까지 하는, 눈에 보이지 않는 조직이 활동하게 될 것이라고 알렸다. 허선휘 부사장도 심각성을 깨달았다. 삼영염업사 허삼만 회장에게 지금처럼 관리하는 것이 회사 차원에서도 좋지 않을 것 같다고 상세하게 보고했다. 허삼돈 회장도 허민성 적십자사 총재, 허삼만 동사일보 사장에게 선대들의 나쁜 이미지가 회사 측에 결코 좋지 않다고 말했다. 미동이 없던 지주 측에서 4차 협상을 조속히 하자고 했다.

내일은 허민성 적십자사 총재 집으로 몰려가 데모하자고 했다. 허민성은 적십자사 총재와 고령대학교 명예 총장을 함께 맡고 있어 허민성 총재 집 앞에서 데모하는 것만으로도 홍보 효과가 클 것이라고 했다. 고령대학교 학생들도 함께하기로 했다.

김재만 위원장은 4차 협상을 준비하기 위해서 박정일 신부가 소개한 변호사를 만나러 갔다. 강남터미널 앞에 있는 합동 변호사 사무실이었다. 만나러 간 변호사는 법인 소속 변호사였다. 이상철 부위원장도 함께 있었다. 이상철 부위원장이 같이 들어야 나중에 다시 설명하지 않아도 될 것 같아서, 협상 대표 자리에서 물러났어도 대접했다. 김재만 위원장 옆에는 이성규 부위원장이 늘 함께했는데, 이번에 법률 자문은 이상철 부위원장과 함께 가겠다고 했다. 눈빛만으로 서로의 이야기가 통하는 친구이다. 김재만 뒤에 김병수가 있었기 때문에, 믿고 보내주었다.

윤주선 변호사의 고향은 전주였다. 고령대학교 법대를 졸업하고 변호사가 되었다. 윤 변호사도 법률에 의존할 수밖에 없다고 했다. 무상양도에다 보상금까지 받아내는 것은 불가능하다고 했다. 법적으로는 유상양도밖에 길이 없다고 했다. 회사 측에서 국시를 꺼낸 것도 이미 여러모로 검토한 내용이었을 것이다. 또 1차 협상 때 회사 측에서 국시도 국시이지만, 다른 기업들 눈치도 봐야 한다고, 우리만 국시를 어길 수 없다고 했는데 그것도 다 법률적 관점에서 말한 것이라고 했다. 내일 4차 협상장에서도 법률을 근거로 말할 수밖에 없다고 할 것이라고 했다. 법률은 어길 수 없으니, 필지별로 최소 금액을 제시하면 어떨지 자문해주었다. 이상철 부위원장은 무상양도 주장을 굽히지 않으면서도, 그럼 필지 별로 100원을 주겠다고 하라고 했다. 김재만 위원장이 웃어버렸다. "부위원장은 머리가 참으로 좋으신 것 같습니다. 이런 생각을 순간적으로 할 수 있다는 게 대단합니다." 김재만이 이상철에게 물었다. "부위원장님, 혹시 대표에서 빠지게 되어 서운하지는 않나요?" 이상철 부위원장이 말했다. "뭘 나를 그렇게 생각하나요. 내가 성질이 급하고 한 번 마음 먹으면 굽히지 못해서 그렇지, 한번 결정하면 뒤도 돌아보지 않습니다. 그런데 위원장님께서 이렇게 챙겨줘서 너무 감사합니다. 내가 나서서 협상을 그르칠 수도 있어서 스스로 빠지려고 한 것입니다. 꼭 결과를 얻어서 내려가야 하는데, 나로 인해 잘못되면 안 되기에 알고 내려놓은 것이죠."

내일은 서울·경기 지역 출향인들의 가족협의회가 발족되고, 4차 협상을 해야 했다. 협상이 잘못되면 허민성 적십자사 총재 집 앞 데모까지 있다. 이상철이 여간 바쁜 날이 될 것 같다며, 허민성 적십자사 총재 집 앞 시위는 본인이 학생들과 함께하겠다고 했다. "이성혜 씨 정말 똑똑하더라. 내가 부녀지간에 이야기하는 것을 들었는데, 보통내기가 아니다. 짧은 기간에 서울·경기 지역 출향인들을 모으는 것 봐요. 가족협의회 구성을 쉽게 하는 것을 보면 알 거예요. 어떻게 정확히 정곡을 찌르는지, 감히 따라가지 못할 정도다." 대학로 모금과 홍보도 대성공이었다. 성금통이 가득 채워졌다. 무게가 1차 모금 때보다 두 배는 넘을 것 같다고 했다. 최영만 재무와 서기가 함께 십 원 하나까지 적었다. 최영만 재무는 변호사비의 반절은 줄 수 있을 것 같다고 했다. 윤주선 변호사는 '사례비는 박정일 신부님이 주신다'고 했다. 박정일 신부가 법인 대표 변호사와 친분이 두터운 것은 알고 있었지만, 그래도 최소한의 예의는 지키려고 계속 물었으나 크게 염려 말라고만 했다.

질마재댁이 오늘 저녁으로 맛있는 돼지고기를 준비했다며 열심히 요리했다. 기름 냄새가 진동했다. 식사 당번들이 다른 때보다 더 일찍 들어와서 저녁 준비를 했다. 저녁 식사자리에서 내려갈 사람들의 명단을 제출하라고 했다. 아파서 오래 있지 못할 사람부터 하고, 집에서 일을 꼭 봐야 할 사람들을 정해야 한다고 신신당부했다. 김익선 씨와 김종남 씨는 우선 대상자였다. 그러나 두 사람은 끝까지 남아있겠다고 했다.

최영만 재무는 오늘 모금된 돈이 자그마치 2백만 원이 넘었다며, 매일 고기를 먹어도 될 것 같다고 했다. 김재만 위원장이 회원들께 진심으로 감사드린다고 했다. 아직은 성과를 내지 못 했으나, 4차 협상은 지주 측에서 먼저 요구해왔고, 오늘 대단위 홍보활동이 있었는데도 누구 하나 부상자도 없고, 경찰들도 크게 제재를 가하지도 않았다. 김재만 위원장은 이성혜가 추진한 가족협의회 예비모임도 무사히 잘 마무리되어 기쁘기만 했다. 내일 4차 협상도 잘 해서 꼭 성과를 내도록 하겠다고 했다.

기상대에서 장기예보가 있었다. 9월 초에 큰 태풍이 예견되었다고 하는데, 벼농사에 타격이 될까 염려하는 사람들이 늘어났다. 누군가 아직 빗방울 하나 보지도 못했는데, 누가 미리 사서 걱정을 하는지 걱정은 시렁에다 걸어 놓으라고 했다. 여름 날씨도 많이 시원해지기 시작했고, 새벽이면 쌀쌀하기까지 했다. 여자들은 선풍기를 꺼버리고 이불 덮는 사람도 많아졌다. 집 떠나서는 더운 것이 추운 것보다 좋다. 김재만 위원장은 여름 날씨에 이렇게 건강을 잘 지키고, 잠도 잘 자는 모든 분께 고맙다고 했다. 잠자기 전에 기도했다. 남들이 보면 내가 예수쟁이인 줄 알겠다. 어느 때는 예수쟁이인 것을 인정할 정도로 하느님을 찾기도 했다. 유추순 씨는 이미 예수쟁이였다. 이수금 회장은 '박정일 신부님이 위원회를 돕고 있는데, 성당은 나가지 않고 교회만 나가는 사람이 있어 신부님께서 싫어하면' 걱정했다. 박정일 신부님은 '어려울 때 하느님을 찾고 천주님을 찾아 마음이 편안해지면 그보다 더 좋은 일이 있겠냐'고, '유추순 성도님이 자랑스럽다'고 했다.

협상단에 젊은 청년을 채웠다. 방축마을 문재복은 대학을 졸업하고 잠시 집에 내려와 쉬고 있었다. 말도 아주 신중하게 한다. 애초에 신동수 감사를 대표로 선정할 생각이었다. 그러나 신동수 감사가 끝까지 거절하며 대표 자리에 문재복을 추천했다. 말도 걸어 보고, 심성도 확인하고 난 뒤 마을 대표들이 문재복을 추천했다. 만장일치로 문재복을 대표단으로 확정했다.

협상 대표자 회의가 열렸다. 의견을 제시할 때는 위원장이 말하고, 위원장이 지명하거나 위원장에게 동의를 얻어 의견을 제시하는 것은 인정하나, 여기서 불쑥 저기서 불쑥 나오는 것은 절대로 안 된다고 했다. 내일 지주 측에서 국시를 말하거나 법적인 근거로 다시 말을 해오면 필지당 100원씩을 주장하려고 한다. 먼저 흥분하거나 자리를 박차고 나가지 않을 것이라고 했다. 내일 협상이 결렬되면 허민성 대한 적십자사 총재 자택 앞에서 시위를 열겠다고 했다. 이상철 부위원장과 고령대학교 학생들이 앞장설 것이라고 했다. 경찰들과 무력 충돌도 예상되니, 질서를 유지하고 폭력에 휘말려 다른 사건으로 이어지는 것을 막아야 한다고 했다. 김인주 총무에게는 서울·경기지역 출향인들

모임인 가족협의회 구성을 최대한 지원하여 순조롭게 진행될 수 있게 하라고 했다. 만반의 준비를 했다. 신동수 감사가 부총무의 역할을 다 해주고 있어 크게 차질은 없다. 동사일보 신문 거절 운동이 잘 확산되고 있었다. 체계적으로 대항하면 삼영사에 막대한 피해를 입힐 듯했다. '매국노 기업'이라는 구호가 시민들에게 먹혀들어간다고 했다. 매국노를 응징해야 한다고 하면 사람들이 귀를 쫑긋 세우고 들었다. 특히 대한적십자사 총재인 허민성은 국무총리까지 역임했다. 전두환 대통령이 친일한 기업에 우호적이기 때문에, 경찰들이 나서서 선량한 농민들을 탄압하고 대기업의 주구 노릇을 하는 것이라고 했다. 있는 사실을 근거로 정확하게 전달하는 것이 중요하다. 대한적십자사 총재가 누구인가. 고령대학교 명예 총장이 누구인가. 동사일보 사장이 누구인가다. 누구의 아들이고, 그의 아버지가 뭘 했는지 정확하게 알리기만 하면 되었다.

　동사일보 편집국장은 약속한 것도 제대로 게재하지 않았다. 뒷면에 아주 작게 사과문을 냈다. 그래도 거대 언론사가 일개 농민들에게 사과한 것은 창사 이래 처음이라고 했다. 내무부에서도 폭력 경찰을 찾아 징계했다는 간단한 통보만 있었다.

12일차(8월 23일), 허민성 집 앞 집회

4차 협상장 전운이 감돌았다. 김재만 위원장은 중앙에 앉고 왼쪽으로 이성규 부위원장과 새로 온 문재복 청년이 앉았다. 오른쪽으로 이재현 부위원장과 김인주 총무가 앉았다. 문재복이 맡은 일은 지주 측의 말을 정확하게 듣고 바른 해석을 내놓는 것이다. 허선휘 부사장이 들어오고 총무부장과 직원이 들어왔다. 협상장 밖에는 고령대학교 학생들이 다른 날보다 10명은 더 와서 30여 명쯤 되어 보였다. 다른 날은 10시나 되어야 협상을 시작했는데, 1시간 빠르게 시작되었다. 허선휘 부사장이 잘 계셨냐고 인사를 나누고, 김재만 위원장에게 할 말이 있으면 먼저 하라고 했다.

"50년 동안 소작농사를 지으며 소작료로 지급한 금액이 얼마나 되는지 아는가요? 모르겠지요. 제가 알려드릴까요? 현시가의 족히 8배 이상은 더 주었더군요. 저는 중학교는 독학으로 검정고시를 봤습니다. 부사장님은 대학까지 나오신 분이고, 이런 대그룹 부사장님이시니 셈도 빠르겠죠. 변호사의 자문까지 받고 나오시는 분이니까요. 이럴 때 어떻게 합니까? 그냥 돌려주는 것이 맞지 않을까요. 그런데 1차 협상 때 부사장님께서 국시를 말했습니다. 사실 국시가 뭔지 몰랐습니다. 국시를 어기면 다른 회사들의 눈총을 받을 수 있어서 하고 싶어도 못한다고 하여 어리둥절했습니다. 2차 협상 땐 회사 측에서 나오지도 않았습니다. 3차 협상은 우리 회원님들이 생명의 위협을 당하면서 얻어낸 협상이었습니다. 법률적으로 할 수밖에 없다고 하셨죠. 저는 억장이 무너지는 줄 알았습니다. 그 간단한 것을 모르고 이제껏 끌려왔습니다. 어떻게 얻어낸 협상테이블이었는데, 헛되게 날렸습니다. 계속 빼고 나오지 않던 부사장님이 꺼낸 말 때문에 잠을 제대로 못 잤습니다. 그래서 나도 국시를 지키려고 합니다. 부사장님은 똑똑하시니 이해하실 겁니다. 비록 50년 동안 소작농사를 지어 돈도 없고, 가난을 대물림한 사람들이어도 값은 치러야겠지요. 국시가 발목을 잡으니 보상금은 포기하고 따라야지요. 한필지당 1원씩 주려고 했습니다. 성인님들께서 열 배는 신경써봐라 해서 10원까지 검토를 해봤습니다. 그런데 무상양도를 주장한 이상철 부위원장님이 이왕 인심을 쓰려면 제대로 쓰라고 해서, 나한테는 도저히 납득되지 않지만, 100배, 100원을 쓰라고 했습니다. 부사장님, 조금 깎아야 하는데 그게 맞겠지요. 100배는 너무 터무니없는 것이겠지요. 부사장님 어떻게 할까요. 그냥 100배 인정해드릴까요?"

한참 침묵이 흘렀다.

"부사장님, 저희는 지주 측 선대들의 친일규탄 방송도 중단했습니다. 이 정도면 우리는 할 만큼 다 했는데 내가 더 말해야 하나요?"

다들 말을 잃은 듯 침묵했다. 허선휘 부사장이 "필지당 100원은 터무니없다. 우리는 현 시가보다 약간 덜 받고 양도하겠다"고 했다. 누가 그렇게 시켰느냐 물으니 삼영염업사 허삼돈 회장이 그렇게 지시했다고 했다. 그렇게 서로 간 입장차를 줄이지 못하고 협상이 중단됐다. 허선휘 부사장이 서로의 생각을 알았으니 다음에 보자며 협상장을 빠져나갔다.

위원회는 허민성 대한적십자사 총재 집 앞에서 시위하는 것으로 결정하고 출발했다. 허민성 집 앞에 모였다. '농민들에게 농지를 돌려달라! 허민성은 농민에게 소작답을 즉각 양도하라! 내 땅 내가 찾아 후손에게 물려주자!' 외쳤다. "악덕 지주 허민성은 양의 탈을 쓴 교육자다." 이상철 부위원장은 회원들과 구호를 외쳤다. "우리 앞에 나와서 대답해라. 12일째 밥도 못 먹고, 잠도 제대로 못 잤다. 70대 노인까지 서울로 올라와서 시위하고 있는데 지네들은 배부르게 먹으니 근심 걱정이 없는가. 악덕지주 허주규의 아들인 허민성은 50년 동안 농민들을 착취하여 온 죄가 있으나 뉘우치기는커녕 우리가 생떼를 부린다며 경찰을 동원하여 농민들을 폭행했다."

경찰들이 몰려왔다. 농민들과 학생들을 에워쌌다. "폭력 경찰은 물러가라. 너희는 국민의 편이냐, 재벌의 앞잡이냐. 국민의 편에서 일해야 하지 않느냐." 면담 요청한 허민성은 나오지 않고, 경찰이 나타나 35명의 소작농민을 종암 경찰서에 연행했다. 이 소식을 들은 서울의 농민 가족과 농민들은 다시 허민성 집 앞으로 가서 그의 만행을 규탄하고 계속 땅을 돌려달라 외쳤다. "내 땅을 찾으려는 게 뭐가 잘못이란 말이냐. 정당한 권리를 주장하는 사람들을 잡아가는 것이 경찰들이 할 일이냐. 서울 지리도 모르는 농민들을 서울 시내 여기저기에 내려놓은 것이 말이 되냐. 일제강점기에도 없었던 짓을 서슴지 않고 행하는 경찰들은 허민성의 주구가 아니고 뭐냐"고 외쳤지만, 경찰들은 또다시 시위대를 연행해 갔다.

복동마을 김복수는 여기가 어디인지 정확하게 알 수 없다고 했다. 공중전화박스에 가서 서울 사는 동생에게 전화를 걸었다. 동생은 택시를 타고 신림동 '수약국'으로 오라고 했다. 택시를 기다리는데 택시 잡기가 쉽지 않았다. 택시를 하나 세웠으나 길 건너서 택시를 잡아타고 가라고 했다. 50미터쯤 내려가서 횡단보도를 건너 택시를 기다렸다. 손을 들어도 계속 지나쳐버렸다. 한 대가 멈춰서 신림동 수약국을 간다고 하니, 택시비가 제법 나오는데 타겠냐고 했다. 머뭇거리다가 택시에 올라탔다. 조금의 돈은 있었으나 미터기가 계속 올라가니 불안했다. 만 원이 넘어섰다. 내가 가진 돈보다 택시비가 더 나오면 어떻게 하나, 속으로 조마조마했다. 주머니를 열어보니 5만 원이 조금 넘게 있어 안심했다. 택시기사가 저 앞에 보이는 곳이 수약국이라고 했다. 약국 앞에 동생이 서서 기다리고 있었다. 마음이 안정되고 전화했다. 김인주 총무는 연락두절된 사람이 아직 많다고 했다. 돌아온 사람은 200여 명이고, 연락이 온 사람이 7명인데, 아직도 7명이 연락이 안 된다고 했다. 서울·경기지역에서 참가한 가족회원들은 100여 명이 넘었다. 서울 지리를 잘 아는 서울 출신 회원들이 허민성 집 앞으로 나갈 때 따라 나갔다. 늦게 도착한 회원들과 경기지역 출신 가족회원들은 여기저기 전화를 넣어 아직도 연락이 오지 않은 사람들을 찾았다. 7명 중에서 5명이 연락되고 찾아왔으나 2명은 아무런 소식이 없었다. 대치하고 있던 농민들만 또 연행해갔다. 종암경찰서로 데리고 갔다. 잡혀간 사람이 43명이나 되었다. 서울 출신 회원들이 종암경찰서에 몰려가 연행된 농민들을 석방하라고 구호를 외쳤으나 아무도 얼굴을 내밀지 않았다.

　회원들은 밤 9시경 연행해 간 농민들을 전원 석방하라고 요구하기 위해 종암경찰서에 찾아왔다. 저녁도 먹지 못했다. 출향인 가족 회원들과 합류해서 연행자를 즉각 석방하라고 외쳤다. 경찰서 뒷문으로 고창경찰서 대형 버스 2대가 와서 43명을 고창으로 연행해갔다. 경찰은 경찰서 앞에서 대치하고 있던 농민들을 향해 이미 고창경찰서로 연행해갔다고 통보하듯이 말하고 해산하라고 했다. 그렇지 않으면 다 연행하여 고창경찰서로 보내겠다고 했다. 지난 16일에도 부녀자들을 폭행하고 사과 한 번 제대로 없던 경찰들이 이게 뭐냐고 항의했다. "친일파 허주규, 허주규의 아들을 지키는 게 경찰들이 할 노릇이냐. 허민성을 규탄하는 무고한 농민들을 하루에 서너 번 연행해가는 경찰은 어느 나라 경찰이더냐. 폭력 경찰도 모자라서 친일파 아들인 허민성의 주구인가. 입이 있으면 어서 나와서 대답해라. 하루에 열백 번 연행해봐라, 이제 너희가 두렵지도 않다. 힘없는 농민들만 골라서 연행하는 짓은 비겁하다. 심판을 받아야 할 사람의 50년 죄는 은폐시키고, 농민을 착취하던 악덕지주 허민성 일가를 감싸주고 비호하는 독재정권은 물러가라. 우리는 우리 땅을 찾을 때까지 끝까지 싸워 이기고 말 것이다. 악덕지주 허민성은 농민 앞에 사죄하라! 허민성의 주구 폭력 경찰은 사죄하라" 구호를 외치다 시간이 늦어 농성장으로 돌아왔다.

밤 12시쯤 고창경찰서에 버스 2대가 도착했다. 차량에서 내린 농민들을 조사하기 시작했다. 농민들은 우리가 무슨 잘못이 있냐고 따졌다. 이상철 부위원장이 큰소리를 치며 허민성이 우리의 땅을 돌려주는 것이 정당하지 않은가 물었다. "내 땅을 내가 찾으려고 하는 게 무슨 잘못이냐"고 물어도 경찰들은 대답하지 않았다.

이성혜를 중심으로 서울·경기지역 출향인 100여 명이 삼영사 본관 4층에 모여 가족협의회를 발족하였다. 홍보, 기획, 재정분과를 만들어 적극적으로 동참하기로 약속하고 회장과 부회장, 분과위원장을 선출했다. 죽곡마을 최병호가 회장, 궁산마을 강훈주가 부회장으로 추대되었다. 이성혜는 기획분과 위원장, 왕촌마을 나헌주가 재정분과 위원장, 고전마을 이계순이 홍보분과 위원장으로 선출되었다. 발족식이 열리는 농성장에 연세대 학생들도 참석했다. 나순자와 함께 온 학생들이었다. 대외적인 홍보 활동을 본격적으로 시작하겠다고 했다. 첫 번째는 삼영사와 동사일보 불매운동이었다. 두 번째로 동대문경찰서와 삼영사, 고령대학교, 대한적십자사 등에 항의 전화하기를 전개하겠다고 했다. 발족식을 오전 중에 개최하려고 했으나 허민성 집 농성에 참가했던 부모들이 경찰서에 연행되어 늦어졌다. 일부는 종암경찰서에 찾아가 연행한 농민들을 전원 석방하라고 외치고 대치했다. 결국 오후 3시가 넘어서야 가족협의회를 구성했다. 최병호 가족협의회 회장은 절대로 혼자가 아니니 용기를 잃지 말라고 했다. 100명이 10명씩 고창군 출신들을 찾아 불매운동을 전개하고, 또 천명이 모여서 10명씩 찾아 만 명의 조직을 꼭 구성하겠다고 했다. 삼영사가 얼마나 잘못했는지 똑똑히 보여주고 말 것이라고 했다. 큰 박수가 이어졌다.

허선휘 부사장은 허삼돈 회장에게 오늘 4차 협상은 회사 측에도 결코 도움되지 않을 것이라고 보고했다. 오히려 더욱 체계적으로 대항할 명분만 주고 얻은 것은 하나도 없다고 했다. 그러나 허삼돈 회장은 오히려 구사대가 적극적으로 행세를 못 해서 그랬다고, 시골 사람들은 힘으로 밀어붙여야 하는 것이라고 했다. 허선휘 부사장은 그러다 언론사나 방송사가 나서게 되면 회사는 치명상을 입게 된다고 했다.

박정일 신부가 고창경찰서장에게 전화를 걸었다. 고창경찰서장이 모든 것을 뒤집어쓸 것이냐고, 서울은 그래도 동사일보가 막아설 수 있지만 고창에서는 서장이 막아설 수 있겠냐며, "방송이나 신문에 서장님의 사진이 오르내리는 것을 원치 않는다"고 했다. 아침이 되면 모두 석방하라고 했다. 경찰서장이 감사하다며 새벽에 석방하겠다고 했다. 회사 측에서도 고창경찰서장에게 전화했다. 서장이 허민성 총재가 직접 전화하라고 했다. 허민성이 직접 전화하면 생각해보겠다고 했다. 고창의 경찰은 서울의 경찰과 많이 다르다고 했다. 비록 힘없는 농민들이지만, 우리가 지켜주어야 할 주민들이라고 했다. 차량을 보내어 고창으로 압송한 일은 서울 경찰들의 말을 들어야 했던 것도 있지만, 사실 고창 농민들이 부상당할까 봐 지키기 위해 나섰던 것이라고 했다. 압송하면서도 주민들이 큰 불편 없게 했던 것도 다 그런 이유에서였다. '어둠이 물러나면 박 신부님이 말하지 않아도 풀어주려고 했다'며, 직원들에게도 시늉만 하라고 지시를 내려놓았다고 했다. 허선휘 부사장은 고창경찰서장에 전화 건 총무부장의 얘기를 듣고 노발대발했다. 언제부터 지들이 군민들을 위했다고, 상부에 보고해서 꼭 문책하겠다고 씩씩거렸다.

김인주 총무는 내일도 강력한 항의를 하겠다고 회사 측에 사전 통보했다. "현 시가보다 조금 낮게'가 말이냐, 막걸리냐. 우리는 처음부터 충분히 예의로 대했다. 그동안 가두방송을 중단했다. 지주들에 대한 예의를 충분히 갖추려고 했다. 타 대기업에서 눈치를 줄까 염려된다고 해서 체면은 지켜주려 했다. 보상금도 요구하지 않겠다고 했으면 최소한 상대방에게 예의는 지켜야 하지 않느냐. 경찰을 동원하여 하루 여러 번 연행하는 것이 대한민국의 국시더냐. 얼마나 자신 없으면 그렇게 한단 말인가. 친일행각이 드러나는 게 무섭거든 이제라도 정신을 차리라"고 했다. "지금까지는 학생들이 앞장서겠다고 했어도 극구 말려왔는데, 이제 전면전이 될 것이다. 이것은 순전히 지주 측에서 걸어온 싸움이고, 우리는 죽으면 죽었지 절대로 지주 측과 타협은 없을 것이라고 했다. 우리 뒤에도 여러 협력자가 있다. 우리의 투쟁은 결코 외롭지 않다. 삼영사를 '사망사'로 만들어 버리고 말 것이다. 이제 우리가 지주 측에 선전포고를 하는 것이다. 4대 악덕지주는 곧 망하게 될 것이다. 파렴치한 행동을 서슴없이 하는 당신네들이 얼마나 구린내 나는지 낱낱이 밝혀내고 말 것이다."

김인주 총무가 이렇게 강렬하게 말하는 것도 처음이었다. "동사일보 기자들이 밀착 취재를 해도 좋다. 왜곡 보도를 해도 좋다. 이제 무서울 게 없다. 우리도 기자를 동원해 일거수일투족을 다 보여주겠다. 50년 동안 한 맺힌 응어리를 가슴에 담고 살아봐라. 또 소작농사를 짓는 사람들이란 소리를 들어봐라. 가난을 또 내 다음 대로 넘겨봐라. 겪어보지 않고서 모른다. 삼영염업사 직원들만 봐도 왠지 모르게 기가 죽는 세월을 50년 동안 살았다고 생각해봐라."

연락이 안 되던 나머지 두 명, 박형철과 차종진이 밤늦게 얼굴이 반쪽이 되어 돌아왔다. 경찰이 어딘지도 모르는 곳에 내려놓고 갔다고 했다. 신동호마을 차종진이 망연자실하게 육교 아래에 앉아 있는데, 소리개 사는 박형철이 불러서 눈물겹게 반가웠다고 했다. 천군만마를 얻은 기분이 뭔지 알 정도였다. 전화번호도 몰라 물어물어 일곱 시간은 족히 넘게 걸어서 왔다. 둘은 회원들에게 되레 걱정 끼쳐 죄송하다고 했다.

13일차(8월 24일), 잔혹한 구사대

김재만 위원장은 고창경찰서로 압송된 회원들이 새벽에 귀가했다는 소식을 듣고 잠을 설쳤다. 이상철 부위원장이 고창에 함께 있어서 그나마 다행이었다. 오늘은 고령대학교, 연세대학교, 한양대학교, 이화여자대학교 학생들이 함께 모인다고 했다. 잠을 설친 사람이 한둘이 아니었다. 김인주 총무도 서울에 올라와서 처음으로 뜬눈으로 지새웠다. 김재만 위원장이 오늘 같은 날은 조심하는 게 좋겠다고 했다. 잠을 설쳐서 몸이 피곤할 것이고, 신경도 날카로울 것이니, 각별히 신경 써야 한다고 주문했다.

구사대는 경찰과는 비교할 수 없을 정도로 잔혹했다. 경찰들은 겉으로는 과격하게 하는 척해도, 보이지 않는 곳에서 물도 주고, 고생한다고 다정히 말 걸어주기도 했다. 그런데 회사에 속한 구사대는 인정사정없었다. 허선휘 부사장은 구사대에게 근무를 똑바로 하라고 지시했다. 총무부장까지 나서서 막말을 했다. 구사대 대장 김계충은 특수부대 출신으로, 김일성을 잡으러 평양을 수십 번 다녀왔다고 했다. 진짜 명령만 내렸으면 수십 번도 잡아 올 수 있었다고 늘 큰소리를 쳤다. 김계충 대장이 구사대 대원들을 모아놓고 "우리가 지금 밥버러지 아니고 뭐냐. 부녀자들이나 겁주고 왜 이 모양이냐. 정말 한심하기 짝이 없다"고 했다. 망신도 이런 망신은 없다고 펄펄 뛰었다. 김계충은 농민들의 동태를 잘 확인해서 조금만 이상해 보여도 즉각 대응해야 한다고 했다. 경찰들과도 사전에 충분히 이야기해놓았다고 했다. 경찰들이 지켜야 할 선과 우리가 지켜야 할 선을 이미 정해 놓았다고 했다. 정문 밖은 경찰들이 지키고, 정문 안은 구사대가 지키겠다고 했다. 김계충은 농성장에 있는 농민들을 해산시킬 계획을 세우고, 허선휘 부사장에게 밥값 하겠다고 했다. 오늘 무슨 일이 있어도 꼭 4층을 비워내겠다고 했다. 경찰들에게도 사전에 알렸다.

김병수가 지주 측에서 오늘 농성장에서 농민들을 다 쫓아낼 계획이라고 알렸다. 김재만 위원장은 '올 게 왔구나' 직감했다. 고창경찰서로 압송된 회원들이 아직 다 올라오지 않은 상태였다. 김인주 총무가 회원들에게 행동을 각별히 조심하라고 했다. 구사대가 길거리와 담벽에 쓰인 '친일지주 허민성 처단, 구사대 정신 차려라, 내 땅을 달라' 구호를 지웠다. 신나 통 여러 개가 그들에게 있었다. 흰 헬멧을 쓴 구사대가 다른 때보다 많았다.

한국기독학생총연맹회장 이제호 군 등 100여 명의 학생들이 모였다. 점심은 학생들과 시민들도 함께 먹었다. 평소의 두 배가 넘게 나갈 정도로 많은 인원이 먹었다. 최영만 재무가 아무래도 무슨 일이 날 것 같다고 했다. 다른 때는 음식 준비에 크게 신경 쓰지 않았는데, 식재료로 들어오는 것 가지고 처음으로 시비를 걸어 저녁식사 준비를 못했다. 길 가던 시민들이 모여들었다. 김재만 위원장이 허선휘 부사장을 만나려고 몇 번이고 연락을 취했다. 그러나 총부무장까지 연락이 되지 않았다.

최영근 군은 안동교회와 대한예수교장로회청년회 전국연합회 대학생 선교위원장으로, 고령대학교 사회학과 3학년에 재학 중이다. 내종석 군은 새문안교회와 한국기독학생회총연맹 사회부장이고, 한양대학교 신문방송학과 2학년 휴학중에 있다. 두 학생이 구사대가 구호를 지워버린 것에 항의하기 위해 구사대 앞으로 나가는데, 구사대가 물 호스로 물을 뿌리고 다가오는 것을 막았다. 내종석 군은 스프레이로 친일지주 허민성을 처단하라고 적어나갔다. '구사대는 정신을 차려라'고 적어나가는데, 계속 물을 뿌렸다. 이제호 회장을 포함한 학생들은 '소작답을 즉각 양도하라. 친일지주 허민성을 처단하라'고 외쳤다. 시민들까지 함께 구호를 외쳤다. 구사대는 물대포를 마구잡이로 쐈다. 시민들과 학생들도 구사대와 대치하며 '구사대 지금 당장 해체하라!' 큰소리로 외쳤다. 구사대는 시민과 학생, 농민들을 향해 욕을 퍼부었다. 시위대는 '너희들은 부모도 없냐, 어찌 이렇게 욕설을 한단 말인가. 아무리 허민성 지주 측에서 돈을 준다고 해도 이렇게까지 하는 것은 너무한 것 아니냐'라고 따졌다.

시민들을 위협하는 구사대를 저지하기 위해 내종석 군이 라이터로 스프레이에 불을 켜서 분무했다. 수위실 위에 있던 구사대 대원이 신나 통에 있는 신나를 내종석 군이 있는 자리에 뿌리고 던져버렸다. 내종석 군과 옆에 있던 최영근 군 옷에 불이 옮겨붙었다. 순식간에 일어난 일에 시민들과 학생들이 불을 끄려고 했으나 빨리 끄지 못하고 2~3분은 지나서 불을 껐다. 두 학생은 얼굴을 감싸고 뒹굴었다. 화상을 심하게 입었다. 잡아 일으키려는데 살갗이 벗겨져 미끄러질 정도로 심했다. 승용차로 긴급히 이대부속병원으로 후송했다. 나순자가 실습하는 병원이었다. 학생들이 다친 내용을 전화로 알리고 미리 준비를 부탁했다.

질마재댁이랑 엄마들이 안절부절못했다. "학생들 어떻당가? 살갗이 벗겨졌다고 하는데, 많이 아릴 것인데……. 병원에서 어떻게 하고 있는지……. 구사대는 사람이 죽으면 어쩌려고, 사람이 있는 자리에 신나 통을 던질 수 있나. 이건 살인 행위 아닌가." 질마재댁은 밥 짓는 것도 잊고 학생들 걱정을 했다.

대학생들이 신나를 뿌린 방화 살인미수범을 잡기 위해서 삼영사 정문을 뛰어넘어 도망치는 구사대원들을 추격했다. 분노한 몇몇 학생들은 수위실을 향해 돌을 던지기도 했다. 버스 종점 안에 대기하고 있던 청재킷 차림의 헬멧 경찰들이 갑자기 튀어나와 추격하던 시민, 학생들에게 무차별 폭행을 가하며 강제 연행했다. 이제호 군을 비롯한 6명이 무지막지하게 폭행을 당하면서 불법 연행되었다. 버스종점 일대가 삽시간에 아수라장이 되었다. 완전무장한 정복 차림의 전경들은 부당한 경찰 개입에 격렬하게 항의하는 나머지 시민, 학생들을 강제로 밀쳐내며 현장범 추격을 저지했다. 이때 동대문 경찰서 정보과장이라는 자는 사건이 일어나기 전부터 삼영사 수위실에 구사대와 같이 있었다. 얼굴을 알아본 시민과 학생들이 '왜, 저자는 들어가는데 우리는 못 들어가게 하느냐'며 항의했다. 경찰과 구사대가 한통속 아닌가 의심했다. 방화 살인미수범을 본 학생들의 입을 막으려고 연행해간 것 아니냐고 했다. 밖에 있던 사람들 모두 그 광경을 목격했다.

 농민들은 병원에 간 학생들의 상황을 걱정스레 물었다. 최영만 재무와 김인주 총무, 김재만 위원장이 병원에 갔다. 이성규 부위원장이 농성장을 관리하면서 안전사고가 나지 않게 각별히 신경을 썼다. 함부로 움직이지 못하게 했다. 기독교회관에서 학생들이 더 많이 몰려왔다. 경찰도 더 이상 학생들이나 시민, 농민들에게 폭력을 행사하지 못하고 대치했다. 학생들과 시민들은 연행해 간 학생들을 석방하라고 구호를 외쳤다. 학생들은 친일지주 허민성을 처단하라는 것이 대통령을 욕하는 것보다 더 무서운 일인지 이해할 수 없다고 했다. 왜 허민성 일가 얘기만 나오면 경찰들이 과격하게 대응할까. 부녀자들이 폭행을 당할 때, 처음 대학로 모금운동을 했을 때도 지주들 이야기만 하면 더 과격하게 대응했다. 우연의 일치라고 보기에는 심하다는 생각이 들었다. 서울에 있는 대학교 기독교 모임 학생들이 계속 모여들었다.

 내종석 군과 최영근 군은 복부에서 안면에 이르기까지 3도 중화상을 입었다. 정확한 진단은 1~2주가 더 있어야 나온다. 최초로 검진한 최영도 의사가 최 군의 부상 정도가 매우 심각하여 회복되어도 평생 후유증에 시달릴 것이고, 목을 아예 움직이지 못할지도 모른다고 했다. 합병증 여하에 따라 생명에 위협이 될 정도로 위험할 수도 있었다. 내종석 군의 경우에도 안면과 팔에

2~3도 화상을 입었다. 최 군처럼 생명에 지장 있는 정도는 아니지만, 회복 여부는 역시 1~2주가 지나야 확실하게 알 수 있었다. 그래도 병원으로 빠르게 이송되어 천만다행이라고 했다. 실습 나와 있는 나순자가 준비를 잘한 덕도 있다고 전했다.

농성장에 학생들 소식이 전해왔다. 아직 정확한 상태는 모르나, 의사가 최선을 다해 회복시켜 보내겠다고 했다. 유추순 씨는 한시도 쉬지 않고 기도하겠다고 했다. 우리 모두 비록 종교는 다르지만 합심하여 기도하면 분명 하느님께서 지켜주시고 깨끗하게 해줄 것이라 믿는다고 했다. 평소 기독교회관에 자주 출입하던 학생들은 구사대 내에 낯익은 짧은 머리의 젊은이들을 봤다고 했다. 구사대 내에 전투경찰들이 차출되어 있는 것 같았다. 경찰들이 질서를 운운하며 현장범 도피를 방조하고, 범인 은닉에 혈안이 된 것도 이상했다. 학생들이 화염 속에서 고통받고 있는데도 경찰은 이제호 군 등 학생들만 연행해서 처음부터 삼영사 본사를 화염에 휩싸이게 하려고 모의하지 않았냐고 취조했다.

사고를 당한 두 학생은 의협심이 강해서 학내에서 민주화에 앞장섰다고 했다. 특히 상태가 심각한 최영근 학생은 지난 4·13호헌조치 때 삭발을 단행함으로써 그의 결연한 의지와 높은 희생정신을 보여주었다. 기독교 학생 중에서 단연 으뜸이었다고 한다. 안동 지역은 유교와 불교 인구가 많은 지방이었다. 그러나 조부 때부터 하느님을 믿는 집안으로 아버지는 장로님이고 어머니와 할머니는 권사님이었다. 최 군은 부모님께 알리지 못하도록 했으나, 치료 중에 위험할 상황이 올 수도 있어 의사는 부모님께 알리는 것이 좋을 것 같다고 했다. 오늘 밤에 무슨 일이 일어날지 장담할 수 없었다. 앞으로 24시간이 중요하다고 했다. 큰 고비가 올 수도 있었다. 의사가 부모님을 모셔오게 했다. 내종석 군은 평소에 아주 과묵했다. 그러나 찬송가를 부르고 율동을 할 때면

180도 바뀌었다. 민주화 투쟁을 성실하게 하면서 교회 갱신에도 앞장섰다. 노동자, 농민, 빈민들의 고통을 자기의 고통처럼 아파했다. 오늘도 위기에 처한 농민들이 울부짖고 있는 것을 보고 자신의 일처럼 느꼈다. 제일 앞에 나섰다. 구사대와 맞서며 그들이 지워버린 구호들을 하나둘 다시 써나가다 참변을 당했다. 현재 상태가 심각한 최영근 군은 중환자실에 있고, 내종석 군은 일반 병실로 옮겨 치료를 받고 있었다. 내종석 군은 적은 사람에 한해서 병문안을 허용했으나 아직 고통이 심해서 의사가 중단시켜 놓았다. 김재만 위원장 일행도 병실 밖 먼발치에서 바라만 볼 뿐 병실에 들어가지 못했다. 최영근 군은 의식이 제대로 돌아오지 못하고 진통제와 마취제로 근근이 버티고 있었다.

학생들과 시민단체, 농민들은 동대문경찰서로 몰려가 한국기독학생회총연맹 회장 이제호 군 등 5명을 석방하라고 외쳤다. 사건이 커지니 전화도 받지 않던 허선휘 부사장과 총무부장이 전화를 해왔다. 밤 12시가 다 되어 연행해 간 학생들을 석방시켜 주었다. 5시쯤 연행되어 7시간 이상 조사받았다고 했다. 학생들에게 계속 화염을 통해 삼영사 본관을 태우려고 하지 않았냐고, 언제부터 농민들과 결탁해서 회사를 점거하려 했냐고 취조했다고 한다. 그러나 취조를 통해 삼영사와 구사대, 경찰들이 결탁하고 농성장에 있는 사람들을 쫓아내기 위해 계획을 세웠다는 사실을 확인했다. 방화 살인미수 사건이 나지 않았다면 구사대와 경찰들은 농성장에 있는 농민들을 철수시키려고 했을 것이다.

김병수가 사전에 낌새를 채고 준 정보가 사실이었다. 김재만 위원장은 내부에서 회원들에게 안전사고에 대한 교육을 시켰다. 부위원장과 마을 대표들에게 역할을 구체적으로 주고, 각별히 조심하라고 부탁했다. 기독교회관에서도 익히 알고서 아침부터 학생들이 몰려들었다. 점심을 먹을 때까지만 해도 이렇게 큰 사건이 발생하리라고 전혀 예상하지 못 했다. 이수금 회장이 걱정했던 사건이 눈앞에서 일어나고 말았다.

한국기독학생회총연맹 황인성 총무가 사건의 진상규명을 위해 저녁에 삼영사를 방문해 면담을 요구했다. 하지만 정문 앞에 진을 치고 있는 경찰과 구사대에 쫓겨났다. 구사대는 학생들이 뒤에서 화염병을 던져 일어난 사건이라고 횡설수설하고 있었다. 구사대가 신나 통을 던진 것을 본 사람들이 한둘이 아니었다. 신나 통을 증거물로 보관하고 있는데도 구사대는 발뺌하고 있다. 삼영사 측에서는 전화를 일체 받지 않았다. 사고 직후 전화가 한 통 온 이후로 끊겼다. 석방된 학생들은 정말 무섭다고 했다. 미리 조사계획을 짜놓고 그대로 맞추기 위해서 그랬는지는 모르나, 화염 방화가 사전에 모의되었는지 계속 물었다고 했다. 누가 화염병을 투척했는지도 물었다. 그런 질문을 하는 것 자체가 경찰이 학생들은 화염병을 사용할 것이라고 예단했다는 증명이었다. 조사하던 경찰들도 학생들에게 죄목을 붙일 것이 없었는지 주거침입죄나 폭력죄로 구속시키겠다며 협박조로 말했다. 최영근, 내종석 학생이 중화상을 입지 않았다면 정말 구속될 뻔했다. 구속된다 하더라도 재판장에 가면 오히려 경찰과 구사대의 죄상이 낱낱이 밝혀질까 봐 석방해준 것이었.

구사대는 대학 개강하기 이전에 농성을 해산시키려는 목적이 있었다. 열두 살 어린 아이들부터 팔순 노인까지 있는데 무력으로 진압했다면 어떤 피해가 있었을지 생각만 해도 끔찍하다. 170명이나 되는 사람들을 강제로 끌어낼 수도 있었다. 구사대와 경찰들은 아직 포기하지 않은 듯 학생들, 회원들과 대치하고 있었다. 긴장감이 감돌았다. 구사대는 학생들에게 신나를 뿌리는 시늉을 하며 장난쳤다. 학생, 시민, 농민들을 향해 욕설을 퍼붓는 것도 모자라 위협을 가했다. 냉혈동물 같은 잔인함을 보여주며 으르렁거렸다. 학생들과 시민, 농민들은 외쳤다.

"방화 살인미수범을 즉각 색출하여 처단하라! 살인 깡패 집단 삼영사 구사대를 즉각 해체하라! 삼영사 소작답을 즉각 양도하라! 악덕기업 삼영사를 비호하는 폭력경찰 물러가라! 친일매판지주 허민성 족벌들은 자폭하라!"

　서로가 긴장 상태에서 대치하고 있었다. 김재만 위원장은 박정일 신부와 함께 경찰들과 대치하는 자리로 나왔다. 박정일 신부가 말했다. "더 이상의 피해는 원치 않는다. 삼영사 측에서는 오늘 사건에 대해서 정확한 조사를 실시해서 해결책을 강구하고, 경찰들은 순순하게 물러나라. 구사대는 즉각 물러가고 한 시간 이내에 아무런 조치가 없을 때는 내일부터 전면투쟁 단체인 민주시민단체 노동자 연맹까지 합세하여 투쟁해 나갈 것이다. 회사 측에 즉시 보고하여 알아서 해라. 한 시간만 여기에 있다가 돌아가겠다." 박정일 신부가 농성장으로 돌아가서 두 학생이 무사히 회복될 수 있도록 힘 모아서 기도하자고 했다.

14일차(8월 25일), 철야농성

　최영근 군은 아직 정신이 혼미한 상태였고, 안동에서 부모님이 올라왔다. 최영만 재무와 김인주 총무, 신동수 감사는 병원에 있다가 부모님과 학생들이 돌아가라고 해서 농성장으로 왔다. 이제호 회장이 철야농성을 해야 한다고 했다. 박정일 신부도 허락했다. 밤사이 구사대나 경찰들이 들이닥칠 수 있어 이에 대비해야 한다고 했다.
　한국기독학생회총연맹 황인성이 피해 학생 대책위원회 임시회장을 맡아 회사 측에 연락했으나 아무런 대응이 없었다고 했다. 떳떳했으면 회사 측에서 나섰을 텐데, 지금까지 꼼짝 않고 있는 이유는 뻔했다. 피해 상황을 확인하고 대책을 마련하고 있을 것이 분명했다. 계속 항의 시위를 했다. 경찰과 구사대는 낮처럼 대응하지 않고 소극적으로 방어만 했다.
　철야농성 참가 학생은 100여 명이 넘었고, 시민과 농민회원들 70여 명이 함께했다. 삼영사 소작답 반환 투쟁을 적극 지원할 것을 약속하며, 삼영사 비리 사실을 광범위하게 수집하여 폭로하고, 50년 동안 소작료를 받은 문제도 적극적으로 알려 나가겠다고 했다. 학생들은 최영근, 내종석 군의 피해가 있는 이상 삼영사 소작답위원회만의 문제가 아니라고 했다. 농성 중인 농민을 위한 모금운동, 동사일보에 항의 전화 걸기, 삼영사 물품의 불매운동까지 도왔다. 학생들은 각자 교회에 속한 교인들의 동참을 유도하겠다고 선포했다. 방화 살인미수 사건의 정확한 진상규명을 위해 구사대의 정체를 밝히고 범인을 색출하기로 했다. 한국기독학생회총연맹은 전국 교회와 함께 대책위원회를 만들어 삼영사 회사에 책임을 묻겠다고 했다. 삼영사를 비호하는 폭력 경찰의 만행도 적극적으로 폭로하겠다고 했다. 구사대의 정체를 밝히기 전까지 끝까지 싸워나가겠다고 했다. 구사대가 정말 삼영사 직원들인지 밝히라고 했다. 구사대에 회사 직원들이냐고 물었을 때 아무런 대답도 못했다. 슬며시 고개를 떨어뜨리는 구사대 대원들도 있었다. 일당 얼마나 받고 나왔냐고 물으니, 수위실 뒤로 가버린 사람들도 있었다. 시간이 지나면서 서로 지치고, 구사대장도 뒤에서 꾸벅꾸벅 졸고 있었다.

박정일 신부가 제안한 한 시간에서 50분이 지나고 10분 남아있었다. 경찰들이 철대문을 지키다 하나둘 자리를 떴다. 1시간이 다 될 무렵 나머지 경찰들도 빠져나갔다. 구사대와 학생들, 시민단체 사람들과 농민회원들이 얼굴을 맞대고 있었다. 구사대도 하나둘 어디론가 가고, 김계충 대장과 대원 두세 명이 수위실에서 자리를 지키고 있었다. 시민단체 사람들과 농민회원들은 4층 농성장으로 들어왔고, 학생들 70여 명이 남아 농성을 이어갔다. 한국기독학생회총연맹 이제호 회장과 회원들이 돌아가면서 기도를 시작했다. 최영근 군의 쾌유를 기도했다. 기도 릴레이가 이어지는 동안 김계충은 학생들이 기도하는 것을 바라보면서 꾸벅꾸벅 졸고 있었다. 옆에 있던 구사대 대원도 아예 책상에 머리를 대고 자고 있었다.

최영근 부모님이 농성장에 왔다. 영근이가 정신이 돌아왔다고, 제일 먼저 알리고 싶었다고 했다. 박정일 신부가 김재만 위원장과 함께 가톨릭회관으로 갔다. 이성규 부위원장과 김인주 총무가 나란히 걸어오면서 이수금 회장이 한 말이 가슴 아프다고 했다. 아무런 죄 없는 학생이 화염에 휩싸이는 모습을 차마 두 눈 뜨고서 바라볼 수가 없었다고 했다. 최영만 재무가 학생들에게 먹을 것을 충분하게 가져다주라고 했다. 시원한 물도 가져다주었다. "잠도 자지 않고 뜬눈으로 밤을 지새우는 학생들이 무슨 죄인가."

고창으로 압송된 이상철 부위원장이 돌아왔다. 서울·경기지역 출향인들도 학생들에게 먹을 것을 가져주었다. 동사일보 신문사에 항의전화를 수천 통을 걸었다. 학생들의 기도회에 최영근 어머니와 아버지가 함께했다. 김재만 위원장이 최영근 군 부모님을 안내해 농성장에 올라갔다. 황인성 총부장과 이제호 회장도 따라 올라왔다. 황인성 부장이 말했다.

"어머니, 아버지, 죄송합니다. 우리가 영근이를 지키지 못했습니다. 전국에 있는 교회들과 합심하여 교단들이 도울 수 있도록 하겠습니다. 삼영사 회사에 책임을 묻고, 보상대책을 강구하겠습니다. 지금은 우리가 이렇게 대응할 뿐이지만, 전교회와 전교단이 합심하여 점차 문제를 해결해 나간다면 삼영사에서도 충분한 대책을 내놓을 것입니다. 우선은 영근이가 하느님 보호하심으로 깨끗하게 치료되었으면 합니다."

김재만 위원장이 진심으로 머리 숙여 사과드렸다. 최 군의 부모님은 하느님의 뜻이 있어 고초를 당하고 있는 것이니 너무 자책하지 않았으면 한다고 했다. "하느님께서 우리 영근이를 아주 건강한 모습으로 돌려주실 것"이라고 했다. 옆에서 질마재댁이 큰 소리를 내며 울었다.

원래는 새로운 사람들이 올라오고, 일부는 내려가기로 했다. 고창경찰서로 압송된 까닭에 거기서 집으로 돌아간 사람도 있었다. 새로 올라온 사람 중에는 올라오자마자 큰 사고가 발생하여 떨고 있는 사람들도 많았다. 그렇게 무시무시한 밤이 지나고, 학생들도 시민단체 사람들도 뜬눈으로 밤을 지새웠다. 아침기도회를 열었다. 삼영사 회사에 방화 살인미수 사건에 대한 책임 있는 조사와 구사대의 실체를 요구했다. 오전 10시까지 시간을 준다고 했다. 새벽에 구사대가 다시 수위실에 모여 학생들과 대치하고 있었다.

시위대는 "구사대는 회사 직원들인가. 아니면 사주를 위한 사병조직인가. 사회 불안을 야기하는 깡패 집단인가. 어제 신나통을 던진 직원은 어디에 있는가. 지금이라도 나와서 사죄하라"고 했다. 항의하던 시민, 학생, 농민들을 사진 찍는 자에게 다가가 사진을 왜 찍냐고 따져 묻자 '2000년' 기자라고 하면서 얼버무리며 꽁무니를 빼고 도망갔다.

어제 있었던 방화 살인미수 사건은 언론 어디에도 나오지 않았다. 동사일보는 회사 차원에서 보도가 나와야 하는 것 아니냐며 이성규 부위원장은 분통을 터뜨렸다. 동사일보 발로 지방신문에 방화 살인미수 사건이 우발적으로 일어났다고 왜곡 보도되었다. 노동자와 농민들의 정당한 권익 투쟁을 사회 혼란을 일으키는 민주화의 장애물인 양 호도하는 언론인들의 편파성에 치를 떨었다. "경찰들이 범인은 안 잡아가고 학생들만 잡아간 것도 보도해야 하지 않나." 한국기독학생회총연맹 황인성이 다시 회사를 찾아가 어제 있었던 사고에 대한 정확한 조사와 피해자 대책 마련을 촉구했다. 회사측은 총무부장이 아직 실태를 파악하고 있기 때문에 어떠한 말도 할 수 없다고 했다. 황인성은 "살인 깡패 집단 삼영사 구사대를 즉각 해체하라"고 했다. 이제 이 문제를 한국기독학생회총연맹과 한국교회의 교단 차원에서 대응할 것이라고 허민성 총재에게 정확하게 보고하라고 했다.

의사가 최영근 군이 위험한 고비는 넘겼다고 했다. 쇼크가 조금 있었는데 이제는 정상적으로 돌아왔다고 했다. "하느님 감사합니다. 하느님 감사합니다." 최영근 부모님이 입에 달고 다녔다.

내종석 학생의 부모님과 할머니가 함께 왔다. 목사님도 오셨다. 내종석 학생이 말했다. "어느 정도 치유되면 말하려고 했다. 나는 그래도 괜찮은데 다른 친구는 사경을 헤맸다고 들었다. 조금 좋아졌다고 해서 마음은 놓이지만, 마음이 아프다." 할머니는 손주 손을 꼭 잡고 기도했다. "할머니, 걱정말아요. 하느님께서 지켜주고 계시잖아요."

　부모님도 의사를 만났다. 1~2주는 가야 상태를 정확히 알 수 있지만, 그래도 초기 조치가 빨리 되어 천만다행이라고 했다. 의사가 부모님을 위로해주고, 걱정을 덜어주었다. 내종석 군이 의사 선생님께 부모님이 걱정을 덜게 이야기해주라고 신신당부했다.

　김재만 위원장과 김인주 총무가 병원에 찾아왔다. 내종석 군 부모님을 뵈었다. 할머니는 손주 곁에 딱 붙어 한 발짝도 움직이지 않았다. 김재만 위원장이 아들을 잘 보호했어야 했는데 사고가 발생되어 가슴이 먹먹하다고 했다. 쾌유를 빌며 삼영사 회사와 여러 대책을 이야기하겠다고 했다.

　구사대는 수위실에서 나오지 않고 어제처럼 밀착해서 대응하지 않았다. 밤샘을 한 학생 일부가 기독교회관으로 철수해 휴식을 취했다. 나순자는 이화여자대학교 간호학과 다니는 학생들과 의과에 관계된 고창 출신 학생들을 모아 봉사활동 단체를 꾸리고 예비 모임을 시작했다. 나순자는 초동 단계에서부터 기초적인 조치가 있으면 피해를 최소화할 수 있다고 했다. 이번 응급 상황이 발생했을 때 나순자에게 전화했고, 나순자가 미리 조치를 취해 놓았다. 병원에서 수속 절차를 생략하고 바로 화상치료에 들어간 덕에 위험한 고비를 넘길 수 있었다고 했다. 의사 선생님이 나순자가 신속하게 대응하여 지금의 치료가 가능했다며 감사를 표했다.

　회사 측 허선휘 부사장이 농성장에 올라와서 어떤 형태가 되었든 가급적 빨리 소작답 문제를 해결하겠다고 했다. 앞으로 강제 해산 같은 행동은 절대로 없을 것이라고 하면서, 오늘 저녁은 일찍 자고 편안하게 보내라고 했다. 5차 협상도 서둘러 잡겠다고 했다. 법적인 테두리를 크게 벗어나지 않는 범위에서 협상에 임하겠다고 정보를 흘렸다. 서로 의견차를 좁히는 노력을 했으면 한다고 했다. 화상을 입은 학생들은 한국기독학생회총연맹 황인성 부장과 구체적으로 협의하겠다고 했다. 긴 하루가 저물어 가고 있었다.

김재만 위원장과 김인주 총무는 함께 저녁상 앞에 앉았다. "자네들이 너무 고생했네." 김재만이 임원들을 다독였다. 이제호 군이 "우리는 아직 창창하지 않냐"며, "위원장님께서도 잠을 못 주무신 것으로 알고 있는데, 우리보다 위원장님이 일찍 주무셔야 한다"고 말했다. 질마재댁은 최영근, 내종석 학생의 상태가 걱정되어 밤새 잠을 설쳤다며 음식 간을 맞게 내는지 알 수가 없다고 했다.

이제호 군이 5시 무렵에 병원에 와서 피해 학생들의 부모님들을 보내드렸다. 삼영사에서도 병원에 다녀갔다고 했다. 경찰들도 다녀갔지만, 정작 다녀가야 할 구사대는 아무도 오지 않았다고 한다.

회사 측에서는 김계충을 불러 구사대가 두 번이나 일을 그르쳤다고 언성을 높였다. 피해학생보상대책위 황인성이 회사와 협의했다. 회사 측에서는 병원 치료부터 시작해서 모든 책임을 지겠다고 했다.

최영만 재무가 반찬 몇 가지를 더 가지고 나왔다. 학생들이 철야농성을 하지 않았으면 우리는 저녁을 편안하게 먹을 수 없었을 것이라고 했다. 어제 점심식사를 준비하려고 할 때부터 구사대 대원들이 많아졌고, 부식이 들어오는 것을 막았다. 그때 학생들이 많이 오지 않았으면 구사대 대원들과 경찰들이 농성 중인 우리를 강제로 해산시켰을 것이라고 했다. 시민단체 사람들도 고마웠다. 돌아가면서도 주머니를 털어 모금함에 다 넣고 가셨다. 저녁을 먹지 않고 자는 사람들도 있고, 입맛이 떨어졌는지 반도 못 먹는 회원들이 많았다. 데모에 '데'자도 모르는 사람들 여럿이 새롭게 올라왔는데, 오자마자 화염에 휩싸여 있는 학생들을 보는 등 여러 고초를 겪으면서도 계속 있어주는 것이 고마웠다.

김재만 위원장과 학생 대표들이 저녁 식사를 끝마치고 앞으로 계획을 논의했다. 9월 초에 태풍이 올 것이란 예보가 있었다. 태풍의 눈이 적도 부분에서 발생하여 필리핀 서쪽으로 해서 일본 오키나와 쪽으로 방향을 틀고 북상하고 있었다. 지금 태풍은 벼가 목이 나온 상태로 도복* 피해가 예상된다고 했다. 시골로 내려갈 사람들이 한둘이 아닐 텐데 그것도 걱정된다고 했다. 날씨와도 싸워야 하고, 삼영사와도 싸워야 했다.

밤늦게 김병수가 찾아왔다. 허민성 총재가 직접 사태를 마무리하라고 지시했다고 한다. 지금까지 시늉만 했는데 이제부터 성과를 내려고 한다고 했다. 5차 협상 테이블에서 오히려 우리가 한 발짝 빼는 척하는 전략이 필요할 것 같다고 했다. 유추순이 또 김병수를 봤다. 김재만 위원장이 유추순을 불러 사실관계를 정확하게 설명했다. 사실을 발설하면 모든 것이 수포로 돌아갈 수 있다고 했다. 유추순은 꿈속에서라도 발설할까 걱정스럽다고 했다. 자신 때문에 협상이 결렬되는 일은 없을 거라고 했다.

이수금 회장이 찾아왔다. 한국기독학생회총연맹 학생들과 어떻게 대처해야 피해 학생들이 보호받을 수 있는지 하나하나 꼼꼼하게 챙겨야 한다고 했다. 조급하게 서두르지 말고, 그렇다고 느슨해져서는 안 된다고 했다. 변호사들도 이런 일을 많이 해보지 않아 법대로 하는 경우가 있으니 세심하게 챙겨야 한다고 했다. 학생 대표들도 이수금 회장의 의견을 경청하면서 가지고 온 노트에 하나도 빠짐없이 적었다.

---

*벼 도복은 벼가 쓰러진다는 의미로, 벼가 도복이 되면 나락(벼)의 수확량과 품질이 떨어진다. 빳빳하게 서서 햇볕을 받은 벼와, 누워서 햇볕을 잘 받지 못하기 때문이다.

치열한 수 싸움

15~16일차(8월 26~27일), 5차 협상 그리고 단가

대책위와 회사간 5차 협상이 시작되었다. 김재만 위원장은 더 이상의 인명 피해가 발생하는 것은 막아야 한다며 회사에서 요구하는 사항을 따르려고 한다고 말했다. "필지에 대한 금액을 주고 양도받으려고 한다. 한 필지에 100원이 힘들다고 하시니, 조금 더 생각해볼 계획으로 왔다. 말씀을 해주시지요. 우리가 어떻게 해줄까요?" 허선휘 부사장이 현 시가의 적용을 다시 꺼내 들었다. "한 방구가 대략 600평 정도이다. 만오천 원으로 계산하면 900만 원이다. 900만 원이면 되지 않을까요?" 김 위원장은 현재 시세를 정확히 파악한 것이냐, 만 원도 안가는 논도 있고, 최고로 비싸야 만이천 원 정도인데, 못 들은 것으로 하겠다고 했다. 삼영사가 땅장사나 하는 것처럼 비춰지는 것도 싫고, 회원들을 설득하는 것도 지쳤다고 했다. 누가 정보를 주었는지는 몰라도, 정확히 파악해봤으면 한다고 말했다. 허선휘 부사장이 그렇게 하겠다고 했다. 평당으로 가격을 결정해야 할지, 한 필지 한 방구로 가격을 정해야 할지 그것부터 이야기가 되었으면 한다고 했다. 김 위원장은 논의 상태가 조금씩 다르고, 농사짓기가 편한 논도 있으니 한 평씩 계산하는 것은 조금 무리가 있다고 했다. 허선휘 부사장은 한 방구라는 개념도 좋으나, 정확한 구분이 어려울 뿐더러 정확하게 등급을 정하는 것도 쉬운 일이 아니라고 했다. 김 위원장은 부사장 말에 동의하면서도 회원들은 그동안 한 방구라는 개념이 익숙했기 때문에, 마을대표자 회의로 결정짓겠다고 휴정을 요청했다. 오후에 다시 속개하자고 했다. 그동안 여러 차례 협상이 진행되었지만, 서로를 이해해주고 진심으로 상대를 존중하면서 한 협상은 처음이었다.

마을 대표들과 부위원장, 감사, 서기가 한 자리에 다 모였다. 회의에 앞서 최영근 군과 내종석 군의 빠른 쾌유를 빌었다.

김위원장이 말했다. "이렇게 급하게 모인 이유는 5차 협상을 시작했기 때문이다. '한 방구로 가격을 책정할 것인가, 평당으로 가격을 결정할 것인가'가 쟁점이 되었다. 우리는 무상양도를 주장했으나, 변호사들의 자문을 받아본 결과 그것은 어렵다고 해서 4차 협상 때 우리도 유상양도를 제시했다. 한 필지 한 방구에 100원을 제시한 바 있다. 협상장에서 우리는 한 방구를 말하고, 회사 측에서는 평당으로 이야기가 오갔는데, 등급을 정하는 것도 그렇고, 기준을 정하지 않으면 분열되겠다는 생각이 들었다. 회사 측에서 설명하는 내용을 듣고 있으니 틀린 말은 아니라고 생각했다. 대표님들의 생각은 어떤지 말씀해 주셨으면 한다."

이성규 부위원장이 말했다. "회사 측에서 하는 것이 더 타당했다. 우리의 주장보다는 회사 측의 말이 더 합리적이었다. 한 방구마다도 크기가 백프로 똑같은 것도 아니어서, 평당으로 계산하는 것이 편할 것 같다."

문재복은 "위원장께서 그 자리에서 평당으로 정할 수 있었다고 생각한다. 하지만 위원장께서는 우리는 이미 한 방구로 의견이 모아진 상황이란 것을 주지시키고, 회원들의 의사를 묻겠다며 휴정을 부탁했다. 사실 감동받았다. 나 같았으면 그 자리에서 대답해버렸을지도 모른다. 위원장님의 협상 태도에서 느낀 바가 크다. 협상은 결국 신뢰가 밑바탕이 된다. 위원장께서 행한 행동은 어떠한 결정을 할 때 신중하게 한다는 인식을 심어주었다. 휴정하여 한 템포 늦추는 방법도 좋았다"고 말했다.

무상양도를 양보한 이상철 부위원장은 평당 가격 결정은 절대로 양보해서는 안 된다고 했다.

김재만 위원장은 "가격 1원, 10원, 100원의 차이만 해도 얼마나 큰돈이 되는지 알고 있다. 명심하고 임하고 있다. 또 결정해야 하는 상황이 오면 의사를 묻고 추진하겠다. 최종 결정은 여러분과 함께해나갈 것이니 염려 말아라. 평당 가격 결정에 대해 다른 대표님들께서 어떤지요?" 하고 의견을 물었다.

나승평 대표나 이칠성 대표가 동의 재청을 했다. 김재만 위원장이 오늘의 회의 결과, 한 방구가 아닌 한 평으로 단위를 정했다고 말했다.

다시 협상이 시작되었다. 김재만 위원장이 먼저 이야기했다.

"부사장님이 말한 내용에 대해 회의했다. 깊게 생각해보니, 회사에서 제시한 안이 좋을 듯 싶어 마을 대표님들께 설명했는데, 100프로 아니지만 대체로 찬성해주셨다. 부사장님이 말씀한 현 시가는 언급하지 않았다. 여러 사람에게 현 시가는 얼마나 가는지 알아봤더니, 아주 좋은 논은 만 원 받고, 그렇지 않은 논은 7천 원에서 9천 원 정도 받는다고 한다. 부사장님께서는 어디에서 그렇게 들었는지, 그렇게 말한 논의 위치를 알려주시면 지금 당장이라도 검증할 수 있을 것 같다." 허선휘 부사장이 알아보겠다고 했다.

김 위원장이 이어 말했다. "부사장님 선대 얘기부터 또 누가 잘했네, 못했네 같은 말은 하고 싶지 않다. 회사 측에서는 어떻게 하고 싶은가요."

허선휘 부사장이 말했다. "사실 서로 속내는 이미 전달된 것이니, 서로 진실되게 조금씩 양보하는 것이 어떻겠냐. 우선 현 시가부터 정확하게 따져보고, 회장님들과 구체적으로 이야기를 나누고 오겠다. 우리는 처음부터 오늘 제시한 금액을 말해왔다. 이제부터 진심으로 위원장님과 마음을 함께 하면서 협상해야 한다. 협상을 휴정하고 내일 다시 해도 될까요?"

"허선휘 부사장님은 회장님께 더 많은 권한을 받고 오시든지, 아니면 회장님 중에서 직접 나오시든지 하면 어떨까요?"

허선휘 부사장은 오늘 나온 의견을 충분히 보고하고 추진위의 내용이 실현되도록 하겠다고 답했다. 8월 27일 10시에 다시 협상을 전개하기로 한 뒤 헤어졌다.

김재만 위원장이 문재복에게 질문했다. "자네가 보기엔 회사 측에서 어떻게 나올 것 같은가?"

"오늘은 협상 과정에서 우리가 회사 측을 배려했습니다. 협상을 위한 협상만을 고집하지 않고 진심으로 다가서는 것에 놀랐던 것 같았다. 특별한 준비 없이 나와 시간을 적당히 채우고 떠날 생각이었는데, 생각보다 유의미한 결과를 얻었다고 생각할 것 같다. 내일은 분명 어느 정도 제시가 있을 것이다. 그렇지만 현 시가라는 부분에서 한 치의 양보도 없을 것이다. 우리는 무조건 100원 이상은 협상테이블에 올려놓지 않았으면 한다. 결국 무산될 것이다. 그래도 절대로 먼저 협상을 깨지 않고 끝까지 참고 기다렸으면 한다."

"대학 나온 사람이라 확실히 다르네. 최대한 자네 말을 참고하겠네. 고맙네. 천군만마를 얻었네. 그런데 말일세, 최종적으로 우리의 마지노선을 정해야 하는데 어떻게 해야 하나, 사실 나는 그게 제일 힘드네. 자네도 한번 생각해보게." 김 위원장이 문재복에게 부탁했다.

최영만 재무가 그동안 모음 성금 모금을 보고하고, 서울·경기지역 출향인들이 보낸 돈에 대해 서기와 함께 구체적으로 보고했다. 최영근, 내종석 학생에게 조금이라도 보답하고자 재무 상황을 보고하고, 위원장, 부위원장, 마을 대표까지 조금의 성금을 자율적으로 걷는 것까지 논의했다. 회원 중에서도 자율적으로 성금함을 따로 만들어 모금하자고 했다.

8월 27일 다시 협상이 속개되었다. 허선휘 부사장이 말했다.

"김재만 위원장님이 현 시가에 알아보라고 해서 알아봤는데, 만 오천 원 가는 땅은 없었다. 삼영염업사 있는 쪽으로는 조금 비쌌지만, 그렇게 많이는 가지 않았고 보편적으로 만 원 정도였다. 정말 좋은 땅은 만이천 원까지 갔다. 그래서 여러분께 제시하는 금액은 1만 원을 평균으로 해서, 10프로 정도 빼고 9천 원씩 하면 어떤지 묻고 싶다. 회사에서는 지금처럼 해도 세금 내고 뭐하고 하면 크게 남지도 않는다."

김재만 위원장이 이재현 부위원장에게 현 시가 땅값을 먼저 설명해보라고 했다. 이재현 부위원장이 말했다. "요새 땅 가격이 조금 올랐다. 그렇지만 지금도 7천 원 가는 땅도 많다. 내가 모르기는 해도, 30프로 이상일 것인데, 평균 만 원은 이해가지 않는다. 혹시 몰라 마을 대표들이나 지역에 있는 회원들도 조심스럽게 알아봤다. 내가 가지고 있는 논도 내놓아봤는데, 8천 원을 주겠다고 했다."

허선휘 부사장이 반박했다. "지금은 경작권을 팔고 사는 의미가 더 커서 그런 것 아닌가?" 이재현 부위원장이 받아서 말했다. "지금 우리는 경작권도 경작권이지만, 대부분 다 자기 논이다 생각하지, 자기 논이 아니라고 생각하는 사람들은 거의 없다. 자경답도 논값이 크게 차이가 없다. 소작료만 아니면 경작권만으로도 자경답과 별반 다를 것 없이 농사짓고 거래해왔다. 소작답만이 문제였다면 거래도 잘되지 않았겠지만, 농사짓는 사람들은 자기 것으로 인식하고 있어서 그렇게 거래되고 있다. 만이천 원 가는 땅은 자경답보다 더 비싸다. 자경답은 만 원 가는 것도 많다." 허선휘 부사장은 "그럼 위원회에서는 얼마를 제시할 건가요?"라고 물었다. 김재만 위원장은 "한 필지, 한 방구에 100원을 이야기했다. 한 평당 100원으로 했을 때, 엄청난 금액이 된다. 한 방구가 600평이라고 기준을 잡을 때, 100원이면 되는 것을 600배 올려주는 것 아니냐. 이 정도면 우리는 최선을 다한 것 같다"고 이야기했다. 허선휘 부사장이 그렇게 억지 주장을 하면 되냐고 맞받아쳤다. 김 위원장은 "우리는 계속 주장하던 무상양도를 포기하고 유상양도로 입장을 바꾸고 삼영사 선대 이야기도 하지 않는 등 협상에 적극적으로 나섰는데, 회사 측에서는 좀처럼 움직임이 없어 실망스럽다"고 했다. 허선휘 부사장도 크게 할말이 없는 듯했다. "100원을 제시했다고 흉을 봐도 좋다. 이게 말이 되냐고 해도 좋다. 뭐가 서로를 위하는 길인지 진심으로 마주했으면 한다"는 김 위원장의 말에 허선휘 부사장은 지금은 딱히 이야기할 수 있는 게 없다며, 이 이쯤에서 5차 협상을 종료하고 다시 6차 협상을 하는 것이 어떻겠냐고 제안했다.

"위원장님께서 지켜주신 협상 태도에 진심으로 감사를 드립니다. 어제부터 이틀간 선대 회장님들 얘기도 하지 않고, 회사를 비방하지도 않으셨죠. 앞에 있었던 일에 대해 말 한마디 없었던 것도 감명을 받았습니다. 비록 협상 상대이지만, 어제오늘 위원장님께 진심으로 고개 숙이고 감사드립니다."

5차 협상이 별 소득 없이 끝났다.

문재복이 말했다. "위원장님 저도 감동받았다. 저에게 조언을 구할 때만 해도 지금의 위원장님은 전혀 생각할 수가 없었다. 회사 측과 치열한 눈치 싸움, 아니 수 싸움이 전개될 것이 분명했습니다. 우리보다는 회사 측에서 훨씬 준비가 잘 되어있을 것이라 믿었는데, 오늘의 결과만 봐서는 일방적인 싸움이 된 듯합니다. 선한 싸움으로 이끄는 능력에 감탄했습니다."

김병수가 협상 소식을 듣고 왔다. 회사 측에서 아주 난감해 하고 있다고 했다. 회장들이 김재만 위원장의 단호하면서도 슬기로운 협상 태도에 탄식하며, 이번 협상은 자기네가 진 것이라고 했다는 것이다. 앞으로는 협상장에 들어가 과감하게 결정짓도록 하자고 했다는 소식을 전해주고 돌아갔다.

17일차(8월 28일), 정부가 나서 관심을 갖다

허민성 총장의 최고 심복인 홍준식 교수와 장창영 농수부 장관이 만났다.

장창영 농수부 장관이 말했다. "이봐, 봐보게. 허민성 총장은 그나마 괜찮은 사람 아닌가 싶네. 가족과 연계된 집단 시위에서는 대부분 제일 먼저 나오는 게 여자관계, 두 번째가 경제 부정인데 그런 부분도 적고, 결정적으로 권력 남용 문제도 상관없어 보이네."

"장관님, 우리가 중간에 나서야 하지 않을까요?"

"김재만 그 친구, 촌놈치고는 괜찮아 보이네. 방향도 일관되고 크고 작은 사건 속에서도 크게 무너지지 않고 있어. 자중지란이라도 날법한데……. 여보게, 자네가 총장님께 말을 잘해 봐."

"총장님은 가족이 관계된 일을 말하기 꺼려 하십니다. 세상 돌아가는 것은 이것저것 많이 묻기도 하지만, 회사나 본인과 연관되면 이야기하는 것을 좋아하지 않아요."

"이봐, 이 건은 개인적인 문제이기도 하지만 사회적인 문제기도 하지. 옆에 있는 자네 같은 사람들이 제대로 전달해야 올바르게 판단할 것 아닌가. 이번에는 용기내어 바른말을 해보게. 호미로 막아야 할 때는 다른 도구 쓰지 않고 꼭 호미로만 막아야 하네. 그나저나 자네 학교 학생이 화상을 크게 입었다던데, 그렇게까지 무지막지하게 대응한 것은 옳지 않았어."

"우발적으로 일어난 사고라고 들었습니다."

"우발적으로 일어난 사고라고 해도 그것은 명백히 살인미수 행위야. 총장님께서 직원들에게 호되게 핀잔을 주었다고 하네만, 총학생회에서도 규탄대회를 계획하는 것 같아. 농민들이 원하는 수준으로 해결이 안 된다고 해도 회사 측에서 논값을 대폭 낮추어 실질적인 협상이 이루어졌으면 한다는 게 정부측 입장이네."

최영근이 다니는 고령대학교 총학생회가 방화 살인미수 사건 규탄대회를 대규모로 열겠다고 연락해 왔다. 9월 1일 고령대학교 캠퍼스 허주규 동상 앞에서 열린다고 했다. 이 소식이 삼영사 측에도 전달되었다. 삼영사 소작답 양도 추진위원회와 별개로 총학 측에서 마련한 행사였다.

회사 측에서도 한국기독학생회총연맹 황인성 대책위원회 위원장과 계속 책임관계를 협의해갔다. 구체적인 것은 결론은 나지 않았으나 회사 측에서 전적으로 책임지겠다고 한 상태였다. 이렇게 큰 사건이 발생되었는데도 언론은 조용했다. 지방지에 동사일보 기자의 기사가 작게 하나 실린 것이 전부였다. 회사 측에서는 방화 살인미수 사건 규탄대회 이전에 피해 보상을 마무리하고 방화자와 책임자를 처벌하고자 한다고 했다. 허민성 적십자사 총재의 특별 지시였단다. 허민성은 고령대학교 명예총장이지만, 실제로는 총장보다 더한 권한을 행사했다.

방화 살인미수 사건 규탄대회에 삼영사 소작답 양도 투쟁위원회도 참석하기로 했다. 김재만 위원장은 어떠한 일이 있어도 토지 양도를 받고 내려가야 한다고 했다. 서울·경기 지역 출향인들 가족협의회에서 대대적으로 참석하겠다고 했다. 박정일 신부도 그때 올라오겠다고 했다. 가톨릭농민회와 고창군농민회도 참석하겠다고 했다. 고창군농민회, 가톨릭농민회는 학생들이 직접 연락해놓은 상태였다.

허선휘 부사장이 홍준식 교수를 찾아왔다. 소작답 양도 문제가 가급적 빨리 마무리되었으면 한다고 했다. 땅 문제도 땅 문제지만, 방화 살인미수 사건이 더 큰 사회문제가 되지 않을까 염려된다고 했다.

"교수님 학교 학생들이 나서고, 한국기독학생회총연맹에서 적극적으로 나서면 큰 문제로 발전할 수 있습니다. 처음 단계에서부터 적극적으로 대응해야지, 그렇지 않으면 회사 전체로 번질 수 있어요. 지금도 삼영사 소작답 양도 가족협회에서 동사일보 안 보기와 삼영사 물품 안 쓰기 등을 적극적으로 전개하고 있어 동사일보 신문 구독사절이 계속 늘어나고 있습니다. 여러 방향으로 피해가 속출되고 있어요. 교수님께서 총장님께 꼭 보고해주세요. 총장님이 교수님 말은 듣지 않나요? 잘 부탁드립니다."

최영만 재무가 최영근, 내종석 군 성금함 속 농민회원들의 정성 어린 성금을 세며 눈물을 흘렸다. 다들 비상금으로 가지고 있었던 돈이었을 텐데, 백십만오천삼백 원이 모였다. 김재만 위원장이 정말 감사드린다며 회원들에게 큰절을 올렸다.

"지금 한 평의 시가가 500원까지 내려갔다고 하네. 나는 농사를 짓지 않아서 조심스러운 마음이네. 자네는 어떻게 생각하는가?" 재만이 이성규에게 물었다. 이성규가 말했다. "나야 500원을 주고라도 사지. 아니더라도 사야지. 사실은 신용욱 국회의원님께서 무상양도를 해준다고 했을 때도 돈을 주고서라도 살 수만 있다면 사고 싶었지. 이천 원까지는 줄 수 있을 것 같네. 오늘 여기에 온 사람들도 허락할 걸세." 김재만이 그래도 다음 협상에서 평당 500원을 먼저 꺼낼 것이라고 했다. 김 위원장은 내종석 군이나 최영근 군의 빠른 쾌유를 바라는 마음에서 협상 타결이라는 선물을 퇴원 선물로 주고 싶다고 했다.

"자네가 내 옆에서 힘이 되어야 하고, 날 멈추게 해야 하네. 고마워, 친구. 열심히 해보세." 김재만은 이성규에게 내일 병원에 가서 두 학생에게 성금을 전해주자고 했다.

"오늘 밤은 왠지 모르게 편안하네. 태풍이 오기 전에 고요하듯이 마음이 편안하네. 인주 자네도 고생 많았어."

"위원장님에 비하면 고생이라고나 할까요. 늘 뒤척이는 위원장을 봤는데, 오늘은 마음이 편하다고 하니 저도 좋네요. 올라올 때부터 한 달은 마음먹었잖아요. 그런데 오늘이 17일째입니다. 시간이 빠르게 가네요. 이런저런 사건, 사고도 많았죠. 위원장님이 늘 신중했던 것도 다 내종석, 최영근 군 사고 같은 것을 걱정했던 것이었는데……. 두 번 다시 그런 일이 일어나지 않도록 조심 또 조심해야죠."

"인주 자네는 배운 사람티를 내더구만. 협상장에서 입이 간지러워하는 것을 보았네. 대표를 바꾸어야 하는 것 아닌가 하는 생각이 들 정도였네. 아무런 역할도 않고 있으니 말이야."

김재만과 김인주는 한참을 웃었다.

장 장관과 홍 교수가 허 총재를 만났다.

"이번 방화 살인미수 사건으로 인해 그동안 있었던 내용까지 정보기관으로 자료가 수집되었습니다. 그동안 경찰과 회사 측의 강경진압으로 인해 농민들의 피해가 있었던 것이 자세히 기록되어 있더군요. 동사일보 이야기까지 자세하게 보고서가 올라갔습니다. 총재님, 지금처럼 늘여빼는 것만으로는 안 될 것 같습니다. 9월 1일에 학교에서 최영근 군의 쾌유를 빌고 방화 살인미수 사건을 규탄하는 대회가 대대적으로 열린다고 합니다. 규탄대회의 성격에 따라 인권 문제가 중심에 설 수도 있습니다. 이럴 때는 회사 차원으로만 해결하기 어려울 수 있기 때문에, 남은 기간 동안 어느 정도 해결해서 규탄대회가 교내에서 조용히 끝나기를 바라야 합니다. 모든 것은 소작답 양도 때문에 생긴 일이기에 양도 문제도 신속하게 추진했으면 합니다."

허 총재는 신경써줘서 고맙다고 했다.

"회사 측에서 현 시가를 말하면서도 시가보다 더 높게 가격을 부른 것 같더군. 만오천 원 불렀다가 만이천 원 부르고, 평균 만 원까지 내려가니, 회사에서 땅장사나 하는 것처럼 보이기에 충분했네. 추진위원회 측이 더 과감하게 양보하면서 협상도 유연하게 하는데, 정작 협상 대표로 참가하는 우리는 할 말이 없었네. 앞으로 잘 마무리짓도록 하겠네."

태풍이 서해안으로 들어온다는 일기예보가 있었다. 농사가 걱정이었다. 방송에서 논 시설물을 미리 정돈해놓으라고 했지만, 모두 서울에 있어 어쩌나 싶다. 김인주가 내일 꼭 내려가야 하는 회원님들을 미리 선발해서 내려보내자고 했다. 김인주도 집안 걱정을 했다. 소밥도 주어야 하고, 소똥도 치워야 하는데 잘하고 있는지 모르겠다. 우사도 걱정이었다.

김재만이 김인주에게 말했다.

"이번에는 자네가 시골에 다녀오면 어떻겠나. 태풍 대비할 사람들이 마을별로 직접 가서 다른 사람들의 시설물이나 논 관리를 해주고 오면 어떨까. 일찍 첫차로 갔다가 다음날 막차로 올라오면 되지 않겠나. 오늘은 늦었고 내일 아침 일찍 회의하세."

"위원장님, 제가 슈퍼맨인 줄 아십니까. 동해 번쩍, 서해 번쩍해야 합니까."

"자네 슈퍼맨 아니었나?"

둘이 한참을 웃으니 옆에서 잠 좀 자자고 했다.

"일찍 주무신다던 위원장님은 잠자리에서까지 일만 합니까?"

김재만은 위원장을 맡으면서 평소보다 근심 걱정이 열 배는 더 늘었다. 한시도 그냥 지나치지 않았다. "내일부터 성규에게 위원장 자리를 넘겨버릴까. 아니면 죽곡 이재현 부위원장께 넘겨버릴까." 이렇게 농담도 했다. "꿈속에서라도 단가를 잘 정해야 할 텐데, 도사가 나타나든지, 부처님이 나타나든지, 예수님이 나타나든지 아무나 꼭 와서 좋은 해결책을 주셨으면 좋겠네."

"위원장님, 잠을 자야 하느님도 부처님도 도사님도 올 것 아닙니까."

"그것 맞네. 불을 끄고 자세."

비가 오려고 그러는지 몰라도 후덥지근했다. 밤이 늦었는데 열기가 식지가 않았다. 여름이 끝나갈 때가 되었지만, 올해는 여름이 길었다.

"회사에서 하자고 대로 해버릴까? 그리고 농민들에게 몽둥이로 맞아 죽어 버릴까."

"말이 씨가 된다고 하니, 농담이라도 그런 말씀은 삼가는 게 좋아요."

"고창고등학교 교과서에 나왔던가. 자네는 창시가 길어서 그렇게 하는 것이고, 우리처럼 가방끈도 창시도 짧은 사람들은 그렇게 못하네."

"세 치 혀끝이 사람을 죽이기도 하고 살리기도 한다고 하잖아요. 그러니 늘 말조심해야 해요."

"예, 선생님. 명심하리다. 가방끈 길다고 늘 끈 자랑하는데, 자네가 곤히 자면 내가 그 끈을 끊고 말 것이네. 잘 관리하게나."

또 웃는다.

"이제 불도 끄고 했으니 그만 잡시다. 내일 일찍 회의한다며 왜 잠을 자지 않는 것이요. 내가 비책을 드리리다. 회사 측에서 말하면 뚝 끊고, 또 말하면 뚝 끊으면서 값을 정하세요. 아무리 물어봐도 나는 모르오, 그렇게 오리발을 내놓으시오."

김 위원장의 대꾸가 없다.

허선휘 부사장은 허민성 적십자사 총재로부터 평당 4천 원에서 5천 원 사이로 이야기해보라고 지시를 받았다. 두 번째 제시의 딱 반이었다. 그렇게 제시하면 반으로 낮추고, 또 낮추면서 대응하라고 했다.

18일차(8월 29일), 장대비 농민의 한숨

아침부터 하늘이 뚫린 것처럼 비가 내렸다. 김인주 총무 등 젊은 사람들이 각 마을로 내려갔다. 아직 도착시간은 아니지만, 휴게소에서 전화하니 대전쯤에서 빗발이 작아졌다고 한다. 고창은 한두 방울씩 떨어진다고 했다. 김 위원장은 하염없이 굵어지는 빗방울을 창문 너머로 보았다. '마을 대표들을 내려 보낸 게 잘한 일인지 모르겠다.' 습관처럼 자괴감이 들었다. 끝도 보이지 않는 터널을 걷는 기분이었다. 빗방울이 벼의 낱알이었으면 비싸게 불러도 다 줄 수 있었을 텐데, 어떻게 하면 빗방울을 낱알로 바꿀까. 마법사가 될까. 망상에 빠져 이런저런 그림을 그리고 있었다. 태풍의 길목을 가로막아서 중국이나 일본으로 보내버릴까 생각해본다. 슈퍼맨이 되면 태풍의 눈 속으로 들어가 방향을 틀어 버릴 텐데. 상상의 세계에 빠졌다.

문재복이 다가왔다.

"위원장님, 공시지가에 대해 아시는가요?"

"정확하게는 모르나 알고는 있네. 그런데 공시지가가 우리의 지가를 정하는 데 소용 있는가?"

"공시지가는 국가가 기준을 세운 땅의 가격입니다".

"우리 논의 공시지가는 얼마나 되는지 아는가?"

"잘 몰라서, 김인주 총무께 이번에 내려가면 군청에 가서 공시지가 인증서를 떼어오라고 했습니다."

"가방끈이 긴 사람들은 뭐가 달라도 다르네. 인주 총무와 자네만 봐도 그래."
문재복은 빙그레 웃으며 공시지가를 확인하고 생각을 정리해 보고하겠다고 했다.

6차 협상이 9월 1일 이전에 시작될 것 같았다. 김병수가 회사 측에서 분명 6차 협상에 대해 이야기해 올 것이라고 했다. 회사 측에서는 구사대를 해체하고 책임자의 경찰 조사까지 받게 한다고 했다. 방화 살인미수 사건 규탄대회를 의식하고 노력하는 모습을 보여주는 것이겠지만, 지금까지 보이던 반응과는 확연히 다르게 대응하고 있었다. 김재만 위원장은 우리가 이용당하는 일이 있어도 나서야겠다고 생각했다. "자네는 어떻게 생각하나. 응하지 말까?" "아니요. 위원장님, 꼭 나서야 합니다." 김병수는 양도한다는 사실만 결론지으면 가격문제도 쉽게 해결될 것이라고 했다. 저들이 굽히는 입장이니 충분히 가능하다고 했다. "자네는 제갈공명이 살아온 것만 같네. 어쩜 그리도 똑똑하신가." 위원장이 김병수를 칭찬했다.

"비가 많이 오는데, 오늘 같으면 콩 볶아 먹고, 부침개도 부쳐 먹어야 하는 것 아닌가. 재무가 살짝 흘려 봐."
"형님, 이런 날은 부침개 부쳐먹고 노래자랑이나 장기자랑을 하는 것 어때요?"
"위원장님께 허락받아 와."
"사실 위원장님이 형님께 살짝 물어보라고 했습니다."
"그래? 그러면 그렇지, 좋네. 먹을 것은 내가 준비할 테니 오락 준비는 자네가 해 봐."
점심 겸 참 겸해서 모처럼 회식하자고 했다. 간단하게 음주가무도 해보자고 했다. 최영근, 내종석 군이 병원에 있는데 우리만 즐거울 수 없다며, 취소하자는 의견이 나왔다. 장기자랑도 안된다고 했다. 최영만 재무가 부침개를 많이 내놓았다. 오후에 최영근 군 병문안을 다녀왔다. 최영근 군은 아직도 면회가 안 되어 밖에서만 보고 왔다. 많이 좋아졌으나 면역력이 약해서 부모님마저 면회를 못 하고 있다고 했다. 서울을 물바다 만들어 버릴 것처럼 비가 하염없이 내렸다. 우산을 썼으나 신발도 바지도 다 젖어버렸다.

이성규 부위원장이 말했다. "나는 비가 많이 오면 늘 걱정이 많네. 해리천 속에 논이 있어서 큰비가 오면 수문이 제일 먼저 열리지. 물 넹기가 넘치나, 안 넘치나 확인하는 게 일과가 되었지, 오늘도 몇 번이고 현관 앞으로 나갔다가 돌아왔네. 비를 많이 맞은 벼는 수확량은 떨어지지 않으나 벼의 색깔이 좋지 않아 제값 받기가 어려워. 그럴 때는 식량으로 사용하는데, 너무 많으면 팔기도 하지. 한 가마당 2천 원, 3천 원 덜 받는 것은 운수가 좋은 것이야. 어느 해는 5천 원 덜 받은 적도 있네. 그런데 그런 벼가 밥맛은 훨씬 더 좋다네. 한국 사람들은 겉만 번지르한 것을 좋아하지. 나 역시도 이왕이면 보기 좋은 떡이 먹기도 좋다고 생각하네."

비가 몇 시간을 쏟아부었다. 시골에도 비가 많이 내린다고 연락이 왔다. 내일까지 많은 비가 예보되어 있고, 서울은 이미 비 피해가 속출하고 있다고 라디오에서 나오고 있었다. 회원들은 논에 가보지도 못하고 비닐하우스 문은 잘 닫았는지, 바람에 날리는 것은 없는지 궁금해했다. 속은 타들어가도 표현할 수 없었다. 한 명이 표현하면 둑방 터지듯 우르르 쏟아질 듯했다. 이성규 부위원장도 속이 탔으나 직책이 뭔지 아무런 내색 없이 습관처럼 계단을 오르락내리락했다. 여태 있으면서 서울 사람이 될 법한데, 비 걱정을 하는 것 보면 영락없는 시골 사람이었다.

김재만 위원장이 유추순 씨를 불렀다. 하느님께 기도하라고 했다.
"내가 하느님을 믿은 지 달포도 안 되어서 그런지 효과가 없네요. 혹시 간절함이 부족한 것이 아닌가요. 내 기도가 부족한가 봐요."

"아니네. 최영근, 내종석 학생을 위해 열심히 기도하고 있지 않느냐. 나는 유추순 씨를 믿네."

"아이고, 위원장님, 내가 하느님이라도 된단 말입니까. 왜 이리 놀리시나요."

"아니요, 간절하게 기도하면 소원이 이루어지지 않겠어요. 그때 한 학생이 나에게 말한 것이 기억납니다. 겨자씨만 한 믿음만 있으면 안 되는 것이 없다고 했어요. 우리 유추순 씨의 믿음이 겨자씨보다 못하지는 않을 것입니다."

김재만도 비 오는 것을 좋아할 때가 있었다. 엄마가 형님 도우러 가야 한다며 논으로 나가자고 할 때, 빗방울이 한 방울 한 방울 떨어지면 기분이 좋았다. 엄마나 형님은 속이 타는데, 나는 일을 안 할 수 있어서 좋았다. 저수지에서 고기를 잡아 생업을 하면서 깨달았다. 비가 많이 오는 날에는 고기를 잡으러 나갈 수 없었다. 엄마는 내게 철들었다고 했다. 오늘은 어머니가 많이 그리웠다. 잘한 것보다 못한 것이 더 많은데, 어머니는 잘난 아들이라고 칭찬을 입에 달고 살았다. 그래서였을까, 더 좋은 일을 해야 한다는 생각을 많이 했다. 그래서 이렇게 위원장이 되었나, 아버지가 못하고 간 일을 마무리하고 싶었나. 신용욱 국회의원이 못한 일을 하겠다고 나선 것이 정말 잘하고 있는 것인지, 김재만은 여러 번 반문했다.

허선휘 부사장에게서 연락이 왔다. 내일 6차 협상을 하자고 했다. 김인주 대신 2총무를 했던 신동수를 협상 대표로 통보했다. 허선휘 부사장이 피해 학생들에 대한 모든 것이 합의된 상태라고 이야기해주었다. 가족과 학교와도 합의가 되었는데, 9월 1일 규탄대회는 일정대로 하기로 했다.

김재만이 문재복을 불렀다. 내일의 전략은 양도를 정확하게 결정짓는 것이라고 했다. 양도한다는 원칙을 결정짓고, 가격 협상으로 넘어가야 했다. 문재복이 말한 것을 참고해 정한 사항이었다. "위원장께서 그사이에 그렇게 많이 생각해보셨는지 몰랐습니다. 감사할 뿐입니다. 앞으로 더 열심히 하겠습니다." 문재복이 고개 숙이고 뒤돌았다. 눈물이 핑 돌아서 감추려고 그랬다.

김병수를 불렀다. 회사 측에서 협상하자고, 허선휘 부사장이 직접 찾아왔다고 전했다. 김병수는 허선휘 부사장이 회장들과 이야기가 끝나자마자 온 것 같다고 했다. 한국기독학생회총연맹 이제호 회장과 황인성 총무부장이 최영근, 내종석 학생의 협상이 잘 되었다는 이야기를 들었다고 했다. 회사 측에서 평생 지켜주고, 치료해주고, 어떠한 상황에서도 생활할 수 있도록 책임지겠다고 했다. 황인성 총무부장이 많은 노력을 했다. 부모님들도 흔쾌히 수용했다. 회사 측에서도 뒤로 빼거나 술수를 쓰지 않고 적극적으로 나왔다고 한다. 마지막에는 지주 측에서 직접 나와 사인했다. 한국기독학생회총연맹에도 매년 장학금을 내놓겠다고 했다. 이제호 회장과 황인성 총무가 합의와는 상관없이, 방화 살인미수 사건 규탄대회는 개최해야 한다고 해서 회사 측에서도 동의했다고 한다. 학교 안에서만 하는 것으로 결론내고 양측에서 찬성했다.
"김병수 자네가 더 중요해졌네. 지금까지도 힘들었다는 것 잘 알고 있네. 나중에 회사 측과 회원들에게 알릴 테니, 조금만 참고 더 열심히 해주길 부탁하네."

비가 잠시 소강상태였다. 멈추지 않을 것만 같았던 비가 멈추고, 구름 사이로 햇살이 났다. 점심시간이 조금 지나서 식사가 나왔다. 부침개도 먹어서 그런지 배가 고프지 않았다. 축 늘어져 일어나지 않는 사람들도 많았다. 일할 때 더 활발한 농부들이었기 때문에, 이렇게 비가 오는 날이면 아픈 곳이 많았다. 질마재댁은 사람들이 밥을 안 먹을 것을 대비해서 평상시의 40프로만 준비했다고 했다. 최영만 재무가 안 된다고 했으나 끝까지 고집부렸다. 질마재댁의 계산은 정확했다. 밥이 조금 남았다. 어쩜 그렇게 점쟁이처럼 정확하게 알고 준비하는지, 재무가 혀를 찼다.

또다시 이슬비가 내리고, 점점 빗발 굵어지고, 창문 위로 빗물이 또르르 굴러 내려갔다. 폭풍전야였다. 바람 없이 비만 내리고 있었다.

진주마을 김종남이 김재만 위원장에게 다가왔다.

"착잡하신가요? 내일 또 협상이 있다고 들었습니다."

"몸은 괜찮고요?"

"비가 오니까 그런지 조금 좋지가 않네요."

"집으로 내려가시라고 했잖아요. 왜 이렇게 말을 듣지 않으세요."

"우리 농부들은 비 오는 날이면 삭신이 쑤시고, 어깨가 결리고, 관절이 아픕니다. 다 그렇게 한두 가지는 가지고 살죠. 오히려 그렇지 않은 사람들이 더 문제겠지요."

"맞아요. 어머니도 평생을 실감을 빼서인지 비가 오려고 하면 어깨와 관절, 허리까지 아프다고 했어요. 다친 데는 정말 괜찮고요?"

"100프로 괜찮다고 하면 안 믿을 것이지만 그래도 괜찮습니다. 나나 김익선 씨가 같은 사람들이 위원장님 옆에 있어야 회사 측에서도 함부로 못 합니다. 한번 죄를 졌는데 또다시 죄를 지으려고 하겠어요?"

"고맙습니다. 이렇게 회원님들께서 함께해준 덕에 버티고 이겨내고 있습니다."

"농민들의 한숨이 꼭 삼영사 소작답 양도 문제에만 있겠어요. 지금은 삼영사 소작답 양도 터널을 지날 뿐이지, 늘 한숨을 한 바닥 지고 사는 게 농부들입니다. 비가 오면 비가 온다고, 비가 오지 않으면 안 온다고, 바람이 불면 바람이 분다고, 햇살이 쨍쨍 나면 햇살이 쨍쨍거린다고, 허리가 아프고 다리가 아프고, 어깨가 아프죠. 안 아픈 곳 하나 없습니다. 위원장님, 지금 어깨가 너무 무겁지요. 우리가 나누어질 수는 없지만 늘 곁에서 함께하고 있습니다. 무조건 위원장님 편에서 돕겠습니다. 내가 죽는 한이 있고 내가 손해를 봐도 위원장께서 내리는 결정이라면 존중하고 지켜드리고 싶습니다. 믿어도 됩니다."

"종남 씨 덕분에 힘이 납니다."

"저 같은 사람이 대부분입니다. 내가 이렇게 표현해서 그렇지, 표현하지 않는 사람들도 많습니다."

"맞아요. 이심전심, 누가 그 말을 만들었나, 우리 삼영사 소작답 양도 추진위원회를 두고 만들어낸 말이 확실하다니까. 이런 데서 위원장을 하는 게 얼마나 좋겠어요. 다 제 복이지요."

김재만이 웃었다. 종남 씨도 따라 웃었다.

"삼영사 소작답 양도 문제에서도 빨리 웃는 날이 왔으면 좋겠습니다. 우리가 서울에 올라올 계획을 짤 때 한 달 계획이었는데, 그 안에는 마무리하고 싶습니다. 이제 18일이 지났는데 몇 년이 훌쩍 지난 것 같습니다다. 부위원장님들, 마을 대표들과 함께 내일 협상 전략에 대해 회의하려고 합니다. 큰 줄기는 잡아 놓고 가야 우왕좌왕하지 않고 갈 수 있죠. 종남 씨도 참석해보세요."

김종남이 사양했다.

"사람은 규칙이 깨지면 또 하나의 규칙을 깨려고 합니다. 하찮은 것이라도 지켜야 큰 것도 지키는 것입니다. 위원장님, 저는 꿈을 꾸고 있습니다. 서울에 상경한 날부터 한 번도 내려놓지 않은 꿈이죠. 나의 희생과 고통은 삼영사 소작답 양도 문제가 해결되기 위해 일어난 것이라고 생각하면 더 용기가 생기고 힘도 넘칩니다."

김종남은 내일 협상을 한다고 들었을 때 가슴이 뛰었다고 했다. 가슴 쿵쿵거린다며 기대가 된다고 했다.

"방귀가 잦으면 똥이 나온다고 했습니다. 이렇게 계속 만나다 보면 되겠지요. 비와 태풍도 온다고 하는데 우리에게는 좋은 소식이 있을 것이라고 확신합니다. 꿈을 꾸면 행복하고 사는 맛이 납니다. 저는 제 방법으로 위원장님께 도움이 되겠습니다."

'나는 어떤 내가 되고 싶은가. 목적은 뚜렷하고 목표도 있으니 품격 있는 인간이 되어야 한다. 상대를 품위 있게 존중하여 싸움장에서는 상대방 장수가 빛을 보게 해주겠다. 그러나 나를 저버려서는 안 된다. 진심으로 대접하고 진실로 대하면 결국 우리도 그렇게 대접받을 것이다.'

생각이 깊어질수록 김재만의 눈빛은 확신에 가득 찼다.

고창경찰서에서 9월 1일 방화 살인미수 사건 규탄대회에 관심을 갖고 정보 수집을 하러 왔다고 했다. 우리를 잡아 고창으로 압송을 하려고 왔냐며 의심했다. 이번에는 서울·경기지역 출향인 가족협의회도 참석하고, 우리도 전체가 참석할 것이라고 했다. '잡아가려면 차량 10대는 올라와야 하지 않겠느냐. 고창경찰서에서 군민을 지켜야지, 지주들을 지키려는 의도가 뭔지 알 수 없다'고 지적했다. 고창경찰서 경찰들은 "그래도 당신이 내 앞에서 어떤 봉변이라도 당하면 내가 먼저 나서지 않겠느냐. 직장을 그만두어도 함께 살 것인데, 서로에게 상처 입히는 짓은 말자"고 했다.

"내일 우리도 회사측과 협상이 있습니다. 결과에 따라 규탄대회의 내용이 달라지지 않겠습니까? 우리는 규탄대회도 대회지만, 태풍을 더 신경 쓰고 있어요. 그런데 당신들은 태풍은 신경도 쓰지 않고 규탄대회나 신경 쓰니, 우리가 어떻게 생각하겠습니까? 당신네들이 저번처럼 행동한다면 우리도 가만있지 않을 것이라고 보고하세요. 우리가 죽기로 각오하고 나서면 당신네에게 충분히 대항할 수 있습니다."

19~20일차(8월30~31일), 6차 협상 물러설 수 없는 결정

태풍이 목포 앞바다를 지나, 흑산도 방향으로 올라오고 있었다. 비보다는 바람이 세차게 불었다. 시골에 내려간 대표들에게 태풍이 지나고 나면 올라오라고 했다. 텔레비전에서 기상특보가 계속 나오고 있었다. 천만다행인 것은 제방까지 파도가 오지 않았다. 난물 사는 회원들이 고창은 큰 피해 없이 지나갈 것 같다고 했다. 지금부터 1시간이 제일 위험하다고 했다. 어제 내린 비 때문에 벼가 많이 쓰러질 듯했다.

2층 협상장으로 들어갔다. 허선휘 부사장이 미리 기다리고 있었다. 다섯 차례의 협상이 있었지만, 회사 측에서는 1차협상에만 일찍 나왔었다. 문 앞에서 일일이 악수를 청하며 반갑게 맞았다. 자리에 앉아서도 김재만 위원장에게 인사말을 양보했다. 처음 있는 일이었다. 어리둥절했지만, 김재만 위원장은 숨을 깊게 들이마시고 인사했다.

"감사합니다. 이렇게 예우받아도 되나 싶습니다. 태풍이 오고 있습니다. 고창의 들판에는 바람이 몰아쳐 벼가 많이 쓰러졌다고 합니다. 서울에 와 있지 않으면 논밭으로 나가 있을 우리가 농성장에서 태풍이 무사히 지나가기를 바라고 있습니다. 허선휘 부사장께서도 태풍이 무사히 지나가기를 기원해주셨으면 감사하겠습니다. 오늘은 기분 좋은 일이 있을 것 같습니다. 좋은 결과가 있기를 희망합니다."

허선휘 부사장의 인사 뒤 본격적인 협상이 시작되었다.

"지금까지는 밀고 당기기의 시간이었습니다. 오늘부터는 성과를 내는 협상이 되었으면 합니다. 김재만 위원장님께서는 어찌 생각하고 계신가요?"

"저희가 더 바라는 것이 아닐까 싶은데, 허선휘 부사장님께서 이렇게 적극적으로 말씀해주시니 제가 어떻게 말을 꺼내야 할지 난감합니다. 5차 협상 내 우리는 솔직하게 많은 말을 했습니다. 진심이었습니다. 그때 이후 우리 회원들은 회사 측을 비방하거나 거칠게 행동하지 않았습니다. 정말 예우했다고 생각합니다."

김재만 위원장은 고령대학교 총학생회에서 개최하는 방화 살인미수 사건 규탄대회에 참석할 수밖에 없는 이유를 이야기했다. 회사 측에서도 인정해주었다.

"부사장님, 이 정도면 우리가 해야 할 바는 충분히 했습니다. 5차 협상 때 회사 측에서는 우리가 주장한 바에 대답이 없었습니다. 먼저 대답을 듣고 싶습니다."

부사장이 말했다. "평당 만 원을 언급한 건 정확하지 못한 정보를 가지고 말했던 것 같습니다. 그렇다고 평당 500원은 힘들 것이라 생각이 드는데요."

"서로의 잘못만 들추어내면 아무런 효과도 없습니다. 시간을 허비하는 것은 서로에게 예의가 아닌 것 같습니다."

"평당 5천 원까지는 생각해보고, 받아주시면 회장님들께 보고해 보겠습니다. 반이나 줄였으니 이제 그만 타결 짓고 마무리하시죠?"

"부사장님, 500원도 무리가 있다면 양보하겠습니다. 그러나 천 원까지 더 쓰기는 다소 무리가 있습니다. 구백오십 원까지 써보겠습니다. 부사장님께서 승낙해준다면 총회를 붙여 결정짓도록 하겠습니다"

회사 측에서 양보한 것에 비하면 삼영사 소작답 양도 추진위원회는 엄청난 양보를 한 것이었다. 그렇게 오늘도 별 성과 없이 끝나고 마는 것 아닌가 싶었었는데, 회사측에서 쉬는 시간을 가지고 생각해봤으면 좋겠다고 했다. 김재만 위원장도 흔쾌히 허락했다. 1시간 후에 다시 보자고 했다.

천둥번개는 멈추고, 바람이 더 세차게 불어 왔다. 협상장에서 나와서 정신 차리고 보니, 창문이 흔들리는 소리가 크게 들렸다. 고창은 세찬 바람이 간간이 한 번씩 불었다고 했다. 벼가 많이 쓰러졌다고 했다.

다시 협상장에 들어섰다. 허선휘 부사장이 어떤 돌파구가 없을까 물었다. 김재만 위원장이 협상이 진심으로 타결되기를 원하냐고 물었다. 그렇다고 했다.

"평당 오천 원은 제값을 받는 거나 다름없다는 생각이 드는데, 부사장님은 아닌가요? 한 시간 동안 쉬면서 이것저것 따져 봤을 텐데, 5천 원을 고집합니까? 우리가 제시한 950원은 검토해봤나요?"

"회장님들께 보고도 없이, 내가 임의로 5천 원 이하로 낮추기는 어려우나 낮추어 볼 생각입니다."

"고맙습니다. 진즉 이렇게 진행되었더라면 더 좋았지 않았을까?"

허선휘 부사장이 말했다. "지금도 회사나 동사일보로 전화가 계속 오는데, 그걸 안할 수는 없을까요?"

김재만 위원장이 대답했다. "우리가 하는 것이 아니고, 누가 하는지 정확히 모릅니다. 5차 협상장에 나갈 때부터 지금까지 회사를 비방하지 말라고 했는데, 누가 그러는지 확인해 보겠습니다. 서로 오가는 게 있어야겠죠?"

"회사 측에서도 5천 원까지 내렸고, 더 내릴 수 있도록 양보하고 있습니다. 회장님들께서 품격 있는 협상을 해주는 김재만 위원장을 대단하다고 생각하고 계십니다. 덕분에 지금처럼 급진전되고 있습니다. 최영근, 내종석 두 학생 때문만은 아닙니다. 김재만 위원장의 진심어린 태도와 품위 있는 행동이 회장님을 움직이고 있습니다."

"부사장님께서 5천 원 이하로 급격하게 가격을 낮추지 못하는 것도 충분히 이해합니다. 그러나 오늘은 하나의 결과라도 도출했으면 합니다."

"위원장님, 5천 원 이하로 가격을 검토하겠다고 했지, 당장 내린다고 하지 않았습니다."

"알고 있습니다. 5차 협상이 끝나고 지금까지 한 시간 동안 많이 생각한 것이 있습니다. 우리는 양도 문제를 매듭짓고 내려가는 것이 목표였습니다. 5차 협상 때 회사의 진정성도 느꼈습니다. 그래서 제안을 하나 하려고 합니다."

삼영사 소작답 양도 추진위원회 협상 대표들이 허리를 쭉 펴고 몸을 앞으로 당기면서 일제히 위원장을 쳐다봤다. 이성규, 이재현 부위원장도 책상 아래만 바라보다가 위원장을 눈알이 빠져나올 것처럼 바라봤다. 처음 협상장에 들어온 신동수 감사도 어리둥절한 채 직시했다. 문재복은 조금 긴장한 듯 보였다.

김재만 위원장은 '허선휘 부사장님, 허선휘 부사장님' 하며 부사장을 두 번이나 불렀다. 허선휘는 대답도 잊고 김재만 위원장의 입만 바라보고 있었다.

"부사장님, 오늘은 가격 결정으로는 답이 없겠습니다. '양도는 하겠다'고 합의하는 것은 어떤지요?"

허선휘는 그건 걱정도 말라고 했다.

"부사장님이야 미운 정 고운 정 다 들어서 믿지요. 혹시 회장님들이 반대하면 어쩝니까."

"아닙니다. 회장님들께서도 가급적 빠르게 결론짓자고 했습니다."

"그럼 오늘 '무슨 일이 있어도 양도한다', 변호사 없이 합의서라도 작성해놓았으면 합니다. 총무부장, 한번 합의서 초안을 작성해서 가져와 봐요."

김재만 위원장과 대표들이 돌아가면서 초안을 보고, 되었다고 했다. 삼영사 소작답 양도 추진위원회에서는 참석자 모두가 사인하고, 삼영사 측에서는 허선휘 부사장이 사인했다. 양쪽에서 합의서를 한 부씩 가졌다. 김재만 위원장이 허선휘 부사장님 손을 꼭 잡고서 감사하다고 했다. 사실 회사 측에서 양도는 생각도 없으면서 시늉만 하나 의구심이 조금 있었다. 합의서 내용을 서로 보고한 다음 7차 협상을 하자고 했다. 허선휘 부사장도 흔쾌히 허락했다. 웃으면서 협상장에서 빠져나왔다.

농성장에 협상대표단이 들어섰다. 박수가 끊이지 않았다. 협상하면서 처음으로 결과를 만들어 낸 것만으로도 엄청난 성과라고, 정말 감사한 일이라고 했다. "우리가 위원장님을 참말로 잘 뽑았다. 오늘은 저번 협상 때와는 다르게 처음부터 일관되고 단호한 입장을 내보이며 협상을 이끌었다. 품격 있는 협상에 단호함까지 겸비하니 회사 측에서도 따라 주는 것 아닌가." 회원들은 웃으며 위원장 칭찬을 늘어놓았다.

동네로 갔던 김인주 총무와 회원들이 쓰러진 벼는 뒤로하고 농성장으로 돌아왔다. 김인주는 본인이 없으니 협상이 더 잘되었다고 했다.

"진즉 내가 빠졌어야 했나, 아무튼 축하드립니다. 신 감사님은 처음 들어가자마자 성과를 만들어냈네요."

"무슨 소리, 긴장되어 침 삼키는 소리가 상대편까지 들렸을 것이구먼."

"위원장님 협상을 주도하는 능력이 대단하던데, 평소에 말수가 적으셔서 어떻게 하나 궁금했네요. 그런데 목소리도 좋고 상대방을 압도하는 능력이 참 대단했습니다."

"벼들이 많이 쓰러졌다던데 우리 것은 어떠한가."

"네 것, 내 것 할 것 없이 많이 쓰러졌습니다. 내일 벼 세우러 내려간다는 사람도 있지 않을까 싶습니다. 1년 농사가 어찌될 지 걱정이 큽니다."

김병수가 찾아왔다. 지주 측에서 허선휘 부사장을 협상장에서 뺀다는 소문이 있다고 했다. 아직 정확하지는 않으나, 적십자사 쪽에서 나온 이야기라고 했다. 혼자 합의서를 만든 후에 보고한 것을 문제 삼았다고 했다. 허선휘 부사장이 사무실에 나오지 않는다고 했다. 총무부장이 사방으로 연락을 취했으나 허선휘 부사장을 봤다는 사람이 없다고 했다.

 태풍이 지나고 찌던 날씨도 한풀 꺾였다. 초가을 날씨처럼 아침저녁으로 서늘했다. 여름이 꼬리도 보이지 않고 사라졌다고 했다. 농성장에서 허선휘 부사장이 협상을 잘 못해서 쫓겨나간 것 아니냐고, 불쌍하다고 했다. 직원들은 다 퇴근했는데 총무과만 퇴근도 못하고 허선휘 부사장을 기다렸다고 한다. 밤이 늦었는데도 총무과와 부사장실의 불이 환하게 밝혀져 있었다고 했다. 날이 밝자, 9월 1일 방화 살인미수 사건 규탄대회에 참석하고 내려가겠다던 회원들이 오늘 내려가겠다고 짐을 쌌다. 유추순 씨도 이번 명단에 포함되어 있었으나, 안 간다고 해놓고는 태풍에 벼가 쓰러졌다는 말에 내려가겠다고 했다. 올라와야 할 사람들이 얼마나 올라올지도 걱정되었다. 내려가라고 해도 내려가지 않던 사람들도 이제는 앞다투어 내려가겠다고 했다. 순번이 아닌데 내려갔다 오겠다는 사람들도 많았고, 억지를 부리는 사람도 많아졌다.
 "성심성의껏 돕던 학생들이 사고를 당해 병원에 누워있고, 그 학생들을 위해서 규탄대회가 열린다고 하는데 무작정 내려가는 것이 사람의 도리입니까. 하루만 참고 규탄대회가 끝나고 내려가도 늦지 않을 것입니다. 조금의 이익 앞에서 우리의 민낯을 보이는 것입니까. 갈 사람은 잡지 않겠습니다."
 김재만 위원장이 특단의 조치를 내렸다. 짐을 꾸리던 사람들이 하나둘 짐을 풀었다. 행사 끝나고 내려가는 것으로 입을 모았다.

 하루가 지났는데도 허선휘 부사장이 보이지 않는다고 했다. 신동수 감사는 김복수 선배와 이야기를 나누었다.
 "삼영사 소작답 양도 추진위원회와 삼영사는 물러설 수 없는 외나무다리에서 만났네. 지금의 간극을 어떻게 좁힐까?"
 "선배님, 잘 들어 보세요. 동굴은 처음이 분명 있다. 중간 지나면 더 들어가는 것인지, 나가는 것인지 알 수가 없죠. 그래서 생각을 많이 해봤습니다. 끝을 보고 가는 것이 아니라 새로운 세상으로 나가는 첫 시작이라고 생각해야 해요."

문재복이 끼어들었다. "무슨 말을 그렇게 진지하게 하고 계셔요?"

"우리가 진지했나? 우리 재복 청년, 진지는 드셨나?"

웃음바다가 되고 말았다.

이재현 부위원장이 옆에서 듣고 있었는지 아까 했던 이야기에 맞장구쳤다. "이 농성장에서 나가야지, 새롭게 새 옷도 입고 그동안 없었던 새로운 세상이 열린다고 하지 않았나. 참말로 동의하네."

문재복만 어리둥절했다. "나만 빼고 무슨 작당을 하는 거에요? 저도 끼워주세요."

"그럼 자네 무임승차를 시켜주겠네. 선배님 차비를 받아야 하나요?"

"재복이 아버지를 봐서 공짜로 타라고 해."

농담하며 웃었다.

내일 규탄대회에 참석한 뒤 벼를 세우러 내려가는 사람들을 정확하게 파악하라고 했다. 마을 대표들이 명단을 작성해서 김인주 총무에게 보내주기로 했다. 내려가는 사람, 올라오는 사람 목록을 잘 정리해야 한다고 했다. 시기적절한 합의가 이루어져 다행이었다.

최영근 군이 많이 좋아졌다고 했다. 면회도 가능해졌다. 내종석 군은 활동하고 있다고 했다. 최영만 재무가 지금까지의 재무 상황을 위원장과 부원장들에게 보고했다. 내일 내려갈 사람 중에는 차비까지 모금함에 넣은 사람들이 있었다. 차비를 제외하고는 전부 모금함에 넣어 빌릴 돈도 없다고 했다. 외부에서 모금이 계속 들어오고 있었다. 넉넉하지는 않지만, 차비 정도는 나누어 줄 수 있을 것 같았다.

허선휘 부사장이 여전히 회사에 나오지 않았다. 김재만은 허선휘 부사장을 돕기 위해 뭐라도 해야 하지 않을까도 생각했다. '허민성 적십자사 총재 사무실이라도 찾아가야 하나. 허선휘 부사장이 결정해줘서 합의가 쉬웠던 것인데……. 회사 측 생각을 알 수 없다. 허선휘 부사장의 결정을 탓하는 것인가. 대대적인 데모를 다시 해야 하는 것인가.'

방화 살인미수 사건 규탄대회에 참석하고자 박정일 신부가 상경해 이수금 회장과 함께 왔다. 가톨릭회관에서 만나자고 연락을 받았다. 박 신부는 재난이 오면 없는 사람이 제일 먼저 피해 입을 건데, 바람이 얌전히 지나가서 천만다행이라고 했다. 벼는 조금 쓰러졌어도 다른 재산상의 피해가 없었고, 인명사고도 없었다. 제방이나 시설물이 크게 무너지지 않은 것으로 위안 삼았다. 박정일 신부는 학생들이나 시민단체와 함께하는 집회 같은 경우 회원들이 앞에 나서면 안 된다고 했다. "학생들이나 시민단체의 경우에는 훈련이 잘되어 경찰들과 대치해도 큰 사고 없이 대처하는데, 훈련이 안 된 여러분은 언제 어떻게 도망쳐야 하는지 잘 몰라서 피해 입는 경우가 많습니다. 절대로 앞으로 나오지 말고 학생들이 뒤로 물러나면 막 도망치십시오. 어떤 일이 있어도 혼자 도망치지 말고 함께 다녀야 합니다. 학교 안이라도 아주 넓어요. 여기저기 건물들이 많아서 이 건물이 이 건물 같고 그렇습니다. 꼭 함께 다녀야 합니다. 혹시라도 길을 잃거든 인촌 선생 동상이 어디냐고 물어서 오십시오."

이화여자대학교 학생 나순자가 의료봉사대를 데리고 규탄대회장에 온다고 했다. 혹시 어디라도 다치면 바로 의료봉사대로 오고, 그렇지 못한 경우에는 간호사나 의사 선생께 가서 알리라고 했다.

김재만 위원장은 허선휘 부사장 생각에 일이 손에 잡히지 않았다. 무슨 일이 있다면 우리가 도와야 하는데 어떡하나 걱정만 했다. 김병수를 통해서 총무부장에게 농민들이 해야 할 사안이 있으면 알려주고 협조하겠다고 전했다.

21일차(9월 1일), 고령대학교 방화 살인미수 사건 규탄대회

최영근, 내종석 학생의 부모님께서 참석한다고 했다. 한국기독학생회총연맹 이제호 회장과 황인성 총무부장이 부모님을 모시고 행사장으로 들어왔다. 박정일 신부는 이수금 회장, 김재만 위원장과 함께 행사장으로 들어갔다. 행사장 가운데에 고령대학교 총학생회 이인영 회장과 학생들이 앉았고, 바로 옆으로 박정일 신부님과 최영근, 내종석 군의 부모님이 앉았다. 김재만 옆으로 이수금 회장이 앉았고, 학생들 뒤로 삼영사 소작답 양도 추진위원회 회원들이 서 있었다. 그 뒤로 시민단체 회원들이 서 있었다. 행사장에 꽉 찬 인원들이 숨죽이고 스피커 소리에 귀를 쫑긋 세웠다.

"자리에서 일어나 주시기 바랍니다. 국민의례가 있겠습니다. 국기에 대한 경례."

엄중한 스피커 소리가 들리고, '나는 자랑스러운 태극기 앞에……' 목소리를 냈다. 입을 꼭 다물고 계시는 박정일 신부의 결연한 모습에서 대한민국을 지탱하는 힘을 보는 것 같았다.

"애국가 제창이 있겠습니다. 동해물과 백두산이……."

"민주화운동을 하다가 돌아가신 선배님들과 대한민국을 위해 목숨을 바치고 희생하신 선조님, 오늘 행사를 있게 한 최영근, 내종석 학생의 빠른 쾌유를 위해 묵념이 있겠습니다. 일동 묵념."

김재만 위원장은 민주화를 위해 애쓰시고 간 선배님이나 대한민국을 위해 헌신하고 간 선배님들보다 내종석, 최영근 두 학생의 빠른 쾌유를 위해 기도

하는 심정으로 고개를 숙였다. 몸에 불이 붙어 팔짝팔짝 뛰던 최영근 군의 신음소리에 아직도 가슴이 미어졌다. 묵념은 짧은 시간이었지만 몇 백 년이 흐르는 것 같이 길었다. 시골에 내려가야 할 회원들은 뒷자리에 앉아 있었다. 80여 명이 내려간다. 고창에서 관광차 두 대가 12시까지 고령대학교 정문 앞에 오기로 했다. 고속버스를 타고 가면 고창에 늦게 도착해 고창 관내에서 시내버스가 끊기고, 제시간에 집에 못 들어가는 경우도 생긴다며, 최영만 재무가 각별히 신경 썼다.

최영근 아버지가 단상에 올랐다. "여러분 감사합니다. 여러분 덕분에 우리 영근이가 빠르게 회복 중입니다. 저는 새벽부터 늦게 잠자리에 들 때까지 하느님께 기도합니다. 하느님께서는 걱정마라, 근심 말라고 하십니다. 그래서 걱정을 안 하고 있습니다. 여러분처럼 늘 함께 염려해주고 기도해주는 선생님들과 친구가 있잖습니까. 영근이도 여러분들 곁으로 곧 올 것이라고 확신합니다. 총학생회 대표님들과 한국기독학생회총연맹 이제호 회장을 비롯한 회원들께도 진심으로 감사드립니다."

"멀리 전주에서 박정일 신부님께서 오셨습니다. 인사말 한마디 듣겠습니다."

"박정일 신부입니다. 처음 김재만 위원장이 저에게 찾아왔을 때 삼영사 소작농사를 짓는 사람들의 애환을 어렵게 이야기했습니다. 말을 다 듣지도 않고 돕겠다고 했습니다. 그렇게 만나서 오늘 이 자리에 50년 동안 애환을 가진 농민들이 한자리에 모였습니다. 그런데 이 자리가 최영근, 내종석 학생의 방화 살인미수 사건을 규탄하는 장이 되었습니다. 삼영사는 작금의 현실을 어떻게 볼까 생각이 깊어집니다. 농민권을 무참하게 빼앗기는 현실을 대한민국 국민의 한 사람으로서 더 이상 볼 수 없었습니다. 성직자인 내가 세상을 바라보는 것과 여러분이 바라보는 것이 다르겠지요. 하지만 인륜도 천륜도 결국 절대자 하느님의 방법으로만 볼 수 없고, 여러분들의 마음만으로 세상을 내려다볼 수도 없습니다. 지금 하느님께서는 역사하고 계실 겁니다. 최영근, 내종석 학생에게 수만 배 빠르게 다가갔을 겁니다. 나는 늘 그것을 믿습니다. 오늘 온 목적도 하느님께서 두 학생을 지키고 보듬고 계시다는 것을 알리고 싶어서입니다. 그리고 여기에 계시는 여러분들을 보듬고 계십니다. 저처럼 하느님을 생각한다면 모든 일이 믿음대로 꼭 이루어질 것입니다."

이인영 총학생회장이 올라왔다.

"감사합니다. 이렇게 많은 시민단체 동지님, 그리고 고창에서 삼영사 소작답 양도 문제로 올라오시고 이 자리를 채워주신 농민 여러분께도 진심으로 다시 한번 정중히 감사드립니다. 저희 학생들은 국민 한 사람의 인권이 보장받도록 이렇게 섰습니다. 권력에 도전해서 끝끝내 국민들의 인권이 보장되는 민주주의 나라를 더욱 튼튼하게 만들어내겠습니다. 농민이 농토의 주인이 되어야 합니다. 이 또한 내일이라도 이루어지도록 하겠습니다."

큰 박수가 끊이지 않고 계속 들렸다. 신방마을 강택원과 진주마을 전정수가 이인영 총학생회장의 연설 뒤에 무대 앞까지 나와서 만세를 외쳤다. 36년의 억압에서 해방을 맞아 만세를 외치던 아이가 어른이 되어 다시 부르게 되었다고 했다. 농민들도 의자에서 일어나 만세, 만세 외쳤다. 규탄대회장에 있던 많은 사람이 삼영사 책임자를 처벌할 것을 강력히 요구했다.

질마재댁은 처음으로 집회현장에 나왔다. 오늘 점심은 농성장을 지키는 몇 명만 있었다. "나중에 내려갔을 때 서울 이야기 쬐께라도 해야 하는데, 농성장에 처박혀 밥만 했다고 하기에는 너무한 것 아니냐. 남아있는 사람들에게는 밥 시켜 먹으라"고 했다. 질마재댁은 학생들과 더 긴밀하게 지냈다. 내종석 군은 질마재댁을 '엄마, 엄마' 하며 잘 따랐다. 질마재댁은 저렇게 잘난 학생들이 내 아들이었으면 좋겠다고 했다. 그렇게도 예쁘고 늠름한 학생이 다쳤다고 생각하니 밥하는 것도 싫어졌다고 했다. 회원들도 충격에 밥맛을 잃었는지, 음식이 맛이 없어져서인지, 밥을 제대로 먹지 않아 음식물 쓰레기가 배로 늘었다. 최영만 재무가 아껴서 음식을 하라고 질마재댁에게 잔소리를 엄청

했다. 질마재댁은 "사실은 나도 충격이 커서 그런다"고 말하고 싶었으나 말도 못하고 끙끙 앓았다. 내종석 학생이 부모님 손을 꼭 잡고 울었다. 질마재댁도 울었다. 옆에 있던 이성규 부위원장이 그렇지 않아도 논 제방이 방천 났는데, 질마재댁이 눈물을 흘리니 '더 크게 방천 나는 것 아니냐'고, 그만 뚝 하라고 했다. 내종석 군의 부모는 농성장 밥이 엄청 맛있었다고, 시골 밥 먹는 재미로 더 갔다고 했다고 했다. 이성규 부위원장은 제방 둑 터진다 하면서도 자신도 눈물을 글썽거렸다.

한국기독학생회총연맹 이제호 회장이 삼영사와 합의한 내용을 공개하면서, 삼영사 소작답 양도 문제도 빠른 시일 내 합의할 것을 종용했다. 김재만 위원장은 회사 차원에서도 적극적으로 임하겠다고 했다며, 학생들에게 이제 농성장에 안 와도 된다고 했다. 꼭 좋은 결과를 이루어내겠다고 약속했다.

복동마을 김복수가 화장실 간다고 한 뒤 10분이 더 지났는데도 오질 않았다. 김인주 총무는 젊은 회원들을 3개 조로 나누어 화장실 방향으로 찾아 나섰다. 30분이 지나고, 찾으러 간 사람들도 연락이 없었다. 시골로 떠나야 할 시간이 10분밖에 남지 않았다. 2개 조는 허탕치고 돌아왔다. 1개 조는 아직도 돌아오지 않았다. 김인주 총무가 걱정하며 다시 찾으러 가려고 했다. 그때 1개 조가 김복수 씨를 데리고 왔다. 김인주는 차량 떠날 시간이 지났다며, 지금 모두가 기다리고 있다고 했다. 김복수는 미안하다고, 너무 반가워서 그랬다고 해명했다.

"미안합니다, 농활대 왔던 학생을 화장실에서 만났습니다. 어찌나 반갑던지, 그 학생이 손 꼭 잡고 학생회관으로 데리고 가서 사이다를 사주었습니다. 함께 이야기하다 보니 시간 가는 줄도 잊어버리고 있었습니다. 미안합니다."

왕 기사가 아니라고, 안 늦었다고 했다. 마을 여행이나 결혼식을 갔다 올 때 더한 사람들이 한둘이 아니라고 했다.

금평마을에서는 김익선을 비롯해서 박명길, 김봉두, 조성복, 조홍조, 이복남, 장난수, 평지양반이 규탄대회에 참석했고, 규탄대회가 끝난 뒤 조홍조, 이복남, 평지양반이 마을에 내려갔다. 장난수는 태풍으로 벼가 가장 많이 쓰러졌다는 소식에 먼저 내려가게 되었다. 이번에도 김익선은 내려가지 않고 결과를 보고 가겠다며 남았다. 첫날 선발대로 해서 올라와서 20여 일을 서울에 올라와 있으니 터줏대감이 다 되었다. 교체해서 올라오는 사람들의 교관으로, 엄청 빠르게 교육시키는 것으로 유명했다. 병원까지 가본 경험이 있으니, 다른 사람과 차별화된 특급교관으로 명성까지 쌓았다.

고령대학교 총학생회 이인영 학생회장을 비롯한 학생들이 남아있는 회원들 앞으로 와서 진심으로 감사드린다고 했다. 삼영사 소작답 양도 문제가 끝날 때까지 함께하겠다고 했다.
"하루빨리 마무리되어 쓰러진 벼를 일으켜 세우고, 가난의 대물림을 끝내야 하네. 훗날 좋은 자리에서 학생들에게 밥술이라도 사주고 싶네."
김재만 위원장이 이인영 총학생회장의 손을 꼭 잡고서 학생들이 다 잘 돼서 훗날 이 나라 올바르게 이끄는 지도자가 될 것이라고, 그때 서로 잊지 않고 옛날 이야기를 많이 했으면 하는 바람이 크다고 했다.

농성장으로 돌아왔다. 이제호 회장이 회사에서도 합의서 작성한 것을 돌이킬 수 없다고 여길 것이니, 내일 허민성 총재에게 가서 7차 협상을 요구하자고 했다. 그러나 지나치게 강하게 요구하면 오히려 올바른 방안을 내놓으라고 압박할 수도 있으니 조심하자고 했다. "허선휘 부사장에 대한 소식도 들어야 합니다. 허선휘가 그동안 협상을 주도했는데, 함부로 대표를 바꾸는 것도 쉽지 않을 것입니다."

김인주 총무가 올라오면서 궁산저수지 아래 이성규 부위원장의 논과 김인주 총무의 논, 이재현 부위원장이 갖고 있는 염전과 붙어있는 논의 공시지가 인증서를 발급받아 왔다. 공시지가는 평균 2,000원 정도였다. 집행위원회에서 회의를 열었다. 남아있는 대표들이 한자리에 모였다.

김재만 위원장이 말했다.

"분명 7차 협상에서 회사 측 요구가 있을 것입니다. 우리는 950원을 제시했고, 회사 측에서는 마지노선이라고 하면서 5천 원을 말했습니다. 그래서 여러 방법으로 많은 회원들의 이야기를 들었습니다. 우리가 2천 원까지는 받아들일 수 있다고 이야기해 봅시다. 오늘 여러분들께서도 이제호 한국기독학생회 총연맹 회장의 이야기를 들었을 것입니다. 이제 돌이킬 수 없는 현실이고, 우리도 이제 최종 결정을 내려야 합니다. 2천 원 이상은 절대로 허락하지 않겠습니다. 가장 낮은 지가인 1,790원을 가지고 최종적으로 밀어붙여 승부 볼 생각입니다. 여러분이 허락해주시면 그렇게 하겠습니다."

이상철 부위원장은 950원 이야기를 할 때도 반대했다. 무상양도를 끝까지 고집했다. 혼자 협상을 망칠 수 없어 끝까지 버티지는 못하지만, 생각은 지금도 변함없다고 했다. 처음부터 이럴 줄 알았으면 올라오지도 않았다고 했다.

"오늘 결정사항은 절대로 밖으로 나가면 안 됩니다. 우리 모두가 손해를 입는 것이니 설령 협상이 잘못되기를 원해도 한마디도 꺼내서는 안 됩니다. 우리는 내일 대한적십자사 사무실로 갈 것입니다. 우리가 처음 목표한 날짜도 얼마 남지 않았습니다. 시간과의 싸움은 협상에서 중요한 전술입니다. 오죽하면 '벼랑 끝 전술'이란 말이 생겼겠습니까. 끝까지 품위를 지키며 협상에 임할 것입니다. 협상 대표님들은 꼭 내 말을 명심하고 믿고 따라주십시오."

"사람 풍채만 보고는 알 수 없는 일이여. 우리 위원장이나 이제호 학생도 그렇고, 이인영 총학생회장도 간들간들하게 생겼잖아. 나는 대표라고 하면 덩치도 크고 기골이 장대한지 알았어. 그런데 하나같이 키 크지도 않고…… 관우나 장비처럼 크거나 김일 선수처럼 덩치가 큰 것도 아니대."

질마재댁은 남자들 인물만 봤나, 누구는 어떻고 누구는 어떻다 말이 많았다. 유추순이 옆에 있다가 "나는 잘생기고 키도 큰 사람이 좋다"고 맞장구쳤다.

"그래도 고령대학교 학생회장은 잘생겼지 않았나. 멀리서 봐서 귀엽고 예쁘게 생겼구만."

"나보다 한술 더 뜨네. 자네 눈에는 예쁘기도 하겠어."

"오늘 내종석 학생 어머니 보고 얼마나 맘이 짠했는지, 목소리도 떨리고 심장이 벌떡벌떡거렸어."

"그러니 눈물바다가 되었구만."

"그럼 어떻게 해. 눈물이 쏟아지는데. 내 손으로 밥을 준 것만도 여러 그릇이었어. 시골 어머니, 그러면서 얼마나 맛있게 먹던지 꼭 내 아들 같았어. 나도 저렇게 잘난 아들이 있었으면 하고 진짜 바랐어. 그런 학생이 화염에 싸였는데 어찌 제정신이었겠어. 사람이면 다 그렇지 않겠어."

"알아요. 우리 질마재댁 심성 고운 것 사람들이 다 알지요. 그러니 밥도 반찬도 다 맛있지요. 밥 투정 부리는 사람 본 적이 없어요."

질마재댁이 유추순에게 말했다.

"그런데 왜 내려간다고 해놓고 안 내려갔어?"

"내가 내려가면 다른 한 사람이 못 내려가니까 남자 보고 내려가라고 양보했지 뭐. 어차피 벼를 세우나 세우지 않으나 별 차이도 없어. 나 혼자서 세운들 얼마나 세우겠어요. 못 본 척하기로 했어. 물이나 잘 빼주라고 말했더니, 시간 나면 우리 것도 세워주겠다고 했지. 고마운 일이야. 큰 것도 아닌 것을 양보했더니, 보세요. 하느님 믿기 전후가 사뭇 다르지 않아요?"

"그놈의 하느님, 입만 열면 하느님. 1년만 되면 집사도 되겠네, 내가 내종석 학생만 아니었다면 진즉 한소리했을 텐데, 고마운 줄이나 알아."

유추순은 언니도 함께 교회 나가서 기도하면 훨씬 빨리 나을 것인데, 함께 가자고 했다.

　김인주 총무는 회원들이 탄 버스가 휴게소에 도착해서 간단히 요기했고, 해지기 전에 고창에 도착할 수 있겠다고 했다. 아는 버스를 대절해서 오니 부담도 되지 않았다. 누가 이렇게 좋은 생각을 했는지 고맙다고 했다.

　참으로 반가운 소식이 왔다. 최영근 학생이 처음으로 일어나 앉았다고 했다. 얼굴에 칭칭 감은 붕대 중 눈과 입이 있는 데는 풀었고, 말도 했다고 했다. 김재만 위원장과 이성규, 이재현 부위원장, 김인주 총무가 함께 병원으로 갔다. 행사장에서 함께 있던 학생들도 있었다. 부모님들께서 엄청 좋아했다. 그러나 아직 병실에 직접 들어가서 면회는 어렵다고 했다. 혹시 모를 감염도 있고, 화상 환자들은 사람들을 만나는 것을 꺼려 한다고 했다. 의사가 몇 번만 수술하면 얼굴과 손발을 정상적으로 쓰게 될 것이라고 했다. 초기 조치가 잘 되어 화상의 정도에 비해 잘 치료되고 있단다. 게다가 환자의 의지가 강해서 차도가 빠르다고 했다.
　"하느님 감사합니다. 아들이 정상적으로 생활할 수 있다니 너무도 감사합니다. 하느님."
　최영근 군 부모들은 처음 의식이 돌아왔을 때보다 기분이 좋았다.

분열

22~23일차(9월 2~3일), 고령대학교 명예총장실 점거

텅 빈 사무실이었다. 비서만 있었고, 허민성 명예총장은 오랫동안 사무실에 들르지 않은 듯했다. 사무실에 들어서는 순간 모두 멈칫했다. 지금까지 어디에서도 보지 못한 사무실 광경이었다. 대한민국의 재벌답게 번쩍거렸다. 이상철 부위원장과 가톨릭농민회 회원을 중심으로 왕촌마을, 화산마을, 목동마을, 금평마을, 소리개마을 사람들이 앞장서서 점거했다. 김재만 위원장이 제시한 2천 원을 허락하겠다고 했지만, 불만을 가지고 있었던 회원들이었다. 특히 해리면 일부에서 소규모 농사를 짓고 있는 회원들이 무상양도를 주장했다. 9월 1일 고령대학교 방화 살인미수 사건 규탄대회에서 전국의 기독교 단체가 무상양도를 주장하는 사람들에게 협력을 약속했다. 김재만 위원장이 추진하는 협상을 무력화시키기 위해 물러설 수 없다고 했다. 기독교 여성 단체에서는 삼영사 물품 불매운동을 진행했다.

그동안 나오지 않던 허선휘 부사장이 나왔다. 허 부사장은 이상철 부위원장에게 김재만 위원장에 대한 고마움을 표했다. "나를 지켜주기 위해서 여러 방법을 찾았다고 들었다. 규탄대회에서 총장실을 점거한다는 이야기가 나왔다는데, 가톨릭농민회가 선봉장이 되어버렸다. 농민들이 이렇게 분열되면 좋아지는 쪽은 우리 회사인데, 어찌 한 치 앞도 못 보고 그러냐……."

사회단체도 본인들 일이 아니어서 어느 순간에는 힘을 빼고 빠져나갔다. 절실함과 절박함이 달랐다. 최영근, 내종석 군의 문제는 경찰 조사가 마무리되어가고, 책임자가 구속되었다. 회사에서 끝까지 책임지겠다고 합의했다.

이상철 부위원장이 말했다. "내가 알기로는 회사 측에서 1,500원에 양도할 계획이라고 했다. 그런데 우리는 그것도 모르고 2천원 이하로 하겠다고 했다. 처음에 말한 500원을 고집했어야 하는데, 950원 말해놓고 이제는 2천원 이하로 하겠다고 하니, 안 될 말이다."

김재만 위원장은 문재복에게 소문의 진의를 파악하라고 했다. 김병수를 급하게 찾았다. 그러나 김병수는 가톨릭농민회 입장에 선 듯했다. 다른 때 같으면 김재만 위원장이 김병수를 찾으면 즉각 왔는데, 약속을 핑계로 1시간 늦게 도착했다. 한동안 허선휘 부사장에 대한 정보도 정확하게 주지 않았다. 잘못된 정보만 들어와 올바르게 대응하는 데 방해가 되기도 했다. 이수금 회장도 예전보다 말수가 적었다. 문재복이 오늘부터는 삼영사 소작답 양도 추진위원회가 두 갈래로 갈라질 수도 있다고 했다. 해리면 쪽 회원들이 이미 상당 부분 이상철 부위원장에게 동조됐다고 했다. 전체 비율로 보면 35프로는 넘어간 듯했다. 이상철 부위원장이 협상 대표에서 순순히 빠진 이유가 따로 있었다. 감쪽같이 세를 규합하고 있었다. 가톨릭농민회가 이상철 부위원장을 든든하게 받쳐주고 있었다.

문재복은 김재만 위원장에게 동요하면 안 된다고 했다. 중요한 정보는 없지만, 회사 측의 바람을 정확하게 읽어 승리하자고 했다.

김재만 위원장이 말했다. "그래도 이상철 부위원장님이 나를 도와주었다. 그분의 고마움을 잊지 않고 있다. 서로의 생각이 달라 지금은 이렇게 쪼개질 수도 있다. 지금보다 훨씬 더 비방하고 오해할 수 있다. 그러나 한 가지, 무상이든 유상이든 소작농사짓는 것을 마무리지어야 한다, 그 결심은 변함없다. 금액을 가지고 선명하게 대응하면 내가 나쁜 사람 될 것이다. 이상철 부위원장님은 500원을 말하는데, 나는 마을대표자 회의에서 2천 원까지 말했다. 방화 살인미수 사건 규탄대회 이후 회사 측에서도 많이 달라졌다. 인정한다. 우리가 먼저 합의서를 작성했다. 우리의 1차적 성과를 잊어서도 안 된다."

이성규 부위원장이 말했다. "위원장과 부위원장을 떠나서, 자네는 원래부터 겁이 없는 사람이네. 나만큼 자네를 아는 사람도 없네. 그러나 서울에 상경해서 자네는 조심스러웠고 근심과 걱정을 많이 했어. 김종남 씨, 김익선 씨 일도 그렇고, 경찰들이 우리 회원들 압송해 갔을 때도 못 잔 것 다 알지. 자네는 충분히 잘해 왔으니 계속 우리를 믿고, 자네 자신을 믿어야 하네. 호랑이 굴에 잡혀가도 정신만 바짝 차리면 된다고 하지 않던가. 지금이 그때인 것이야."

금평마을 사람들이 이상철 부위원장을 따라갔지만, 김익선은 남았다. 위원장에게 동요되어서는 안 된다고 했다. 죽어도 같이 가겠다고 했다. "지금은 이상철 부위원장이 그렇게 나오니, 누구든 혹하겠지요. 나는 위원장님도 봤고 경찰들도 봤습니다. 그뿐인가요. 삼영사 회사 측도 봤죠. 우리 같은 것을 밀어붙이려고 하면 한순간이더군요. 진짜 죽을 수 있겠더라구요. 우리의 안전을 지키기 위해서 했던 위원장님의 노력, 이상철 부위원장이라고 모르겠어요?"

이재현 부위원장이 그래도 여기까지 온 것만으로 다행이라고 했다. 1차 합의서도 없이 이런 일이 발생했더라면 우리는 회사 측에 말려서 시골로 돌아갔을지도 모른다고 했다. "김병수가 이상철 부위원장 쪽으로 돌아선 게 더 이상합니다. 회사 측의 이간질인지, 500원 이상 줄 수 없기 때문인지 모르겠습니다."

김재만 위원장이 말했다. "그동안 제일 수고한 김병수 씨다. 우리가 그것까지 잊고 비방하면 안 된다고 생각한다. 앞으로도 우리가 먼저 김병수 씨나 이수금 회장을 비방해서는 안 된다. 생각은 분명 다를 수 있고, 그 생각을 실천해가는 방법도 다를 수가 있다. 회사 측에서 우리를 이용할 수도 있다."

김인주 총무는 태풍 피해도 많은데, 이럴 때 이렇게 두 동강이 나면 어쩌려고 그러는지 모르겠다고 했다.

문재복이 말했다. "7차 협상 준비를 해야 합니다. 혹시 모를 합의서도 미리 초안을 작성해놔야 하는 것 아닌가요? 공시지가로 이야기를 매듭짓는 것도, 그 이하로 가격을 결정짓는 것도 강력하게 밀어붙여야 합니다. 오늘도 위원장님께 협상 권한을 주었습니다. 계속 500원을 가지고 주장한다면 우리가 어쩔 도리가 없는 것 아닙니까?"

가톨릭농민회 회원들이 허민성 명예총장 사무실에서 나오지 않았다. 30여 명이 점거했다. 그중에서 10여 명은 정문 앞으로 나가서 성금을 모금했다. 김재만 위원장은 이상철 부위원장에게 식사나 잠은 편안하게 해야 하는 것 아니냐며, 함께 잠자고 식사도 하자고 했다. 이상철 부위원장을 원망하지 않는다고 했다. 서로에게 방해되지 않고 최선을 다하자고 했다.

"부위원장님, 나는 부위원장님께서 우리 마을 저수지에서 처음 집회할 때 도와주시고, 경비도 10만 원씩이나 내주신 것을 잊을 수가 없습니다. 천군만마를 얻은 기분이었습니다. 그 마음 한순간도 잊은 적이 없습니다. 그래서 회의 때 어떠한 의견을 내도 반문하지 않았습니다. 어느 누구보다 간절하다는 것을 알았기 때문입니다. 신념도 봤고, 행동으로 실천하는 것도 봤습니다. 일이 마무리되면 함께 어울려 살아야 하는 고향 선·후배가 아닌가요. 우리는 무슨 일이 있어도 비아냥대면 안 됩니다."

김재만 위원장은 서로 비방은 절대로 안 된다고 했다. 잠을 잘 때도 밥을 먹을 때도 똑같이 화목하게 대하라고 특별 지시를 내렸다.

문재복은 궁산마을 기자로 활동 중인 형님께 합의서 초안을 만들어 달라고 했다. 김재만 위원장이 이 기자에게 말하면 보내 줄 것이라고 했다. 지금까지 호소문을 만들 때 이 기자가 엄청 도와주었다고 한다. 이 기자처럼 위원회를 많이 아는 사람도 없다고 했다. 변호사를 만나 자문을 구하라고 했다.

"이것은 재복이 청년과 나만 아는 것일세. 이상철 부위원장이 우리 내용을 몰랐다면 지금처럼은 하지 않았을 수 있어. 이미 회사 측에서 우리 정보를 알고 있다고 생각하자. 그러나 이것만은 철통보안하려고 한다. 7차 협상장에 들어가면 말을 많이 듣고, 우리의 의사를 정확하게 전달하겠네."

이상철 부위원장은 회원 30여 명과 함께 허민성 명예총장실을 계속 점거할 계획이라고 했다. 수위실에서 이상철 부위원장에게 건물로 들어오는 입구 문을 닫아야 한다고 했다. 명예총장실을 점거해도 좋으나, 다른 사무실들이 있어서 어쩔 수 없이 철문을 닫아야 한다는 것이었다. 우리가 출근할 때까지는 문이 닫혀있을 것이라고 했다. 이상철 부위원장은 그렇게 하라고 했다. 총장실을 점거한 회원들은 총장실에서 밖으로 나갈 수 없었다. 화장실도 안에 있고 밥도 먹었으니 괜찮다고 생각했지만, 일부 회원들이 이건 감옥과 같다며 항의했다. 이상철 부위원장도 김재만 위원장의 속을 알 것 같았다. 그렇게 많은 사람을 동원해서 큰 사고 없이 이끌어 나간 김 위원장이 새삼 대단해 보였다. 감히 따라 할 수 없는 것임을 느꼈다. 이불도 없고 잠자리도 준비되어 있지 않았다. 소파에 누워 눈을 붙이고, 의자에 앉아 자고, 총장실 바닥에 누워 잤다. 숨소리마저 적었다. 이상철 부위원장은 뜬눈으로 밤을 지새우며, 직원이 오면 명예총장실을 비워주어야 하나, 하루는 더 있어야 하나, 김재만 위원장을 만나야 하나, 여러 생각으로 잠을 설쳤다. 제일 문제는 내일도 점거해야 하냐는 것이었다. 점거하는 목적을 찾아야 했다.

김재만 위원장은 허선휘 부사장이 허민성 회장의 사위인 것을 알았지만, 협상하면서 미운 정 고운 정 다 들었다. 그래서 허선휘 부사장을 구제하려 했고, 7차 협상을 종용하려고 했다.
'원래 우리는 고령대학교 명예총장실을 점거하는 척만 하려고 했는데, 가톨릭농민회와 이상철 부위원장 등 해리면 일부 마을 사람들이 적극적으로 나서

서 우리의 계획과는 전혀 다르게 전개되었다.'

김재만 위원장은 전투력이 좋은 가톨릭농민회 소속의 이상철 부위원장이 앞장서는 것도 크게 나쁘지는 않다고 생각했다. 그러나 회사 측에서는 분열이 났다고 생각할 것이다.

아침이 밝았으나 총장실 앞에는 쥐새끼 한 마리 들락거리지 않았다. 8시 반이 지나서 직원이 움직였으나 주변으로 아무도 오지 않았다. 비서와 수위실 직원이 도착해서 철문을 열어주었다. 아침밥부터 문제였다. 이 시간에 삼영사 본사 농성장으로 가서 아침 식사를 달라고 하는 것도 염치없는 것이고, 다른 데 가서 아침을 사 먹기도 쉽지 않았다. 점거하고 있던 총장실을 무턱대고 비울 수도 없고, 어떻게 해야 하나 싶었다. 사면초가에 빠진 듯했다. 회사 측에서도 철두철미하게 무시 전략을 썼다. 누구 하나 찾아와서 이야기를 붙이는 사람이 없었다. 이상철 부위원장은 기고만장했다가 초조해졌다. 회원들을 모으고 어제 모금액이 많지 않았다고 보고하니, 많이들 '이게 아닌 것 같다'고 투덜거렸다. 제대로 씻지도 못했다. 비서에게 이야기해도 회장은 출타 중이라고만 하고 아무런 대꾸조차 하지 않았다. 허선휘 부사장도 첫날은 얼굴을 내밀었는데, 오늘은 아예 오지도 않았다. 손바닥도 마주쳐야 소리가 나는데 이게 뭔가. 뱃속에서는 꼬르륵 꼬르륵 소리가 났다. 번갈아 가며 아침을 먹는 것도 쉽지 않았다. 처음에 나간 회원들이 아직도 돌아오지 않았다. 아침밥 하는 식당을 찾기 쉽지 않았을 것이다.

이수금 회장이 찾아왔다. 이후에 어떻게 할 것인지 계획을 물었다. 김재만 위원장은 "우리는 처음부터 계획이 되어 있고 일정대로 움직이고 있다"고 말했다. "고창에서 올라올 때부터 지금까지 계획에서 크게 벗어나지 않고, 9월 12일까지 짜여 있습니다. 최선을 다하고 있습니다. 그동안 도와주신 덕분에 여기까지 왔습니다. 진심으로 감사드립니다. 우리는 우리의 계획대로 가겠습니다. 중요한 사항은 마을 대표들과 회의에서 의사 결정을 해왔습니다. 회원들은 오히려 위원장에게 전권을 위임했으니 따르겠다고 했습니다. 가톨릭농민회 이상철 부위원장님의 의견도 늘 들었고, 함부로 한 적도 없습니다. 회의 결과에 동의해왔습니다. 무상양도를 양보하고, 100원을 말했다가 500원까지 동의도 해주었습니다. 이 부회장은 협상 대표에서 자진해서 빠졌습니다. 이수금 회장님, 나도 500원이나 950원에 되었으면 좋겠습니다. 회사 측에서 5천 원까지 내렸습니다. 더 이하로 낮추는 일까지 협상장에서 하려고 했습니다. 공시지가가 뭔지도 제대로 몰랐죠. 우리 문재복 청년이 알려준 대로 공시지가를 놓고 얘기하니 해결책이 보였습니다. 김병수 씨가 가톨릭농민회 쪽으로 가버렸습니다. 제일 가슴이 아픕니다. 미리 상의했더라면 김병수 씨의 뜻을 존중해 주었을 것입니다. 지금까지의 노고에 칭찬이라도 해주고 싶습니다."

이상철 부위원장이 이끌고 간 가톨릭농민회 회원들이 철수하겠다고 했다. 내일 다시 대한적십자사 사무실을 점거하겠다며 농성장으로 돌아왔다. 이상철 부위원장이 김재만 위원장을 보려고 했으나, 김재만 위원장이 이런 상태로 만나는 것은 좋지가 않다고, 저녁에 마을 대표자들이 모여 대표자회의에서 상황 설명을 하자고 했다. 회의 결과에 따라 결정하는 것이 좋을 듯하다고 했다. 김재만 위원장은 부위원장들에게 상호비방을 하지 말라고 단단히 일렀다.

"이제 9부 능선에 와 있는 느낌입니다. 결국 우리 힘으로 우리가 결정을 짓는 것입니다. 고령대학교 학생들이 하는 것이 아닙니다. 박정일 신부님께서 엄청 도와주었지만, 최종적으로 우리가 하는 것입니다. 김종남 씨, 김익선 씨가 지금까지도 함께 하고 있습니다. 진심으로 감사합니다. 결과가 나면 두 사람에게 제일 먼저 알리겠다고 약속했습니다. 나는 그 약속을 지킬 것입니다."

김재만 위원장의 단호한 말에 이수금 회장은 생각은 약간 다르지만 진심으로 존경하고 많은 것을 배운다고 했다. 감정을 다스리고 절제된 행동을 보면서 명견에 대한 이야기가 기억난다고 했다. 명견이 되기 위해서 혹독한 훈련을 받고, 마지막 시험대에서 제일 좋아하는 음식을 내놓고 3일간 굶긴다고 한다. 보고도 먹지 않는 개가 명견으로 인정받고, 주인이 죽는 날까지 진심으로 대접받으며 산다는 것이다. 그러나 마지막 시험대에서 배고픔을 못 참고 먹어버리면 그냥 똥개처럼 취급을 받는다고 했다.

가톨릭농민회가 명예총장실에서 철수해서 왔는데도 회사 측은 조용했다. 이상철 부위원장은 내일 대한적십자사 사무실을 점거하겠다고 했다. 그러나 회원들 사이에서도 의견 일치가 되지 않았다. 저녁식사를 함께했다. 질마재댁과 최영만 재무도 아무런 내색 없이 반겼다. 신동수 감사는 그대로 남아있고, 목동마을 박재천 감사는 가톨릭농민회 해리면 쪽으로 갔다. 방축마을은 넘어가지 않았다. 복동, 팔형치마을도 그대로 남아있었다. 넘어간 마을 사람 중에서도 따라가지 않고 남아있는 사람들이 많았다.

마을 대표자 회의가 열렸다. 김인주 총무가 사전 설명을 했다. 어리둥절한 마을 대표들도 있었다. 이상철 부위원장이 직접 설명했다.

"나는 처음부터 무상양도를 주장했습니다. 유상양도로 결의가 되었을 때도 반대했습니다. 필지당 100원의 주장도 하지 말자는 것이었고, 500원을 말했을 때도 그냥 따라갔습니다. 해리면 마을 사람들이나 대표들에게 무상양도를 받을 수 있다고 했습니다. 그러나 김재만 위원장이 계속 가격을 높여 반기를 든 것입니다. 설명도 없이 어제 뒤통수를 친 것은 미안하게 생각합니다. 우리 마을 사람들을 따져보니까, 35프로는 될 것도 같습니다만, 그래서 가톨릭농민회 중심으로 투쟁을 따로 하겠다고 했습니다. 방해가 되지는 않겠습니다. 서로 최선을 다해서 노력합시다."

김재만 위원장이 말했다.

"이걸 어떻게 받아들일 수 있겠습니까. 이상철 부위원장이 따로 나가서 새로운 결과를 내겠다고 하니, 따르기는 하겠지만 나를 한 번만이라도 더 믿어주면 안 될까요. 가슴이 찢어집니다. 내 부덕 때문에 이렇게 분열되었으니, 가슴이 아픕니다. 그러나 원망 따위는 하지 않겠습니다. 지금이라도 돌아오면 좋겠고, 그렇지 않아도 미워하거나 배척하는 일은 절대로 없을 것입니다. 밥도 같이 먹고, 잠도 똑같이 잤으면 합니다."

문재복이 말했다. 성인군자도 아니면서, 그렇게 시늉하는 것이 맞는지, 위선인지 도무지 이해가지 않는다고 했다. "성금 모금액이 얼마인지는 모르나, 결별하겠다고 했으면 밥도 따로 먹고, 잠도 따로 자야 하는 것 아닙니까. 나이가 어려서 그런지 내 상식으로는 위원장님도, 여기 오셔서 회의하는 이상철 부위원장님도 이해가 가지 않습니다. 고령대학교 명예총장실을 점거했으면 끝까지 주거하면서 농성을 해야 하지 않습니까. 만 하루도 못 채우고 돌아왔으니, 회사측에서 우리를 업신여길지도 모릅니다. 지금까지는 질서 있고 품위 있게 잘 해왔는데, 이건 아니죠."

김인주 총무가 나서서 말렸다. "회의에서 결정된 사항이 본인과 맞지 않다고 한다면 삼영사 소작답 양도 추진위원회가 어떻게 지탱되고 앞으로 나아가겠습니까. 훗날 누가 칭찬을 받을지는 모르겠으나, 오늘을 똑똑히 기억할 것입니다. 서기는 한 자도 빼놓지 마시고 다 적어 기록으로 남기십시오."

김재만 위원장이 말했다.

"나는 12일까지 어떻게 해서라도 여러분들과 약속을 지키려고 합니다. 그때까지는 밥도 잠도 함께합니다. 이의가 있으면 여기서 말하십시오. 이의가 없으면 여기서 마치겠습니다. 회원님께 미안할 뿐입니다."

24일차(9월 4일), 대한적십자사 허민성 총재 사무실 점거

허민성 총재와 사전 예약이 되어 있다고 하고 승강기에 올라탔다. 승강기 문이 열리자 숨어 있던 회원 12여 명이 총재 사무실로 올라가 점거했다. 비서는 이러면 안 된다고 했다. 김재만 위원장도 함께 갔다. 대한적십자사는 남산에 위치해 있었다. 이성규 부위원장이 여기서는 행동을 조심해야 한다, 외국인 대사, 그들의 가족들이 사는 공관이 많다고 했다. 그래서 모금함도 들지 않고 현수막도 달지 않고 머리에 띠만 하고 왔다. 조용하게 총재 사무실에 들어가서 직원들과 대치했다. 적십자 측에서는 경찰에 신고한다고 했다.

삼영사 본사 허선휘 부사장이 전화를 걸어 왔다. "김재만 위원장님, 대한적십자사를 점거하면 우리도 여러분을 지켜줄 수 없습니다. 6차 협상에서 합의를 도출했고, 이제 가격만 결정지으면 되는데, 조급한 사람이 지는 걸 잊었나요. 회사 측 협상대표단은 김재만 위원장 이외에 아무도 대표로 받아들일 수 없다고 했습니다. 이건 위원장님께만 말하는 것인데, 제가 변호사를 만나 여러 방법을 연구했습니다. 회사에 나오지 않고 찾아낸 방법이 공시지가입니다. 여러분에게도 큰 피해가 없을 듯합니다. 나는 위원장님이 5차 협상 이후로 회사에 대한 비방도 하지 않고, 얌전하게 시위를 주도하고 있다고 회장님들께 보고하고 있었습니다. 회사 측에서 강력히 대응하면 여러분들의 피해가 있습니다. 위원장님도 사고 없이 회원들이 각 마을로 돌아가게 하는 것을 첫 번째로 여긴다고 들었습니다. 김익선 씨가 경찰들에 의해 실신하고, 김종남 씨가 직원들과 다투다가 실신했습니다. 큰 피해가 나지 않게 위원장님께서 나서기를 바랍니다."

김재만 위원장이 7차 협상 날짜를 내일로 했으면 한다고 말했다. 10시 반에 늘 하던 2층 회의실에서 기존 대표들만 모이자고 했다.

허 부사장과 통화가 끝난 후 김재만 위원장이 가톨릭농민회 회원들에게 이곳에서 철수하겠다고 했다. 회원들은 언젠가부터 늘 물러서기만 한다고 반발했다. 무상양도를 얻어내지 못하면 못 간다고 했다. 박재천 감사가 김재만 위원장을 신임할 수 없다고 말했다. 이상철 부위원장은 대한적십자사 총재 사무실 점거에 참여하지 않았다. 뜬눈으로 밤을 지새우면서 배탈이 났다. 가톨릭농민회 행동대장격인 박재천 감사가 회원들과 함께 김재만 위원장을 따라왔다. 어제 그제는 30여 명이 참여했는데 오늘은 10여 명만 있었다. 박재천 감사처럼 강성인 사람들이 주도했다.

김재만 위원장은 비서와 직원들에게 30분 이내에 철수할 것이라고 말하고 적십자사 건물을 떠났다. 박재천 감사는 우리는 별개이니 김재만 위원장 이야기를 들을 수 없다고 했다. 저녁시간이 되고, 직원들의 퇴근 시간이 되자 그젯밤 감옥에 갇혀 있는 기분이 떠올랐는지 박재천 감사 일행도 동의하고 조용히 철수했다.

박재천 감사가 이끌고 간 회원들과 김재만 위원장이 삼영사 본사 농성장에서 다시 만났다. 저녁 먹고 회의를 요구했다. 김 위원장은 마을 대표들에게 이야기해본 다음, 대표들이 동의하면 회의를 못 할 것도 없다고 했다.

"그젯밤도 식사 못 하고 쫄쫄 굶었다고 들었습니다. 감사님은 아직 삼영사 소작답 양도 추진위원회 감사이고, 나는 위원장이 아닌가요. 내 말을 듣고 우선 밥부터 먹읍시다. 밥을 먹으면서 진지하게 생각하겠습니다. 우리가 못 만날 이유도 없습니다."

이성규 부위원장과 박재천 감사는 서로 왕래했다. 나기황 장호양반과는 논이웃이고, 원래 서로 잘 지내는 사이였다. 이성규 부위원장이 감사로 추천했었다. 가톨릭농민회 회원들이 문제가 있을시 해결하기 위한 포석으로 받아들였다. 그러나 박재천 감사의 잘못된 판단 때문에 이성규 부위원장은 김재만 위원장에게 고개를 제대로 들지 못했다. 김재만 위원장은 미안하게 생각하지 말라고 했다. "임진왜란 때 파당을 만들어 분열된 상황에서 임금이 도성을 비우고 신의주까지 피신하지 않았던가. 역사책을 보면 아쉬운 부분이 그 사건이야. 우리도 그렇게 되지 말란 법 있나."

9시가 되어서 이상철 부위원장과 박재천 감사, 가톨릭농민회 고창분원 회원들이 함께 모였다. 김재만 위원장은 서기와 총무, 이성규, 이재현 부위원장과 함께 참석했다. 박재천 감사가 이 시간에 모이게 된 이유를 설명했다.

김재만 위원장이 말했다.

"나 역시도 한번은 이런 자리가 필요하다고 생각했습니다. 오늘 대한적십자사 사무실을 점거하면서 물리적인 충돌이 없었습니다. 고맙습니다. 여러분들께서 보기에는 내가 회사 측 앞잡이처럼 보일 수도 있습니다. 지금까지의 내 모습과는 달랐을 것입니다. 여러분들께서 오해했을 수 있습니다. 사실 김병수 씨가 서울로 상경하기 전에 우리보다 20일은 먼저 올라왔습니다. 이런 활동을 시골 촌놈인 내가 어찌 알았겠습니까. 여러분들을 돕는 이수금 회장님이 알려주어서 했던 것입니다. 여러분, 가톨릭농민회 활동이 투쟁력 좋은 줄 아는데, 나 역시도 뒤지지 않을 자신이 있습니다. 이수금 회장님의 당부는 하나였습니다. 집회나 시위 중에 다치지 않는 것입니다. 시위 중에 다쳐서 불구가 되기도 하고 눈과 귀가 멀 수도 있습니다. 여러분은 농사꾼입니다. 민주투사가 아닙니다. 김익선 씨가 다쳤을 때, 여러분은 내 심정을 알았을까요. 지금 보니 여러분들은 얼굴이 아주 좋네요. 내 얼굴을 가까이에 와서 보세요. 내가 존경하는 이상철 부위원장님, 저 좀 봐주세요. 박재천 감사님, 자세히 봐

봐요. 나를 알아달라고 하지 않겠습니다. 또 나처럼 살 빠진 사람이 있더군요. 최영만 재무가 살이 많이 빠졌습니다. 원래 통통한 사람인데, 최영만 재무가 여름철 우리들의 건강을 신경 쓰면서 먹거리를 준비해서 그런지 홀쭉해졌습니다. 처음 소자료를 내지 않겠다고 운동할 때 이상철 부위원장이 제일 많이 도와주셨습니다. 오해가 있다한들 그때의 이상철 부위원장님을 절대로 잊지 않겠다고, 지금 이 자리에서 약속합니다. 이성규 부위원장님도 여러분 못지않게 고생했습니다. 신용욱 국회의원님이 소작 해방을 추진했을 때부터 저 친구는 계속 따라다녔습니다. 한 필지 100원, 한 평당 100원, 그리고 500원까지……. 잘 압니다. 나 역시도 1원이면, 아니, 0원이면 마다하겠습니까. 나 역시도 여러분 못지않게 간절한 사람입니다. 아버지 때부터 나까지. 내 아들에게는 대물림을 끊고 싶었습니다. 그런데 950원을 말하고, 이제는 그 이상까지 말해야 하는 상황입니다. 내종석, 최영근 두 학생을 봤습니다. 더 오래가면 이보다 더한 일도 생길 것입니다. 우리가 감당할 금액이 얼마인지가 내게는 숙제였습니다. 데모나 시위로 환자가 발생하는 경우가 있습니다. 박종철 학생도 그렇고 이한열 학생도 그렇고 엄청 큰 사건이라서 봤습니다. 방송에 나오지 않은 피해자가 수천 명이라고 합니다. 여러분이 결정하십시오. 우리 모두는 여러분을 탓하지 않겠습니다. 비방도 않겠습니다. 자식들이 부끄럽지 않게 살 것입니다. 내 얼굴을 자세히 보라고 한 이유는 여러분도 책임을 맡아 하게 되면 나처럼 될 것이기 때문입니다. 책임자를 온전히 믿어야 합니다. 우리처럼 분열이나 시기, 반목은 없었으면 합니다. 혹시 더 할 말이 있으면 말해주고, 마지막으로 부탁드립니다. 누구 한 명 다치는 일 없기를 바랍니다. 경찰서 가는 것은 괜찮지만 다치는 것은 원하지 않습니다. 가톨릭농민회 활동하면서 데모도 해봤겠지만, 공권력은 못 이기고 백골단은 정말 무섭습니다. 인정사정 없는 것도 잘 알 것입니다. 부디 다치지만 말았으면 좋겠습니다. 나를 욕하는 것은 괜찮습니다. 더 좋은 결과가 여러분께 있기를 바랍니다. 서로 옥신각신하면 다른 회원들이 동요합니다. 회사만 좋은 일 시킵니다. 미안합니다. 그리고 고맙습니다."

김인주 총무가 회의를 마쳤다.

유추순이 나와서 다 들었다.

"김병수 씨가 그런 역할을 잘한 사람이었네요. 그런데 아쉽네요. 위원장님을 죄게는 의심했는데, 설명을 해주었어도 의심이 가시지 않았거든요. 위원장님 하기가 참말로 어렵네요. 내가 기도 많이 할게요. 우리집 양반과 아이들보다 위원장님을 위해 기도하겠습니다. 내일은 질마재댁도 교회를 가겠다고 했어요. 내종석 학생이 빨리 낫도록 하기 위해서라고 하대요. 내가 거짓말로 멋진 아저씨들도 많다고 했더니, 내종석 군을 핑계 삼아 아저씨들 보러 가는 건가 싶어요. 우리 위원장님보다 멋진 사람도 없네요. 위원장님, 정말 이해가 가지 않습니다. 이런 때 하나가 되어 힘을 합쳐 빨리 끝내고 내려가는 것이 해야할 일인데, 자기들과 다르다고 나누어지면 어떡하나요. 신념보다는 실리를 찾아야 할 때라는 건 시골 아낙네라도 알겠구만, 정말 아쉽습니다."

최영만 재무가 김재만 위원장을 찾아와 이제 어떻게 하냐고 물었다. 김재만 위원장은 9월 12일까지는 똑같이 할 것이라고 했다.

"집안에서 신랑신부가 부부싸움 한다고 남남이 되는 것은 아니지 않나."

"우리만 떳떳하면 돼요."

"정당함은 내게서 나오는 거야."

"알지요. 그래서 지금껏 당당했어요. 앞으로도 그럴 거고요. 질마재댁이 눈치를 봐요."

"신념이 다르고 생각이 달라서 그런 거야."

"위원장님 이미 해탈하신 부처님이 되었나."

"아이고, 재무님. 부처님께서 들으시면 혼낸다. 회사 측에서 평당 1,500원을 얘기했다고 들었네. 어느 것이 참말인가. 회사 측에서는 한마디도 나오지 않았는데, 누군가가 우리의 협상을 방해하려는 속셈이 있는지 모르겠네. 협상 때 회사 측에서 그렇게 준다고 했다고. 나 역시도 그렇게 요구해야겠네."

"위원장님, 우리 비나 한번 맞아보지 않을래요."

"무슨 청승맞게 비를 맞아."

"서울 생활이 끝나가는 것 같아요. 사람이란 게 느낌이 있잖아요. 이제 그런 느낌이 들어요. 언제 밤에, 그것도 서울에서 비를 맞겠어요. 나는 속옷까지 다 젖도록 맞아 볼 생각이에요."

"낭만적이네. 곰탱이처럼 생긴 사람이 속은 그렇지 않나 보네."

"까마귀가 겉이 검지, 속까지 검은지 아세요."

"나는 감기 걸리면 안 되니까. 자네 비 맞는 것 지켜나 보겠네."

"지하철에서 종암경찰서까지 걸으면 한 시간은 족히 걸리지 않겠어요?"

"나는 지하철역까지 우산 쓰고 갈 테니까, 자네나 그렇게 다녀오게나. 혹시 미친놈 소리도 들을 수 있으니까 모르게 다녀오세."

"뭐가 그렇게 겁나세요?"

김재만은 허허 웃고 말았다.

"어떻게 일일이 다 담고서 산단 말인가요. 미친놈이라고 하면 미친 척도 하고, 좋은 놈 소리 하면 더 열심히 좋은 일하고, 아무 말 하지 않으면 이렇게 추억도 만들고 사는 거지요."

"그래, 맞아. 뉘집 아들인지 정말 잘났네."

"그러니까 재무라도 하지요."

"허허, 자네, 사람들을 웃기는 배삼룡, 이기동처럼 TV에서 나와야 하는 것 아니야. 얼마 전 자니윤 쇼 봤나. 점잖게 웃기는 것 봐. 자네가 딱 어울리겠네."

"출연료는 얼마나 나와요? 혹시 내가 출연료를 타오면 모금함에 그건 못 넣습니다. 혹시 돈 빠졌다고 서기나 감사에게 샅샅이 찾아보라고 하면 안 됩니다. 그런데 위원장님, 박재천 감사에게는 어떻게 감사받아야 하나요?"

"그건 좀 그렇긴 하네. 12일까지는 받아야 하지 않나. 다 준비되었네."

최영만은 자기만한 덩치는 서울에도 별로 없을 터이니, 걱정 말고 나가자고 했다. 질마재댁이 알면 무슨 잔소리 할 줄 모르니 어서 나가자고 했다.

"울 각시랑 울 엄마 잔소리는 그동안 양반이었어요. 잔소리를 듣지 않으면 어디가 아프나 걱정된다니까요."

"잔소리꾼 질마재댁을 모시고 갈까?"

"그럼 내일 아침밥은 누가 해요. 다 굶기시게요."

"나야 안 먹어도 되지만 고령대학교 명예총장실을 점거했던 자들은 며칠 잘 먹지도 못했다지 않나. 질마재댁이나 재무님이 생각이 많이 났을 것이네."

"그런 사람들이 어찌 그렇게 한단 말인가. 여기서 밥도 먹고, 잠도 자라고 했는데, 어떻게 우리를 배신할 수 있는가요?"

"나는 다 자네 위해서 그렇게 말했네. 봐보소, 박재천 감사가 누구를 드잡이하려고 하겠는가. 재무를 건드리지 않겠나."

"말도 안 되는 소리 그만하시고, 먼저 들어가셔요. 저는 한 바퀴 돌고 오겠습니다."

"올 때까지 기다리고 있겠네. 50분 동안이네. 시간 잘 보고 11시 여기서 다시 보세."

최영만은 우산을 위원장에게 주고서 뚜벅뚜벅 빗속으로 들어갔다.

김재만은 내일 협상장에서 어떻게 성과를 도출해야 할지 어깨가 무겁고 가슴이 답답했다. 빗소리가 아주 컸다. 사람들의 발길도 끊겼다. 뜨문뜨문 한 사람씩 내 앞을 지나갔다. 농성장에서 으쌰으쌰했던 초창기가 더 좋았다. 그때는 정작 아무것도 없었는데, 누구도 희망을 주지 않았는데, 희망에 가득차 있었다. 희망이 손에 잡히려고 하니 박재천 감사나 이상철 부위원장이 분열을 일으켰다.

저 멀리서 최영만이 시간에 맞춰 뚜벅뚜벅 걸어왔다.

"숨기지 말고 다 사실대로 말해. 어디 갔다 왔는지. 시장 보러 다니면서 혼자 맛있는 거 먹고 왔나?"

"위원장님, 시장 방향은 반대편이고요. 그럴 짬도 못 되는 것도 알면서, 사람 건너뛰어서 확인하는 습관은 좋지 않습니다."

말 꺼내고 본전도 못 찾았다.

"감기 걸리겠다."

"내가 좋아서 하면 감기도 안 걸려요. 정말 좋았어요. 시골에 가서도, 비가 올 때 내가 서울시내 한복판을 걸어 다녔다고 생각하면 진짜 짜릿하지 않겠어요. 위원장님은 멋을 모르니까 위원장이나 맡아서 그렇게 썩고 계시지요. 나 같으면 절대로 그런 짓 못 해요. 혹시 돈이나 한 트럭 주면서 한번 해보라고 하면 그때는 생각이라도 해볼지도요. 그런데 나는 그때도 못할 것 같아요. 돈을 가지고 와서 나에게 부탁할 사람도 없고요. 이렇게 내 마음대로 꿈을 꾸고 성을 쌓다가 내 마음대로 무너뜨리고 하는 재미가 얼마나 쏠쏠한데, 그런 재미를 아시나 모르겠네요."

"나는 내 방식으로 행복을 쌓아 나가고 있네. 오늘도 대한적십자사 다녀온 것을 역사의 한 페이지로 쓸 것이야."

"저는 서울시내 한복판에서 비를 맞으며 걸어 다녔다고 쓸 것이에요. 아주 먼 훗날 투표에 부친다면 단연코 내가 이길 수 있을 것이라는 생각이 들어요."

김재만과 최영만이 함께 우산을 쓰고 걸어서 농성장에 도착했다. 자는 사람들이 태반이었다. 이상철 부위원장이 웃으며 두 분이 어딜 그렇게 다녀오냐고 물었다.

최영만이 말했다.

"부위원장님도 골치 아프시겠어요. 사람들은 왜 밥도 나오지 않는 우두머리가 되려고 하는지 이해할 수 없네요."

25일차(9월 5일), 7차 협상 문턱도 못 넘고 결렬

허선휘 부사장을 따로 만났다. 협상장에서 할 수 없는 이야기를 주고받았다. 허선휘 부사장은 해리면 측 사람들까지 확인서가 붙어야 협상이 이루어질 수 있다고 했다.

"부사장님, 나를 상대하기를 싫으면 싫다고 해주세요. 아니면 내가 저들에게 모든 것을 다 위임해주겠습니다. 마음에 드는 사람들과 하셔야지요. 이상철 부위원장님께 확인서 붙여 보겠습니다. 그동안 고생하셨습니다. 나는 그래도 부사장님이 생각도 있고 상황을 잘 읽는 사람이라고 생각했습니다. 우리가 다시 데모하고, 그들이 협상장에 앉아 있기를 바랄게요. 불매 운동하고 상대방 선대를 욕할 때가 훨씬 편했죠. 가격을 결정해야 하는 상황이 훨씬 힘들었습니다. 그걸 저쪽 주고 우리는 데모나 열심히 하겠습니다. 그게 부사장님께서 원하는 것이라는 걸 알았습니다. 그렇게 하면 내가 원했던 것보다는 훨씬 좋은 결과가 나올 테니, 500원으로 결정해주세요. 저는 10원이라도 더 주어서 그동안의 미운 정 고운 정에 보답하리라. 그동안 고마웠습니다. 협상장 문턱을 못 넘을 줄은 생각도 못했습니다. 힘든 터널로 들어갈 줄 알았는데 오히려 편안하게 되었습니다. 이상철 부위원장과 가톨릭농민회 회원들에게 연락해서 협상 대표로 오라고 하겠습니다. 삼영사 소작답 양도 추진위원회 위원장과 부회장, 집행부 확인서를 붙여서 오라고 하세요. 그럼 우리는 흔쾌히 보내드리겠습니다."

허선휘 부사장은 뭔가 잘못되었다는 느낌이 들었다. 김병수의 조언이 전혀 다른 방향으로 가게 되었다는 것을 알게 되었다. 허 부사장이 김재만 위원장에게 내일 다시 협상하자고 연락했다. 김 위원장이 아직 확인서를 받지 못했다고 했는데, 대표단과 협상하겠다고 했다.

"우리가 내일 들어가면 협상이 되는 것이고, 이상철 부위원장이 들어가면 우리가 확인해준 것으로 알고 협상하시오. 시험하는 것은 아닙니다."

이재현 부위원장이 이제 어떻게 대응을 해야 할지 물었다. 김병수의 장난이 아니고서야 허선휘 부사장이 그렇게 할 수 없다고 했다. 김병수를 선택할지, 삼영사 소작답 양도 추진위원회 김재만 위원장을 선택해야 할지, 이상철 부위원장을 어떻게 생각하고 어떤 범위까지 포용해야 할지가 문제라고 했다.

가톨릭농민회 일부 회원들은 김재만 위원장에게 욕설을 퍼부었다. 위원장의 눈초리가 예사롭지 않았다.

'허선휘 부사장이 내일 7차 협상을 하자고 연락했지만 그것도 받아야 할까.'

문재복이 보이지 않았다. 가톨릭농민회 회원들과 다툼도 있었다. 이상철 부위원장에게도 따져 물었다. 김재만 위원장이 사람을 시켜서 문재복을 찾아오라고 했다. 신동수 감사가 찾아 나섰다. 박재천 감사가 찾아왔다.

"위원장님 소식을 들었습니다. 협상장에도 들어가지 않고서 왔다고요?"

김재만 위원장은 이성을 잃은 듯했다.

"박 감사, 자네나 떨어져 나간 회원들의 목적은 하나였다. 소작료를 내지 않는 것, 결국은 유상양도로 결정을 봤다. 자네도 동의해준 일이었다. 자네가 협상단을 꾸려도 좋다. 다 넘겨주겠다. 12일이 내가 목표로 했던 기간이었다. 아직은 밝히지는 않겠지만 목표하는 금액도 있다. 자네가 그렇게 해보게나. 옆에서 응원하겠네. 나는 가톨릭농민회 회원들의 협상에 협조하겠다. 지금이라도 가져가라. 최소한 전장에 나가는 목표가 같은 회원들 등 뒤에서 칼을 꽂는 것은 하지 않겠다. 회사 측에서 우리의 사정을 소상하게 알고 우리를 압박해왔다. 이제 나도 지쳤다. 젊은 자네가 더 잘할 것으로 믿겠다."

평상시에 보던 위원장의 모습이 아니었다.

"장호 양반께서 자네에 대해 귀에 딱지가 앉도록 말했다. 감사님으로 모시고 일하게 된 것도 엄청 좋았지. 신동수 감사도 말하더라. 가톨릭농민회 회원들의 투쟁력을 배워야 한다고 해서 눈여겨봤다. 배울 점 많았다. 그러나 인내심의 한계가 느껴졌다. 내가 위원장이란 직책을 맡지 않았다면 나를 불신했겠는가, 그렇게 생각하니, 오히려 나를 돌아보고 처신을 더 잘해야 한다고 되뇌었다. 그러나 이건 아니다."

박재천 감사가 확인서 이야기를 꺼냈다. 이성규 부위원장한테 들었단다.

"저라도 작성해야 하나 싶어서 찾아왔습니다."

"자네들 회원들에게 무슨 소리 들으려고 그러나? 이상철 부위원장님은 어디에 계시는가?"

"병원에 간 것으로 알고 있습니다."

"내가 자네에게 했던 말 그대로 전해라. 마음의 짐 내려놓고 옆에서 떡이나 먹고 굿이나 봐야겠다. 나는 지금까지 해온 일정에 맞춰 우리의 방식대로 갈 것이었다. 하지만 그쪽에서 우리를 막기 위해 나섰으니 자네들이 결정짓게나. 허선휘 부사장에게 연락을 넣어서 자네의 뜻을 전하고 그대로 하게나. 혹시 허선휘 부사장이 물어오면 우리는 박재천 감사님께 확인서 보냈다고 대답하겠네. 우리 측의 일은 걱정말고 강력히 협상해서 결과만 말해주게. 지금까지는 위원장을 해왔는데, 결정사항이나 중요한 내용은 회원들보다 먼저 알아야 하지 않겠는가. 바라는 것은 오직 그것뿐이네."

박재천 감사가 말했다. "먼저 사과드립니다. 일부 회원들이 막말하고, 신뢰를 무참하게 깼습니다. 500원으로 해결 볼 수 있다고 말하지도 않았고, 어떠한 협상이나 말 자체도 주고받은 일이 없습니다. 회원들 간에 협의해서 결정한 것도 없습니다. 지금 와서 협상 대표를 바꾸는 것은 답이 아닙니다. 저 역시도 소작료 내는 것을 마무리짓는 것에 전적으로 동의합니다. 그렇지만 협상을 위원장님만큼도 잘할 사람도 없습니다."

"누가 뒤에서 칼을 꽂았나 알아야 그 성향에 맞춰서 할 것 아닌가. 아니면 그 사람을 대표로 삼으면 되겠다. 왜 이제야 생각이 날까. 화가 머리끝까지 치밀어 헷갈렸네."

박재천 감사는 미안하다, 자기도 그게 누구인지 모른다고 했다. "내일 협상은 무조건 위원장님께서 나서야 합니다."

"12일까지 목표를 달성하기 위해서는 시간도 없네. 자네도 앞에 서 봐. 혼자 마음대로 되는지 해보거나. 잘하는 방법이 있으면 나에게도 전수 좀 해주게. 나는 바라는 게 회원들 건강이야. 자네도 마찬가지네. 늘 몸조심하게. 그뿐이네."

문재복이 왔다. 답답해서 지하철을 탔는데 그만 잠을 자는 바람에 인천 부평까지 갔다 왔다고 했다.

"자네가 아무 말도 없이 오랜 시간 자리를 비워서 걱정했네. 합의서 초안이 어떻게 되고 있는지 궁금해서 부른 거야."

"오늘 저녁쯤 보여 드리겠습니다."

"자네는 2천 원까지 괜찮은 거야?"

"그렇습니다."

"알았네. 자네가 내게는 보약이다. 고맙네."

질마재댁을 비롯해 음식을 조리하는 여성회원들이 저녁식사 준비를 거부했다. 저녁은 알아서 챙겨먹으라고 했다. 음식만큼은 좋은 마음으로 해야 하는데, 자꾸 엉뚱한 마음이 든다고 했다. 미안하다고 했다. 자기네들도 서울구경 좀 하자고 밖으로 나갔다. 최영만 재무만 골머리 썩고 있었다.

김인주 재무가 말했다.

"한 끼 굶읍시다. 꼭 드시고 싶은 사람들은 개별적으로 해결합시다. 성인군자도 아니고, 어떻게 우리를 공격하고 욕설까지 퍼붓는 사람들과 웃으며 밥도 먹고, 잠도 함께 자야 하는지 이해할 수 없습니다. 나도 사람인지라 감정을 억누를 수 없습니다. 도무지 일이 손에 잡히지가 않습니다."

김 위원장은 다 내려놓고 싶은 마음을 다시 추스르고 내일 있을 7차 협상을 준비했다.

"여기서 나 편하자고 물러서는 것은 모두에게 도움 되지 않을 것만 같아 서울 상경 첫날처럼 용감해지기로 했다. 시간 천년만년 지난 것 같은데 아직 25일째였다. 희망이 아예 없는 것도 아니었다. 많은 일이 있었다. 위안할 것도 많았다. 질마재댁의 모습이 정겹고 예뻤다. 사람 냄새가 났다. 문재복 청년도 응원해주었고, 이성규 친구도 나를 감싸고 돌았지. 최영만 재무도 나를 그 무엇으로부터 벗어나게 해주려고 비를 맞았다. 다들 나를 지켜주는데, 내가 나약했다. 나를 대신하여 애쓰는 총무가 안쓰럽다. 올라올 때 했던 약속을 꼭 지키고 말 것이다."

김인주 총무가 말했다. "내일은 내가 이야기를 많이 해볼까요?"
"그것도 한 방법이겠다."
문재복을 불렀다.
"총무님께서 내일 협상장에서 말하게 해주라고 하는데, 자네 생각은 어떤가."
이성규가 말했다. "자네는 나에게 묻지도 않는가."
문재복이 부위원장님 두 분은 서로에게 분신이라고 했다. 모두 웃어버렸다. 고령대학교 명예총장실을 점거한 후 처음으로 웃음바다가 되었다. 좋은 생각이고, 기대된다고 했다. 사실은 걱정도 된다고 했다.
김인주 총무가 말했다.

"가톨릭농민회와 선을 정확하게 그어 보려고 한다. 가톨릭농민회 회원들이 우리와 상관없이 한 행동이 우리에게도 큰 영향을 미쳤다. 협상이 잘못될까 염려된다. 위원장님께서는 절대로 선을 넘지 않을 것이고, 그래서 내가 나서려고 한다. 서로를 구분하지 못 하는 일도 분명 있을 것이다. 문턱도 못 넘고 돌아설 수도 있다. 이간질을 할 수도 있고, 그럴 때 낱낱이 설명도 못 하고 오해만 쌓여가다가 결국은 파탄에 이르게 될 것이다. 사전에 방지해야 한다. 서로 이야기를 듣고, 대화하면서 하나하나 결정해나가면 되는데, 위원장이 혼자서 다 한다고 하는 이유가 뭘까. 혼자 속상해하지만 말고 말을 해야 할 때는 시원시원하게 해야 병이 안 생긴다. 이때 내가 나서지 않으면 나 역시 병이 생기겠구나 생각했다. 전체에게도 도움이 되지 않겠구나 했다. 나는 한 번도 위원장님께서 약속한 내용을 의심해보지 않았다. 정말 차근차근 진행되고 있었다. 지금까지 성과가 눈에 보이고 있다. 이제 마지막으로 가고 있는데, 여기서 분열이 일어났다. 처음 서울에 상경할 때, 신용욱 국회의원님이 못한 일을 '빽'도, 권력도 없는 우리가 할 수 있을까 싶었다. 위원장님은 초등학교 졸업하면서부터 시작하셨다. 그래서 믿고 따르기로 했다. 나도 욕심이 많다. 말을 적게 하니까 사람들은 내가 욕심도 없고 좋은 사람이라고들 말한다. 장호양반네는 농약 칠 인력이 없어 우리 것 할 때 함께해주었다. 동네 사람들도 외지 사람들도 내 칭찬을 하는 것을 들었다. 자연스럽게 좋은 사람이 되어 있더라. 가톨릭농민회 회원 중 일부가 귀에 담지 못할 욕설을 하는 것을 보고 아쉽다는 생각이 들었다. 잘 모르는 사람들이 나를 보고 답답하다고 하는데, 옆에서 나를 조금만 깊게 지켜보고 생활하면 그런 말은 하지 않았다. 신념도 생각이 있는 것이어야 한다. 생각 없이 신념만 가지고 행동하다 보면 과격해지기 마련인데, 그런 기색이 보여서 안타깝다."

허선휘 부사장에게 협상장에 나가겠다고 최종 통보했다. 트집을 위한 트집은 받을 수 없다고 했다. 7차 협상도 성과를 꼭 낼 수 있도록 협조를 부탁했다.

"총무 같은 사람이 화가 나면 더 무섭다. 재복이 청년은 집중하고 이야기를 들어라. 총무도 비방이 목적이면 지금부터 접어라. 처음에 허선휘 부사장도 우리를 시험하지 않았나, 우리가 신뢰를 주지 못한다면 이번에 '팽'당하는 것은 두말할 것도 없다. 그러나 그동안 우리 모습을 봤고, 이상철 부위원장도 보지 않았더냐. 가톨릭농민회 회원을 협상 대상자로 생각한 거라면 그들이 누구인지 간과한 거겠지. 재복 청년은 어떻게 생각하나."

"맞아요. 강한 것보다 부드러운 것이 이기지요. 위원장님께서 써온 전략이란 것을 잘 알고 있습니다. 뭘 모르는 사람들이 큰소리만 치면 되는 줄 압니다. 특히나 삼영사 같은 대기업에서 그 일가들은 대한민국 최고의 지도층이라는 자부심을 갖고 살고 있죠. 그들은 예를 갖춘 태도를 중시합니다. 말씨 하나, 몸짓 하나에 낱낱이 따지고 들어오는 게 그들입니다. 우리가 도덕적으로 어울릴 수 있는 품위를 유지했기 때문에 그때부터 인정해주었고 협상도 성과가 있지 않았던가요."

"우리의 목표는 소작료를 내지 않고 농사를 짓는 것이다. 무상양도이든, 유상양도이든 최후의 목적은 소작농에서 벗어나고 가난의 대물림에서 벗어나는 것이었다. 성공한다면 어떠한 욕설도 감내할 것이다. 어느 경우에는 듣지 못할 얘기도 들을 수 것이다. 하지만 어떠한 굴욕도 감내할 것이다. 전체는 만족을 시킬 수 없을지라도 많은 사람이 괜찮다고 하면 따라갈 것이다. 이미 어느 정도의 선은 위임받았다. 그 범위를 넘어가는 경우에는 물어봐서 결정하겠지만 그렇지 않으면 과감하게 결정할 것이다. 이상철 부위원장과 분열이 있기 전에 이미 얘기한 것이다. 정당성은 확보되어 있다."

문재복이 합의서 초안을 가져왔다. 변호사에게도 자문받았냐고 물었더니 이미 다 검증을 받았다고 했다. 이제는 회사 측에서 인정을 하느냐 안 하느냐가 문제라고 했다. 참 할 일이 많다고 했다.

"재복이 자네가 없었다면 지금 어떻게 진행되었을까. 화장실에 앉아서 그렇게 반문한 적이 있었다. 그날은 화장실에 앉아서 30분을 훌쩍 넘겼던 것 같다. 사실 그때 재복이 자네 생각에 잠겨 그렇게 많은 시간을 보냈던 것이네. 참으로 우리에게 은인이야. 말로 표현하지 못했지만, 속마음은 그래. 속을 까서 보여줄까?"

"위원장님께서 농담도 잘 하신다."

"아니야, 자네 같은 젊은이를 데리고 장난질 치겠나. 정말 은인이야. 자부심을 가지게. 먼 훗날 우리가 회상하게 될 때 우리는 늙고, 자네는 지금 우리 또래쯤 되어서 이야기해보세. 그럼 그때는 우리의 기억보다 자네의 기억이 뚜렷하겠지. 그렇지 않은가. 그때 가서 혼자서 다 했다고 하지는 말아야 하네, 우리가 토막토막 기억한다고 해서 자네가 슈퍼맨이었던 것은 아니야. 내가 하나는 기억해줄게. 아주 똘마니는 아니었다고, 절대로 잊지 않고 기억해줄게."

김인주 총무가 말했다. "대표는 무슨 대표, 똘마니지."

웃음바다가 되어버렸다. 문재복이 더 웃었다. 김인주 총무와 김재만 위원장도 따라 웃었다.

26일차(9월 6일), 7차 협상

"허선휘 부사장님."

"예. 김인주 총무님."

"어제 협상이 결렬되고 협상장에도 들어서지 못했습니다. 확인서를 오늘도 가져오지 않았습니다. 오늘은 어제와 뭐가 바뀌었길래 협상이 이루어지는지, 이에 대한 답부터 듣고 싶습니다."

"많이 결례가 된 듯합니다. 어느 한쪽의 일방적인 주장에 치우친 것 같습니다. 그래서 바로 시정했고, 김재만 위원장님께 사과했습니다."

"그럼 하나만 더 묻겠습니다. 이상철 부위원장과 박재천 감사, 일부 해리면 회원들이 반발하고 있습니다. 일정 부분 분열이 생긴 것도 사실입니다. 가톨릭농민회를 중심으로 삼영사 소작답 양도 추진위원회 입장과 반대되는 이야기도 나옵니다. 어제 일로 봐서는 가톨릭농민회 회원들을 협상 대상자로 생각하는 것 같았습니다. 그럼 삼영사 소작답 양도 추진위원회는 어떤 지위를 인정하는 것이고, 또 이상철, 박재천 씨가 이끌고 있는 가톨릭농민회 회원들은 어떤 지위를 가질 것인지 궁금합니다."

"예, 총무님. 말씀 잘하셨습니다. 염려가 깊었던 것 같습니다. 삼영사 소작답 양도 추진위원회가 협의해도 가톨릭농민회 회원들이 동의하지 않으면 협상이 물거품이 되나, 걱정이 앞서서 그렇게 과민반응했나 봅니다. 다시 한번 미안합니다. 삼영사 소작답 양도 추진위원회의 지위는 변함없으며, 유일한 협상 대상자입니다. 가톨릭농민회는 어떠한 지위도 없고 협상 대상자도 아닙니다. 총무님께서 정확하게 질문을 주셨고, 회사와 추진위원회 관계를 명확히 해준 질문이었습니다."

"답변에 감사드립니다. 위원장께서 품위를 지키라고 해서 이 정도에서 마무리하겠습니다."

허선휘 부사장이 먼저 말을 꺼냈다. "7차 협상입니다. 김재만 위원장님, 가톨릭농민회 회원을 어떻게 봐야 하나요. 앞에서 회사 측의 입장은 말했습니다. 그럼 추진위원회는 어떤 생각입니까?"

"우리가 시골에서 서울로 올라올 때 시간을 정했습니다. 9월 12일까지 삼영사 소작답 양도 추진위원회에서 의사를 결정하면 전체가 인정하는 것이 됩니다. 그 이후까지는 위임받지 않았기 때문에, 12일까지 누가 협상 결과를 가지고 방해해도 끌고 갈 것입니다. 권한은 우리에게 있습니다. 가격 결정의 범위도 주어진 상황이라 12일까지 최선을 다할 생각입니다. 허선휘 부사장께서 도움을 주었으면 합니다."

"알았습니다. 회장님들께서 위원장님께 감동받은 상태이기 때문에 잘 되지 않을까 싶습니다. 최선의 노력을 다합시다."

"회사 측에서 1,500원을 제시했다는 소문이 파다합니다. 아니 땐 굴뚝에 연기가 나겠냐. 진짜 그렇게 검토했으면 나 역시도 950원을 제시해야 하지 않나요. 가톨릭농민회 회원들은 지금도 500원을 말하고 있습니다. 회사 측에서 500원을 검토한다고 계속 말합니다. 우리 이상철 부위원장님도 막무가내가 아닙니다. 그분이 이런 이야기를 지속적으로 할 때는 분명 이유도 있을 것입니다. 이번에 빠져나가서 독자적으로 협상할 것 같던데, 어제 허선휘 부사장의 태도를 보고 의심에 불과하다고 생각했습니다. 공시지가에 대한 얘기가 있더군요. 우리도 공시지가를 확인해봤는데, 1,500원에서부터 2천 원 이하로 되어 있습니다. 회사 측에서는 얼마로 했으면 하는가요. 금액을 말해봅시다."

"위원장님께서도 그럼 공시지가를 생각해보셨다고요? 회사 측에서도 공시지가를 찾아봤습니다. 그래서 이야기가 퍼져나간 듯합니다."

"부사장님, 내 귀에도 많은 소리가 들립니다. 잡음이 들리고 아주 시끄럽게 들리기도 합니다. 나에게 듣기 좋게 아첨하는 소리도 종종 듣습니다. 충고나 조언, 더 나아가서는 듣기 싫은 소리도 많이 듣습니다. 욕설도 귀로 담을 수 없을 정도로 심해서 가슴이 미어지고 답답하고 죽고 싶을 때도 있습니다. 요사이는 내가 왜, 내가 왜, 그렇게 반문도 해봅니다. 태어나서 누구에게 싫은 소리 한 번 해본 적도 없었습니다. 칭찬은 많이 듣고 살아온 것 같은데, 내가 싫은 소리를 안 해서 싫은 소리를 듣지 않으면서 살았습니다. 정말 힘든 나날이고, 지금도 진행 중입니다. 내가 원하고 바라던 세상을 위해서 '이쯤이야' 하면서 버티고 있습니다. 숲속에 앉아 바람소리를 들었습니다. 나뭇잎들은 아우성이었습니다. 자기도 소리를 내면서 상대방 때문에 시끄럽다고, 너 때문에 내가 못살겠다고 합니다. 그래서 귀를 기울여 봤습니다. 목소리를 높이던 나뭇잎도 엄청 크게 소리를 내고 있었습니다. 그래서 나를 돌아보고 내 행동을 돌아봤습니다. 부사장님의 말과 가톨릭농민회 회원들의 말에도 귀를 기울여 보려고 애쓰고 있습니다. 소작료를 내지 않고 살 수 있는 길만이 내 길이라는 소리가 들려왔습니다. 결코 잊지말기를 바랍니다. 회장님 사위이니, 우리를 죽이는 데 앞장설 수도 있겠네요. 아무쪼록 우리를 해하는 데 앞장서는 일은 없기를 바랍니다. 마음 깊은 곳에 귀를 기울여 보시고, 좋은 결과를 바랍니다."

"아이고, 위원장님, 제가 잡음과 말을 구분도 못 할까요. 귀가 찢어질 정도로 큰 소리도 듣고 삽니다. 위원장님처럼 정신을 맑게 하는 사람도 있습니다. 사위 맞습니다. 가족이 맞습니다. 할아버지, 큰할아버지가 지금까지 땅을 소유하고는 있으나 그렇다고 몹쓸 짓했다고 보지는 않습니다. 내가 조사도 해봤습니다. 여러분께 특별히 못 한 게 뭐가 있나. 생각의 차이는 분명 있을 수 있다고 미리 말했습니다. 내가 사위라는 것으로 상처를 더 입지 않았을까. 내 죄를 찾아봤으나 크게 나오지 않았습니다. 일제강점기에 학교, 기업을 유지하기 위해서 일본을 거부하지 못했습니다. 그러나 조선의 독립, 대한의 독립을 위해 눈을 감고, 독립운동하는 사람을 못살게 굴지도 않고 도움을 많이 주었다고 들었습니다. 미안합니다."

허선휘 부사장이 약간 흥분한 듯 보였다.

"지키기 위해서 애쓰다 보니, 여러분의 눈에 나쁘게만 보이겠지만 꼭 그렇게만 보지 않았으면 합니다. 100프로 잘 했다고 하지 않겠습니다. 그러나 여러분을 죽이려고 한 적 없습니다. 나를 믿어도 되고, 믿지 않아도 괜찮습니다. 하지만 내가 여러분을 해치는 일은 절대로 없을 것입니다. 추호도 그런 생각 없습니다. 오해를 받을 만한 것도 있었죠. 그러나 여러분들께 떳떳합니다. 공시지가는 우리도 검토했습니다. 여러분도 아시다시피 법적인 근거 기준을 만드는 작업이 필요했습니다. 내가 한동안 보이지 않았던 이유이기도 합니다. 그런데 위원장님께서 그런 생각을 했는지 우리 직원들이 공시지가를 확인하러 갔을 때 김인주 총무가 거기에 계셨다고 합니다. 위원장님은 이것저것 검토를 다 하는구나 싶어서 사실은 평당 5천 원에서 약간만 내려주는 대책을 가지고 협상에 임하려고 하기도 했습니다. 김인주 총무가 공시지가를 확인하는 것을 보고 우리도 검토를 시작했습니다. 변호사에게 검토를 시켜놓았죠. 위원장님, 우리는 가톨릭농민회와 협상하지 않을 것입니다. 하지만 위원장님께서 결정한 것이 그들에게까지 영향력을 미친다는 것만은 확인해주셔야 합니다. 회사 측과 삼영사 소작답 양도 추진위원회와 결정이 최종결정이란 것을 확인하기 위해 합의서를 써야 합니다. 합의서 초안을 함께 작성해보고, 정말 중요한 가격문제도 정확하게 따져봅시다. 오늘의 협상은 외부적으로는 결렬된 것으로 하고, 가격 결정으로 접근한다고 정리했으면 합니다."

오늘 협상의 주요안건이 공시지가로 좁혀졌다. 김재만 위원장이 머리를 긁

적거리면서 문재복을 슬쩍 보고, 이재현 부위원장도 보았다. 이재현 부위원장이 고개를 살짝 끄덕였다. 문재복도 고개를 끄덕였다. 김재만 위원장은 서로 가격을 세 개씩 제시한 다음, 합의서 문구 수정 등 모든 것을 논하자고 했다. 허선휘 부사장도 흔쾌히 동의했다. 하지만 7차 협상은 이렇게 결렬되었다.

협상이 결렬되었다는 소식에 가톨릭농민회 회원들은 가두모금을 위해서 전철역으로 나갔다. 농민들을 지원하던 사람들이 경찰에 연행됐다. 서울에 거주하는 이준열 씨와 고령대학교 학생 김민수 군 등 6명이었다. 박재천 감사도 함께 연행되었다. 이상철 부위원장이 소식을 듣고 어느 경찰서인지, 몇 명이 끌려갔는지 상황 파악하는 데 정신이 없었다.

김재만 위원장도 8차 협상 준비를 위해 마을 대표들과 숙의하고, 문재복이 준비한 합의서 초안을 놓고 의견을 들었다. 또 언제까지 어떻게 돈을 지불할 것인가 협의했다. 그러느라 가톨릭농민회 회원들이 어떤 상황인지 인지하지 못했다. 이야기해주는 사람도 없었다. 어느 순간부터 서로 말문을 닫고 따로 행동을 해왔기 때문이었다.

회원들이 종암경찰서에 있다는 소식을 듣고서 이상철 부위원장이 달려갔으나 퇴근시간이어서 내일이나 볼 수 있다고 하여 돌아왔다. 저녁식사를 마치고 이상철 부위원장이 김재만 위원장을 찾아왔다.

"지금 종암경찰서에 박재천 감사랑, 서울에서 거주하며 우리를 돕는 이준열 씨, 고령대학교 김민수 학생 등 여러 명이 연행되어 갔습니다."

"부위원장님, 먼저 김병수를 찾으세요. 그동안 나도 김병수의 도움을 받아 왔습니다. 그러나 김병수 씨가 여러분께 가고 난 후 한 번도 접촉이 없었습니다. 어떠한 정보나 소통도 가져보지 못했습니다. 가톨릭회관에 있지 않나요?"

"나는 잘 모릅니다. 박재천 감사하고는 연락하는 것 같기는 했는데, 박재천 감사가 붙잡혀서 어쩔 줄 모르겠습니다."

우선 김병수를 찾아야 했다. 김재만 위원장도 찾아보겠다고 했다. 가톨릭 농민회 회원들과 이상철 부위원장은 어떻게 해야 하나 의견을 나눴다. 김재만 위원장이 말한 김병수의 존재도 말했다. 김병수는 박정일 신부와 이수금 회장의 연결고리였다. 고령대학교 학생들과, 한국기독학생회총연맹과도 연결고리였다. 빨리 김병수를 찾아야 했다. 회원 중에서 서울 지리를 잘 아는 사람과 같이 가톨릭회관에 가서 김병수가 있나 찾아보라고 했다. 내일 아침이 밝으면 경찰서로 가자고 했다.

"8월 16일 이후부터는 경찰들이 그렇게 심하게 하지 않더니, 이게 무슨 일이냐. 똥개도 자기 집 앞에서는 30프로 먹고 들어간다 했는데, 고창도 아니고 서울에서 이를 어쩌나. 우리의 처지가 더 옹색해졌습니다"

이상철 부위원장이 한숨을 내쉬었다. 삼영사 소작답 양도 추진위원회에서도 분리된 상태여서 더욱 난감했다. 협상이 어떻게 결렬되었는지 물어보고 모금했어야 했는데, 무작정 거리로 나간 것이 화근이었다. 김재만 위원장을 찾아가 7차 협상에 대해 물었다.

"부위원장님, 7차 협상은 결렬되었지만, 서로가 필요해서 내린 결정이었습니다. 내일 8차 협상이 열릴 것인데, 뭔가 새로운 진전이 있을 것입니다. 다만 500원, 950원을 못 지켰을 때 내 부족함은 욕해도 되나 협상의 내용까지 부정하지 마십시오. 마음에 들지 않거든 양도대금을 내지 않으면 될 것입니다. 이 말은 다른 사람들에게는 하지 말았으면 합니다."

김재만이 단호하게 말했다.

허둥지둥 김병수가 왔다. 김재만 위원장, 이상철 부위원장과 함께 자리를 옮겼다. 연행되어간 사람들이 몇 명인지는 구체적으로 알지 못했다. 김재만 위원장은 가두모금을 나갈 때 인원 확인은 시간대별로 해야 한다고 했다.

"가두모금을 전철역에서 했다고요? 그럼 문제가 클 듯합니다. 가두모금을 대학로나 대학교 정문 앞에서 하는 이유가 있습니다. 전철역 앞에서 했다면 박정일 신부님께 부탁해도 쉽지가 않을 것 같습니다."

이상철 부의원장은 김재만 위원장은 법적인 것, 그쪽 지리며 사람들의 움직임까지 다 묻고 가두모금과 홍보를 했는데, 우리는 무턱대고 시작했다며 정말 경솔했다고 했다.

"박재천 감사님도 행동을 가볍게 하면 안 되는데, 걱정입니다. 그나저나 부위원장님께서는 마음을 굳게 먹어야 합니다. 내일 종암경찰서에 가서도 회원들에게 거친 언행이나 행동을 자제하라고 하십시오. 여기는 고창도 아니고 서울 시내 한복판이다. 막무가내로 대응했다가는 큰코 다칠 수 있습니다."

"소리개 박두환이 내 말은 아예 듣지 않아요. 박 감사의 말은 조금 들으나, 함께하기가 참 힘듭니다."

협상에서 품위나 찾는 김재만 위원장을 이상한 양반이라고 생각했는데, 사람을 자기편으로 끌어들이는 재주가 있었다. 무상양도를 수없이 주장하고, 1원, 100원, 500원까지 주장하던 이상철 부위원장이지만, 김재만에게 저절로 끌려 들어가고, 순응하게 되었다.

"내일 소리개 박두환은 데리고 가지 않았으면 하는데 어찌 생각하나요?"

"사실 회원도 몇 없습니다. 저번에 내려가고 올라온 사람이 반도 안 돼요."

"부위원장님, 그래도 잠도 잘 주무시고, 식사도 잘하셔야 합니다."

김재만 위원장과 이야기를 마친 이상철 위원장이 김병수에게 이야기 좀 해보라고 했다.

"회사 측에서도 예전처럼 대하지 않는 것 같습니다. 처음 협상장 문턱도 못 넘을 때와는 대하는 것 자체가 다릅니다. 12일까지 최종결정이나 최종판단을 내릴 것 같다는 감이 듭니다. 내일 보면 더 뚜렷하게 알겠지요. 소리개 박두환도 문제입니다. 분명 경찰서 가서도 큰소리를 치지 않을까, 염려됩니다. 일면

식도 없는 나에게도 막말 비슷하게 했어요. 회원들마저도 겁내고 있어요. 절제해야 할 때 하지 못하는 것이 문제입니다. 내년에 올림픽이 있어서 질서를 강도 높게 유지하고 있는 때 가톨릭농민회 회원들이 분열되어 빠져나왔다는 사실을 이미 다들 알 것입니다. 부위원장님께서 엄하게 해야 합니다. 박두환 씨를 위해서, 우리 모두를 위해서 말이죠."

"김재만 위원장은 8차 협상 준비 때문에 우리를 돕기가 쉽지 않을 것 같네. 우리가 염치도 없지. 밥을 함께 먹는 것만 해도 고맙고, 잠을 함께 자는 것만으로도 고마운 일이지."

추진위원회 젊은 사람들이 함께하는 것은 아니라고 반발했으나 김재만 위원장이 설득했다. 12일까지 한 편이라고, 비록 쪼개져 있기는 하나 서울에 올라오면서 일차적으로 결정한 사항이라며 달랬다.

"우리 측도 위원장을 따로 세워야 하나 생각했는데, 내 능력은 내가 잘 알잖아. 박재천 감사는 그래도 부위원장님께서 맡아 해주셔야 한다고 해서 어정쩡한 상태로 가고는 있는데, 뭐가 뭔지 알 수가 없네. 우리 측 회원들은 김재만 위원장이 경찰들 눈치만 보고 우리를 돕지 않는다고 하는 사람들도 있어. 병수 씨 나는 어떻게 해야 하는가."

질마재댁이 다시 돌아와서 밥을 했다. 최영만 재무도 묵묵히 일했다. 김인주 총무, 이성규 부위원장, 신동수 감사, 문재복 모두 일사천리로 각자의 일을 잘했다. 질서 있게 8차 협상을 준비했다. 다른 때와는 사뭇 달랐다.

마지막 결정

27일차(9월 7일), 8차 협상 그리고 약정 체결

김재만 위원장이 협상에 나가기 전, 아침식사를 끝내고 회원들에게 잠시 보자고 했다. 정식 회의는 아니었다. 그래도 한명도 빠짐없이 모였다. 위원장은 회원들에게 하고 싶은 말이 있으면 무슨 말이어도 좋으니 이야기해보라고 했다.

가자지마을 아줌마가 일어나 회원들 쪽으로 방향을 돌렸다.

"위원장님, 나는 해리면에 있는 마을 사람이오. 그러나 저들을 따라가지 않았소. 지금까지처럼 집행부 말만 잘 따르려고 합니다. 위원장님 힘내시고, 오늘도 잘해주고 오시리라 믿습니다."

농성장이 떠나갈 것처럼 박수소리가 우렁찼다. 김덕선 씨가 일어났다.

"나도 저 아줌마처럼 따라가지 않았소. 위원장님만 믿고 왔습니다. 위원장님께 위임한 내용을 여기서 다시 한번 상기시키고자 합니다. 만장일치로 위원장님께 힘을 보태고자 하는데 여러분은 어떤가요?"

만장일치로 통과, 통과! 박수소리가 크게 났다.

김재만 위원장이 말했다.

"감사드립니다. 힘이 솟네요. 오늘도 최선을 다하겠습니다. 100프로의 만족은 채워드릴 수 없어도, 이 정도 수준까지는 해내고 말 것입니다. 잠시 긴장도 풀고 결연한 의지도 다질 겸 여러분을 만났는데, 정말 잘한 것 같습니다. 여기서 마치고 잠시 쉬었다가 10시 반에 협상장에 들어가야 합니다."

회원들이 '파이팅', '만세' 소리로 화답했다.

이상철 부위원장과 박두환 회원 등 7명이 경찰서로 갔다. 박두환 회원이 경찰들에게 죄도 없는 사람을 잡아갔다고 거세게 항의했다. 경찰들이 박두환 회원을 업무방해로 조사하라고 했다. 연행된 회원들은 이미 어제 조사를 마치고, 이준열과 김민수는 구속을 신청한 상태였다. 박재천 감사는 불구속으로, 나머지 2명은 구류를 살게 됐다고 한다. 박두환은 계속 반항하다가 안 되겠다는 듯 순순히 조사를 받았다. 함께 갔던 이상철 부위원장과 나머지 3명도 조사를 받았다. 이상철 부위원장과 3명은 조사한 후 훈방 조치를 취했으나, 박두환은 구류를 살게 됐다.

이상철 부위원장이 돌아와서 김병수를 만나 경찰서에서 있었던 내용부터 어제 잡혀간 사람들까지 내용을 소상하게 말했다. 김병수는 이수금 회장이 박정일 신부를 모시고 서울로 오고 계신다고 했다.

협상에 들어선 김재만 위원장은 회사 측 대표들과 인사를 나누었다. 서로가 작성한 합의서를 보여주었다. 크게 다른 것은 없었으나, 회사 측에서 선대들을 비방한 내용에 대해 사과를 요구했다. 또 융자문제에 대한 이야기가 빠져 있었다. 합의서를 서로 검토했다. 어떻게 사과문을 쓸지가 문제였다. 추진위원회에서 잠시 휴정하자고 했다.

추진위원회는 자체 회의를 가졌다. 합의서에 융자문제에 대해 회사 측에서 융자기관에 융자금을 알아보고 돕는 것을 추가하자고 결론지었다. 나머지는 언제까지 납부할 것인가, 이전은 언제까지 할 것인가였다. 합의가 이루어지면 모든 농민의 합의로 보는 것까지 구체적으로 삽입했다. 김재만 위원장이 불만이 있으면 지금 이 자리에서 말하라고 했다. 고전마을 이점동 대표와 정동마을 현재영 대표가 염전 문제를 들고 나왔다. 소금을 만들 때 바람이 불면 염기로 인해서 농사가 잘 안 되는 경우가 많다고 했다. 가격에 차등이 있어야 한다고 했다. 궁산저수지에서 가뭄이 심할 때는 만돌까지 물이 제대로 내려오지 않는다. 그런데 똑같이 가격을 정하는 것은 문제가 있다는 것이었다.

"맞습니다. 하지만 다르게 하다 보면 결국 협상은 산으로 가고 말 것입니다. 우리 스스로도 만족을 못 하고 말 것입니다. 충분히 이해는 가나, 되도록이면 하나로 가고, 그 후에 그런 문제까지 논의해보겠습니다. 그러나 100프로 장담은 못 합니다. 우리가 여기서 더 나누어지는 것만은 멈추어야 합니다. 우리가 협상에 들어가기 전 만장일치로 통과시킨 것입니다."

김재만 위원장의 답변에 이점동 대표는 "위원장님께서 알아야 하는 것이 있어서 이야기했던 것이지, 반대를 위한 반대는 아니었다"고 했다. 현재영 대표도 "위원장이 협상장에서 다른 주장도 펴라고 상기시키는 것이었지, 집행부에 반기를 들기 위한 사전포석이 아니"라고 했다.

협상장에 다시 들어섰다. 회원들에게 보여준 합의서 문구와 융자금 대출 문제 삽입, 회사 측에서 요구한 사과 문제를 들고서 의자에 앉았다. 허선휘 부사장이 아직 도착하지 않았다. 3분 정도 남아있었다. 이상철 부위원장이 협상장 앞에서 김재만 위원장에게 경찰서에서 있었던 이야기를 나누었다. 회사 측에서 해결해야 하는 문제이기 때문에, 기타 협상을 할 때 얘기를 꼭 해달라고 했다. 김재만 위원장이 협상 내용과는 별개라고 했다.

"어제 가두모금으로 인해 몇 명이 구속되고, 불구속에 구류까지 되었는데, 허선휘 부사장님께서 모르는 일이라고 하겠지요. 그 사람들의 석방을 이야기해주세요. 회사 측에서 원하는 기준에 맞춰 행동할 수 있게 하겠습니다. 꼭 선처를 부탁드립니다."

회사측 협상단이 들어왔다. 본격적으로 문구 하나하나 검토했다. 회사 측에서는 변호사를 대동했다. 서로의 주장을 담은 합의서로 가격문제를 일부 약정한다 해도 최종적으로는 결렬되고 말 것이라고 했다. 가격이 결정된다 해도 합의서 조항별 문구 때문에 결국 무산되는 경우도 있다고 했다. 가격만 결정하면 되었다.

"앞서 말한 경찰서 입건자들 문제의 해결책을 찾기 위해서 10분만 쉬었다가 합의서로 나누어준 내용을 검토했으면 한다. 10분간 쉬었다가 속개합시다."

김 위원장의 말에 변호사와 허선휘 부사장이 밖으로 나가고, 총무부장은 합의서 문구에 밑줄까지 쳐가며 잘된 것 같다고 했다. 회사 측에서 요구한 의견도 받아들이고, 추진위가 회사 측에 요구한 문제도 정확하게 정리되어 있었다. "가격 문제는 1,500원에서 이천 원까지 이야기했으면 합니다."

다시 협상이 속개되었다. 삼영사 총무부장이 허선휘 부사장에게 합의서를 검토해봤는데 서로 고칠 것이 없었다고 말했다. 추진위 김인주 총무도 합의서 문구가 괜찮다고 했다.

"그럼 지금의 문구로 합의서를 채택한 다음 가격 문제를 논하는 것은 어떤가요. 또 한 번의 진전을 이루는 날이 될 것입니다."

가격 때문에 다른 것까지 걸림돌이 될 수가 있으니 2단계로 협상하자고 이야기였다. 가격만 빠진 합의서를 결정짓자고 했다. 약정 체결이었다.

"저번과 마찬가지로 여기에 계시는 대표들 모두가 서명하고, 다음 단계로 가격을 이루는 협상을 전개했으면 합니다."

협상의 진행은 회사 측 변호사가 주도했다. 하루 더 생각하는 시간을 갖고 내일 또 만나서 가격을 중점으로 협상하자고 했다. 모두 서명하며 악수를 나누고 자리에서 일어나려는데, 김재만 위원장이 이야기를 꺼냈다.

"마지막으로 부탁드릴 것이 있습니다. 지금 경찰서에 회원들과 순전히 우리를 돕기 위해 봉사활동하는 이준열 씨, 김민수 학생이 구속되어 있습니다. 허선휘 부사장님이면 가능할 것이라는 생각이 듭니다. 꼭 도움 주었으면 합니다."

김재만의 부탁에 허선휘 부사장과 변호사도 노력하겠다고 했다.

김인주 총무가 협상 결과를 회원들에게 설명했다.

"이제 9부 능선을 넘었습니다. 마지막 단계만 남아있습니다. 신용욱 국회의원님께서도 못한 것을 우리 모두가 해내고 있습니다. 이제 내일부터는 가격을 가지고 결정짓도록 하겠습니다. 합의서 가운데 회사 측에서 삼영사 소작답 양도 추진위원회가 사과문을 써서 신문사에 게재해달라는 부탁이 있었습니다. 마을 대표님들과 함께 결정했으나 여러분께는 설명할 시간이 없었습니다. 결국 우리가 원하는 목적은 소작료를 내지 않는 것이기 때문에, 명예를 포기하는 대신 실리를 가져가자고 했습니다. 가격은 1,500원에서 2,000원 선에서 결정을 보려고 합니다. 여러분 개개인의 만족을 다 채워 줄 수는 없으나, 함께 노력하겠습니다."

이상철 부위원장도 참석했다. 하지만 아무런 말 없이 조용히 듣고만 돌아갔다.

김인주 총무는 정식 합의가 이루어지면 또 무슨 소리가 나올까 겁이 난다고 했다. 지금은 회원들이 함께 있기 때문에 진실을 바로바로 알리면 되고, 마을 대표자회의에 붙이면 되는데, 다 끝나고 돌아가면 변명할 창구도 없는데, 계속 말이 만들어질까 두렵다고 했다.

김병수는 김재만 위원장에게 가톨릭농민회로 옮겨간 것을 후회한다고 했다. 지금까지 고생한 것이 다 허사가 되게 생겼다고 했다. 김재만 위원장은 김병수 씨가 고생한 것을 회원들에게 이야기했다고 다독였다.

김재만 위원장이 이상철 부위원장을 찾아 오늘 협상에서 경찰서에 연행된 회원들에 대한 구제를 회사측에 부탁했다고 전했다.

"비록 내가 욕을 먹어도, 나 때문에 분열이 이루어졌다고 말해도 12일까지는 우리 회원입니다. 이상철 부위원장님, 함께 노력합시다."

"고맙습니다. 위원장님이 도움 주시지 않아도 원망 안 합니다. 무슨 염치로 도움을 받을 수 있겠습니까. 그냥 감사할 뿐이죠. 사실 1985년부터 지금까지 한결같이 변함없는 모습을 보면 절로 존경심이 생깁니다."

"고맙습니다."

"무슨 말씀을 하는 거예요. 제가 부위원장님께 늘 감사하지요."

"그래, 이렇게 늘 서로를 이해하고 돕고 존중하며 삽시다."

최영만 재무가 들어왔다. 이제 통장 잔고가 얼마 남지 않았다고 했다. 가톨릭농민회 회원들이 쪼개져 나간 후부터 후원금도 적어졌다. 이제는 급식비마저도 빠듯하다고 했다. 김재만 위원장은 걱정하지 말고 표시내지 말라고 했다. 옆에서 지켜보고 있던 이상철 부위원장이 나 때문에 이렇게 된 것 같아 미안하다고 했다.

"무슨 말씀을 그렇게 하세요. 절대로 그렇지 않습니다. 이렇게 많은 날을 버텨낸 것만으로도 기적이에요."

내종석 군이 곧 퇴원한다는 소식이 전해졌다. 이성규 부위원장이 제일 좋아했다. 유추순 씨도, 질마재댁도 자기 일처럼 좋아했다. 흉터가 남았지만, 천만다행으로 아주 깨끗하게 치료되었다고 했다. 최영근 군은 아직 멀었지만 스스로 일어나고, 의자에 앉아서 밥도 먹는다고 했다. 면회는 하루 1회인데, 부모님이나 교회에서 오게 되면 다른 사람들은 가도 만나지 못한다고 했다. 하늘이 도왔다.

김재만 위원장이 최영만 재무를 불러 12일에는 무조건 내려가니, 질마재댁에게는 비밀로 하고 준비하라고 했다.

"저번처럼 차량도 두 대 준비하게. 오늘이 7일이니까 아직 시간은 있다. 영만이 자네만 알고, 아직 총무도 모르네. 10일이 되면 총무나 부위원장들에게 알리겠네."

차량 소리가 들리고 전철이 달리는 소리가 들렸다. 처음이었다. 농성장에서 차량 소리를 듣고 지하철이 달리고 멈추고 출발하는 소리까지 다 들렸다. 부엉이 소리인가. 벽시계에서 들려오는 소리였다. 열시를 알리는 소리였다.

최영만 재무가 김재만 위원장에게 쌀은 충분히 있다고 걱정말고 주무시라고 했다.

김재만 위원장은 이런저런 생각에 잠을 설쳤다. 벽시계를 또렷하게 보며 '자자, 내일을 위해서 자자' 해도 잠이 오질 않았다. 최영만 재무는 이미 한밤중이었다.

'고마운 사람, 고생 참으로 많았다. 조금 참고 살림 이대로 잘 해주기 바란다. 질마재댁도 엄청 고생하셨는데, 끝나고 내려가면 꼭 보답하리다. 자고 일어나면 가격을 가지고 치열한 단판이 이루어질 것인데 어떻게 해야 할 것인가. 회원들을 안전하게 귀가시켜야 할텐데……. 돌아보면 촌사람들이 많은 것을 해냈다. 모두가 하나가 되어 열심히 도와준 덕이었고, 고령대학교 학생들의 노력이 절대적이지 않았나 생각이 든다. 내종석, 최영근 두 학생의 희생 후 평화로운 시위가 되고 협상도 순조롭게 진행되었다. 두 학생이 1등 공신이다. 박정일 신부님, 이수금 회장님은 정말 고마운 사람들이다. 이분들의 정성에 보답하기 위해서 앞만 보고 갈 것이다. 고지가 눈앞에 있다. 정상이 앞에 있다.'

김재만 위원장은 오늘도 하느님을 찾아 기도했다.

28일차(9월 8일), 밀실협상

늘 하던 협상장이 아니었다. 지금까지는 협상 대표가 5명이었다. 그러나 오늘 가격을 결정하는 협상은 문재복 청년, 이재현 부위원장까지 3명이 참석했다. 김인주 총무와 이성규 부위원장이 빠지고 3명으로 대표단을 꾸렸다. 회사 측에서도 허선휘 부사장과 변호사만 참석했다. 문재복이 우리 측 협상을 이끌었다. 10시 정각에 시작했다. 문재복은 회사 측에 1,500원부터 2천 원까지 500개의 가격표를 제시한 후 각자 10개씩 동그라미를 치자고 했다. 회사 측에서도 알차적으로 동의했다. 이제는 확률 게임이 시작되었다. 일치되는 금액이 나오면 합의하자고 했다. 나올 때까지 하자고 했다. 그래도 나오지 않으면 나왔던 것 중에서 제일 근접한 양쪽 금액의 가운데로 정하자고 했다.

"열 번째가 마지막이었으면 하는데 어찌 생각들 하는가요?"

다들 좋다고 했다. 문재복이 매번 10개씩 동그라미를 그렸다. 최종재가는 김재만 위원장과 이재현 부위원장의 몫이었다. 10개 가격표의 당위성을 설명하자고 했다. 허선휘 부사장도 좋다고 했다. 한번 할 때마다 나왔던 가격보다 10프로 이상은 바꾸어야 한다는 원칙을 세웠다.

추진위 대표로 문재복은 1,500원부터 1,509원까지 10개를 썼다. 회사 변호사는 2천 원에서부터 1,991원까지 10개를 써냈다. 문재복이 설명했다.

"이미 회원들은 회사 측에서 1,500원을 제시했다는 소식을 믿고 있다. 1,500원 이상으로 결정이 되면 우리 능력이 의심받게 될 것이라고 했다. 그런데

1,500원부터 시작되니 이미 우리의 능력이 저평가되었다. 회사 측에서도 우리가 적은 금액 중에서 하나를 선택해주시면 감사하게 받겠다."

허선휘 부사장이 지금은 서로 가격 차이가 많이 나니 다음에는 진실 되게 써보자고 했다. 1차 가격은 서로 인정하지 못할 것 같으니 2차 가격을 써내자고 했다. 문재복이 1,520원에서부터 1,529원까지 동그라미 쳤다. 회사 측에서는 1,970원에서부터 1,961원까지 적어냈다.

김재만 위원장이 회사 측에서 서로 결정할 수 없는 범위에서 이야기하는 것만 같다고 했다. "서로의 차이가 극명하다. 회사 측에서 진정성을 가지고 논하자고 했으면서, 이렇게 써내면 어떻게 하냐."

두 번째 가격 지시도 결렬되었다. 그럼 세 번째는 진정성을 보이자고 했다. 문재복이 또 1,550원에서부터 1,559원까지 10프로 이상 상향해서 적어 다시 가격표를 보였다. 폭을 넓히기는 했으나 서로가 접점을 찾지 못했다. 점심이 다 되어갔다. 4차 가격을 제시하자고 했다. 회사 측에서 1,949원에서부터 1,940원까지 가격표를 제시했다. 네 차례의 가격표 제시에서도 서로 눈치싸움과 머리싸움은 치열했다. 회사에서는 1,900원대를 지키고, 추진위원회에서도 1,500원대를 벗어나지 못하고 서로 눈치만 살폈다. 추진위원회 내부적으로는 1,800원대면 가능하겠다고 생각했다. 회사 측에서는 1,900원대를 고집했다. 그래서 문재복이 열 차례의 가격표 제시를 제안했던 것이었다. 앞으로 6차례가 더 남아있었.

점심식사를 하면서 앞으로 더 치밀한 전략이 필요하다고 했다. 회사 측에서 내민 공시지가가 평균적으로 1,900원대 이상이 되니 회사측은 1,900원대를 고수할 것이다. 김재만 위원장이 우리가 회사 측에 말려들었다고 했다. 김인주 총무가 "10프로 이상만 표시하면 되는 것 아닌가. 우리도 후진해보자"고 했다. 숫자를 뒤로 물리면 분명 분란이 일어날 것이다. 추진위는 한 번은 멈추어야 한다고 판단했다. 2시가 다 되어 갔다.

다시 밀실에서 협상이 진행되었다. 다시 종이 가격표를 제시하기 시작했다. 문재복이 1,530에서 1,539원으로 표시했다. 회사측 변호사가 이건 원칙 위반 아니냐고 반박했다.

"변호사님, 10프로 이상만 차이가 나면 되는 것 아니었나요?"

회사 측에서는 1,930원에 1,921원까지 내려 적었다.

"회사에서 1,500원에 양도한다고 했다는데, 그렇게밖에 못하냐며 따져드는 사람이 있어서 지금처럼 적게 되었다. 우리 좀 이해해주시면 안 되겠는가요?"

다시 6차 가격을 표시하는 차례가 되었다. 문재복을 대신해서 이재현 부위원장이 표시했다. 1,600원에서부터 1,650원까지 숫자를 띄엄띄엄 적었다. 회사 측에서는 1,920원에 1,911원까지 적어냈다. 공시지가 가격에 도달했다고 했다. 공시지가 중간 가격으로 회사 측이 틀리지는 않았다.

이제 세 번밖에 남지 않았다.

"사실은 마지노선으로 1,900원을 허락받고 왔다고 했다. 공시지가가 1,900원이 넘지 않느냐?"

회사측 변호사 말에 이재현 부위원장은 "최하 가격은 1,881원짜리도 있다고 했다. 최고로 비싼 것은 2천원이 넘는 것도 있다고 들었다"고 말했다. 김재만 위원장이 7차 표시를 하자고 말했다. 이번에는 문재복이 표시했다. 1,660원에서 1,669원으로 적어냈다. 그래도 어느 정도 접근되었다. 회사측은 1,700원에서 1,890원 사이에서 결정을 봤으면 한다고 했다. 김 위원장은 안 된다며 "8차, 9차가 더 있고 마지막은 조종까지 있다. 이 기회를 어떻게 효율적으로 조율할 것인가 심사숙고하자"고 했다. "그럼 여기서 하나의 가격만으로 조율하자"며 회사 측에서 1,881원을 적어 냈다. 공시지가 최소 금액이었다. 회사측은 더 이상 낮출 수가 없다고 했다. 문재복, 이재현, 김재만은 회사 측에서 버티는데 어떻게 우리 논리를 관철시켜야 하나 고민되었다. 1,881원은 추진위원회에서 처음 검토한 금액보다는 적은 금액이었다. 그렇다고 아주 협상을 잘한 것도 아니었다. 회사측 변호사는 "이 가격을 회장님들께 승낙을 받는 것까지 생각하면 언제까지 끌고 가게 될지도 모른다"고 했다. 그래도 이 가격을 제시한 것은 공시지가를 적용했다고 말할 수 있어서라고 했다. 오늘은 잠정적으로 1,881원을 가지고 이야기해보자고 회사측 변호사가 호소했다. 이에 문재복이 오늘은 여기서 정리하고 다음에 보자고 제안해, 협상을 마치고 농성장으로 돌아왔다.

추진위 대표들은 농성장에 있는 회원들에게 어떻게 이야기해야 하나, 낱낱이 설명할 수도 없어서 곤란했다. 김인주 총무가 회원들에게 협상이 계속해서 진행 중이라고 했다. 접점은 찾고 있으나 아직도 이견이 있어 조금 쉬어 간다고 했다.

문재복이 시골에 내려가겠다고 했다. 부모님께서 건강이 좋지 않다고 했다. 아버지가 태풍 때 들판에 나갔다가 바람에 넘어져서 다쳤다고 한다. 병원에 모시고 다닐 사람이 없어서 가야 한다고 했다. 위원장님이 마무리하면 어떻겠냐고, 자신이 해야 할 일은 다 한 것 같다고 했다. 이성규, 이재현 부위원장이 그렇게 하자고 했다. 문재복은 그동안 가지고 다니던 가방을 들고 와 이제는 이성규 부위원장이나 김인주 총무가 가지고 다녔으면 한다며 건넸다. 그 가방 안에는 처음 합의서도 들어있다. 약정 체결한 합의서도 들어 있다. 가격 결정하기 위해서 노력했던 자료가 모두 들어 있었다.

"애지중지 잘 가지고 다니셔야 합니다. 그동안 과분하게 대접받았습니다. 능력도 없는 청년을 협상 대표까지 세워주서서 많이 배우고 갑니다. 위원장님도 건강 신경 쓰시고, 부위원장님들께서도 건강하십시오."

문재복은 최영만 재무나 질마재댁에게 고맙다고 인사하고 고창 가는 막차로 내려갔다. 김재만 위원장은 문재복을 배웅하고 내일이라도 9차 협상을 정확하게 해야 하는 것 아니냐며 허선휘 부사장에게 연락하게 했다. 밀실에서 협상은 한계가 있다고 했다. 부사장은 경찰서에 연행되었던 회원들이 모두 석방될 것이라고 했다. 그러나 이준열 씨나 김민수는 재판에 넘겨야 한다고 했다. 불구속 상태에서 재판을 받을 수 있도록 하자고 했다.

전화를 끊고 김재만은 생각에 잠겼다.
'마지막 결정은 내가 해야 한다. 마을 대표들은 이미 내게 위임해놓은 상태다. 그런데 가톨릭농민회 회원들이 왜 1,500원 이하가 아니냐고 따진다면 어떻게 할 것인가.'
12일까지 남은 기간이 4일이었다. 남은 이삼일이 제일 중요한 시간이었다. 김재만은 이성규 부위원장에게 '자네는 어떻게 생각하나' 물었다.
"소작농사짓는 것만 벗어난다면 더 바랄 것이 없다. 무엇보다 자네가 바랐듯이 다친 사람이 하나도 없지 않는가. 정말 고마운 일 아닌가. 김익선 씨나 김종남 씨가 든든하게 지켜준 것만 해도 고마운 일이고, 나는 그것보다 더 주고서라도 내 것으로 만든다면 괜찮네. 내일 9차 협상에서 1,881원으로 결정을 하세."

회사 측에서 내일부터 정식으로 협상을 열자고 대답이 왔다. 협상 대표 신동수 감사가 문재복을 대신해서 참석하게 될 것이라고 했다. 김인주 총무가 신동수 감사에게 그동안 협상 내용을 상세히 설명했다. 신동수 감사도 경험이 있었다. 김인주 총무를 대신해서 참석한 적도 있었다. 신동수 감사는 "대의가 누구에게 있는가. 그 대의를 어떻게 설명할 것인가. 그 무게를 감당할 수 있는가. 정말 내가 주인이 된다. 소작농에서 벗어난다. 기쁘고 감격스러울 일이다. 누가 뭐라 해도 이보다 더한 감동은 없다. 1,881원에 국한시키지 말고, 소작농이 아닌 것에 대해서도 크게 말해주기 바란다"고 이야기했다.

'꼭 어느 시간에 누군가 나타나 시대를 이끌어 갔다. 문재복 청년이 좋은 생각을 가지고 삼영사 소작답 양도 추진위원회 활동을 해주었다. 신동수 감사님께서도 우리가 진정 하고자 했던 목적을 일깨워 주었다. 대의, 그래. 우리가 진정 바라던 것이었다. 예전 선대들이 그렇게도 원했던 바람, 신용욱 국회의원님께서 해주고 싶었던 노력이 우리 손에서 이루어지게 되었다. 소작농에서 벗어나는 것이 중요하다. 내일은 당당하게 나갈 것이다. 역사적인 날이 될 것이다. 가톨릭농민회 회원들에게 당당하게 말할 것이다.'

김재만 위원장은 마음을 다잡았다.

경찰서에서 돌아온 박재천 감사와 박두환이 김재만 위원장에게 감사의 인사를 했다. 회원들한테도 감사하다고 했다.

"위원장님께서 소리소문없이 도운 것 잘 알고 있습니다. 박정일 신부님께서도 해결하지 못하고 어렵게 돌아가셨는데, 어제 저녁부터 경찰들도 대접이 달라지더니, 오늘 나오는데 경찰서 직원이 당신네 위원장에게 고맙다는 인사를 하라더군요. 위원장님께서 어떻게 어떤 조치를 했는지는 모르겠으나 정말 감사드립니다. 협상에 진전이 이루어지고 있다는 소식을 들었습니다. 가격 때문에 반발했던 것도 사실이었습니다."

김재만 위원장은 두 사람의 손을 잡으며 말했다.

"조금의 변화만 있어도 마을 대표들과 회의하면서 여기까지 왔다. 중요한 문제를 풀어 가는데 내가 혼자서 처리할 수는 없었다. 여러분이 경찰서에 있는데 마음이 편했겠는가. 노력해야 하는 것이 아니라 당연히 해야 할 일이었다. 이준열 씨와 김민수 학생도 말해놓았다. 그러나 우리 회원들과는 문제가 조금 다르다고 했다. 불구속 상황에서 재판을 받도록 부탁해놓았다."

문재복이 잘 도착했다고 연락이 왔다. 아버지도 많이 좋아졌다고 했다. 서울로 올라가겠다고 하는 사람도 있는데, 위원장님께서 12일까지 협상이 타결되지 않으면 그때 가서 올라오도록 하자며 기다리라고 했다.

문재복이 마을 대표들이나 1차에 올라왔다가 지금은 내려와 있는 회원들에게 연락해서 협상 소식을 알렸다. 직접 만나고, 전화도 하고, 신속하게 연락을 취했다. 마을 사람들은 그동안 소식을 듣고 있었지만 믿기지 않는다고 했다. 100프로 장담은 할 수 없겠지만, 그래도 좋은 소식을 기다려도 될 것 같다고 했다.

나기옥 어르신이 담배를 입에 물고는 말했다. "김재만 위원장이 참 대단해. 체구도 크지 않으면서 강단도 있고 침착해. 젊은 친구 자네는 잘 모를 거야. 말 하나라도 신경 쓰고, 바르고, 다정하고, 배려 있는 행동을 하는 것이 쉽지 않지." 문재복은 김재만 위원장의 태도 덕분에 삼영사 회사 측에서도 우리를 적대시하지 않았다고 했다.

"자신을 비방하는 가톨릭농민회 회원들에게 관대하게 하는 경우는 어지간한 사람 아니면 가능하지 않지. 김재만이나 되어야 가능하지. 비록 후배이지만 많은 것을 가졌어. 그것을 지금 제대로 쓰고 있는 거야."

문재복이 나기옥 어르신의 이야기를 다 듣고 집으로 오는데, 길거리에서 김주원 아저씨를 만났다. 김주원은 내일 올라갈 것이라고 했다. "인주 형님이 올라와야 할 것 같다고 하네. 가톨릭농민회 회원들이 막무가내로 욕설을 퍼부어서 힘 좋은 회원들을 데리고 올라와야 할 것 같다고." 문재복이 일단 인주 총무에게 전화해보겠다고 했다. "자네가 형님 일도 덜어주고, 위원장님과도 늘 함께 다녔다고 들었네. 자네가 내려와서 형님 일이 많아지지는 않았나 모르겠네. 빠릿빠릿한 자네 같은 사람이 있으면 형님이나 위원장이 편하고 좋을 텐데······. 나야 힘이나 쓰지. 힘으로는 군대에서도 나를 이기는 사람이 없었어. 싸움을 많이 하지는 않았지만 싸워서 져본 적이 없었지······." 김주원의 힘자랑이 길어졌다.

29일차(9월 9일), 9차 협상

가톨릭농민회 회원들이 먼저 협상장에서 기다리고 있었다. 김민수 학생이 무슨 죄가 있냐고, 허선휘 부사장을 만나게 해주라고 했다. 이준열 씨야 그렇다 치더라도 김민수 학생은 앞날이 구만리인데 우리 때문에 앞일을 그르칠까 걱정이 크다고 했다.

김재만 위원장도 더 노력하겠다고 했다. "실타래처럼 여러 갈래로 묶인 문제도 다 끊고 갈 수 있게 해보겠다. 나를 믿어달라. 나도 여러분처럼 삼영사 소작답 양도 문제는 다 마무리짓고 싶다."

박두환이 무례하게 굴어서 미안하게 생각한다고 말했다. "제가 욕설하지는 않았지만 사과드린다." 김재만 위원장이 박두환의 손을 꼭 잡고서 다 이해한다며 안전하게 귀향해야 한다고 위로했다.

허선휘 부사장이 다가왔다. 박재천 감사가 말을 붙였다.

"저 아시지요?"

"알다마다요."

"우리가 법을 모르고 가두모금 홍보를 하다 보니 지금도 구속되어 있는 사람이 둘이나 있습니다. 우리 때문에 다 아시고 계시겠지만, 저희들 체면 한 번만 세워주라고 무작정 찾아왔습니다. 도와줄 것으로 믿고 가겠습니다."

인사를 끝내고 농성장으로 돌아갔다.

김재만 위원장이 먼저 말을 꺼냈다.

"한숨도 자지 못했다. 1,881원도 1,881원이었지만, 정읍법원에서 재판이 이루어지고 있는 일부터 최영근, 내종석 문제, 조금 거리가 있는 문제라 치더라도 이준열 씨와 김민수 학생까지, 크고 작은 문제가 많이 있다. 이러한 문제는 어떻게 할 것인가. 1,881원으로 결정하는 문제를 회원들은 어떻게 생각할까. 허선휘 부사장님께서는 어제 잘 주무셨나요? 부사장님은 더 받냐, 덜 받냐뿐이었겠다. 괜한 염려를 했나 보다."

"위원장님 마음 많이 이해한다. 복잡했을 것 같다. 저나 위원장님이나 처음에는 여러 가지 말을 들을 것이다. 우리의 숙명이다. 정읍법원의 문제는 양도 문제가 매듭지어지는 순간 해결하겠다. 최영근, 내종석 학생 문제도 두 학생 부모님들과는 이미 합의가 된 상태이다. 이준열 씨와 김민수 학생은 어떻게 해서라도 마무리가 되도록 회사에서도 앞장을 서겠다고 했다. 지금 당장은 어찌할 수 없으나 우리를 믿고 맡겨주었으면 한다."

김재만 위원장이 다시 이야기를 이어갔다.

"허선휘 부사장님, 사랑을 아시나요? 나는 사랑이 뭔지 알지 못하는 것 같다. 그런데 어머니가 나에게 너는 잘한다고 무한히 신뢰를 주고 믿어주었던 것이 사랑이었구나, 지금에서야 알게 되었다. 뭐든지 열심히 했다. 잘하니까 자신도 있었다. 이제야 어머니의 사랑법이란 것을 알게 되었다. 아들딸에게 나는 어떻게 했을까. 사랑했을까. 머뭇거렸다. 생각나는 게 없었다. 그냥 좋았다. 아이들도 나를 좋아할까 의문이 들었다. 우리 엄마는 나를 보고 많이 웃어주었는데, 나는 웃지 않았던 때가 많았다. 때로는 엄하게 꾸중했던 것도 같은데, 내 사랑법을 아이들은 어떻게 쓰고 있을까 걱정된다. 내가 나를 가장 많이 알고 있기 때문이다. 그래서 두렵다. 삼영사 소작답 양도 추진위원회 회원들은 어떻게 생각할까. 그래서 잠을 못 잤다. 그래도 최선을 다했어, 그렇게 주문처럼 말을 되뇌었다. 머리가 복잡했다. 내가 우리 회원들을 얼마나 사랑했는지 생각했다. 먼 산만 바라보다가 여명이 밝아 오자 찬물로 얼굴을 씻었다. 개

운했다. 이제 본격적으로 얘기하자. 1,881원 이하는 정말 불가능한가요?"

"그렇다. 1,881원으로 최종 결정을 보고, 최종 사인은 내일 했으면 한다. 회장님들께 보고도 해야 한다. 지금까지 대략 보고는 이루어졌으나, 현재까지 최종 금액은 결정되어 있지 않다."

"우리도 회원들께 알리지 못했다. 이성규 부위원장님은 어떻게 생각하는가요?"

"어제 1,881원이 정해졌다. 협상에 들어오기 전에 가톨릭농민회 소속 회원들의 또 다른 이야기가 있었잖은가. 나는 그들의 생각이 맞다고 생각한다. 삼영사 소작답 양도 문제 때문에 일어난 일은 이유를 따지지 말고 다 해결되었으면 한다."

허선휘 부사장도 그 부분은 꼭 해결되었으면 한다고 했다.

"이재현 부위원장님은 어떻게 생각하나요."

"나는 원래부터 빠르게 마무리되는 것을 원한 사람이다. 어제 1,881원으로 최종 확정된 것이라 생각하고 오늘도 임하고 있다. 위원장도 첫 인사말에서 이야기했다. 오늘이라도 합의서에 사인했으면 하는 것이 내 생각이다. 이제는 회사 측에서 그동안의 문제를 언제까지 어떻게 매듭짓겠다고 정확하게 이야기해주었으면 한다."

허선휘 부사장이 말했다. "부위원장님들의 말씀 잘 들었다. 앞서 말했지만 서울 거주 가톨릭농민회 회원인 이준열 씨가 조금 문제 있는 것도 사실이다. 김민수 학생도 함께 구속되었다. 다 나오기가 쉽지 않다고 했다. 지금 두 분의 문제 해결을 위해서 노력하고 있다. 조금만 더 기다려보자고 했다. 1,881원은 순전히 내가 결정한 금액이라고 말씀드렸다. 회사 측에서 마지노선으로 잡았던 금액 이하로 내려간 상태이기 때문에, 회장님들의 최종 재가가 남아있다. 설득은 자신 있다. 법적으로 공시지가에 있는 금액이다. 제일 낮은 것이지만 그렇게 말할 것이고, 1,500원에 대한 설명도 덧붙일 것이다. 지금까지 나를 믿어 준 것처럼 믿어주고, 내일은 서명까지 했으면 한다."

김인주 총무가 나섰다. "우리가 농성장으로 이용하고 하는 대회의실에서 철수하면 원래의 모습이 아닐 것이다. 그것도 나중에 문제 삼지 않아야 한다."

"당연하다. 회사 측에서 모든 것을 책임지고 원위치할 테니 걱정 말고 안전하게 귀가하기를 바라겠다."

신동수 감사가 말했다. "감사드린다. 처음 올라올 때는 희망보다는 한풀이라도 제대로 하겠다는 마음으로 왔다. 그런데 이런 자리에 대표가 되어 서명까지 해야 하는 상황에 있다. 꿈인가 생시인가. 우리는 힘없는 농부들이다. 더 바라지도 않는다."

허선휘 부사장은 "오랫동안 여러 차례 만나고 얼굴을 맞대고 붉히기도 했지만, 서로 미운 정 고운 정도 있었다. 여러분들께서 보기에는 늘 부족했겠지만, 나 역시 여러분을 위해서 노력했던 부분도 많았다고 생각한다. 회사 측에서 쉽게 농성장을 내놓은 것도 조금은 제 노력이었다. 자랑이 아니다. 최소한 기거가 가능한 시설이 있어야 했다. 기거가 안정되어야 건강도 지키고 안전해지는 것이라고 했다. 나는 김재만 위원장님을 존경한다. 여러분을 사랑한다. 먼 훗날 돌이켜 보면 오늘 내가 한 말이 생각날 것이다. 김재만 위원장과 나는 지금부터가 진짜 고난이 될 것이다."

김재만은 우리가 약정 체결한 내용 중에서 사과의 문제가 결국 나를 힘들게 할 것이라고 했다. "이렇게 함께 있을 때는 여러분들이 울타리가 되겠지만, 내려가면 나 혼자가 된다. 그때 가서 여러 소리를 어떻게 막아낼까. 그동안 우리를 도왔던 단체들에 일일이 설명도 못 한다. 우리는 실리가 최우선이지만, 그들은 명예가 더 우선이다. 그런데 그들을 지켜주지 못하는 사과문이 일간지에 광고 형태로 게재되어 뿌려질 것이다. 진짜 걱정은 이런 것들이다. 가톨릭농민회 회원들 때문에 걱정하고 근심하는 것이 아니다. 우리를 돕기 위해서 큰 피해까지 입은 사람들의 명예를 지켜주지 못하는 내가 부끄러울 뿐이다. 여러분들 덕분에 서명의 시간이 다가오고 있다. 우리 600여 명의 소작농사를 짓는 사람들은 시민단체와 학생들을 절대 잊지 않겠다. 아주 먼 훗날 당신들을 기억하고, 여러분의 숭고한 뜻과 땀방울을 기록하겠다. 그때 가서 명예도 다시 찾아드리겠다. 우리 협상 대표님들께 약속을 맹세하고 지키겠다는 징표를 남긴다."

허선휘 부사장이 그럼 내일 서명 작업을 하는 것으로 하고, 앞에서 말한 내용을 최대한 해결하고 다시 만났으면 한다고 했다.

김재만 위원장이 마을대표자 회의를 시작했다. 이상철 부위원장과 박재천 감사도 참석했다.

"이제 막바지에 와있다. 오늘내일 여러분들께서 기다리고 있는 줄 알고 있다. 정읍법원에 계류 중인 문제가 다 끝난 것이 아니다. 농성장으로 쓰고 회의실 문제도, 이번에 구속되어 있는 이준열 씨나 김민수 학생 문제까지 크고 작은 문제가 아직 남아있다. 여러분들이 제일 알고 싶어하는 가격문제가 마무리 되어간다. 저 역시 버겁다. 지금 같아서는 다른 대표들에게 위원장 자리라도 넘겨주고 싶다. 협상이 끝나고 모든 게 마무리된다고 해도 여러분 모두를 만족시키는 결과를 내지는 못할 것이다. 지금까지 합의한 내용으로도 우리는 그래도 실리는 찾을 수 있는데, 그동안 우리를 돕고 있는 고령대학교 학생들 그리고 시민단체, 박정일 신부님의 명예도 지켜주지 못하는 순간이 올지도 모른다. 최종적으로 합의서에 서명하는 순간에는 목이 막혀 숨을 쉴 수 없을 것 같다. 그래도 여기서 끝내야 하기 때문에 다 감수하고 있다. 마지막으로 다시 한번 묻는다. 지금이라도 우리는 못한다고 해도 좋다. 여러분께 감히 말씀드리면 부끄러움이 없다. 하지만 우리를 도와왔던 사람들에게 부끄럽고 미안하다. 재차 밝히지만 여기서 물러난다 해도 여러분께는 진짜로 미안함이 없다."

마을 대표들은 위원장의 고통을 잘 안다고 했다. "우리는 지금까지 한 번도 위원장님을 의심한 적 없다. 배신하지도 않았다. 이상철 부위원장님도 마을대표자회의 때 참석 못 하게 한 적이 없는 것으로 아는데, 그렇지 않았나요?"

이상철 부위원장이 협상에는 반대하지 않는다고 했다. 하지만 무조건 회사만 따르는 것은 안 된다고 했다. 이에 대해 김재만 위원장은 9차례의 협상해 왔었어도 한 번도 회사 측에서 주장하는 대로만 한 적이 없었다고 했다.

참석자 전원이 김재만 위원장에게 협상 마무리 권한을 온전히 위임했다. 이재현, 이성규 부위원장, 김인주 총무, 신동수 감사가 서명하는 대표가 되었다. 김재만 위원장은 회사 측에서 지금까지 삼영사 소작답 양도 문제로 인하여 발생한 문제의 해결책을 가지고 나오면 협상을 마무리하겠다고 했다.

이상철 부위원장과 박재천 감사가 이재현 부위원장은 소작답을 많이 짓고 있고, 해리면에 있는 가톨릭농민회 소속 회원들은 농사를 적게 지고 있다고 했다. 회원들이 재산이 많은 사람이 협상 가격을 올려서라도 빨리 마무리하려고 한다고 반대했다고 했다. 이재현 부위원장을 협상 사인 대표에서 배제시켜야 한다고 했다. 김재만 위원장은 "재산이 있든 없든 간에 적게 내려고 하는 사람들의 마음 아니겠냐. 또 돈을 더 많이 내야 하는데, 누가 내려고 하겠냐"며, "억지를 쓰는 저의가 의심스럽다고 했다. 진정성 있는 대안을 제시하라"고 했다. "이재현 부위원장은 한번도 빠짐없이 협상 대표가 되어 참여해왔다. 마을 대표들은 막판에 와서 아무런 이유도 없이 교체하는 것은 아니다". 최종적으로는 이상철 부위원장과 박재천 감사가 물러섰다. 그렇게 협상 서명 대표가 확정되었다.

이재현이 말했다. "오늘 회의 자리에서 나 자신을 돌아봤다. 이제껏 열심히 산 죄만 있다고 생각했다. 아버지가 6·25 때 돌아가시고 유복자로 자랐다. 엄마와 나는 두몫, 세몫 일했다. 어머니는 돌아가셔서 입관식을 하는데도 허리가 펴지지 않아 옆으로 모셨다. 육답도, 밭도, 소작답도 열심히 샀다. 어떤 때는 아주 비싸게 산 적도 있다. 이사 가며 가격을 더 주면서 장만한 땅도 있다. 그런데 지금까지 열심히 산 것이 이렇게 대접받아야 하나, 마음이 좋지 않다.

어머니도 나도 인색하지 않고, 남들이 배고파하면 쌀도 주었고 스님께서 시주하라고 하면 군소리 한번 하지 않고 시주했다. 삼영사 소작답 양도 추진위원회 활동도 열심히 참여했다. 다른 것은 다 주인에게 직접 샀는데, 삼영사 소작답만은 소작하는 사람에게 샀다. 재산을 주인 아닌 사람에게 사고파는 게 정상인가. 내가 혹시 팔더라도 정당하게 내 것으로 해서 팔고, 사는 것도 주인에게 당당하게 사고 싶었던 것이 죄라면 죄겠지요. 이상철 부위원장님, 평소에 존경스럽고 어른스럽다고 생각해왔다. 저분 따라 해야겠다 생각한 적이 한두 번이 아니었다. 그러나 이제 접었다. 열심히 산 사람을 곡해해서는 안 된다. 그 사람이 어떻게 살았는지 잘 알지도 못하면서 함부로 말하면 안 된다. 이상철 부위원장님은 함께 협상 대표도 했는데, 어떻게 이럴 수 있나."

여러 차례 굴곡이 있었다. 내부 총질만큼 배신감이 큰 것도 없었다. 김재만 위원장은 12일까지 한 회원들이니 비방하지 말고, 우리가 할 일을 제대로 못해 듣는 것이라고 이재현 부위원장을 다독거렸다.

"나는 한 달이고 두 달이고 참을 수 있다. 우리가 500원으로 땅을 살 수 있으면 올해 농사 대충 지어서라도 참석하겠다. 이상철 부위원장이 해봐라. 활동 기금도 부위원장님 내는 만큼은 내겠다. 최근 들어 처음으로 우리 엄마 생각을 많이 했다. 입관할 때 바로 누워서 가야 하는데 우리 엄마는 그러지 못했다."

이상철 부위원장이 미안하다고 사과했다. "그럴 의도가 아니었는데 오해를 했나 보다. 진심으로 용서를 빈다. 회원들이 이재현 부위원장을 욕되게 하는 일은 없게 할 것이다."

박재천 감사도 사과했다. "부위원장님, 미안하게 되었다. 이분법적으로 비판했다. 이재현 부위원장님이 우리 중에 제일 부자였고, 심원면 쪽에 계시는 분들이 부자가 많았던 것 같다. 해리면 쪽에 있는 분들을 회합하려다 실수했다. 앞으로 부위원장님을 욕보이는 일 없도록 하겠다. 아니다, 다 잊겠다. 마지막 고비를 잘 넘겨서 소작농사만은 짓지 말고, 내 논에서 농사짓고, 내 논을 팔고,

주인에게 직접 논을 사자. 나도 팔고 싶을 때 내 논을 팔고 싶다. 고맙고 감사하다. 다 잘 해보자고 하는 일인데 조금만 더 힘을 모으자."

김재만 위원장은 회의를 이것으로 마치겠다고 했다. 눈시울을 적시는 사람들이 많았다. 아픈 사연이 다들 있다.

김재만이 말했다. "나는 소작료를 내지 않는 것이 목표였다. 이재현 부위원장께서 한 차원 높은 생각을 가지고 협상 대표로 계셨구나, 반성했다. 우리 형님도 본인 것을 꼭 팔게 해주어야겠다. 마지막까지 최선을 다하겠다. 약한 마음은 접는다. 강하고 자신감 있게 나아갈 것이다. 내일이면 모든 게 끝날 것이다. 그리고 아주 조용하게 떠나 갈 것이다. 두문불출할 것이다. 한 달은 잠만 자고 말 것이다."

김인주 총무가 말했다. "붕어 잡던 솜씨는 잊지 않았겠지요?"

김재만이 말했다. "잊을 것을 잊지, 자네는 농사짓는 것을 잊었는가. 생업이야. 이제는 생업으로 돌아가서 그동안 진 빚도 갚아야 할 것 아닌가. 열심히 할 것이야. 두 배, 세 배는 더 열심히 해서 빚부터 우선적으로 갚아야 하지 않겠는가."

"형님이 이제 생업에만 종사하면 어련히 그렇지 않겠어요. 참으로 고생 많으셨다. 감사합니다, 형님."

"아직 안 끝났잖아. 김칫국부터 마시다가 큰일 난 사람 한둘이 아니다."

"그래도 형님 참으로 고생하셨다. 형님 덕분에 열심히 했어요. 그리고 기대감도 있어요. 나만 그렇겠어요. 다들 그렇지요. 혹시 일부 사람들이 다른 이야기를 해도 마음에 담아 두지 말았으면 한다. 우리가 옆에서 똑똑이 지켜봤잖아요."

"내가 나를 의심할 때가 많았네. 말에는 힘이 있다는 것을 많이 경험하고 있다. 자네도 말조심하고 행동도 조심해야 해."

서로 웃었다.

협상은 끝났다. 제시한 약속을 지켜야 했다. 서명할 대표들도 다 준비가 되어 있다. 회사 측에서도 이준열 씨와 김민수 학생을 빨리 꺼냈으면 한다고 했다. 또 내종석 군은 걱정을 안 해도 되지만, 최영근 학생은 아직도 병원에 있고, 많이 좋아졌다고 하나 수술도 여러 번 해야 한다.

"우리가 정말 잊어서는 안 되는 두 사람, 마지막 인사하고 가야 한다. 조용히 다녀올 방법을 찾아봐."

"그래야지요. 내일은 시간을 만들어 보겠다. 지금까지 있었던 정산은 어떻게 할 건가요."

"영만이가 그렇지 않아도 준비하고 있다 했네."

기금도 바닥났다고 얼마 전 보고가 있었다. 빵구만 나지 않았으면 하는데, 협상 타결을 앞두고 모금 활동도 나갈 수 없고, 사회 단체나 출향인들도 이제 후원금이 적어졌다. 회원들에게 더 거둬야 할 것 같으면 지금 말해야 했다.

30일차(9월 10일), 눈물 젖은 합의 서명

회사 측에서 연락이 없었다. 김재만 위원장은 초조했다. 점심시간이 지났는데도 아무런 연락이 오지 않았다. 최영만 재무를 불러 12일 아침, 여기서 10시에 내려갈 것이라고, 차량 2대 준비하라고 했다. 최영만 재무는 질마재댁을 불러서 12일 아침을 먹고 10시에 철수한다고 했다. 일단은 둘만 아는 것이라고 했다. 이미 여러 형태로 준비했다. 그릇부터 최소로 운영했다. 태풍으로 내려간 후 올라오지 않은 사람들도 많았다. 더 도와줄 사람이 필요하면 말하고, 아니면 서울·경기 지역 출향인들을 부를 생각이라고 했다. 이성혜에게 특별히 부탁할 계획이라고 했다. 회사 측에서도 돕기로 했다고 했다. 합의서에 농성장 정리 부분이 들어가 있다고 했다. 내일까지는 누구에게도 말하면 안 된다고 했다.

김종남이 병원에 가서 종합검진을 받았다. 병원에서 아주 건강하다고 했다. 혈압이 조금 있다고는 했다. 그 외에는 아주 깨끗했다. 더 이상 병원에 오지 않아도 될 것 같다고 했다. 나순자가 김종남 씨의 건강검진을 확인했는데 괜찮다고 했다.

"그동안 많이 고마웠다. 시골 가면 외갓집 어른들께도 고맙다고 인사하겠다." 김종남은 구미마을 나순자의 외갓집 삼촌들과 논 이웃이라고 했다. 나순자는 학생 운동, 노동 운동을 열심히 했다. 대학가에서 의료 봉사 활동가이자 학생운동권, 병원 노동운동가로 적극적으로 활동했다. 서울에 올라와서 생활한 사람들이라면 다 좋아했다.

문재복이 협상이 있는 날에는 007서류가방을 들고 다녔다. 이제는 신동수 감사가 그 가방을 들고 다녔다. 오늘도 신동수 감사가 서류가방을 들고 농성장에서 나갔다. 오후 3시쯤 2층 협상장으로 향했다. 김재만 위원장과 협상대표단이 다른 때보다 더 긴장된 모습으로 나갔다. "잘하고 오세요. 오늘은 꼭 성공하고 오세요." 이성규 부위원장이 손을 흔들어 보였다.

"새소리를 들은 적이 언제인가. 졸졸 흐르는 물소리를 언제 들었나. 주방에 틀어박혀 밥 짓는 소리와 반찬 자르는 소리를 친구 삼고서 팔자에도 없는 밥순이가 되었는데, 이제 이마저도 손을 놓고 내려가게 된다. 우리 부위원장님의 손짓이 꼭 일본말로 '사요나라' 하는 것만 같네. 헤어질 때 쓰는 말이었던 것도 같고, 외국어도 못하는 내가 일본말까지 쓴다. 오늘 끝장이 나는구나."
질마재댁은 아쉽기도 하고 시원하기도 하다고 했다. 최영만 재무가 말했다. "질마재댁, 오늘 저녁은 제대로 잔치 한 번 벌였으면 하는데, 어쩜 좋단 말인가. 잔치상에 내놓을 것이 없네." 질마재댁은 "그래도 술상은 한 번 준비해 보겠다"고 했다.

신동수 감사가 007서류가방을 책상 위에 올려놓고 서류를 꺼내 위원장과 부위원장, 총무의 자리에 깔았다. 허선휘 부사장이 "가방이 저희 것보다 훨씬 좋다"고 했다. 김재만 위원장이 "우리는 서류를 특별히 보관할 장소가 없다. 서류를 넣어놓기로는 이보다 더 좋은 가방도 없다"고 했다. 허 부사장은 내일 아침이면 이준열 씨와 김민수 학생이 경찰서에서 나오게 될 것이라고 했다. 회사 측에서도 정말 어렵게 해결했다고 했다. 김재만 위원장이 감사를 표했다.
"위원장님, 회장님들께 1,881원에 대해 잘 설명했다. 회장님들께서 법적으로 문제 되지 않고 다른 회사 사람들의 흥만 잡히지 않으면 되지, 잘했다고 했다.

칭찬도 섞인 것 같았다. 협상은 양보가 있으면 얻는 것도 있을 것인데, 뭘 얻었냐고 하시길래, 선대 회장님들을 비판한 것과 회장님들을 비방한 글을 사과하는 것으로 했다며, 그들은 돈이 없으니 회사 측에서 중앙일간지에 내보내기로 했다고 했다. 소작답 때문에 생긴 법적 다툼도 다 마무리하고, 농성장으로 사용한 대강당 뒤처리도 저희가 다 해주기로 했다. 몸만 빠져나가면 된다. 남아서 정리하다 보면 다른 일이 생길지도 몰라 그렇게 하게 했다고 했다. 약정 체결서 보여드렸고, 재가받았다."

마지막 가격만 기입된 합의서를 갖고 서명하자고 했다. 회사 측에서는 회장님들의 도장으로 찍고 서명은 부사장인 허선휘가 하겠다고 했다. 변호사가 공증사무실에서 공증함으로써 완료될 것이라고 했다. 오늘은 서명까지 끝내고, 공증서는 내일 아침에 가져온다고 했다. 합의서를 자세히 검토해보고, 어디 다른 부분이 있으면 말해주고, 다 되었으면 합의서에 각각 서명하자고 했다. 삼영사 소작답 양도 추진위원회에서 신동수 감사가 제일 먼저 서명하고 김인주 총무와 이성규, 이재현 부위원장이 서명했다. 회사 측에서도 회장들의 도장을 찍었다. 마지막으로 허선휘 부사장과 김재만 위원장의 서명만 남겨두고 있었다. 마지막으로 김재만 위원장과 허선휘 부사장의 소회를 듣고 합의서에 서명을 마무리하자고 했다. 허선휘 부사장이 먼저 말을 꺼냈다.

"고생하셨습니다. 이런 시간이 올 거라고 생각 못 했습니다. 그런데 이렇게 마지막 서명을 앞두고 50년 동안 이어져 온 끈 하나를 자르려고 합니다. 아무쪼록 여러분들도 더 부자 되기를 바랍니다. 위원장님은 상급학교에 가지 못했다고 하던데, 김재만 위원장님 같은 사람이 후세대는 다시 나오지 않았으면 합니다. '삼영사 간척답 덕에 이렇게 살게 되었습니다', 이렇게 이야기하는 여러분을 기대하면서, 다시 한번 김재만 위원장님의 인품을 사모합니다. 존경합니다. 그리고 여러분들 엄청 고생하셨습니다. 진심으로 감사드립니다."

우렁찬 박수가 천장을 뚫으려고 했다. 박수가 멈추고 김재만 위원장이 인사말을 꺼냈다.

"감사합니다. 큰절이라도 해야 할 듯합니다. 신용욱 국회의원님께서도 못한 일을 해냈습니다. 여기에 계시는 허선휘 부사장님께 진심으로 감사드립니다. 우여곡절도 참으로 많았습니다. 그래도 여기까지 왔습니다. 상경하면서 진짜 해낼 수 있을까, 의구심도 있었습니다. 그런데 이렇게 마지막 서명만 남겨두고 있습니다. 눈물이 앞을 가려 도저히 말을 이어갈 수가 없습니다. 한참 펑펑 쏟아지는 눈물이 한강이 되었습니다. 눈이 땡땡 부어 앞이 제대로 보이지가 않습니다. 삼영사 회사 측에도 감사드립니다. 100프로 만족하지 않습니다. 그러나 소작료를 내지 않고 농사를 지을 수 있다는 것만으로 너무도 행복합니다. 평생의 소원이었는데, 그 소원을 이루는 날입니다. 회원들께서 이제 자기 논을 가지고 자기 농사를 짓는 날이 왔습니다. 우리 형님도 그렇게 되었습니다. 비록 아쉬워하는 사람들도 있을 겁니다. 모두에게는 만족을 줄 수 없습니다. 하지만 부끄럽지가 않습니다. 우리는 승리자이기 때문입니다. 다시 한번 허선휘 부사장님께 진심으로 감사드립니다."

허선휘 부사장이 서명하고 김재만 위원장에게 합의서를 넘겼다. 김재만 위원장도 떨리는 손으로 힘차게 서명하고서 허선휘 부사장에게 넘겼다. 변호사는 도장을 하나하나 찍었다. 끝으로 다 함께 모여서 사진 촬영을 했다. 역사적인 순간이었다. 조선으로부터 시작된 질곡의 역사가 이렇게 마무리되고 있었다.

변호사가 서명한 합의서를 가지고 공증사무소로 갔다. 내일 아침에 진본을 하나씩 나누어 가지기로 했다. 공증이 안 된 합의서를 하나씩 복사해서 나누어 가졌다. 정중히 인사를 나누고 협상장에서 나왔다. 협상장을 뒤돌아보며 황소가 논갈이하러 가는 것처럼 느릿느릿 계단을 걸어서 왔다. 농성장에서는 고생했다고 박수 소리가 엄청 크게 났다. 주방에서 밥 짓는 소리도, 뽀글뽀글 끓는 소리도 다른 때보다 열 배는 더 크게 들렸다. 학생들도 없고 태풍 때문에 내려가 올라오지 않은 사람들이 많아 반도 안 되지만, 그래도 재미나게 즐겨 보자고 했다. 저녁상과 함께 술상이 차려졌다.

김재만 위원장이 내일이면 이준열 씨와 김민수 학생이 경찰서에서 나오게 된다고 했다. 이상철 부위원장이 고맙다고 했다. 박재천 감사가 술에 취한 듯 협상이 끝났으면 합의서를 보여주고 설명해야 하지 않냐고 했다. 우리도 알 권리가 있다고 했다. 김인주 총무가 나섰다. 김주원 동생도 올라왔다. 김주원은 김인주 총무 뒤에 따라 다니면서 김인주 총무나 김재만 위원장의 경호를 도맡아 했다. 힘도 세고 싸움에 일가견이 있었다. 술도 한 모금 하지 않고 온전히 김인주 총무와 김재만 위원장만 지키는 데 신경을 썼다. 이성규 부위원장도 김재만 위원장과 늘 함께했다. 태풍에 벼도 많이 쓰러졌는데도 끝까지 김재만 위원장을 지켰다.

마을 대표자들에게 모든 것을 설명했다. 김재만 위원장은 나 혼자가 아니고 우리가 있었기 때문에 오늘처럼 승리할 수 있었다고 했다. 별 볼 일 없는 사람을 믿고 따라준 회원님들께 영광을 돌리겠다고 했다.

갑자기 박두환이 007서류가방을 빼앗아 갔다. 안에는 협상한 서류밖에 없다고 했는데도, 돈이 들어 있을 거라고 선동했다. 김재만 위원장이 이건 아니라고, 경고한다고 했다. 그래도 끝까지 내려놓지 않다가 그만 놓쳐서 바닥에 떨어졌다. 가방이 열렸다. 돈은 하나 나오지 않고 서류만 가득 찬 가방이 열려 흐트러졌다. '미쳐도 단단히 미쳤다, 사람이면 이럴 수 없다'고 했다. 이상철 부위원장이 말리고, 박재천 감사가 박두환 회원을 데리고 나갔다. 이상철 부위원장이 "술에 취해서 그런 것이다. 미안하다. 분위기를 망쳐서 미안하다"고 했다. 가방에서 쏟아져 나온 서류들 속에는 몇 월 며칠 아침은 뭘 먹었고, 반찬은 뭐였는지 낱낱이 기록되어 있었다. 대학생들 몇 명이었고, 시민단체도 몇 명 있었고, 누가 아프고, 약은 어느 약국에서 사왔다는 것까지 빠짐없이 기록되어 있었다. 김재만 위원장이 무슨 말을 했고, 문재복 청년이 무슨 말을 했는지까지 자세히 기록되어 있었다. 설거지는 누구누구가 하고, 밥반찬은 누가 만들고……. 〈조선왕조실록〉 버금가는 이야기가 담겨 있었다. 문선호 대표가 일어나서 이석규 서기에게 박수를 보내자고 했다. 썰렁했던 술자리가 다시 흥이 났다.

기산마을 김유진 대표가 이야기했다. "오늘 협상장에서 김재만 위원장이 눈물바다를 만들어 바닷물을 치우고 오느라 늦었다는 소식이 있던데, 좋아서 우셨나요? 협상대표단 모두가 우셨다고 하는데, 감정이 북받쳤겠지요. 저 역시도 너무 좋습니다. 아버지가 조금 더 살아서 오늘 같은 날을 봤으면 엄청 좋았을 텐데 눈물이 납니다. 저는 아버지 따라 다니며 농사를 짓기 시작했습니다. 저는 어지간히 공부가 싫었어요. 아버지는 공부하라고 논에도 혼자서만 나갔는데, 나는 아버지 뒤를 따라 논에 갔었죠. 다른 친구 아버지들은 아직도 정정하신데, 아버지는 일찍 돌아가셨어요. 돌아가시기 전에, '너에게는 소작답 말고 온전히 니 것으로 넘겨주고 눈을 감아야 하는데, 아들까지 소작쟁이를 만드는구나' 하고 너무도 가슴 아파하셨습니다. 아버지는 약값도 아껴가며 살았습니다. 언젠가 오늘 같은 날이 올 것이라면서, 그동안 엄마도 모르게 모아둔 돈을 주고 돌아가셨습니다. 그 돈에 조금씩 더 보태서 양도 자금을 만들어 놓았습니다. 고맙습니다. 그동안 너무도 수고하셨습니다."

이성규 부위원장이 일어나서 말을 이어갔다. "나는 어려서부터 농사만 해서 잘하는 것도 없었어요. 그래서 신용욱 국회의원님이 우리 마을에 헬리콥터 타고 와서 내릴 때 나는 가슴이 멈추는 줄 알았습니다. 스무 살도 되기 전이었습니다. 그런데 내가 커서 협상대표단에서 함께 협상을 해왔습니다. 내 힘이 얼마나 도움이 되었는지 모르겠으나, 그래도 최선을 다했습니다. 우리가 해냈습니다. 김재만 위원장이 이렇게 말을 하더군요. 우리가 승리자라고. 여기에 있는 우리가 승리자입니다. 신용욱 국회의원님도 못한 일을 우리가 해냈습니다. 여러분들과 나, 함께 해낸 것입니다." 박수소리가 크게 울렸다. 우는 사람도 있었다. "이런 벅찬 감동을 여러분께 전하게 되어 너무도 기쁘고, 오늘 죽어도 여한이 없을 듯합니다."

김재만 아무런 말이 없다가 일어나 말했다. "우리가 내려가야 끝난다. 농협에서 대출도 해주었다. 아무런 걱정 안 해도 된다. 나는 12일을 중요하게 생각했다. 서울 상경이 정해지고, 언제까지 서울에 머물러야 하나 했는데 마을 대표자 회의에서 한 달은 해야 하지 않냐고 했었다. 그래서 정해진 날이 9월 12일이었다. 나는 나름대로 일정을 세웠다. 무슨 일이 있어도 꼭 성공하고 내려가고 말 것이라고 다짐했다. 속으로 차근차근 실천해갔다. 중간에 윽박질로만 안 된다는 것도 알았다. 그래서 품위와 품격을 지키겠다고 했다. 그 결과 순조롭게 나아갔다. 우리는 데모를 목적으로 온 것이 아니었기 때문에 차원 높은 협상이 필요했고, 삼영사 지주들은 우리가 생각하는 수준의 사람들이 아니었다. 상호 대접이 필요했다. 결국 삼영사 소작답 양도 추진위원회도 대접을 받았다. 여러분도 어느 순간부터는 편안하게 해왔을 것이다. 그러면서 더 자신감이 생겼고, 12일까지는 마무리짓겠다고 마음을 굳혔다. 여러분께서 최선을 다한 덕분이다. 나의 능력이 아니다. 우리 모두의 바람이 하느님께 전달이 되었나 싶다. 너무 감사하고 기쁘다. 김익선 씨, 김종남 씨 정말로 감사한다. 다들 많이 고생하셨다. 우리가 승리자다."

질마재댁이 후식이라며 수박을 내왔다. "위원장님은 이 수박은 제가 사비로 낸 것입니다. 공금이 아닙니다." 최영만 재무가 극구 말렸는데도 혼자서 내겠다고 했다. 최영만 재무는 '주방을 맡아 아무런 사건 사고 없이 수고해준 것만으로 것만으로 고마운데, 수박까지 내놓으시고, 감사 박수를 보내자'고 했다. "첫날부터 지금까지 하루도 쉬지않고 고생하셨다. 1등 공신이다." 질마재댁은 '재주도 없는 사람이 해준 밥을 맛있게 드셔주셔서 고마웠다'고 했다. 사람들은 천사가 따로 없다고 했다.

질마재댁이 발그레하게 상기된 얼굴로 이야기를 이어갔다. "그리고 저도 이름이 있어요. 김미숙. 이 사람도 질마재댁, 저 사람도 질마재댁 그렇게 불러서 싫지는 않았어요. 우리 할아버지가 예쁜 이름을 주셨는데, 언젠가부터는 이름이 없어졌죠. 부안면 미당 서정주 시인이 사셨던 지역이 우리 친정입니다. 내가 시는 못 지어도 노래는 잘하는데, 여기서 한 곡조 부를까요?"
  여기저기서 박수가 터져 나왔다. 섬마을 선생님을 부르겠다고 했더니, 새색시도 아닌 사람이 새색시 노래를 부른다고 했다. "그럼 이난영 선생의 목포 항구를 부를까요?" 조용필의 '돌아와요 부산항'이나 불러보라고 했다.
  "꽃피는 동백섬에 봄이 왔것만 형제 떠난 부산항에 갈매기만 슬피 우네······." 질마재댁이 조용필 노래를 흐드러지게 불렀다. "밥만 잘하는 줄 알았는데 김미숙 씨 가수였어." "진짜요? 한 곡 더 할까요?" "더 해야제." 그렇게 술자리가 익어가고 시간이 깊어만 갔다.

  이제 곧 서울의 불편한 잠자리를 벗어나 각자 집에서 편안하게 지낼 수 있다. 지난 한 달이 몇 년이 지난 것처럼 지나갔다. 최영만 재무는 차량 문제부터 뒷정리까지 어떻게 마무리를 잘할까 고심했다. 통장 잔고가 바닥이었다. 차량비나 참비를 주고 나면 돈이 없을 것이다. 그러나 김재만 위원장은 사람들을 서운하게 하지 말라고 했다. 집에서도 이렇게 짜임새 있게 살림했더라면 지금은 큰 부자가 되었을 것이라고, 이제는 집안 살림도 제대로 해보겠다고 했다.
  처음 올 때만 해도 엄청 더웠는데 이제 제법 쌀쌀했다. 거리를 보면 긴팔을 입은 사람들이 많아졌다. 여름이 가고 가을 문턱에 서 있다.

31일차(9월 11일), 007서류가방

이준열 씨와 김민수 학생이 나왔다. 김재만 위원장에게 고맙다고 인사를 했다. 김민수 학생이 구치소에서 많은 것을 생각해봤다며, 위원장님이 해온 일들을 많이 들었다고 했다. "처음에는 의심을 많이 했다. 왜, 회사 측에서 하고자 하는 대로 따라가는 것인가. 왜 가톨릭농민회 회원님들의 소리에 귀 기울이지 않았는지 불만이 있었다. 그런데 구치소에 갇혀 있는 동안 이준열 선배로부터 위원장을 맡은 경위부터 서울로 올라와서 지금까지의 과정을 소상히 들었다. 위원장님의 인품과 노력을 알 수 있었다. 처음에는 우리가 잡혀간 것도 삼영사가 거대 회사여서 과잉 대응했다고 생각했다. 그래서 묵비권을 행사했다. 그런데 법 조항을 하나하나 들이대며 따져 묻는데, 경찰이 크게 억지를 쓰고 있지 않았다. 경찰이 불리하면 대답을 안 해도 된다고 오히려 친절하게 대하는 거예요. 민주화운동을 하면서 조사를 여러 번 받아 봤지만 이런 적이 처음이다. 그때 김재만 위원장이 우리를 구원하려고 나선다고, 경찰들이 말해주었다. 그다음부터는 우리 말을 들어주기 시작했다. 박두환 씨가 술을 먹고서 서류가방을 빼앗아 열었다고 들었다. 우리에게도 회사 측으로부터 돈을 받았다고, 그 가방 안에 있을 거라고, 애지중지 관리하는 이유가 있을 것이라 했다. 무슨 일이 있어도 그 가방을 빼앗아 열어 증명해 보이겠다고 했는데, 술을 먹고서 그랬단 말을 들었다. 그동안 오해도 많이 해 미안하다. 그리고 존경합니다."

김재만 위원장이 말했다. "김민수 학생 고맙다. 장님이 코끼리 다리만 보고 다리 이야기만 하고, 또 꼬리만 이야기하고, 코만 이야기한다. 배를 만진 사람은 배만 이야기한다. 다 같이 코끼리 이야기를 하면서 서로가 맞다고 주장하다 끝끝내 나라 간에 전쟁을 시작한다. 박두환 씨가 그렇게 한 것도 나를 돈이나 받고 움직이는 사람쯤으로 봤기 때문일 것이다. 내 행동에 문제가 있었구나 반성도 해본다. 이제는 법적으로 효력이 인정되는 공증 합의서만 받으면 끝이 난다. 나중에 김민수 학생이나 여러모로 도움 준 분들께 큰 죄를 지게 될 것이다. 지금 말하기는 그렇지만, 그때 가서 무슨 말을 해도 달게 받겠다."

"궁금하나 묻지 않겠습니다."

"학생, 황소개구리를 아는가. 개구리가 황소만 하겠는가. 개구리 몸보다 수 배는 크다네, 울음소리가 황소처럼 크지. 새벽에 나가면 황소개구리를 보고 깜짝 놀랐다. 낯섦 앞에서는 겸손을 배우고, 두려움도 느낀다네. 처음 서울에 상경해서 그랬네. 나와 함께 올라온 사람이 하나둘도 아닌 수백 명이었네. 군인들도 아니고, 어린 학생들도 아니고 어찌했겠나. 한 번만 내 입장에서 나를 봐보게. 그럼 내가 어찌했겠나 알고 말걸세. 그런데 말일세, 지금은 황소개구리 소리마저도 듣고 싶구만. 잉어, 붕어, 가물치도 잡고 싶네. 주낙을 놓아 풍천장어도 잡아 보고 싶네."

김 위원장은 지금이 풍천장어 잡기 제일 좋을 때라고 했다. 붕어, 잉어만 잡을 때보다 소득이 두서너 배는 더 높다고 했다. 사실은 손 놓은 지 오래되어 잊지 않았을까, 걱정도 아주 많다고 했다.

김인주 총무가 공증한 합의서를 가지고 왔다. "어떻게 할까요?"

김위원장은 "여기서 합의서를 꺼내면 또 무슨 일이 일어날지도 모른다. 시골에 내려가서 마을 대표님들께 보여주고, 마지막 정산 절차 밟고 해산하는 것으로 하자"고 했다. 김인주가 말했다. "가톨릭농민회 회원들이 또 무슨 말을 할지도 모르는데 그냥 여기서 공표해버리자." "그랬으면 나도 좋겠지만, 오늘은 안 되네." 오늘 저녁은 농성장에 계시는 분들의 인원을 여러 번 정확하게 확인하라고 했다. 마을 대표들에게도 당부했다. "내일 차가 올라온다. 1호 차는 총무가 맡고, 2호 차는 나를 비롯한 이성규 부위원장이 맡을 것"이라고 했다. 되도록이면 마을별로 타면 괜찮지만, 순서대로 차량에 자율적으로 타게 하라고 했다. 서류가방은 신동수 감사가 가지고 다니라고 했다. 신동수 감사와 김주원은 함께 다니라고 했다.

이상철 부위원장이 박재천 감사와 박두환 씨를 데리고 왔다. 박두환이 말했다. "어젯밤 술 때문에 실수했다. 위원장님께서 이해해줬다고 했다. 용서를 빈다."
이성규 부위원장이 말했다. "나는 자네를 조금은 아네만, 아무리 그래도 그렇지, 어떻게 그런 의심을 하냐. 나쁜 짓을 하면 금방 소문나는데, 지금 이 상황에서 어느 누가 돈을 받겠나. 40년 넘게 친구였다. 위원장이 돈이나 탐냈으면 위원장 자리에 앉았겠나. 이전에 이미 회사 측과 결탁해서 돈을 받았겠지. 나는 자네와 해리 시장에서 만나면 서로 인사 나누고 농사 이야기를 하고, 농기계에 관심도 있어서 좋았네. 그런데 요 며칠은 정말 이해가 안 된다. 김재만 위원장은 이상철 부위원장님을 정말 존경했네. 삼영사 소작답 양도 문제 이야기를 할 때 제일 먼저 이상철 부위원장님의 이야기를 했네. 김재만은 위원장 자리에 이상철 부위원장님을 추천하고 싶다고 했네. 김재만 위원장은 농사를 직접 짓지 않아 위원장까지 생각도 안 하고 있었네. 이상철 부위원장이 하겠다고 하면 뒤에서 열심히 돕겠다고, 그렇게까지 믿고 계셨네. 그런데 지금 상황이 뭔가?"

박재천 감사가 무릎을 꿇었다. "내가 가톨릭농민회 회원들을 이렇게 만든 장본인이다. 이상철 부위원장님도 처음에는 반대했다. 그러나 회원들이 계속 말하니, 가톨릭농민회 회원으로서 어쩔 수 없이 대표를 맡았다. 그런데 어젯밤 일은 누가 뭐래도 할 말이 없고, 나 역시도 이해 못 할 일이었다. 저번에 말씀드렸듯이, 나는 더 이상 위원장께 의심, 비방, 비판을 절대로 하지 않을 것이다. 절대로 나서지 않겠다. 미안하고, 저를 봐서라도 용서를 바란다."
　이상철 부위원장이 다 자기 잘못이라고 했다. "진심으로 사과를 드린다. 007서류가방은 처음 협상 단계에서부터 가지고 다녔다. 내가 대표단으로 있을 때도 우리의 유일한 서류 창고라는 것을 잘 알고 있었다. 그렇게까지 오해하다니, 우리의 명예를 떨어트린 것이나 다름 없다.
　이재현 부위원장이 일어나면서 이건 아니라고 했다. "많은 사람 앞에서 그렇게 했으니, 모르는 사람은 오해할 것이 아닌가. 아니 땐 굴뚝에서 연기가 나지 않겠냐며, 오히려 소설까지 쓸 것이다."
　김재만이 말했다. "박재천 감사님께서는 말로 사람 해하는 것이 더 무섭다는 것만 명심했으면 한다. 우리가 분열이 나면 진짜 좋아할 사람들은 회사 측이었다. 그래도 천만다행으로 합의된 상태에서 이런 일이 발생되었다. 내일은 진짜 007작전을 하듯 내려갈 것이다. 내려갈 때도 사고가 없어야 한다."

　최영만 재무는 그동안 외상한 업체를 하나도 빠짐없이 정리하고, 돈 계산을 했다. 김인주 총무도 인원 파악을 완전하게 마쳤다. 내일 아침 먹고 짐을 챙겨서 10시에 떠나면 된다고 했다. 그렇게 마지막이 점점 깊어져만 갔다.

　김재만 위원장과 허선휘 부사장이 인사도 못 하고 떠난다고 초저녁에 잠깐 만났다. 김재만 위원장은 허선휘 부사장에게 같은 성씨는 아니었으나 친동생처럼 좋았다며, 신동호에 오면 꼭 한번 오라고 했다. 허선휘 부사장도 김재만 위원장에게 서울에 올라오면 뵙자고 했다. 아쉽지만 이렇게 마무리가 되었다. 정말 감사했다며 서로 등을 두드려 주었다.
　'오늘이면 서울 생활도 끝이구나, 지금은 부엉이 소리가 그리운데, 시골집에 있으면 서울 생활이 그립겠구나. 세진이, 승희는 한 달 동안 얼마나 컸을꼬,

승희 엄마는 혼자서 붕어 장사는 어떻게 했는지 미안하기도 하고 빨리 보고 싶다. 벽에 걸린 시계의 큰바늘은 잘 도는데, 작은바늘은 왜 이리도 내 마음을 모르는지, 굼벵이가 따로 없네. 가슴이 뛴다. 마음은 이미 시골집에서 아이들과 부엉이 소리를 들으며 누워있는 것만 같다. 정말 박두환 씨 생각대로 007서류가방에 돈이 가득했으면 한다. 그럼 승희 엄마가 시골장을 쫓아다니며 장사를 안 해도 될 텐데, 지금이라도 허선휘 부사장을 다시 만나서 007서류가방에 돈을 가득 채워달라고 할까 싶다.'

김재만은 천장을 보며 웃었다. 웃음이 절로 나온다.

'내가 너무 순진했나. 협상할 때는 위원장들에게 007가방에 돈을 가득 채워주는 줄도 몰랐는데, 내가 몰라서 안 주는 걸까. 주라고 하지 않아서 눈치만 보고 있는 걸까. 저 구석에서 자고 있는 박두환 씨를 깨워서 물어봐야 하나. 준다고 해도 내가 받을 사람이 아닌데 물어서 뭐하나.'

웃고 말았다. 옆에서 누가 보고 우리 위원장이 미쳤다고, 계속 천장을 보고 웃는다고, 미친 사람이 따로 없다고 했다. 김인주 총무도 잠을 못 자고 뒤척거리고 있었다.

"왜 잠을 못 자는가?"
"형님은 왜 못 주무시는데요?"
"나는 습관이 되어서 그렇지."
"형님 같으면 잠이 오겠어요?"
"자네는 내일도 신경 써야 하니까, 어여 눈이라도 붙여야지. 어여 자."
"형님도 주무서요."
"인주, 부엉이 소리가 들리는 것만 같네."
"아까는 천장을 보고 웃으시더니, 이제 부엉이 소리가 들린다고요? 형님 정상이시지요?"
"요놈의 동생이 나를 미친놈 취급을 하네."

"아니에요. 나도 부엉이 소리를 들었거든요."

"어여 자자."

김 위원장은 혹시라도 반발하는 사람이 있을까, 내일도 합의서를 보여주지는 않을 것이라고 했다. 혹시 모르니 조심하자고 했다.

"질마재댁과 영만이는 내일 우리와 못 내려오고 정리되는 대로 올 것이다. 질마재댁이 고생 많이 했는데 보답을 어떻게 해야 할지, 무슨 대책은 없나. 처음 올라와서부터 시작해서 내일 아침까지 챙겨야 한다. 인주, 아침밥 먹으러 갈 때 10시에 출발하니 짐들 빠짐없이 챙기라고 안내하게. 서류가방은 신동수 감사가 잘 챙겨 갈 것인데, 자네도 잘 확인해."

김재만은 이 모든 게 실감나지 않는다고 했다.

"형님 정말 고생하셨다. 이런 날이 오기는 하네요. 형님께서 우리는 할 수 있다고 했어도 조금은 의심했다. 사실은 성규 형님도 그렇게 말했다. 그런데 해내고 내려가네요."

"007서류가방에 뭐가 있는지 아는가?"

"알지요."

"자네도 친구 성규도 못믿어 했던 결과물이 있어. 우리가 삼영사에 지불해야 하는 명세서가 있다. 진짜 명세서를 받으면 그때 기분이 어떨까, 생각만 해도 떨리네."

돈이 없어도 농협에서 명세서만 내면 대출을 자동으로 해준다. 납부된 영수증을 삼영염업사 직원에게 주면 이전 서류가 등기소로 보내진다고 했다. 서류가방을 정말 잘 보관해야 한다고 했다. 혹시 몰라서 복사해서 따로 보관해놓았다. 진본은 우편 속달로 김수병 조합장에게 보냈다. 조합장이 농협 금고에 임시로 보관을 해놓기로 했다.

"정말 치밀하네요."

"준비 없이 움직이다가 무슨 일이 일어나면 어떻게 하나. 이건 나하고 자네만 아는 것이야. 절대로 부위원장들에게 이야기하면 안 돼. 허선휘 부사장이 아이디어로 준 것이야."

 100프로 이전이 완료되면 그때 진본을 찾아오고, 정산을 볼 것이라고 했다. 혹시라도 양도에 따른 매매 대금을 거부하는 사람들이 있어도, 가톨릭농민회 회원을 빼면 70%이니 정산보고를 할 것이라고 했다. 이미 여러 차례 정산보고를 했지만, 마지막까지 보고할 것이라고 했다. 회비가 부족한 상황도 있을지 모른다. 시민단체나 서울·경기 지역 출향인들이 일부의 후원금이 보내고 있다고 했다. 정산이 완료될 때까지 후원금 통장을 그대로 유지할 계획이라고 했다. 이전이 완료되면 후원금 통장도 그때 정리하기로 했다.

 "내가 걱정을 하는 것은 우리가 내려가고 회사 측 신문 광고에 사과문이 나가는 것이다. 그때도 후원금을 받는 건 안 될 것 같다."

 "위원장님, 그건 조금 그렇네요."

 "우리가 내려가면 농협에 말해서 통장을 정리해야 한다. 그렇지 않으면 우리를 도왔던 사람들을 우롱하는 처사다. 신문에 사과 광고문이 나오는 것만으로도 그동안 도왔던 사람들의 명예를 떨어뜨리는 결과가 될텐데, 우리를 도왔던 학생들부터 시민단체, 서울·경기지역 출향인들도 그렇게 생각할 것이다. 훗날에는 명예 그 이상도 찾아드리겠지만, 지금은 후원자들께 미안하게 되었다. 영만이가 내려오면 내려오는 날 바로 통장 정리를 해야 한다."

 "영만이 성격으로 봐서 내려오면 당장 통장 정리를 할 사람이제."

 "어여 눈을 붙여야 내일 사람들을 통솔하지 않겠나. 나는 차 안에서 자도 되지만, 자네는 여기저기 인원을 확인해야 하는 것 아닌가."

 "주무셔요."

 영만이가 자다 말고 일어나 부엌에 들어가 한참을 서 있었다. 내일 아침이 서울에서 마지막 식사였다. 질마재댁은 이미 정리를 해놓았다. 냉장고와 쌀통,

짤순이 세탁기는 중고로 정리하기로 했다. 질마재댁에게 가져갈 것이 있으면 가져가라고 했는데, 공적으로 쓰던 물건에 욕심내서는 일 안 된다고 했다.

'질마재댁에게 선물을 주어야 할 텐데, 위원장님께 말을 해야 하나, 아무도 모르게 뭐 하나라도 해주어야 하나, 이제껏 각시에게 한번 제대로 뭐 하나 해본 적이 없는데, 질마재댁에게만 하는 것도 이상하지만 마음만큼은 정말 무엇이든 해주고 싶다. 내종석 군을 엄청 예뻐했는데, 만나게 해주어야 하나. 지금은 어떤 상태인지도 제대로 모르고, 우리도 막상 내일이면 엄청 바쁠지도 모른다. 하지만 시간이 되어 내종석 군과 연락이 되면 꼭 만나고 내려가게 해주어야겠다. 유추순 씨도 내종석 군을 만나고 내려가자고 할까. 내일 아침에 말해야겠다. 질마재댁도 혼자가 아니어서 좋아할 것이다.'

다시 잠자리에 들었다. 머리를 대기 무섭게 드르렁 드르렁 코를 골았다. 시골 촌놈이 서울에 와서 여기저기 거래처도 생기고, 제법 서울놈이 다 되었다. 내려가게 되었다고 하면 거래하던 상가 사람들이 더 아쉽게 생각했다. 최영만은 내가 어디를 가나 대접받는 사람이라고 자랑을 많이 했다. 자랑질할만했다. 황소처럼 정말 열심히 했다.

김병수가 늦은 저녁에 다녀갔다. 내일 내려간다는 소식을 들었다며, 협상이 완전히 끝나고 서명과 공증까지 끝났으니 더 있는 것도 곤란할 것 같다고 했다. 김재만 위원장에게 진심으로 사죄했다. 특히 박정일 신부가 고생 많이 했고 대단한 분이라고 칭찬을 많이 하셨다고 전했다. 전주에 오거든 꼭 들러 가라고 했다며, 무탈하게 끝마치는 것이 정말 어려운 일이라고 칭찬이 끊이지 않았다고 했다.

32일차(9월 12일), 귀향

아침 일찍부터 분주했다. 김인주 총무가 오늘 10시에 관광버스 2대가 고창에서부터 농성장 앞까지 올라와 대기할 것이라고 했다. 식사를 마치면 내려갈 채비를 꾸려주라고 했다. 사람들이 다른 때보다 일찍 아침밥을 먹고서 짐을 챙기기 시작했다. 이상철 부위원장이 왜 이렇게 서두르는지 모르겠다고 했다. "야반도주하듯 도망가야 할 형편인가." 사람들은 일사천리로 움직였다.

"이제 내려가나 보다."

구미마을 이칠성 대표가 만세를 불렀다. 너무 좋다며 덩실덩실 춤을 추었다. 시골 어머니가 대문 앞에서 늘 아들 오기만을 기다린다고, 태풍 때 집에 다녀온 사람들이 전해주었다. 오늘도 대문 앞에서 기다리실 터이니, 1호 차 맨 앞 좌석에 앉겠다고 했다. 아직 1시간이 남았는데 농성장 앞에서 서성거렸다. 이칠성 대표의 어머니는 여든여덟 살이었다. 귀가 좀 먹어서 목소리가 엄청 컸다. 다른 사람들도 이칠성 어머니가 거리로 나오면 더 조심했다. 다른 아들도 있는데, 유독 이칠성만 더 찾고 이칠성네 집에서 함께 사신다. 다른 아들네 집에 가서도 하루 지나면 이칠성 집으로 와버렸다. 어머니는 일제강점기에 보통학교 졸업까지 하고 초등학교에서 학생들을 가르쳤다. 거기서 아버지를 만나 결혼하면서 그만두었다. 김재만 위원장이 이칠성 대표에게 제일 앞좌석을 내 줄 것이니 들어오라고 했다. 그러나 이칠성 대표는 아니라면서, 화장실 가는 것도 잊고 버스가 오기만을 기다리고 있었다. 박재천 감사도 누가 앞자리

안 앉을 것이니, 어여 농성장에서 편하게 쉬라고 했으나, 끝까지 버티며 웃고 말았다.

이상철 부위원장은 김재만 위원장이 서두르는 이유가 분명히 있을 거라고 생각했다. 어딘지 모르게 의심스러운 구석이 많다고 했다. 박두환이 아니라고 했다. 의심나거든 혼자서 잘 밝혀 보라고 했다. 박재천 감사도 이제 그만하겠다고 했다.

"내려가기 전에 회의를 해야 한다."

"이미 다 한 것이 아닌가요?"

"자네는 합의서를 봤나? 합의서를 어떻게 말로만 믿나. 나 역시 김재만 위원장을 존경하네. 지금까지 내가 따져 들기는 했어도 사이가 금 간 적이 없었다. 그런데 그것과는 차원이 다르지 않은가. 아주 예전에 이렇게 말하는 것을 들었다. 싸움터에 남아있으면 또 다른 불씨가 다시 살아나 나를 태우고 상대까지 태우게 되는데, 상대를 지켜준 덕에 내가 지켜진다고 했던 말이 떠오른다. 그래서 빨리 자리를 떠나려고 하는 것인지도 모른다."

"어찌 선배님께서는 또 이렇게 불씨를 만드는 것입니까? 자신이 있으면 나서 보시지요. 눈으로 보지도 않았고, 또 추측만으로 일을 저지른다면 결코 용서받지 못할 거예요. 부위원장님이 누구와 다시 일을 꾸민다 해도 나와 박두환 씨는 빼주었으면 해요. 100프로 부위원장님이 맞다 해도 나는 그 속으로 들어갈 수 없습니다. 한번 한 약속을 다시 뒤집고 다시 발톱을 드러내는 것은 우리 박씨들 체질과는 맞지 않아요."

김인주 총무는 마을 대표자들에게 오늘 내려갈 인원을 계속 확인했다. 다들 짐을 챙겼으니 두 대의 차량으로 내려 갈 수 있다고 했다. 보조 의자 없이도 가능할 것이라고 했다. 최영만 재무와 질마재댁, 유추순 씨까지 3명은 남아있고, 서울에 있는 딸과 아들, 친인척 집에 들르고 오겠다는 사람을 빼고 72명이 내려간다. 100여 명이 남아있었으나 어제와 그제 미리서 내려간 사람들도 있었다. 왕촌마을 나승평 대표도 서울에 있는 아들 집에 들렀다 간다고 했다. 아들이 장가들고 처음으로 자기 집을 샀다. 그동안 전셋집만 전전긍긍하며 살았다. 빚을 조금 내고 샀지만 운도 좋았다고 했다. 이때 아니면 언제 올라오겠냐고, 이왕이면 오늘 내려가기 전에 들렀다 갈 것이라고 했다. "신동호 마을 김양수 씨도 딸이 전철역으로 데리러 온다고 했다"며 "같이 가서 함께 기다리면 된다. 정말 고생 많으셨다. 사람 욕심은 끝이 없다고, 이것 주면 저것은 안 주냐고 한다. 끝이 없을 것"이라고 했다. "인주 총무, 너무 신경쓰지 말고, 이 동네 저 동네 사람들이나 안전하게 시골까지 잘 도착하게나. 나도 부처님께 기도하겠네."

차가 도착했다. 해리의 왕 기사가 왔다. 그리고 무장 김 기사도 왔다. 서울 올라올 때 왔던 기사들이었다. 왕 기사는 차량도 새것으로 바꾸었다고, 시골 집값 서너 채 값은 간다고 자랑했다.

김재만 위원장은 사무실 경비를 서는 아저씨들을 찾아서 인사했다. 처음에는 이런저런 것으로 싸움도 많았다. 싸우면서 정이 든다고, 내종석 군과 최영근 군 사고 이후로는 오히려 농민들의 안전을 신경 많이 써주었다. 명동마을 오찬수 대표가 길거리에서 쓰러진 적도 있었는데, 경비가 바로 발견 못 했으면 큰일 날 뻔했다. 그때 의료봉사 왔던 나순자가 응급조치를 빠르게 한 덕에 아무렇지도 않았다. 경비 아저씨도 오씨였는데, 나주 오씨, 고향이 함평군 손불이었다. 그때부터 오찬수와 경비는 "대부님", "조카님" 하면서 틈만 나면 만났다. 오찬수 씨는 오 경비네 거서 하룻밤 자고 오기도 했다. 오찬수가 부인에게 연락해서 생명의 은인이라며 쌀과 화물을 보내도록 했다. 오찬수가 내려간다고 하니, 오 경비가 대부님께 아무것도 준비를 못 했다면서, 내려가면서 뭐라도 사드시고 집에 뭐라도 사 가지고 가라며 봉투를 주었다. 받지 않으려고 했지만 성의를 무시하면 안 된다고 했다. "고향에 오가면서 꼭 우리 집에 들르게." "대부님도 서울에 올라오시면 찾아오셔요."

모두 차에 오르고 회사 측에서도 총무부장이 나와서 환송해주었다. 부르릉 부르릉 왕 기사가 힘을 냈다. 구미마을 이칠성 대표가 가장 앞자리에 앉았다. 김재만 위원장은 2호 차에 탔다. 여산 휴게소에서 한번 쉬어간다고 했다. 차창 너머로 스쳐가는 서울의 빌딩들이 잘 가라고 손을 흔들어 주는 것만 같았다. 시내를 빠져나와 고속도로에 접어들었다. 왕 기사가 위원장님이 한마디 하셔야 하지 않냐고 했다. 김재만 위원장이 일어나 마이크를 잡았다.

"여러분 진심으로 고맙습니다. 누구 하나 크게 다치지 않고 돌아가게 되었습니다. 서울 상경할때, 우리가 일이 잘 되어 내려갈 때가 되면 안전하게만 돌아가길 바란다고 기도했습니다. 약속을 지키게 되어 더 없이 기쁩니다. 저는 최선을 다했습니다. 여러분도 최선을 다했습니다. 우리 노력의 결과로 성취가 있었습니다. 서로 마음은 다르겠지만, 나는 이 정도로 만족합니다. 대물림을 끊게 되었습니다. 소작농에서 벗어나게 되었습니다. 지금은 머슴이 없어졌지만, 그간 우리가 삼영사의 머슴이 아니고 뭐였단 말입니까. 그러나 이제 내가 논주인이 되었습니다. 이 말을 듣는 것만으로도 가슴이 떨립니다. 여러분 덕에 결국은 해냈습니다. 고맙습니다. 집에 도착할 때까지 긴장을 풀어서는 안 됩니다. 늘 건강하시고, 이제 자주 볼 수는 없는데 서로 잊지 말고 서로 감싸고, 아끼고, 존중하며 살아갑시다. 만나면 반갑게 인사 나누는 것은 잊지 맙시다."

김종남 씨가 마이크를 이어 잡았다.

"내가 다쳤을 때 나는 오히려 더 한 가족이 된 듯했습니다. 여러분의 따뜻한 마음을 알았습니다. 진심으로 고마웠고, 나순자 학생에게도 진심으로 감사를 드려야 했는데, 인사도 못 하고 왔네요. 위원장님 앞에서 칭찬하기에는 쬐께는 거시기하지만, 위원장님 덕분에 사람 노릇 한번 제대로 하고 갑니다. 나는 이제껏 살면서 지금처럼 뿌듯한 적도 없었습니다. 몇 번이고 시골집에 내려가도 된다고 했습니다만, 나는 그 사고 이후로 끝까지 김재만 위원장님 곁을 지켜주고 싶었습니다. 그렇게 할 수 있게 해주셔서 감사드립니다. 여러분, 김재만 위원장님께 큰 박수를 부탁드립니다. 감사합니다."

한참 차가 달리고 왕 기사가 5분 정도 있으면 여산휴게소에 도착한다고 했다. 화장실도 꼭 다녀오시고, 몸도 풀고 오라고 했다. 신동수 감사가 인원을 확인했다. 37명이 타고 왔는데 한 명도 빠짐없이 탔다고 했다. 김재만 위원장이 1호차에 옮겨 탔다. 왕 기사가 김재만 위원장에게 마이크를 주었다.
"여러분 고맙습니다. 여러분 덕분에 좋은 결과를 가지고 내려갑니다. 무엇보다 여러분과 안전하게 내려가게 되어 더 없이 기쁩니다. 2호 차에서 말했는데, 나는 우리가 내려가는 길이 희망을 여는 길인지, 고통을 주는 고난의 길인지, 아직은 정확하게 모르겠습니다. 그러나 하나는 잊지 마시기 바랍니다. 우리는 소작농이 아닙니다. 대물림을 끊었습니다. 진정한 승리자는 여러분이라는 것만은 잊지 마세요. 100프로 만족을 다 할 수는 없습니다만, 그래도 이렇게 건강하게 승리하고 돌아갑니다. 여러분께 감히 말씀을 드리면 우리는 희망샘을 찾았습니다. 진정한 승리는 희망을 가지고 살아가는 것입니다."
이상철 부위원장이 고개를 숙이고 있었다. 박재천 감사가 박수를 부탁했다. 박수 소리가 울려 퍼졌다. 이상철 부위원장이 마이크를 잡았다.
"합의서를 보여주어야 합니다. 그런데 김재만 위원장은 아무런 행동이 없습니다. 혹시라도 우리가 모르는 내용이 들어있나, 그렇지 않으면 못 밝힐 이유가 뭡니까?"
김재만이 말했다.
"이 작은 공간에서 이러쿵저러쿵 대답하는 것도 그렇다며 대답하지 않으려고 했지만, 다시 마이크 잡은 것은 여러분이 오해할까 봐서입니다. 이상철 부위원장님 말이 맞습니다. 당연히 합의서를 보여드려야 합니다. 그런데 이미 합의서를 작성하면서 마을 대표들에게는 설명했습니다. 설명한 그대로 공증받았습니다. 마을 대표님들께나 여러분께 말한 다음 고쳐서 공증했다면 여기서 제 목숨을 내놓을 수도 있습니다. 서명 대표자만 저 말고도 네 명이 더 있습니다. 그런데 이렇게 계속 말하는 것은 다른 저의가 있지 않나 생각이 들 정도입니다. 그리고 마을에 합의서가 배포될 것입니다. 이미 여러 번 말했습니다. 언제가 될지 모르나 중앙일간지에 우리 명의로 사과문이 게재될 건데, 지금까지 우리를 도운 고창군농민회와 전북가톨릭농민회, 고령대학교 학생들도, 시민단체도, 출향인들까지 그들이 헌신했던 땀방울을 지켜주지 못하는 것입니다. 우리는 소작농에서 벗어나지만, 그들이 노력한 일들의 가치가 무너지게 되었습니다. 나는 한편으로는 편안합니다. 혹시 금품을 수수하고서 협상을 마무리했냐는 의혹 제기에 아니라고 했지만, 그래도 이미 오해하게 만들었습니다. 시골에 내려올 때까지는 대답도 반문도 하기 싫었습니다. 처음 우리가 상경하면서 1차적으로 나에게 주어진 시간이 오늘까지였습니다. 오늘까지 어떤 비방도 달게 받겠습니다. 어찌 되었든 위원장이니까요, 누구든 의심도, 비방도, 욕설도 할 수 있다고 생각합니다. 하지만 내일부터는 나도 내려놓고 싶습니다. 진심입니다. 지쳤습니다. 내일 이후에 명예훼손한다면 지금처럼 참고 있지는 않겠습니다. 마지막 부탁이 있습니다. 혹시 삼영사 소작답 양도 추진위원회와 뜻이 달라 다른 일을 하고 싶었을 수도 있습니다. 우리 정말 고생하지 않았는가요. 편을 가르지 말고 서로 아끼고, 보듬고, 존중해주었으면 합니다."

박두환 씨가 일어나 꼭 그렇게 되도록 노력하겠다고 했다.

"여러분 내가 눈과 귀가 정상이 아니었다. 한번 왜곡된 생각은 계속 퍼졌다. 많이 후회한다. 여러분 앞에서 그런 실수를 범하고, 나중에 자식들에게 내 잘못이 귀에 들어가지 않을까 걱정이 들었다. 나만 옳다고 생각하면 내 마음대로 해도 된다는 말인가. 경찰서에서 이틀 밤을 잤다. 그때까지는 신념이 꺾이지 않았다. 그때도 위원장님은 우리를 아끼고 보듬어 주었다는 것을 알았다. 하지만 술을 먹고서 한 행동에서 무의식적으로 귀로 들었던 것, 눈으로 봤던 것이 그대로 나왔다. 술을 핑계로 삼았지만, 이건 내가 엄청 잘못된 짓을 했구나 싶었다. 지금도 후회한다. 여러분도 나와 같은 실수를 범하지 않았으면 한다. 시간이 지나고 보면 누가 옳았는지 알게 될 것이다. 혹시라도 내가 김재만 위원장의 편이 되어준다 해도, 그릇된 행동이 나온다면 따끔하게 말해주길 바란다."

고속도로를 빠져나왔다. 혹시 정보경찰이 나와서 반겨주나, 심원 지서장도 나와서 환영해주나, 김재만 위원장은 머리가 복잡하게 움직이고 있었다.
'면장님도 농협장님도 나와 있을까? 나와 계신다면 조합장님께 제일 먼저 진심으로 고맙다고 인사하고 싶다. 승희 엄마도 아이들 키우면서 붕어 장사까지 했다. 남편이란 작자가 좋기만 하겠나. 그래도 이제부터라도 더 잘 해주면 되겠지. 모든 일이 뜻대로는 되지 않겠지만 열심히 잘 하려고 한다. 가톨릭 농민회 전북연합회 강기종 사무국장은 계속해서 협상을 방해했었다. 김병수도 강기종 사무국장 때문에 변했다. 협상이 지연되고 계속 투쟁하기만을 바란 듯했다. 그러나 우리는 양도가 주목적이었다. 외부에서 우리의 문제에 개입하지 못하게 오늘도 아무 말 없이 내려온 것이다. 제일 놀란 사람이 강기종 사무국장이었다. 이상철 부위원장이 우리에게 딴지를 걸었던 것도 조금만 깊게 생각하면 강기종 사무국장이 뒤에서 조종하는 것 같은 느낌이 들었다. 나와 이상철 부위원장이 비록 신념의 차이는 있었으나, 서로가 존중하고 존경까지 하는 사이인데, 가끔은 어떤 지령이 떨어지면 개인 간에 쌓은 신뢰는 외면하고 명령대로만 이행했다.'
박재천 감사가 말했다.
"이제는 신념보다 현실적인 것을 생각해야 한다. 소작농에서 벗어나는 것을 택한 것도 외부의 생각이 아닌 나의 문제였다. 600여 명의 삼영사 소작답 농사짓는 사람들이 결정해야 하는 일이다. 500원만을 고집하며 아무런 성과도 없이 질질 끌다가 우리 회원들 다치고, 잡혀가고, 구속되는 것을 바라지는 않았다. 비용을 줄이는 것이 빨리 협상을 타결하는 방법이란 것을 알았다. 희망을 행동으로 옮길 때 행복한 길이 열린다고 했다. 이제는 꼭두각시 같은 것은 하지 않겠다. 서울에 올라와서 어느 순간 허수아비와 같이 영혼 없이, 시키는 대로 움직이는 나를 돌이켜 볼 때 너무 한심했다. 김재만 위원장님은 변함없이 소작농사를 짓지 않는 것에 집중했다. 큰 간격을 좁힐 때 여러 사람의 의견을 받았다. 우리가 보기에는 제일 어린 문재복이 제시한 아이디어가 최종 목표였다. 공시지가 중에서 제일 낮은 금액이었다. 김재만 위원장은 이보다 더 좋은 결과는 없다고 생각한다. 우리가 이 정도는 감내하겠다고 힘을 모아주었는데, 뒤에서 이러쿵저러쿵하는 것은 다른 꿍꿍이속이 있는 것이다. 그러나 김재만 위원장은 그것마저도 봐주었다. 먼 훗날 우리 모두를 돌이켜 볼 때, 그때 우리가 정말 잘했다고 생각할 것이다. 누구도 못한 50년 동안 한을 끊어냈다고, 자긍심과 자부심도 갖고 있을 것이다. 우리 스스로 기리는 날도 있지 않겠나. 그때까지 묵묵히 뚜벅뚜벅 걸어가자. 새로운 길의 희망을 품고 있을 때 지치지 않고 갈 수 있다. 지금은 땅의 소유자를 내게로 돌리는 일에 집중하자. 농협에서 명세표만 가져가도 대출이 되고, 그렇게 대출된 돈이 삼영사 측에 입금되면 등기 서류가 등기소에 접수된다. 70프로 이상의 인원이 등기 이전할 때쯤 총회를 열고 최종 정산보고와 함께 해산할 것이다. 올해 안에는 모두 끝마치는 것이 목표다. 아직도 위험이 도사리고 있다. 우리를 방해하는 세력도 있을 수 있다. 김재만 위원장은 내려가면 합의서를 보여줄 계획이라고 했다. 박정일 신부님이 이끌어 주셔서 오늘의 자리에 도달했는데, 마지막에 신부님의 명예를 떨어뜨리지는 않을까 걱정스럽고 괴롭다고 했다. 왜 이렇게 합의서를 쓰고 서명했는지 설명드리겠다고 했다. 강기종 사무국장이 해리면 측 소작농사짓는 사람들에게 500원으로 협상을 완료할 수 있었다고, 회사 측에서 1500원을 제시했는데 김재만 위원장이 1억 원의 거금을 받고 1,881원으로 서명했다고 선동했다. 그래서 해리면 측 일부 소작농사를 짓는 사람들과 가톨릭농민회 회원들이 합작하여 떨어져 나갔다. 그러나 김재만 위원장이 우리는 잠도 함께 자고 밥도 함께 먹는 한 가족이라고 했다. 분열을 절대로 허락하지 않았다. 우리가 경찰서 잡혀갔을 때 가장 중요한 협상이 이루어지고 있었다. 위원장이 협상을 중단하고서 우리들의 문제 해결을 의제로 꺼내 들었다고 했다. 어찌 보면 삼영사 소작답 양도 추진위원회에서 분열을 일으켜 나간 사람들이었다. 그래도 12일까지는 한 식구라고 했다. 지도자의 결심과 책임감, 의지가 삼영사 회사 측에 어떤 믿음을 주었을까. 끝까지 함께하겠다는 그 믿음을 심어주었다. 처음에는 회사 측에서도 분열된 것을 알고서 삼영사 소작답 양도 추진위원회를 제대로 대접하려 하지 않다가, 그만 사과하고 더 적극적으로 나섰던 것을 기억할 것이다."

소재지에 도착했다. 면장도 지서장도 기다리고 있었다. 경찰서 정보계장과 직원도 나와 있었다. 군청 식산과에서도 나오고, 면장과 지서장도 버스에 올라와 그동안 고생하셨다며 건강한 모습 보게 되어 좋다고 했다. 큰일 해내고 왔다며 장하다고 했다.

새로운 세상

삼영사 소작답 양도 추진위원회 한국일보에 사과문 게재

"해당 농지가 합법적이고 아무런 하자가 없음에도 삼영염업사 대표 허상준, 고령대학교 명예총장이자 대한적십자사 총재 허민성, 삼영사 회장 허삼돈과 허경휘 씨에 대한 허위사실 유포하여 명예를 훼손하고 모욕을 가하여 사회적으로 심히 부당한 평가를 받게 했다. 간척 농지와 아무런 관계가 없는 주식회사 삼영사, 고령대학교, 동사일보 등에 장기 불법 농성 혹은 행패를 가하여 동 기관들의 업무 진행을 방해하는 등 막대한 손실을 초래하였다."

삼영사 소작답 양도 추진위원회에서 9월 20일 한국일보에 사과문을 떡하니 게재했다. 김재만 위원장도 모르는 광고가 나왔다. 그러나 이미 합의서에 사과문을 올리기로 했기 때문에, 모든 책임은 삼영사 소작답 양도 추진위원회의 문제였다. 그동안 아무런 조건 없이 지원한 고창군농민회 등 25개 단체에서 이럴 수 없다고 했다. '김재만 위원장이 이럴 사람이 아니다. 정말 믿을 수 없다'고 했다. 어안이 벙벙했다. 김재만 위원장도 이건 아니라고 했지만, 어찌할 방법이 없었다. 조용히 넘어가기만 바랄 뿐이다.

걱정했던 바가 일어나고 말았다. 25개 단체에서 성명서를 냈다. 지주 측의 비열한 행위를 비판하고, 김재만 위원장의 금품수수 의혹을 제기했다. 그리고 김재만 위원장에게 해명을 촉구했다. 김재만 위원장을 비판하는 세력들이 등장했다. 김재만 위원장을 지키기 위해서 나서는 사람들도 많았다. 가톨릭농민회 회원들이 이건 금품수수가 아니고서는 불가능한 일이라고 몰아세웠다. 가톨릭농민회 전북연합회 강기종 사무국장과 이상철 씨가 중심에 서서 김재만 위원장과 협상 대표들이 1억 원을 받았을 것이라고 몰아쳤다. 25개 단체는 가톨릭농민회 이상철 씨에게 힘을 보태기 시작했다. 삼영사 소작답 양도 추진위원회 김재만 위원장이 25개 단체와 결별을 선언했다. 가톨릭농민회 전북연합회 강기종 사무국장은 유인물을 제작해왔다. 김재만 위원장이 체결한 합의서를 인정할 수 없다고 했다. 금품을 수수하고 체결한 합의는 무효라고, 김재만 위원장은 이제 위원장 자리에서 물러나 법적인 책임을 지라고 했다. 이상철 씨가 가톨릭농민회 회원들과 일반인들에게 유인물을 나누어주고, 소작농사를 짓는 사람들에게까지 주었다. 김재만 위원장은 이상철 씨에게 전화해서 오늘 중으로 전량회수하라고 했다. 그러지 않으면 명예훼손으로 검찰에 고발하겠다고 했다. 이재현, 이성규 부위원장과 김인주 총무, 신동수 감사도 더 이상 참아서는 안 된다고 했다.

지금 제일 힘든 사람은 김재만 위원장이었다. 자존심 하나로 버티고 버텼으나, 이재현 등은 강기종 씨와 이상철 씨를 검찰에 명예훼손으로 고발해야 한다고 했다. 김재만 위원장은 강기종 씨만 하겠다고 했다. 그러나 이재현 부위원장이 "그럼 이상철 씨는 내가 고발하겠다"고 했다. 삼영사 회사 측에도 명예훼손으로 고발하겠다고 했으나, 김재만 위원장이 회사가 끼어들면 다른 문제로 또 커질 수 있다고 했다. 우리의 문제이니 스스로 해결하겠다고 했다.

허선휘 부사장이 이건 회장님들께 보여주기 위해서였으니 신경쓰지 마시라고 했다. 이번 신문 내용 이후로 다른 일은 절대로 없을 것이라고 했다. "누가 기사 내용을 빗대어 뭐라 해도 신경 자체를 쓰지 마세요. 혹시라도 다른 소리가 들리면 다 헛소문"이라고 했다.

김재만 위원장 측에서 강기종 사무국장이 만든 유인물을 회수해줄 것을 요청했으나 오히려 더 큰소리를 치고 유인물을 마구 뿌렸다. 삼영사 소작답 양도 추진위원회 회원들이 더 난리였다. 가만두면 진짜인 줄 알고 더 기승을 부릴 수 있다고 신고해야 한다고 했다. 김 위원장은 오늘까지는 기다려보고 그래도 아무런 조치를 취하지 않을 때는 고발조치를 하자고 했다.

"무상양도를 그렇게도 주장하더니, 500원을 주장하고, 회사 측에서 1,500원에 양도한다는 소문을 퍼뜨렸다. 어느 순간부터 양도 협상을 정말 원하는지 의심스러웠다. 우리는 절박한데, 이런저런 이유로 가격을 올리기만 했다. 원하던 바와 거꾸로 갔기 때문에 마지막은 대표자들에게만 알리고 시민단체와는 멀리했었다. 50년의 한을 푸는 데 서로 방법이 다를 수 있다는 것을 알고 있었다. 나는 살얼음판을 걷고 있었다. 가톨릭농민회는 삐그덕 소리가 나는 데도 힘을 주어서 구르기만 하는데 어찌 믿고서 의지할 수 있었겠나. 서로 입장이 다를 수 있다. 협상 막바지에와서 왜 저렇게 방해하는지 몰랐다. 이제 알겠다. 가톨릭농민회 전북연합회 강기종 사무국장이 이 일을 사회적 문제로 끌고 가기 위해 그랬던 것이다. 우리는 소작농에서 벗어나는 것이 목표인데, 강기종 사무국장은 마음이 달랐다. 삼영사 소작답 양도 추진위원회의 신문 광고를 기다렸다는 듯 조직적으로 반격하고, 금품수수까지 꺼내 들며 나를 몰아세웠다. 삼영사 소작답 양도 추진위원회를 와해시키는 것이 목적이었다. 그리고 삼영사 회사 측과 합의한 합의서를 무력화시키는 것이다."

김재만의 머릿속이 복잡했다. 이상철 부위원장은 가톨릭농민회 전북연합회 강기종 사무국장의 충견이 되어 있었다. "다음에 만나면 묻고 싶다. 당신은 정말로 계속해서 소작농사를 짓고 싶은 건가?"

이재현 부위원장이 말했다. "그동안 우리가 겪은 고초를 가볍게 생각하는 것이 맞는지 따져 볼 것이다. 대안도 없이 이러한 행동을 했으니 절대로 용서할 수 없다. 강기종 사무국장이나 가톨릭농민회 측에서 500원 이상 주고 논을 양도받거나, 우리와 똑같이 1,881원에 추진하면 가만있지 않을 것이다. 우리만큼 회의하는지, 협상 내용을 자세히 설명하는지 따져 볼 것이라고 했다. 많은 사람을 이끌고 합숙해가며 일사불란하게 행동하는 것이 쉬운지 아는데, 한번 해봐라. 지켜볼 것이다."

내종석 학생이 찾아왔다. 다행히 화상 흉터가 크게 남지 않았다. 내종석 학생이 말했다. "위원장님 신문 기사를 봤다. 이게 어찌 된 것인가요?"

김 위원장은 약정서에 들어간 내용으로, 회사 측에서 사과 부분을 넣어야 한다고 했다고 말했다. "나도 많이 조급했었다. 우리 사이에 분열이 일어나고, 회사 측에서는 사과 없이는 절대로 협상을 마무리할 수 없다고 했다. 버텼다. 우리보다 회사 측에서 양보를 더 많이 했다. 회장들이 바랐던 것은 사과였다. 학생들 희생 덕분에 이렇게 왔는데, 어떠한 굴욕이 있어도 마무리하는 것이 우리를 도왔던 사람들에게 고마움을 표현하는 방법이라고 생각했다. 그래도 미안하고, 자네는 물론이고 우리를 열심히 도와준 사람들에게 열 배, 백 배 사죄드리고 싶다. 그러나 다시 그런 상황이 온다 해도 똑같이 할 것이다. 나 따위의 명예는 필요없다. 하지만 나중에 여러분들의 명예는 꼭 찾아주고 말 것이다. 욕을 해도 달게 받겠다. 다만 우리가 처한 상황을 있는 그대로 봐주었으면 한다. 죄께는 보일 것이다. 나는 자네들이 믿는 하느님은 잘 모르지만, 나만큼 기도를 많이 한 사람도 없을 것이야. 비종교인이 이렇게 많이 하느님께 기도하는 것은 어려운 일일세. 하느님께 부끄럽지는 않네만, 고령대학교 학생들 시민단체 회원들에게 너무도 미안하고, 평생 여러분의 고마움에 보답하면서 살 것이다. 오늘까지 유인물을 회수하도록 요구했다. 우리 삼영사 소작답 양도 추진위원회의 명예까지 폄하하는 이유는 알 수 없다."

내종석 군이 왔다는 소식에 질마재댁과 유추순이 왔다. 질마재댁은 아들이 온 것처럼 자기 집으로 데리고 가려 했다. 유추순도 시골에 내려와서 해리교회에 등록했다며, 스승님을 만난 것처럼 좋아서 이것저것 물어보고 몸 상태까지 샅샅이 돌아보았다. 내종석 학생은 급히 올라가야 한다고, 광주에 갔다가 올라가는 길에 한번 들렀다고 했다. 질마재댁이 마늘과 깨를 싸고, 먹을 것까지 챙겨 보냈다.

시골로 내려와 처음으로 마을대표자회의가 소집되었다. 회사 측에서 신문에 게재한 사과 광고를 설명하는 것부터 양도를 위한 추진 일정, 가톨릭농민회 회원들이 벌이는 삼영사 소작답 양도 추진위원회에 대한 명예훼손에 대응 방안을 논의하는 회의였다. 이재현 부위원장이 이대로 미온적으로 대응하면 더 기승을 부리게 될 것이라고 했다. "싹부터 자르지 않으면 안 됩니다." 김재만 위원장이 강기종 사무국장을 검찰에 고발하겠다고 했다. 이재현도 이상철 부위원장을 고발하겠다고 했다.

"가톨릭농민회 회원들을 중심으로 해서 우리가 합의한 합의서를 무력화시키려고 하고 있다. 올 농사 소작료 불납 운동을 전개하려고 한다. 우리는 우리의 일정대로 추진해 갈 계획이다. 회사 측에서 농협과 대출 등 제반 절차를 협상중에 있다. 11월 중에는 첫 번째 이전을 하는 사람도 나오지 않을까. 올해는 태풍으로 인해서 수확량이 적을 것이라고 삼영염업사에서 소작료를 그에 맞게 책정하기로 했다. 소작료를 납부하고서 대출 없이 돈을 갚을 수 있게 한다고 했다. 대출 서류를 완료하면 이전 서류가 등기소로 넘어가게 된다. 우리의 명예도 명예이지만, 양도 이전에 가톨릭농민회가 방해되어서는 안 되기 때문에 조심해야 한다."

소리개 대표 최양호가 말했다. "우리 동네는 젊은 사람 두 명이 가톨릭농민회 회원이다. 처음에는 나에게 찾아와서 소작료 납부를 거부하자고 했다. 반대 의사를 표명하니, 동네 사람들에게 동참을 호소하고 유인물을 나누어주었다. 가톨릭농민회 전북연합회 강기종 사무국장이 소문을 퍼트렸다. 명고 이상철 씨도 올해 농사지은 것은 소작료를 내지 말자고 했다. 이렇게 선동을 하니, 일부 주민들도 동요한다. 나에게 찾아와서 참말이냐고 묻고 가는 사람들도 있다."

박두환 씨는 우리가 서둘러 돌아온 것에 의심을 품었다고 했다. 김재만 위원장은 다 된 밥에 코를 빠트린다는 말처럼 우리가 분열하면서 다른 문제가 생길까 염려스러워 더 서두르게 되었다고 설명해주었다. 박두환은 "위원장님의 눈빛을 보며 감복했다. 주도면밀한 계획 속에서 이루어지고 있구나. 나는 충동적이었다. 김재만 위원장이 12일 말씀하시더니, 다 계획에 의기해서 일정까지 하나하나 짜 맞추고 있었다는 것을 알았다. 가톨릭농민회 회원들이 해리면 측 회원 30여 명을 선동해서 독자적으로 행동하니 정말로 다 된 밥에 코를 빠트리지는 않을까 걱정된다."

김재만이 말했다. "강기종 사무국장이 우리 계획을 방해하고 있다고 생각했다. 김병수 씨가 그쪽으로 넘어가게 되면서 생각을 굳혔다. 우리는 소작농에서 벗어나는 것이 첫 번째 대의였다. 소소한 것도 중요했지만, 최종적으로는 50년 동안의 한을 끊어내는 것이었고, 가난의 대물림에 종지부를 찍는 것이었다. 내 생각이 맞았다. 우리가 그때 결단을 내리지 않았다면 지금도 서울에 있을 것이다. 다른 문제가 야기되어 이상한 방향으로 바뀌었을지도 모른다. 제일 걱정이었다. 내종석 군과 최영근 학생이 아니고, 우리 회원들이 그런 끔찍한 일을 당했다면 회사 측에서 그렇게 빨리 움직였을 것 같은가. 학생들이었기 때문에 회사 측에서도 신속하게 처리한 것이다. 고령대학교 학생회가 뒤에 있었고 교회 연합회가 있었기에 가능했다. 얼마나 외롭고 힘든 여정인지 그들도 해보면 알게 될 것이다. 강기종 사무국장 생각대로만 된다면 나도 환영한다. 이미 내 명예 따위는 땅에 떨어진 지 오래다. 이상철 부위원장은 다 알면서 왜 그러는지 모르겠다. 정신을 차리게 하기 위해서라도 강기종 사무국장을 검찰에 고발해야 한다. 다른 피해자는 없어야 한다."

회원들은 신문에 뭐가 나왔는지 알지도 못한다고 했다. 관심 있는 사람들이나 관심을 갖지, 대부분의 사람은 관심도 없다고, 한 달도 안 가서 다 잊을 것이라고 했다. 회사 측에서도 회자되는 것이 좋을 리 없다고 했다. 박두환은 사람들이 나처럼 오해하지 않게 하기 위해서라도 검찰에 최대한 빠르게 고발 조치를 해야 한다고 했다. "나도 계속 들으니 나중에는 참말인가 싶더라. 나 같은 사람을 하나로 끝내기 위해서는 무슨 조치를 취해야 한다. 내종석 군도 오해했는데, 위원장님을 믿었기 때문에 찾아왔다고 했잖아요. 신문만 본 사람들은 오해 사기 충분했다."

이재현 부위원장이 이상철 씨에게 여러 가지로 말했지만, 줄기차게 자기주장만 하더란다. 도저히 안 된다고 했다. 고발장을 따로따로 제출하기로 했다. "충분히 기회도 주었다. 삼영사 소작답 양도 추진위원회 부위원장까지 했는데 우리가 총질을 하고 싶겠냐며 기회를 주었지만 소용없었다." 김재만 위원장은 가톨릭농민회 전북연합회 강기종 사무국장만은 용서할 수 없다고 했다.

최양호 대표가 말했다. "소리개마을은 삼영염업사 인접 마을이다. 농사를 짓는 농토도 대부분이 삼영염업사 옆이다. 삼영염업사 직원들과 조석으로 만나고 있다. 자기네도 신문에 기재된 내용을 정확히 파악한 적이 없었다고 한다. 가톨릭농민회 소속 회원들이 우리 마을도 있는데, 사람들에게 합의서가 얼마나 잘못되었으면 신문에 그렇게 났겠냐며 적극적으로 말하고 있다. 듣는 사람들에 따라서 충분히 오해할 만했다."

아직은 겨울이 많이 남아있는데 기러기가 끼룩끼룩거리며 궁산저수지 위 동녘으로 날아 갔다. 추수가 일러질 것인지 기러기가 일찍 보였다. 물을 빼고서 논을 말리는 사람들이 많았다. 빨리 수확해서 소작료를 지불하고, 대출을 받아서라도 소작농에서 벗어나고 싶은 사람들이 많았다.

검찰에서 이상철 씨와 강기종 씨가 조사를 받고, 김재만 위원장이 고발인 조사를 받았다. 검사가 유인물을 보고서 하나하나 물었다. 강기종 씨는 미꾸라지처럼 잘도 빠져나갔다. 그러나 이상철 씨는 검찰 조사가 길어지고 한 달 이상을 구치소에 수감되어 조사를 받았다. 강기종 씨는 "모든 것을 이상철 씨와 함께했다. 이상철 씨가 고창군 가톨릭농민회 분조장으로, 실질적인 모든 책임은 이상철에게 있다고 했다. 유인물도 이상철 가톨릭농민회 분조장이 부탁하여 가져다주었을 뿐, 본인은 잘 모른다"고 발뺌했다. 그래서 이상철은 옴짝달싹도 못 하고 구치소에 갇혀버렸다. 강기종 씨는 밖으로 나와서 적반하장으로 삼영사 소작답 양도 추진위원회 김재만 위원장이 이상철 씨를 구속수감했다고 소문냈다.

가톨릭농민회 회원들만으로 새로운 조직을 만들기 위해서 규합했다. 모르는 사람들은 김재만 위원장이나 마을 대표들을 비방하면서 욕설도 서슴지 않았다. 9월 20일자 한국일보 신문에 삼영사 소작답 양도 추진위원회 회원 일동으로 게재된 것을 어떻게 소명할 것인가, 속 시원하게 설명을 촉구한다고 했다. 가톨릭농민회에서는 김재만 위원장과 마을 대표자들이 협상 중일 때도 반기를 들었다. 김재만 위원장이나 되니 반대하는 사람들을 끝까지 지켜주고 아껴주었다. 그런데 이건 아니라고 했다.

신문 내용상으로는 삼영사 소작답 양도 추진위원회가 온전히 사과 광고를 하는 것처럼 보였다. 비굴할 정도로 사과했다. 그렇게 걱정한 부분이 터졌다.

고창군농민회 황승수 사무국장이 찾아왔다.
"위원장님 어찌 된 것인가요?"
"설명하기는 어렵네만, 약정체결 때 회사 측에서 가격을 양보하는 과정이 있었다. 가톨릭농민회 회원들이 경찰서에 수감되어 조사를 받고 있을 때, 잘 못하면 합의가 제대로 이루어지지 않을 것 같아 걱정도 많이 했다. 조속히 마무리하고 싶었다. 12일까지는 마무리하고 싶었고, 그래서 합리적으로 결정한 부분이었다. 약정체결 때 사과문 게재 조항을 넣었다. 미안하네. 단체에서 열심히 도와준 덕에 마무리가 잘 되었는데, 이런 꼴을 보였다."

황승수 사무국장이 말했다. "알겠다. 지금 가톨릭농민회 회원들이 야단법석이다. 어떻게 할 것인가요?"

"이상철 부위원장님을 말렸다. 유인물을 회수하도록 요구했다. 그러나 듣는 척도 하지 않고서 막무가내식으로 나간다. 계속 놓아두면 오해가 쌓이고, 많은 사람이 의심하게 될 것이다. 그래서 검찰에 고발했다. 가톨릭농민회 전북연합회 강기종 사무국장이 더 얄밉다. 나는 소작농사를 짓는 우리 회원들이 2차 피해를 입을까 걱정이다. 합류하는 사람이 몇 없지만 그래도 걱정이다. 그쪽은 명분이 약하다. 회사 측에서도 해야 할 바를 다 할 것이라고 했다. 자연적으로 우리 회원들이 피해를 입게 된다. 그 원인에 가톨릭농민회 전북연합회 강기종 사무국장이 있다. 투쟁을 위한 투쟁으로는 안 된다. 나와 같은 사람이 무슨 힘이 있다고, 나에게 1억 원씩이나 주면서 합의하겠는가. 혹시 가톨릭농민회 전북연합회 강기종 사무국장이 그걸 원했던 것인가. 500원 이야기를 계속할 때 나 역시 속으로는 좋았다. 그런데 말뿐인 이야기를 해서 협상에 도움이 되지 못했다. 황승수 사무국장님은 협상을 수도 없이 했기 때문에 잘 알겠지만, 터무니없는 요구는 오히려 방해되고, 그것 때문에 새로운 것을 양보해야 하는 경우도 있다. 촌놈이 많은 사람을 이끌고 올라가 사고 없이 성공적으로 돌아왔다. 나는 더 이상 바라는 것도 없다. 가급적 빨리 논이 이전되는 것을 지켜볼 뿐이다."

약정서와 합의서 무효화를 위한 소작료 불납 결의

가톨릭농민회 고창군 분조장인 이상철 부위원장이 삼영사 소작답 양도 추진위원회에서 추진한 약정 체결과 합의서를 무력화시키기 위해서 가톨릭농민회 전북연합회 강기종 사무국장과 결탁했다. 김재만 위원장은 박정일 신부와 과 이수금 회장에게 인사를 가야 하는데 어떻게 설명해야 할지 난감했다. 가면 있는 그대로 말해야 하는데, 그러다 보면 가톨릭농민회 전북연합회 강기종 사무국장에 대해서도 말해야 하고, 이상철 가톨릭농민회 고창 분조장 이야기도 해야 했다. 약정 체결이 100프로 잘 되어 있다고 할 수 없지만, 지금 상황에서 이보다 더 좋은 결과를 내기도 쉽지 않다고 김재만은 생각했다. 하늘에 맹세하는데 부끄러움이 없었다.

가톨릭농민회 고창군 분회에 윤길섭 씨가 심원면 대표로 참석하고 있었다. 이상철 부위원장과는 고종사촌간이다. 윤길섭 씨는 정동마을 사람들로부터 평가가 좋았다. 얌전하고, 아주 성실하게 종교생활도 하고, 있는 듯 없는 듯 살면서 동네 좋은 일도 많이 했다. 다리를 조금 절었지만 농사 일을 못하는 것도 아니었다. 인척인 이상철의 부탁으로 심원면 대표자가 되었을 것이었다. 서울 농성장에 부인이 두 번째 조로 올라왔었다. 태풍 때문에 먼저 내려갔다. 가톨릭농민회 활동에 심원면은 참여가 저조했다. 윤길섭 씨도 그렇게 적극적이지 않았고, 유인물을 나누어 주는 것도 크게 신경 쓰지 않았다. 이상철 씨가 고창군농민회의 명예를 들먹이면서 새롭게 민주성 있는 조직을 만들 테니 함께하자고 했다. 가톨릭농민회 전북연합회 강기종 사무국장이 적극적으로 참여하면서 심원면, 해리면에 따로 대표자를 세웠고, 여성 대표까지 포함해 삼영사 소작답 양도 민주 추진위원회를 만들었다. 60여 농가에서 참여했다. 3인을 공동대표로 하여 해리면은 이상철 씨, 심원면은 윤길섭 씨가 맡았다. 여성 대표는 해리면 월산마을 정점순 부녀회장이 맡았다. 수석 대표는 이상철 가톨릭농민회 고창군 분조장이 맡았다. 마을 대표를 세우려고 했으나 대표자로 적극 나서지 않아 집행부 구성이 제대로 이루어지지 않았다. 정확한 비전도 없었다. 추진 계획도 없었다. 김재만 위원장이 했던 약정체결과 합의서를 파기하는 것만 목적이었다. 첫 번째 행동 목표가 이번 달 소작료 납부를 거부하는 것이라고 했다.

김재만 위원장은 마음 같아서는 그분이 따로 협상을 다시 하라고 하고 싶었다. 끝까지 60여 농가만 따로 협상해도 괜찮다고 했다. 김재만 위원장 측은 모른 척하겠다고 했다. "우리의 문제를 우리 중심으로 해결해야 맞는 것이지, 가톨릭농민회 전북연합회 강기종 사무국장이 해결할 수 있는 문제는 아니"라고 60여 회원들 개별적으로 찾아다니며 설명해줄 생각이었다.

해리면 화산마을 한치호가 찾아왔다. 김재만의 친척이었다.

"자네가 돈을 먹었다고 들었다. 그것도 자그마치 1억 원이나 꿀꺽했다고 들었다. 참말인가."

김재만이 말했다.

"저한테 백만 원을 주시면 제가 1억 원을 드릴게요."

"내가 자네를 몰라? 자네 이야기가 입방아에 올라가니 기분이 좋지 않아 그러지. 이제 붕어 잡는 것은 어떻게 할 것이고, 언제부터 시작할 것이여?"

김재만은 몸을 추스르고 바로 시작하려고 했는데, 일이 이어지고 있다고 했다. "아저씨가 내 편이 되어야 하는데, 성당 다니신다고 그쪽에 들어가면 어떻게 해요?"

"아니야. 나 같은 사람이 회원으로 있어야 무슨 일이라도 있으면 자네에게 알려주지 않겠는가?"

"아주머니는 잘 계시지요?"

"늘 잘 있지. 그런데 요놈의 여편네가 잔소리가 많아졌당께. 자네 고모가 살아 계실 때만 해도 눈 한번 높이 뜬 적이 없었는데 눈은 둘째 치고 목소리까지 하늘을 찌르려고 하는구먼. 힘이 계속 떨어지니 싸우기 싫어 지고 말제. 젊어서 시집와서 가난한 집에서 얼마나 고생했는가. 또 양반집이라고 제사부터 이 체면, 저 체면 다 세우느라 고생이 많았지. 이제야 큰소리 좀 치고 사는갑네. 그래서 쥐죽은 듯 조용히 잘 맞춰주고 있지 뭐. 자네도 그렇게 해봐. 자네 없을 때 승희 엄마가 얼마나 고생했겠나. 말대꾸도 하지 말고 잘 해주게나. 그런 사람도 없네. 그나저나 오래갈 것 같네. 진짜 소작료를 내지 않으면 어떻게 되는가?"

"지금도 정읍법원에 소송 중인지 모르세요? 시늉만 하다가 꾀내서야 해요."

"알았네."

"양도금은 큰돈은 아녜요. 대출을 해주니 양도금도 꼭 내세요."

"너무 신경 쓰지 말고 이제 쉬엄쉬엄해. 어쩜 너도 아버지를 닮았는지 한 방향으로만 가는 거냐. 그래도 자네가 나서서 이렇게 되었으니, 너는 나중에라도 할 말이 있을 것이여. 몸이 많이 야위었네. 건강 관리도 하면서 삼영사 소작답 양도 일도 혀."

추수가 시작되었다. 이성규는 늘 제일 나중에 자기 것을 수확하곤 했는데, 올해는 제일 먼저 서둘러 추수했다. 태풍 때 물도 제대로 빼주지 않고 벼 세우기도 못했다. 농사지은 후 처음으로 수확량이 제일 적었다. 삼영염업사 직원들을 오게 했다. 추수한 양을 보라고 했다. 직원들도 20프로를 거둬가야 했다. 항상 넉 섬까지는 먹었는데 석 섬도 넉넉하지 않았다. 농사꾼 체면 때문에 석 섬은 나온 것으로 했다. 소작료 20프로를 내기 위해 나락을 햇빛에 말렸다. 하루나 이틀 말려야 했다. 집에서 식량으로 쓰지 않는 것은 너무 많이 말려도 좋지 않다.

가톨릭농민회 전북연합회 강기종 사무국장이 검찰 조사를 받았다. 그러나 검찰에서 혀를 찰 정도로 미꾸라지처럼 빠져나갔다. 강기종 사무국장이 빠져나가 이상철 가톨릭농민회 분조장이 더 곤란한 상황에 처하게 되었다. 이상철은 구치소에 갇혀서 조사받게 되었다. 3주가 지났는데 나올 기미가 없었다. 공동대표로 있는 윤길섭이 변호사와 함께 고발자인 이재현을 찾아와서 합의해주라고 부탁했다.

이재현 부위원장은 "여러 번 기회 줄 때는 듣는 척도 없다가 이렇게 되니 우리를 찾아오나. 우리도 신문에 그렇게 게재되고 뭐가 좋았겠냐"고 말했다. "오히려 죽도록 고생한 김재만 위원장이나 부위원장들, 마을 대표자들까지 금품수수나 한 사람들도 취급하지 않았더냐." 윤길섭은 그래도 나를 봐서라도 봐주시면 안 되겠냐고, 부탁했다. 이재현은 이상철 씨가 사죄하고, 가톨릭농민회 전북연합회 강기종 씨와 관계를 끊고 우리 일에 방해가 되지 않겠다고 하면 합의서를 넣어주겠다고 했다.

윤길섭은 마을대표 회의를 열었다. 정점순 공동대표는 고민에 빠졌다. 윤길섭은 사람이 우선이라고 했다. "명분도 사람이 있고 그다음 아닌가." 월산마을 박준호 대표가 말했다. "윤길섭 공동대표님 말씀마따나 사람이 우선이지 않나, 면회를 신청해서 만나보기로 하자. 그럼 무슨 얘기가 있지 않겠는가. 아직도 가톨릭농민회 전북연합회 강기종 사무국장을 만나고 있으면 고집을 부릴 것은 자명하다. 이재현 씨가 합의해준다고 했으니, 우선 만나서 얘기를 들어보자". 윤길섭은 "박준호 대표님께서 함께 가셨으면 한다. 빨리 갔다 와서 준비하면 될 것 같다"고 했다.

궁산마을 이성규 부위원장은 벼를 수확해서 소작료를 납부했다. 지금은 대출 서류를 준비하고 있다고 들었다. 이성규는 그렇게 무리한 돈도 아니라고, 너도나도 서둘러서 소작료를 내고 있다고 했다. 작년에 비해 상당히 빠르게 소작료를 납부하고 있다고 한다. 회사 측에서는 농협과 함께 대출 준비를 완료했다. 명세서만 나오면 이제 끝이다. 삼영염업사 직원들이 소작료를 받는 것보다 이전 서류 준비에 더 바쁘다고 했다.

바람이 살랑살랑 불어오고 감나무에 잎사귀가 흔들리고 있다. 감이 빨갛게 익어가고 있다. 지금이 제일 맛있을 때다. 이상철의 부인이 말했다. "우리 집 주인 양반은 몇날 며칠을 어디 가서 함흥차사인지 모르겠다." 이상철 부인의 한숨 소리가 날로 커졌다. 바람이 차가워지고 있다. 새들의 소리도 작아지고 있다. "다른 사람들은 벼를 벤다 난리인데, 있어야 할 곳에는 없고 가지 말아야 할 곳에서 뭐하고 있나 알 수 없네."

마을 대표들이 이상철의 면회를 갔다. 이상철의 얼굴이 좋지 않았다. 윤길섭이 이재현 부위원장이 사과문을 작성해서 사과하면 합의는 해주겠다고 전했다. 이상철은 처음에는 완강히 거부하다가, 맞는 말이라며 허락했다. 박준호가 '우리가 밖에서 무엇을 어떻게 해야 하는지, 소작료를 내지 않으면 어떻게 되는지, 그리고 회사 측과는 무슨 얘기라도 된 바 있는지, 우리의 목표가 무엇이냐'고 이상철에게 물었다. "이런 상황에 처한 대표님께 묻는 것도 미안하지만, 우리도 조금은 알아야 할 것 같다."

윤길섭 공동대표가 남고 정점순 공동대표와 박준호 월산마을 대표는 먼저 나왔다. 박준호 대표는 이상철 공동대표의 이야기를 듣고 싶었는데, 얼굴이 수척해져 있어서 대답을 듣지 못하고 나왔다. 정점순 공동대표에게 아는 것

있냐 물었다. "여자인 내가 어떻게 아냐며, 여성이 꼭 한 명 들어가야 한다고 해서 들어 온 것이제, 잘 모르고 들어온 것을 알면서 어찌 내게 물어보는 것이냐"고 했다. 정점순 대표가 "박준호 씨는 어찌할 생각이냐"고 물으니, 박준호는 어찌해야 할지 도무지 자신이 없다고 했다. "처음 1,881원을 이야기할 때 엄청 많은 금액이라고 생각했지만, 크게 무리가 되지 않았다. 농협에서 장기 대출도 가능하고, 크게 불편사항이 없다. 공시지가 최저가로 결정된 것으로 받아들일 수 있는 금액이었다. 이상철 공동대표로 인해 변호사 비용 등 비용이 늘어날 것이다. 아직 재무도 없고, 돈도 걷은 게 없는데 어떻게 해야 할지 걱정된다. 모든 활동에 돈이 필요하다. 돈을 어떻게 조달할 것인지 알 수 없다."

윤길섭 씨가 나왔다. 합의서를 받아 출소하자고 이상철과 상의했다. 어떠한 사과문도 쓰겠다고 했다. 변호사의 도움을 받아서 써오라고 했다. 강기종 사무국장이 만들어온 유인물을 참고해서 작성하고, 1억원 금품수수 유언비어를 퍼뜨린 잘못을 시인하고 사죄를 청하라고 했다.

최영만 재무는 추진위 서울농성 관련 재정상황에 대한 정리를 마쳤다. 서울에서 지출과 수입을 정리했고, 서울에서 쓰던 집기 정리 대금도 받았다. 조금의 돈이 생겼다. 차량비를 포함해 모든 것이 지급된 상태로, 서울 상경해서 썼던 모든 비용은 처리되었다. 혹시 몰라 질마재댁과 이석규 서기하고도 누락된 것이 없나 확인받고. 신동수 감사에게도 여러 번 검토받았다. 이제 총회만 열리면 그냥 내놓아도 된다고 보고했다.

이성규 부위원장은 소작료 납부까지 완료했다. 서류도 다 준비해놓고, 1호로 소작농사 짓는 사람에서 벗어나는 것이라고 했다. 농협에 가서 양도금 대출도 부탁해 놓았다. 이성규 부위원장의 소식을 들은 사람들이 경쟁이라도 하듯 소작료를 너도나도 납부했다. 수확이 적었는데도 사람들이 신나고 기쁘다고 했다. 소작료를 내면서 이런 일도 있냐며 처음이라고 했다. 삼영염업사 직원들도 서로 웃으며 소작료를 받기는 처음이라고 했다. 김재만 위원장도 형님이 수확한 벼를 소작료로 납부하러 동행했다.

"우리 아우가 큰일을 한 거야. 가톨릭농민회 전북연합회 강기종 사무국장 같은 사람들이 뭐라 해도 대응 말고. 좋은 일 했으니, 끝까지 초심을 잃지 말고 지금처럼만 하게나. 하늘에 계신 아버지도 좋아할 거야. 아버지께서 못한 일을 우리 동생이 끝냈네. 형으로서 이렇다 할 것도 제대로 못하고, 늘 자네가 도와주었어. 고맙지. 언제 이런 말을 하겠는가. 자네가 옳지 않은 일을 했더라면 성규가 그 성질에 가만있었겠나. 배움도 있는 인주가 그렇게까지 도왔겠나. 영만이는 어떻고, 모두 참마음으로 동생을 도운 것이네, 절대로 잊지 말게. 목사님께서 자중자애하면 나중에 큰복이 있을 것이라고 했네. 나는 그 말을 믿네. 엄마도 자식이 얼마나 자랑스러울까. 말은 안 해도 다 알고 계신다. 자기 배 아파 낳은 자식인데, 커가는 것을 제일 가까이에서 지켜봤는데 자네를 모르겠나. 혹시나 엄마 귀에 어떤 말이 전해져도 자기 자식이 어떤지 모르겠냐."

"형님은 제 마음에 들어갔다 나온 사람처럼 빤히 보고 있는 듯합니다."

"다 같이 한배에서 나왔는데 모를까."

"형님 고맙습니다. 우리 아버지와 엄마의 얼굴에 먹칠할 일은 하지 않았습니다. 걱정하지 마세요."

50년 한을 풀어내다

이성규 부위원장이 눈물을 글썽였다. "어머니, 아버지, 이제 내 손에 진짜 땅문서가 생겼어요." 아버지께서 물려주신 그 땅이 이제 내 것이 되었다며, 펑펑 눈이 내리는 것처럼 울었다. 삼영사 소작답 벼 수확도 80프로 넘었고, 소작료 납부도 60프로가 넘었다. 김재만 위원장도 눈물을 글썽이며 이성규를 꼭 안았다.

"고생했다. 자네가 내 한을 1번으로 풀어주었다"

"우리의 염원이 시작되는 것이냐. 내가 시작했으니 2호, 3호가 나올 것이다. 내가 보기에는 올해 안에 80프로까지 달성할 것으로 믿는다. 이게 꿈은 아니겠지? 이런 날이 있을 것이라고 생각조차 못 했어. 그것도 우리 손으로 해냈다. 가톨릭농민회 전북연합회 강기종 사무국장이 그렇게 방해했어도 우린 기필코 여기까지 왔잖아. 친구, 너무 좋다. 나이 먹고 친구에게 편안하게 이야기할 수 있어 몹시 좋다. 오늘 이후로 편하게 말하지 않겠다. 경어를 써줄 것이다. 위원장도 좋네만, 어떻게 쓸까. 이럴 때는 우리도 호가 있어야겠다. 그렇지, 자네는 내게 성규, 그렇게 불러주게나."

"이 사람이, 이렇게 좋은 날 왜 뚱딴지같은 말을 하는지 모르겠네. 가톨릭농민회 고창군 분회에서도 언제까지 소작료를 거부할지 궁금하네, 60여 회원들도 하나둘 빠져나오려고 하는 것 같던데, 이상철 공동대표는 어떻게 하려고 하는지. 모르겠다. 물러설 수도 없고, 그렇다고 앞으로 계속 나갈 수도 없는 상황일 걸세. 성규 자네가 손을 내밀어주면 어떻겠나? 어려울 때 손을 내미는 것이 사람의 도리가 아닌가 싶다."

"구치소에서 빼내준 것만 해도 큰 은혜를 베푼 것이다. 우리와 처지가 바뀌었으면 그들은 우리를 빼내주었을까?"

"그렇게 생각지 말고, 윤길섭 씨를 찾아가서라도 힘든 길에서 빠져나올 수 있게 해주었으면 하네. 꼭 그렇게 해야 하네, 이건 부탁이네."

"성인군자도 아닌 사람이 성인군자가 다 되었다. 그래도 아닌 것은 아닌 거여."

"나는 이상철 씨가 참으로 고마운 사람이야. 이수금 회장님은 어떻고, 박정일 신부님은 어떻고. 우리가 그분들의 은혜를 잊으면 사람도 아니야."

김재만 위원장이 나이 드신 분을 구치소에 오래 둘 수 없다며 구치소에 몇 날이고 있었던 것만으로도 사과를 받은 것이나 다름 없으니 합의서를 넣어주라 부탁해서 합의서를 보내주었다.

"총회가 열리면 이상철 부위원장도 올 것이야. 마을대표들도 올 터인데, 이상철 부위원장과 이재현 부위원장이 나란히 앉아있으면, 불편할 것이니 자리배정도 신경써주게."

"이상철 부위원장이 이재현 부위원장에게 머리를 숙이고 고맙다고 인사해야지, 또 다른 짓을 하면 절대로 가만두지 않겠네."

총회가 열렸다. 박재천 감사는 "나는 감사직에서 물러났기 때문에 참석할 자격도 없는데, 참석까지 요청해서 너무 감사드린다"고 했다. 박두환, 김종남, 김익선, 질마재댁, 유추순도 특별히 참석했다. 김병수도 왔다. 가톨릭농민회 고창군 분회가 분리되는 결정적인 역할은 했지만, 김병수가 얼굴을 드러내지 못하면서 고생한 것은 사실이었다. 이성혜까지 참석시키려고 했으나, 다른 선약이 있어 참석하지 못 한다고 연락이 왔다. 고령대학교나 박정일 신부, 이수금 회장 등은 따로 찾아뵙기로 했다.

방축마을 문선호 대표가 말했다. "우리는 수확이 늦어졌다. 그래도 우리 쪽 수확량이 예전에 비해 크게 떨어지지 않았다. 바람의 영향이 심하지 않았다. 금평평야의 논보다는 양호하다. 산을 넘어 다니면서 농사짓고 있어 조금 늦는데, 소작료 납부는 예년에 비해서 빠를 것이다. 이성규 부위원장님은 정말 빠르시다."

이재현 부위원장은 "나도 서류를 제출했다. 내가 1번으로 하려고 했는데, 이성규 부위원장이 어찌나 빠른지 1등 자리는 놓치고 말았다. 등기서류가 나오면 어머니 묘소에 가지고 가서 제사를 지낼 생각이다. 아주 성대하게 제를 지낼 계획이니 참석해도 좋다. 환갑잔치를 제대로 해드리지 못했다. 여한으로 남아있다. 김재만 위원장님은 꼭 오셔서 제관이 되어주셨으면 한다. 사전에 날이 잡히면 연락할 것이니 꼭 오시라."

김인주 총무가 참석 인원을 확인했다. 이상철 부위원장도 참석했다. 한 명만 빼고 다 참석했다. 최영만 재무가 9차 협상 이후에 쓰인 상황과 수입을 설명하고, 부족한 금액이 57만 원이라고 했다. 결산을 위해서 57만 원은 자신 돈으로 넣었다고 했다. 상세하게 보고하여 영수증을 첨부한 장부였다. 차량비와 식비 외는 크게 들지 않았다고 했다.

신동수 감사가 감사를 표했다. "오히려 우리가 미안할 뿐이다. 정성을 다해서 살림한 덕에 크게 부족함 없이 잘하고 왔다. 김재만 위원장이 57만 원의 부족한 금액을 어떻게 처리했으면 하는지 말씀을 해달라."

최영만 재무는 본인이 책임을 지겠다고 했다. 그러나 위원장은 혼자서 부담하게 할 수 없다고 했다. 이상철 부위원장이 이럴 때 나서서 솔선수범했었는데, 지금은 처지 때문에 엉거주춤 말소리가 적어졌다.

이상철 부위원장이 일어났다. "아직도 우리는 소작료 납부 거부를 하고 있다. 여러분께서는 등 뒤에 칼을 꽂았다고 얘기할 것이다. 유인물을 배포한 것은 잘못했다고 생각한다. 나는 처음부터 무상양도를 주장했다. 500원까지 양보했다. 검찰에 가서 조사받으면서 나를 돌아봤다. 김재만 위원장께 많이 미안하다. 하지만 우리를 이해하기 바란다. 나 역시 누가 옳은지 잘 안다. 박두환 씨가 내게 방향과 목적을 정확하게 얘기를 해달라고 했다. 그러나 앞으로 계획에 대해서는 아무런 말을 해줄 수 없었다. 검사님께도 앞날에 대해 할 말이 없었다. 검사님도 갑갑했을 것이다. 명예훼손 건에 대해서도 강기종 사무국장은 심부름한 정도로만 말해서 미꾸라지처럼 잘도 빠져나갔다. 57만원 결손금 반은 내가 부담하겠다. 서울에서 끝까지 밥 챙겨주고, 올 때도 함께 오면서 쓴 돈도 많은 것 잘 안다. 전부 부담하고 싶지만 그건 예의가 아닌 듯해서 반 부담은 하겠다. 이재현 부위원장님, 저 부위원장님께 원망 하나 없다. 나도 사람이고, 여러분들 못지않게 소작농사 짓는 것에서 벗어나길 바라는 사람이다. 김재만 위원장이 잘 알 것이다. 그러나 내 처지가 쬐께 그렇다. 이해를 바라는 것도 아니다."

농협장이 합의서를 가지고 총회장에 왔다. "이성규 부위원장이 1호로 서류를 완성하고 등기 절차에 들어갔기 때문에 여러분께 진본을 보여주는 것이다. 김재만 위원장이 신신당부했다. 1호 등기서류가 시작될 때까지는 위원장이 꺼내달라고 해도 절대로 개봉하지 말라고 했다. 나 역시도 여러분 앞에서 처음으로 합의서 진본을 본다." 농협장은 이석규 서기와 신동수 감사, 김인주 총무에게 앞으로 나오라고 했다. 그리고 대표자들이 있는 곳에서 개봉했다.

협상 대표들의 서명과 도장이 들어간 합의서가 온전히 있었다. 50년 동안의 한이 종이 한 장으로 사라지게 된 것이다. 4항을 보니 사과문에 대한 내용이 들어가 있었다. 5항은 정읍법원에서 일어난 소송전 등 회사 측과 관련된 사건들을 종료하는 조건이 들어 있었다. 서로가 하나씩 나누어 가진 결과였다. 회사 측에서 소작농사를 짓는 사람들과 얽힌 법적인 문제를 모두 해결지었다. 9월 20일 신문에 사과문을 게재할 때 이미 정읍법원에 취하 서류를 제출했다.

회의실을 농성장으로 쓰면서 생긴 경미한 훼손도 회사 측에서 모두 알아서 마무리지었다.

박두환이 "합의서 이송 계획까지 철두철미했다니 정말 존경스럽다"고 했다. 가톨릭농민회 고창군 분회와 너무 차이 난다며 자기도 10만 원을 내겠다고 했다. 이미 삼십팔만 오천 원이 확보되었다. 김종남이 5만 원, 김익선이 5만 원을 기부하겠다고 했다. 이제 10만 원만 더하면 오늘 총회 비용까지 채워지겠다고 했다.

서울 이성혜 어머니가 10만 원을 내겠다고 연락해왔다. "우리는 민주화운동을 하지 않아서 삼영사 소작답 양도 문제나 민주화 문제에 대한 인식은 부족하나, 부모님이나 고향 어른들이 고생한 것을 안다고 했다. 엄마와 나 때문에 김종남 씨가 경찰들에게 봉변당하고 실신까지 했었다. 이런 분들의 노력을 하나하나 기억한다. 무슨 명예가 떨어졌는지 모르겠다. 출향인들은 소작농에서 벗어나게 된 부모님들만 생각해도 좋다고 했다. 소작농의 아들딸이 아닌 엄연한 지주의 아들딸이란 소리만으로 더 없이 좋다고 했다. 기금을 통장에 여러 번 송금했으나 없는 계좌라고 송금할 수 없다고 했다. 우리 말고도 시민단체에서도 이런 사람들이 많았을 것이라고 했다. 내려오면서 바로 통장을 폐지해버렸기 때문이다. 부족한 금액은 이렇게 마무리짓고, 또 다른 이야기를 하고 싶은 사람이 있으면 말하라고 했다.

"올해 안으로 반 이상은 끝나겠지요?"

그 이상 될 것이라고 했다. 왕촌마을 나승평 대표가 말했다. "진짜 그렇게 되겠더라고요. 동네에서 너나 할 것 없이 소작료를 납부하고 서류 준비까지 경쟁처럼 한다"고 했다. "저 역시도 서류를 준비해서 제출했다. 내 앞에도 여러 사람이 있었다. 나도 빨리 한다고 신경썼는데도, 부지런한 사람이 아주 많다. 김재만 위원장님에게 고마워하는 사람이 한둘이 아니다. 서로 떨어져 있어서 그렇지, 다들 너무도 고마워한다. 가톨릭농민회 회원들도 김재만 위원장님의 노고에 진심으로 감사드린다고 했다. 회원들이라서 어쩔 수 없이 농민회 쪽을 따르고 있는데, 눈치 봐가면서 소작료를 납부하겠다고들 한다."

김재만 위원장이 그간의 소회를 밝혔다.

"나양호 선배가 중학교에 가고, 고등학교에 갈 때 얼마나 부러웠는지, 공부하고 싶은 한이 있었다. 소작답에 눈을 뜨게 되었다. 그때부터 시작했다. 초등학교 졸업을 하고나서부터 지금까지 염원이었다. 지금 와서 해결되었다. 선배님께서는 면장이고, 조합장이시고, 나는 물고기나 잡는 어부이다. 이런 나에게 위원장님이라고 존칭을 써주고, 고맙다는 인사도 많이 받는다고 했다. 사과문 없이 마무리했더라면 하는 아쉬움도 있다. 새로운 세상을 꿈꾸었다. 내 친구 이성규가 1호로 세상을 바꾸었다. 이제 내가 할 일은 다 했다. 나 혼자서가 아니라, 우리 삼영사 소작답 양도 추진위원회 회원들이 이룩한 성과이다. 누구도 함부로 말해서는 안 된다. 견해가 조금 다르다고 해도 인정해야 한다. 결국 우리를 지키는 일이기 때문이다. 지금껏 이상철 부위원장이 잘못했다고 생각하지는 않았다. 보는 것에 따라서 서로의 생각이 다를 수 있기 때문이란 것을 잘 알고 있다. 그래서 이상철 부위원장님의 행동에 대응하지 않은 것이다. 내가 몰아붙였다면 오늘 총회에도 나왔겠나. 그리고 부족한 금액을 반이나 내겠다고 했겠나. 눈에는 눈, 이에는 이로 대응하는 것도 상책이겠지만, 바보인 척하고서 기다려 주는 것도 하나의 대책이다. 나는 습관처럼 나를 돌아본다. 문제의 답을 풀어낸다. 인내하는 것을 하나로 적고, 정성을 다하는 것을 적는다. 그래도 부족하다 싶으면 타인의 말을 진심 다 해 듣는다. 그리고 행동한다. 문제의 답이 풀렸다 할지라도, 꼭 준비하고자 했던 것을 되돌아본다. 이 습관이 좋은 때도 많았다. 그러나 사람들은 답답하다고 했다. 서울 상경해서 회원들이 많이 지적한 것 중 하나였다. 1호가 나오기까지 50년을 기다렸다. 그렇게 많은 세월을 보내면서도 참고 기다렸다. 치밀한 행동이 있었기 때문에 우리가 승리자가 되었다는 것을 알아야 한다. 6·29민주화선언이 우리가 앞으로 나아가는 지표가 되었다. 88올림픽이 다가오는 것도 방향이 되었다. 무턱대고 앞으로만 갔겠냐. 나는 나 나름대로 치밀하게 계획을 세웠다. 삼영염업사의 토지 인도 소송도 행동으로 나아가는 도화선이 되었다. 가톨릭농민회 전북연합회 강기종 사무국장은 넓게, 멀리 보지 않고 삼영사 소작답 양도 추진위원회를 무력화시키려고 했다. 지금도 당당하게 1대1 토론을 해도 좋다고 생각한다. 검찰에 신고하지 않으려고 했다. 기회를 주었는데 끝까지 고집부렸다. 일반 군민들과 삼영사 소작답 양도 추진위원회 회원들까지 나를 의심하는 것도 모자라서, 협상대표단까지 의심했다. 불신을 없애기 위해서 고발했던 것인데, 오늘 한자리에 모여서 오해를 풀 수 있어 좋다. 서로를 아끼고 보듬어 주는 시간이 되었다. 최영만 재무에게 박수를 보내주고, 특히 질마재댁에게도 아주 큰 박수를 보내자. 마지막으로 유추순 씨와 김종남 씨, 김익선 씨에게도 큰 박수를 보내주었으면 한다.”

유추순도 한마디했다.

“서울에 올라가서 내종석 학생에게서 전도를 받고 따라 나갔다. 아직은 하느님을 제대로 알지 못할지도 모른다. 그러나 내종석 군이 다치고 나니 기도가 술술 나왔다. 삼영사 소작답 양도 추진위원회를 위해 기도했다. 밥하는 걸 도와주고 남은 시간은 계속 기도했다. 목사님께서 서울에서 하느님을 알고 온 사람이라서 그런지, 기도는 물론 봉사하는 것까지 최고라고 했다. 시골에 내려와서도 삼일 밤 예배와 주일 낮 예배까지 다 참여했다. 새벽 기도는 집에서 했다. 우리 마을에도 교회가 세워졌으면 좋겠다고 기도했다. 김수로왕이 기도했던 것처럼 간절하게 기도를 드렸다. 하느님께 새벽 제단을 쌓을 수 있게 해달라며 어린아이가 온갖 떼를 쓰는 것처럼 기도했다. 하느님께서 50년도 기다렸는데 조금 더 기다리지 못하겠냐, 그렇게 응답을 주셨다”

2호, 3호 소식이 들려오고 10호 소식도 들렸다. 이렇게 추진되면 올해 안에

100프로까지도 달성하지 않을까 싶다고 했다. 가톨릭농민회 고창군 분회 회원들도 하나둘씩 소작료를 내는 사람들이 늘어났다. 10월 말 기준으로 80프로가 넘었다고 했다. 삼영염업사에서 소작료 납부가 90프로 넘었다고 했다. 11월 내에 모두 끝날 것 같다고 했다. 한 명씩 한 명씩 등기부등본을 가지면서 지주들이 늘어갔다. 김재만 위원장이 대표단에게 감사하다고 인사했다.

허선휘 부사장이 김재만 위원장을 찾아왔다.
"부사장님, 몸이 좋아지셨네요, 여전히 뽀얗고 양반집 도련님 같습니다. 언제 사장님으로 승진하십니까?"
허 부사장이 웃으며 말했다. "삼영염업사 염전의 소금 생산을 마무리했습니다. 예년 같으면 소작료 납부가 30프로 수준이었는데, 지금은 90프로 정도가 납부되었다고 들었습니다. 염원이 많이 컸구나 싶었어요. 그냥 올라가려다가 얼굴이라도 한번 뵙고 가려고 들렀습니다."
김 위원장은 많이 고마웠는데 인사도 제대로 못하고 내려왔다며, 이렇게 뵈니 너무 좋다고 했다.
"신문 사과문 때문에 얼마나 고생하셨나요? 들어서 알고 있습니다. 가톨릭농민회 전북연합회 강기종 사무국장은 어떤 사람입니까? 이상철 부위원장이 협상 대표로 있을 때도 많이 힘들게 하더니, 결국 또 소작료 납부 거부 운동을 하는군요. 위원장님 많이 힘드셨겠다. 신문이 빌미를 주었다고 들었습니다. 우리도 미안했어요. 소작농사 짓는 사람들과 법적으로 연결된 고리들은 다 끊어냈습니다. 크고 작은 문제까지 깔끔하게 끊어냈죠. 서로 좋게 생각하고, 좋은 마음으로 살았으면 합니다."
김인주 총무가 왔다. 그리고 이성규 부위원장이 왔다. 한참 있다가 최영만 재무가 오고, 팔형치마을 신동수 감사도 왔다. 무슨 협상이라도 해야 하는 것 아니냐고 농담했다. 웃음바다가 되었다. 선운사에 있는 풍천장어로 옮겨갔다. 김재만 위원장이 이제껏 붕어 잡아서 번 돈으로 풍천장어를 사겠다고 했다. 허선휘 부사장이 회사에서 출장비를 두둑이 챙겨왔다고 했다. 걱정마시고 많이 드시라고 했다.

최영근 재무가 말했다. "부사장님, 그런데 유인물을 보니 우리가 1억 원을 받았다고 하는데, 재무에게 돈이 들어오지 않았다. 혹시 배달 사고 나지 않았나 싶은데, 여기 사람들이 많으니 주고 가면 안 되나요?"

허선휘 부사장이 눈을 동그랗게 떴다. "아무리 부사장이라고 한들 내 맘대로 하겠어요. 대가를 주고받으면 범죄예요. 세상에는 비밀이 없어요."

"가톨릭농민회 고창군 분회에서 우리가 1억 원을 받았다고 하는데, 부사장님이 주었으니 그런 것 아닌가요?"

김재만 위원장이 쓸데없는 소리 그만하고, 서울에서 온 손님 편안하게 해주라고 했다. 웃으며 저녁을 맛있게 먹었다.

새로운 시작

금평평야의 지주는 하나가 아닌 수백 명으로 분할되었다.

"목사님, 이 가방이 뭔지 아세요? 가톨릭농민회 고창군 분회의 이상철 분회장이 1억 원이 든 돈가방이라고 했던 가방이에요. 역사책에 나올 뻔한 가방이죠. 이 속을 열어보면 진짜 1억 원이 나오지 않을까, 꿈을 자주 꾸었어요."

젊은 목사가 동네에 이사해왔다. 유추순이 그렇게 노래를 부르더니 꿈이 이루어졌다고 했다.

소작답 양도투쟁이 언제였는지, 몇 년이 훌쩍 지나버렸다. 올림픽은 잘 끝났고, 문민정부가 들어섰다. 한 시대가 저물어갔고, 새로운 시대가 열렸다. 지주가 된 사람들은 금평평야의 벼들이 누렇게 익어갈 때면 내가 부자가 된 것 같다고 했다.

김재만 위원장이 말했다.

"내가 가끔씩 기억이 가물가물해지고, 몸도 예전 같지 않아요. 혹시 몰라서 나보다는 젊은 목사님께서 이 가방을 보관해주셨으면 해요."

"이게 뭔데요?"

"꺼내 보는 것도 목사님 몫이고, 열지 않는 것도 목사님 마음입니다. 어찌되었든 목사님께서 보관해주셨으면 합니다."

젊은 목사는 목회활동하기에 최고 좋은 위치로 교회 자리를 잡았다. 정좌랑 부자의 끝텅이 있는 집이다. 정기종 씨의 권세도 만만치 않았다. 아들이 하느님을 믿는 덕에 목사님이 교회를 짓는다고 하니 양도한 것이다.

"유추순 씨 같이 믿음 좋은 분도 계시니 도움이 많이 될 것이다. 유추순 씨가 하느님을 영접하고, 이제 집사님이라고 한다. 교회가 멀어 이사할까 고민했다. 그래도 끝끼지 침고 기도하던 동네에도 교회가 세워질 것이란 믿음이 있다고 했다. 그렇게 6년이 지나 목사님이 오셨다. 저에게 와서 젊은 목사님을 도와주라고 당부했다. 무슨 일이 있어도 늘 목사님 편이 되어주겠다고 약속했다. 지켜보니 목사님께 이 가방을 맡겨도 되겠다는 확신이 들었다.

가끔 이상철 부위원장을 만난다. 가톨릭농민회 고창군 분회에서도 그 해를 넘기지 않고 소작료를 납부하고, 모두 지주가 됐다. 지금도 잊히지 않는다. 마지막 문을 닫은 사람이 이상철 부위원장이었다. 이성규 친구가 첫 문을 열었고, 마지막 문은 이상철 부위원장이 닫았다. 농협이 문을 닫으려고 할 때 들어섰다. 준비된 서류를 제출하고서 나왔다. 그런 세월이 6년이 지났다.

삼영사 지주들의 것에서 우리 모두의 것으로 뒤바뀐 들판을 볼 때마다 이유 없는 웃음이 절로 나온다. 50년 동안 피맺힌 한이 무엇이었는지 떠오르지 않는다. 대학 가는 학생들이 늘어났고, 집도 하나둘 양옥집으로 바뀌기도 했다. 붕어를 열심히 잡았다. 나처럼 붕어를 잡는 갑내기 양반은 논을 네 방구나 장만했고, 나는 그동안 빚진 것을 갚았고 집터도 샀다. 조금만 더 벌면 집을 지을 수 있었다. 제일 고생 많았던 아내에게 선물을 주고 싶었다. 재작년에 한전주 공모가 있었다. 600여 농가에서 공모를 신청해서 확보된 한전주를 나에게 선물로 주었다. 그 덕에 집을 짓는 것도 빨라졌다. 궁산마을에서 처음으로 양옥집을 지었다. 그리고 수동댁네가 또 지었다. 전북일보 기자를 한 아들이 아버지 환갑 즈음에 새로운 집을 지었다고 했다. 이대성 기자가 저수지 확보를 위한 예산에도 지대한 영향을 끼쳤다고 한다. 사돈인 이대성 기자에게 많은 것을 부탁했다. 바쁜 와중에도 밤을 새워가며 도왔다. 이대성 기자 아버지 환갑 때는 화환이 끝이 안 보일 정도로 많이 왔고, 동네 생기고 처음으로 사람이 많이 왔다. 그렇게 하나둘 집이 바뀌고, 소의 숫자도 늘어나고, 이인규 씨는 규모가 있는 목장주가 되었다. 장호댁 아들도 공무원이 되었다. 우리가 언제 소작농사를 지었던 사람들이었던가. 까마득하게 잊어버렸다.

그러나 날이 지나가도 회원들의 얼굴은 뚜렷하게 기억한다. 그 사이에 돌아가신 사람들도 많았다. 이재현 부위원장은 내려와서부터 마을 이장을 맡았다. 삼영사 소작답 양도 추진위원회 부위원장직을 잘 이행해서 동네 사람들이 이장을 시키고, 지금까지 열심히 잘하고 있다.

김병수는 두 해도 농사를 짓지 않고 광주로 이사해 버렸다. 동네 사람들이 김병수 집으로는 일도 가지 않았다. 그래서 논을 염전에 다니는 이막동에게 팔아버리고 갔다. 논을 쌀값으로 넘기고, 동네에 절대로 돌아오지 않겠다면서 떠나버렸다. 이사가고 얼마 지나지 않아 집에 불이 났는데, 어떤 연유로 불이 났는지 집이 다 타버렸다. 집터마저도 다른 동네 사람에게 팔아버렸다. 동네 사람들은 배신자라고 말도 섞지 않아 아주머니가 우울증에 걸려 병원 신세를 지게 되었다. 서울 가서 뭘 그렇게 잘못했길래 사람들이 당신을 벌레 보듯하는지, 너무 가슴이 아프다고 했다. 내가 동네 사람들을 찾아가 김병수 씨는 아무런 잘못이 없다고 했다. 김병수의 부인께 고생을 시켜 미안했다고 했다. 김병수 부인이 '유인물을 봤다. 혹시 그 문제와 관련있었던 것이냐'고 따지며 울었다. 모든 일을 처음으로 돌려내라고 했다. 지주의 꿈이 이루어지면서 김병수처럼 아쉬운 일도 있었다.

목사님, 다시 그 일을 하라고 하면 못할 것 같아요. 그때는 무슨 용기가 있었는지, 겁도 없었다. 저 들녘을 보세요. 누렇게 익어가는 벼들을 보면 가슴이 그때로 돌아간다. 마음은 아직도 그때를 못 잊고 그리워하는 것 같다."

"어련하겠어요. 이야기만 듣고 있는 저 역시도 떨립니다."

"비가 오려나 보네요. 어깨와 허리가 아프네요. 50년 세월 동안 한이 있는 사람들이 하나둘씩 떠나가고, 새로운 세대가 채워졌다. 장호 양반 아들도 나를 찾아와서 농성장에 갔었다고 했는데, 나는 기억이 없다. 참으로 많은 사람이 찾아왔다 갔다. 또 다른 50년 세월은 어떻게 채워질까. 기쁨이 두 배, 세 배로 채워졌으면 한다. 문재복을 자주 본다. 광주로 이사했는데, 우연찮게 작은형님네 옆으로 이사했다. 작은형님이 양농시장에서 가게를 하는데, 문재복이 이사 와서 가게를 열었다. 삼촌처럼 잘 따르고, 무슨 일만 있으면 와서 묻고, 시간이 나면 서울에서 나와 함께 삼영사 소작답 양도 추진위원회에서 일했던 이야기를 자주 했다고 한다. 가게를 늘려야 해서 논을 팔아야 했다. 서울에서의 경험 때문에 팔지도 못하고 있다고 했다. 광주 형님께서 자기가 큰형님께 사주고 싶다고 했다. 광주 형님께서 반을 거들었고, 나 역시도 반을 부담해주었다. 나머지를 형님께서 부담하고 세 방구를 샀다."

600여 명이 하나둘씩 빠져나가고 새로 들어온 사람도 있었다. 새로운 사람들은 50년 동안 이어져 온 이야기는 모르지만, 삼영사 소작답 양도 추진위원회는 잘 안다. 김재만 위원장에게 고마움을 잊지 않았다고 했다.

"목사님, 이 가방을 꼭 열어보세요. 삼영사 소작답 양도 추진위원회의 활동 사항이 묻히는 것이 아쉽기만 하다. 가물가물거리는 것도 많아졌다. 내가 이러니, 다른 사람들도 나와 같을 것 같았다. 그래서인지 조급함이 생겼다. 앞에서 했던 것들을 정리해서 기록해야만 새로운 50년도 기록할 수 있기 때문이다. 정말 고마웠던 분들의 이야기가 묻혀버릴까 걱정스러웠다. 우리가 죽고 나면 그 사람들을 기억이나 해줄까. 신문에 나오고 얼마나 지나지 않아 다 잊어버렸지만, 그래도 우리를 도왔던 25개 단체의 명예를 회복시키는 것도 아주 중요했다. 마음처럼 되지 않아 가슴이 꽉 막혀 온다고 했다. 아쉬움이 날로 커져만 갔다. 꿈속에서도 능력 부족으로 아무것도 못하고 지나간 일이 아쉬위 잠에서 깨어나고 만다. 목사님은 젊고, 지역에 대한 의식이 있고, 사회문제에도 관심이 큰 것으로 알고 있다. 얼마나 다행인지 모르겠다. 목사님이 우리 동네에 교회를 설립한 것도 고맙다. 훗날이라도 우리를 지극정성으로 도왔던 시민단체를 위해 기념비와 공원, 전시관 건립이 이루어졌으면 한다. 목사님께서 꼭 도와주시고, 그때 가방 속에 있는 물건들을 귀하게 써주셨으면 한다."

"김 선생님도 건강한데, 어찌 저에게 당부하는지 모르겠네요. 맡겨주셨으니 맡아 놓겠지만, 김 선생님께서 방법을 찾는 것이 더 낫지 않겠어요?"

김재만은 이제 마음도 약해지고, 한해 한해가 달라진다고 했다.

"많은 사람이 주인이 되었지만, 여전히 붕어를 잡아야 먹고 살 수 있는 어부이다. 이성규와는 늘 한 몸처럼 같이 다녔다. 친구들이 여러 명 있었으나 둘만 남았다. 나양호 면장은 동네 선배였다. 중학교 가고, 고등학교 가고, 새마을 지도자를 할 때, 나양호 선배가 이것저것 시키면 순응하며 도와주었다. 나양호 면장이 산업계장일 시기에 나에게 일을 시키면 다른 사람들보다 열 배는 더 노력했다. 형님께서 1년 식량으로 할 쌀을 주셨다. 친구인 이성규가 준 것으로 떡을 해먹기도 하고 전주에 있는 이수금 회장님께도 보냈다. 김인주 총무는 소를 열 마리 넘게 키웠다. 논도 밭도 늘어났다. 제법 지주의 폼이 나왔다. 최영만 재무도 소가 늘어나고, 벼농사도 많이 늘어났다. 아버지와 함께 농사를 많이 늘려갔다. 밭농사도 늘렸다. 김인주 총무와 최영만 재무는 재산의 정도가 누가 더 많은지 알 수 없을 정도로 새로운 부자들이 되었다. 성규는 기계 사업을 늘렸다. 이양기부터 트랙터까지 마을 농사를 도맡아서 짓고 있다. 장호양반도 담바위 밭을 논으로 바꾸어 벼농사를 늘려갔다. 해리천 속에 논이 있었다. 장마철만 되면 물속에 잠겨서 수확량은 떨어지지 않았으나, 수확한 벼의 색깔이 좋지가 않아 대부분 식량으로 썼다. 미질은 토질이 기름져 엄청 좋았다. 제방뚝으로 내려가야 해서 기계 농사짓기가 쉽지 않았다. 다른 사람이 모를 심어주고, 콤바인 작업을 제일 늦게 했다. 그래도 수확량은 더 많았다. 궁산마을 사람들도 제법 지주로서 품위가 느껴졌다. 힘이 빠진 어부는 날로 초라해지는 기분이 든다. 목사님과 이렇게 앉아서 이야기하고, 부탁할 수 있어서 좋다.

김익선 씨가 돌아가셨다. 60대 후반이었다. 심장마비였다. 부인이 옆에서 자고 일어나 아침을 먹으라고 깨웠는데도 일어나지 않았다. 몸을 흔들어 봤을 때는 이미 뻣뻣하게 굳어 있었다. 경찰들이 병원으로 옮겼다. 소작답 양도 추진위원회 활동 때 위급한 상황에서 깨어났다. 김익선 씨는 끝까지 남아서 합의를 이룰 때까지 늘 함께했다. 해리면 측 명고 사람들과 월산 사람들이 주축이 되어 분열을 일으켰을 때도 따라가지 않았다. 시골에 내려와서 가톨릭농민회 전북연합회 강기종 사무국장이 앞장서 소작료 납부 거부 운동을 할 때도 따라가지 않고 끝까지 나를 지켜주었다. 온갖 음해를 해와도 옆에서 하나가 되어 주었다. '경찰들에 둘러싸여 정신을 잃었을 때 김재만 위원장이 적극적으로 나서지 않았다면 이미 저세상에 가 있었을 것'이라고 했다. 그런 김익선 씨가 돌아가셨다. 김인주, 이성규와 함께 조문을 갔다. 아주머니께서 내 손을 잡고서 반갑게 맞아주었다. 김익선 씨는 늘 내 이야기를 했다. 비록 나이는 수하였지만 배울 점도 많았고 늘 감사했다고 한다. 명절 때도 선물을 보내주었다. 김익선 씨 같은 분들이 정말로 기억될 수 있게 전시관도 만들고, 기념비도 세우고 싶다. 하늘에 가서라도 도와주라고 했다. 우리가 어떤 노력을 했는지 제일 잘 아는 선배님께서 먼저 하늘나라로 가셨다. 우리는 선배님의 노력을 절대 잊지 않겠다고 했다. 신동수 감사가 조문을 왔다. 그 뒤를 따라서 문선호 부위원장이 들어왔다. 회원들도 여기저기서 소식을 듣고서 조문을 왔다. 고창경찰서 김정보 형사도 왔다갔다고 했다. 군청 식산과에서도 직원들이 왔다갔고, 삼영염업사에서 왔다고 한다. 제사 물품이 떨어질 정도로 사람들이 많이 찾아왔다고 한다. 서로 동거동락을 한 사람들끼리 찾아오고 마지막을 성대하게 보내주었다. 김종남 씨도 다녀갔다. '우리 둘은 서울까지 올라가서 병원 신세를 진 사람들이었는데, 선배님께서 먼저 떠나가셨다. 하늘나라에서는 어떠한 고초도 없기를 바라고, 최고의 자리에서 영화를 누리도록 간절히 기원하겠다'고 했다. 아들딸들도 찾아와서 '진심으로 감사드린다'며 아버지가 끝까지 변절하지 않고서 한 자리를 지킨 보람이 있다고 했다. 이렇게 인정받으니 이보다 더한 명예로움도 없다고 했다. 아버지의 명예는 이미 회복되었다고 했다. 제일 가까운 사람들이 인정해주는 것만큼 보람 있는 것도 없다고 했다."

김재만 위원장은 한 분 한 분이 떠나서서 가슴이 텅빈 것처럼 허전다고 했다. "제가 준 가방 속에 김익선 씨의 기록도 있다. 목사님께서 꼭 필요할 때 꺼내 들었으면 좋겠다. 부탁드린다."

젊은 목사는 알았다고, 성심성의껏 해보겠다고 대답했다. "나는 경험을 해보지 않았지만, 김 선생님의 얘기를 많이 들었고 지역 사람들의 노력도 들었다. 헛되게 하지 않겠다"고 다짐했다.

마을에 자가용 승용차를 타고 다니는 사람들이 하나둘씩 늘어났다. 김재만 위원장도 화물차를 샀다. 붕어를 잡아서 파는데 엄청 편안해졌다고 했다. 고창장도 쉽게 보고, 상하장, 무장장, 해리장도 버스를 타지 않고 다니게 되어 시간 절약되었다. 김 위원장의 아내도 지금은 장사를 할 만하다고 했다. 남편이 한 것 중에서 제일 잘한 것이라고 했다. 새벽 시장에 나갈 수 있어서 소득도 엄청 좋아졌다고 했다. 빠르게 팔고서 집으로 돌아와 쉴 수 있는 시간이 생겼고, 아이들까지 챙길 수 있어 좋다고 했다. 엄마 노릇도 할 수 있게 되어 고맙다고 했다.

김재만은 빗방울 떨어지는 소리에 잠이 깼다. 늦게까지 잠을 설쳤는데 비가 깨우고 말았다. 오늘은 비가 와서 그물을 걷어 올리지 않아도 된다는 생각에 늦잠을 자려고 했는데 습관처럼 그 시간에 눈이 떠졌다. 밖으로 나갔다.

유추순 씨가 비가 오는데도 교회에 가고 있었다. 하루도 빼놓지 않고 새벽 예배에 참석하고 있었다. 늦게 배운 도둑이 시간 가는 줄 모른다고 하던데, 유추순 씨가 꼭 그렇다고 했다. 질마재댁도 교회에 나오고 싶은데 장손 며느리라서 못 나온다고 했다. 유추순 씨가 부럽다고 했다. 날이 밝아올수록 빗방울이 더 굵게 내렸다. 무장 장날이었다. 비가 너무 많이 내려 장에 나가지 않았다. 명절 때도 당일 날이 아니면 늘 장에 나섰는데, 일년 중 몇 번 없는 날이다. 우스갯소리로 승희와 세진이도 이런 날이 없었으면 안 생겼을지도 모른다고 했다. 두 사람만의 시간이 오붓하게 주어졌다. 오늘도 승희 엄마는 아침부터 바빴다고 했다. 언제 화장대에 앉아서 얼굴에 분칠을 했는지 기억나지 않는다고 했다. 이성규가 집으로 쳐들어왔다. 무슨 볼일이 그렇게 많은지 돌아가려고 하지 않았다. 아이들이 학교에서 돌아올 시간도 얼마 남지 않았는데, 눈치가 없었다. 부엌에서 그릇 떨어지는 소리가 들렸다. 성규가 돌아갔다.

젊은 목사는 새로운 성전을 직접 짓겠다고 했다. 동네 수준에 맞는 교회를 세우겠다고 터를 파고, 기둥을 세우고, 지붕을 씌우고, 벽을 붙였다. 한층 한층 세워져갔다. 김재만도 찾아가 작은 일손이라도 힘을 보탰다. 시간이 지나고 땀방울이 합쳐져 우뚝 솟았다. 궁산마을에서 제일 큰 교회가 세워졌다. 아름다운 성전이 건축되었다.

'삼영사 소작답 양도 추진위원회의 활동사항을 어떻게 쌓아 나아갈 것인가 밑그림을 그리고, 주춧돌을 놓아야 한다. 세부적인 계획을 세워 또 다른 승리를 만들어가야 한다. 세력의 규합이 절실할 것이다. 25개 단체가 다시 나설 수 있는 길은 있는가. 고령대학교 농촌봉사활동대처럼 활동력이 있는 사람들이 있을까. 고창군농민회처럼 결기를 보여줄 수 있을까. 가톨릭농민회 전북연합회 이수금 회장님처럼 전적으로 도움을 줄 수 있을까. 박정일 신부님처럼 우

리를 이끌어 줄 수 있을까.'

 김재만은 자신에게 계속 질문했다. 최종적으로 자신에게는 그런 힘이 없다는 생각에 이르렀다. 그래서 젊은 목사를 찾아왔다. "목사님이면 해낼 수도 있겠다. 가까이에 있는 공무원이 필요하면 말하라. 장호댁네 아들이 군청에 있다. 가끔씩 내 생각을 말해줬다. 귀를 쫑긋 세우고 눈빛이 살아나는 것을 여러 번 봤다. 분명 훗날 도움이 될 것이다. 한 축으로 생각하고 함께 해 나갔으면 한다."

 김재만 위원장이 말한 장호댁네 아들은 분명 공무원이지만 눈빛이 달랐다. 김재만은 젊은 목사에게 고창군농민회 황승수 씨 이야기도 했다. 든든한 분이었다.

 "길거리에서 만나도 처음 내가 농민회 찾아갔을 때 그 눈빛을 유지하고 계셨다. 늘 한결같은 분이고, 분명 도움을 줄 사람이기 때문에 교류해도 된다고 생각한다. 목사님, 요며칠 필요도 없는 비가 내렸다. 논을 열심히 말리고 벼를 베기 위해 고생하는 지주님들을 볼 때면 옛 생각이 났다. 태풍이 불어와 벼들이 쓰러졌으니 내려가야 한다고 회의하고 명단을 작성했던 땀방울을 기억한다. 눈부시게 빛나는 들판을 보면 밥을 먹지 않아도 배가 부르다. 누군가는 나처럼 배가 부르다고 노래를 부르겠지요. 목사님께서도 노래를 불러야 한다."

 "찬송가는 잘 부를 수 있는데, 승전가를 잘 부를지는 잘 모르겠습니다.".

 "무슨 소리요. 목사님은 찬송가를 잘 부르기 때문에 승전가도 잘 부르게 될 것이라고 확신한다."

 가을 들판 앞에 서면 이보다 더 멋진 풍경이 어디에 있을까. 누렇게 익어가는 황금 들판에 서면 세상이 다 풍요로워진다.

에필로그

명예 회복을 위한 전주곡

9월 20일 한국일보 신문에 나온 사과문 때문에 피해입은 25개 시민단체를 포함해 600여 회원들의 명예를 되찾아야 했다. 첫 번째 명예 회복은 실리를 찾는 것이었다. 50년 동안 소작농사짓는 것보다 더 큰 짐은 없었기 때문이다. 이제는 지주이다. 이보다 더 큰 성과는 없었다. 실리를 얻는 과정에서 잃은 것도 있었다. 대문짝만하게 나온 그날의 사과문이다. 나부터도 잊어버렸다. 아니, 잃어버렸다. 그런 일이 있었나 생각이 들 정도였다. 황승수 고창군농민회 전 사무국장을 만났다. 그때의 내용을 아는 바가 없었다. 이상철 씨를 만났다. 부위원장님의 명예를 찾아주고 싶은데 뭘 찾아드릴까요, 물었더니 무슨 명예냐고 되물었다고 했다. 이성규 친구에게도 물었다. 친구의 명예를 찾아주고 싶다고 그랬더니, 기념비를 세우자고 했다. 우리가 죽기 전에 기념비를 세웠으면 한다고 했다. 누구의 명예가 떨어졌고, 어떤 피해를 입었는지 구체적인 내용을 알아야 회복시킬 것이 아닌가. 두 번째의 목표는 열심히 우리를 도왔던 사람들의 공로를 인정하는 기념비를 세우는 것이라고 했다. 1987년 9월 11일로부터 31년이 훌쩍 지나버렸다.

2018년 하반기에 궁산마을 어촌 종합 개발 계획이 세워진다고 했다. 공모 사업에 참여한다고 했다. 그리고 2019년 공모 사업으로 선정되었다. 장호댁네 아들이 군청에 과장으로 있으면서, 해양수산부 어촌 종합 개발 사업으로 59억원이 확정되어 추진하고 있다고 했다. 고창군에서도 일부 사업비를 들여 그동안의 자료를 정리하고 있다고 들었다. 마을 사업에도 일부 들어가 있는 것으로 안다고 했다.

이성규와 함께 선운산 지구 상가에서 장호댁네 아들을 만나 저녁을 먹었다. 성규가 자주 가는 식당이었다. 나이 먹은 내가 사려고 했는데, 장호댁네 아들이 이미 밥이 들어오기도 전에 계산을 다 해버렸다. 마을 이야기부터 마을 사업은 어떻게 돌아가는지, 삼영사 소작답 양도를 기념하는 기념비 제작까지 많은 이야기를 나누었다. 젊은 사람이고 행정 일을 하는 사람이라 어려운 것도 쉽게 알아듣게 이야기해주고, 믿음이 가게 해주었다. 부모를 보면 알지만. 아들도 겸손하고 예의가 발랐다. 효심도 깊었다. 다음에는 목사님이랑 4명이서 함께 만나자고 했다. 목사님께서도 '고창군시민행동'으로 활동하고 계신다고 했다. 600여 명의 새로운 목표가 삼영사 소작답 양도를 기념하는 기념비를 제작하는 것이라고 했다.

31년이 지나서 마을별 대표자가 회의를 가졌다. 행정 사업이 요구하기 전에 우리 자체적으로 기념비를 세울 장소를 선정하고, 조금의 자체 자금이라도 만들어서 군수를 만나자고 했다. 이재현 부위원장도 적극적으로 나섰다. 이재현 씨가 기념비 건립 추진위원회 위원장을 맡았다. 부위원장에는 이성규 친구가 맡았고, 목사님이 사무국장을 맡아서 추진했다. 나는 고문이 되었다.

'시민행동'과 함께 고창군수도 만나고, 군의회 의장도 만났다. 군수가 뭐든지 첫 시작은 자료 정리부터라고 했다. 사업비 5천만 원으로 자료 정리 작업을 시작했다. 의장도 행정에서 사업비가 올라오면 기념비를 세우는 데 앞장서겠다고 했다. '시민행동'에서도 자체 사업계획서를 작성하여 고창군으로 보냈다. 기념비를 세울 장소로 삼영사 소작답 양도 첫 결의대회를 열었던 궁산 저수지가 나왔다. 수문이 있는 장소로, 부지도 조금 있고 국도 77호선이 지나가는 길옆이었다. 마을로 들어서는 길옆이라 최적지일 것 같다고, 공원 형태로 꾸미자고 했다. 목사님이 '시민행동'도 잘 알고, 고창군의 행정과도 잘 알고, 역사의 주인공들인 마을 주민들을 잘 알고 있어서 최적격자였다. 나와는 바로 옆집으로 수시로 만날 수 있었고, 이성규 부위원장과도 매일 같이 만나는 사이였다. 두 번째 목표를 추진하는 데 이보다 더 좋은 조합도 없었다. 장호댁네 아들도 가끔씩 돕고, 행정적 절차에 대한 궁금사항을 묻기도 했다.

기념비를 세우는 작업을 본격적으로 추진하고 있었다. 이재현 위원장은 조금 떨어진 마을이었다. 그러나 이재현 위원장을 포함한 사무국장과 고문, 이성규 부위원장이 정성을 다해서 추진했다. 고령대학교 농촌봉사활동대를 내려 보내주고, 서울에 상경해서 삼영사 소작답 양도 투쟁을 할 수 있도록 전적으로 도움을 준 이인영 학생회장이 국회의원이자 통일부 장관으로 있었다. '시민행동' 회원들과 함께 이인영 장관을 만나, 삼영사 소작답 양도 기념비를 세우는 것을 이야기했다. 고마움까지 전하고 내려왔다. 고창군 행정에서도 함께 다녀왔다.

장호댁네 아들이 기념탑 스케치를 보여주었다. 우리가 생각하는 것과는 차원이 달랐다. 우리는 전남 신안군 압해도 소작답 기념탑을 보고 와서 압해도 기념탑 형태로 생각했는데, 4개의 기둥에 솥을 크게 제작해서 중간 부분에 앉혔다. 솥은 논을 상징하고, 4개 기둥 가운데 하나는 600여 명의 소작농사를 짓던 회원들이었다. 또 하나는 25개 시민단체를 상징하고, 다른 하나는 고령대학교 학생들을 상징하고, 마지막 하나는 행정기관, 단체에서 도움을 준 사람들을 상징하는 것이라고 했다. 높이도 전봇대 제일 높은 것으로 하고, 전봇대에 동으로 씌우면 큰 돈을 들이지 않고 웅장한 기념비가 나올 것이라고 했다.

나는 붕어를 잘 잡고, 이성규는 벼농사를 잘 지었다. 밥을 먹고 생각하는 것도 달랐다. 어떤 위치에서 사느냐가 중요하다는 것을 깨닫게 되었다. '시민행동'에서도 계획을 세웠는데 너무 크게 잡아서 과연 실행 가능성이 있을지 의심스러웠다. 그래도 열심히 도움을 주려고 하니 따라갔다. 장호댁네 아들이 낸 계획에 더 마음이 쓰였다. 과하지도 넘치지도 않았다. 조잡하지도 적지도 않은 계획이었다. '시민행동'에서 한 계획은 분수에 넘치는 것 같아서 지켜만 보고 있었다. 장호댁네 아들에 비하면 비현실적인 계획이었다.

우리가 기념비를 세우고자 하는 땅이 국토부의 도로로 포함되어 있고, 새로운 도로를 내면서 자투리땅으로 남아있다고 했다. 농어촌공사의 땅으로도 되어있다고 했다. 삼영사 소작답 양도가 완성되고, 저수지가 삼영사 것으로 되어있어서 정부로부터 20억 원을 지원받아 고창군에서 매입했다. 그 후에 농어촌공사에 재산을 넘겨주었다. 민간인들이 요구해서는 매입하기 어렵다고 했다. 그래서 행정에서 추진해야 하는데, 궁산마을에 어촌 종합 개발 공모사업이 선정되어 다행이었다. 행정에서 추진할 명분도 생겼고, 이렇게라도 해야 토지를 매입하고, 기념비 건립이 시작될 수 있을 거라는 희망을 품을 수 있다.

목사님이 장호댁네 아들의 자문을 받아가면서 추진하는 게 맞는 것 같다고 했다. 장호댁네 아들은 공무원이고, 사업 업무를 많이 한 사람이기 때문에 확실히 다르다고 했다. '시민행동'에서도 잘하고 있고 사업비도 많이 확보할 수 있을 것 같았다. 장호댁네 아들은 사업비나 사업 규모에 이의를 제기했다. 이인영 장관을 만나고 왔고, 농촌봉사활동대로 와서 활동했던 학생 중에 도의원도 있었다. 많은 곳에 사람들이 포진되어 도우려고 하는데, 장호댁네 아들이 여러 가지 문제를 제기했다. 역시 공무원이라서 그 범위를 벗어나지 못하는구나 생각하고 배척하기도 했다. 군의회 의장과 군수에게도 얘기했다. 우리 힘으로만 해보겠다고 생각했다. 절차 이야기부터 사업비를 확보하는 요령까지, 장호댁 아들의 얘기가 다 옳았다고 했다.

심원면 소재지에 있는 식당에서 또 만났다. 이번에는 목사님까지 4명이 만났다. 목사님의 교회로 가서 차를 한잔하면서 007서류가방을 꺼내 놓았다. 이것을 장호댁네 아들에게 맡겨놓겠다고 했다. 삼영사 소작답 양도 추진위원회 활동 내용이 다 들었다고 했다. 목사님이 장호댁네 아들이 글을 아주 잘 쓴다고 자랑을 많이 했다. 얼마 전 삼영염업사에 다니시던 영당 김 선생님 이야기를 소설 형태로 썼는데, 진짜 이야기인 줄 알았다며. 생생하고 재미있었다고 했다. 이 가방의 임자는 장호댁네 아들일 것 같아서 주었다고 했다. 이성규 부위원장이 식사비를 내면서 저녁 식사까지 함께했다. 서울에 상경해서 있었던 일부터 신용욱 국회의원이 일했던 것까지 즐겁게 이야기해주었다.

"31년이란 세월이 훌쩍 지났다. 이상하게 조급해진다. 나이는 먹고, 시간은 엄청 빠르게 흐른다. 내 생전에 기념비를 세울 수 있을까. 예전처럼 전적으로 도움을 주는 곳도 없다. 하지만 장호댁네 아들이 있어 조금 위안이 된다. 어릴 적부터 아는데, 부모님들을 닮아서 속이 깊다. 그 집안이 머리가 있다. 시골집에 찾아오면 우리 집에도 자주 들렀다. 삼영사 소작답 양도 투쟁을 했을 때 관심이 있었던 것을 물어보고, 틈틈이 기억나는 것을 기록하고 자료를 정리하라고 했었다."

이성규 친구도 장호댁네 아들에게 가방을 넘겨주는 것을 좋아했다. 기대된다고 했다. 장호댁네도 소작농사를 짓던 사람들이기 때문에, 마을 사람들을 잘 알았다. 장호댁네도 할 말이 있을 것이다. 누구 하나 할 말 없는 집은 없었을 것이다.

새로운 시작이 되었다. 젊은 사람들이 하나둘 관심을 가지고 있고, 목사님부터 장호댁네 아들까지 함께하게 되었다. 서로의 역할에 맞게 행동으로 옮기는 일만 남았다. 내가 김익선 씨 죽음 앞에서 약속했다. 첫 번째 목표가 100프로 만족을 얻지는 못했지만, 두 번째 목표는 100프로 달성하겠다고 다짐했다. 어떤 일이 있어도 기념탑을 세우고 말겠다고 했다. 하늘나라에 가서라도 우리를 도와달라고 부탁했다.

김병수가 기념비를 세우는 일에 자기 이름도 들어가냐고 물었다.

"자네가 고생을 아주 많이 했는데 어찌 자네가 빠지겠는가."

"다른 사람들도 그렇게 생각을 해주어야 할 텐데."

"내가 보증하겠네. 과오가 한두 개 있을 수 있네. 자네가 희생하고 고생한 것에 비하면 과오는 적지 않은가. 분열 조장을 자네가 주도한 것도 아니고, 그때 자네는 우리와 생활이 달랐네. 가톨릭회관에서 강기종 씨랑 지냈기 때문에 그쪽 사람들의 생각에 따라갈 수밖에 없었겠지. 우린 절대로 자네의 공적을 잊지 않고 있네. 사람 일은 혹시 몰라서 내가 자네의 이야기를 짧막하게 정리해두었네. 자네가 굉주로 이사간 지도 수년이 되어 이제 많이 늙었네."

김병수는 아이들의 여우살이는 다 했고, 손녀가 초등학교에 다닌다고 했다.

"우리 나이가 제법 먹었는데 나는 가끔 1987년 그때로 가 있다네. 몸은 늙어 가는데 마음은 아직도 40대인 줄 안다. 전화로라도 만나니 너무 좋다. 이재현 부위원장이 자네를 그렇게 떠나 보낸 것이 자신의 책임이라고 자책을 많이 했다. 동네 사람들도 모르고 그랬다고 한다. 그때 가톨릭농민회 고창군 분회에서 유인물을 뿌리고, 삼영사 소작답 양도 추진위원회에서 합의한 합의서를 무력화시킨다고 하니 그 화살이 자네에게 다 쏟아졌다. 이제는 잊고, 동네에도 오고 가고 살았으면 한다. 전화도 자주 하고, 시골에 오거든 꼭 얼굴 보자."

가톨릭농민회 전북연합회 강기종 사무국장은 어떻게 기록에 남기고, 이상철 부위원장은 어떻게 남겨야 하나.

장호댁네 아들이 가끔씩 목사님께 전화해서 교회는 언제 설립했냐 물었다. 이성규 부위원장에게도 동사일보 편집국에 똥을 뿌린 사건을 물었다. 김재만 위원장에게도 가톨릭농민회 전북연합회 강기종 등이 유인물을 뿌리는 데 왜 적극적으로 대응하지 않았냐고 물었다. 강기종 사무국장을 검찰에 고발했으나 미꾸라지처럼 빠져나갔고, 이상철 가톨릭농민회 분조장만 검찰에 20일 정도 구속되어 조사를 계속 받았다고 했다. 윤길섭 씨 아니었으면 나오지도 못했다고 했다. 천사처럼 고운 윤길섭 씨 덕분에 나왔다고 했다. 가톨릭농민회 회원들도 소작료 납부 거부 운동을 계획하였으나, 모두 소작료를 납부했다. 이상철 분조장도 12월 31일까지 납부하고 그해 양도 서류가 마무리되었다고 했다.

지금 우리는 두 번째 목표를 향해서 뚜벅뚜벅 걸어가고 있다. 삼영사 소작답 양도 문제도 해결했다. 첫 번째 목표에 비하면 이번 목표는 쉬운 일이라고 했다. 그러나 600여 명이 하나가 되는 것은 쉽지 않다. 그리고 그때는 삼영사라는 상대가 뚜렷하게 있었는데, 지금은 그렇지 않다. 장호댁네 아들이 나에게 십수 년 전 우리 집에서 차를 한잔하며 그때 삼영사 소작답 양도가 동학혁명의 마지막 완성이라고 했던 것이 가슴에 맺혀 있었다. 우리 동네에도 동학에 참여한 사람들이 많았다. 600여 소작농사를 짓던 후손들이 평등한 세상이 열었다. 지주가 한둘에서 수백 명으로 나누어졌다. 독점에서 함께로 완성되었다. 동학혁명의 평등이 이루어졌다. 두 번째 목표는 동학혁명의 정신을 담아 승리자의 모습을 탑에 새기는 것이다.

어제와 오늘의 몸이 많이 다르다. 장호댁네 아들은 조급해하지 말라고 하는데, 조급한 마음이 들었다. 전화도 자주 했다. 혹시 빠트린 것 없나 생각했다. 우리의 이야기를 소설 형태로 정리한다고 하는데, 더 많은 이야기를 해주고 싶었다. 특별히 기억나지 않아 이야기를 많이 해주지도 못한다고 했다. 장호댁네 아들도 허구를 바탕으로 삼영사 소작농사 짓는 사람들의 이야기를 엮어서 써내려가겠다고 했다. 기대가 컸다. 내가 기다리고 있다고 하면 부담이 클까 조용히 기다렸다. 언제쯤 나올까. 천만다행인 것은 장호댁 아들이라면 왜곡하지 않고 바라볼 수 있을 것 같았다. 지역과 사람들을 잘 알아서 안심이었다.

삼영사 소작답 양도 추진위원회 회원들과 기념비를 세우자고 이야기하고, 추진위원회도 맡았다. 금세 2년 반이 지나버렸다. 양도된 지 33년이란 세월이 흘렀다. 옛날 같으면 중노인네이거나, 이미 산속에서 누워있어야 하는데 인생 100세 시대이다 보니 아직도 고기를 잡는 어부다.

두 번째 목표를 달성하기 위해서 노력하고 있다. 나이 먹고 또 욕심내고 있다고 생각하는 사람도 있을 것이다. 하지만 내 욕심만은 아니었다. 일제강점기 때부터 현재까지의 문제였다. 소작농의 역사적인 문제이기도 했다. 고창군만의 문제가 아닌 대한민국의 문제다. 역사성도 있다. 농촌 민주화의 성공이고, 농민의 민주권을 찾는 것이었다. 소중하지 않은 것이 없다. 삼영사 소작답 양도 추진위원회만으로 묶어버리는 것도 아닌 것 같다. 25개의 시민단체가 참여했다. 서울시민들도 참여했다. 고령대학교 학생들의 헌신적 노력도 있었다. 대한민국 국민의 승리였다. 이렇게 묻혀버리기에는 아쉽다. 회원들이 십시일반 적은 돈을 모았다. 이것이 밑거름이 되었으면 하는데, 행정적 절차도 모르고 어떻게 추진해야 하는지도 사실 잘 모른다. 그래서 목사님께 의지하고 있다. 떠넘겨서 도와달라고 하고 있다. 약간의 희망을 봤다. 고창군수가 약속한 자료 정리 사업비 지원이 있었고, 마을 사업으로 59억이 들어와 있어서 시작할 수 있을 것 같다. 본 계획을 수립할 때 기금에 대해 적극적으로 검토해달라고 부탁했다. 충분히 검토할 수 있는 일이라고 해서 날아갈 듯 좋았다.

농민주권, 농촌민주화, 동학혁명의 완성

"누구요. 거기 누구요. 나 고부 사는 전봉준입니다. 공음 형제동에 가고 있습니다. 배가 많이 고픈데 요기 좀 할 수 있을는지."

"이미 저녁을 다 먹고 설거지를 해버렸습니다만, 부인, 밥이 남아있나 보오."

"한 사람은 먹을 요량은 되는 듯합니다. 들어오시오."

눈빛이 초롱초롱 빛났다. 말투도 보통 사람이 아닌 비범함이 느껴졌다. 고맙다. 반찬 3개, 국물도 없었다. 국물 대신 물 한 그릇이 눈물 대신 있었다.

"드십시오. 우리가 먹는 밥상입니다."

"감사합니다. 진수성찬입니다."

나대룡과 식사 중에도 계속 얘기했다. 손화중포가 이곳에도 있다고 들었다.

"혹시 선생님께서 동학의 시천주이신가요?"

조심스럽게 전봉준이 나대룡에게 물었다. 이곳에는 동학의 시천주를 믿지 않는 사람이 없다고 했다.

"고부에서 오셨다고요? 탐관오리를 쫓아낸 전봉준 대접주가 선생님이십니까?"

"맞습니다."

"아이고, 몰라봤습니다. 인사나 제대로 나누었으면 합니다. 나는 나대룡입니다."

신용욱 국회의원이 소작답 무상양도를 추진하겠다고 나섰다. 헬리콥터 타고 궁산마을에 왔다. 주민들은 환호했다. 그러나 노력에 비해 성과 없이 끝나고 말았다. 유갑종 국회의원이 나섰다. 소작농에서 벗어날 날만을 학수고대했다. 민주화운동이 일어났다. 6·29선언이 있었다. 김재만 위원장은 소작농에서 벗어나는 것이 농촌 민주화라고 했다.

"우리 손에서 완성을 봤다. 전봉준 대장군의 평등이 우리 손으로 완성되었다. 농민주권도 우리가 해냈나. 농촌 민주화, 명문화가 아닌 참 민주를 실현했다. 민주화운동이 어떻게 쉽게 되었겠나. 나용주 어머니의 손을 봤다면 쉽게 알 것이다."

나용주 어머니 손은 곰 발바닥보다 단단했다. 손을 펴도 반듯하게 펴지지 않는다고 했다. 구부러져 갈퀴가 되어있었다. 8남매를 먹여 살리기 위해 얼마나 많은 땅을 파고 풀을 뽑았으면 그렇게 되었을까. 악수를 청해도 손을 내밀지도 못했고, 주민등록증 만들려고 손가락의 지문을 채취하려고 해도 할 수가 없었다. 위대한 성공의 손인데도 왜 그렇게 부끄럽게 생각을 하는지, 그 손으로 키운 8남매가 잘 컸고 성공을 이끌었는데 끝끝내 손을 내밀지 않았다. 아들이 손을 내밀어 엄마의 손을 잡으려고 해도 웃으며 손을 감추었다. 나용주는 그런 엄마를 볼 때면 가슴이 무너진다고 했다.

"엄마도 우리를 낳기 전에는 매끈한 손가락을 가졌을 텐데, 우리가 그렇게 만들었다. 우리는 엄마의 희생을 당연하게 받아들일 뿐이었다."

나용주도 눈물이 남아있지 않았다. 우는 것보다 엄마의 자존감을 다시 찾아주는 것이 더 시급했다. 영양크림 사다 주었는데도 바르지 않았다. 그래서 설득했다.

"나는 엄마의 손이 이 세상에서 제일 예쁘다. 또 존경스럽다. 곰발바닥 같으면 어때요. 최고로 예쁜데요."

엄마도 조금씩 마음을 열었고, 손을 조심스럽게 내밀었다. 아버지의 손은 누가 봐도 매끈하고 고왔다. 엄마는 밭과 논에서 일할 때 아버지는 술 마시고 그늘에서 쉬는 일이 많았다. 그때는 몰랐다. 엄마가 언젠가부터 손을 유독 내놓지 않아 제대로 한번 잡아 보지 못했다. 그렇다고 살펴보지도 않았다. 농민의 주권이 쉽게 얻어진 것이 아니라는 것을 엄마 손가락에서 알 수 있었다.

"내가 데모 현장에 나아가 독재타도를 외치며 길거리에 쏟아져 나왔을 때, 엄마는 내 학비를 벌기 위해서 손을 쓰고 있었다."

나용주는 민주화를 길거리에서 쟁취했다고 생각했다. 큰 소리로 독재정권 물러나라고 외쳤다. 나용주는 효자가 되었다고 생각했다. 독재자를 감시하는 것보다 엄마가 영양크림을 바르는지 바르지 않는지를 확인하는 것이 더 어려웠다. 갈라진 틈이 조금은 메워지고, 살갗이 살구열매처럼 노랗게 익어왔다. 나용주는 얼굴에 꽃을 피우고 있었다. 엄마가 손을 뒤로 감추었던 시간만큼이나 긴 시간이 되겠지만, 그래도 포기하지 않고 엄마를 지켰다. 결국 아들에게는 감추지 않고 서서히 손을 내밀었다. 반갑게 얼굴을 바라봤다. 여자의 손이 아버지보다 못했으나 그것을 기뻤다. 영양 크림을 바르는 것마저도 사치라고 생각했던 엄마가 포기한 권리가 뭐였단 말인가. 농민들이 포기했던 농민주권이 아니고 뭐였단 말인가. 소작농사를 짓는 것이 농민주권을 포기한 것이었다.

나용주는 서울에 상경해서 김재만 위원장과 함께 끝까지 싸웠다. 그리고 결국 승리자가 되었다. 우금치전투에서 생존한 한 사람이었다. 산 자보다 죽은 자가 더 많았던 전투에서 동학혁명군은 칼을 높이 들기도 전에 처음 본 따발총에 맞으며 쓰러져 갔다. 가슴에서 피가 터져 나오고, 신음소리 내지 못하고 쓰러져 간 영혼들이었다. 그때 쓰러지면서 나까지 넘어뜨린 형제 덕분에 목숨을 건졌지만, 그렇게 살아 돌아와 할 수 있었던 것은 아들을 낳은 것뿐이다. 아들에게 패배자, 도망자의 부끄러움을 숨기고 살았다. 아들에게 손을 내밀지 못했다. 살아남기 위해서 맨손으로 칡을 캐야 했고, 소나무 껍질을 벗겨

먹어야 했고, 돌을 잡고서 내리쳐야 했다. 그럴 때마다 마디가 굵어지고, 손은 갈라졌다. 곰 발바닥이면 어때, 살아야 하는데. 그렇게 연명하고 찾아온 길이 천 리였다. 밤 길을 걸어서 강을 건너야 했고, 숲을 헤치며 걸어야 했다. 그래서 손을 내밀지 않았다. 아들이 태어났는데도 손을 잡아주지 못했다. 그렇게 얻기 어려운 것이 평등이었다. 내 머리가 백발이 되고 아들이 장성할 무렵 조선이 없어졌다. 일본놈들이 나라를 빼앗아 갔는데 어찌 살아있는 게 기쁘었겠나. 부끄러운 것도 이제는 사치였다. 정말 다행이었던 것은 일본놈도 손을 잡지 않았다는 것이다. 유일하게 끝까지 손을 내밀지 않았다. 그렇게 지켜낸 것이 농민주권이라고 했다. 대를 이어온 것이었다.

할아버지가 독립운동을 했다. 3·1만세운동에 앞장서다가 일본 순사에게 끌려가 온갖 고통을 이겨냈다고 한다. 나용주의 아버지는 할아버지와 증조를 자랑하기만 했다. 엄마에게 기대어 살아가는 나약한 존재로, 독립된 대한민국의 국민이란 자랑만 늘어지게 했다. 양반 자손이라고 큰소리만 치고 살았다고 한다. 술 마시는 것도 국가를 위해서라고 하고, 모든 것이 다 국가를 위해서라고 했다. 아버지는 할아버지 곁을 지키며 증조부 이야기를 많이 들어서 대한민국이 독립된 국가인 것만으로 행복하고 했다. 좋아서 술을 마신다고 했다. 일제강점기 나라를 잃은 경험이 없는 자들은 나라 잃은 슬픔을 모른다고 했다. 양반과 쌍놈이 구분된 신분 사회를 경험해보지 않은 사람들은 평등이 뭐라고 애쓰냐고 할 것이다.

농민주권을 얘기하는 소작농이었던 나도 예외가 아니었다. 소작농사를 지어보지 않은 사람들은 모른다. 김재만 위원장을 따라서 올라간 서울, 50년 동안 못한 것을 우리가 해낼 수 있을까 의심했다. 그런데 6·29선언이 있고, 때가 되었다고 말하는 것을 봤을 때 떨렸다. 우리는 그 불어온 태풍도 뚫고 지나왔다. 결국 농민주권을 완성했다. 동학혁명의 정신인 평등을 꽃 피었다. 100년을 관통하는 시점에서 선조들은 죽창 들고 나섰고, 우리는 맨손으로 나섰다. 우금치전투에서 살아오신 증조부 덕분에 이어온 동학혁명의 정신을 내 대에 이르러 완성하고 있으니, 조상님들께서도 저세상에서 기뻐하고 춤추지 않을까.

김재만 위원장은 아버지가 일찍이 돌아가셔서 얼굴도 모른다고 했다. 어머니가 네 큰 형이 아빠를 빼어 닮았다고 했다. 형님을 보면서 아버지 모습을 떠올리고는 했다. 묘지에 가서 엄마나 큰형이 고생한다고 어린 마음에 푸념했던 기억도 새록새록하다고 했다. 엄마도 나처럼 푸념하기 위해서 찾아갔었나. "야야, 누가 너희 아버지 묘에 다녀간 흔적이 있더라." "누가 다녀갔대, 혹시 광주 형님이 다녀가셨나." "광주 형이 왔으면 집에 안 왔다갔겠냐. 너는 나이 들어도 머리가 돌아가지 않냐." 엄마도 함께 웃고 말았다. "이제는 붕어 잘 잡을 수 있는 것이여. 위원장이 고생 많았다. 저수지가 농어촌 공사로 넘어가서 이제 편안하게 잡을 수 있겠다. 행정에서 허락만 받으면 잡을 수 있겠다."

이성규는 신용욱 국회의원을 잊을 수 없었다고 했다. 등불처럼 바라보고 걸었다. 김재만 위원장은 박정일 신부가 그런 사람이라고 했다. 첫걸음 내디딜 때 박정일 신부님이 켜놓은 불을 보고서 걸었다고 했다.

"코아백화점 육교 위로 올라와서 말한 것도 그 불빛 덕분이었다. 서울대학교에서 김수환 추기경님과 김대중 총재님을 만나게 된 것도 그렇다. 불빛이 없었다면 내가 그 길을 걸을 수 있었을까. 아무리 뒤를 보고, 옆을 봐도 앞에서 보이는 그 불빛뿐, 그 어떤 것도 없었다. 희망을 품었다. 승리를 꿈꾸었다. 뒤를 보지 않고 온전히 하나의 불빛만 쫓아갔다. 결국은 찾았다. 내가 가고 있는 길이 성규가 가는 길이었다."

진주뫼마을 김종남이 쓰러지면서 봤다고 한 불빛도 하나였다. 진짜 농민이 되는 길이었다. 김종남은 그때 어두컴컴한 숲속에서 홀로 서 있었다고 했다. 호랑이 소리가 요란하게 들려오고, 쥐 죽은 듯 아주 조용한 시간 속 불빛 하나가 비추었다. 그래서 따라갔더니 김재만 위원장이 있었다고 했다. 손을 꼭 잡아주며 고맙다고, 천만다행이라고 하는 소리가 호랑이 울음소리보다 천 배는 더 우렁차게 들렸다고 했다. 김재만 위원장이 본 불빛은 희망이었다. 김종남이 본 것도 희망이었다. 잊을 수 없는 마지막 음성이 당신에게 진짜 농민이 되게 해주겠다고 했다.

"농촌 민주화가 금평평야에 활짝 피어났다. 김종남에게 농민주권이 온전하게 주어졌다. 증조부가 우금치에서 돌아가셨다. 그 전에 아들을 셋씩이나 두었다. 가장이 전장터 나가서 끝내 돌아오지 않았다. 아버지, 큰아버지, 작은아버지는 아주 잘 살았다. 만세 운동에 참여하고, 윤봉길 의사가 폭탄을 가지고 일본군에 투척했던 것처럼 큰아버지도 독립군으로 홍범도, 김좌진 장군의 전투에 참여했다고 한다. 동학혁명의 뿌리가 4대째 내려오고 있었다. 증조부 때부터 100년의 한이 있었다. 그 완성을 제일 부족한 나, 김종남이 이루었다. 내 손으로 끝을 보고 평등한 세상을 열었다."

김재만 위원장은 박정일 신부에 대한 그리움도 잊은 채, 불기둥을 끝내 지키지 못하고 쪼개져야 했던 시간을 돌아봤다고 했다.

"가톨릭농민회 전북연합회 강기종 사무국장도 나처럼 박정일 신부님의 등불이 전부였다고 고해성사할 수 있을까. 나는 박정일 신부님이 켠 불이 내 전부였다고 자신 있게 말할 수 있다."

김재만은 이수금 회장에게 진심으로 감사드린다고 했다. '꼭 자신의 앞자리에 회장님을 세우겠다'고 했다. 하지만 강기종 사무국장은 정상적으로 쓸 수 없다고 했다. 빨간 글씨로 남겨놓겠다고 했다. 이상철 부위원장도 반은 정상적으로 쓰고, 반은 빨간색으로 쓰겠다고 했다.

김복수 복동마을 대표가 제일 멀리서 농사를 지으면서 동생에게 넘겨 주었다. 동생이 반 부담을 하면서 안산 쪽에 논을 구입했는데, 멀기는 했어도 농사짓기 좋은 금평평야의 논이라고 했다. 힘이 세고 운동도 잘하는 동생이었다. 동생이 밭과 한 방구의 논밖에 없어서 아버지 때부터 짓고 있던 세 방구를 그냥 주었는데, 동생이 안산에 샀던 논값의 반이나 챙겨주었다. 거절했지만, 약소하지만 받으라고 해서 흔쾌히 받았다고 했다. 아버지가 해야 할 일을 내가 대신했구나, 아버지도 좋아했을 것이라고 생각했다. 잠이 잘 오고, 밥을 먹어도 밥맛이 엄청 좋았다. 그렇지 않아도 잘하던 동생인데, 형님 말이라면 죽는 시늉까지 할 정도로 말을 잘 들었다. 덩치에 비해 자기주장을 내지 않고, 형님 말이라고 하면 복종했다. 금평평야에서 농사를 지을 때도 형님이 멀리 온다고 참을 내오고 점심식사 준비를 도맡아 했다고. 그동안 동생이 했던 것을 돈으로 계산하면 이미 논값은 다 지불했을 정도라고 칭찬을 아끼지 않았다. 묘소에 올라가서 말했다.

"아버지, 소작답이 아닌 진짜 내 논을 동생에게 주었습니다. 잘했지요. 임종을 앞두고 '동생들을 남겨놓고 가게 돼서 미안하구나' 그 말씀이 아직도 생생합니다. 나는 비록 초등학교밖에 나오지 않았어도, 동생들은 중고등학교까지 보냈습니다. 그리고 결혼도 부족하지 않게 해주었습니다. 그런데 바로 밑 동생에게는 부족했다 싶어서 늘 미안했습니다. 아버지가 했던 말씀이 자주 생각났습니다. 그런데도 동생은 저에게 어찌나 잘하고 존경하는지, 아버지께 고마웠습니다. 이런 동생들 아버지가 주시고 돌아가셨잖아요. 이제 제가 아버지를 대신해서 해야 할 일은 다 한 것 같습니다. 저희 아들 딸은 왜 삼촌들에게 더 신경 쓰냐고 어린 나이에 불평도 했습니다만, 작은 아빠에게 논을 준다고 하니 나보다 더 좋아했습니다. 아버지 이제는 다 잊고 편안하게 쉬세요."

김재만 위원장이 말했다. "너희 형님 평소에도 존경했지만, 형님이 또 큰일했다. 체구가 작은 사람이 어떻게 큰일을 잘하는지, 마음 씀씀이가 남다르다고 했다. 아버지와 다를 바 없었다. 아버지가 살아계셨어도 지금처럼은 하지 못했을 것이다."

"농민이 농토를 가져야 한다. 그중에서도 논을 가져야 한다"고 형님께서 늘 이야기하시더니, 마음에 걸렸는지 논을 주었다. 미안하기까지 했다. 형님의 뜻에 맞게 지금보다 더 성실하게 살겠다고 했다. 고추를 심고, 복분자를 따고, 소를 키우고 농사짓는 것이 좋았다. 농사는 주인의 발자국 소리를 듣고 자란다고 했다. 욕심이 뭘까. 내가 더 가지려고 하는 것일까. 그것이 문제가 되는 것인가. 복분자 농사만큼은 제일 잘 짓고 싶다고 했다. 다른 사람보다 조금 더 따고 있다. 사람들은 나를 보고 멍청하다고 할 것이다. 그런데 나만의 기술이 있다. 내 것만큼 큰 것은 없다고 했다. 아들이 "아빠 것만큼 큰 복분자를 본 적이 없다"고 해서, "어디 가서 그런 소리 하면 팔불출"이라고 했다. 친구들과 직장 직원들에게 보여주면 무슨 복분자가 이렇게 크냐고 한다며, 부모님이 대단하다고 한다.

농민주권이 무엇인지도 모른다. 농촌민주화가 무엇인지도 모르겠다. 누구를 속이지 않고, 법을 어기지 않고, 남의 것을 탐하지 않고 살면 되지, 또 뭐가 있냐며 김재만 위원장에게 되물었다. "자네처럼 살면 법이 필요하겠는가. 자네가 복분자를 잘 가꾸고 최고 품질의 제품을 생산해서 제 값 받는 것 자체가 농민주권이 아니겠는가. 그런데 누군가가 방해를 치고 내 마음대로 팔지도 못하게 하면 어떨 것 같은가. 농촌민주화도 그렇겠지. 정치권에서도 정치적 논리에 의해서 방해가 되고, 어느 힘 있는 사람이 장난치고 그런 것 아니겠는가. 내 조카 대진이가 소를 사 왔는데 어찌 되었는가. 소 파동으로 쫄딱 내려가지 않았는가. 그런 것이 농촌민주화를 말하는 것"이라고 했다.

"소작농사짓던 시절을 생각해봐. 너무도 생생하잖아. 어렵게만 생각할 문제가 아니다. 가까이 있는 우리의 문제를 생각해봐야 한다. 우리도 소작답 무상양도를 주장했었다. 소작료를 가지고 투쟁했던 시절을 생각해보게. 그것이 바로 농민주권, 농촌민주화를 말하는 것이다."

"어려운 말 말고 쉬운 말로 얘기하면 좋을 텐데요, 주권은 한문인가요? 나 스스로 해도 되는 것을 제약받지 않고, 남에게 피해를 주지 않고 하는 것이 주권인가요?"

"자네 말이 더 어렵다. 듣고 보니 그렇네. 동생이 더 유식하네. 민주화는 뭔가?"

"시험하는 거예요?"

"아니, 자네 생각이 궁금하네만."

민주화란 말을 수없이 들었지만, 민주화운동은 구체적으로 뭘 하는지 궁금했다. 농촌민주화 얘기를 들었다. '화'라는 것은 진짜가 아니고 비슷하게 되는 것을 말하는데, 그럼 민주주의는 실현할 수 없는지 궁금했다. 형님께서는 농촌 민주가 무어라고 생각하는지, 최소한 '화'를 시키기 위한 것은 무엇인지 궁금하다고 했다.

김재만 위원장은 말문이 막힌다고 했다. "자네, 어디서 교육을 받고 왔나? 어느 교수가 교습을 해주었나?"

"형님, 머뭇거리지 말고 대답해주었으면 해요."

"자네나 나나 농촌에 산다. 나는 저수지에서 붕어를 잡고 살고, 자네는 논밭에서 농작물을 수확하고 살고 있다. 그런데 독재자가 무조건 수매를 하라고 하면 그것은 민주가 아니라 비민주 아니겠는가. 내가 내 마음대로 팔아야지, 국가에서 모두 개입해서 팔라고 하면 어찌 되겠냐. 바로 그것이 독재이자 반민주야. 대한민국은 국시가 있다. 자유 민주 국가다. 최대한 능력을 발휘해서 원하는 것을 해내는 것이다. 내가 원한다고 해도 상대가 있으면 존중을 먼저 해야 한다. 상대방을 무시하고 내 마음대로 할 수 있는 것은 하나도 없다고 봐야 한다. 내가 중요하면 상대방도 중요하다. 자네 형님 말이야, 이제 형님 노릇 제대해야 하는 것 아니야. 편안하게 해드려야죠. 조카들도 있는데, 언제까지 동생들까지 챙겨야 하는 거야?"

"우리가 챙겨야지요. 셋째도, 넷째도 형님에게 우리가 갚아야 하지 않는가 말해요. 우리 형님 같은 분이 어디에도 없다고요."

"정말 책임감이 강한 분이야. 서울에 왔을 때도 시간만 나면 청소하지 않았던가. 솔선수범하지 않았던가. 그때 어디에선가 까치가 죽었다고 웅성웅성거렸다. 자네 형님이 까치를 주워다 쓰레기 처리장이 있는 곳에 버렸다. 아무 말도 없이 버려서 내가 며칠 지나서 물었다. '왜 까치를 바로 버린 것인가요?' 그랬더니 자네 형님이 까치는 새로운 소식을 가져온다고 하는데, 까치가 죽었으니 다른 이야기가 만들어질까 봐 아무것도 없었던 것처럼 버렸다고 했다. 지금도 형님의 혜안에 놀란다. 그 무렵 가톨릭농민회 고창군 분회에서 분열이 일어나 뒤숭숭했는데, 그냥 놓아두면 무슨 말들이 만들어질지 몰라 그렇게 했다고 했다. 형님이 그런 분이다. 형님이 자네들보다 몇 배 더 신경 쓰시 않았는가. 큰아들 아무나 못 한다."

꿈이 있는 사람들

김인주 총무가 꿈을 꾸었는데, 김수환 추기경님이 나왔다고 했다. 손을 꼭 잡고 놓아주지 않았다고 했다.

"뭐꼬? 형제. 저는 세상이 불합리하다고 생각합니다. 태어나면서부터 소작농의 아들이었습니다. 고창군에서도 몇 안 되는 그런 집안의 아들이었습니다. 부모님 선택해서 태어날 수 없듯이 태어나 보니 아버지는 소작농이었습니다. 그래도 고등학교까지 보내주셨습니다. 유학까지 했습니다. 그래도 뗄 수 없는 것이 소작농의 아들이었습니다. 대를 이어 소작농이 되었습니다. 추기경님, 제가 틀렸습니까? 말씀 좀 해주세요."

"아니다. 소작농사를 짓던 부모님을 두었다. 네가 뭘 생각하며 그렇게 말하는지 알겠지만, 그래도 너에게 묻겠다. 소작농사를 짓지 않는 부모님에게서 태어난 자식들은 코가 둘인가. 숨을 입으로만 쉬고 있을까. 눈도 세 개일까. 그렇지 않은 것으로 아는데, 불합리하다고 생각하는 것도 맞고, 그렇지 않다고 생각하는 것도 맞는 것 같다."

어떻게 생각하느냐고 되물었다.

"그래도 부잣집에서 태어났으면 하고 생각했던 적이 훨씬 많았습니다. 그랬으면 대학도 갔을텐데요."

"너희 친구 중·고등학교까지 다닌 친구들은 몇 명이나 되나, 알고 있겠지. 중학교도 못 간 학생이 많고, 초등학교까지 못 간 친구도 많을 텐데 그럼 그 친구들은 어떨까 생각해봤나?"

"아니요, 나보다 앞서 있는 친구들만 보입니다."

"불합리가 주관적일 수도 있을 것이다. 만약 형제가 그렇다면 탓을 그만하고, 그래도 탓하고 싶으면 내 탓이오, 그렇게만 해보게."

꿈에서 깨었는데 예쁘게 잠든 아내가 거친 숨을 몰아쉬었다. 내가 깨서 일어나는 것도 몰랐다. 오늘도 고난했는지 오밤중이었다. 물을 한 모금 마시고 꿈이었구나, 그럼 그렇지, 생각했다. 다시 잠이 들었다. 그런데 생전 꾸지도 않던 꿈을 또 꾸었다. 내가 이창호 선수가 되었는데, 상대 선수가 실수로 마지막 수에 자기 바둑이 죽는 줄도 모르고 메워버렸다. 한참을 돌부처럼 앉아 있다가 자기도 바둑을 메워버렸다. 그때 상대 기사가 내가 실수한 것을 봤다. 그리고 한참을 있다가 따냈다. 이 한 판의 바둑에서 우승 상금 3억이 걸려있었다. 나는 끝끝내 상대가 메우면서 실수한 바둑을 따내지 않았다. 그때 상대편 선수가 무릎을 꿇고서 앉았다. 지금도 몇 점은 더 놓아야 상황이었다. 고개를 숙였다. 더 이상 바둑을 두지 못하고 승부를 포기했다.

"먼저 실수했다. 그러나 당신이 자기 수를 메워 실수를 자처했다. 한참 보다가 따냈다. 이상할 것이 하나 없었다. 몇 수가 더 지나서 당신이 실수한 까닭을 알았다. 상대방을 배려한 행동이었다. 순간 이점을 취하면 3억이 오는데, 당신이 자기 수를 메워서 상대방의 수를 고칠 기회를 주었다. 상대방이 기회를 놓치지 않고 치유했다면 당신도 치유하고 승부를 끝까지 봤을 것인데, 나의 부족함을 알고서 후회했다. 끝내 인격적으로도 졌다."

진검승부 앞에서 김인주 총무는 진정한 승리가 무엇인지를 보여주었다. 김인주는 우승 상금을 받아 삼영사 소작답 양도 추진위원회의 명예 회복에 쓰겠다고 했다. 사람들에게 박수를 받고 있는데, 밥 먹으라는 소리에 깨서 일어나 보니 꿈이었다는 것을 알게 되었다.

하룻밤 두 번이나 꿈을 꾸다니 신기하다. 아버지가 소작농사를 지었고, 내가 소작답 짓고 있었다는 것조차 잊고 살았다. 그저 열심히 살았다. 고등학교까지 나오고 결혼해서 살림을 차릴 때 논 두 방구와 밭도 받아서 나왔다. 이만하면 첫 출발치고는 괜찮은 편이었다. 농사짓는 게 소원이었다. 친구들은 중학교만 나와도 공무원이 되었고, 학교에서 일하는 친구도 있었다. 공부를 무척 잘하지는 않았지만 중간 이상은 갔다. 어지간한 대학은 다 갈 수 있었다. 담임선생님도 아쉬워했다. 아버지도 대학까지 가라고 했는데 농사를 짓고 싶은 마음이 강했다. 아버지부터 나까지 대를 이어 소작농을 자처했다. 태어나면서부터 소작농의 아들이었고, 배우고 나서도 소작농이 된 나 자신이 한심스럽게 보였을 것이다. 아버지의 입장에서 답답했을 것이다. 이 일을 꿈속에서 일깨워 주었다. 불합리하다고 생각해보지 않았는데, 정말 불합리하게 살았구나, 생각도 없이 살았구나, 무의식 속에서조차 불합리를 잊었구나, 생각했다. 희망을 다른 말로 꿈이라고 한다면 꿈은 계속 꾸어야 했다. 나만 그랬나. 이상철 부위원장을 이해하기로 했다. 김재만 위원장이 왜 그토록 이상철 부위원장을 감싸고 돌았는지 이해가 갔다. 그분은 분명한 꿈이 있었고, 꿈을 계속 꾸었다는 것을 알았다. 하지만 이상철 부위원장을 따라하지는 않겠다. 그래도 따라해야 한다면 김재만 위원장을 따라하고 싶다.

농사에 희망이 있다고 생각했다. 농촌에 미래가 있다고 생각했다. 고등학교 2학년 여름날이었다. 해리터미널에서 선배님 한 분을 뵈었다. 고창에 간다고 했다. 버스 속에서 내내 생각했다. 나는 다른 사람 눈치를 보지 않고 살고 싶어서 농사를 선택했다. 그래도 눈치를 볼 수밖에 없더라. 눈치를 가장 많이 보는 사람이 부모님, 그리고 동네 사람들이었다. 친구들은 개의치 않았다. 나는 내 삶을 제대로 살고 싶었다. 오늘 엄청 좋은 날이다. 나에게 시집오겠다는 동생을 데리러 고창에 나간다고 했다. 그때부터였던 것 같다. 나도 선배님처럼 구속받기 싫어하는 경향이 있었다. 선배님 말이 내내 떠나지 않았다. 사실은 눈치 보기 싫어서 농사짓고 산다는 말은 극히 일부분이었는데, 나에게는 전부가 되었다. 결국 대학 진학까지 포기했다.

부모님 묘소를 찾아갈 계획이다. 지금이라도 말하고 싶어졌다. 내가 지금처럼 살게 된 이유를 말씀드리고 싶다. 삶에 만족하고 있다고 말하고 싶다. 이렇게 살게 해주신 부모님께 진심으로 감사 인사를 올릴 계획이다.

"성문이 엄마, 제물 좀 준비해 주어야겠다."

"아버님 어머님 제사도 멀었고, 형님이 계시는데 무슨 일로 쓰려고 제물을 준비합니까? 그래도 당신이 하라고 하니 준비는 하겠지만, 연유는 알아야 하지 않겠소."

"고맙소, 늘 내 편이 되어주니까. 얼굴도 예쁘지만 마음은 더 예쁜 당신께 늘 감사하네."

문재복이 일기 형태로 쓴 서울 생활을 김재만 위원장에게 보내주었다. 어느 날은 한장에 다 담을 수 없어서 다음 장까지 이어졌다. 그 속에서 우리의 현실을 봤다. 내 모습이 있었다. 웃었다. 찡그렸다. 말이 많았다. 하루 종일 말이 없었다. 감시를 받았나 할 정도로 빼곡히 나를 그려주었다. 그런데 늘 마지막에 희망을 담았다. 꿈을 꾸고, 꿈을 위해 실천하는 청년의 모습도 담았다. 부모님을 대신해서 온 이유부터 태풍이 불어왔을 때 모습까지 정겹게 담겨 있다. 이상철 가톨릭농민회 분조장이 분열을 암시하는 단어를 쓰고 있었구나, 그것도 보였다. 농촌에 살지 않고 도시로 떠난 문재복이 보였다. 광주 형님께서 문재복은 떡잎부터 다르다고, 훗날 성공할 것이라고 자주 말했다. 형님이 문재복이 이제 나를 지켜준다고 했다.

이재현 위원장은 아직은 미완성이라고 했다. 기념비가 세워지는 날이 완성이라고, 동학혁명의 마지막 성전이 우리였다고 입만 열면 말했다. 전봉준 대장군이 살아나는 것 같다고 했다.

김종남 씨는 비가 오려고 하는 날에는 어김없이 숨이 턱 막힌다고, 경찰들에 의해 실신한 날을 몸이 기억한다고 했다. 지금은 너무 좋다고 했다. "내 아들이 나를 이어서 농사를 짓는다. 소작농사가 아니고, 자기 농사를 짓는다. 소도 키웠다. 제법 사장티가 난다. 나는 소작농으로 시작했는데 내 아들은 사장님이다."

신동수 감사는 고창읍으로 이사했다. 부인이 몸이 좋지 않아 병원이 가까운 곳에서 살면서 농사를 짓고 있고, 아들, 딸이 모두 공무원이라고 자랑했다.

"목사님, 비가 많이 내립니다. 서울 상경을 했을 때도 비가 아주 많이 내렸습니다. 내가 죽기 전까지는 기념탑이 세워질 수 있을까 싶습니다. 기대는 하고 있는데, 과연 그렇게 될 수 있을지가 궁금합니다. 목사님만 믿습니다. 목사님은 하느님이 함께하고 계시지 않나요?"

"하느님이 저와 함께하는 것은 맞지만 유추순 집사님 덕분에 잘 세워질 것 같아요. 새벽 기도에 와서 늘 기도하십니다."

질마재댁은 서울에 자주 간다고 했다. 딸이 식당을 차려서 깻잎, 상추, 김치도 담아서 간다고 했다. 손님들이 시골스러운 맛이 좋다고, 고향 엄마 맛이라고 하며 인기가 좋다고 했다. 딸들은 엄마 나이도 있고, 멀리서 오고가는 것이 위험해서 걱정하는데도 본인이 좋아서 열심히 한다고 했다. 서울 올라다니면서 옷이 서울 아줌마처럼 화려해졌다고, 이제는 서울댁이라고 부르라고 농담을 많이 한다고 했다.

최영만 재무는 소장사까지 하며 농사도 수백 마지기를 짓는 대농이 되었다. 아버지를 잘 모신 덕이라고 했다. 새어머니를 잘 모셔서 복을 많이 받았다고 했다. 늘 웃고 다닌다. 동생들도 "형님이 시골 살며 부모님을 모신다"고, 자기에게 아주 잘한다고 했다. 최영만 재무가 우스갯소리로 식량할 쌀과 김치라도 받아먹고 싶으면 형님께 잘해야 한다고 했다. 참말이 아닌데도 말에 뼈가 있어 보인다고 했다.

"목사님 보셔서 알겠잖아요. 30년 세월이 흐르는 동안 많이들 변하고 좋아졌습니다. 소작농에서 벗어난 결과였습니다. 자산으로도 활용이 가능해졌고, 사업 밑천도 되었습니다. 씨앗들이 눈덩이처럼 커졌습니다. 목사님께서도 꿈을 꾸어주세요. 비록 힘은 예전처럼 넘치지 않아도, 함께 꾸었으면 합니다. 제가 뒤에서 보조는 할 수 있을 것 같습니다."

"김 선생님께서 끌고 가고 나머지는 내가 뒤에서 뒷받침해야 하는 것 아니에요?"

"사실은 나도 그렇게 하고 싶지만 이제 귀도 잘 들리지 않고, 눈도 잘 보이지 않아요. 오늘 한 말도 가물가물합니다. 기억도 희미해요. 무서울 것 없을 것만 같았는데, 세월이 참 유수와 같습니다. 그래도 목사님 옆에 있는 것이 내게 희망이에요. 목사님, 세상이 많이 변했어요. 민주화라는 말도 없어진 듯해요. 민주화가 농촌까지 된 듯하다고 합니다. 이제는 농민 한 사람, 한 사람이 잘 사는 세상이에요. 농민이 아니어도 농촌에서 사는 사람 한 사람, 한 사람이 행복하게 살아야 합니다. 농촌이 없어진다고 하는 소리를 들으면 가슴이 덜컹 내려앉는 것 같아요. 마을 사람들을 돌아보면 정말 그럴 수도 있겠구나 싶어 가슴이 답답합니다. 궁산마을이라도 끝까지 남을 수 없을까요. 배산임수 최고의 마을로 궁산마을만한 게 없어요. 살기도 좋지 않나요? 목사님께서도 어찌할 방법이 없나 생각해보세요. 아이들이 들어오고, 어른들이 행복하고, 모두가 즐거운 마을을 가꾸고 싶은데, 꿈일까요? 목사님께서 꿈을 꾸셔야 할 답이 아닐까 생각해요."

"고맙습니다. 능력도 없는 저를 이렇게 믿어주시고, 늘 할 수 있다고 해주는 김 선생님께서 꿈을 꾸어야 할 것 같습니다."

"지금 살고 있는 사람들이 형님, 누나, 동생하며 살아요. 어디가 아픈가, 힘은 들지 않나, 서로를 위로하고 존중하고 존경하며 지내죠. 서로 손 잡고 어깨춤을 추면서 위하면 되지 않을까요? 꿈을 꾸는 게 무슨 죄라도 지는 것일까요? 이렇게 사는 것이 헌법에 위반이라도 되면 포기해야 하는데, 위법은 아닌 것 같아요. 삼영사 소작답 양도 기념탑의 건립과 기념일을 제정하는 것도 꿈꾸고 있어요. 기념관도 만들고 싶습니다. 목사님, 장호댁네 아들도 꼭 끌어안고 놓아주지 말아요. 그 사람 한번 한다고 하면 끝장을 보는 성격이에요. 추진력도 아주 좋은 것으로 알고 있습니다. 꼭 목사님께서 함께 한 배를 타고 가야 합니다. 선장님이니, 그걸 잊어서는 안 돼요. 사람들에게도 각자 한이 있겠지요. 크고 작고의 문제는 있을 것이고, 경중도 있을 것입니다.

나는 중학교를 진학하지 못한 것과 소작료를 내는 것에서 한을 찾았어요. 아버지의 얼굴도 기억이 없어요. 어머니가 홀로 삼남매 키우면서 어떻게 나를 중학교 보낼 생각을 했겠어요. 그런데 나는 어머나 아버지를 원망해보지 않았어요. 소작료에 대한 문제의식을 갖게 되었죠. 누구는 태어나면서부터 소작농의 아들이고, 결국 중학교 진학까지 포기해야 한단 말인가. 어머니가 홀로 소작답을 구해서 소작농을 자처했습니다. 소작농하기 싫어서 저수지에서 물고기를 잡는 일을 시작했어요. 뭘 알았겠어요, 물고기를 잡는 일도 쉬운 것만은 아니었죠. 실수를 밥 먹듯 했어요. 실패도 연속이었습니다. 그렇게 10대가 가고, 20대에 들어서는 제법 물고기를 잡는 어부를 크게 흉내내며 살았죠. 어머니마저도 물속에서 쪽배 타고 고기를 잡는 일은 위험하다고 엄청 반대했어요. 그래도 포기하지 않고 버티고 이겨냈습니다. 제법 수익도 올리고, 언젠가부터는 농사 소득보다 훨씬 많아졌죠. 중학교 진학을 못 한 것을 대물림하지 않겠다고 다짐했습니다. 농림부에 편지를 보내고 나름 생각이 여물어 갔죠. 그리고 빼든 것이 삼영사 소작답 양도 추진위원회의 결성과 서울 상경이었어요. 꿈을 꾸면 이루어진다고 하죠. 결국 꿈을 이루었습니다. 삼영사라는 대기업과의 투쟁에서 이길 수 있다고 생각하는 사람들이 몇이나 있었을까요. 하지만 이루지 못할 것이라는 생각조차 하지 않았습니다. 할 수 있다, 우리는 한다, 나는 한다, 이순신 장군이 12척의 배를 몰고 나가서 일본 전함을 물리치고 승전보를 올린 것처럼, 내가 물러서지 않고 끝까지 나가면 무서울 게 뭐 있겠나, 그리 생각했죠. 시기 선택이 절묘했어요. 민정당 노태우 대표가 6·29선언을 선포했죠. 민주화가 시작되고, 국민이 주인 되는 나라가 그렇게 시작되었어요.

금평평야가 600여 명에게로 왔습니다. 나에게 선물을 주며 고생했다고 합니다. 이제는 욕심을 조금만 내려놓습니다.

젊은 사람들은 내가 삼영사 소작답 양도 추진위원회 위원장이었던 것을 몰라요. 지금의 경찰들도 내가 어떤 일을 했고 누구인지도 몰라요. 그 시절에는 늘 함께했던 사람들이었죠. 귀찮을 정도로 못살게 굴었어요. 나는 계속 꿈을 이야기했고, 경찰들은 꿈을 꾸지 말고 편안하게 살라고 했어요.

학교 나가서 학생들에게 교육시킬 시간이 있다면 꼭 한마디는 하고 싶어요. 꿈을 가지라구요. 내가 해보니, 꿈이 있을 때 지치지 않았고, 꿈을 쫓아가면서 즐거웠다고 전해주고 싶어요. 다른 사람들은 노인네를 불러다가 학생들에게 꿈을 가지라고 하면 좋아하지 않을 것이라고 해요. 인터넷에 지식이 다 들어 있는 지식 홍수 시대에 내가 겪어 온 이야기를 해주면 아이들은 관심조차 없을 것이란 말이 조금은 씁쓸합니다. 그래도 좋은 곳에서 새로운 분과 함께 농사 이야기부터 오디 이야기, 복분자 따는 이야기까지 하면서 저녁을 먹는 시간이 좋습니다."

장호댁 아들은 내가 계산하려고 하면 현역이 내야 한다며 말린다. 이제 자신도 3년 반밖에 남지 않았다고 하면서, 늘 현역이 사겠다고 한다. 사실은 나도 지금도 물고기를 잡는 현역인데, 속으로 웃고 만다. 정년퇴직을 하면 뭘 하고 싶냐고 물으니, 여행을 하겠다고 한다. 글을 쓰고 싶다고도 한다. 그리고 나를 도와 삼영사 소작답 양도를 기념하는 일을 마무리하고 싶다고 한다. 속으로 눈물이 났다. 서울에 있을 때 두 번이나 다녀갔다고, 아버지가 서울에 있을 때 한 번, 큰아버지가 와있을 때 한 번 다녀왔다고 한다. 자신도 일조했다며 웃는다. 당시에 가톨릭농민회 월산마을 선배가 대학 방학 때 집에 찾아와 삼영사 소작답에 이야기를 했다고. 그런 세월이 38년 훌쩍 지났다. 그런데 흔적조차 찾을 수 없는 게 현실이다. 이제 그 흔적을 찾아 모으고 기념할 일을 함께해보겠다고 하니, 가슴이 뛴다.

"자네 같은 사람이 함께해주겠다고 하니 기쁘네. 부탁이 하나 있네. 목사님 잘 알고 있지? 목사님과 함께 기념비가 될 만한 날도 만들어보고, 기념탑도 세워보고, 전시관 건립도 부탁하네. 자네야 내가 어릴 적부터 봤지. 자네가 그려서 보여주었던 기념탑을 보고 느낀 바가 많았네. 자네는 우리와 다른 인생을 살았기에 우리와 생각이 많이 다르구나 했어. 구체적으로 생각하고, 그림도 보는 것이 좋았네. 오늘 이렇게 대답해주니 날아갈 것처럼 좋다네. 아무쪼록 끝까지 결과를 만들어 봤으면 좋겠네. 나 죽기 전에는 꿈이 이루어졌으면 좋겠네."

"아이고, 아직도 한창인데 어찌 그런 말씀을 하세요."

"아니네, 팔십대가 되니 하루하루가 다르네. 사실 조급한 마음도 많이 드네. 그런데 오늘부터는 조급한 마음을 없애려고 하네. 세상이 내 마음대로 되는 것도 아니고, 그렇다고 해서 포기할 수 없는 것이 인생 아닌가. 자네와 같은 천군만마를 얻었으니, 이제 여한이 없네. 자네만 믿네."